Thomas Finn
Aquarius

Für Philipp und Hadmar,
die mit mir die Flut heraufbeschworen.

»Ein einziger Schrei – die Stadt ist versunken,
und Hunderttausende sind ertrunken.
Wo gestern noch Lärm und lustiger Tisch,
schwamm andern Tags der stumme Fisch.
Heut bin ich über Rungholt gefahren,
die Stadt ging unter vor fünfhundert Jahren.
Trutz, blanke Hans?«

Detlev von Liliencron: Trutz, blanke Hans

Inhalt

Prolog

Hauptbrandmeister Dreyer folgte dem Ruf der Sirenen. Angestrengt starrte er durch die Windschutzscheibe seines Pkw und wagte es kaum, auf mehr als 40 km/h zu beschleunigen, da dichter Abendnebel die Wiesen und Felder des Marschlandes verhüllte. Der Dunst kroch über die Landstraße, und selbst von den hohen Ahornbäumen rechts der Fahrbahn waren kaum mehr als dunkle Schemen zu erahnen. Sicher, gerade hier oben an der Küste musste man mit raschen Wetterumschwüngen rechnen. Aber mitten im Sommer? Ein Nebel wie dieser war ihm schon seit Jahren nicht mehr untergekommen. Das Gewölk hatte etwas Unwirkliches. Beinahe wirkte es bedrohlich.

Das rotweiße Warndreieck, das plötzlich in Sicht kam, übersah er fast. Unmittelbar darauf tauchten im Dunst die blauen Warnlichter der Feuerwehrfahrzeuge auf. Vorsichtig fuhr er an den Unfallort heran und stoppte bei einem roten Mannschaftswagen, in dessen Nähe die Einsatzkräfte Straßensperren errichtet hatten. Dreyer strich sich kurz über den Schnurrbart, streifte sich die bereitliegende Signalweste über und stieg aus. Die Luft war wie erwartet schwülwarm, und er war nur froh, dass er in Sommerhemd und Jeans aufgebrochen war. Im Nebel kam einer der Feuerwehrleute auf ihn zu. »Das hier ist ein Einsatz. Bitte fahren Sie …«

»Hauptbrandmeister Dreyer«, unterbrach er ihn und wies sich aus. Seine Stimme klang seltsam gedämpft.

»Entschuldigen Sie, ich hatte Sie nicht sofort erkannt. Zugführer Wilkens.« Sein Gegenüber reichte ihm die Hand. »Danke, dass Sie gekommen sind.«

»Man hat mir lediglich mitgeteilt, dass hier ein Fahrzeug von der Straße abgekommen ist. Nur frage ich mich, warum Sie mich wegen so etwas von der Geburtstagsfeier meiner Tochter geholt und herbestellt haben.«

»Tut mir leid.« Unglücklich verzog der Zugführer das Gesicht. »Wir arbeiten im Augenblick nur mit Ehrenamtlichen. Doch was wir hier vorgefunden haben, ist vorsichtig ausgedrückt recht … seltsam. Also hatte ich mir gedacht, dass es nicht schaden könnte, einen Profi hinzuzuziehen. Sie haben doch mal beim Hochwasserschutz gearbeitet, oder?«

»Ja. Ist aber schon ein paar Jahre her.«

»Dann sind Sie vermutlich der Richtige.«

»Jetzt machen Sie mich aber neugierig.« Dreyer vergrub die Hände in den Taschen seiner Hose und sah sich um. »Wo ist eigentlich die Polizei?«

Wilkens seufzte und führte ihn in Richtung der Unfallstelle. »Am besten Sie sehen sich das selbst an.«

Dreyer entdeckte zunächst schwarze Bremsspuren auf dem Fahrbahnbelag, die in einem weiten Bogen an dem Mannschaftswagen vorbei zu einem der großen Ahornbäume am Straßenrand führten. Dort schälte sich beim Näherkommen ein Ford Mondeo in der typischen blau-silbernen Farbgebung der Polizei aus dem Nebel. Offenbar war er frontal mit einem Baumstamm kollidiert. Die Kühlerhaube des Streifenfahrzeugs war eingedrückt, die Windschutzscheibe wies Risse auf, und am Lenkrad hing der erschlaffte Luftsack des Airbags. Es roch nach ausgelaufenem Öl und Benzin, aber zwei Männer der Einsatzkräfte waren bereits dabei, Streu auszuschütten.

»Ach je. Verstehe.« Dreyer trat an den Wagen heran und sah, dass die Fahrertür leicht offen stand. Nur konnte er den verunglückten Fahrer nirgendwo ausmachen. »Und der Beamte … ist er verletzt?«

»Er ist eine *Sie*«, erklärte Wilkens. »Und sie lebt nicht mehr. Nur … wir können uns auf den Tod der Polizistin ehrlich gesagt keinen rechten Reim machen.«

Dreyer runzelte die Stirn. »Wo ist die Frau?«

Der Mann wies in den Nebel. »Offenbar ist sie nach dem Unfall ausgestiegen und dann weiter die Straße runtergelaufen.« Er marschierte mit Dreyer an seiner Seite an den Kollegen vorbei, die Bundesstraße entlang, auf der ein weiteres Einsatzfahrzeug mit Warnleuchten in Sicht kam. Dann blieb Wilkens ganz plötzlich stehen und deutete zum Straßenrand, wo ein Markierungsfähnchen steckte. Unmittelbar daneben lag eine Pistole. Dreyer beugte sich vor und runzelte die Stirn. »Das ist doch eine Walther P99? Die Dienstpistole der Beamtin?«

»Korrekt. Sie kennen sich gut aus.« Wilkens atmete unbehaglich ein. »Und sie ist leergeschossen.«

»Ein Schusswechsel?« Dreyer sah den Zugführer alarmiert an. »Und wo ist jetzt die Polizistin?«

Wilkens zeigte auf ein wurmstichiges, hölzernes Bushäuschen. Nur wenige Meter dahinter war beim Näherkommen eine veraltete gelbe Telefonzelle mit abgeblättertem Lack zu erkennen, die von drei Feuerwehrleuten umringt wurde. Einer von ihnen hielt die Tür der Zelle auf, die beiden anderen beugten sich über einen Schatten im Innern.

»Da drin ist sie.« Wilkens deutete auf die Telefonzelle. Die Männer vor dem Eingang erhoben sich und machten Dreyer Platz, sodass auch er einen Blick auf die Tote werfen konnte. Er musste schlucken.

Die Frau mochte um die vierzig Jahre alt sein und trug die typische blaue Uniform der Polizeibeamten in Schleswig-Holstein. Sie lag zusammengesunken und mit völlig durchnässter Kleidung neben einer der Kabinenwände. Er warf einen genaueren Blick auf die Tote und wich dann unwillkürlich einen Schritt zurück. Ihr Mund war wie zu einem panischen Schrei weit aufgerissen, während ihr leerer Blick durch ihn hindurch ins Leere starrte.

»Um Gottes willen!«, ächzte er.

Sowohl die Tote als auch das Innere der alten Telefonzelle wirkten so, als seien sie Opfer einer plötzlich hereinbrechenden Flut geworden. Wasser tropfte noch immer von dem herabbaumelnden Hörer, rann vereinzelt von den Scheiben und sickerte aus dem blonden Haar der Frau, das wie angeklatscht an ihrem Kopf klebte.

»Wir hatten eigentlich gehofft, dass Sie uns das erklären könnten«, ergriff erstmals einer der anderen Männer das Wort. Offenbar ein Sanitäter. Der Mann wischte sich den Schweiß von der Stirn und schloss seine Notfalltasche, in der Dreyer Verbandsmaterialien und einen Beatmungsbeutel entdeckte. »Die Frau ist nämlich ertrunken.«

»Ertrunken!?«

»Ja, es muss fast so gewesen sein, als habe die komplette Telefonzelle sehr plötzlich unter Wasser gestanden.«

Dreyer sah sich im Nebel um und begriff erst jetzt, dass sie inmitten einer riesigen Wasserlache standen, die sich bis weit auf die Fahrbahn ausgebreitet hatte. »Wie soll das denn möglich gewesen sein? Hier hat es doch nicht mal geregnet.«

»Eben. Wissen wir nicht.« Der Zugführer konnte sein Unbehagen nicht verbergen. »Um die Zelle zu fluten, bräuchte man schon eine Hochdruckpumpe. In dieser Einöde befindet sich aber nicht einmal ein Hydrant. Geschweige denn, dass wir ein Loch in der Kabinenwand entdeckt hätten, das so etwas überhaupt hätte ermöglichen können.«

»Das ist doch Unsinn«, widersprach der Hauptbrandmeister. »Die Zellentür lässt sich nach außen öffnen. Selbst wenn die Beamtin …«

»Aber – das war noch nicht alles«, unterbrach ihn der Zugführer. Wilkens deutete zu der Kabinentür. »Die Tür war von innen mit einem Schlagstock verriegelt. Verstehen Sie, was ich meine? Von *innen*. So als ob sich die Frau da drinnen vor etwas versteckt hätte.« Wilkens starrte Dreyer ausdruckslos an.

Der bückte sich, befeuchtete seine Finger mit dem Pfützenwasser und roch daran. »Riecht brackig.« Er schritt an der Telefonzelle vorbei auf die Felder nahe der Straße zu und entdeckte nicht weit von der Fahrbahn entfernt einen breiten, mit Wasser gefüllten Feldgraben, von dem ein ähnlicher Geruch ausging wie von der gewaltigen Pfütze rund um die Telefonzelle. »Wenn Sie mich fragen, stammt das Wasser von hier.«

Wilkens trat neben ihn. »Das erklärt allerdings noch nicht, wie es in die Telefonzelle gelangt ist.«

»Wer ist die Polizistin eigentlich?«, wich der Hauptbrandmeister einer Antwort aus. Wilkens blickte zu der Toten hinüber. »Es handelt sich um Polizeikommissarin Edda Martens. Sie leitet die Wache in Egirholm.«

»Und wo sind ihre Kollegen?«

»Na ja, von Husum bis hierher ist es schon ein Stück. Vermutlich stecken die noch im Nebel fest.«

Dreyer starrte in den grauen Dunst. »Wann wurde der Unfall eigentlich gemeldet?«

»Gegen 21 Uhr«, antwortete Wilkens.

»Seltsam.« Der Hauptbrandmeister blickte die Straße hinunter. Immerhin, der Nebel klarte inzwischen wieder auf. Und das sogar eigentümlich rasch. Der Mannschaftswagen war bereits zu sehen. »Die Bremsspuren deuten darauf hin, dass die Frau mit einer ziemlich hohen Geschwindigkeit unterwegs war. Eigentlich muss man einigermaßen leichtsinnig sein, um bei dieser Suppe einen solchen Fahrstil an den Tag zu legen.«

»Sie glauben also, der Unfall habe sich ereignet, als der Nebel schon da war?«

»Das – oder sie ist vor etwas ausgewichen. Vielleicht beides.«

»Und ... wenn es gar kein Unfall war?«, hakte der Zugführer zögernd nach.

Dreyer atmete tief ein. Dieser Zwischenfall hier steckte in der Tat voller Rätsel. Mehr noch, auf Anhieb würde er sagen: Ein Fall wie dieser war ihm in fünfunddreißig Dienstjahren nicht untergekommen. Er brauchte Antworten. Und zwar jetzt gleich. »Sehen wir uns den Streifenwagen noch mal an.« Mit einem letzten Blick auf die Ertrunkene wandte er sich ab und marschierte an dem Fähnchen mit der Dienstpistole vorbei zurück zu dem Ford. Der Zugführer folgte ihm.

Kurz darauf standen die beiden Männer wieder neben dem verunglückten Polizeifahrzeug. Dreyer schob den erschlafften Airbag zur Seite und zwängte sich auf den Fahrersitz.

»Sollten wir damit nicht lieber warten, bis die Polizei da ist?«, fragte Wilkens.

Dreyer ignorierte ihn einfach und suchte Armaturenkonsole, Blenden und Beifahrersitz nach Hinweisen ab, die ihm dabei halfen zu verstehen, was der Frau widerfahren sein mochte. Er fand aber lediglich Zigaretten, einen Lippenstift sowie einen kleinen Anhänger, der vom Rückspiegel baumelte. Daran befestigt war ein blauer Schmuckstein, in den so etwas wie ein stilisierter Schneekristall eingeritzt war. Irritiert hielt er inne. Moment, da war noch etwas. Ein blechernes Geräusch neben ihm. Das Funkgerät des Streifenwagens? Nein, das war … Musik!

Dreyer beugte sich über den Fußraum des Beifahrersitzes und hörte die Laute nun deutlicher. Ein MP3-Player? Neugierig fasste er unter den Sitz, tastete den Zwischenraum ab und fand dort zu seiner Überraschung ein Smartphone. Offenbar war es bei der Kollision runtergefallen. Das private Handy der Polizistin? Nur dass das Display noch immer leuchtete. Die Frau war also angerufen worden. Und wer auch immer das gewesen sein mochte, er schien noch in der Leitung zu sein. Allerdings schimmerte Dreyer statt der Nummer des Anrufers nur der Schriftzug *Anrufer unbekannt* entgegen.

Er hob das Handy an sein Ohr und hörte die Musik jetzt klar und deutlich.

Und – er kannte diesen Song. Das war das berühmte Medley des Musicalhits *Hair*.

Doch was die Klänge irgendwie unheimlich wirken ließ, war, dass ihm aus dem Lautsprecher lediglich der Refrain des Stücks entgegenhallte.

Immer und immer wieder.

Er war auf Endlosschleife gestellt:

This is the dawning of the age of Aquarius
The age of Aquarius,
Aquarius, Aquarius …

TEIL 1: EBBE

»Noch einmal schauert leise
Und schweigt dann der Wind;
Vernehmlich werden die Stimmen,
Die über der Tiefe sind.«

Theodor Storm: Meeresstrand

Dunkle Tiefe

Drei Wochen später

In düsterer Einsamkeit erhoben sich die Umrisse des Schiffswracks auf dem Meeresgrund. Jens Ahrens lauschte dem Brodeln der Luftblasen, die seinem Lungenautomaten entstiegen, hielt mit sanftem Flossenschlag die Höhe und beobachtete seinen Kollegen Werner dabei, wie dieser drei Meter unter ihm, im einstigen Laderaum der *Cyntia,* mit dem Schneidbrenner metallene Verstrebungen voneinander trennte. Der Lichtschein des Schneidbrenners war grell und blendete ihn. Jens wandte den Blick von den Arbeiten ab und betrachtete stattdessen die muschelverkrusteten Aufbauten des Frachters. Das Schiff lag in fünfundzwanzig Metern Tiefe auf schrägem Grund – die Sicht im Wasser war vergleichsweise hervorragend. Er schätzte sie auf fast fünfzehn Meter, was in der Nordsee als Ausnahme galt. Daher konnte er gut erkennen, dass die *Cyntia* etwas zur Seite geneigt dalag. Vom einstigen Holzdeck und den meisten der Aufbauten waren nur noch die Stahlgerippe und die Verstrebungen vorhanden. Doch noch immer war dem Frachter anzusehen, in welch schweren Sturm er einst geraten sein musste. Der von Algen überwucherte Schornstein über dem Kesselraum war geborsten, die alte Brücke größtenteils eingestürzt, und steuerbords, nämlich dort, wo Ladung über Deck gerutscht sein mochte, hingen verbogene Teile der Reling über die Außenwand.

Sorgen bereiteten ihm allein die Überreste des alten Schleppnetzes, das sich am Bug des Schiffes verheddert und backbordseitig wie ein riesiger Algenschleier über Schiff und Meeresgrund gelegt hatte. Diverses Treibgut hatte sich darin verfangen, darunter sogar ein Klappstuhl. Jens hatte für diese Art des Fischens noch nie etwas übrig gehabt. Und als Profi wusste er nur zu gut um die Gefahren, die von solchen Netzen für Taucher ausgingen. Doch die Strömung bewegte die Maschen kaum, und so waren die vielen Tauchgänge bislang einigermaßen problemlos verlaufen.

Gerade wegen der Melancholie des Anblicks genoss er die Stille der fast schwerelos anmutenden Unterwasserwelt. Sie brachte lediglich drei Farben hervor: Blau, Grün und Braun. Hin und wieder umschwärmten ihn kleine Fische, die ihn aus großen Augen anglotzten, und nicht zum ersten Mal wurde er sich des Umstandes bewusst, dass er sich im Meer zuweilen wohler fühlte als oben an Land. Was auch immer ihn dort für Sorgen und Nöte plagten, in der Tiefe waren sie bedeutungslos. Und das sogar trotz der körperlichen Anstrengungen.

Er und seine drei Kollegen arbeiteten hier unten jetzt schon seit vier Tagen im strengen Schichtwechsel, und bislang waren die Bergungsarbeiten erfolgreicher verlaufen, als es sich seine Auftraggeber von der *Blue Ocean Exploration* erhofft hatten. Jens gönnte es ihnen, denn allein hier in der Deutschen Bucht lagen fast viertausend Schiffe auf dem Meeresboden, von denen auch noch viele durch Verdriftungen ihre Position veränderten. Unter ihnen das richtige Wrack zu finden, erforderte Geld und Zeit – vor allem aber akribische Recherchen.

Die *Cyntia* war 1956 bei einem Sturm in Seenot geraten und dann steuerlos abgetrieben. Bis auf den Kapitän, der sein Schiff partout nicht hatte verlassen wollen, hatte sich zwar die gesamte Mannschaft retten können, doch gab es nur unzureichende Aufzeichnungen darüber, wo der Frachter letzten Endes gesunken war. Entdeckt hatte die Firma das Wrack letztlich vor weit über einem Jahr mittels Echolot. Doch dann war noch einmal fast ebenso viel Zeit bis zur Erlangung der Bergungslizenz verstrichen. Jetzt machten die Aktionäre Druck. Bei alledem ging es der B. O. E. vornehmlich um Rohstoffe wie Kupfer und Messing. Hinzu kamen noch Maschinenteile. Da in einem durchschnittlichen Schiff fast zehn Tonnen Kupfer verbaut wurden und eine Tonne dieses Rohstoffes knapp siebentausend Euro wert war, konnte sich für Wagemutige, die schnell und effizient vorgingen, daraus ein durchaus lukratives Geschäft entwickeln. Nur dass die B.O.E. gar nicht an der *Cyntia* selbst interessiert war, sondern allein an ihrer Ladung. Der Frachter hatte Kupferkabel im Wert von dreihunderttausend Euro geladen, und bislang war es ihnen gelungen, Rohstoffe im Wert von fast neunzigtausend Euro nach oben zu schaffen, was bereits als großer Erfolg galt.

Weniger erfolgreich war die Suche nach dem anderen, geheimen Teil der Ladung verlaufen: Rohdiamanten. Die Entscheider von *Blue Ocean Exploration* waren bei ihren Recherchen über vertrauliche Hinweise gestolpert, nach denen die *Cyntia* einen ganzen Koffer davon als Schmuggelgut von Dänemark aus in die Niederlande befördern sollte. Nur hatten sie trotz akribischer Suche im Schiffsbauch nichts dergleichen gefunden. Jens erwartete auch keinen derartigen Fund, denn – wie er wusste – kursierten Gerüchte dieser und anderer Art allzu gern in Schatztaucherkreisen. Die lukrative Anzahl großer Kabeltrommeln im Laderaum rechtfertigte bereits die Bergung. Ob sie sich anschließend noch die Zeit dafür nehmen würden, Teile des Schiffes auseinanderzunehmen, bezweifelte er. Dabei hätte er nichts dagegen gehabt, die Tauchgänge fortzusetzen.

Die Stichflamme des Brennschneiders unter ihm erlosch, und Werner formte Daumen und Zeigefinger zu einem Kreis, dem internationalen Zeichen für *Alles in Ordnung*. Jens nickte und verständigte die Kollegen oben an Bord des Bergungsschiffes mittels Schmalband-SMS. Dankenswerterweise setzte die *Blue Ocean Exploration* auf die neueste Technik. Vor ein paar Jahren noch waren gewöhnliche Funkverbindungen unter Wasser nahezu unmöglich gewesen, sodass Taucher weltweit allein auf Unterwasser-Zeichensprache angewiesen waren. Doch an seinem Handgelenk hatte er jetzt ein Gerät von der Größe seines Smartphones, das den Versand und Empfang kurzer Textnachrichten mittels niederfrequenter Schallwellen ermöglichte. Sie zuckelten zwar einhundert Mal langsamer durch das Wasser, als es selbst Internetverbindungen mit Telefoneinwahl gestatteten, hatten die Unterwasserkommunikation aber doch revolutioniert. Es dauerte nicht lange, und die Antwort erschien auf dem Display: *Trosse kommt.* Ihr folgte eine weitere Meldung: *Aufziehender Sturm.* Die Nachricht war mit einem Wetterkartensymbol versehen, das einer liegenden Zahnbürste mit drei aufrecht stehenden Borsten glich. Es deutete auf starken Wind an der Oberfläche hin, mit bis zu 56 km/h. Wenn es da oben stürmisch wurde, hieß das, dass die Bergung gegebenenfalls nicht ganz unproblematisch verlief. Zwar hatten sie für ihr Vorhaben bewusst eine möglichst strömungsfreie Periode zwischen Ebbe und Flut gewählt, doch liefen sie jetzt Gefahr, dass sich die Zugtrosse des Krans mit dem Auf und Ab des Bergungsschiffes auf den Wellen ebenfalls hob und senkte. Werner und Jens, die die Nachricht zugleich empfingen, tauschten durch die Tauchmasken hindurch Blicke. Beide wussten, dass auch noch die Gefahr zusätzlicher Dekompressionszeiten während des Aufstiegs auf sie zukäme. Ihre Lungenautomaten stellten automatisch den nötigen Ausgleich her, der jenem Druck entsprach, der hier unten in fünfundzwanzig Metern Tiefe auf ihrer Körperfläche lastete. Daher musste man sich beim Aufstieg Zeit lassen, damit der vermehrt aufgenommene Stickstoff im Blut auch wieder über die Lunge abgebaut werden konnte. Ignorierte man das, konnten sich im Körperinnern Gasblasen bilden. Ein Effekt, ähnlich dem Öffnen einer Sprudelflasche, der die Gefahr von Lungenembolien, Sinnesstörungen und Lähmungen mit sich brachte. Ärgerlicherweise war ihre Nullzeit bereits in knapp zehn Minuten abgelaufen. Das war jene, mit zunehmender Wassertiefe abnehmende Tauchspanne, nach der sie noch mit vergleichsweise geringem Zeitaufwand wieder aufsteigen konnten. Überschritten sie diese Frist, würden sie in unterschiedlichen Wassertiefen zusätzliche Dekompressionsaufenthalte einlegen müssen. Jens und Werner überprüften rasch den Druck in ihren Pressluftflaschen und waren sich auch ohne Worte einig. Sie beide hatten noch Atemluft für fast vierzig Minuten. Jeder Tag hier auf See war kostbar, und für jede der mannshohen Kabeltrommeln, die sie bargen, erhielten sie überdies eine Extraprämie. Sie würden es darauf ankommen lassen. Werner schickte die Antwort nach oben: *Okay.*

Gemeinsam tauchten sie zu der Markierungsleine, die zur Meeresoberfläche hinaufführte, um das Erscheinen der Zugtrosse abzuwarten – als Jens schräg über ihnen einen schlanken Schatten wahrnahm, der rasch durch das Wasser schoss. Irritiert verengte er die Augen, doch so wie er gekommen war, verschwand der Schatten auch wieder – im Trüben. Eine Robbe? Jens warf Werner einen Blick zu, doch der schien den Schatten gar nicht bemerkt zu haben. Viel Zeit zum Grübeln blieb ihm nicht, denn aus dem grünblauen Zwielicht über ihnen glitt jetzt das Stahlkabel mit dem Kranhaken auf sie zu. Sie konnten sehen, dass es leicht hin und her schwankte. Die Mannschaft da oben kämpfte offenbar tatsächlich schon mit den Wellen. Sie warteten ab, bis die Trosse den Meeresgrund erreicht hatte, dann packten er und Werner das Zugseil, um es zur offen stehenden Frachtraumluke zu schaffen. Beide konnten sie die Kräfte spüren, die auf das Seil einwirkten. Jens schaltete den Scheinwerfer am Gürtel an und tauchte mit dem Kranhaken voran in den Frachtraum, während Werner über ihm das Zugseil zu stabilisieren versuchte. Schlagartig wurde es noch dunkler. Der Lichtkegel seines Scheinwerfers enthüllte Schlamm, Algen und rostige Stahlwände. Doch seine Aufmerksamkeit galt allein der kostbaren Fracht des Schiffes. Die Ladung musste bereits während des Untergangs der *Cyntia* verrutscht sein, denn die gewaltigen Kabeltrommeln lagen heillos verstreut über- und untereinander. Jene Trommeln, die sich quasi direkt unter der Frachtluke befunden hatten, hatten sie bereits geborgen, die übrigen ruhten tiefer im Frachtraum und würden mehr Sorgfalt bei der Bergung erfordern. Jens tauchte zu der Trommel hinüber, die sie als nächste ausgewählt hatten, und versuchte den Kranhaken in die Rundschlingen des Bergungsgeschirrs einzuklinken. Ein heftiger Ruck am Stahlseil verhinderte das Unterfangen jedoch. Die unerwartete Bewegung kugelte ihm fast die Schulter aus. Offenbar verschlimmerte sich der Sturm da oben. Im Geiste fluchend, gab er Werner das Zeichen, dass er mehr Leine brauchte, und startete einen neuen Versuch. Diesmal war er erfolgreich. Die Sicherungsfalle des Hakens schnappte zu, und im gleichen Moment straffte sich das Stahlkabel wieder. Hastig fuhr Jens zurück. Keinen Moment zu spät, denn die schräg zur Frachtraumöffnung hinaufführende Trosse kratzte quietschend über die Lukenkante, spannte das Bergungsgeschirr und zerrte die Kabeltrommel rücksichtslos mit sich. Rumpelnd schleifte sie die tonnenschwere Fracht über den Schiffsboden und wirbelte Schlamm auf. Jens überprüfte ein weiteres Mal den Tauchcomputer. Noch drei Minuten bis zum Ende der Nullzeit. Das würde knapp werden. Auf dem Display seines Kommunikationsgeräts erschien Werners Befehl zum Hochziehen. War das nicht etwas voreilig? Die Kabeltrommel befand sich noch gar nicht unter der Luke. Jens leuchtete mit dem Scheinwerfer, um sich in der trüben Brühe einen Überblick zu verschaffen, und hörte zugleich ein nervenzerfetzendes Quietschen. Offenbar kam der Kranführer der Order etwas vorschnell nach, denn das noch immer am Lukenrand entlangschleifende Zugseil riss die Kabeltrommel jetzt mit einem plötzlichen, brachialen Ruck nach oben. Verdammt! Rechnete der Kerl da oben die Wellenbewegungen nicht mit ein? Die riesige Kabelspule donnerte gegen die Decke des Frachtraums und brachte das Schiffsinnere zum Dröhnen. Jäh entspannte sich das Zugseil wieder, und Jens sah zu seinem Schrecken einen dunklen Schatten auf sich zukommen. Die verdammte Trommel schwang jetzt wie ein unheilvolles Pendel durch den Frachtraum. Mittels einer raschen Seitwärtsbewegung tauchte er zur Seite und hörte unmittelbar hinter sich ein unheilvolles Rumpeln. Die am Seil hängende Kabeltrommel war mit einer anderen der riesigen Spulen zusammengeprallt, die sich jetzt in eine rollende Bewegung versetzte, bis sie mit der Backbordwand des Wracks kollidierte. Ein Beben ging durch das Schiffsinnere der *Cyntia*, und Jens' Herzschlag beschleunigte sich. Das lief nicht gut. Gar nicht gut. Schon straffte ein weiterer Ruck die Trosse, und die daran befestigte Kabeltrommel rauschte wieder auf die offene Luke zu.

Werner! Jens sah noch, wie sein Kollege auswich, doch im nächsten Augenblick erschütterte ein schwerer Schlag das Deck, und das helle Quadrat über ihm an der Frachtraumdecke wurde erst dunkel und dann schlagartig wieder hell. Die Kabeltrommel war fort. Jetzt befand sie sich auf dem Weg an die Meeresoberfläche. Jens nahm einen tiefen Luftzug aus dem Lungenautomaten und versuchte sich zu beruhigen – doch irgendetwas stimmte nicht mit dem Wrack. Noch immer quietschte und ächzte der stählerne Leib der *Cyntia*. Beunruhigt ließ er den Lichtkegel seines Scheinwerfers durch den Frachtraum wandern und sah, dass sich noch eine weitere der riesigen Trommeln in Bewegung gesetzt hatte. Unaufhörlich rollte auch sie auf die Backbordwand zu. Der Frachter ruhte bereits in Schräglage am Meeresboden. Wenn sich das Gewicht im Frachtraum weiter verlagerte, lief die *Cyntia* Gefahr, auf die Seite zu kippen. Bloß raus hier. Mit kräftigen Flossenschlägen schoss Jens auf die Luke zu und hielt erst inne, als er sich außerhalb des Wracks auf Höhe des einstigen Schiffsschornsteins befand. Noch immer war die Tiefe von metallenem Quietschen erfüllt, und nun konnte er sehen, wie unter ihm Sand und Schlamm, die sich auf den korrodierten Decksteilen niedergelassen hatten, zitterten und in eine Fließbewegung gerieten.

Aber wo war Werner? Besorgt blickte sich Jens um, doch von seinem Kollegen war nichts zu sehen. Moment. Ganz so wie vorhin schon, glaubte er auch jetzt wieder einen schlanken Schatten erkennen zu können, der flink durch die Tiefe glitt. Diesmal befand er sich auf der Backbordseite des Schiffes. Jens stieß sich vom Schornstein ab und tauchte zögernd darauf zu. Doch da war nichts.

Verdammt, Werner musste doch irgendwo sein …

Sicherheit war hier unten oberstes Gebot. Und sie beide waren füreinander verantwortlich. Unmöglich konnte sein Kollege bereits aufgetaucht sein. Wenn er also nirgendwo zu sehen war, dann … musste ihm etwas passiert sein!

Während er die Geräusche des sich verbiegenden Metalls ignorierte, tauchte Jens wieder nach unten und versuchte sich Werners letzte Bewegungen in Erinnerung zu rufen. Als die Kabeltrommel nach oben schoss, war Werner nach links ausgewichen, zur Backbordseite. Sollte sie ihn erwischt haben, musste er also dort nachsehen. Alarmiert tauchte Jens über die muschelverkrustete Reling hinweg, sah sich dort um und entdeckte seinen Kollegen.

Werner lag regungslos inmitten der Maschen des alten Treibnetzes, das sich vom Schiff kommend über den schlammigen Boden ausgebreitet hatte. Inmitten all des Treibgutes hätte er ihn fast übersehen. Und nach wie vor rutschte das Schiff Zentimeter um Zentimeter die Schräge hinunter. Ihm blieben vielleicht noch zwei oder drei Minuten, dann würde der stählerne Leib der *Cyntia* Werner begraben. Jens tauchte mit raschen Flossenschlägen auf seinen Kollegen zu und sah zu seinem Entsetzen, dass Werner das Mundstück des Lungenautomaten entglitten war. Hoffentlich war er nur bewusstlos. Sofort setzte er es ihm wieder ein und versuchte ihn aus dem Tangnetz zu ziehen. Unglücklicherweise hatten sich Werners Pressluftflaschen im Gewirr der Maschen verheddert. Jens zückte sein Tauchermesser und säbelte an den Stricken – als ihm abermals ein Schreck durch die Glieder fuhr. Gott, das durfte doch alles nicht wahr sein!

Knappe zwei Meter neben ihnen zeichnete sich eine tonnengroße, korrodierte Metallkugel unter den Maschen ab, die er dank seiner Zeit bei der Bundeswehr sofort zu identifizieren wusste. Eine Seemine. Genauer gesagt, eine einstige Ankertau-Seemine deutscher Fertigung aus dem Zweiten Weltkrieg. Er sah die drohend hervorstehenden Kontaktzünder – irgendwann und irgendwie musste diese Mine in das verdammte Schleppnetz geraten sein. Hinter ihm ächzte der Leib der *Cyntia*, der Meeresboden geriet weiter in Bewegung, und ein metallenes Quietschen rollte durch die Tiefe. Das Wrack rutschte weiter. Himmel, wenn die Mine bis jetzt noch nicht hochgegangen war, dann vielleicht genau zu dem Zeitpunkt, wenn das Wrack auf sie prallte.

Jens ignorierte den aufkommenden Fluchtreflex. Er befreite seinen Kollegen mit verzweifelten Schnitten, packte ihn unter den Schultern und tauchte mit aller Kraft, die er aufzubringen vermochte, von dem Wrack fort. Vermutlich war es längst zu spät, denn aus den Augenwinkeln heraus sah er, dass der riesige Schiffsleib der *Cyntia* nun tatsächlich kippte und in beängstigender Langsamkeit den Meeresboden weiter hinabrutschte. Jens strampelte um sein Leben. Weg. Sie mussten weg von hier! Tauchtiefe und Luftvorrat waren ihm jetzt völlig egal. Ebenso der Umstand, dass die Mannschaft oben an der Oberfläche nichts von der Gefahr wusste. Verzweifelt mit den Flossen schlagend löste er Werners Bleigürtel, um noch schneller auftauchen zu können. Er wollte gerade auch seine Bleigewichte für den Notaufstieg abwerfen …

… als ein Lichtblitz durch das Wasser zuckte.

Mit dem Knall, der durch die Tiefe rollte, kam die Druckwelle. Jens spürte noch, wie ihm Werner entrissen wurde und die Tauchmaske von seinen Augen rutschte. Dann wirbelte etwas Hartes, Kantiges auf ihn zu und erwischte ihn schwer an der Stirn … Lichtpunkte tanzten vor seinen Augen … die in absolute Finsternis mündeten … Ruhe umfing ihn … und er schwebte in den Gestaden zwischen Wachsein und Bewusstlosigkeit. Oder war es die Strömung? … Die Dunkelheit gaukelte ihm bunte Bilder vor, und er glaubte von irgendwoher ein Flüstern zu hören … Stimmen … Stimmen im allgegenwärtigen Blau … Er fühlte sich so berauscht wie damals als Teenager bei seinem ersten richtigen Kuss … War das jetzt der Tod? … Etwas stupste ihn an und schien ihn mit sich zu ziehen … Jens lachte euphorisiert. Sein Körper fühlte sich so wahnsinnig leicht an. Geborgen … Und immerzu musste er lachen. Tief Luft holen … und lachen … Ihm war, als habe er sich mit dem Meer vereint, dessen Brandung seinen Körper liebevoll streichelte …

Brandung? Benommen schlug Jens die Augen auf und spürte, wie ihn die rote Nachmittagssonne kitzelte. Möwengeschrei war zu hören. Er blinzelte verwirrt und atmete tief ein. Er atmete? Tatsächlich. Die Luft roch nach Gischt und Tang. Dann hatte er diese verdammte Explosion also überlebt?

Endlich wurde er sich wieder seiner Umgebung bewusst. Er lag auf einem weichen, weißen Sandstrand mit einem salzigen Geschmack auf der Zunge. Es waren wirklich Wellen, die er fühlte.

Beständig rollten sie über seine Beine und Flossen und zogen sich anschließend wieder zurück. Er konnte sein Glück kaum fassen. Noch immer trug er den Neoprenanzug, und das Gewicht der Pressluftflaschen auf seinem Rücken drückte ihn unerbittlich in den weichen Untergrund. Sollte er nicht eigentlich tot am Meeresgrund liegen? Wo zum Teufel war er hier?

Er hatte nicht die leiseste Ahnung.

Stöhnend riss er sich die Maske vom Kopf und befreite sich anschließend von Gewichtsgürtel, Werkzeugtasche, Scheinwerfer und Pressluftflaschen. Doch mit der Bewegung kam auch der Schmerz. Sein Körper fühlte sich an, als habe ihn ein Bus überrollt. Jeder Muskel seines Leibes schien gezerrt zu sein. Erschöpft blieb er liegen und lauschte in sich hinein, ob er Anzeichen der Dekompressionskrankheit spürte. Schwindel? Atemnot? Halluzinationen? Er war sich nicht sicher. Zumindest würde es eine Weile dauern, bis er sich an die Schmerzen gewöhnt hatte, die vermutlich von der Explosion der Seemine herrührten.

Himmel! Was war mit Werner? Hatte sein Kollege die Explosion auch überlebt? Ächzend mühte er sich wieder auf und versuchte Einzelheiten zu erkennen. Abermals verkrampfte sich die Muskulatur. Sein Blick fiel auf eine Düne. Doch von seinem Kollegen war nirgendwo etwas zu sehen. Eher zufällig erhaschte er einen Blick auf den Tauchcomputer. Bitte? Das konnte doch nicht sein. Den Angaben gemäß lag sein Tauchgang nur etwas über eine Stunde zurück. Die Bergungsstelle aber befand sich fast vierzig Kilometer von der Küste entfernt. War das Ding kaputt? Unter Schmerzen überprüfte Jens den Vorrat in den Pressluftflaschen und schüttelte den Kopf. Sie wiesen noch immer einen Luftvorrat von fast fünfundzwanzig Minuten auf. Das alles konnte überhaupt nicht sein. Fassungslos starrte er auf das Meer hinaus, an dessen Horizont dunkle Sturmwolken zu sehen waren.

Schließlich sammelte er seine Kräfte und mühte sich auf die Beine. Ihn schwindelte, und unwillkürlich schirmte er die Augen vor der Sonne ab. Gegen das Licht glaubte er einen Leuchtturm auszumachen – als er Schritte im Sand hörte.

»Hallo?« Er erblickte eine Gestalt, die aus den Dünen kommend auf ihn zulief. Eine Frau? Sie mochte Mitte vierzig sein, relativ hager, mit kurzem rotem Haar, durch das der warme Seewind fuhr. In ihrer Hand hielt sie eine Schaufel und … verwundert betrachtete sie ihn.

»Können Sie mir helfen?« Jens kämpfte wieder mit dem Gleichgewicht. »Ich brauche dringend ein Telefon. Und vermutlich auch einen Arzt.«

Die Frau lächelte. Dann hob sie den Spaten und schlug zu.

Das Verlies

Jens erwachte zum zweiten Mal. Diesmal mit rasenden Kopfschmerzen. Zittrig öffnete er die Augenlider und erwartete, über sich den Himmel zu sehen. Stattdessen starrte er auf eine summende Neonröhre, die beständig flackerte. Seine linke Gesichtshälfte brannte, eine Lippe war aufgeplatzt, und ein seltsamer metallischer Geschmack lag ihm auf der Zunge. Außerdem plagte ihn brennender Durst.

Er trug zwar noch immer seinen Neoprenanzug, doch jemand musste ihm die Tauchhandschuhe und die Flossen abgestreift haben.

Was, zum Teufel, war mit ihm passiert?

Die Luft roch muffig. Ein Keller? Hatte er nicht eben noch an einem Sandstrand gelegen? Mit Macht kehrten seine Erinnerungen zurück. Der Tauchgang. Die Explosion der Seemine. Sein Erwachen an der Küste. Und dann ... dieser Schlag mit der Schaufel.

Letzteres musste ein fürchterlicher Irrtum gewesen sein. Vielleicht hatte sich die Frau erschreckt? Trotz der Schmerzen versuchte er den Kopf zu heben. Nur kam er nicht weit, denn sein Körper fühlte sich taub an. Unter seinen Fingern und Fußballen hingegen spürte er kühles Metall. Jens drehte den Kopf und entdeckte neben sich die Stange eines Stativs, wie sie in Krankenhäusern gebräuchlich waren. Lag er auf einem Operationstisch? Oder war das hier sogar die Pathologie? Man hielt ihn doch nicht etwa für tot? Wieder versuchte er sich aufzurichten – nur war er mit Gurten an den Metalltisch gefesselt.

Warum zum Teufel hatte man ihn gefesselt? Jens versuchte seine Arme zu bewegen, doch die steckten in Lederschlaufen. Gott, was war hier bloß los?

Er drehte mühsam den Kopf und sah nun, dass er in dem Kellergewölbe nicht allein war. Keine zwei Meter von ihm entfernt stand ein hölzernes Feldbett mit grüner Zelttuchbespannung, auf dem ein bärtiger Mann mit kurzärmligem Hemd und Cordhose lag. Der Unbekannte mochte Ende fünfzig, Anfang sechzig sein und war ebenfalls mit Gurten an seine Liegestatt gefesselt. Hin und wieder stöhnte er, sein glasiger Blick war an die Raumdecke geheftet. Auf gar keinen Fall erweckte dieser Fremde den Eindruck, freiwillig hier zu sein. Und wenn er es nicht war, dann war er selbst das vermutlich auch nicht. Panik stieg in ihm auf. Jens bündelte all seine Kräfte und versuchte erneut, sich von seinen Fesseln zu befreien. Keine Chance. Er sackte wieder auf den Metalltisch zurück und schöpfte Atem. Unbedingt musste er diese eigenartige Benommenheit abschütteln. Gerade wollte er sich wieder dem Fremden zuwenden, als er gedämpfte Stimmen hörte, die näher kamen.

»… hat hier unten niemand etwas ohne meine Erlaubnis zu suchen«, blaffte eine ungehaltene Männerstimme. »Auch du nicht. Außerdem mag ich es nicht, wenn vom Plan abgewichen wird. Was, wenn jemand den Kerl vermisst?«

»Ach komm schon«, antwortete eine weibliche Stimme. »Werden sie nicht alle irgendwann vermisst? Die Gelegenheit war einfach zu günstig, und ich konnte dich vorher nicht erreichen. Das Meer hat ihn mir quasi wie ein Geschenk vor die Füße geschwemmt. Das war ein Zeichen!«

»Ein Zeichen?« Der Mann schnaubte abfällig. »Erzähl keinen Stuss. Du wolltest dich mit deinem Alleingang bloß wichtig machen. Was, wenn dich jemand gesehen hat?«

»Hat aber niemand.«

»Und wenn doch?«

»Meine Güte, hätte ich ihn etwa zurückschieben sollen in die Fluten?«

Etwas Metallisches klirrte, und ein Schlüssel schob sich in ein Schloss. Wenn Jens noch einen Rest an Hoffnung auf die lauteren Absichten des Pärchens hatte, so schwanden diese schlagartig bei ihren Worten. Rasch schloss er die Augen und stellte sich besinnungslos. Eine Tür kratzte über den Boden, und zwei Personen betraten das Gewölbe. Jens konnte spüren, wie die beiden Eindringlinge ihn und den anderen Mann im Raum musterten.

»Wie viel hast du ihm verpasst?«, fragte der Unbekannte seine Begleiterin.

»Einen Schlag mit der Schippe?« Die Frau lachte gehässig. »Ernsthaft: Ich hab gestern mit zehn Milligramm Midazolam angefangen. Oral. Und später immer wieder ein paar Tropfen. Ich konnte ja nicht gleich weg von meinem Posten. Keine Ahnung, wie du die Kerle sonst ruhig stellst.«

»Gestern« und »sonst«? Jens spürte, wie sich sein Herzschlag beschleunigte. Wie lange lag er hier wohl schon?

»Mit Zäpfchen!«, antwortete der Mann verärgert und trat neben den Metalltisch. »Na gut. Er sollte wohl noch für ein oder zwei Stunden außer Gefecht gesetzt sein. Weißt du wenigstens, wer er ist?«

»Ist das so wichtig?«

»Natürlich ist das wichtig!« Jens spürte, wie sich der Unbekannte seiner Begleiterin zuwandte. »Unser aller Sicherheit ist davon abhängig. Was, wenn der hier nicht gesund ist? Du weißt doch, welch hohen Ansprüchen sie genügen müssen. Inzwischen suchen sie vielleicht die ganze Bucht nach ihm ab.«

»Meine Güte, beruhig dich mal. Wenn du wissen willst, wer er ist, frag ihn, sobald er wieder zu sich kommt. Mach einfach auf barmherziger Samariter.«

»Deine Profilierungssucht wird uns noch den Kopf kosten. Wir folgen einem Plan. Wir folgen immer einem Plan. Hast du ihm wenigstens Wasser gegeben?«

»Nee. Wann denn?« In der Stimme der Frau schwang Unsicherheit mit.

»Wann? Irgendwann in den letzten Stunden vielleicht, du dumme Kuh?! Wenn der Kerl zu sehr dehydriert, ist er überhaupt nichts mehr wert.« Jens spürte einen Griff am Arm. Der Mann beäugte offenbar seine Uhr, griff dann zum Tauchcomputer und nahm ihm beides ab. »Das sind keine billigen Modelle, das eine nicht und das andere auch nicht. Scheiße!« Plötzlich schob sich etwas Kaltes, Metallisches unter den Ärmelansatz seines Neoprenanzugs, und Jens versteifte sich unmerklich. Er spürte, wie ihm der Unbekannte den Anzug bis zur Ellenbeuge aufschnitt und das Prozedere an seinem anderen Arm wiederholte. Neben Jens' Körper klirrte etwas auf dem Metalltisch, und der Mann schob den Stoff auf beiden Seiten nach oben. »Manchmal tragen sie etwas Persönliches bei sich. Wenigstens eine Tätowierung oder so. Der hier besitzt gar nichts.« Der Unbekannte fluchte. »Immerhin ist er im geeigneten Alter und gut trainiert.«

»Sag ich doch.« Die Stimme der Frau klang zufrieden. »Ich schätze ihn auf Mitte dreißig. Also ist er sogar im besten Alter.«

Die Unbekannte hatte sich leicht verschätzt. Jens war einundvierzig Jahre alt, nur fragte er sich, warum sein Alter und sein körperlicher Zustand für seine Entführer so wichtig waren.

»Hatte er sonst etwas bei sich?«

»Du meinst, einen Ausweis oder so? Nein. Wie auch?« Die Frau räusperte sich. »Aber er trug noch so einen … Computer. Am anderen Handgelenk. Merkwürdiges Ding.«

»Einen was?«

»Keine Ahnung«, antwortete die Frau kleinlaut. Offenbar sprach sie von dem Unterwasser-Funkgerät. Jens fluchte innerlich, denn er hatte das Gewicht des Transponders an seinem Arm bereits vermisst. »Das Ding liegt oben im Wagen. Den Rest der Ausrüstung habe ich zurückgelassen. War mir zu schwer.«

»Und wann hattest du vor, mir davon zu erzählen?« Ihr Begleiter wartete die Antwort gar nicht erst ab. »Ich will nur hoffen, dass da keine GPS-Funktion dran hängt. Wenn du mich fragst, ist der Kerl hier nämlich Berufstaucher. Ich hoffe, dir ist klar, was das bedeutet.«

Die Frau zögerte. »Und was?«

»Gott, wenn jemand die Dummheit mit Löffeln gefressen hat, dann bist das du! Hörst du auch mal Radio oder schaust fern? Irgend so ein Bergungsunternehmen hat gestern einen ernsten Zwischenfall gehabt. Seemine. Einen der Taucher suchen sie immer noch.«

»Du meinst, er ist das?«

»Natürlich! Oder glaubst du, vor uns liegt der Weihnachtsmann?« Der Unbekannte verlor sichtlich die Beherrschung. »Diese Drecksfirma sucht nach ihm. Und das ist im Augenblick das Letzte, was wir gebrauchen können.«

»Aber die können uns doch nicht gefährlich werden, oder?«

»Weiß ich noch nicht!«, fuhr er sie an. »Ich muss das Gerät im Wagen untersuchen. Anschließend werden wir ein paar Anrufe machen, und dann wirst du dich für dein eigenmächtiges Handeln verantworten. So viel kann ich dir jetzt schon sagen: Das wird nicht angenehm für dich! Außerdem müssen wir sicherstellen, dass du keine Spuren hinterlassen hast.«

Die beiden verließen den Raum, und nun wagte es Jens zum ersten Mal wieder, die Augen zu einem schmalen Schlitz zu öffnen. Doch alles, was er erkennen konnte, war der breite Rücken seines Entführers. Er trug eine Baseballkappe, deren Krempe er in den Nacken gedreht hatte, sowie T-Shirt, Jeans und Gummistiefel, die ihm bis zu den Waden reichten. War das ein Bauer? Oder ein Fischer? Den Blick auf die Frau verdeckte er, doch Jens erinnerte sich nur zu gut an sie. Die Kellertür fiel ins Schloss und wurde verriegelt. Draußen klirrte es, und dann entfernten sich die Schritte der beiden.

Gott, das alles hier konnte doch nur ein böser Albtraum sein. Welchen Verrückten war er da in die Arme gefallen? Jens atmete tief ein und versuchte sich zu beruhigen. Zumindest ließ die Wirkung des Medikaments rascher nach, als die beiden dachten.

Er versuchte sich auf Einzelheiten zu konzentrieren. Die tonnenförmige Decke über ihm war schimmelverkrustet. Das Gebäude, zu dem der Keller gehörte, musste also älteren Datums sein. Ihm war klar, dass ihn niemand an einem solchen Ort suchen würde. Wenn, dann suchte die Bergungsmannschaft da draußen auf dem Meer nach ihm. So oder so, er musste hier unbedingt raus, bevor diese beiden Wahnsinnigen wieder zurückkehrten.

Jens stemmte sich abermals in die Fesseln, als er ein Stöhnen an der Wand zu seiner Rechten vernahm. Der Bärtige auf dem Feldbett hatte sich ihm zugewandt. Jens schluckte, denn der Flüssigkeitsverlust machte es ihm schwer zu sprechen. »Hey! Können Sie mich verstehen? Wissen Sie, warum wir hierhergebracht wurden?«

Sein Mitgefangener lallte etwas Unverständliches. In diesem betäubten Zustand würde ihm der Fremde keine Hilfe sein. Wieder zerrte Jens an den Armschlaufen, als sich der Bärtige gegenüber erneut mitzuteilen versuchte. Die Worte blieben unverständlich, doch Jens sah, dass sein Leidensgefährte mit trübem Blick zum Metalltisch stierte, auf dem er lag. Schwach wies er mit dem Kinn auf etwas in Hüfthöhe. Jens reckte den Hals und entdeckte das blinkende Objekt nun ebenfalls. Es handelte sich um die Schere, mit der sein Peiniger die Arme seines Anzugs aufgetrennt hatte. Der Mann hatte sie vergessen.

Das war seine Chance! Noch immer hatte er das Gefühl, dass ihm die Muskeln den Dienst versagten, doch Jens bog seinen schmerzenden Körper so lange durch, bis er die Schere erst am Rücken und dann am rechten Gesäß spürte. Er schob sie auf diese Weise Stück für Stück weiter nach unten, bis er schließlich den Versuch wagen konnte, mit den Fingern seiner gefesselten Rechten nach ihr zu greifen. Zu seiner Überraschung gelang es ihm bereits beim zweiten Versuch. Er drehte die Scherenspitze mit den Fingern und positionierte die Schlaufe, in der sein Handgelenk steckte, und zwar so, dass sie zwischen den Schneiden lag. Mühsam begann er zu säbeln. Die Position, in der er hantierte, war unbequem, und seine Rechte fühlte sich noch immer seltsam gefühllos an. Aber dann hörte er schließlich ein reißendes Geräusch. Sein Befreiungsversuch hatte Erfolg. Unter Schmerzen spannte er den Arm an, und nun riss der Stoff der Schlaufe endgültig entzwei. Seine rechte Hand war frei. Rasch trennte er mit der Schere auch die übrigen Gurte auf. Geschafft!

Unter Mühen richtete sich Jens auf, und sogleich drehte sich die Welt. Einen Moment lang glaubte er sogar, sich übergeben zu müssen. Schwer atmend kämpfte er das aufsteigende Würgegefühl nieder und wandte sich schließlich seinem Mitgefangenen zu. Der Bärtige kämpfte sichtlich darum, bei Bewusstsein zu bleiben. Jens stolperte zu ihm und befreite auch ihn von den Fesseln, doch der Mann machte keine Anstalten, sich zu rühren. Im

Gegenteil, sein linker Arm fiel schlaff zu Boden, kaum dass er die Armschlaufe geöffnet hatte.

»Kommen Sie zu sich!« Was auch immer die Entführer dem Mann verabreicht haben mochten, das Zeug entfaltete bei ihm nach wie vor seine Wirkung.

»Welches … Datum?«, keuchte der Mann mit krächzender Stimme.

»Was?« Jens starrte den Bärtigen irritiert an. »Der 17. Juni – wenn die mich tatsächlich gestern überwältigt haben. Können Sie aufstehen?«

»Nein … fliehen Sie!«, lallte sein Gegenüber. »Sonst sind Sie … verloren. Nur noch sechs … Tage. Dann … sind wir alle tot!«

»Was? Wer sind Sie?«, flüsterte Jens konsterniert. Sein Mitgefangener versuchte seine Stimme unter Kontrolle zu bekommen. Sie klang müde. »Fff«, zischte er hilflos und versuchte es erneut. Dann sagte er flüssiger: »… olker … Rhode.«

»Volker Rhode?«

Der Bärtige nickte schwach und sah ihn flehend an. »Holen Sie … Hilfe!«

»Wer war das eben? Und warum sind wir hier?« Jens sah Rhode fest in die Augen. Der ächzte, und seine Finger krallten sich jetzt doch in seinen Arm. »Weil ich … ihr Geheimnis … kenne. Es ist … so unglaublich. So unglaublich.«

»Was?«

Rhodes Augenlider flatterten im Ringen mit der Bewusstlosigkeit. »Das Blutbad von Westerogg … Dieser Frevel hat … Gott, hüten Sie sich … vor dem Meer! Da, da … lauern sie!« Er schien den Kampf zu verlieren, denn seine Lider schlossen sich allmählich. Jens schlug ihm ein paar Mal sanft gegen die Wange. »Bitte, bleiben Sie wach!«

Rhode ächzte. »Nur noch … sechs Tage!«, lallte er dann wieder. »Nur noch sechs … begreifen Sie das … weg mit Ihnen … wenn Sie nicht auch …« Rhode sah halb durch ihn hindurch, und der Blick hatte etwas Beängstigendes.

»Was ist in sechs Tagen?« Jens sah den Mann schockiert an.

Rhodes Finger rutschten von ihm ab, und nun drohte er endgültig wegzudämmern. »Beweise … finden Sie meine … Beweise!«

»Was für Beweise?«

»Sind … versteckt. Roter … den … Dron …« Rhode versagte allmählich die Stimme, und er lallte nur noch. »Bett … ruhe … Sie müssen … die Seiten …«

Rhode erschlaffte sichtlich. Jens schlug ihm diesmal mit größerer Kraft gegen die Wangen, doch der Mann reagierte nicht mehr.

Was hatte er ihm mit diesem Gestammel mitteilen wollen? Nur eines spürte er, Rhode war es ernst damit gewesen. Sehr ernst. Erneut kämpfte er mit dem Gleichgewicht, schließlich wandte er sich der Kellertür zu. Sie bestand aus solider Eiche und hatte offenbar ein gehöriges Alter. Selbst das Schloss schien aus dem letzten Jahrhundert zu stammen. Zu seiner Verwunderung wies die Tür ein kleines Fensterkreuz aus schmiedeeisernen Streben auf. Ächzend stolperte er zu ihr hin. Leider war die Tür wie erwartet abgeschlossen. Er stierte durch das kleine Fensterkreuz hinaus auf einen düsteren Kellergang. Nur die Wand gegenüber wurde von einem schmalen Streifen Neonlicht erhellt, das aus ihrem Raum drang. Nein, doch nicht. Folgte man der gegenüberliegenden Gangwand weiter nach rechts, zeichneten sich dort noch zwei andere erleuchtete Rechtecke ab. War das hier etwa nicht der einzige Kellerraum? Jens spürte, wie sich ihm die Nackenhärchen aufstellten. Er musste hier raus. Irgendwie. Verzweifelt stocherte er mit der Schere im Schloss herum. Erfolglos. Er brauchte etwas, mit dem er das Schloss aufbrechen konnte. Doch alles, was er in dem Raum erblickte, war das Feldbett mit dem besinnungslosen Rhode, dann waren da der Metalltisch, an den seine Entführer ihn gefesselt hatten, die Gurte und das Stativ am Kopfende, das zu anderen Zeiten vermutlich als Befestigung für Bluttransfusionsbeutel und Ähnliches diente. Vielleicht war das die Lösung?

Jens wankte zu dem Stativ, schraubte die Stange vom Standfuß ab und versuchte sie zwischen Tür und Angel zu schieben. Sie war zu dick. Erschöpft hielt er inne und dachte verzweifelt nach. Natürlich, er konnte warten, bis seine Häscher zurückkehrten.

Aber würde er in seinem geschwächten Zustand überhaupt eine Chance gegen sie haben? Abermals starrte er durch das Fensterkreuz und lauschte auf Schritte. Doch statt der beiden Unbekannten entdeckte er etwas anderes. Dahinten, zwischen dem lichthellen Quadrat seines Fensterkreuzes und jenem des Nachbarraums, blinkte etwas an der Wand. Jens sah genauer hin – und seine Augen weiteten sich vor Überraschung. Das war ein Schlüsselbund! So seltsam wie die Schlüssel aussahen, passten sie bestimmt zu den altertümlichen Schlössern. Wenn er nur etwas Glück hatte, dann …

Er schob die Stativstange weit durch das Fensterkreuz hindurch und versuchte mit ihrem Ende nach dem Schlüsselbund zu fischen. Immer wieder kratzte die Stange an der Wand entlang, doch sosehr er sich auch bemühte, es fehlten mindestens zehn Zentimeter, um den Ring mit den Schlüsseln zu erreichen. Das alles durfte doch verdammt noch mal nicht wahr sein!

Frustriert holte Jens die Stange wieder ein und suchte nach etwas, mit dem er sie verlängern konnte. Ein Draht? Nur gab es hier keinen Draht. Da fiel sein Blick auf Rhodes Schuhbänder. Mit ihnen sollte es ihm möglich sein, die Schere am Ende der Stativstange zu befestigen. Jens knüpfte Rhode gerade die Schuhe auf – als er im Gang vor der Tür wieder Geräusche hörte. Der Schlüsselbund draußen klirrte, und Jens vereiste innerlich, als er die verärgerte Stimme der Frau hörte. »Kann er auf sein Zeug nicht selbst aufpassen? Ich bin doch nicht seine Dienstmagd.«

Verdammt, die Schere! Die Rothaarige stierte unvermittelt durch das Gitterfenster, und Jens handelte reflexartig. Sie kam kaum dazu, die Augen aufzureißen, als sie auch schon von der Stange am Kopf getroffen wurde. Jens rammte sie nochmals mit aller Kraft durch das Fensterkreuz und hörte das Brechen von Zähnen. Die Frau gurgelte schmerzerfüllt auf, schlug mit dem Hinterkopf gegen die Gangwand und hob noch einen Arm, als Jens schon zwei weitere Male und mit aller Kraft, die er aufzubringen imstande war, zustieß. Beide Male zielte er auf den Kopf seiner Entführerin. Die Frau sackte bewusstlos zusammen, und Jens konnte sehen, dass ihr aus Mund und Nase Blut quoll. Keuchend hielt er sich an der Tür fest, denn die jähe Anstrengung ließ ihn schon wieder Sterne sehen. Er musste jetzt rasch handeln. Diesmal schob er die Stange schräg nach unten, denn die Bewusstlose hielt den Schlüsselbund noch immer umklammert. Er brauchte zwei Versuche, dann hatte er die Schlüssel endlich erfasst und zerrte sie der Frau mit einer vorsichtigen Hebelbewegung aus der Hand. Jens ließ den Bund an der Stange entlang auf sich zurutschen und spürte vor Aufregung wieder einen Brechreiz in sich aufsteigen. Er würde nur diese eine Chance bekommen.

Drei Schlüssel. Er entriegelte das Schloss mit dem mittleren und zog die Tür auf. Sofort stürzte er sich auf die Frau und verpasste ihr zur Sicherheit einen weiteren kräftigen Schlag mit der Faust. Seine Finger schmerzten zwar, doch der Schmerz brachte ihn zur Besinnung. Er stand kurz davor, die Frau zu erschlagen. Und am liebsten hätte er seinen Zorn auch wirklich weiter an ihr ausgelassen. Aber ein Mord? Jens erschrak über sich selbst.

Wie lange würde es dauern, bis ihr Begleiter bemerkte, dass sie fortblieb? Trotz seiner Kreislaufprobleme tastete er seine Entführerin ab und fluchte innerlich. Sie war sommerlich mit einem Kleid bekleidet und trug also weder Portemonnaie noch Ausweispapiere bei sich. Alles, was er in einer Tasche ihres Kleides fand, waren ein Feuerzeug und ein billiger weißer Kugelschreiber. Ohne weiter zu überlegen, stopfte er die Funde in den Neoprenanzug und wandte sich noch einmal Rhode zu, der hilflos hinter ihm im Kellerraum lag. »Ich hol Sie hier raus. Ich verspreche es Ihnen.«

Vermutlich konnte ihn sein Leidensgenosse nicht einmal mehr hören, doch Jens wusste nicht, was er sonst hätte tun sollen. Er musste jetzt weg von hier.

Die Stativstange noch immer abwehrbereit vor sich haltend, kämpfte er sich schwer atmend den Gang hinunter. Der Korridor endete an einer Treppe, die nach oben führte. Doch so, wie er es vermutet hatte, befanden sich rechter Hand zwei weitere Kellertüren. Jens trat kurz an sie heran und blickte durch die vergitterten Sichtfenster. Sein Herzschlag beschleunigte sich, denn in jedem der dahinter liegenden Gewölbe lagen zwei weitere Männer. Sie alle trugen Straßenkleidung – wie Rhode –, waren betäubt und mit Gurten an Feldbetten gefesselt. Einer von ihnen war noch ein Teenager, die anderen drei mochten zwischen Mitte zwanzig und Anfang dreißig sein. Was zum Teufel ging hier nur vor? Jens atmete tief ein, stolperte weiter bis zur Kellertreppe, lauschte und mühte sich – als er nichts hörte – angestrengt die Stufen nach oben.

Gott, unter gewöhnlichen Umständen wäre er längst zusammengebrochen, so sehr schmerzte sein Körper. Hinzu kam diese elende Taubheit, die ihn hin und wieder einknicken ließ. Nur durfte er jetzt nicht nachlassen.

Jens trat durch eine niedrige Tür und fand sich in einer alten, unaufgeräumten Küche wieder, in der es nach altem Fisch stank. In einer Ecke stapelte sich das Geschirr, über der Spüle brannte ein Licht, und die Scheiben hinter den Fenstergardinen blitzten dunkel. Jens sah zu einer alten Küchenuhr an der Wand auf, deren Zeiger auf siebzehn Minuten nach zehn standen. Die ganze Einrichtung wirkte so erschreckend normal. Ein zufälliger Besucher, der sich hierher verirrte, würde unmöglich erahnen können, welches entsetzliche Geheimnis sich hinter der Tür verbarg, die hinunter zum Keller führte. Allerdings war die Decke des Raums niedriger, als er es gewohnt war. Eine Bauernkate? Zwei Türen zweigten von dem Raum ab. Jens fasste jene ins Auge, die sich an der Außenwand befand. Eine Hoftür? Sie war weiß gestrichen, nur dass der Lack vom Holz blätterte. Ohne Zeit zu verlieren schob er den Schnappriegel beiseite und öffnete sie. Warme Nachtluft schlug ihm entgegen. Jetzt hielt ihn nichts mehr. In seinem Neoprenanzug taumelte er auf einen dunklen Hof, der auf der gegenüberliegenden Seite von einem Stall begrenzt wurde. Also war das hier tatsächlich ein Bauernhof. Fast zu spät bemerkte er den Lichtschein weiter rechts. Dort stand ein großer Kombi mit offener Fahrertür. Dank der angeschalteten Innenraumbeleuchtung konnte er auf dem Fahrersitz vage den Unbekannten mit der Mütze sehen, der vornübergebeugt dasaß und vermutlich gerade sein Schmalbandfunkgerät untersuchte. Wütend stierte der Mann zum Haus hinüber und stieg wieder aus. »Machst du da drinnen ein Nickerchen?«, brüllte er. Mit raumgreifenden Schritten marschierte er zum Haus zurück.

Verdammt. In wenigen Minuten würde der Kerl wissen, was im Keller passiert war. Jens dachte kurz darüber nach, ob die Schlüssel des Wagens noch steckten, doch war er nicht bereit, das Risiko einzugehen, dadurch kostbare Zeit zu verlieren. Also wartete er, bis ihn der Mann nicht mehr sehen konnte, schob die Tür zur Küche hinter sich zu und hetzte an dem Stall vorbei in die Nacht. Die Stallung wirkte seltsam verlassen. All das war Jens egal. Er hielt nicht einmal inne, als ihm bewusst wurde, dass er vor Aufregung vergessen hatte, sich das Nummernschild des Autos zu merken. Er wollte nur eines: weg von hier!

Vorbei an hohen Bäumen rannte er auf eine frei liegende Wiese mit Maschendrahtzaun zu. Irgendwo in dieser Einöde musste es doch noch andere Häuser geben. Doch die einzigen Lichter, die er sah, befanden sich in weiter Ferne. Er lief in geduckter Haltung über die Wiese, erreichte einen Acker, dessen warme Erde er zwischen seinen Zehen spürte, und warf sich bäuchlings in einen mit Wasser gefüllten Feldgraben, als er irgendwo hinter sich einen wütenden Schrei hörte, dem greller Lichtschein folgte. Eine Taschenlampe!

Es war so weit. Seine Flucht war bemerkt worden.

Weiter! Kaum dass wieder Dunkelheit einkehrte, watete Jens in gebückter Haltung durch das Wasser, stützte sich dabei auf die Stativstange und kletterte irgendwann wieder aus dem Graben heraus, um so lange weiter durch die Dunkelheit zu hetzen, bis ihm vor Erschöpfung die Beine lahm wurden. Wie lange war er jetzt schon unterwegs? Eine halbe Stunde? Länger? Sein Körper brannte vor Anstrengung. Vor sich sah er plötzlich eine Reihe von Bäumen, deren Zweige und Blätter sich gegen den Nachthimmel abzeichneten. Und da waren Lichter. Eine Straße? Ja, das waren Autoscheinwerfer! Jens mobilisierte seine letzten Kräfte, taumelte auf die Bäume zu und versteckte sich hinter einem der Stämme, von wo aus er misstrauisch den näher kommenden Wagen beäugte. Soweit er erkennen konnte, war das kein Kombi, sondern ein stinknormaler Pkw. Ein Toyota, wenn er sich nicht irrte. Auf sein Bauchgefühl vertrauend, stolperte er auf die Fahrbahn und winkte hektisch mit den Armen.

Bremsen quietschten, und Jens sah noch, wie ihn Scheinwerfer erfassten. Er hatte Glück, denn der Pkw hielt an, bevor er ihn überrollen konnte. Erschöpft kippte er vornüber auf die Kühlerhaube und starrte in die erschrockenen Gesichter eines jungen Pärchens. Die beiden sahen sich beunruhigt an, schließlich öffnete der Mann vorsichtig die Fahrertür. »Sind Sie wahnsinnig? Ich hätte Sie fast …« Er verstummte, als er sah, in welchem Zustand sich Jens befand. »Um Gottes willen, was ist mit Ihnen passiert?«

»Bitte keine Fragen.« Jens erhob sich stöhnend. »Haben Sie etwas Wasser – und ein Handy? Sie müssen … unbedingt die Polizei informieren. Ich bin entführt worden. Und da, wo ich herkomme, sind noch andere.«

»Sie wurden … was?« Der junge Mann schluckte. »Natürlich. Moment.« Er beugte sich in den Innenraum. »Petra, ruf mal schnell die Polizei. Ich hoffe, wir haben hinten nicht bloß die Strandtasche, sondern auch den Erste-Hilfe-Koffer?«

Jens beachtete die beiden kaum. Stattdessen kämpfte er weiter gegen die aufsteigende Ohnmacht an, die ihn nun endgültig zu umfangen drohte. Doch die Wut hielt ihn aufrecht. Wut und Zorn. Er würde diesem elenden Gespann in die Suppe spucken. Rhode verließ sich auf ihn. Und er war auch die einzige Hoffnung für die anderen Gefangenen in diesem elenden Kellerloch. Sie alle würden bald wieder frei sein. Doch als er den Kopf hob und in die Richtung starrte, aus der er geflohen war, glaubte er seinen Augen nicht zu trauen. Dahinten, am Horizont, loderte greller Lichtschein auf.

Der Bauernhof. Er brannte lichterloh.

Ruhe nach dem Sturm

Der kleine Park hinter der Klinik wirkte angenehm lauschig. Die Vormittagssonne strahlte warm am Horizont, zwischen zwei Kastanien tollte eine Gruppe Kinder herum, und auf einer Parkbank saßen zwei Frauen in dünnen Sommerkleidern, die sich unterhielten, während sie an irgendetwas strickten. Was genau, konnte Jens nicht erkennen. Es war ihm auch gleich. Er stand in einem karierten Schlafanzug am Fenster seines Krankenzimmers oben im ersten Stock und betrachtete die Szene ausdruckslos.

Die Betreiber der *Anteros-Mutter-Kind-Klinik* hatten um das eingezäunte Gelände hohe Büsche gepflanzt, die es Außenstehenden erschwerten, auf das Gelände zu blicken. Man hatte Jens bereits klargemacht, dass er es allein den Umständen zu verdanken hatte, sich hier als Mann aufhalten zu dürfen. Denn viele der an diesem Ort lebenden Frauen und Kinder waren vor allem hier, um sich von traumatischen Erfahrungen zu erholen. Männer, insbesondere Ehegatten und Väter, waren an diesem Ort eher unerwünscht. Nur kümmerten Jens die Probleme seiner Mitpatienten im Augenblick weniger, denn dazu war er zu sehr mit dem beschäftigt, was ihm selbst widerfahren war. Und die Untätigkeit, zu der er sich verdammt sah, ließ ihn zunehmend unruhig werden. Die Untätigkeit war das eine, das andere war der Umstand, in diesem Kasten von allen Informationen abgeschnitten zu sein.

Immerhin, das Zimmer, in das man ihn einquartiert hatte, besaß den Komfort eines Hotelzimmers. Von hier oben aus hatte er auch einen guten Blick auf das Dächergewirr des nahe gelegenen Küstenortes, an den es ihn verschlagen hatte: Egirholm. Der Ort lag unmittelbar an der Nordfriesischen Küste, und wenn er seinen Blick in die Ferne schweifen ließ, konnte er die Erhebung eines Deiches und dahinter die Nordsee erkennen, die sich als blaugrauer Streifen bis zum Horizont spannte. Der verschlafene

Küstenort war nicht gerade eine Metropole, doch es war auch eher der Anblick des Meeres, den er als tröstlich empfand.

Hinter ihm klopfte es, schon öffnete sich die Zimmertür. »Ich hätte nicht geglaubt, dass Sie so schnell wieder auf die Beine kommen, Herr Ahrens.«

Jens drehte sich gequält zu der Männerstimme um. Noch immer schmerzte ihn jede Bewegung, auch wenn ihm der zurückliegende Schlaf gutgetan hatte. »Ich bin eben nicht der Typ, der gern faul rumliegt«, antwortete er mit leichtem Sarkasmus.

In der Zimmertür stand Doktor Bornleit in dem strengen Weiß des Klinikpersonals. Der Arzt mit der Halbglatze und den fast silberweißen Haaren erinnerte Jens vom Aussehen her stark an den niederländischen Liedermacher Herman van Veen. Selbst das Alter kam hin, zumindest schätzte er den Leiter der Klinik auf Mitte sechzig. Geschäftig hielt sein Gegenüber ein Klemmbrett in der Hand und musterte zufrieden die Reste des Frühstücks, das Jens vertilgt hatte, kaum dass er aus dem bleiernen Schlaf erwacht war. »Sehr schön. Sie haben also Appetit«, stellte der Arzt fest. »Nur sollten Sie einen Gang runterschalten.«

Jens verzichtete auf eine Antwort, denn hinter Bornleit trat eine hübsche, dunkelhaarige Polizeibeamtin mit braunen Augen in das Zimmer. Sie trug die blaue Polizeiuniform Schleswig-Holsteins, wirkte sportlich und war einen halben Kopf kleiner als er selbst. Jens schätzte sie auf Anfang dreißig. Als sie die Dienstmütze abnahm, sah er, dass sie ihr langes Haar hochgesteckt trug. Er war nur froh, bei der sommerlichen Wärme nicht selbst so eine Uniform tragen zu müssen.

»Sie erinnern sich an unsere Polizeiobermeisterin?« Doktor Bornleit deutete mit dem Klemmbrett auf seine Begleiterin.

»Vergessen wir das Dienstgradgehabe.« Die Polizistin reichte Jens freundlich die Hand. »Meike Ehlers. Ich hoffe, es geht Ihnen inzwischen besser?«

Richtig. Vor ihm stand die Polizeibeamtin, die in der Nacht auf den Anruf des jungen Pärchens zur Landstraße gekommen war. Sie hatte ihm viele lästige Fragen gestellt, bevor sie sich endlich dazu bequemt hatte, Hilfe anzufordern. Zumindest war es ihm in der Nacht so vorgekommen. Ob der Eindruck nun gerechtfertigt war oder nicht, es ärgerte Jens noch immer, dass sie ihn von dem anschließenden Einsatz ausgeschlossen hatte. Stattdessen hatte sie ihn gegen seinen Willen direkt in diese Mutter-Kind-Klinik schaffen lassen. Und jetzt musste er ihr auch noch in diesem lächerlichen Aufzug gegenübertreten.

»Ich lebe, also geht es mir gut«, antwortete Jens schroffer, als er es eigentlich gewollt hatte. »Sagen Sie mir lieber, was mit den Männern da unten im Keller ist. Letzte Nacht wollten Sie ja nicht, dass ich Sie begleite.«

»Letzte Nacht?« Bornleit lachte trocken. »Mein lieber Herr Ahrens, ich glaube, Ihnen ist nicht ganz bewusst, in welchem Zustand Sie zu uns gebracht wurden. Mit kleineren Unterbrechungen haben Sie über sechsunddreißig Stunden am Stück geschlafen.«

»Wie bitte?« Jens sah den Arzt fassungslos an.

»Sie sind bereits seit vorgestern bei uns«, erklärte Bornleit ungerührt. »Und auch die Medien interessieren sich für Sie. Das junge Paar, dem Sie vor den Wagen gelaufen sind, hatte nämlich nichts Eiligeres zu tun, als sich mit ihrem Erlebnis an die Presse zu wenden. Seitdem stehen bei uns die Telefone nicht mehr still. Und das nicht gerade zum Vergnügen der Egirholmer Ortsverwaltung, wenn ich das mal so sagen darf.« Er zog drei zusammengefaltete Tageszeitungen unter dem Klemmbrett hervor und präsentierte ihm die aktuellen Schlagzeilen: *IN DER GEWALT VON KRIMINELLEN – Berufstaucher gelingt Flucht aus Kellerverlies.* Auch die zweite Zeitung titelte reißerisch: *DRAMA IN NORDFRIESLAND – Mann flüchtet vor Kidnappern. Gerüchte um weitere Entführte.* Die Headline eines großen deutschen Boulevardblatts schoss allerdings den Vogel ab: *ER WAR DAS OPFER DES DEUTSCHEN HANNIBAL LECTOR.* Daneben prangte eine verschwommene Aufnahme, die Jens zusammen mit Kollegen auf einem Bergungsschiff zeigte. Darunter hieß es: *Berufstaucher entführt – und missbraucht? Rätsel um weitere Opfer.*

Konsterniert nahm Jens die Zeitungen an sich. »Von wann sind die?«, wollte er wissen.

»Von gestern und heute«, mischte sich die Polizistin wieder ein. »Wie Sie sehen, füllen Sie das traditionelle Sommerloch aus.«

»Heute früh hat einer dieser Reporter sogar versucht, auf das Gelände der Klinik zu gelangen«, murrte Bornleit. »Sehr unschön. Auch wegen unserer übrigen Patienten. Wir haben ihn allerdings aufhalten können.«

»Um Sie nicht länger auf die Folter zu spannen«, unterbrach ihn Meike Ehlers, »der Bauernhof war komplett ausgebrannt, als die Feuerwehr eintraf.« Sie seufzte. »Die Experten sind sich inzwischen einig, dass das Feuer durch Brandstiftung gelegt wurde. Und zwar mit Benzin. Nur haben wir auf dem ganzen Gelände keine einzige Menschenseele gefunden.«

»Aber … das kann nicht sein.« Jens widerstand dem Drang, zum Bett zu gehen und sich zu setzen.

»Doch. Leider.« Polizistin und Arzt wechselten einen kurzen Blick.

Jens warf die Zeitungen aufs Bett, humpelte zu dem Waschbecken in der Zimmerecke hinüber und füllte dort ein Glas mit Wasser, aus dem er einige Schlucke trank. Er hatte noch immer großen Durst. Dabei kam er nicht umhin, in den Spiegel zu blicken. Der Anblick wirkte allerdings nicht sehr aufbauend. Seine Unterlippe war blutverkrustet, und die Stirn wurde dicht unter seinem blonden Haaransatz von einem Pflaster geziert. Außerdem war seine linke Gesichtshälfte noch immer leicht geschwollen. Dort, wo ihn der Schlag der Schaufel erwischt hatte. Er sah aus, als habe er eine Schlägerei hinter sich – und irgendwie hatte er das ja auch. Jens schnaubte verächtlich und wandte sich wieder der Beamtin zu. »Aber diese Zellen da unten, *die* haben Sie doch gefunden?«

Meike Ehlers nickte. »Ja. Die Kellerräume entsprachen Ihren Beschreibungen. Wir haben sogar diesen Metalltisch entdeckt, den Sie erwähnt hatten. Nur von den Männern, die dort unten eingesperrt waren, fehlte jede Spur. Ebenso von den beiden Entführern, die Sie angeblich gefangen gehalten …«

»Angeblich?« Jens musterte die hübsche Polizistin verärgert. »Glauben Sie, ich hätte mir das alles bloß ausgedacht?«

»Nein, natürlich nicht«, wiegelte sie ab, und Jens unterbrach sie, bevor sie weitersprechen konnte. »Dann finden Sie heraus, wem zum Teufel dieser verdammte Hof gehört. Finden Sie seinen Besitzer, und ich gehe jede Wette ein, dass wir diesem Verbrecherpaar dann auf die Spur kommen.«

»Das haben wir selbstverständlich schon getan.« Meike Ehlers klemmte die Dienstmütze unter den Arm und kramte einen Notizblock unter ihrer Uniformjacke hervor. »Der letzte Pächter verstarb vor sechs Jahren, und mangels Erben befindet sich das Anwesen seitdem im Besitz der Kommune. Nur hat sich bis heute kein neuer Interessent für Hof und Grundstück gefunden. Offiziell steht das Anwesen also leer. Aber ...« Beschwichtigend hob sie die Hand, bevor ihr Jens wieder ins Wort fallen konnte, »... wir haben im Gebäude Hinweise gefunden, dass das Haus bewohnt war. Nur wissen wir nicht, von wem.«

»Dann glauben Sie mir?«

»Meine Vorgesetzten in Husum haben zumindest noch einige Fragen«, wich sie der Frage aus. »Denn es ist natürlich nicht auszuschließen, dass Sie, nach allem, was Sie vor drei Tagen erlebt haben, unter Schock standen.«

»Ich stand – was?«

Doktor Bornleit trat neben den Bettpfosten. »Sie hatten mir doch von dem Unglück da draußen auf See berichtet?«

Jens starrte den Arzt fragend an. »Wieso? Bezweifeln Sie das etwa? Fragen Sie doch die *Blue Ocean Exploration*. Mein Arbeitgeber hat seinen Firmensitz in Kiel. Er wird das Unglück bestätigen. Selbst die Presse scheint das inzwischen zu wissen.«

»Sie missverstehen mich. Das habe ich selbstverständlich getan. Schon aus Versicherungsgründen.« Bornleit lächelte unverbindlich und zückte einen Kuli aus der Hemdtasche, um sich eine Notiz zu machen. »Ihre Bosse haben auch schon nach Ihnen gesehen. Gestern. Aber da waren Sie leider noch nicht ansprechbar.«

»Dann wissen Sie ja alles.«

»Ja, nur spreche ich von dem medizinischen Aspekt des Geschehens.«

»Ich will ehrlich zu Ihnen sein, Herr Ahrens«, mischte sich Meike Ehlers wieder in das Gespräch ein. »Ihr plötzliches Auftauchen hier an der Küste wirft einige Fragen auf. Unter anderem die, wie Sie das Unglück da draußen auf dem Meer überhaupt überleben konnten.«

Jens spürte, wie ihm jede Farbe aus dem Gesicht wich. »Wollen Sie damit andeuten, dass es Werner nicht geschafft hat?«

»Sie sprechen von Ihrem Kollegen, mit dem Sie da unten gearbeitet haben?« Bedauernd schüttelte die Polizistin den Kopf. »Nein. Der konnte leider nur noch tot geborgen werden. Dass *Sie* hingegen noch leben, gleicht ehrlich gesagt einem Wunder.«

»Scheiße.« Nun setzte sich Jens doch auf die Bettkante. Er und Werner waren nicht bloß Kollegen gewesen, sondern auch … Freunde. Dass er auf diese Weise an ihn erinnert wurde, beschämte ihn. »Und weiter?«

»Na ja«, fuhr Meike Ehlers fort. »Als wir vorgestern miteinander sprachen, hatten Sie angedeutet, dass Sie sich bereits einen Tag lang in der Gewalt Ihrer Entführer befunden haben.«

»Ja. Zumindest habe ich das aus der Unterhaltung der beiden geschlossen.«

»Das bedeutet dann aber, dass Sie noch am gleichen Nachmittag an der Küste angespült wurden, als das Unglück geschah. Nur ist das nach Meinung Ihrer Firma aufgrund der Entfernung zum Unglücksort eigentlich ein Ding der Unmöglichkeit.«

Jens zuckte mit den Schultern. »Was hat das mit meiner Entführung zu tun?«

»Es könnte bedeuten«, erklärte der Arzt, »dass sich die Ereignisse vielleicht gar nicht so zugetragen haben, wie Sie es uns berichtet haben.«

»Wie bitte?« Jens erhob sich verärgert. »Nach allem, was mir … passiert ist, bezichtigen Sie mich der Lüge?«

»Das habe ich nicht gesagt.« Bornleit legte seine Notizen auf die Bettdecke und hob beschwichtigend eine Hand. »Aber meiner ärztlichen Meinung nach ist es durchaus denkbar, dass Ihnen Ihre Erinnerungen einen Streich gespielt haben.«

»Das wird ja immer besser. Jetzt halten Sie mich auch noch für verrückt!«

»Bitte, Herr Ahrens.« Der Arzt seufzte. »Ihnen sollte doch selbst klar sein, was ein Trauma von der Art, wie Sie es da unten im Meer erlebt haben, mit der menschlichen Psyche anzurichten vermag. Hinzu kommen die möglichen Folgen einer Dekompressionskrankheit mit Sinnestäuschungen und Halluzinationen.«

»Blödsinn.« Jens sah Arzt und Polizistin gereizt an. »Wenn ich mir das alles bloß eingebildet habe, dann erklären Sie mir mal, warum ich von den drei Kellerräumen wusste? Oder warum dieser verdammte Bauernhof genau zu dem Zeitpunkt abbrannte, als es mir gelang, von dort zu fliehen? Ich sage Ihnen, warum: Weil da jemand Spuren verwischen wollte.« Jens deutete zur Zimmertür. »Hier in der Klinik muss doch irgendwo noch mein Neoprenanzug liegen. Wie erklären Sie sich die aufgetrennten Armteile?«

Meike Ehlers nickte dem Arzt zu. »Doktor Bornleit, wären Sie so freundlich und würden uns einen Moment allein lassen?«

»Natürlich.« Der Arzt musterte Jens noch einmal von oben bis unten. »Ihre Firma hat übrigens Ihre Sachen vom Schiff in die Klinik schaffen lassen. Eigentlich hatte ich darum gebeten …«

In diesem Moment klopfte es, und ein bulliger Pfleger mit kurz geschorenen dunklen Haaren, kantigem Kinn und hartem Blick betrat das Zimmer. In seiner Rechten hielt er eine lederne Reisetasche, die Jens das letzte Mal in seiner Kabine auf dem Bergungsschiff gesehen hatte.

»Wenn man vom Teufel spricht.« Bornleit zwinkerte, während der Pfleger die Tasche neben das Bett stellte. »Also, dann werden wir Sie mal ungestört lassen. Wenn Sie noch eine Schmerztablette brauchen, melden Sie sich bitte.«

Jens nickte dankbar, und die Polizistin wartete, bis Bornleit und sein Angestellter den Raum verlassen hatten.

»Zunächst einmal«, erklärte Meike Ehlers, »ich glaube Ihnen.«

»Jetzt doch?« Jens überkreuzte die Arme vor der Brust. »Ich dachte, Sie haben Zweifel an meiner Aussage?«

»Ich hatte von meinen Vorgesetzten gesprochen. *Die* hatten Zweifel. Zumindest an Ihrer Version, wie Sie es vom Unglücksort da draußen auf der See bis an die Küste geschafft haben wollen.« Sie musterte ihn nachdenklich. »Übrigens ebenso wie Ihre Firma. Ich befürchte, da steht Ihnen noch Ärger ins Haus.«

»Ist mir egal. Das wird sich schon klären.« Jens fasste sich an die verletzte Lippe und verzog dabei das Gesicht. »Verraten Sie mir lieber, warum *Sie* mir glauben.«

»Wegen all der Details, von denen Sie mir berichtet haben. Insbesondere aber wegen dieses Mitgefangenen, den Sie bei unserem ersten Zusammentreffen erwähnten. Diesem Volker Rhode. So war doch sein Name, oder?«

»Ja.«

Die Polizistin zog sich einen Stuhl heran und setzte sich. »Den Mann gibt es tatsächlich. Er ist hier an der Küste auch kein Unbekannter. Volker Rhode ist Heimatforscher, Volkskundler und ein Autor, der schon einige Bücher geschrieben hat.«

»Lassen Sie mich raten: Volker Rhode ist verschwunden?« Jens betrachtete die Polizistin aufmerksam. Sie nickte. »Ja, und zwar schon seit mindestens fünf Tagen. Sein Wagen wurde letzten Sonntag auf der Halbinsel Eiderstedt gefunden.«

»Da liegt doch dieses berühmte Nordseeheilband St. Peter-Ording? Teures Pflaster.«

»Ja, aber in St. Peter-Ording war er nicht. Das Fahrzeug stand am Ortsrand von Westerhever, das ist ein Ort ganz im Nordwesten der Halbinsel. Spaziergänger sind auf das Auto aufmerksam geworden, weil ein kleiner Hund in dem Pkw eingesperrt war. Bislang verlief die Suche nach Rhode allerdings ergebnislos.«

»Natürlich. Der Mann wurde schließlich genauso entführt wie ich. Wie lange suchen Ihre Kollegen denn schon nach ihm?«

»Ehrlich gesagt erst seit vorletzter Nacht.«

»Dieser Volkskundler ist bereits seit fünf Tagen verschwunden, und Sie fangen jetzt erst an, ihn zu suchen?« Jens schüttelte ungläubig den Kopf.

»Das ist nicht so wie in diesen TV-Krimis.« Meike Ehlers beugte sich leicht vor. »Nach Erwachsenen suchen wir immer erst dann, wenn von einer Gefahr für Leib und Leben auszugehen ist. Und das ist erst der Fall, seit wir Ihnen begegnet sind.«

Jens lag ein zynischer Spruch auf den Lippen, doch er sah ein, dass die Polizistin recht hatte. Erstmals dachte er wieder an das kurze Gespräch mit Volker Rhode zurück. Der Mann hatte durchblicken lassen, ein Geheimnis aufgespürt zu haben. Die Frage war allerdings, ob er damit etwas Berufliches gemeint hatte. »Verraten Sie mir, mit was sich Rhode beschäftigt?«

»Wenn ich den Buchtiteln im Internet glauben darf, vor allem mit dem untergegangenen Rungholt.«

»Sie meinen dieses berühmte ›Atlantis des Nordens‹?« Vorsichtig berührte Jens das Pflaster auf seiner Stirn. »Das ist doch diese nordfriesische Stadt, die irgendwann im Mittelalter während einer großen Sturmflut untergegangen ist?«

»Ja, während der Zweiten Marcellusflut im Jahre 1362, bei der die nordfriesischen Uthlande versanken. Diese Jahreszahl kennt hier oben jedes Kind.« Meike Ehlers lächelte schmal. »Nur war Rungholt eher ein bäuerlicher Handelshafen und nicht gerade die prachtvolle Metropole, die die Überlieferungen aus ihr gemacht haben. Man nimmt aber an, dass die Bewohner Salz bis nach Flandern und ins Rheinland exportiert haben. Und vermutlich haben sie auch mit Wolle und Bernstein gehandelt.«

»Und von der Beschäftigung mit diesem Thema kann man leben?«

»Das dürfen Sie nicht mich fragen.« Die Polizistin zuckte mit den Schultern. »Aber der Untergang Rungholts ist hier oben in Nordfriesland immerhin so etwas wie ein Nationalmythos. Wenn Sie mal einen Blick ins TV-Programm werfen, dann werden Sie sehen, dass regelmäßig Dokumentationen zu dem Thema ausgestrahlt werden.« Sie lächelte müde. »Die Zweite Marcellusflut war eine der größten Katastrophen, die die Gegend hier heimgesucht haben. Nur vergleichbar mit der Burchardiflut dreihundert Jahre später. Historiker sprechen von angeblich hunderttausend Toten, die sie an den Küsten gefordert haben soll. Ein Publikum ist also durchaus vorhanden. Und unter uns gesagt: Die Tourismusbranche in der Region zehrt ebenfalls davon. Rhode hält wohl auch Vorträge über seine Forschungen. Es gibt viele Begeisterte, die sich Hoffnung machen, eines Tages selbst auf Überreste der Stadt zu stoßen.«

»Ich dachte, Rungholt sei längst irgendwo südlich der Insel Pellworm verortet worden?«

»So einfach ist das nicht«, antwortete die Polizistin. »Pellworm schmückt sich zwar mit einem entsprechenden Museum, aber diese Vermutung stützt sich vor allem darauf, dass Anfang des zwanzigsten Jahrhunderts im dortigen Watt Schleusenreste gefunden wurden.« Meike Ehlers seufzte. »Nur gab es in dem Gebiet noch eine Menge anderer Dörfer, die mit Rungholt untergingen. Und die lagen damals auch auf der Insel Alt-Strand, nur dass von dieser Insel heute ebenfalls nicht mehr viel übrig ist.«

»Ich weiß«, meinte Jens. »Die heutigen Inseln Nordstrand und Pellworm gelten als die größten Überreste von Strand.«

»Richtig.« Meike Ehlers nickte erfreut. »Die nachfolgenden Sturmfluten, vor allem die Burchardiflut im 17. Jahrhundert, haben sie dann – sozusagen – endgültig zerrissen.«

»Das heißt, die bisher gemachten Funde könnten auch von anderen Siedelungen stammen?«

»Aber sicher. Sie glauben gar nicht, wie oft hier oben noch immer über die vermeintlich wahre Lage Rungholts gestritten wird.« Die Polizistin lachte. »Da all die gefundenen Überreste weitab draußen im Wattenmeer liegen und ständig von der Flut überspült werden, wird das wohl auch noch eine Weile so weitergehen. Für die Fangemeinde bleibt das Thema damit ein Dauerbrenner.« Sie beäugte ihn neugierig. »Für einen Auswärtigen kennen Sie sich aber überraschend gut aus.«

»Geht so.« Jens ging wieder zum Waschbecken, um sein Glas erneut zu füllen. »Wer in der Deutschen Bucht nach Schätzen taucht, muss vorher eine Menge recherchieren. Da bleibt zwangsläufig das eine oder andere hängen.« Er deutete mit dem Kinn auf ein zweites Glas. »Wollen Sie auch einen Schluck? Nur kann ich Ihnen im Moment außer Leitungswasser nichts anderes anbieten.«

»Nein danke.«

»Und wo lebt Rhode? Hier in Egirholm?«

»Nein, oben in Bredstedt. Aber seine Wohnung ist verwaist. Seine Nachbarn haben ihn seit Sonntag nicht mehr gesehen. Kurz gesagt«, Meike Ehlers sah ihn aus ihren braunen Augen bedeutungsvoll an, »er ist verschwunden – und Sie sind der Erste, der uns einen Anhaltspunkt auf seinen Verbleib liefern konnte.«

»Er war aber nicht der Einzige. Da unten im Keller waren auch noch andere Männer eingesperrt. Ich hab mir das alles nicht zurechtphantasiert.« Jens trank, doch das trockene Gefühl in seiner Kehle blieb. »Aber wissen Sie, was das Schlimmste ist? Rhode war davon überzeugt, dass die Tage für die Gefangenen im Keller … gewissermaßen … gezählt seien.«

»Inwiefern?« Die Polizistin sah alarmiert auf.

»Er sprach davon, dass *wir alle* nur noch sechs Tage zu leben hätten.« Jens sah auf. »Und von diesen sechs Tagen sind inklusive dem heutigen Tag nur noch vier übrig.«

Meike Ehlers runzelte besorgt die Stirn. »Und was geschieht dann?«

»Ich weiß es nicht.« Niedergeschlagen schüttelte Jens den Kopf. »Dieses Verbrecherpärchen hat auf mich jedenfalls den Eindruck gemacht, als würde es eine gewisse Routine mit Entführungen haben.«

»Sie meinen, die machen das nicht um ersten Mal?«

Jens nickte. »Aus dem Gespräch der beiden ging übrigens hervor, dass die Männer da unten offenbar bestimmten gesundheitlichen Kriterien entsprechen müssen. Fast so, als käme für ihre Absichten nicht jeder infrage.«

»Sprechen Sie jetzt von medizinischen Zwecken?«

»Keine Ahnung. Ich weiß nicht, was die beiden damit meinten.« Jens seufzte. »Und da war noch etwas: Rhode sagte was von einem Blutbad. Und er nannte in diesem Zusammenhang einen Ort namens Westerogg. Können Sie damit etwas anfangen?«

»Westerogg?« Meike Ehlers dachte kurz nach. »Das ist eine kleine Insel draußen in der Deutschen Bucht. Ein Vogelschutzgebiet. Wenn dort was vorgefallen sein sollte, dann lässt sich das sicher leicht herausfinden.«

»Ja, bitte. Tun Sie das. Ich werde eh noch eine Weile hier oben bleiben.«

»Um selbst Nachforschungen anzustellen?« Meike Ehlers drehte die Uniformmütze zwischen den Händen, und Jens schien es so, als wolle sie seine Feststellung weiter kommentieren. Stattdessen erhob sie sich. »Gut. Ich werde der Sache weiter nachgehen. Dennoch, Herr Ahrens: Ein bisschen mehr Vertrauen in die Polizeiarbeit sollten Sie schon haben.«

Jens schürzte spöttisch die Lippen. »Und das, obwohl Ihre Vorgesetzten offenbar glauben, sie hätten es mit einem Spinner zu tun? Drei Tage, abgesehen von heute, sind ein ziemlich schmales Zeitfenster, wenn Rhode recht hat.«

Die Polizistin nickte sorgenvoll. »Wohnen Sie nicht eigentlich in Bremen?«, wechselte sie plötzlich das Thema. »Wartet da nicht jemand auf Sie?«

»Nein.« Jens schüttelte den Kopf. »Ich hab da bloß ein kleines Zimmer. Beruflich bin ich so oft unterwegs, dass sich mehr nicht lohnt. Und warten tut da ehrlich gesagt auch niemand auf mich.«

»Aber Ihre Familie wird sich doch Sorgen machen?«

»Sie meinen meine Stiefeltern? Nein, ebenfalls Fehlanzeige. Mit denen hab ich mich schon vor Längerem verkracht.« Er stellte das Glas ab. »Ich bin das, was man so landläufig ein Findelkind nennt. Wurde vor einundvierzig Jahren als Säugling ausgesetzt. Übrigens gar nicht mal weit weg von hier.« Er deutete zum Fenster. »Da draußen auf einer der Halligen im Wattenmeer. Sie wissen schon, eine dieser kleinen Marschinseln vor der Küste, die bei Sturmflut Gefahr laufen, überschwemmt zu werden. Aber die Häuser stehen da verhältnismäßig sicher. Auf diesen aufgeschütteten Erdhügeln. Warften.«

Meike Ehlers lächelte nachsichtig. »Das müssen Sie mir nicht erklären, ich stamme von hier.«

»Entschuldigen Sie. Aber ich bin in Baden-Württemberg aufgewachsen, da muss man so was den Leuten üblicherweise erklären.«

»Kein Problem. Aber ausgerechnet auf einer der Halligen?« Meike Ehlers schüttelte verwundert den Kopf. »Wie kommt jemand auf die Idee, gerade dort einen Säugling abzulegen?«

»Mich dürfen Sie das nicht fragen.« Jens starrte geistesabwesend nach draußen. »Mit meinen Stiefeltern hab ich mich leider nie gut verstanden. Mich hat es schon als Jugendlicher immer in den Norden gezogen. Zum Meer. Eine Leidenschaft, die mir offenbar im Blut liegt. Nur habe ich meine richtigen Eltern leider nie finden können.« Er schwieg eine Weile und drehte sich schließlich wieder zu der Polizistin um. »Aber ich wollte Sie jetzt nicht mit meiner Lebensgeschichte langweilen.«

»Nein, nein, tun Sie nicht. Ich hab mich ehrlich gesagt schon gefragt, wie man Berufstaucher wird.«

»Na ja, die Leidenschaft fürs Wasser müssen Sie schon mitbringen.« Jens schmunzelte. »Ursprünglich wollte ich zur See fahren. Aber dann kam die Bundeswehr, und ich hab mich in Eckernförde zum Taucher ausbilden lassen. Irgendwann war dann allerdings die Dienstzeit um. Seitdem arbeite ich als Bergungstaucher. Davon jetzt drei Jahre für die B. O. E.«

»Hat man da unten in der Tiefe denn keine Angst?«, wollte Meike Ehlers wissen.

»Angst? Warum?«

»Nun, ich würde mich vermutlich allein wegen der Dunkelheit zu Tode gruseln«, meinte die Polizistin. »Schon bei der Vorstellung, dass mich da unten plötzlich ein Kraken oder ein Hai anfallen könnte, schüttelt es mich.«

Jens musste unwillkürlich lachen, und sogleich schmerzte ihn die Lippe. »Na ja, ich arbeite für gewöhnlich ja nicht gerade in tropischen Gewässern. Da ist so etwas natürlich möglich. Aber das Größte, auf was Sie in der Nordsee stoßen können, ist gegebenenfalls ein Wal. Die eigentlichen Gefahren lauern in den untergegangenen Schiffen. Was mir diese Woche passiert ist, wissen Sie ja. Trotzdem zieht es mich irgendwie da runter. Das war schon immer so.« Einen Moment lang hielt er versonnen inne. »Da unten genießen Sie eine Freiheit, die irgendwie … anders ist als das, was man hier an Land kennt. Vermutlich ist das auch einer der Gründe, warum ich so schnell wie möglich wieder hier raus will. In dieser Klinik komme ich mir vor wie eingesperrt.«

»Eingesperrt? Hier?« Meike Ehlers wirkte amüsiert. »Sie sollten sich glücklich schätzen, dass diese Einrichtung über eine Notaufnahme verfügt. Normalerweise landen Fälle wie Sie unten in der Klinik Husum. Die Zimmer dort dürften weit weniger luxuriös sein.«

»Ist mir egal. Ich werde die Klinik heute noch verlassen.«

»Sind Sie sich sicher?« Sie trat einen Schritt auf ihn zu und musterte die Verletzungen in seinem Gesicht. »Sie machen zwar den Eindruck auf mich, als könnten Sie durchaus einiges einstecken, aber wenn Sie mir die Bemerkung gestatten: Im Augenblick sehen Sie eher so aus, als könnten Sie noch etwas Ruhe gebrauchen.«

»Machen Sie sich keine Sorgen«, witzelte Jens freudlos. »Vor Ihnen steht das blühende Leben.«

»Ihnen blüht ein körperlicher Zusammenbruch, wenn Sie sich nicht schonen.« In der Stimme der Beamtin schwang Sorge mit. »Wenn Sie schon nicht auf mich hören wollen, dann wenigstens auf Doktor Bornleit.«

»Nein, mein Entschluss steht fest.« Jens schüttelte den Kopf. »Ich kann hier nicht weiter untätig herumhocken, während Rhode und den anderen Männern die Zeit davonläuft.«

»Na gut, Ihre Entscheidung.« Meike Ehlers rückte sich die Uniformmütze zurecht. »Ich muss Ihre Aussage ohnehin noch zu Protokoll nehmen. Je schneller wir das hinter uns bringen, desto besser ist es für die Ermittlungen. Ich hab da übrigens auch schon eine Idee, die uns hoffentlich weiterhilft.«

»Und?«

Meike Ehlers tippte sich gegen die Nasenspitze. »Ich habe das Landeskriminalamt um einen Zeichner gebeten. Mithilfe Ihrer Beschreibungen sollte es doch möglich sein, von Ihren Entführern Phantombilder anzufertigen. Und nicht nur von denen, vielleicht auch von einigen der Mitgefangenen?«

»Sehr gute Idee.« Jens nickte anerkennend. »Dann treffen wir uns bei Ihnen in der Wache, sobald ich hier durch bin?«

»In Ordnung.«

»Ach ja, können Sie mir im Ort vielleicht noch ein Hotel empfehlen?«

»Ein Hotel?« Meike Ehlers dachte kurz nach. »Ich habe meine Eltern vor zwei Wochen in der Nähe des Jachthafens untergebracht. Hotel Seemöwe. Wäre das was für Sie?«

»Ich bin da nicht wählerisch.«

»Gut, dann fahre ich Sie nachher dorthin.« Die Polizistin wollte das Zimmer bereits verlassen, als Jens sie noch einmal aufhielt. »Da wäre noch etwas. Ich werde später natürlich selbst noch in Kiel anrufen, aber haben Sie bei Ihren Gesprächen mit der *Blue Ocean Exploration* erfahren können, wann mein Kollege beerdigt wird?«

»Oh, natürlich.« Meike Ehlers drehte sich mit der Klinke in der Hand zu ihm um. »Soweit ich weiß, ist das bereits morgen. Nur bin ich überfragt, wohin sein Leichnam überführt wurde.«

Jens berührte seinen Hals. »Werners Familie lebt in Schleswig. Ich nehme an, dass die Bestattung dort stattfindet. Danke.«

Die Polizistin nickte mitfühlend. »Also dann, bis nachher. Ich bin mir sicher, wir werden Volker Rhode und Ihre anderen Mitgefangenen schon bald finden.«

Nun verließ sie endgültig das Zimmer, und Jens betrachtete eine Weile die geschlossene Tür, während es hinter seiner Stirn arbeitete.

Vor seinem geistigen Auge zeichnete sich erneut der verzweifelte Gesichtsausdruck des Volkskundlers ab. Hätte Rhode ihn nicht auf die Schere aufmerksam gemacht, er säße jetzt vermutlich noch immer in diesem Kellerverlies fest. Und da waren außerdem die anderen Gefangenen. Allein bei dem Gedanken an sie wurde er wütend. Jens wusste nicht, ob das die übliche Reaktion auf eine Entführung war, doch er hatte sich noch nie so hilflos gefühlt wie vorgestern in der Gewalt dieser beiden Verrückten. Nicht einmal bei gefährlichen Taucheinsätzen. Er wagte es sich nicht auszumalen, wie es seinen Mitgefangenen jetzt erging. Wenn an der seltsamen Frist, die Rhode genannt hatte, etwas dran war, dann hatten diese Männer nur noch eine knappe halbe Woche zu leben. Nur, warum? Denn um Lösegeld schien es nicht zu gehen. Eine solche Forderung hätte Meike Ehlers ihm gegenüber sicher erwähnt.

Aufgewühlt wollte er sich ein weiteres Glas Wasser holen, als sein Blick auf das Bett fiel. Dort lag noch immer Bornleits Klemmbrett samt den drei Zeitungen. Jens las sich die Artikel diesmal ganz durch, anschließend überflog er auch noch die Notizen des Arztes. Offenbar hatte er bei der Einlieferung wohl doch unter Schock gestanden, denn er schien recht redselig gewesen zu sein. Jens wollte die Unterlagen schon wieder zurücklegen, als etwas anderes sein Interesse weckte: das Emblem der Klinik oben auf dem Schreibpapier. Bei dem Erkennungszeichen handelte es sich um zwei stilisierte blaue Wellen mit einem darüber schwebenden roten Kreuz. Darunter befand sich der Schriftzug *Kurklinik Anteros*.

Hatte er das Emblem nicht schon einmal gesehen?

Beunruhigt schritt Jens zum Nachttisch neben dem Bett, zog die Schublade auf und fischte dort nach dem Beutel mit den wenigen Habseligkeiten, die ihm nach seiner Einlieferung verblieben waren. Eine Krankenschwester hatte ihn kurz nach seinem Erwachen darauf hingewiesen, nur hatte er den Sachen bis jetzt keine größere Beachtung gezollt. Er öffnete den Beutel und fand darin das Feuerzeug und den Kuli, die er beide seiner Entführerin abgenommen und in den Neoprenanzug gesteckt hatte. Er musste die Funde unbedingt der Polizei übergeben. Nur galt sein Interesse im Moment allein dem Werbeaufdruck des Kugelschreibers. Aufgewühlt hielt er den Stift neben den Block. Die beiden Embleme glichen sich.

Jens ließ Klemmbrett und Kugelschreiber sinken und starrte finster zur Zimmertür. Wenn dieser Kugelschreiber tatsächlich von hier stammte, konnte das nur eines bedeuten: Seine Entführerin stand in Verbindung mit der Klinik – oder arbeitete sogar für sie.

Phantome

»Kinder sind immer die besten Zeugen«, brummte der schwergewichtige Phantombildzeichner, während auf dem Laptop vor ihm das Konterfei jener Frau entstand, die Jens mit der Schippe niedergestreckt hatte. Anders als Meike Ehlers trug der dunkelhaarige Beamte keine Uniform, sondern war leger mit Jeans und einem ausladenden Hemd bekleidet, das seinen Bauchumfang dennoch kaum verhüllen konnte. »Seit ich das hier mache, ist mir aufgefallen, dass die sehr viel mehr auf Einzelheiten achten«, fuhr er fort. »Unsere Erinnerungen als Erwachsene sind da leider trügerischer. Wobei das natürlich ein bisschen auch von dem jeweiligen Erlebnis abhängt.«

»Das heißt, Sie haben ursprünglich etwas anderes gelernt?«, murmelte Jens geistesabwesend, während er das entstandene Bild betrachtete.

»Kommt drauf an, was Sie meinen«, brummte der Dicke. »Ich bin ein ganz normaler Polizeibeamter. Kriminaltechniker. Aber man sagt mir ein gewisses Talent für dies hier nach.«

»Probieren Sie das da mal.« Jens deutete in der Vorschlagsliste für Augenbrauen auf ein weniger buschiges Exemplar. Der Polizist setzte nun dieses in das Phantombild ein.

»Schon besser.« Allmählich glich das Frauengesicht auf dem Bildschirm tatsächlich jenem in seiner Erinnerung, wobei sich Jens sicher war, dass er sich in jedem Fall auf sein Gedächtnis verlassen konnte. Auch Meike Ehlers betrachtete das Ergebnis interessiert. Kurz bevor ihr Kollege aus Husum eingetroffen war, hatte die Polizistin seine Aussagen offiziell zu Protokoll genommen, und Jens konnte ihr ansehen, wie es hinter ihrer Stirn arbeitete. Sie fragte sich, ob sie die Unbekannte schon einmal gesehen hatte.

Eigentlich hatte Jens einen richtigen Zeichner erwartet, der seinen Erinnerungen mit Stift und Zeichenkunst Gestalt verleihen würde, stattdessen entstand das Phantombild am Computer. Auch die Polizeiwache Egirholms hatte er sich anders vorgestellt. Größer, moderner und vielleicht mit ein oder zwei weiteren Kollegen besetzt. Stattdessen arbeitete Meike Ehlers hier ganz allein. Egirholm war offenbar zu klein, als dass mehr als eine Beamte nottat. Ganz dazu passte, dass das kleine Revier in einer historischen Fischerkate untergebracht war und praktisch nur aus zwei nüchtern ausgestatteten Amtsstuben bestand, die nach der Kaffeemaschine dufteten, die links von ihnen auf einem Beistelltisch blubberte. Der Raum, in dem sie saßen, war für die Öffentlichkeit zugänglich und zur Eingangstür hin mit einem dunklen Holztresen ausgestattet, während das benachbarte Zimmer vornehmlich dazu diente, den Schreibtisch von Meike Ehlers samt einem älteren Behördencomputer unterzubringen. Die einzige weibliche Note in dem Raum, die Jens erkennen konnte, war ein grüner, fast mannsgroßer Farn, auf den schräg die Strahlen der Nachmittagssonne fielen. Bei ihm zu Hause wäre das Gestrüpp vermutlich schon längst vertrocknet.

»Dann sind Sie damit zufrieden?«, wollte Meike Ehlers wissen. Jens nickte und kam nicht umhin festzustellen, dass die Polizistin angenehm nach Jasmin duftete. Er kannte das Parfum zwar nicht, aber es passte zu ihrer aparten Erscheinung. Unwillkürlich fragte er sich, wie die Polizeiobermeisterin wohl in Zivil aussah, wenn sie ihr langes braunes Haar nicht hochgesteckt trug.

»Okay, Michael«, wandte sie sich wieder an den Zeichner, »dann bitte speichern und einmal auch für uns ausdrucken.«

»Wird gemacht, Teuerste.« Der Dicke drückte ein paar Tasten, und schon begann der Drucker nebenan auf der Kommode die Arbeit aufzunehmen. »Und für mein rasches Kommen werden dann die beiden Agent-Hamilton-DVDs fällig.«

»Ja, klar.« Meike Ehlers räusperte sich und fischte den Ausdruck aus dem Drucker.

Dieser private Einschub schien ihr etwas unangenehm zu sein.

»Sie müssen nämlich wissen«, erklärte der Zeichner an Jens gewandt, »dass meine treulose Kollegin mir die Filme jetzt schon seit zwei Jahren verspricht, aber nie mitbringt. Sind nach den Bestsellern von Jan Guillou gedreht worden. Mit Mikael Persbrandt. Kennen Sie doch sicher, oder? Der spielt im Hobbit den Beorninger. Diese beiden Filme sind besser als manche Hollywood-Produktion.«

»Sie beide kennen sich offenbar schon etwas länger?« Jens sah mit schmalem Lächeln auf.

»Kann man wohl sagen.« Der Dicke lachte gut gelaunt. »Normalerweise hätte ich erst morgen kommen können. Ist gerade eine Menge zu tun. Aber wenn Meike ruft, schiebe ich die Termine auch schon mal.«

Meike Ehlers räusperte sich ein weiteres Mal. Nun etwas energischer. Der Dicke verstummte, und gemeinsam mit Jens warf sie einen Blick auf den Ausdruck. »Dann geben wir das so in die Fahndung?«

Jens zuckte mit den Achseln. »Besser kriege ich es jedenfalls nicht hin.«

Der Phantombildzeichner nickte aufbauend. »Wissen Sie, es hilft schon, wenn man eine Ähnlichkeit von etwa siebzig Prozent erreicht. Und das Ergebnis hier wirkt auf mich doch recht ordentlich.«

»Und der Jugendliche? Wünschen Sie da vielleicht noch eine Änderung?« Meike Ehlers legte zum Vergleich das Konterfei des jungen Mannes auf das Phantombild der Frau, den Jens in der Nachbarzelle gesehen hatte. Sie hatten seine Gesichtszüge als Erstes angefertigt, nur waren sie leider weniger detailreich als die seiner Entführerin. Abgesehen von Volker Rhode war der Junge auch der einzige andere seiner Mitgefangenen, an dessen Gesichtszüge sich Jens überhaupt genauer erinnern konnte.

»Nein.« Er schüttelte niedergeschlagen den Kopf. »Wenn ich daran noch mehr herumpfusche, wird es nicht besser. Ich habe ihn leider nur einen kurzen Moment lang gesehen.«

»Wenn Ihnen weitere Details einfallen, können Sie sich ja telefonisch bei mir melden«, schlug der Phantombildzeichner vor. »Insbesondere, wenn Ihnen noch etwas zu dem Mann einfällt, der mit Ihrer Entführerin zusammengearbeitet hat.«

Jens lehnte sich niedergeschlagen zurück. »Wie schon gesagt, ich hab ihn praktisch nur von hinten gesehen. Den würde ich vermutlich nicht mal erkennen, wenn er jetzt in die Wache käme.«

»Falls doch, ein Anruf genügt.« Der beleibte Beamte erhob sich schnaufend von seinem Stuhl und klappte den Laptop zu. »In diesem Fall würde ich Ihnen die Änderungsvorschläge via Mail hier auf die Wache schicken, okay? Zumindest, falls es stimmt, dass Sie noch eine Weile hierbleiben.«

»Ja, ein paar Tage mit Sicherheit. Im Zweifel kann ich Ihnen aber auch meine E-Mail-Adresse zukommen lassen, ich muss mein Smartphone bloß noch aufladen.«

»Sie wissen doch«, winkte sein Gegenüber ab, »sonst erreichen Sie mich ganz einfach über Meike.«

Jens schenkte dem hilfsbereiten Beamten ein Lächeln. »Und Sie denken daran, dass dieses Miststück rote Haare hatte?«

»Selbstverständlich.« Der Beamte verstaute den Laptop in seiner Tasche und reichte Jens zum Abschied die Hand. »Verlassen Sie sich auf uns«, brummte er. »Ich bin sehr zuversichtlich, dass wir diesen Kriminellen schon bald auf die Spur kommen.« Dann grinste er Meike Ehlers an. »So, und jetzt die DVDs.«

»Ich hab sie oben.« Meike begleitete ihren korpulenten Kollegen nach draußen. So hatte Jens Zeit, sich ein wenig auf dem Revier umzusehen. In den Regalen rings um ihn herum standen sauber beschriftete Akten, und an den Wänden hingen öffentliche Aushänge der Kommune Egirholm sowie Plakate, die vor Taschendieben warnten und sich gegen Jugendgewalt richteten. Einzig ein gerahmtes Foto neben der Tür zum Nachbarzimmer, auf dem drei lächelnde Polizisten in Uniform vor einem Fischkutter zu sehen waren, strahlte etwas Persönliches aus. Jens betrachtete es interessiert. Unter den Beamten war auch eine Frau, allerdings handelte es sich bei ihr nicht um Meike Ehlers.

Außerhalb des Gebäudes sprang irgendwann ein Auto an, und Jens sah durch eines der Fenster, wie vor der Wache ein VW Golf vorbeifuhr, hinter dessen Lenkrad eingeklemmt Meike Ehlers' dicker Bekannter saß.

»Entschuldigen Sie.« Die Polizistin betrat wieder die Wache, und Jens wandte sich von dem Bild ab, während sie weitersprach. »Michael, ich meine, mein Kollege, ist da manchmal etwas ungeschickt. Ihm hätte klar sein müssen, dass Sie gerade von ganz anderen Dingen belastet werden und sich nicht für irgendwelche Filme interessieren.«

»Schon in Ordnung.« Er winkte ab. »Dafür, dass er sich extra so schnell Zeit für uns genommen hat, hätte er mir auch seine Musiksammlung präsentieren dürfen.«

»Beschwören Sie es nicht herauf.« Sie nahm einen Schluck Kaffee. »Der Gute beschäftigt sich privat nämlich mit kaum was anderem. Nur sammelt er nicht bloß schnöde CDs, nein, es müssen schon alte Langspielplatten sein. Und er sammelt auch seltene Konzertmitschnitte, von denen nur Bandaufnahmen vorliegen. Die Boxen in seiner Wohnung füllen fast den ganzen Raum aus.«

Jens lächelte und wurde dann wieder ernst. »Haben Sie in der Zwischenzeit herausfinden können, ob an dieser Westerogg-Sache was dran ist?«

»Ach so, ja. Habe ich. Liegt aber schon etwas zurück.« Sie schürzte zweifelnd die Lippen. »Nach Aussage meiner Kollegen in Husum soll es dort 1973 zu einem Zwischenfall gekommen sein, der die Bezeichnung ›Blutbad‹ tatsächlich verdient. Jedenfalls haben die Zeitungen das Geschehen damals so betitelt.«

»1973?« Jens runzelte die Stirn. »Ist verdammt lange her. Was ist damals geschehen?«

»Auf der Insel hat sich damals eine Hippiekommune eingenistet, die sich im Drogenrausch gegenseitig abgeschlachtet hat.«

»Eine Hippiekommune?«

»Ja, so hieß es jedenfalls. Genaueres weiß ich erst, wenn ich die Akten studiert habe. Ich habe sie bereits angefordert.« Meike Ehlers beugte sich wieder über das Phantombild der Entführerin. »Mein Kollege meinte das eben übrigens ganz ernst«, erklärte sie. »Sie wären nicht der Erste, dem weitere Einzelheiten erst später einfallen.«

Jens folgte ihrem Blick. »Wenn ich mich noch an etwas erinnern sollte, werde ich es Ihnen sofort mitteilen.«

»Gut. Zunächst werde ich das Bild Doktor Bornleit vorlegen.

Denn wenn die Frau irgendwie mit der Klinik zu tun hat, sollte er sie doch kennen.«

»Ich hoffe es. Wie lange dauert es denn, bis Ihre Kollegen Stift und Feuerzeug auf mögliche Fingerabdrücke überprüft haben?« Jens hatte der Polizistin die Fundstücke ausgehändigt, kaum dass er auf der Wache erschienen war.

»Michael bringt die Gegenstände gleich nachher zur Spurensicherung. Wenn die Kollegen in Husum Fingerabdrücke finden und diese Frau irgendwann in der Vergangenheit erkennungsdienstlich aufgefallen ist, geht der Abgleich ziemlich rasch. Ihre habe ich zum Vergleich ja schon genommen. Aber nageln Sie mich jetzt bitte nicht fest, *wie* schnell das sein wird. Der Dienst arbeitet die Eingänge streng nach Dringlichkeit ab – ein paar Tage wird das wohl schon dauern.«

Ein paar Tage? Jens verdrehte innerlich die Augen. So viel Zeit hatten sie vermutlich nicht. Er nahm das Phantombild seiner Entführerin selbst noch einmal zur Hand – und stutzte. »Warten Sie. Da ist vielleicht doch noch etwas. Die Frau sieht jetzt natürlich nicht mehr ganz so vorteilhaft aus.«

»Wie meinen Sie das?«

»Bei meinem Kampf mit ihr hab ich ihr mindestens einen Zahn ausgeschlagen.« Er lächelte böse. »Zumindest hörte es sich so an.«

Meike Ehlers nahm ihm das Bild ab und hob eine Augenbraue. »Interessantes Detail. Gut, wenn ich in der Klinik nicht weiterkomme, lege ich es den Zahnärzten der Umgebung vor. Noch was, an das Sie sich erinnern?«

»Leider nicht.«

»Dann schlage ich vor, dass ich Ihnen jetzt den Weg zu Ihrem Hotel zeige.« Sie warf einen Blick auf die Armbanduhr. »Ich muss heute Nachmittag nämlich noch zwei andere Zeugen befragen.«

Jens, der sich bereits seiner Reisetasche zuwandte, sah überrascht auf. »Dann sind Sie mit den Ermittlungen also schon weitergekommen?«

»Nein, so schnell schießen die Preußen nicht.« Meike Ehlers schlüpfte in ihre Uniformjacke und nahm die blauweiße Dienstmütze vom Haken. »Ihr Fall ist nur leider nicht der einzige, der meine Aufmerksamkeit erfordert. Seit ich nach Egirholm versetzt wurde, hält mich der Ort auch ohne Sie auf Trab.«

»Sie stammen gar nicht von hier?«

»Aus Egirholm? Gott behüte.« Meike Ehlers lachte einmal trocken. »Ich wurde aus Husum hierher versetzt.« Sie deutete mit der Dienstmütze auf das gerahmte Foto an der Wand. »Bis vor drei Wochen hat hier noch eine Kollegin gearbeitet. Die stammte von hier.«

»Was ist mit ihr?«, wollte Jens wissen. Meike Ehlers wurde schlagartig ernst. »Polizeikommissarin Martens ist unter recht merkwürdigen Umständen zu Tode gekommen. Und da ich kürzlich um eine rasche Versetzung gebeten hatte, wurde mir diese Dienststelle angeboten.«

»Ich kenne Egirholm ja nicht allzu gut, aber der Ort erweckt nicht gerade den Eindruck, als wäre hier besonders viel los«, merkte Jens skeptisch an. »War denn keine andere Stelle frei?«

»Nein.« Die Beamtin seufzte. »Andererseits ist es hier meist schön ruhig, und die Verkehrsanbindungen sind auch ganz passabel. Egirholm besitzt immerhin einen Busbahnhof mit recht guten Verbindungen. Und mit dem Auto ist man in zwanzig Minuten in Husum. Zwei oder drei Jahre lässt es sich hier also sicher aushalten.« Jens betrachtete die hübsche Polizistin neugierig. Wenn sie um eine rasche Versetzung gebeten hatte, kamen dafür wohl nur private Gründe infrage. Aber selbstverständlich wagte er da nicht nachzufragen. »Und was waren das für merkwürdige Umstände, unter denen Ihre Kollegin zu Tode kam?«

Meike Ehlers betrachtete ihn nachdenklich, zuckte dann aber mit den Schultern. »Aus den Zeitungen würden Sie es ohnehin irgendwann erfahren: Sie ist ertrunken.«

»Ein Badeunfall?«

»Nein. Sie ertrank in einer Telefonzelle. Mitten in der Marsch.«

Jens starrte sie ungläubig an. »In einer … Telefonzelle? Wie soll das denn bitte möglich gewesen sein?«

»Wissen wir nicht. Und das ist auch noch nicht alles, denn zuvor hatte sie ihr ganzes Magazin leergeschossen.« Sie steckte die Phantombilder ein. »Sie ist auch nicht die Erste, die unter derart merkwürdigen Umständen verstorben ist. Da gab es auch noch eine Firmenchefin aus der Umgebung, die zu Hause ertrank, während eines Wasserrohrbruchs. Nur dass wir sie oben auf dem Dachboden gefunden haben. Und letztes Wochenende haben Sielarbeiter in der hiesigen Kanalisation den Leichnam unserer Stadtkassenleiterin entdeckt.«

»Drei Tote in so kurzer Zeit? Und sie sind alle ertrunken?«

»Eigentlich darf ich über Interna laufender Ermittlungen keine Auskunft geben. Aber gehen Sie mal davon aus.« Meike Ehlers setzte sich die Mütze auf und warf dem Foto an der Wand einen nachdenklichen Blick zu. »Wenn ich ehrlich bin, denke ich manchmal, das Schicksal habe sich verschworen, um mir meine neue Dienststelle so richtig madig zu machen. Nur bin ich nicht gewillt, klein beizugeben.« Sie öffnete die Tür der Wache und deutete in den Sonnenschein. »Und jetzt kommen Sie. Dann zeige ich Ihnen, wo wir hier gestrandet sind.«

Egirholm

»Egirholm ist eigentlich recht beschaulich«, erklärte Meike Ehlers, während sie den Streifenwagen im Schritttempo durch die schmale Altstadtgasse lenkte. Die Straße war kopfsteingepflastert, und dank der Nachmittagssonne schimmerten die schmucken Traufenhäuser links und rechts von ihnen in freundlichen gelben, weißen und ziegelroten Tönen. Die Farbgebung passte zu den grünen Laubbäumen, die den Straßenzug säumten. Ebenso wie die spitzgiebeligen Wohnhäuser zwischen ihnen, die allesamt eher durch ihren guten baulichen Zustand als durch ihre Größe auffielen, erweckten sie den Eindruck sorgfältiger Pflege. »Hier leben so etwa viertausend Einwohner«, fuhr die Beamtin fort, »dennoch ist das Freizeitangebot eher übersichtlich: kein Kino, natürlich auch kein Theater – und selbst die ansässigen Restaurants kann man an einer Hand abzählen. Tote Hose sozusagen.«

Jens schmunzelte und sah dabei zu, wie vor ihnen in der Gasse zwei spielende Kinder ein Spielzeugboot mit Rädern über den Gehweg rollten. »Wirkt aber dennoch ganz hübsch hier.«

»Durchaus«, stimmte ihm seine Begleiterin zu. »Egirholm ist früher mal aus einem Fischerdorf hervorgegangen. Einige der Häuser hier«, sie wies aus dem Fenster, »stammen angeblich noch aus dem Mittelalter.«

»Sieh an.« Jens öffnete das Seitenfenster, um etwas Luft in den Wagen zu lassen, und ließ die schmucken Bauten auf sich wirken. »Ich wundere mich nur, dass hier so wenige Touristen anzutreffen sind.«

»Tja, die zieht es eher zu Küstenorten mit schönen Sandstränden.« Meike Ehlers lauschte kurz dem Polizeifunk, der aber andere Einsatzkräfte betraf. »Zumindest die Jüngeren und die Familien. Die meisten Egirholmer legen allerdings auch keinen Wert auf Fremde, im Gegenteil. Die bleiben lieber unter sich.«

Sie fuhren an einer Eckkneipe vorbei, über deren Eingang eine alte Galionsfigur in Gestalt einer dickbusigen Jungfrau mit Fischschwanz aufragte. Davor kehrte eine Frau den Bürgersteig. Sie sah auf, als der Streifenwagen vorbeifuhr, und Jens konnte sich des Eindrucks nicht erwehren, dass sie ihnen weniger mit Neugierde, sondern eher mit Misstrauen hinterherblickte. Sie querten eine Seitengasse und fuhren schließlich an einem breiten Wassergraben entlang, an den stattliche Wohnhäuser mit dunklen Reetdächern grenzten. »Das da ist übrigens die Egir«, kommentierte Meike Ehlers Jens' Blick. »Ein kleiner Seitenfluss der Arlau.«

»*Fluss* ist für diesen Bach aber eine ziemlich euphemistische Bezeichnung.« Jens grinste, während sein Blick an einem stattlichen Haus mit großzügigem Grundstück hängen blieb, das sich auf der gegenüberliegenden Seite des Wasserlaufs befand. Davor parkte ein gelber Maserati. Zu seiner Verwunderung standen neben dem Fahrzeug drei Jäger in grüner Tracht über eine Karte gebeugt, von denen zwei Gewehre geschultert hatten.

Meike Ehlers, die noch immer auf die holprige Straße konzentriert war, deutete voraus. »Das Gewässer hat der Stadt jedenfalls seinen Namen verliehen. Es trennt den Ort quasi in zwei Hälften und mündet schließlich im Hafen. Sehen Sie?« Sie hielt auf eine kleine Steinbrücke mit gußeisernem Geländer zu, aus der mittig ein Metallpfeiler ragte, der die Durchfahrt verwehrte. Unmittelbar hinter der Brücke spannte sich ein vergleichsweise großer, ebenfalls kopfsteingepflasterter Marktplatz auf. Er war als Fußgängerzone ausgewiesen. Jens beugte sich interessiert vor, denn das Zentrum Egirholms wurde im Halbrund von alten Bürgerhäusern mit eindrucksvollen Giebelfronten eingerahmt. Unter ihnen stach ein prachtvolles Sandsteingebäude mit Stufengiebel und Turmerker hervor, über dessen Eingang in goldener Schrift eine Jahreszahl prangte: 1567. Offenkundig handelte es sich bei diesem Bau um das Rathaus Egirholms. Es thronte direkt gegenüber eines nicht minder beeindruckenden Hafenbeckens, das sich unmittelbar an den Marktplatz anschloss. Gerade herrschte Ebbe, denn Jens konnte nahe der Kaianlagen ein halbes Dutzend Krabbenkutter ausmachen, die ungewöhnlich tief lagen. Am blauen Nachmittagshimmel kreisten Möwen, und in einiger Entfernung zur Nordsee hin, im Schatten eines Deiches, war ein zweites Hafenbecken zu erahnen, aus dem ein ganzer Wald an Masten in die Höhe stach. Offenbar ein Jachthafen für schnittige Segler und Sportboote.

Jens stieß einen anerkennenden Pfiff aus. Egirholms Zentrum verband die bürgerliche Eleganz Husums mit dem pittoresken Charme solcher Küstenorte wie Tönnig oder Büsum. Auf dem Platz herrschte auch deutlich mehr Betrieb als im übrigen Ort. Einwohner mit Einkaufstüten passierten einen schwarz verfärbten Museumskran, neben einem einbetonierten Anker saßen Jugendliche mit ihren Smartphones – und diesmal entdeckte er auch einige Urlauber. Sie ließen sich mit Eis und Krabbenbrötchen in den Händen vor einem imposanten Marmorbrunnen in der Mitte des Platzes ablichten, über dem eine große, komplett vergoldete Nixe mit Füllhorn aufragte, auf der sich die Sonne spiegelte. Unentwegt sprudelte Wasser aus dem Gefäß, das wie göttlicher Nektar die beiden tieferliegenden Beckenstufen flutete. Auch die Rathausuhr oben am Turm des Stadthauses wies goldene Ziffern auf, und trotz des historisierenden Eindrucks sah der Platz so aus, als wäre er frisch gepflastert worden. »Beeindruckend. Dafür, dass Egirholm so klein ist, scheint der Ort recht wohlhabend zu sein.«

Meike Ehlers fuhr bis dicht an den Metallpfeiler heran und brachte den Streifenwagen zum Stehen. »Dass es den Leuten hier schlecht geht, hat auch niemand behauptet. Im Gegenteil, wenn ich einer Freundin glauben darf, die im Kieler Finanzministerium arbeitet, ist Egirholm – bezogen auf die Einwohnerzahl – sogar eine der reichsten Kommunen Schleswig-Holsteins. Sie müssen nur etwas aus dem Ort rausfahren, dann finden Sie eine ganze Reihe prachtvoller Villen und Herrenhäuser. Darunter viele Jugendstilbauten einstiger Kaufleute und Kapitäne.«

»Und wovon leben die Leute heute?«

»Viele sind erfolgreiche Geschäftsleute. Wie man hört, sollen manche von ihnen mit cleveren Aktiengeschäften zu Reichtum gelangt sein.«

»Interessant.« Jens hob eine Augenbraue. »Vielleicht sollte ich nicht nur meinen Wohnort, sondern auch gleich meinen Bankberater wechseln?«

Die Polizistin lachte. »Ja, über Letzteres habe ich auch schon nachgedacht. Dabei waren die Anfänge wohl eher bescheiden. Nach allem, was ich weiß, hat Egirholm jahrhundertelang allein vom Fischfang gelebt, ein Brauch, der hier auch noch immer Tradition hat. Sie müssen bei Gelegenheit mal die Fischbrötchen der Braterei Silvia Claassen ausprobieren.« Sie deutete auf ein Geschäft direkt neben einem Boots- und Fischereiausrüster jenseits des Hafenbeckens. »Einfach lecker. Im 18. und 19. Jahrhundert haben wohl auch viele Einheimische als Walfänger gearbeitet. Die Jungen aus dem Ort zieht es noch immer hinaus auf die See. Sie glauben nicht, wie viele Kapitänsfamilien hier nach wie vor ansässig sind. Am Ortsrand steht übrigens eine angesehene Kapitänsschule.«

»Sehr traditionell. Und die Frauen hier knüpfen Fischernetze und stellen fleißig Streichhölzer her, was?«

»Streichhölzer?« Die Polizistin starrte ihn irritiert an. Jens grinste. »Kennen Sie nicht das Sprichwort, dass ein Seemann stirbt, wenn Sie eine Zigarette an einer Kerze entzünden? Früher verdienten die Fischerfamilien im Winter etwas Geld hinzu, indem sie Streichhölzer herstellten. Kein Streichhölzerverkauf, kein Essen – und ein toter Seemann mehr.«

Meike Ehlers schmunzelte, schüttelte aber den Kopf. »Na, da täuschen Sie sich mal lieber nicht. Die Frauen hier sind ein ganz eigener Schlag. Wenn man es nicht besser wüsste, könnte man meinen, die Emanzipation wurde hier erfunden. Sie wussten bestimmt nicht, dass Egirholm vor knapp einhundert Jahren die erste Bürgermeisterin Deutschlands hatte.«

»Ich dachte, mit diesem Privileg schmückt sich Ahrensburg. Und das erst seit den Fünfzigern.«

»O nein. Das ging hier schon 1919 los, kaum dass die Frauen

in Deutschland wählen durften. Ist den meisten bloß nicht bekannt. Und eines kann ich Ihnen versichern: Einige der Damen hier besitzen einen ausgeprägten Geschäftssinn. Die haben erfolgreiche Unternehmen gegründet, die sie wie ihre Familien führen: nämlich als kleine Matriarchinnen. Leider führen sie sich gelegentlich auch in der Öffentlichkeit so auf.« Seufzend löste die Polizistin ihren Gurt und deutete durch die Windschutzscheibe hindurch zu den Bürgerhäusern hinüber. »Sehen Sie die schmucken Häuser am Marktplatzrand?«

»Klar.«

»Man sieht es ihnen nicht an, aber dort finden sich die hiesigen Dependancen einiger international operierender Unternehmen.«

»Hier in Egirholm?«

»Ja. Manche wurden hier sogar gegründet. Zum Beispiel die *Amphitrite Shipstore GmbH* der Schwestern Martens, zwei Damen im Alter von jetzt siebzig Jahren. Das ist der größte private Schiffsausrüster Norddeutschlands. Die beiden sträuben sich angeblich noch immer, die Leitung an einen Jüngeren abzutreten.« Sie zwinkerte. »Und dann hätten wir da noch einen kleineren Firmensitz der *Triton AG*, das ist eine private Offshore-Firma, die sich – wie man hört – international ziemlich erfolgreich der Öl- und Gassuche auf den Weltmeeren widmet.«

»Die *Triton AG* kenne ich«, erklärte Jens verwundert. »Die wollten mich vor zwei Jahren als Taucher abwerben. Aber das ist keine kleine Klitsche. Bislang dachte ich, das Unternehmen wäre in London ansässig.«

»Tja, hier unterhalten sie ebenfalls ein Büro. Die Hauptaktionäre stammen nämlich zum Großteil aus Egirholm. Und wie ich erst vorgestern zufällig erfahren habe, leben hier auch einige Aktionäre der Firma, für die Sie arbeiten: die *Blue Ocean Exploration*. Ist übrigens nicht das einzige hier ansässige Bergungsunternehmen.« Meike Ehlers genoss Jens' Verblüffung, denn nun zeigte sie amüsiert auf ein Nachbargebäude. »Vor Kurzem erst hat auf Wunsch hiesiger Privatiers auch *Halios Minerals* ein Büro in der Ortschaft bezogen. Wie man hört, ist das eines der ersten kommerziellen Tiefsee-Bergbau-Unternehmen, die weltweit auf der Suche nach Seltenen Erden sind. Sie wissen bestimmt, das sind diese raren Metalle, ohne die heute kaum noch ein Hightech-Unternehmen auskommt.«

»Ja, sicher.« Jens runzelte die Stirn. »Die Chinesen fördern diese Rohstoffe quasi im Alleingang. Wenn China der Weltgemeinschaft den Hahn abdreht, werden wir bald auf neue Handys, Computer und Windräder verzichten müssen.« Er schüttelte den Kopf. »Und all diese Firmen unterhalten ausgerechnet in Egirholm einen Geschäftssitz? Das ist … erstaunlich. Man sieht es diesem verschlafenen Nest gar nicht an. Bislang hatte ich eher den Eindruck, hier wäre irgendwie die Zeit stehen geblieben.«

»Ja, ich hab das selbst noch nicht ganz durchschaut«, meinte die Polizistin leichthin. »Aber was Egirholm durch alle diese Unternehmen an Gewerbesteuern einnimmt, können Sie sich ungefähr vorstellen. Es ist auch nicht ganz leicht, die Politik der Kommune zu durchschauen. Hier sind es nämlich vor allem die alteingesessenen Familien, die die Richtung vorgeben. Und die entscheiden bis heute eher konservativ und wollen nicht in ihrer Ruhe gestört werden. Das ist wohl auch einer der Gründe dafür, warum hier niemand so erpicht darauf ist, die Gemeinde für den Tourismus zu erschließen.«

»Na, ein paar sind ja doch da.« Jens wies auf die Gruppe vor dem Nixenbrunnen, die jetzt weiterzog.

»Ja, aber das sind bloß ein paar Tagesgäste. Geld machen Sie mit Urlaubern erst dann, wenn Sie die in Scharen anlocken.« Meike Ehlers beugte sich vor und kramte einen Schlüsselbund aus der Ablage. »Aber inzwischen gibt es hier nicht wenige, die eine stärkere Öffnung für den Tourismus deutlich befürworten würden. Vor allem unter den Angehörigen des Mittelstands und unter den Zugezogenen. Und auch bei den Alteingesessenen bahnt sich da wohl allmählich ein Generationenwandel an.«

»Inwiefern?«

»Na ja.« Die Polizistin zeigte mit den Schlüsseln auf den Weg zurück, den sie gekommen waren. »Vor sechs Jahren hat eine Hamburger Investorengruppe versucht, nahe dem Deich ein modernes Ozeaneum zum Thema Nordsee und Wattenmeer hochzuziehen. Sogar eine kleine Robbenstation hätte es dort geben sollen. Mit dieser Attraktion wäre Egirholm auf einen Schlag als Urlaubsort interessant geworden. Auch die Hoteliers hatten schon Blut geleckt. Nur hat die Stadtverwaltung der Gruppe damals wohl so viele Knüppel zwischen die Beine geworfen, dass die das Projekt irgendwann wieder aufgegeben haben. Heute steht da bloß die nicht fertiggestellte Ruine des geplanten Nordsee-Aquariums. Aber der damalige Ärger hatte Konsequenzen, die zu Zugeständnissen der konservativen Kreise führte.«

»Und welche?«

»Nehmen Sie nur die *Anteros-Mutter-Kind-Klinik*, in der Sie untergekommen sind. Eine Kurklinik wie diese auf Egirholmer Stadtgebiet wäre vor ein paar Jahren vermutlich noch undenkbar gewesen. Aber Doktor Bornleit genießt in Fachkreisen einen ausgezeichneten Ruf als Arzt und Wissenschaftler. Unter anderem auf dem Gebiet der In-vitro-Fertilisation.«

»Damit meinen Sie künstliche Befruchtung, oder?«

»Richtig.« Meike Ehlers nickte. »Allerdings muss man auch wissen, dass Bornleit Unternehmer aus Leidenschaft ist und einem Firmenkonsortium mit guten politischen Verbindungen vorsteht, das in Norddeutschland noch zwei weitere Kliniken und ein paar Labore betreibt. Er hat den Politikern hier – falls sie sich seinen Plänen verweigern – offenbar damit gedroht, einfach drei Kilometer weiter auf das Gebiet der Nachbarkommune auszuweichen und dort seine Steuern zu zahlen. Das hat dann gezogen. Vermutlich weil der Standort immer noch so nah war, dass es für Egirholm keinen Unterschied gemacht hätte. Inzwischen gehört die Klinik zu den größeren Arbeitgebern der Ortschaft. Und da sich die Patienten kaum in Egirholm blicken lassen, sind alle zufrieden.«

Jens dachte wieder an den Kugelschreiber. Dass hier so viele mit dieser Klinik zu tun hatten, würde die Nachforschungen nicht gerade leichter machen. »Und warum lassen sich die Einwohner eine solche Bevormundung gefallen?«

»Vermutlich, weil hier irgendwie jeder jeden kennt – und das schon seit Generationen. Die reichen Familien Egirholms treten wie Gutsherren auf, lassen Geldgeschenke auf die Gemeinde herabregnen und kümmern sich um die Ärmeren. Und das System funktioniert. So werden Sie in Egirholm kaum jemanden finden, der arbeitslos ist. Wer arbeiten will, bekommt auch Arbeit. Nötigenfalls im Ausland bei einer der hier ansässigen internationalen Firmen.«

»Verrückt. Das klingt alles fast so, als wolle man sich vor Zuzüglern abschotten. Andere Kommunen wären über Investoren von außerhalb doch froh.« Jens schüttelte den Kopf. Meike Ehlers zuckte lediglich mit den Schultern. »Na ja, das Beispiel der Klinik scheint inzwischen Schule zu machen. Zumindest öffnet sich die Kommune seitdem vorsichtig auch anderen neuen Firmenansiedelungen auf dem Ortsgebiet. Eine davon ist *AlgalPlant* am nördlichen Ortsrand, eine Firma, die es jetzt auch schon seit drei Jahren gibt.«

»*AlgalPlant*?«

»Das ist eine dieser Algenfarmen, wie sie hier an der Küste neuerdings entstehen.« Die Polizistin winkte ab, als sie Jens' fragenden Blick sah. »Restaurants. Kosmetik. Medizin. Fragen Sie jemanden, der sich damit auskennt. *AlgalPlant* wurde von niemand Geringerem gegründet als einer Enkelin der doch ziemlich konservativen Schwestern Martens.«

»Das waren die beiden alten Damen, denen dieser Schiffsausrüster gehört?«

»Genau.« Meike Ehlers atmete tief ein. »Das meinte ich mit Generationenwandel. Denn obwohl die junge Frau wohl die Lieblingsenkelin der beiden war, soll es zwischen den dreien in der Vergangenheit wegen dieses Vorhabens zu größeren Reibereien gekommen sein.«

»Wieso *war*?«

»Ach so, entschuldigen Sie.« Meike Ehlers seufzte. »Die Gründerin von *AlgalPlant*, das ist die Frau, von der ich vorhin gesprochen hatte. Die, die bei dem Wasserrohrbruch in ihrem Haus ertrunken ist. Für die Beschäftigten ihres Unternehmens will ich nur hoffen, dass die Familie den Laden nicht bald wieder dichtmacht.« Meike Ehlers sah auf die Uhr und verzog das Gesicht. »Jetzt aber genug. Wenn ich Sie noch zu dem Hotel bringen soll, müssen wir uns etwas beeilen.«

»Danke für diese interessanten Einblicke.« Nachdenklich lehnte sich Jens zurück. »Dafür, dass Sie hier erst einen knappen Monat leben, kennen Sie sich übrigens gut mit den hiesigen Gepflogenheiten aus.«

»Glauben Sie mir, das hat alles seine Gründe. Wenn Sie mal eben warten würden.« Meike Ehlers stieg aus, entriegelte mit einem der Schlüssel den Metallpfeiler, der die Durchfahrt über die Brücke verwehrte, klappte ihn um und klemmte sich wieder hinter das Steuer. »Ein kleines Privileg, das ich von Berufs wegen nur zu gern nutze.« Sie zwinkerte frech. »Um zu Ihrem Hotel zu kommen, müssten wir nämlich entweder einmal um den Ortskern herumfahren – oder wir nutzen die Direktverbindung. Und da das die Leute im Rathaus ein bisschen ärgert, nutze ich dieses Privileg, so oft es geht.«

»Wieso das?« Jens musste unwillkürlich lachen.

»Ganz einfach.« Meike Ehlers fuhr an und steuerte den Streifenwagen einmal quer über den Marktplatz. »Weil ich aus eigener leidvoller Erfahrung weiß, wovon ich spreche. Ich gelte hier nämlich ebenfalls als Auswärtige. Sie haben ja keine Ahnung, welche Steine man mir seit meinem Dienstantritt in den Weg zu legen versucht hat.« Sie schnaubte verächtlich. »Nur lasse ich mich nicht so leicht vergraulen. Nicht noch einmal … Moment. Was ist denn da los?« Meike Ehlers hielt vor dem Nixenbrunnen an und starrte alarmiert aus dem Seitenfenster. Jens folgte ihrem Blick und entdeckte vor einem der Kutter einen bärtigen Hünen im schwarzgelben Aufzug der Feuerwehr, der einen untersetzten Mann mit T-Shirt und grauem Sacko rüde vor sich herschubste. Der Unbekannte hielt eine Kamera in der Hand – seine spitze Nase und sein pomadig nach hinten gekämmtes Haar verliehen ihm einen fretchenhaften Ausdruck. Die Szene wirkte so, als käme es jeden Augenblick zu weiteren Handgreiflichkeiten.

»Wenn Sie mal eben warten würden.« Meike Ehlers setzte sich ihre Dienstmütze auf und stieg aus. Jens haderte kurz mit sich, schließlich siegte aber die Neugierde, und er verließ den Streifenwagen ebenfalls. Über ihm krächzten die Möwen, und der warme Seewind fing sich in seinem blonden Haar. Er brachte nicht nur den vertrauten Geruch nach Fisch und Schlick mit sich, sondern auch aufgeregte Stimmfetzen.

»... muss ich mir nicht gefallen lassen!«, rief der Unbekannte mit der Kamera. »Das hier ist ein freies Land, und Sie haben überhaupt nicht das Recht dazu!«

»Hau ab und verschone uns mit deinen Hetztiraden!«

Bevor der Feuerwehrmann den Unbekannten ein weiteres Mal körperlich angehen konnte, war Meike Ehlers zur Stelle. »Was ist hier los?!«

Der Fotograf sah hilfesuchend zu ihr auf und deutete wütend auf den Bärtigen. »Dieser Schlickrutscher versucht mich vom Marktplatz zu vertreiben! Ich berufe mich auf Artikel 5 des Grundgesetzes, der ausdrücklich die Pressefreiheit garantiert.«

»Und Sie sind?«, wollte die Polizistin wissen.

»Kluge, Karl-Heinz Kluge. Ich bin Journalist für eine der größten Tageszeitungen Deutschlands.« Der Reporter zückte aufgebracht einen Presseausweis und hielt ihn der Beamtin unter die Nase. »Am besten wäre, Sie verhaften den Kerl. Und diese sogenannten Honoratioren Ihrer Stadt gleich mit. Die stecken doch alle unter einer Decke!«

Er deutete auf den großen Museumskran, hinter dem Jens eine illustre Gesellschaft bemerkte. Unter ihnen befanden sich ein weiterer Feuerwehrmann, der eine Leiter hinab zum Hafenbecken festhielt, zwei Frauen sowie ein Jäger in olivgrüner Jagdkleidung, der wie seine Kollegen vorhin auf der anderen Uferseite des Egir ein Gewehr bei sich trug. Indes war jenseits der Kaimauer das Rauschen und Plätschern fließenden Wassers zu hören, in das sich das verräterische Fauchen eines Schweißbrenners mischte. Jens blickte zur Brücke zurück und begriff, dass das Wasser des Egir genau an dieser Stelle in den Hafen einmündete.

»Er hat unsere Arbeiten behindert«, knurrte der bärtige Feuerwehrmann und sah hilfesuchend zu den Frauen hinüber, die sich ihnen jetzt näherten. Vor allem eine von ihnen stach hervor. Jens schätzte die Dame auf etwa sechzig, und ihr elegantes blaues Sommerkleid wirkte ebenso teuer wie die Perlenkette, die sie um den Hals trug. Dabei überragte sie selbst den bärtigen Feuerwehrmann um ein paar Zentimeter. Sie musterte die Versammlung mit hartem Blick, an dem auch das halblange, kastanienrot getönte Haar nichts änderte, das weich über ihre Schultern fiel.

»Ah, Frau Ehlers. Wie schön, dass Sie da sind.« Der Blick der Frau wanderte zu dem Streifenwagen, während sie abschätzig lächelte. »Ist es tatsächlich notwendig, dass Sie unseren hübschen Brunnen wieder mit Ihrem Dienstfahrzeug zustellen?«

»Sie wissen doch, nur bei wichtigen Einsätzen, Frau Bürgermeisterin.« Meike Ehlers nickte nicht einmal zur Begrüßung. »Darf ich erfahren, was hier vor sich geht?«

»Wir treffen gerade Vorkehrungen gegen dieses Krokodil.«

»Das Krokodil?«, wiederholte Meike Ehlers ungläubig, und auch Jens hob erstaunt eine Augenbraue.

»Da hören Sie es!«, schnaubte der Journalist. »Und mich versucht man von der Monsterjagd auszuschließen. Offenbar will diese Gemeinde vertuschen, welche Gefährdungen für Einheimische und Touristen bestehen. Aber da haben Sie sich geschnitten. Schon morgen werden Sie sich alle auf der Titelseite wiederfinden.«

»Könnten Sie bitte mal kurz still sein?«, fuhr die Polizistin den Reporter an, bevor sie sich wieder der Bürgermeisterin zuwandte. »Das mit dem Krokodil war doch bloß ein Scherz.«

»Ein Scherz? Wohl kaum. Habe ich Sie bereits mit Petra Dethlefsen bekannt gemacht?« Die Bürgermeisterin wies auf ihre Begleiterin, eine Frau um die fünfzig mit auffallend kurz geschnittenen grauen Haaren, die trotz der Wärme einen gelben Regenmantel trug. Für Jens' Geschmack lag auf ihrem rundlichen Gesicht ein etwas zu selbstgefälliger Ausdruck, als sie der Polizistin die Hand reichte.

»Petra ist die Leiterin des hiesigen Amts für Veterinärwesen«, ergänzte die Bürgermeisterin.

»Offenbar haben Sie die eingegangenen Meldungen in der letzten Zeit nicht ernst genug genommen, Frau Polizeiobermeisterin«, ätzte die Veterinärin. »Letzte Nacht hat das Vieh nämlich ein Schaf auf einer der Weiden gerissen.«

»Ein Schaf? Davon ist mir nichts bekannt«, antwortete die Polizistin kühl. »Bei mir ist vor zwei Wochen lediglich eine obskure Sichtungsmeldung eingegangen, und der bin ich selbstverständlich nachgegangen. Danach hat das Tier aber niemand mehr gesehen.«

»Verstehe ich das richtig? Hier treibt ein Krokodil sein Unwesen?«, mischte sich Jens in den Disput ein. »In Nordfriesland?«

Der prüfende Blick der Bürgermeisterin richtete sich jetzt auf ihn. Als sie die Verletzungen in seinem Gesicht bemerkte, mischte sich Erkennen in ihre Züge. »Ah. Lassen Sie mich raten: *Ich war das Opfer des deutschen Hannibal Lector*. Sie müssen dieser Berufstaucher sein. Jens Ahrens, wenn ich richtig informiert bin.«

Auch der Reporter starrte Jens neugierig an.

»Treffer«, antwortete dieser gereizt. »Nur war das ein Pärchen, das mich in seiner Gewalt hatte. Der Rest ist dümmliche Spekulation.«

»Entschuldigen Sie bitte, natürlich.« Die Züge der Bürgermeisterin nahmen einen betroffenen Ausdruck an. »Ich wollte mich keineswegs über Sie lustig machen. Darf ich mich vorstellen: Xanthe Petersen.« Eher widerwillig schüttelte Jens die Hand der Frau, die mit der anderen auf den Reporter zeigte. »Wie Sie ja eben schon mitbekommen haben dürften, ich bin die hiesige Bürgermeisterin. Ich wollte Ihnen bloß verdeutlichen, mit welchen Leuten wir es hier zu tun haben. Denn wenn ich mich nicht irre, hat sich die sensationslüsterne Schlagzeile genau dieser Mann ausgedacht, der jetzt so vehement auf seine Pressefreiheit pocht.«

»Sie waren das?« Jens fixierte den Reporter wütend und zitierte die Unterzeile des Artikels. »*Berufstaucher entführt – und missbraucht?*«

»Ach, kommen Sie.« Der Mann leckte sich nervös über die Lippen. »So läuft das in diesem Geschäft nun mal. Ich habe da bloß ein paar Gerüchte wiedergegeben, die man sich so über Sie erzählt hat. Und wer bin ich denn, da vorschnell ein abschlägiges Urteil treffen zu wollen?« Er lächelte durchtrieben. »In die Klinik hat man mich ja nicht vorgelassen. Da hätten Sie das richtigstellen können.«

»Ja, Doktor Bornleit erwähnte schon, dass Sie sich dort heute Morgen Zutritt verschafft haben.«

»Ich bitte Sie, wir machen doch alle bloß unseren Job.« Der Reporter hob die Kamera. »Wie wäre es denn jetzt mit einem exklusiven Interview?«

»Verpissen Sie sich. Und zwar schnell!«

»Wie Sie wünschen. Aber Sie werden noch von mir hören. Sie alle!« Rasch schoss Kluge ein Foto von Jens, dann machte er kehrt und stiefelte in Richtung Marktplatzrand.

»Wie ich schon gesagt habe«, kommentierte Bürgermeisterin Petersen den Abgang. »Ein widerliches Subjekt.«

»Das alles berechtigt aber keine Handgreiflichkeiten«, ermahnte sie Meike Ehlers. »Zukünftig rufen Sie bitte mich, wenn Sie Probleme mit Journalisten haben.«

»Selbstverständlich, Frau Ehlers.« Die Bürgermeisterin lächelte, ohne dass dieses Lächeln ihre Augen erreichte. »Ärgerlicherweise treiben sich auch noch einige andere Reporter im Ort herum, die mit ihren unüberlegten Artikeln dazu beitragen, den Ruf unseres Gemeinwesens in Misskredit zu bringen. Gerade vorhin erst stand das Thema wieder auf der Agenda des Stadtrates – was zumindest Sie mit Sicherheit nachvollziehen können.« Sie musterte Jens neugierig.

»Sie werden verstehen, dass sich mein Bedauern über Ihre kommunalen Probleme derzeit in Grenzen hält«, antwortete Jens reserviert.

»Natürlich. Ich hoffe auch sehr, dass die Polizei das Ihnen zugefügte Unrecht bald aufklärt.«

Meike Ehlers löste sich von ihnen und schritt an der Seite der Veterinärin und des bärtigen Feuerwehrmannes zum Hafenrand hinüber, wo noch immer die Schweißarbeiten vonstattengingen. Jens und die Bürgermeisterin folgten ihr.

»Stimmt es, dass Sie nicht der Einzige waren, der von diesen Leuten gefangen gehalten wurde?«, wollte Xanthe Petersen wissen.

»Ja, da gab es noch andere.«

»Schrecklich. Und damit meine ich nicht bloß die rufschädigende Wirkung, die all das für Egirholm hat.«

»Sie bringen hier ein Gitter an?«, war jetzt Meike Ehlers zu hören. Die Polizistin stand am Hafenbecken und betrachtete vornübergebeugt die Arbeiten, die unter ihr ausgeführt wurden.

»So ist es«, erklärte der bärtige Feuerwehrmann. »Wir vermuten, dass sich das Vieh in der Egir herumtreibt. Hier mündet der Fluss in den Hafen. Wenn wir verhindern wollen, dass die Echse durch den Kanal ins Becken gelangt und am Ende auch noch die Innenstadt unsicher macht, dann ist ein Gitter die beste Möglichkeit, den Weg zu versperren.«

»Und Sie sind sich sicher, dass wir es hier mit einem Krokodil zu tun haben?« Stirnrunzelnd wandte sich Meike Ehlers an die Veterinärin.

»Ja. Und bei der derzeitigen Hitze scheint es sich auch pudelwohl zu fühlen, wenn Sie mir den unzutreffenden Vergleich gestatten.« Die rundliche Frau steckte die Hände in die Taschen ihrer Regenjacke. »Die Bissspuren am Kadaver des Schafs lassen uns sogar annehmen, dass wir es mit einem gefährlichen Leistenkrokodil zu tun haben. Und zwar mit einem ungewöhnlich großen Exemplar von vielleicht drei Metern Länge.«

»Drei Meter?« Die Polizistin gab einen Laut des Staunens von sich. Auch Jens schüttelte ungläubig den Kopf.

»Vermutlich illegal als Jungtier importiert und dann von einem überforderten Tierhalter ausgesetzt«, meinte die Veterinärin missmutig. »Erinnern Sie sich noch an diese Alligator-Schildkröte, die einem Jungen die Achillessehne durchgebissen hat? Das war unten in Bayern, in einem der dortigen Seen.«

»Sicher, das Sommerlochthema im letzten Jahr.«

»Leider nehmen solche Fälle in Deutschland zu.« Die Veterinärin stöhnte theatralisch. »Schnapp-Schildkröten, Pythons, Alligatoren – kürzlich soll ein Züchter in Dortmund sogar einen ganzen Schwarm Piranhas in einem See ausgesetzt haben. Das Problem mit den Leistenkrokodilen ist, dass sie die einzige Krokodilart sind, die sowohl im Salz- als auch im Süßwasser leben kann. In Australien kommt es regelmäßig zu Übergriffen dieser Biester auf Menschen.«

»Und warum erfahre ich jetzt erst von alledem?« Meike Ehlers sah aufgebracht in die Runde. »Die Maßnahmen hier wurden doch nicht erst heute Vormittag beschlossen?«

»Ach, kommen Sie«, wiegelte Bürgermeisterin Petersen ab. »Eine Kommunikationspanne. Das Veterinäramt war unterrichtet, die Feuerwehr ebenfalls – und wir freuen uns natürlich, wenn Sie sich bei der Suche nach dem Tier ebenfalls mit einbringen. Die Jägerschaft aus dem Kreis hilft übrigens auch mit.« Sie nickte dem Jäger zu, der die ganze Zeit über ruhig auf einem Kaugummi kaute und die Polizistin herausfordernd ansah. »Die Männer und Frauen laufen bereits am Fluß Streife.«

»Und sie haben Schießbefehl!«, fügte Veterinäramtsleiterin Dethlefsen hinzu.

»Sie beide wissen ganz genau, dass es darum nicht geht«, zischte Meike Ehlers wütend und wandte sich wieder Jens zu. »Kommen Sie, ich bringe Sie jetzt zu Ihrem Hotel.«

»Hotel?« Bürgermeisterin Petersen und die Veterinärin wechselten überraschte Blicke. »Ich dachte, nun, da Sie das Ärgste hinter sich haben, würden Sie wieder abreisen.«

»Nein, ich muss zwar morgen auf eine Beerdigung, aber ich habe in der Tat vor, noch eine Weile zu bleiben. Da stehe ich einem Mitgefangenen gegenüber im Wort. Sein Name ist Volker Rhode. Vielleicht haben Sie sogar schon mal von ihm gehört?«

»Der Rungholt-Forscher?« Bürgermeisterin Petersen betrachtete ihn nachdenklich. »Ich kenne den Mann sogar persönlich. Ich besitze zwei Bücher von ihm, die er mir auf einer Lesung hier in Egirholm vor zwei Jahren signiert hat. Und Rhode gehörte zu Ihren Leidensgenossen?«

»Nicht nur das, er war es auch, der mir zu meiner Flucht verholfen hat.«

»Meine Güte.« Xanthe Petersen und die Veterinärin wechselten entsetzte Blicke. »Warum das alles? Geht es bei alledem um Lösegeld? Die Polizei hält sich da ja leider etwas bedeckt.«

»Sagen wir mal so, er hat vor meiner Flucht ein paar seltsame Dinge erwähnt. Dass ich bleibe, hat also gute Gründe.«

»Und welche?«

»So, das reicht jetzt«, unterbrach sie Meike Ehlers kurz angebunden. »Mehr über die laufenden Ermittlungen erfahren Sie morgen von mir. Inzwischen verfügen wir auch über zwei Phantombilder. Sobald die freigegeben sind, werde ich sie der Stadtverwaltung zukommen lassen. Und dann freue ich mich, wenn auch *Sie* sich an der Suche beteiligen.« Die Polizistin nickte den Frauen gereizt zu und wollte Jens bereits zurück zum Streifenwagen führen, als ihn die Bürgermeisterin noch einmal zurückhielt. »Warten Sie bitte, Herr Ahrens.« Betroffen sah sie ihn an. »Nach allem, was Sie hier in Egirholm an schrecklichen Dingen erlebt haben, würde ich mich freuen, wenn Sie als kleine Wiedergutmachung eine Geste unseres guten Willens annehmen würden. Zumindest fände ich es unerträglich, wenn Sie privat auf den Kosten sitzen bleiben würden, die Ihr Aufenthalt bei uns verschlingt.«

Jens sah die Bürgermeisterin fragend an.

»Darf ich erfahren, wo Sie Herrn Ahrens unterbringen wollen?«, wandte sich die Bürgermeisterin an Meike Ehlers. Die deutete grob in Richtung Jachthafen. »Im Hotel Seemöwe am Ortsrand. Wieso?«

»Wie wäre es, wenn die Stadt für Ihre Unterkunft aufkommt?«, schlug die Bürgermeisterin Jens vor. »Das Hotel Seemöwe gehört eher zur unteren Preiskategorie. Ich denke da vielmehr an die Pension *Zum Eisernen Anker*. Dort bringen wir vonseiten der Stadt unsere Gäste aus Übersee üblicherweise unter. Ich verspreche Ihnen, der Komfort dort wird Ihnen weitaus mehr zusagen.«

Jens nickte verblüfft. »Danke. Meinetwegen. Und wie lange währt Ihre Gastfreundschaft?«

»So lange, wie Sie es für nötig erachten. Das ist doch selbstverständlich. Alles, was wir uns wünschen, ist etwas Diskretion Ihrerseits, damit Egirholm wieder aus den Schlagzeilen gerät.«

Jens schnaubte verstehend. »Na gut.«

Zufrieden zückte die Bürgermeisterin ihr Handy. »Dann holen Sie mal Ihre Sachen. Wir treffen uns gleich da vorn bei der Brücke, und ich lasse Sie zur Pension bringen. Gehört zum Service, schon damit Frau Ehlers endlich ihrem … wichtigen Einsatz nachgehen kann und ihren Wagen vom Marktplatz entfernt.«

Jens wechselte einen Blick mit der Polizistin, die noch immer verstimmt dreinblickte. »Kommen Sie«, forderte ihn Meike Ehlers auf, sie zu begleiten. Sie hatten das Fahrzeug kaum erreicht, als sich ihm die Beamtin noch einmal zuwandte. »Nur, damit wir uns nicht missverstehen: Was meinten Sie eben damit, dass Sie Gründe hätten, hierzubleiben? Ist es bloß diese ablaufende Frist? Wenn es da noch etwas anderes gibt, das uns bei unseren Ermittlungen hilft, dann müssen Sie mir das mitteilen. Ich hoffe, das ist Ihnen klar?«

»Selbstverständlich.« Jens seufzte. »Ich hab Ihnen doch schon gesagt, dass wir alle mit Medikamenten vollgedröhnt waren. Rhodes Gerede war ehrlich gesagt etwas wirr und, na ja, auch etwas eigenartig.«

»Inwiefern?«

»Er machte den Eindruck, als fürchte er sich vor irgendetwas im Zusammenhang mit dem Meer.«

»Dem Meer?«

»Ja. Ich weiß selbst, dass das komisch klingt.« Jens griff sich in den Nacken. »Er sprach da von einem Geheimnis, dem er angeblich auf die Spur gekommen sei. Wie gesagt, alles recht unverständlich. Er will wohl irgendwelche Beweise zusammengetragen haben. Jedenfalls interpretiere ich seine Aussagen so.«

Meike Ehlers blieb skeptisch. »Wenn es noch andere Entführte gab, können die doch unmöglich alle wegen Rhodes Hirngespinsten entführt worden sein?«

»Sehen Sie, das habe ich befürchtet. Denn *ich* hatte nicht den Eindruck, dass es Hirngespinste waren, die ihn ängstigten. Im Gegenteil, auf mich machte er einen sehr überzeugenden Eindruck.«

Meike Ehlers musterte ihn eine Weile, dann öffnete sie die

Fahrzeugtür, schnappte sich seine Reisetasche vom Rücksitz und drückte sie ihm in den Arm. »Ihnen ist schon klar, dass Sie es mir schwer machen, Ihnen zu helfen, wenn Sie solche Dinge für sich behalten? Das möchte ich nämlich wirklich: Ihnen helfen.« Sie nahm kurzerhand hinter dem Steuer Platz, startete den Motor und ließ die Seitenscheibe noch einmal herunter. »Und noch etwas, Herr Ahrens: Bürgermeisterin Petersen geht es allein darum, die Fäden in der Hand zu behalten. Die fürchtet sich vor allem vor einer Sache: dass Sie hier noch mehr Staub aufwirbeln könnten. Schlimmer als sensationslüsterne Reporter sind nämlich nur Traumatisierte auf Rachefeldzug.«

»Ich bin nicht traumatisiert.«

»Wir werden sehen. Ich melde mich, sobald ich etwas Neues weiß.« Sie fuhr an, und Jens sah ihr verlegen hinterher, bis sie den Marktplatz auf der gegenüberliegenden Seite verließ. Er wusste selbst, dass sie nicht ganz unrecht hatte. Nur war er nicht gewillt, so rasch aufzugeben.

Die Tasche geschultert und mit einem letzten Blick auf den pompösen Nixenbrunnen marschierte er zur Brücke, wo ihn Bürgermeisterin Petersen schon erwartete. In der Gasse hinter der Auffahrt fuhr jetzt ein anthrazitfarbener VW-Passat vor, hinter dessen Lenkrad zu seiner Überraschung eine alte Frau mit roter Bluse, grauen Locken und Brille saß, die kaum groß genug war, um über das Lenkrad zu blicken. Die Alte stieg mit überraschend jugendlichem Elan aus und begrüßte Bürgermeisterin Petersen knapp. Dann entdeckte sie ihn.

»Ah, unser Gast! Jens Ahrens, nicht?« Die Alte lächelte, und er sah, wie sie ihn durch die Brille hindurch aufmerksam betrachtete. »Melse Hansen, ich bin Ihre Pensionswirtin.«

»Melse untertreibt«, meinte Bürgermeisterin Petersen in respektvollem Tonfall. »Ich war so frei, Sie bei meiner Amtsvorgängerin einzuquartieren, die die Geschicke Egirholms fast dreißig Jahre lang gelenkt hat.«

»Eine große Ehre.« Jens begrüßte die Frau mit Handschlag und konnte nicht verhindern, dass sie ihm trotz ihres Alters kurzerhand die schwere Reisetasche abnahm, um sie im Heck des

Passats zu verstauen. Die Frauen hier waren wirklich ein eigenes Völkchen.

»Mir bleibt dann nur noch, Ihnen einen guten Aufenthalt zu wünschen«, verabschiedete sich die Bürgermeisterin von ihm. »Ich hoffe, Sie werden sich bald von den Strapazen erholt haben.«

Jens nickte lediglich und nahm auf dem Beifahrersitz Platz. Melse Hansen kutschierte ihn nun durch die halbe Ortschaft, redete dabei wie ein Wasserfall und versuchte ihm die Vorzüge Egirholms näherzubringen. Ihre Ausführungen waren allerdings weit weniger interessant als jene von Meike Ehlers. Trotz ihrer spröden Art vermisste er die Polizistin schon jetzt. Außerdem konnte er sich des Eindrucks nicht erwehren, dass die alte Dame überaus interessiert an seinem Leben war, auch wenn sie es tunlichst vermied, die Umstände seines Erscheinens hier im Ort anzusprechen.

Recht bald erreichten sie den Ortsrand, wo die ehemalige Bürgermeisterin vor einem einzelstehenden dreistöckigen Gebäude in holländischem Baustil parkte, das mit seiner blaugrauen Fassade und dem Garten, der sich an das Haus schmiegte, etwas aus dem Rahmen der Reetdachhäuser in diesem Straßenzug fiel.

Diesmal schulterte er seine Reisetasche selbst, während ihn die Greisin energiegeladen in den Eingangsbereich des Hauses führte.

»Und Sie haben Glück«, plapperte sie munter weiter. »Im Augenblick sind Sie unser einziger Gast hier. Mein Sohn und ich renovieren gerade einige Zimmer.« Sie rückte sich die Brille zurecht, während sie hinter den Tresen der Rezeption trat, um auf Zehenspitzen einen Schlüssel vom Brett an der Rückwand zu fischen. »Ich gebe Ihnen am besten Zimmer Nummer 9 oben im zweiten Stock. Das hat ein extra Badezimmer, und von dort haben Sie auch einen prächtigen Ausblick auf die Innenstadt. Einfach die Treppe rauf. Frühstück gibt es zwischen sieben und zehn Uhr, das pflegen wir hier unten im Speisezimmer einzunehmen. Der Fernseher oben ist selbsterklärend und verfügt auch über einige ausländische Programme. Allerdings meinte Bürgermeisterin Petersen, dass Sie wohl eher daran interessiert wären, die Gegend zu erkunden?«

Jens, der eine Verkaufsvitrine mit kitschigen Meerjungfrauen und Ankerkettchen betrachtete, sah auf und bemerkte, dass ihn die Alte durchdringend anstarrte. Sofort glätteten sich ihre faltigen Gesichtszüge wieder, und sie lächelte charmant. »Durchaus möglich«, murmelte er argwöhnisch.

»Wenn Sie irgendwelche Auskünfte benötigen, fragen Sie einfach.« Die Hansen zwinkerte hinter ihrer Brille. »Ich wohne gleich hier unten. Einfach klingeln.«

»Ich muss mir da erst noch einen Überblick verschaffen«, log Jens. »Aber wenn Sie vielleicht eine Karte Nordfrieslands hätten?«

»Sicher.« Sie bückte sich und überreichte ihm eine Touristenbroschüre, die neben einigen Karten der Region mit Werbeanzeigen angefüllt war. Jens bedankte sich und marschierte unter den neugierigen Blicken der Alten die knarzende Treppe bis in den zweiten Stock hinauf, wo er sein Zimmer aufschloss. Die alte Frau hatte nicht zu viel versprochen. Der Raum war überraschend hell und geräumig und ließ es an keinerlei Komfort fehlen. Zur Fensterfront hin besaß das Zimmer eine lauschige Sitzecke, und das Badezimmer war sogar mit einer Badewanne ausgestattet. Jens warf seine Reisetasche aufs Bett, kramte zwischen den Kleidern sein Smartphone hervor und verband es nach einem Blick auf die Energieanzeige mit einer Steckdose. Dann trat er mit dem Katalog ans Fenster. Der abendliche Blick auf das Dächer- und Häusermeer Egirholms, das sich vor ihm aufspannte, war durchaus sehenswert. Insbesondere die rötlich beschienene Altstadt mit dem Hafen, der durch einige Masten zu erkennen war. Nur stand ihm nach alledem im Augenblick nicht der Sinn. Seine Entführung, die gekidnappten anderen Männer, die merkwürdigen Todesfälle hier und zu guter Letzt auch noch diese skurrile Sache mit dem Krokodil – Jens schüttelte den Kopf. Das alles waren ein paar Ungereimtheiten zu viel.

Er blätterte den Katalog nach einer Karte durch, die die Deutsche Bucht und die nordfriesische Küste zeigte, und fand recht schnell, wonach er suchte. Ärgerlicherweise gab es in Egirholm keine Autovermietung. Natürlich nicht. Stattdessen prüfte er die

Busverbindungen nach Schleswig, denn zunächst stand die Beerdigung von Werner an. Dort zu erscheinen, war er seinem Kollegen unbedingt schuldig. Dabei fiel sein Blick auf die letzte Seite der Broschüre. Neben dem Verweis auf gleich mehrere Museen und Ausstellungen, die sich mit dem Thema Rungholt befassten, befand sich dort auch ein grau unterlegter Textkasten mit den bekanntesten Sagen, die den Untergang der mittelalterlichen Stadt verklärten. Jens überflog sie und erfuhr so von dem lasterhaften Leben der Bewohner Rungholts inklusive einer Sakramentschändung, die angeblich zu der verheerenden Sturmflut geführt hatte. Eine andere Legende behauptete sogar, dass man noch heute bei ruhigem Wetter die Glocken Rungholts unter der Wasseroberfläche hören könne. Jens wollte die Broschüre bereits zuklappen, als er noch einmal innehielt. Die letzte Sage kreiste um ein Ereignis, das angeblich alle sieben Jahre in der Johannisnacht stattfand. Der Johannisnacht? Das war doch die Nacht vom 23. auf den 24. Juni, dem Gedenktag von Johannes dem Täufer.

Jens trat ans Bett und stellte mit dem Smartphone eine Internetverbindung her. Nach Rhodes Aussage würde den Entführten bis zu ihrem Tod nur noch wenig Zeit verbleiben. Rechnete man den heutigen Tag mit, nur noch vier Tage. Er überprüfte den Kalender, und das Ergebnis war irritierend. Die Frist endete tatsächlich in der diesjährigen Johannisnacht. Zufall?

Gemäß der Legende würde sich in einer solchen Nacht Rungholt aus den Wellen erheben.

Die Wellen ziehen Kreise

»… und wir sind so unsagbar traurig. Denn mein Vater wird für uns durch niemanden zu ersetzen sein«, sprach Werners Sohn mit stockender Stimme. Der gerade mal sechzehnjährige Teenager war trotz der Wärme mit einem schwarzen Anzug bekleidet und stand irgendwie verloren vor dem offenen Grab seines Vaters, über dem der schwere Eichensarg aufgebahrt worden war. Er blickte mit geröteten Augen zu seiner Mutter und seiner dreizehnjährigen Schwester hinüber, die beide leise schluchzten. »Und es ist mir auch egal, wenn manche sagen, dass er jetzt in einer besseren Welt ist. In unserer Welt ist er nämlich nicht mehr. Ich weiß ehrlich gesagt auch gar nicht, wie das ohne ihn sein soll. Mein Vater war nämlich immer für uns da. In Wahrheit …« Er schluckte schwer. »In Wahrheit bin ich so unglaublich wütend. Ich wollte immer so werden wie er. Dieses Jahr hatten wir sogar den Plan, nach Ägypten zu fahren, wo er mir und meiner Schwester das Tauchen beibringen wollte. All die Jahre meinte er, dass er damit warten wolle, bis wir alt genug wären. Jetzt sind wir alt genug, aber nun wird es dazu nicht mehr kommen. Und auch zu so vielem anderen nicht mehr.« Die Tränen rannen ihm offen über das Gesicht. »Ach, Papa. Ich vemisse dich so!«

Jens, der Werners Familie lediglich von älteren Fotos her kannte, war von dem Auftritt des Jungen ebenso ergriffen wie der Rest der Trauergemeinde, die den Sarg aus der Kirche heraus und bis zum Friedhof begleitet hatte. Da sein Bus eine Panne gehabt hatte und er zweimal hatte umsteigen müssen, war er fast eine Stunde zu spät in Schleswig angekommen, wo er mit Müh und Not noch ein schwarzes Hemd und ein dunkles Sacko hatte erwerben können, bevor er in Richtung Kirche gehetzt war.

Noch immer bedauerte er es sehr, dass er die kleine Stadt an der Schlei erst durch diesen traurigen Anlass kennenlernte, denn

Werner hatte gern voller Lokalpatriotismus von seiner Heimat geschwärmt. Daher wusste Jens auch, dass die grüne Stadt mitten in Schleswig-Holstein auf eine Vergangenheit als Handelsmetropole der Wikinger zurückblickte. Die Gottdorfer Herzöge hatten der Stadt in ihrer gut zweihundertfünfzig Jahre währenden Herrschaft prachtvolle Schlösser und Residenzen hinterlassen. Und der noch immer stolz über den schmucken Gebäuden der Altstadt aufragende Turm des St.-Petri-Doms kündete von der mittelalterlichen Stellung Schleswigs als Bischofsresidenz. Nun würde ihm Werner die Stadt nicht mehr zeigen können. Und da er die Trauerfeierlichkeiten in der Kirche verpasst hatte, war Jens froh, wenigstens hier am Grab Abschied von ihm nehmen zu können.

Etwa siebzig Personen waren zu der Beerdigung gekommen, darunter einige Kollegen der *Blue Ocean Exploration*, die ihn allerdings ungewöhnlich wortkarg begrüßt hatten. Auch Robert Schmidt, ihr Bergungsleiter, war erschienen. Der rothaarige Mittfünfziger gab sich besonders reserviert, nur verstand Jens noch immer nicht so recht den Grund dafür, denn telefonisch hatte er seiner Firma bereits zweimal Rede und Antwort zu dem Unglück gestanden. Der Rest der Trauergemeinde bestand aus Freunden und Verwandten. Unwillkürlich fragte sich Jens, wie viele wohl kommen würden, wenn es eines Tages auch ihn erwischte. Vermutlich nicht einmal halb so viele. Wenn überhaupt.

Werners Sohn ging zu seiner Mutter hinüber, einer schlanken Frau, Ende dreißig, mit Pagenkopf, die ihm weinend über das Haar strich. Schließlich räumten vier Männer der Friedhofsverwaltung die Stützen weg und ließen den Sarg in die Tiefe. Auf ein Nicken des Pfarrers hin trat Werners Frau an das Grab heran und schüttete mit einer kleinen Schippe Erdreich auf den Sarg. Eine Weile starrte sie kummervoll in die Tiefe, dann folgten Werners Kinder ihrem Beispiel. Jens taten die drei wahnsinnig leid. Er wusste zwar, dass Werner früh geheiratet hatte, doch war ihm nicht bewusst gewesen, wie alt seine Kinder bereits waren. Nach und nach schritten die übrigen Trauergäste am Grab vorbei, und das Ritual wiederholte sich, bevor ein jeder von ihnen kondulierte.

Jens, der gemeinsam mit seinen Kollegen ausharrte, bis sie an der Reihe waren, sah aus den Augenwinkeln, dass weiter hinten, nahe der Kirche, eine gut aussehende blonde Endzwanzigerin mit verspiegelter Sonnenbrille stand, deren blaue Sommerjacke hervorragend zu ihrer dunklen Leinenhose passte. Sie beäugte das Begräbnis über die Grabreihen hinweg. War das nur eine Besucherin des Friedhofs? Hoffentlich. Denn der Gedanke, dass Werner eine Affäre gehabt haben könnte, behagte ihm angesichts der trauernden Hinterbliebenen überhaupt nicht.

Endlich kam auch er an die Reihe, um Werner die letzte Ehre zu erweisen. Wie erwartet hatte der Anblick des Sarges unter ihm eine … bittere Wirkung. Noch immer machte er sich Vorwürfe. Hatte er da in der Tiefe wirklich alles versucht, ihn zu retten?

Jens löste sich irgendwann von dem Grab und trat zu Werners Frau. Diese sah auf, als er ihr die Hand reichte.

»Sie sind Jens Ahrens?«, fragte sie zögernd. Jens nickte.

»Die Firma sagte mir, dass Sie gemeinsam mit Werner da unten waren, als die Mine explodierte.«

Jens sah sie betrübt an. »Ich hab noch versucht, ihn zu retten. Aber dann hat uns die Druckwelle erwischt.«

»Hatte er einen schmerzhaften Tod?«

»Nein.« Jens schüttelte den Kopf. »Zu diesem Zeitpunkt war er bereits bewusstlos. Ich glaube nicht, dass er irgendetwas gespürt hat. Hat Ihnen die B. O. E. das nicht mitgeteilt?«

Die Witwe sah zu Jens' Bergungsleiter hinüber und zuckte mit den Schultern. »Vermutlich schon. Ich wollte es nur noch mal von Ihnen hören.«

»Werner war mehr als nur ein Kollege. Ich teile Ihren Schmerz.« Er nickte ihr und ihren Kindern noch einmal zu und machte dann seinen Kollegen Platz. Die restlichen Trauergäste sammelten sich inzwischen zu Fahrgemeinschaften, da Werners Angehörige noch in ein Lokal zu Kaffee und Kuchen geladen hatten. Jens wollte sich bereits einer dieser Gruppen anschließen, als Bergungsleiter Robert Schmidt an ihn herantrat. »Ich dachte schon, du würdest nicht kommen«, sagte er unfreundlich.

»Hallo, Robert. Schön, dass du dich so freust, mich lebend anzutreffen.«

Sein Boss betrachtete abfällig das Pflaster, das noch immer Jens' Stirn zierte. »Es hätte ja sein können, dass du es vorziehst, dem Treiben hier fernzubleiben.«

»Kannst du mir verraten, was los ist?« In Jens wuchs der Ärger. »Werner war ein Freund für mich. Du solltest doch am besten wissen, wie oft wir beide in den vergangenen Jahren da draußen zusammengearbeitet haben.«

»Können wir uns mal kurz unterhalten? Vielleicht dort hinten?« Robert Schmidt wies in Richtung Kirche. »Das muss ja nicht jeder mitbekommen.«

Jens zuckte gleichgültig mit den Schultern und folgte ihm. »Vielleicht erklärst du mir dann auch, warum ich von euch wie ein Aussätziger behandelt werde.«

Gemeinsam entfernten sie sich von der Schar der Trauergäste, bis sie nah an der Kirche standen. Robert musterte ihn scharf. »Dir ist schon klar, dass deine wundersame Rettung Fragen aufwirft?«

»Hatten wir das nicht bereits am Telefon besprochen?«

»Bei der Explosion hat es beinahe sogar das Bergungsschiff selbst erwischt«, fuhr sein Boss aufgebracht fort. »So stark war die Druckwelle. Dass wir Werner überhaupt so schnell finden konnten, verdanken wir dem reinen Zufall.«

»Auch das hatten wir schon, Robert.«

»Nur dass wir inzwischen die GPS-Daten deines Transponders ausgewertet haben. Zumindest bis zu jenem Zeitpunkt, als der Kontakt plötzlich abriss.«

»Und?«

Robert starrte ihn böse an. »Diesen Aufzeichnungen nach hast du dich nach dem Unglück von der *Cyntia* aus mit einer Geschwindigkeit von fast dreißig Stundenkilometern in Richtung Küste fortbewegt.«

»Unmöglich«, meinte Jens konsterniert. »Ich meine, ich hab ja selbst keine Erklärung dafür, wie ich an Land gekommen bin. Aber das … nein, das ist Blödsinn.«

»Nicht nach Lage der Fakten.« Robert deutete mit dem Finger auf ihn. »Und wir beide wissen doch durchaus, wie so etwas möglich wäre. Nämlich mithilfe eines Diving-Scooters jener Art, wie wir ihn euch vor zwei Jahren in der Ostsee zur Verfügung gestellt hatten.«

»Wie du wissen solltest, hatten wir diesen James-Bond-Antrieb bei der *Cyntia* aber nicht dabei. Er wäre uns da unten auch kaum zu etwas nütze gewesen.«

»Natürlich nicht. Das Gerät ist nämlich vor einem halben Jahr aus unserem Lager in Kiel gestohlen worden. Und zwar genau zu dem Zeitpunkt, als wir das Team für die *Cyntia* zusammengestellt haben.«

»Und?«

Robert Schmidt sah ihn herausfordernd an. »Sicher, damit bewegen wir uns im Bereich der Spekulation, aber wenn man eins und eins zusammenzählt, könnte man denken, dass euch der Diving-Scooter da unten vielleicht doch zur Verfügung stand.«

»Sag mal … spinnst du?«

»Wie du nur zu gut weißt, solltet ihr da unten nicht boß nach Kupferkabeln suchen.«

»Mein Güte. Du sprichst von den Rohdiamanten?« Jens begriff endlich, worauf sein Boss hinauswollte. »Du glaubst, Werner und ich hätten uns da unten … als Privatunternehmer betätigt?«

»Nenn es, wie du willst.«

»Robert, wirklich, du bist ein verdammtes Arschloch! Du solltest froh sein, dass wir hier auf Werners Beerdigung sind, sonst würde ich …«

»… was?«, fauchte sein Gegenüber. »Damit du es weißt: Ich werde die ganze Untersuchung noch einmal neu aufrollen lassen. Wenn sich herausstellen sollte, dass ihr geplant hattet, euch die Diamanten auf eigene Faust unter den Nagel zu reißen, um sie dann mit irgendeiner, wie du es so hübsch ausdrückst, James-Bond-Methode in Sicherheit zu bringen, dann gnade dir Gott. Insbesondere, falls sich erweist, dass ihr für die Explosion da unten selbst verantwortlich wart. Die Ausbildung dazu hattest du ja.«

»Bist du jetzt vollkommen übergeschnappt?«, brauste Jens auf.

»Du glaubst allen Ernstes, Werner und ich seien in der Lage gewesen, einen Diving-Scooter an dir und der übrigen Mannschaft vorbei mit in die Tiefe zu nehmen? Und dann? Glaubst du etwa, wir wollten unseren Tod vortäuschen oder was?«

»Na ja, vielleicht war zumindest das doch ein Unfall. Oder du wolltest dich da unten auf diese Weise deines Mitwissers entledigen.« Der Bergungsleiter hatte kaum ausgesprochen, als Jens' Faust explodierte. Sie traf sein Gegenüber hart am Kinn, und der Bergungsleiter stolperte getroffen zurück. »Wag es nie wieder, mich mit dem Tod von Werner in Verbindung zu bringen!«, zischte Jens zornig.

Sein Boss hielt sich Kinn und Wange und funkelte ihn an. Natürlich hatten auch einige der Trauergäste den Zwischenfall bemerkt, denn sie blickten fassungslos zu ihnen herüber. Im gleichen Moment bereute Jens seinen Wutausbruch und hoffte, dass sich unter den Zeugen des Zwischenfalls nicht ausgerechnet Werners Familie befand. Sein Bergungsleiter zückte ein Taschentuch, das er sich an die Lippen hielt, sah sich kurz um und senkte die Stimme. »Wie du willst, Jens. Aber glaub mir, zu alledem ist das letzte Wort noch nicht gesprochen!«

Er entfernte sich in Richtung ihrer gemeinsamen Kollegen, und Jens konnte den Männern ansehen, dass auch sie von seiner Unschuld nicht gerade überzeugt waren.

Wann nahm dieser ganze Wahnsinn bloß ein Ende?

Jens schüttelte seine schmerzende Hand, als er hinter sich Schritte vernahm.

»Herr Ahrens?«

Verblüfft drehte er sich um und blickte in ein hübsches Paar blauer Augen. Vor ihm stand die Blondine, die er vorhin schon am Rand des Friedhofs bemerkt hatte. Aus der Nähe betrachtet sah die junge Frau sogar noch besser aus. Sie war so groß wie er selbst, und ihr schulterlanges blondes Haar betonte ein dezent geschminktes Gesicht mit ebenmäßigen Zügen und hohen Wangenknochen. Auch die Figur der Unbekannten konnte sich sehen lassen. Jens fragte sich unwillkürlich, ob sie als Model arbeitete.

»Entschuldigen Sie.« Er verbarg seine Rechte linkisch hinter dem Hosenbein, nur war ihr anzusehen, dass sie seinen unbeherrschten Auftritt sehr wohl mitbekommen hatte. »Das eben …« Er räusperte sich verlegen. »Also, das ist sonst nicht meine Art.«

»Ich habe einen Teil ihrer Unterhaltung gehört«, erklärte die Blondine verständnisvoll. »Vermutlich wäre ich auch wütend geworden, wenn man mich der Mitschuld am Tod eines Freundes bezichtigt hätte.«

Interessiert betrachtete Jens die Frau. »Und … wer sind Sie?«

»Meine Name ist Ranja Rhode. Ich bin auf der Suche nach Ihnen.«

»Ranja … *Rhode*?« Jens runzelte die Stirn. »Etwa verwandt mit Volker Rhode? Dem Volkskundler?«

Sie reichte ihm die Hand und sah dabei etwas unglücklich drein. »Ich bin seine Tochter.«

»Sieh an.« Jens schlug ein und stellte fest, dass ihr Griff fest und trotz der Schmerzen in seinen Fingern angenehm war. »Und Sie suchen *mich*?«

»Ja. Denn die Polizei deutete an, dass mein Vater vielleicht zu den Leuten gehört, mit denen sie auf diesem Bauernhof eingesperrt waren.«

Jens nickte. »Das ist leider korrekt.«

»Sie zu finden war nicht gerade einfach.« Sie lächelte unsicher. »Die Polizei hat nämlich recht reserviert reagiert, als ich dort nach Ihnen fragte. Die waren gar nicht begeistert darüber, dass ich eigene Nachforschungen anstellen wollte. Also habe ich die Zeitungen der letzten Tage studiert und mich dann bei ihrer Bergungsfirma gemeldet. Nur dass man mich auch dort abgewimmelt hat. Immerhin habe ich auf diese Weise Ihren vollständigen Namen erfahren und konnte anschließend auch Ihre Wohnadresse in Bremen ausfindig machen.« Sie seufzte. »Allerdings hatte ich dort keinen Erfolg. Am Ende war es schlicht Glück. Gestern erfuhr ich nämlich, dass Ihr verunglückter Kollege heute hier bestattet wird. Ich habe mich also kurzerhand in den Wagen gesetzt und bin nach Schleswig gefahren, in der Hoffnung, Sie hier anzutreffen.«

»Okay, das ist beeindruckend.«

»Nein, ich bin bloß besorgt. Mein Vater wird jetzt seit einer Woche vermisst. Und wann immer ich die Polizei frage, ob sie schon eine Spur hat, teilt man mir bloß das eine mit, dass die Ermittlungen noch laufen und man nichts dazu sagen könne.« Ihre Augen schimmerten feucht. »Damit sind Sie vermutlich der Einzige, der mir aus erster Hand Auskunft geben kann, was mit meinem Vater geschehen ist. Ich begreife das Ganze nämlich nicht.«

»Ehrlich gesagt, mir ist das alles ebenfalls ein Rätsel.« Jens wusste noch immer nicht so recht, wohin er mit seiner schmerzenden Hand sollte, also umfasste er sie schließlich mit seiner Linken. »Bis eben wusste ich nicht einmal, dass Rhode … also dass er Familie hat.«

»Meine Mutter ist schon eine ganze Weile tot, wenn Sie das meinen.« Ranja Rhode zuckte niedergeschlagen mit den Schultern. »Mein Vater und ich sehen uns nicht sehr häufig. Ich lebe mittlerweile in Hamburg.«

»Sie sind aber nicht auch Historikerin?«

»Nein, ich arbeite am Institut für Hydrobiologie und Fischereiwissenschaften.«

»Ach, Sie sind Ozeanologin?«

»Meeresbiologin.« Rhodes Tochter winkte ab und kam rasch wieder auf das Thema zurück. »Konnte er Ihnen denn sagen, warum er entführt wurde? Oder hat er Ihnen sonst etwas verraten, was mir bei der Suche nach ihm weiterhelfen könnte?«

Jens fuhr sich nachdenklich durch das blonde Haar. »Er und ich, wir haben ehrlich gesagt nur kurz ein paar Worte miteinander wechseln können. Außerdem stand Ihr Vater unter Medikamenten. Aber er ist es gewesen, der mir zu meiner Flucht verholfen hat.«

»Und?« Ihre blauen Augen hefteten sich erwartungsvoll auf ihn.

»Für ihn hat es leider nicht gereicht.« Jens wich ihrem Blick aus und starrte zu Werners Grab hinüber, wo die Männer der Friedhofsverwaltung bereitstanden, um es mit Erde zu füllen. »Ihr Vater ist damit schon der Zweite in ziemlich kurzer Zeit, dem ich nicht helfen konnte. Ganz zu schweigen von unseren anderen Mitgefangenen.«

»Und das ist der Grund, warum Sie in Egirholm geblieben sind?«

»Ach, das wissen Sie auch schon?«

»Einer der Reporter, mit denen ich telefoniert habe, hat mir den Tipp gegeben.« Ranja Rhode wirkte nun etwas verlegen. »Nur wusste der nicht, wo genau Sie untergekommen sind. Warum eigentlich? Ich meine … für Sie ist das Drama doch beendet.«

»Ich nehme an, dass hinter alledem viel mehr steckt, als wir derzeit wissen.« Die ablaufende Frist verschwieg er ihr lieber. Er wollte sie nicht noch weiter beunruhigen.

»Und was?«

»Genau das versuche ich herauszufinden.«

»Ich verstehe«, meinte Ranja Rhode gedehnt. »Na gut, wenn Sie keine weiteren Hinweise haben, dann entschuldigen Sie bitte, dass ich Sie … hier aufgehalten habe.«

Sie wollte sich bereits abwenden, doch Jens hielt sie zurück. »Warten Sie. Das habe ich so nicht gesagt.« Zweifelnd sah er sich zu den Trauergästen um, die auf dem nahen Parkplatz bereits in die Autos stiegen, um zu dem Restaurant aufzubrechen. »Ihr Vater meinte, er sei einem Geheimnis auf die Spur gekommen. Und er deutete an, dass er deswegen entführt worden sei.«

»Ein Geheimnis? Welches Geheimnis denn?« Ranja Rhode sah ihn aus großen Augen an.

»Das weiß ich noch nicht.«

»Und das ist alles? Genaueres hat er Ihnen nicht gesagt?«

»Wie man es nimmt. Nur ergeben seine Worte bislang keinen Sinn. Jedenfalls noch nicht.« Jens wusste selbst, wie dürftig seine Erklärung auf Außenstehende wirken musste. »Sagen Sie mal«, nutzte er die Gelegenheit. »Sie sollten doch eigentlich am besten wissen, womit sich Ihr Vater zurzeit beschäftigt, oder?«

»Leider nicht.« Ranja Rhode schien allmählich das Interesse an ihm zu verlieren, denn sie sah bereits zu dem Parkplatz hinüber. »Würden Sie ihn kennen, dann wüssten Sie, dass er sogar unter seinen Kollegen als ein wenig verschroben gilt. Ständig stellt er neue wirre Theorien über die wahre Lage Rungholts auf und legt sich da wohl auch gern mal mit anderen Heimatforschern an. Ich befürchte, er hat in dieser Hinsicht längst den rechten Bezug verloren.«

»Sie zweifeln seinen Geisteszustand an? Ehrlich gesagt machte er auf mich einen ziemlich überzeugenden Eindruck.«

»Um Gottes willen, so möchte ich keinesfalls verstanden werden. Aber in seiner Begeisterung schießt er eben auch gern mal über das Ziel hinaus.« Traurig schüttelte sie den Kopf. »Gerade erst vor ein paar Jahren wurde er vom Landesamt angezeigt, weil er ordnungswidrig im Schlick gegraben hatte. Soweit ich weiß, konnte er sich gerade noch damit herausreden, dass er angeblich Notbergungen durchführte.«

»Notbergungen?«

»Ja, um zu verhindern, dass die von ihm gemachten Funde von der Flut fortgespült werden.« Sie winkte ab. »Ich glaube, er ist nur knapp einer hohen Geldstrafe entgangen. Und ich weiß auch noch, wie er mich mal auf seinem Wattwagen mit hinaus zu seinen sogenannten Feldforschungen genommen hat, als ich dreizehn war. Damals musste ich ihm bei der Suche nach alten Fundstücken helfen, bis uns die Flut fast überraschte. Er ist schon damals vollkommen rücksichtslos gewesen. Dass wir überhaupt lebend zurückkamen, kommt mir heute noch wie ein Wunder vor.«

»Auf seinem Wattwagen?« Jens runzelte die Stirn. »Ist schon einige Jahre her, dass ich mal auf einem mitgefahren bin. Rüber zur Insel Neuwerk. Muss man dafür nicht einen besonderen Führerschein machen?«

»Ja. Und man muss auch eine langjährige Fahrpraxis aufweisen können, um damit alleine rausfahren zu dürfen«, erklärte sie. »Den Wagen hat er sich aber schon vor Jahren für seine Forschungen zugelegt. Samt Pferden, die in einem Mietstall auf der Halbinsel Nordstrand einquartiert sind. Alle paar Wochenenden ist er damit unterwegs. Unserem Familienleben hat das jedenfalls nicht gutgetan. Wenn Sie also nicht noch etwas haben …«

»Er sprach von Beweisen.«

»Beweise?« Ranja Rhodes Interesse kehrte zurück. »Wollen Sie etwa andeuten, dass er von anderen Heimatforschern entführt wurde, weil die ihm die Entdeckung irgendwelcher Brunnenreste neideten?«, meinte sie skeptisch. »Sie werden zugeben müssen, dass das etwas seltsam klingt.«

»Nein, das wohl nicht gerade. Aber da war noch mehr … nur möchte ich mir über all das erst selbst einmal Klarheit verschaffen.« In diesem Augenblick beschloss Jens, Ranja Rhode in seine Pläne einzuweihen. »Vielleicht können Sie mir dabei sogar helfen?«

»Kommt drauf an, ob ich überhaupt in der Lage bin, Ihnen zu helfen.«

»Können Sie mir Zutritt zum Haus Ihres Vaters verschaffen? Dort wollte ich mich nämlich heute Nachmittag mal umsehen.«

»In seinem Haus?« Sie sah ihn überrascht an. »Aber wie wollten Sie denn da ohne Erlaubnis rein?«

Jens schwieg, und Ranja Rhode begriff. »Ihnen ist schon klar, dass man so etwas als versuchten Einbruch auslegen könnte?«, empörte sie sich leise. »Außerdem ist die Wohnung doch schon von der Polizei durchsucht worden.«

»Und wenn die Beamten an den falschen Stellen gesucht haben?«

Ranja Rhode sah ihn noch immer zweifelnd an, und so fuhr Jens mit ruhiger Stimme fort: »Wenn unsere Nachforschungen nichts ergeben, okay. Aber was, wenn doch? Ich schätze, keiner von uns beiden will sich später vorwerfen wollen, aus Untätigkeit Mitschuld an seinem Unglück gehabt zu haben, oder?«

»Nein, natürlich nicht.« Ranja Rhode seufzte. »Nur müsste ich dazu erst ein paar Anrufe erledigen. Ich habe nämlich keinen Schlüssel für die Wohnung.«

Staub & Scherben

Jens stand nicht weit von Volker Rhodes Haus entfernt neben dem Audi seiner Tochter und starrte ungeduldig auf die Armbanduhr. Inzwischen war es fast halb vier, und sie war noch immer unterwegs. Nachdem sie alle möglichen Bekannten und Freunde ihres Vaters angerufen hatte – jedoch ohne Erfolg –, glaubte sie sich wieder daran zu erinnern, dass Rhode einen Zweitschlüssel bei einem der Nachbarn deponiert hatte. Nur war es jetzt schon eine halbe Stunde her, seit sie losgelaufen war, um dort nach dem Schlüssel zu fragen. Hätte er gewusst, dass das so lange dauern würde, er wäre lieber mitgekommen.

Unter anderen Umständen hätte er den Aufenthalt in dem nahe der Nordsee gelegenen Bredstedt sogar genossen. Denn die Stadt, die am Rande des Stollbergs, der größten Erhebung im Landkreis Nordfriesland, lag, zeigte sich gerade von ihrer schönsten Seite. Bredstedt war zwar nur wenig größer als Egirholm, doch über allem lachte die Nachmittagssonne am blauen Himmel. Und vom Mühlendamm aus, wo Rhode recht privilegiert ein kleines Backsteinhäuschen mit Garten sein Eigen nannte, hatte man einen wunderbaren Ausblick auf den Mühlenteich, der mitten in der Stadt lag. Fast vergaß man, dass man sich hier im Zentrum der Stadt aufhielt. Denn im Norden und Osten, auf der gegenüberliegenden Seeseite, schmiegte sich ein lauschiger Park an das Ufer, und die allgemeine Ruhe wurde nur gelegentlich von vorbeifahrenden Fahrzeugen gestört. Allerdings war Jens nicht nach Ruhe zumute. Er wollte endlich wissen, worauf ihn Volker Rhode hatte aufmerksam machen wollen.

Wieder blickte er auf die Uhr und entschloss sich schließlich dazu, nicht länger untätig herumzustehen. Beherzt öffnete er die Gartenpforte und marschierte durch den verkrauteten Vorgarten zum Eingang des Hauses. Das Gebäude war nicht allzu groß. Efeu rankte an der Backsteinfassade bis zum angeschrägten Walmdach empor, und er konnte sehen, dass hinter den Fenstern des Erdgeschosses – aber auch im ersten Stockwerk – Gardinen hingen. Ob Rhode vielleicht irgendwo hier einen Ersatzschlüssel deponiert hatte? Jens sah sich verstohlen zur Straße um und wollte gerade unter einem Blumenkübel nachsehen – als sich überraschend die Haustür vor ihm öffnete.

»Ah, ich wollte Sie gerade holen kommen«, begrüßte ihn Ranja Rhode. Ihr hübsches Gesicht wirkte leicht erhitzt.

Jens erhob sich verblüfft. »Und ich dachte, Sie klappern noch immer die Nachbarschaft ab.«

»Habe ich auch.« Gequält verzog sie das Gesicht. »Hat nur leider nichts genützt. Aber der nette Herr von gegenüber war so freundlich, mich darauf hinzuweisen, dass hinten im Garten die Terrassentür auf Kipp stand. Und da musste ich an Ihren Plan B denken. Wir haben sie geöffnet, und ich bin dann so rein.«

»Mal davon abgesehen, dass das eigentlich mein Plan A war … aber egal.« Jens trat ein und sah sich im Hausflur um. Die Einrichtung war von einem eher altmodischen Stil geprägt. An den Wänden hingen Dutzende gerahmter Fotos mit Motiven von der Nordseeküste, unter einer Kommode mit Schnurtelefon standen mehrere Paar Schuhe, und neben der Treppe in den ersten Stock entdeckte er ein Bastkörbchen mit Kissen, der dem Hund offenbar als Schlafplatz diente. »Kümmern Sie sich jetzt um ihn?«

»Um wen?«

Jens deutete zum Bastkorb. »Na, um den Hund Ihres Vaters.«

»Ach so.« Ranja Rhode schüttelte den Kopf. »Nein, den habe ich … Also, im Gegensatz zu meinem Vater mag ich Hunde ehrlich gesagt nicht so besonders. Ich habe Basti bei einer Freundin in Hamburg in Pflege gegeben. Ist ja hoffentlich nicht für lange.«

»Nein, das hoffe ich natürlich auch.« Jens nickte und trat sich vorsichtshalber die Schuhe ab. »Haben Sie schon mit der Suche begonnen?«

»Nein.« Ranja Rhode strich sich eine blonde Haarsträhne aus dem Gesicht. »Ich bin ja selbst erst seit ein paar Minuten hier.

Ohne Sie erschiene mir das auch etwas sinnlos. Sie waren es doch schließlich, der mit meinem Vater gesprochen hat – apropos! Wollen wir uns nicht duzen? Das ständige Sie ist so anstrengend. Ich bin Ranja.«

»Okay, ja gern.« Er gab ihr die Hand. »Jens.«

Sie standen sich noch einen Augenblick gegenüber, dann sah Jens noch einmal nach unten auf seine Schuhe – und im nächsten Augenblick entdeckte er unter der Matte, auf der er stand, den Zipfel eines Briefumschlags. Er sah sich zum Briefschlitz an der Tür um und nahm den Brief an sich. »Aber die Post haben Sie – hast du – schon reingetragen? Zeitungen und Briefe müssten sich hier ja inzwischen stapeln.«

»Ich war so frei.« Ranja deutete zaghaft nach hinten. »Ich hab sie drüben ins Wohnzimmer gelegt. Darunter war aber nichts Besonderes.« Stirnrunzelnd trat sie neben ihn. »Nur der hier ist mir offenbar entgangen.«

Jens wendete den Umschlag und sah, dass als Absender die Eutiner Landesbibliothek vermerkt war. Der Brief war offenbar schon Anfang der Woche angekommen.

»Darf ich?«, fragte Jens. Ranja nickte unentschlossen, und so öffnete Jens das Schreiben. Es handelte sich um eine Ermahnung angesichts einer Leihfristüberschreitung. Dem Schreiben nach hatte Rhode historische Dokumente entliehen, die sich mit der Geschichte Sylts, Eiderstedts und der einstigen Insel Alt-Strand befassten.

»Interessant«, brummte Jens. »Die Landesbibliothek Eutin ist eine Spezialbibliothek, die unter anderem mittelalterliche Schriften führt. Dass dein Vater dort Dokumente und Bücher entleihen durfte, wird er wohl seinen außergewöhnlichen Kontakten zu verdanken haben.«

»Also kennst du die Bibliothek?«

»Reiner Zufall.« Jens händigte Ranja Schreiben und Kuvert aus. »Wenn die B.O.E. nach alten Wracks sucht, müssen unsere Fachleute zuweilen auch historische Quellen konsultieren. Schiffslisten. Logbücher. Und noch einiges andere mehr. Auf einem Papier, das wir vor zwei Jahren erhielten, war auch mal eine Quelle aus dieser Bibliothek vermerkt. Nur mussten unsere Leute vor Ort in die Dokumente Einblick nehmen.« Er deutete an ihr vorbei. »Was dagegen, wenn wir anfangen?«

»Nein, bitte.« Sie wies hinter sich. »Allerdings wüsste ich persönlich nicht, wonach wir hier eigentlich suchen sollen.«

»Das kann ich dir leider auch erst sagen, wenn wir es gefunden haben. Was dein Vater mir an Hinweisen mit auf den Weg gegeben hat, ist nämlich ehrlich gesagt ziemlich wirr und unzusammenhängend gewesen.«

»Willst du mir nicht endlich sagen, um was es sich dabei gehandelt hat?«

»Ehrlich, ich begreife den Sinn seiner Worte auch noch nicht. Aber für den Anfang sollten wir vielleicht nach etwas Rotem Ausschau halten.«

»Nach etwas Rotem?«

Jens hob entschuldigend die Hände. »Ich sag ja, seine Worte wirkten etwas wirr.«

»Okay, wie du meinst. Und wenn du Fragen hast, dann frag einfach.« Sie wies auf die Zimmer, die vom Flur aus abzweigten. »Hier unten findest du Toilette, Küche und Wohnzimmer. Oben, die Treppe rauf, die Schlaf- und Arbeitsräume meines Vaters. Außerdem das Bad und ein Gästezimmer. Sehr groß ist das Haus ja nicht.«

Jens nickte und machte sich an die Arbeit. Er begann mit der Küche und arbeitete sich rasch zu dem großen Wohnzimmer vor, über das man die Terrasse und den Garten erreichen konnte, der hinter dem Haus lag. So, wie Ranja es geschildert hatte, stand die Terrassentür auf, und ein warmer Wind blähte sanft die Gardinen. Draußen verstellten hohe Hecken den Blick auf die Nachbargrundstücke, auf dem Rasen stand eine Vogeltränke aus weißem Marmor, und schwere Kübel mit violett blühenden Rhododendronbüschen sorgten nicht nur für Farbe, sondern auch für einen angenehmen Duft.

Unter den aufmerksamen Blicken Ranjas durchsuchte Jens die Wohnzimmerschränke, fand dort jedoch nichts von Interesse. Auffallend waren im Zimmer lediglich die vielen dramatisch anmutenden Stiche und Ölgemälde an den Wänden, auf denen Phantasiedarstellungen des untergegangenen Rungholt samt der über die Stadt hereinbrechenden Flut zu sehen waren. Kurz wandte sich Jens auch noch einmal dem Stapel Briefe und Zeitungen zu, die auf dem Wohnzimmertisch lagen. Doch wie ihm seine Begleiterin bereits mitgeteilt hatte, fand sich darunter nichts von Bedeutung. »Gibt es hier eigentlich einen Keller?«

»Einen Keller?« Rhodes Tochter sah ihn überrumpelt an. »Nein, ich glaube nicht.«

»Du *glaubst*?« Jens musterte sie irritiert.

Ranja setzte sich auf die Lehne des Sofas und senkte den Blick. »Mein Vater und ich, wir haben uns in den letzten Jahren nur sehr selten gesehen«, gestand sie ihm mit leiser Stimme. »Eigentlich nur zweimal. Du musst wissen, dass die Ehe meiner Eltern am Ende ziemlich zerrüttet war. Meine Mutter hatte einen neuen Mann kennengelernt, und ich musste mit vierzehn Jahren entscheiden, bei wem ich leben wollte. Nur war ich damals noch ein halbes Kind und völlig überfordert von dieser Situation. Ich hab mich für sie entschieden – und das hat mir mein Vater nie verziehen. Er hat es wohl als eine Art Verrat betrachtet.«

»Das wusste ich nicht.«

»Nein, woher auch?« Ranja Rhode blickte mit Tränen in den Augen zum Garten. »Aber seit meine Mutter tot ist, stehen wir wieder in Kontakt. Erst vor zwei Monaten hat er mich in Hamburg besucht. Nur bin ich nach all der Zeit nicht sonderlich nett zu ihm gewesen.« Sie schluckte schwer. »Ausgerechnet am letzten Wochenende hat er dann versucht, mich wieder zu erreichen.« Hilflos zückte sie ihr Handy und starrte es an. »Nur war ich noch immer so wütend auf ihn, dass ich nicht rangegangen bin. Das war am Sonntagnachmittag. Erst als mich die Polizei wegen seines Verschwindens befragte, habe ich begriffen, dass ich vielleicht die letzte Person war, die er versucht hat zu erreichen, bevor er … du weißt schon.«

»Hat er denn irgendetwas auf der Mailbox hinterlassen?«

Ranja Rhode schüttelte stumm den Kopf. »Aber vielleicht verstehst du jetzt, warum ich dich aufgesucht habe? Ich habe ein so schlechtes Gewissen deswegen. Und jetzt bin ich nicht einmal hier eine richtige Hilfe.«

»Das alles ist auf keinen Fall deine Schuld«, versuchte Jens sie aufzumuntern. »Komm. Versuchen wir es oben.«

»Was macht dich überhaupt so sicher, dass wir hier am richtigen Ort sind?«, wollte sie im Flur wissen.

»Wo denn sonst? Hier hat er immerhin gearbeitet«, antwortete er auf der Treppe ins Obergeschoss und fügte etwas kleinlaut hinzu: »Falls ich deinen Vater nicht doch falsch eingeschätzt habe. Denn was du mir inzwischen von ihm erzählt hast, lässt ihn ja nicht gerade in einem guten Licht dastehen.«

Ganz so, wie Ranja es ihm mitgeteilt hatte, bestand das Obergeschoss lediglich aus vier Zimmern. Bad und Gästezimmer bedachte er jeweils nur mit einem kurzen Blick, und im Schlafzimmer mit dem ungemachten Bett legte er Wert darauf, dass Ranja selbst den Raum durchsuchte. Leider fanden sie hier lediglich einen Kleiderschrank, vollgestopft mit wetterfester Kleidung, sowie eine stattliche Auswahl an festem Schuhwerk. Auch der Nachttisch und die altertümliche Bauerntruhe, die neben dem Bett stand, enthielten nichts Besonderes. Also trat Jens ins Arbeitszimmer. Zu seiner Überraschung war der sonnendurchflutete Raum recht nüchtern eingerichtet: ein schwerer Schreibtisch unter dem Fenster, ein Stuhl, eine Stehlampe und mehrere hohe Regale an den Wänden waren alles, was an Mobiliar vorhanden schien. Zumindest, wenn man von den gerahmten historischen Landkarten an den Wänden absah, die Küstenlinien, Inseln und andere Landmarken der Deutschen Bucht zu jeweils unterschiedlichen Epochen zeigten. Da bemerkte er, dass der Raum weiter hinten um die Ecke führte und an einer Stiege hinauf zum Dachboden endete.

Kurzerhand kletterte er die schmalen Stufen hinauf, doch kaum dass er seinen Kopf in den Speicher steckte, schlug ihm eine von der Sonne aufgeheizte stickige Luft entgegen, die immerhin angenehm nach Ton und Keramiken roch. Rhode hatte seinen Dachboden mehr oder minder im Ursprungszustand belassen. Sparren und Streben des Dachgerüsts ragten spitz zulaufend über ihm empor. Dazwischen waren gelber Schaumstoff und schwarze Folie als Abdämmmaterial zu sehen. Angesichts dessen, was Jens hier oben sonst noch erblickte, pfiff er anerkennend zwischen den Zähnen. Vor ihm erstreckte sich ein regelrechtes Privatmuseum. Unter den Dachschrägen standen lange Tische mit einer Vielzahl an Exponaten, die Rhode vermutlich allesamt eigenhändig im Watt ausgegraben hatte. Darunter waren auch ein Pferdeschädel, unzählige Keramikscherben, Steine, zerbrochene Dauben und Fassreifen sowie schwarz angelaufene Lederreste. Weiter hinten erhoben sich hohe Regale, in denen Vasen und Tongefäße standen, die aus Dutzenden Scherben zusammengeleimt waren. Jens betrat die aufgeheizte Dachkammer und sah sich staunend um. Sein Blick fiel auf eine dunkel angelaufene Glocke, die auf einem Sockel inmitten des Raums thronte. Er besah sich die Reste eines hölzernen Pflugs und blieb schließlich vor den Trümmern einer Kassette mit angelaufenen Silberbeschlägen stehen, die vermutlich das wertvollste Stück hier oben darstellte.

»Und?« Ranja kam nun ebenfalls nach oben, wedelte sich mit einer Hand Luft zu und sah sich um.

»Ich weiß nicht.« Jens schritt die Tische ab und suchte nach etwas Auffälligem. Inzwischen lief ihm der Schweiß in den Nacken. Doch so intensiv er sich auch umsah, hier oben schien es nichts zu geben, das seine Aufmerksamkeit verdiente. »Das Landesamt hatte mit seiner Anzeige vermutlich recht. Dein Vater *hat* im Watt Raubgrabungen durchgeführt.«

»Sagte ich doch.«

Schweren Herzens kehrten sie wieder ins kühlere Arbeitszimmer zurück, wo Jens seine Inspektion fortsetzte. Die dortigen Regale waren auf den unteren Ebenen mit Ordnern gefüllt, auf den oberen standen Seite an Seite Hunderte von Sachbüchern, von denen er einige willkürlich herausgriff und durchblätterte. Sie beschäftigten sich nicht bloß mit dem untergegangenen Rungholt, sondern auch mit allen möglichen Bereichen der Meereskunde und der Metereologie.

»Und du hast wirklich nicht den blassesten Schimmer, wie du

nach der Explosion dieser Seemine an die Küste gelangt bist?«, griff Ranja ganz plötzlich den Zwischenfall vom Friedhof auf. Jens sah auf und schüttelte den Kopf. »Nein, keine Ahnung. In der Nordsee gibt es zwar einige Strömungen, aber keine, die mich so rasch von der *Cyntia* hätte fortreißen können. Andererseits weiß ich nicht einmal genau, wo ich überhaupt angespült wurde. Denn kaum war ich wach, wurde ich auch schon von dieser Frau niedergeschlagen. Danach bin ich dann in dem Kellerverlies aufgewacht.«

Er wandte sich wieder seiner Suche zu, denn endlich fand er einige Werke aus der Feder Rhodes selbst. Die Bücher trugen Titel wie *Rungholt: Ein Mythos taucht auf* und *Atlantis des Nordens*. Er blätterte sie durch, nur fand er darin ganz und gar nichts, was die Entführung des Volkskundlers rechtfertigte.

»Allerdings beunruhigt mich der Vorwurf meines Bergungsleiters schon etwas«, nahm Jens den vorherigen Faden wieder auf. »Die Sache mit diesem Diving-Scooter ist natürlich kompletter Unsinn. Nur dürfte an der Auswertung der GPS-Daten nicht zu rütteln sein.«

»Vielleicht ein Systemfehler?«

Jens wandte sich wieder seiner Begleiterin zu und musste sich zwingen, seinen Blick von ihren langen Beinen abzuwenden. »Na ja, angesichts der Explosion kann ich das nicht mit Sicherheit ausschließen. Aber so oder so wird Schmidt versuchen, mir daraus einen Strick zu drehen. Vermutlich schon deswegen, weil der Diving-Scooter damals unter seiner Aufsicht verschwunden ist. Allerdings – wenn ich ehrlich bin, habe ich nach meinem Erwachen an diesem Strand selbst kurz einen Blick auf meinen Tauchcomputer werfen können. Und ich erinnere mich, dass mich die Anzeige auch vor ein Rätsel gestellt hat.« Grübelnd starrte er Rhodes Bücher an. »Alles, woran ich mich vage erinnere, ist, dass ich irgendwie … gezogen wurde«, murmelte er in Gedanken. »Irgendetwas *ist* da unten im Meer also mit mir geschehen, nur dass ich nicht weiß, was es war. Das macht mich selbst langsam verrückt. Und doch … mir war so, als wären wir da unten nicht allein gewesen. Ich weiß nicht. Ein anderer Taucher vielleicht. Oder ein Delphin. Klingt irgendwie verrückt, oder?«

»Nicht unbedingt«, meinte Ranja zögernd. »Vielleicht ein Großer Tümmler? Wir beobachten diese Delphinart immer häufiger auch in der Nordsee. Die sind schon seit der Antike dafür bekannt, dass sie Menschen helfen. Einige Fälle aus neuerer Zeit sind auch recht gut dokumentiert. So arbeitet eine Gruppe wild lebender Delphine an der brasilianischen Küste in jedem Herbst mit den dort lebenden Fischern zusammen. Die müssen sich bloß mit ihren Netzen ins Wasser stellen und darauf warten, dass die Delphine den Fang ans Ufer treiben. Und vor zehn Jahren hat eine Gruppe Delphine nachweislich einige Schwimmer vor Neuseeland vor einem Weißen Hai beschützt.«

»Trotzdem. Ein Delphin?« Jens schüttelte den Kopf und wandte sich wieder dem Zimmer zu. Der Aufenthalt hier wurde allmählich zur Enttäuschung. Irgendwie hatte er sich das alles anders vorgestellt. Er legte die Bücher missmutig zurück, öffnete eine tiefe Schublade mit Schreibwerkzeugen und bückte sich, um auch den hinteren Teil des Fachs einsehen zu können. Doch da war nichts. Er wollte sich gerade wieder erheben, als er noch einmal innehielt. Vor sich auf der Schreibtischoberfläche konnte er Staub ausmachen, nur dass sich in diesem Staub ein quadratischer Umriss abzeichnete. Jens drehte sich zu Ranja um, die mit verschränkten Armen gegen die Stiege lehnte und ihn noch immer nachdenklich ansah.

»Hier muss ein Computer gestanden haben. Vermutlich ein Laptop. Weißt du, wo der hin ist?«

Nun sah sie sich ebenfalls um. »Du hast recht. Er wird seine Bücher wohl kaum mit einem Füller geschrieben haben. Nein, keine Ahnung. Ich vermute, die Polizei hat ihn mitgenommen.«

»Hm.« Jens wandte sich den Aktenordnern zu. Penibel hatte Rhode Rechnungen und Exkursionsnotizen darin abgelegt. Gute zwanzig Minuten lang verbrachte er damit, die abgehefteten Seiten durchzublättern, doch noch immer fand er nichts von Interesse. Nur dass es gerade dieser Umstand war, der ihn irritierte.

»Müssten hier nicht zumindest irgendwo diese alten Dokumente zu finden sein, die sich dein Vater in Eutin ausgeliehen hat?«, fragte er nach einem neuerlichen Blick in die Runde. »Ich meine, unten waren sie schon nicht, und hier oben entdecke ich sie auch nirgendwo.«

»Vielleicht hat die Polizei sie ebenfalls mitgenommen?«

»Das oder …« Jens warf noch einmal einen misstrauischen Blick in die Runde, und plötzlich bemerkte er, dass zwischen den Buchbeständen Lücken klafften. »Oder hier war schon jemand vor uns.«

Ranja Rhode sah ihn erschrocken an und schritt in die Zimmermitte, wo sie sich nun ebenfalls umsah. »Bist du dir sicher?«

»Nein. Inzwischen bin ich mir über gar nichts mehr sicher.« Er wollte den aufgeklappten Ordner schon wieder zuschlagen, als sein Blick auf die zuoberst abgeheftete Rechnung fiel. Sie war zwei Jahre alt, stammte von einem Handwerksbetrieb aus Bredstedt und war wegen des Einbaus eines Tresors ausgestellt worden. »Sieh dir das mal an.« Er hielt Ranja den Ordner hin. »Dein Vater besitzt einen Tresor!«

»Einen Tresor?« Sie riss den Ordner förmlich an sich.

»Die Frage ist nur, wo?«

Mit neuem Elan begaben sie sich wieder auf die Suche. Jens rückte die Regale ab, während Ranja die Bilder von den Wänden nahm. Doch sie fanden überhaupt nichts. Erneut kletterten sie auf den Dachboden, durchsuchten anschließend Bad, Gästezimmer und Schlafzimmer und kehrten ins Erdgeschoss zurück, um auch dort Schränke abzurücken und die Bilder von den Wänden zu nehmen. Doch ihre Suche blieb erfolglos. Ein Tresor war nirgendwo zu finden.

»Verflucht!« Jens ließ sich auf die Couch fallen und starrte finster in den Garten. »Eine Garage besitzt dein Vater nicht, oder?«

»Nein.« Ranja sah sich weiter im Raum um. »Aber diese Rechnung wird ja wohl nicht umsonst ausgestellt worden sein.«

»Vermutlich nicht«, murrte Jens. »Nur wird uns die Firma wohl kaum so einfach mitteilen, wo sie den Tresor eingebaut haben. Wir könnten natürlich die Polizei fragen, damit die das übernimmt, aber das kostet Zeit. Außerdem …« Jens richtete sich mitten im Satz auf und starrte in den Garten. »Gott, ich glaube, dein Vater meinte gar nicht die Farbe Rot.«

»Wie bitte?«

Jetzt wiederholte Jens Volker Rhodes Worte, wie sie ihm in Erinnerung geblieben waren: »*Roter … den … dron*. Das war das, was er gemurmelt hatte.« Aufgeregt deutete er zu den Pflanzenkübeln im Garten. »Was, wenn er in Wahrheit die Büsche dort gemeint hat: Rhododendron!«

Ohne Ranjas Antwort abzuwarten, eilte er nach draußen und rückte die schweren Kübel beiseite. Unter dem ersten befand sich nur eine einfache Terrassenfliese. Doch unter dem zweiten Kübel kam eine quadratische Stahlfläche zum Vorschein.

»Ein Bodentresor!« Jens lachte und sah zu seiner Begleiterin auf. »Dein Vater ist wirklich raffiniert.«

Er löste eine metallene Klappe, unter der ein Drehmechanismus mit umlaufenden Zahlen und Buchstaben zum Vorschein kam. »Mist. Das wäre wohl auch zu einfach gewesen.«

»Ich glaube, ich kenne da jemanden, der uns beim Öffnen helfen kann«, meinte Ranja und zückte ihr Handy.

»Warte noch!« Jens gebot ihr innezuhalten. »Das ist vermutlich keine gute Idee. Nicht, solange wir nicht wissen, was er darin eingeschlossen hat.«

Sie atmete tief ein und steckte das Handy zögernd wieder weg. »Na gut. Und wie willst du den Tresor sonst aufbekommen?«

»Wenn mir dein Vater schon diesen Hinweis gegeben hat, dann hat er vermutlich auch den Weg verraten, ihn zu öffnen.«

»Hat er dir denn sonst noch was gesagt?«

»Du meinst abgesehen von dem Rhododendron?« Jens fasste sich an die Stirn und versuchte sich das kurze Gespräch mit Rhode wieder zu vergegenwärtigen. »Er sprach da von einem Frevel in Verbindung mit dem Meer. Und er sprach von … Bettruhe.«

»Bettruhe?« Ranja runzelte die Stirn. »Das ist doch völlig unsinnig.«

»Ja, eben. Nur war er da auch schon halb besinnungslos.« Jens sah plötzlich auf. »Aber was, wenn er nicht ›Bettruhe‹ meinte, sondern ›Betttruhe‹?«

Ranja Rhode atmete scharf ein. »Du meinst die Truhe oben im Schlafzimmer?«

»Finden wir es heraus.« Jens eilte an ihr vorbei und marschierte zurück nach oben in Rhodes Ruheraum, wo er sich noch einmal die bunt bemalte Bauerntruhe neben dem Bett vornahm. Gemeinsam öffneten sie sie, entnahmen ihr einen Stapel frischer Bettwäsche und suchten anschließend die Innenseiten ab. Zu Jens' Erstaunen fand sich am Deckelinnenrand ein mit Kugelschreiber gekritzelter Name: *Andreas Busch*.

»Andreas Busch?« Jens sah Ranja fragend an. »Weißt du, wer das ist?«

Sie musste nicht lange nachdenken. »Busch gilt quasi als erster Entdecker Rungholts. 1921 hat er im Watt Schleusenreste gefunden, die das Rungholt-Fieber überhaupt erst ausgelöst haben.«

»Das passt.« Jens stand wieder auf. »Dein Vater dürfte den Mann sehr verehrt haben. Komm.« Gemeinsam eilten sie wieder nach unten auf die Terrasse, und mittels des Drehrads am Tresorschloss und der Buchstabenfolge am Rand gab Jens den Namen des Rungholt-Forschers als Kombination ein. Sogleich sprang die Stahlklappe auf.

Jens warf Rhodes Tochter einen triumphierenden Blick zu und entnahm dem Tresor eine Dokumentenmappe mit Notizen sowie einen in Leder eingeschlagenen Wälzer.

Ein rascher Blick auf den Buchdeckel, und die ersten gedruckten Seiten stellten klar, dass der Band aus dem frühen 19. Jahrhundert stammte und die Aufzeichnungen eines *notarius civitatis*, eines Leiters der städtischen Verwaltung aus Husum enthielt.

Der Chronist hatte in dem Buch offenbar allerlei Geschichten, Sagen und historische Anekdoten Nordfrieslands zusammengetragen, und einige Seiten waren oben recht grob mit Knicken markiert.

Ranja Rhode griff ihrerseits zu der Dokumentenmappe, bei der es sich offensichtlich um eine Art Forschungstagebuch handelte, bestehend aus Hunderten eng beschrifteter Seiten mit handschriftlichen Notizen, unter denen sich Abbildungen von Fundstücken aus dem Watt, aber auch Dutzende selbstgezeichneter Karten befanden. Jens begriff sofort, dass die Aufzeichnungen über Jahrzehnte entstanden sein mussten. Nur dass Rhodes krakelige Handschrift kaum zu entziffern war.

»Kannst du das lesen?«, fragte Jens.

»Ja, ich denke schon.«

Auf den Seiten tauchten die Zeichnungen von Walen auf. »Worum geht es da?«, wollte er wissen. Ranja Rhode überflog die Notizen. »Er beschäftigt sich hier vor allem mit Walgesängen.«

»Mit Walgesängen?«

»Frag mich nicht, warum.« Kopfschüttelnd blätterte sie weiter, und Jens sprang die Zeichnung einer großen Muschel mit verdrehter Spitze ins Auge. »Stopp.« Er legte den Finger auf die Seite, bevor sie weiterblättern konnte. »Was ist das jetzt schon wieder?«

»Eine Muschel.«

Jens beugte sich vor. »Sieht eher wie ein Instrument aus. Eine Art Horn.«

»Also Jens, ich dachte, wir wollten herausfinden, warum mein Vater entführt wurde? Um seine Wattfunde können wir uns später noch kümmern.«

»Entschuldige.« Jens nickte. »Ich hatte mich bloß gewundert, denn so große Muscheln findet man in unseren Breiten nicht. Ich glaube, das ist in Wahrheit keine Muschel, sondern ein Schneckenhorn. Die sind in einigen Teilen der Welt tatsächlich zu Musikinstrumenten verarbeitet worden.«

»Schön.« Sie blätterte ungeduldig weiter, und ihr Blick blieb an tabellarischen Einträgen hängen. Auch Jens beugte sich vor. »Und was haben wir hier?«

Er nahm die Mappe an sich und besah sich die Seiten genauer. Darauf befanden sich Einträge wie »Februarflut 1825«, »Neujahrsflut 1855«, »Ebbflut 1949« oder »Zweite Julianenflut 1962«. Es handelte sich um eine lange Auflistung von Sturmfluten mit dokumentierten Pegelständen, Zerstörungen und der Zahl an Menschenverlusten seit dem Anfang des 19. Jahrhunderts. Penibel waren die Schäden in zahlreichen Küstenorten aufgeführt, angefangen bei der Insel Sylt im Norden bis runter nach Hamburg.

»Komisch«, murrte Jens. »Ich hätte eine nähere Auseinandersetzung mit den Sturmfluten im Mittelalter erwartet. Die, die hier aufgelistet sind, sind alle deutlich jüngeren Datums.«

»Und ich frage mich, ob wir mit alledem nicht bloß unsere Zeit verplempern.« Ranja sah ihn ungehalten an. »Eigentlich hatte ich darauf gehofft, etwas zu finden, das deutlich mehr Substanz hat. Etwas, das uns erklären kann, warum mein Vater entführt wurde.« Sie nahm ihm die Ledermappe wieder aus der Hand und blätterte die Unterlagen weiter durch.

Also nahm sich Jens den dicken Wälzer vor. Sein Inhalt schien ihm allerdings deutlich uninteressanter als die Dokumentenmappe, denn wenn er es richtig sah, war dies hier nichts anderes als ein besseres Märchenbuch. Er schlug zunächst die mit Knicken markierten Stellen auf, doch die entsprechenden Seitenabschnitte wirkten völlig aus dem Zusammenhang gerissen. Während Ranja Rhode die Dokumentenmappe weiter Seite für Seite durchging, überflog er die Aufzeichnungen des Husumer Chronisten. Sie deckten das ganze Spektrum einheimischer Überlieferungen ab, darunter Erzählungen über einstige Sturmfluten, lokale Seefahrerlegenden, Berichte über friesische Hochzeitsbräuche und vieles andere mehr. Immerhin, zwei der Texte waren am Seitenrand mit Bleistift angestrichen.

»Und, steht bei dir irgendetwas, das uns weiterhilft?«, wandte Ranja sich ihm gespannt zu. Jens, der sich die Abschnitte gerade zu Gemüte führte, wiegte unentschlossen den Kopf. »Ganz ehrlich? Nein. Dein Vater scheint aber an zwei Sachen besonders interessiert gewesen zu sein.«

»Und?«

Jens blätterte zurück. »In diesem Abschnitt geht es um einen Landwirt namens Hans Momsen, gerühmt als der ›Leonardo da Vinci des Nordens‹. Er hat wohl zwischen 1735 und 1811 in einem nordfriesischen Ort namens Fahretoft gelebt. Momsen war ursprünglich Landwirt, aber bei alledem auch so etwas wie ein

Autodidakt und Universalgelehrter, der hervorragende mathematische Kenntnisse besaß. Er hatte zwar eine Ausbildung als Landvermesser genossen, sich all seine übrigen Kenntnisse aber im Selbststudium angeeignet. In seinem Leben muss er einige beeindruckende astronomische Geräte gebaut haben. Außerdem Apparate zur Landvermessung und Schiffsnavigation und wohl auch eine Orgel. Alles überaus beeindruckend. Nur frag mich bitte nicht, warum er für deinen Vater so interessant war.« Er blätterte einige Kapitel vor. »Und dieser Abschnitt dreht sich um die Ausbreitung des Christentums hier im Norden und um die nordfriesischen Hexenverfolgungen im 15. und 16. Jahrhundert. Offenbar waren die alten Friesen vom Christentum nicht so rasch zu überzeugen. Die hingen noch ziemlich lange ihrem germanischen Glauben an und waren wohl auch sonst eher abergläubisch. In dem Eintrag wird gemutmaßt, dass das Christentum auf den Inseln erst so um 1020 nach Christus Fuß fasste, nämlich zur Zeit des Dänenkönigs Knuts des Großen. Überhaupt schien die Bevölkerung damals unverheirateten Priestern eher ablehnend gegenübergestanden zu haben. Spätestens nach der Reformation wurden die Friesen dann aber zu überzeugten Protestanten, und die allgemeine Stimmung schlug ins Gegenteil um. Und … wie andernorts auch … ist man damals wohl davon überzeugt gewesen, dass bestimmte Frauen mit dem Teufel und anderen bösen Geistern im Bunde stünden. In dem Kapitel wird von einigen Hexenverbrennungen berichtet, die einst auf Föhr, Sylt und anderen Inseln der Küste stattfanden.«

»Das ist alles?«

»Ja, leider. Nur verstehe ich es nicht.« Jens klappte das Buch enttäuscht zu und besah es sich von allen Seiten. »Nichts weiter als Märchen, Sagen und historische Anekdoten. Keine Ahnung, warum dein Vater diesen Band im Tresor verborgen hat. Und bei dir?«

»Auch da nichts.« Ranja sah ihn von der Seite prüfend an. »Andererseits ist die Mappe ziemlich dick. Wie wäre es mit einem Vorschlag?« Sie lächelte. »Lass uns die Arbeit doch aufteilen. Ich sichte weiter die Unterlagen meines Vaters, und du kümmerst dich um das Buch. So kommen wir am schnellsten voran. Morgen telefonieren wir dann und tauschen uns aus.«

Jens betrachtete die Dokumentenmappe in ihren Händen, die er für deutlich interessanter hielt als das Buch. Nur hatte sie vermutlich recht. Sie kannte die Schrift ihres Vaters und würde sie schneller entziffern können als er.

»In Ordnung.« Er nickte, trat wieder vor den Bodentresor und fragte sich insgeheim, ob er Rhode nicht vielleicht einfach nur deswegen so verzweifelt helfen wollte, weil es ihm bei Werner nicht geglückt war. »Ich hoffe nur, dass ich mich da nicht in etwas verrannt habe.«

»Selbst wenn.« Ranja sah ihn dankbar an. »Es ist ja nicht deine Schuld. Du hast schon mehr getan, als jeder andere in deiner Situation zu tun bereit gewesen wäre.«

»Glaubst du?« Jens schnaubte niedergeschlagen. »Und doch irritiert es mich, dass dein Vater trotz der verabreichten Betäubungsmittel klar genug im Kopf war, um uns bis hierherzuführen. Und dann soll er mit allem anderen Unrecht gehabt haben?«

»Mal ernsthaft«, Ranja schlug sich das blonde Haar zurück und blickte ihm in die Augen. »Mein Vater ist Historiker. Seine Welt besteht aus vergilbten Büchern und alten Funden aus dem Watt. Er beschäftigt sich mit Dingen, die siebenhundert Jahre zurückliegen. Wenn er wirklich irgendein altes Geheimnis aufgespürt hat, wie kann es sein, dass es heutzutage eine Entführung rechtfertigt?«

»Das weiß ich nicht«, antwortete Jens. »Aber dein Vater hatte einen Begriff dafür. Er meinte, es sei unglaublich.«

Schatten im Nebel

Die Sonne war längst untergegangen, als Jens nach Egirholm zurückkehrte. Zusammen mit drei anderen Passagieren verließ er den klimatisierten Überlandbus, und sogleich schlug ihm eine schwülwarme Luft entgegen, die ihm ähnlich wie auf Rhodes Dachboden den Schweiß aus den Poren trieb. Er stellte die Büchertasche mit der schweren Chronik ab, zog sich das Sacko aus und ließ seinen Blick an der von Straßenlaternen beleuchteten Stadtkulisse Egirholms entlang nach Westen wandern, in Richtung Nordsee. Dort, am dunklen Abendhimmel, glitzerten die ersten Sterne.

Hinter ihm zischte die Hydraulik, und das große Fahrzeug fuhr wieder an. Jens knöpfte sich einen Hemdkragen auf und sah missmutig dabei zu, wie seine Mitreisenden von Angehörigen aus dem Ort abgeholt wurden. Jetzt bereute er es, versäumt zu haben, sich um einen Mietwagen zu kümmern. Die Busstation lag ungastlich am Rand des Fischerortes, und bis zur Pension waren es zu Fuß gute fünfundzwanzig Minuten. Vermutlich war er komplett durchgeschwitzt, wenn er dort ankam.

Seit der Durchsuchung von Rhodes Wohnung in Bredstedt war er noch nicht richtig zur Ruhe gekommen. Eine kurze telefonische Nachfrage hatte ergeben, dass Rhode die in Eutin entliehenen Dokumente aus dem Mahnschreiben tatsächlich noch nicht abgegeben hatte. Daraufhin hatten sie das ganze Haus nochmals nach ihnen abgesucht. Doch sie blieben verschollen. Und da war noch etwas anderes: Irgendwann war ihm aufgefallen, dass in sämtlichen Zimmern kaum etwas über Rhodes Privatleben zu finden war. Keine Fotobände, keine alten Briefe, nichts, das ihnen verriet, wie es sonst um das Privatleben Rhodes bestellt war. Ranja hatte es zwar auf die Polizei geschoben, doch war er sich da nicht so sicher. Im Gegenteil, wenn Rhode aufgrund seines Wissens entführt worden war, dann war es sehr wohl denkbar, dass vor ihnen und der Polizei bereits jemand anderes im Haus gewesen war.

Schließlich waren sie noch in ein Fischrestaurant eingekehrt, bevor sich ihre Wege wieder getrennt hatten. Auch dort war er aus Rhodes Tochter nicht wirklich schlau geworden. Die Blondine erschien ihm wie eine Seeanemone, die ihre Tentakel beständig aus- und wieder einfuhr. Die meiste Zeit über blieb sie seltsam distanziert, nur um im nächsten Augenblick vor Sorge um ihren Vater fast zu vergehen. Und doch war er ihrem Charme irgendwie erlegen. Und das, obwohl – oder gerade weil – er ihr anmerkte, dass sie durchaus um ihre Wirkung auf Männer wusste. Nur behagte ihm das nicht. Frauen wie sie waren für gewöhnlich kompliziert. Dabei erweckte Ranja Rhode keineswegs den Eindruck, eingebildet zu sein. Er wollte nur hoffen, dass sie die Dokumentenmappe mit dem nötigen Ernst durchging, denn schließlich machte sie keinen Hehl daraus, dass sie die Forschungen ihres Vaters eigentlich als Spinnerei abtat.

Jens warf sich Sacko und Büchertüte über die Schulter und wollte gerade auf die Häuser Egirholms zumarschieren, als auf dem nahen Parkplatz Autoscheinwerfer aufleuchteten. Zu seiner Überraschung sah er, dass unter einem Ahornbaum der Streifenwagen von Meike Ehlers parkte. Wegen der Dunkelheit hatte er das Fahrzeug nicht sofort bemerkt. Die Polizistin fuhr neben ihn und öffnete einladend die Beifahrertür. Er beugte sich zu ihr hinunter. »Sie hier?«

»Also, ich finde, dafür, dass ich mit angeschalteter Klimaanlage hier auf Sie gewartet habe, hätte ich eigentlich eine enthusiastischere Begrüßung verdient«, kam es spöttisch zurück. »Ein Eis haben Sie mir nicht zufällig mitgebracht?«

»Leider nein, dafür aber ein erfrischend spritzig geschriebenes Buch aus dem vorletzten Jahrhundert.« Jens präsentierte ihr die alte Chronik und setzte sich zu ihr in den Wagen. Im Fahrzeug war es angenehm kühl. »Nur befürchte ich, dass Sie hier wahrscheinlich nicht auf mich warten, um mich zu einem Ausflug an den Strand einzuladen. Woher wussten Sie überhaupt, dass Sie mich hier antreffen?«

»Wusste ich gar nicht. Aber ich hatte es gehofft.« Meike Ehlers lächelte schmal, und Jens fiel wieder der angenehme Jasminduft ihres Parfums auf. »Da ich vergessen hatte, Sie nach Ihrer Handynummer zu fragen, habe ich einige Male in Ihrer Pension angerufen. Dort hieß es, Sie seien noch nicht zurück. Also schloss ich, dass Sie noch etwas länger auf der Beerdigung Ihres Kollegen bleiben würden. Der Bus hier kommt aber nur alle zwei Stunden, und der eben war der letzte für heute.«

»Nein, ich bin anschließend noch in Bredstedt gewesen, um mir die Wohnung von Volker Rhode anzusehen. Übrigens zusammen mit seiner Tochter, die sich große Sorgen um ihn macht.«

»Ach?« Meike Ehlers hob interessiert eine Augenbraue.

»Ja, sie ist durch die Zeitungsartikel auf mich aufmerksam geworden.« Jens merkte selbst, dass die Erklärung wie eine Entschuldigung klang. Ausführlich schilderte er ihr, wie ihnen Volker Rhodes Hinweise dabei geholfen hatten, den Bodentresor auf der Gartenterrasse aufzuspüren. Meike Ehlers lauschte gespannt und besah sich das Buch. »Aber diesem angeblichen Geheimnis sind Sie nicht auf die Spur gekommen?«

»Nein, bislang war das eher eine Sackgasse.« Jens seufzte. »Aber Sie könnten mir vielleicht einen Gefallen tun und herausfinden, was Ihre Kollegen aus seiner Wohnung mitgenommen haben. Denn irgendwie werde ich den Verdacht nicht los, dass da schon jemand vor uns gewesen sein könnte.«

Meike Ehlers gab ihm das Buch zurück und nickte. »Sollte kein Problem sein. Übrigens stehe ich hier tatsächlich nicht ohne Grund.« Sie knipste die Innenraumbeleuchtung an, beugte sich über den Rücksitz und präsentierte eine Ledertasche, aus der sie die Phantombilder zog. Unwillkürlich hielt Jens den Atem an. »Sagen Sie bloß, Sie wissen, wer die Frau ist?«

»Nein, das leider nicht.« Die Polizistin seufzte. »Doktor Bornleit hat das Bild in der Klinik herumgezeigt, aber sie ist dort nicht bekannt. Was jedoch den jungen Mann betrifft, den Sie da unten im Keller gesehen haben, da haben wir vielleicht eine Spur. Schauen Sie mal.« Sie präsentierte ihm das Polizeifoto eines wütend dreinblickenden Mannes Mitte zwanzig mit dunklen Locken, dessen Wange eine Schramme verunzierte.

»Mein Gott!« Jens nahm das Foto aufgewühlt entgegen und betrachtete es eingehend. Es gab keinen Zweifel: Das war er! »Und? Wer ist das?«

»Bei dem jungen Mann handelt es sich um einen Tierschutzaktivisten aus Norderstedt, der seit etwa einem Monat vermisst wird. Das Foto wurde im April aufgenommen, nachdem er sich bei einer Geflügelschlachterei an die Zugangspforte gekettet hatte. Danach ist er kurz wegen Hausfriedensbruch, Nötigung und vorsätzlicher Körperverletzung in Gewahrsam genommen worden. Das Verfahren läuft noch.«

»Und er wird bereits seit *einem Monat* vermisst?« Entsetzt starrte Jens die Polizistin an. »Das ist doch bitte ein schlechter Scherz?«

»Nein, ist es nicht. Die Kollegen waren ziemlich überrascht, als sie das Phantombild zu Gesicht bekamen. Heute Nachmittag war deswegen sogar noch einmal die Spurensicherung in Egirholm, um die Brandruine des Bauernhofs erneut zu inspizieren. Leider ohne konkrete Ergebnisse.«

»Und unter welchen Umständen ist er verschwunden?«

»Tja, das wirft schon Rätsel auf.« Meike Ehlers seufzte. »Zuletzt ist er wohl mit zwei Freunden unterwegs gewesen. Ebenfalls militante Tierschutzaktivisten. Die Kollegen sind bloß darum auf den Fall aufmerksam geworden, weil der eine noch minderjährig war und dessen Eltern eine Vermisstenanzeige aufgegeben hatten. Der Junge wurde kurz darauf tot in einem Wassergraben in der Nähe von Langenholm gefunden.«

»Ertrunken?«

»Ja. Nur dass man bei der Autopsie herausfand, dass sich in seinen Lungen Salzwasser befand, was nicht zur Fundstelle passte.« Meike Ehlers zog zwei weitere Fotos aus der Tasche, von denen sie eines Jens reichte. Es zeigte einen harmlos lachenden blonden Teenager mit Segelohren und Sommersprossen.

»Das ist der Tote. Eine genauere Untersuchung des Wassers in den Lungen hat ergeben, dass er offensichtlich in der Nordsee zu Tode kam.«

»Langenholm liegt aber ein gutes Stück von der Küste weg«, sinnierte Jens. »Also Mord?«

»Wissen wir nicht mit Sicherheit, aber die Gerichtsmedizin hat am Leichnam des Jungen Spuren entdeckt, die auf einen möglichen Kampf hindeuten. Zumindest wurde sein Leichnam erst später zum Fundort geschafft. Vielleicht, um die wahren Todesumstände zu verschleiern.«

»Und der Dritte aus dem Bund?«

»Der wird ebenfalls vermisst. Ein Student aus Hamburg.« Sie reichte ihm das Foto eines langhaarigen jungen Mannes mit Lederjacke und Arafattuch. »Offenbar war er der Anführer des Trios. Er ist nicht bloß militanter Tierschützer, sondern auch Angehöriger der autonomen Szene. Ebenfalls aktenkundig.« Meike Ehlers sah Jens gespannt an, doch der schüttelte den Kopf. »Nein, nie gesehen. Aber ich kann auch nicht ausschließen, ob er nicht vielleicht doch da unten im Keller gefangen gehalten wurde.« Er sah wieder auf. »Und womit waren die drei zuletzt beschäftigt?«

»Na ja, dass wir das herausfinden, wollte offenbar jemand verhindern.« Meike Ehlers tippte auf das Foto des Autonomen. »Bei dem hier wurde nämlich kurz nach seinem Verschwinden eingebrochen – in das WG-Zimmer. Der unbekannte Dieb hat nicht bloß alle möglichen Papiere entwendet, sondern auch den Computer gestohlen. Seine Mitbewohner haben das erst bemerkt, als er schon ein paar Tage verschwunden war.«

»Und deren Aussage ist glaubwürdig?«

»Nach dem Dafürhalten meiner Kollegen schon. Und auch bei den anderen beiden wurde eingebrochen, nur haben sich die Einbrecher dort jeweils damit zufriedengegeben, die Festplatten ihrer PCs zu zerstören. Und zwar sehr professionell.« Meike Ehlers schnaubte. »Dennoch haben unsere Experten Datenreste auf einer der Platten sicherstellen können. Reste von E-Mails, die darauf hindeuten, dass die drei dem Fall eines Delphins nachgehen wollten, der illegal in Gefangenschaft gehalten worden sein soll. Und zwar irgendwo hier in oder um Egirholm.«

»Ein Delphin? Hier?« Jens schüttelte den Kopf. »Ist Ihnen klar, wie viel Platz ein solches Tier benötigt?«

»Durchaus. Ich bin jedes Jahr mindestens einmal in Hagenbecks Tierpark. Mit meiner Nichte. Ich weiß also, wie groß so ein Delphinarium sein müsste.« Sie strich sich das braune Haar hinter die Ohren. »Andererseits, vielleicht ging es den Jungs ja genau darum?«

Jens erinnerte sich wieder an die skurrile Szene gestern auf dem Marktplatz und schüttelte den Kopf. »Sie haben hier in Egirholm offenbar ein ernstes Problem mit illegalen Tierhaltern.«

»Wer weiß, vielleicht nicht nur mit denen«, meinte Meike Ehlers kryptisch. Sie steckte die Fotos in die Tasche zurück und zückte ihr Smartphone. »Da wir schon mit dem Phantombild Erfolg hatten, bin ich heute noch einmal in Husum gewesen und habe mir dort die Vermisstenkartei durchgesehen.« Sie schaltete die Fotofunktion ihres Handys an und beugte sich mit dem Gerät zu ihm hin. »Was ich getan habe, ist vielleicht etwas unkonventionell, aber es erspart uns Zeit. Denn ich habe die Datei einfach mal nach zwei Kriterien durchforstet. Vermisstenfälle in den letzten zwei Monaten und – Männer zwischen zwanzig und vierzig Jahren. Es waren ja bloß Männer, die Sie da unten gesehen haben, oder?«

Jens nickte.

»Insgesamt bin ich auf vier Personen gestoßen, auf die diese Kriterien zutreffen«, fuhr sie fort. »Vielleicht wären Sie so nett und würden mal einen Blick auf die Fotos der Vermissten werfen?«

Jens nahm ihr das Smartphone ab und betrachtete das erste der Bilder: ein langhaariger Mann Ende zwanzig mit weichen Gesichtszügen. Den hatte er noch nie gesehen. Er musterte auch die übrigen drei Fotos und stutzte, als er den letzten Vermissten zu Gesicht bekam. Er war dem Anzug nach ein Geschäftsmann, und Jens schätzte ihn auf Mitte dreißig. Solariumgebräunt, dunkle Haare, forsche Gesichtszüge und ein herausforderndes Lächeln. »Der hier vielleicht. Aber ich bin mir nicht sicher. Sie wissen ja, dass ich lediglich den Tierschützer etwas besser erkennen konnte. Trotzdem … dieser Teint und die Haare … könnte sein, dass der hier ebenfalls in einer der Zellen lag.«

Die Polizistin nahm ihm das Handy wieder ab und zückte ihren Notizblock.

»Ein Bankkaufmann aus Rendsburg«, erklärte sie mit Blick auf ihre Notizen. »Er wird seit neun Tagen vermisst, wobei er sich offiziell seit zwei Wochen im Urlaub befindet, der Ende Juni endet. Der Mann ist nicht sehr beliebt bei seinen Kollegen, da er gern mit seinen Eroberungen prahlt. Aber offenbar hat er zwei Tage nach Urlaubsantritt einen Krankenhaustermin versäumt, der schon recht lange anberaumt war. Seine Schwester benötigt dringend eine Spenderniere, da wollte er sich testen lassen. Aber dann ist er zu dem Termin nicht erschienen. Seitdem keine Spur mehr von ihm.«

»Überhaupt keine Spuren?«

»Nur der Hinweis eines Kollegen von der Bank, dass er letzten Monat offenbar eine einsame Hausfrau in einem Seitensprungportal kennengelernt hat, die er in seinem Urlaub ›klarmachen‹ wollte. Das ist aber auch schon alles.«

Jens sank in den Sitz zurück und grübelte. »Dummerweise kann ich Ihnen nicht mit Sicherheit sagen, ob sich der Kerl tatsächlich in diesem Verlies befunden hat.«

»Und wenn doch?«

»Dann wäre das wohl bloß die Spitze eines Eisbergs. Denn da unten waren ja noch andere.«

»Ja, der Gedanke ist mir auch schon gekommen.« Meike Ehlers starrte finster zu den beleuchteten Häusern hinüber. »Die Sache mit den Tierschutzaktivisten hat sich übrigens nur eine Woche vor dem Tod meiner Vorgängerin zugetragen. Inzwischen habe ich herausgefunden, dass auch sie ganz zum Schluss noch mit dem Fall der drei jungen Männer betraut wurde.«

»Ach, tatsächlich?« Jens hob eine Augenbraue.

»Ja. Und allmählich frage ich mich, ob nicht auch der rätselhafte Tod meiner Kollegin irgendwie mit alledem in einem Zusammenhang steht.«

Nachdenklich musterte Jens sie. »Was sagen denn Ihre Vorgesetzten dazu?«

»Ach die.« Meike Ehlers lachte abfällig. »Die fragen sich das natürlich auch. Darum wurde ich damit beauftragt, vor Ort genauer zu ermitteln. Schließlich bin ich hier der Arm des Gesetzes.«

»Wäre es nicht mal Zeit für etwas Unterstützung?«

»Bekomme ich durchaus. Inzwischen wird überhaupt alles mit Priorität behandelt, was sich hier zuträgt. So wurde mir übrigens versichert, dass Ihre Fundstücke bis morgen fertig untersucht seien. Nur befürchte ich, dass ich mich in der Vergangenheit etwas zu sehr vergaloppiert habe, als dass man meine Vermutungen noch ernst nimmt.«

»Wie darf ich das denn verstehen?«

»Ach, lange Geschichte.« Aufgebracht legte Meike Ehlers die Mappe auf den Rücksitz, knipste die Innenraumbeleuchtung aus und wendete den Streifenwagen.

»Man mag es mir nicht ansehen, aber im Zweifel kann ich ein guter Zuhörer sein«, ermutigte Jens sie.

Meike Ehlers fuhr vom Parkplatz aus in Richtung Ortseinfahrt und schien mit sich zu hadern. »Also gut. Bis vor Kurzem habe ich in Husum im Morddezernat gearbeitet. Bei der Durchsicht alter Fälle glaubte ich einem Muster auf die Spur gekommen zu sein. Mir fiel auf, dass in den letzten Jahren ungewöhnlich viele Wasserleichen an der Küste angespült wurden. Also, genau genommen habe ich gemerkt, dass sich diese Fälle immer wieder im Abstand von einigen Jahren gehäuft haben.«

»Wo angespült?«, hakte Jens misstrauisch nach.

»Überall hier an der Küste«, erklärte die Polizistin unheilvoll. »Von der Elbmündung bis rauf nach Sylt. Und das schon seit Jahrzehnten. Matrosen, Touristen, Geschäftsleute, Obdachlose und sogar zwei Taucher, so wie Sie.« Sie schnaubte ungehalten. »Die Toten stammen von überall her. Die meisten von ihnen sind aber Deutsche und Dänen.«

»Und das ist sonst niemandem aufgefallen?«

»Nein. Ein Zusammenhang zwischen diesen Todesfällen wird

auch immer noch bezweifelt, denn bei einigen der Verunglückten fand man Abschiedsbriefe. Andere sind offenbar auf Segeltörns in Unwetter geraten und wieder andere bei Wattwanderungen von der Flut überrascht worden. So zumindest lauten die offiziellen Erklärungen. Doch die Statistik spricht meines Erachtens eine andere Sprache. Die Toten wurden nämlich alle in den Monaten Juni, Juli und August angespült. In unterschiedlichen Stadien der Verwesung, natürlich.« Sie warf ihm einen knappen Blick zu, als wollte sie sich vergewissern, ob er ihr zuhörte. »Dass ich zu der Zeit eine Affäre mit meinem Chef hatte«, fuhr sie zögernd fort, »der sich dann als ein ziemlich eitler und karrieresüchtiger Gockel herausstellte, tat meinen Nachforschungen leider ebenfalls nicht gut. Offenbar fühlte er sich durch mich herausgefordert, weil ihm der mögliche Zusammenhang selbst nie aufgefallen war. Und auch unseren Vorgesetzten nicht. Offiziell wird die hohe Anzahl Ertrunkener mit den Sommermonaten in Zusammenhang gebracht. Wegen der Urlaubssaison. Und so wurde mir bescheinigt, dass ich einem Phantom nachjage.«

»Was natürlich nicht auszuschließen ist«, wandte Jens behutsam ein.

»Sicher. Aber diese Häufung an Todesfällen tritt immer nur alle paar Jahre auf. Und als ich mir an meinem Ex vorbei Zugriff auf alte Fallakten verschaffte, fand ich heraus, dass in den meisten Fällen nur nachlässig ermittelt wurde. Ein Fall war besonders merkwürdig. Da hat einer der Toten einen Abschiedsbrief hinterlassen, obwohl er einen Monat später heiraten wollte. Egal, mein Chef kam jedenfalls dahinter und stellte die Vertrauensfrage. Inzwischen war auch unsere Affäre aufgeflogen, und er lancierte bei den Kollegen, dass ich ihn aus Eifersucht in einem schlechten Licht dastehen lassen wollte.«

»Zumindest das scheint nicht bei allen Kollegen verfangen zu haben«, merkte Jens vorsichtig an.

»Sie meinen Michael?« Meike Ehlers lächelte. »Na ja, der ist leider aber auch der Einzige. Dass er noch immer zu mir hält, liegt vermutlich daran, dass ich ihn beim Polizeiball vor zwei Jahren als Einzige zum Tanzen aufgefordert hatte. Und *ein* netter

Kollege allein reicht eben nicht. Besser, Sie glauben mir, dass eine weitere Zusammenarbeit im Dezernat anschließend unmöglich war. Daraufhin habe ich mich in dieses Exil versetzen lassen – und bin damit quasi vom Regen in die Traufe geraten.« Sie schaltete wütend einen Gang runter. »Und dann kommen Sie daher, und ich erfahre von einem regelrechten Verlies mit Entführten, deren Frist angeblich langsam abläuft. Verstehen Sie jetzt?«

»Allerdings.« Jens starrte die Polizistin konsterniert an. »Nur passen da einige Variablen noch nicht so ganz zusammen. Sie erinnern sich, dass meine beiden Entführer offenbar auf den gesundheitlichen Zustand ihrer Opfer Wert legten?«

»Illegale medizinische Experimente?« Meike Ehlers sah ihn fragend an, während sie über eine Ampelkreuzung hinweg in die Alstadt Egirholms fuhr. »Mit so was brauche ich in Husum gar nicht erst anzukommen. Zumindest so lange nicht, wie ich keine stichhaltigen Beweise finde, die meine Theorie erhär…«

»Aufpassen!« Instinktiv stemmte sich Jens gegen die Ablage, da der Straßenzug unmittelbar vor ihnen in dichten Nebel gehüllt war. Meike Ehlers stieg auf die Bremse, und quietschend kam der Streifenwagen zum Stehen. Auch sie starrte entgeistert durch die Windschutzscheibe. »Meine Güte, wo kommt denn diese Suppe plötzlich her?«

Nur knappe drei Meter vor der Kühlerhaube, inmitten des Straßenzugs, erhob sich eine dichte, scharf umrissene Nebelwand. Das unwirkliche Gewölk wehte vom Hafen kommend über die Dächer und Giebel der Traufenhäuser rings um sie herum und verschluckte zunehmend das Licht, das die Fenster und Straßenlaternen verbreiteten.

Auch Jens runzelte bei dem gespenstischen Anblick die Stirn. Die Schwaden krochen nicht bloß von Westen heran, sie stiegen auch aus den Siel- und Gullydeckeln auf, wo sie sich mit dem übrigen Gewölk vermengten. Unaufhaltsam walzte die undurchdringliche Wand aus Wassertröpfchen über die Straße auf sie zu, bis sie auch den Streifenwagen erfasst hatte. Fast schlagartig wurde es draußen grau, und von den Laternen waren nur noch kränklich anmutende Lichtflecken zu erahnen.

»Bizarr.« Jens blickte sich irritiert um. »Besser, Sie schalten Ihre Nebelscheinwerfer an.«

Die Polizistin betätigte einen Schalter, und greller Lichtschein flutete das vor ihnen liegende Kopfsteinpflaster. Die Sicht verbesserte sich dennoch nur unmerklich. Dicht an die Windschutzscheibe gedrängt fuhr sie wieder an, immer weiter in das allgegenwärtige Grau hinein. »Egirholm ist wirklich immer wieder für neue Überraschungen gut«, fluchte sie. Kopfschüttelnd tastete sie sich mit dem Streifenwagen über den holprigen Untergrund und näherte sich so Gasse um Gasse der Pension. Irgendwann hatten sie Jens' Domizil erreicht, und sie hielt am Bürgersteig. Über dem Eingang der Pension leuchtete fahl eine kleine Lampe, doch die Hausfassade war inmitten des unwirklichen Gewölks nur zu erahnen. »So, den Fahrdienst berechne ich mal nicht«, witzelte sie.

»Diesmal sollten wir unsere Nummern aber austauschen.« Mit einem scheelen Blick nach draußen zückte Jens sein Handy, und Meike Ehlers tat es ihm nach. »Was gedenken Sie denn die nächsten Tage über zu tun?«, wollte sie wissen.

»Weiß ich noch nicht. Zunächst mal das Buch aus dem Tresor genauer studieren«, meinte er, während er die Rufnummer der Polizistin abspeicherte.

Meike Ehlers tat das Gleiche mit seiner Nummer, steckte ihr Smartphone wieder weg und warf einen skeptischen Blick auf die zugezogene Straße. »Sollten Sie dabei auf Hinweise stoßen, die erklären, was Volker Rhode zugestoßen ist, lassen Sie es mich bitte wissen. Ich werde inzwischen die Zahnärzte abklappern, um Ihrer Entführerin vielleicht doch noch auf die Schliche zu kommen. Und ich werde mich erkundigen, ob einer der Bürger hier vielleicht so etwas wie ein Delphinarium gebaut hat.«

»Werfen Sie doch mal einen Blick auf Google-Earth«, schlug Jens vor. »Vielleicht ist auf den dortigen Satellitenbildern etwas zu erkennen.«

»Auch eine Idee.«

»Also, bis dann.« Jens nickte zum Abschied, griff nach Sacko und Büchertüte und stieg aus. Doch diesmal erwartete ihn außerhalb des Fahrzeugs keine schwüle Hitze, stattdessen schlug ihm eine ungewöhnliche Kälte entgegen, die ihn sofort frösteln ließ. Außerdem roch die feuchte Luft ungewöhnlich streng nach Fisch und Meer. Jens rümpfte die Nase und streifte sich das Sacko rasch wieder über, während Meike Ehlers hinter ihm anfuhr und der Streifenwagen allmählich im Nebel verschwand.

Gott, was für ein seltsamer Wettereinbruch! Jens eilte bereits auf den Hauseingang der Pension zu, als er unwillkürlich innehielt. Irgendetwas … beunruhigte ihn.

Er konnte das Gefühl nicht so recht einordnen, aber er spürte, wie sich ihm die Nackenhaare aufstellten. Er hatte es Meike Ehlers bei ihrer ersten Begegnung nicht verraten, aber vor einigen Jahren hatte er doch mal eine Begegnung mit einem Kalmar gehabt. Bei einem Tiefseetauchgang in den Tropen vor fünf Jahren. In einem Schiffswrack. Unmittelbar bevor ihn das Biest mit seinen Fangarmen angefallen hatte, hatte er die gleiche Empfindung verspürt. Er hatte die Begegnung mit dem Tier damals nur deswegen überlebt, weil er seinen Instinkten vertraut und rechtzeitig sein Tauchmesser gezogen hatte. Nur besaß er hier keines.

Jens lauschte und vernahm ein Glucksen und Plätschern, das vom Nebel gedämpft wurde. Wie Wasser, das sprudelnd über Steine lief. Jens ergriff die Tüte mit dem Buch so, dass er damit nötigenfalls zuschlagen konnte, und näherte sich dem Gebäude vorsichtig. Die Außentür des Windfangs stand sperrangelweit auf, und jetzt sah er, dass unentwegt Wasser aus dem Innern des Hauses über die Stufen vor dem Eingang plätscherte. Ein Wasserrohrbruch? Zügig betrat er den Empfangsraum mit der kleinen Rezeption und blieb ungläubig stehen. Auch hier waberte Nebel, dennoch entdeckte er sofort die zerschlagene Glasvitrine. Sie lag umgestürzt am Boden und wurde von Wasser umspült. Überhaupt war hier überall Wasser. Es ergoss sich in kleineren Sturzbächen aus dem Obergeschoss, flutete die Treppe hinunter zum Empfang und quoll in Strömen aus dem hinteren Teil des Hauses, um sich hier wie zu einem kleinen See zu stauen, der schließlich in den Vorgarten abfloss. Und das war keineswegs alles. Der unangenehme Fischgeruch war hier noch weitaus strenger als im Vorgarten.

»Frau Hansen?« Jens lauschte auf Geräusche und vernahm inmitten all des Rauschens, Glucksens und Plätscherns um sich herum ein Rumpeln wie von einem Möbelstück, das beiseitegeschoben wurde. Das Geräusch kam aus dem benachbarten Speisezimmer, das durch eine Doppeltür versperrt war. Jens zog die Türen auf und blickte in einen abgedunkelten Raum mit Tischen, Stühlen und altmodischen Gardinen vor den Fenstern, in dem es noch immer schwach nach Kaffee roch. Auch hier hatte sich eine riesige Pfütze am Boden ausgebreitet. Hinter einem der Tische erhob sich zögernd eine Gestalt. Jens musste zweimal hinblicken, bis er den Mann erkannte. Das war doch dieser Journalist, der gestern auf dem Marktplatz mit der Feuerwehr aneinandergeraten war. Wenn er sich recht erinnerte, hieß er Karl-Heinz Kluge.

»Was machen Sie denn hier?«, fuhr er ihn an.

»Sind Sie das, Herr Ahrens?«, kam es furchtsam zurück. Der Reporter stolperte auf ihn zu, und sein Blick huschte vom Vorraum zur Treppe ins Obergeschoss hinauf. »Ist … ist es noch da?«

»Was?«

»Dieses Vieh!« Kluge sah sich gehetzt um.

»Jetzt mal ganz ruhig«, beschwichtigte ihn Jens. »Was suchen Sie hier überhaupt? Und was ist hier passiert?«

»Ich … hab keine Ahnung«, wisperte der Reporter. »Ich bin vor etwa zehn Minuten gekommen, weil ich noch mal versuchen wollte, Sie zu einem Interview zu überreden. Heute Nachmittag waren Sie ja nicht da. Und kaum dass ich in die Straße eingebogen bin«, er schluckte, »stieg von überall her plötzlich dieser Nebel auf. Überall, verstehen Sie?«

»Nein.«

»Ich bin dann hier rein, weil hier Getöse zu hören war«, sprach der Reporter weiter, ohne sich zu erklären. »Aber … na ja, Sie sehen ja selbst, was los ist.« Kluge schaffte es kaum, sich zu beruhigen. »Ich wollte dann wieder rauslaufen … als ich es sah.«

»Was?«

»Na, dieses verdammte Krokodil! Direkt hier vorn im Vorgarten. Jedenfalls gehe ich davon aus, dass es eins war. Ich konnte es hören und seinen Schatten sehen.« Kluge deutete zitternd in Richtung Ausgang. »Glauben Sie mir, die Mordlust dieses Viehs war fast greifbar, so als stünde es direkt vor mir.« Er wandte sich wieder zum Speiseraum um. »Als es reinkam, habe ich mich dann sofort nebenan in Sicherheit gebracht.«

»Es kam hier rein?«

»Ja, sag ich doch. Und jetzt stehen plötzlich Sie hier.«

Aus dem hinteren Teil des Hauses drang ein gedämpftes Rumpeln wie von einer zuschlagenden Tür, dem ein entsetzter Aufschrei folgte.

»Warten Sie hier.« Jens watete durch das Wasser nach hinten und riss den Vorhang beiseite, der die Wohn- und Arbeitsräume der Wirtin von den übrigen Zimmern der Pension trennte. Vor ihm erstreckte sich ein düsterer, weitgehend leerstehender Korridor, der ebenfalls komplett überflutet war. Von einem Krokodil war nirgendwo etwas zu sehen. Rechter Hand hingegen, dort, wo sich die Großraumküche der Pension befand, rauschte und plätscherte es vernehmlich. Mit durchnässtem Schuhwerk trat er in den Türsturz und riss entgeistert die Augen auf. Hähne und Ablaufgarnituren der Spülbecken waren aus den Wänden herausgebrochen, und aus den Rohren strömte schäumend Wasser. Selbst der Anschluss der großen Haubenspülmaschine links von ihm schien geborsten zu sein, denn auch dort fauchte es kraftvoll von der Wand. Nur floss das Wasser nicht ab. Im Gegenteil, selbst aus dem Abflussgitter inmitten des gefliesten Küchenbodens sprudelte das Nass wie ein kleiner Geysir in den Raum.

Teufel, was war das? Was geschah hier?

Der Reporter folgte ihm zögernd, während Jens durch den knöcheltief mit Wasser bedeckten Raum watete und von überall her mit Spritzwasser durchnässt wurde. Rasch legte er das umwickelte Buch auf einem Arbeitstisch ab und ergriff stattdessen ein scharfes Fleischermesser vom Haken. Nur war ihm dabei, als würde sein Körper unter Spannung stehen. Kriechstrom. Verflucht! Offenbar stand irgendwo in der Küche eine Stromleitung unter Wasser.

Er schnappte sich eine Taschenlampe von einem Küchenregal, hetzte an Kluge vorbei zurück in den Gang und mühte sich gegen die nasse Strömung weiter in den rückwärtigen Teil des Hauses. Auch von dort hinten flutete Wasser zum Eingangsbereich. Es handelte sich um eine unangenehm stinkende Brühe, die direkt aus der Kanalisation zu stammen schien. War da vorn ein Bad?

Endlich entdeckte er den Sicherungskasten. Hastig öffnete er ihn und legte alle Schalter um. Schlagartig erlosch das Außenlicht am Eingang der Pension, und auch im Flur wurde es stockfinster.

»Meinen Sie, dass das vernünftig ist?«, keuchte hinter ihm der Reporter.

»Wollen Sie an einem Stromschlag sterben?«, antwortete Jens schroff und knipste die Taschenlampe an. »Und jetzt lassen Sie uns nach der alten Frau suchen, die hier lebt. Diese Frau Hansen.«

Er lauschte und watete, da er nichts hörte, durch den beständigen Strom an Wasser zum Eingang des Badezimmers hinüber. Ein Blick in den Raum ließ ihn abermals innehalten. Aus Kloschüssel und Wasserleitungen blubberte und spritzte Wasser nach allen Seiten, und auch hier waren die Garnituren allesamt abgesprengt. Spätestens jetzt begriff er, dass die Schäden nicht etwa von Vandalismus herrührten, sondern dass das komplette Abwasser- und Rohrsystem des Hauses unter hohem Druck zu stehen schien. Und das Gleiche wie hier unten spielte sich offensichtlich auch in den oberen Geschossen ab.

Jens zückte kurzerhand sein Handy und wählte die Rufnummer von Meike Ehlers, die er eben erst eingespeichert hatte.

»Herr Ahrens? Sagen Sie bloß, Sie vermissen mich schon?«, meldete sich die Polizistin bereits nach dem ersten Klingelton. »Dieser verdammte Nebel …«

»Kommen Sie so schnell es geht zurück!«, unterbrach er sie aufgeregt. »Hier gehen gerade sehr seltsame Dinge vor sich.«

»Was für Dinge?«

»Keine Ahnung. Aber hier steht alles komplett unter Wasser. Wie nach einem Wasserrohrbruch. Nur ist das hier nicht bloß ein Wasserrohrbruch, sondern eine regelrechte Sintflut! Und wenn ich Kluge glauben darf, dann lauert hier irgendwo auch noch dieses Krokodil.«

»Der Reporter ist bei Ihnen?«

»Beeilen Sie sich!«

Er trennte die Verbindung, denn er wollte endlich herausfinden, woher der Schrei rührte, den er gehört hatte – als ihn Kluge am Arm packte und zitternd auf eine Zimmertür schräg gegenüber deutete. »Gott, sehen Sie das?!«

Jens folgte seinem Fingerzeig und sah nun ebenfalls, dass die Tür wie unter großem Druck vibrierte, während von unten nach oben aufsteigend Wasser aus allen Türspalten spritzte. Es war ganz genauso wie damals in dem Titanic-Film. Nur konnte das doch unmöglich sein! Denn es wirkte so, als werde der dahinter liegende Raum in diesem Moment von großen Wassermassen geflutet.

»Frau Hansen?!« Wider jede Vernunft stürmte er vor, als hinter der Tür der gedämpfte Laut berstenden Glases zu hören war, dem lautes Rauschen wie von einem jäh hereinbrechenden Wasserfall folgte. Sofort fiel der Pegelstand, denn das Wasser, das aus den Türspalten spritzte, verlor an Kraft und senkte sich rasch ab. Jens stemmte sich energisch gegen das Hindernis und erkannte, dass die Tür abgeschlossen war. Und zwar von innen, wie er nach einem raschen Blick auf das Türschloss feststellte. Hatte sich die Hansen da drinnen etwa eingeschlossen? Immer wieder warf er sich gegen den Holm, bis das Schloss aufbrach. Sofort wurden seine Beine von einem großen Schwall Wasser geflutet, das nach Chlor roch und durch den Türspalt in den Korridor rauschte.

»Gott, was geht hier vor sich?« Kluge hielt sich furchtsam an einer Kommode fest, während die Woge seine Waden umspülte. Es dauerte etwas, bis sich Jens gänzlich Zutritt zu dem Raum verschafft hatte, der hinter der Tür lag.

Es handelte sich um ein Kaminzimmer, nur war es zu diesem Zeitpunkt bis unter die Decke durchnässt. Das gesamte Mobiliar lag wild durcheinander geschwemmt im Raum: ein kleiner Schrank, Kommoden, ein Wohnzimmertisch und eine komplette Sitzgruppe. Dazwischen trieben Bücher, eine Hi-Fi-Anlage, Vasen und andere Einrichtungsgegenstände. Und noch immer tropfte und strömte es aus den Schubladen und Türen. Der Anblick der Fensterfront, die hinaus auf den Garten hinter der Pension ging, war jedoch am bizarrsten. Die Scheiben waren allesamt geborsten, in den Rahmen steckten nur noch scharfkantige Splitter. Die Grünfläche hinter der Fensterfront wirkte hingegen so, als wäre sie Opfer einer plötzlich hereinbrechenden Sturzflut geworden. Trotz des Nebels war da draußen eine gewaltige Wasserlache zu erkennen, die sich von der Terrasse aus über den Rasen und vermutlich bis zu den hohen Büschen am Gartenrand erstreckte. Inmitten des Nebels glaubte Jens sogar, mitgerissene Gartenmöbel erkennen zu können. Derweil strömte Wasser von der Rasenfläche aus ab, hinein in einen gerade noch erkennbaren Swimmingpool, der offenbar den Großteil des Gartens dominierte. Angesichts des Chlorgeruchs gab es für Jens keinen Zweifel mehr, dass die unheimliche Flut dort ihren Anfang genommen hatte.

Aber wie war das möglich?

In diesem Moment entdeckte er seine Pensionswirtin. Ihr Anblick war schockierend. Die alte Frau lag vollkommen durchnässt vor dem Kamin des Zimmers, und ihrem faltigen Gesicht war anzusehen, welches Grauen sie in den letzten Momenten ihres Lebens durchlebt haben musste. Ihre Augen starrten hohl durch ihn hindurch, und ihr Mund war in dem vergeblichen Bemühen, Luft einzusaugen, weit aufgerissen. Jens eilte zu ihr, hob sie an und sah, wie das Wasser aus ihrer Kehle rann. Verzweifelt versuchte er, die Flüssigkeit aus ihren Lungen zu pressen, und setzte schließlich zu einer Mund-zu-Mund-Beatmung und Herzmassagen an. Doch es war zu spät. Melse Hansen war längst tot.

Jens ließ den Körper der Frau schockiert zu Boden sinken, als er sah, dass sie zwei Gegenstände in den Händen hielt. Um die Finger der Linken hatte sie eine Kette mit blauem Schmuckstein gewickelt, in den so etwas wie ein stilisierter Schneekristall eingelassen war. In der Rechten aber hielt sie ein zusammengeknülltes Stück Papier. Jens nahm es ihr ab und starrte auf eine durchfeuchtete CD-Rom-Papierhülle mit transparentem Fenster, auf der mit Kugelschreiber das Wort *Anhören!* stand.

Anhören?

»Herr Ahrens. Da!« Jens hatte den Reporter ganz vergessen. Der Mann stand hinter ihm im Türrahmen und deutete entsetzt in den Nebel. Tatsächlich, da draußen im Garten bewegte sich ein Schatten. Unter unnatürlichen Windungen kroch der Schemen aus dem Pool, stieß ein entsetzliches Zischeln aus und verschwand im Dunkeln. War dies das ausgesetzte Leistenkrokodil? Nur – Jens hatte niemals von einem Krokodil gehört, das solche Laute ausstieß.

Alarmiert packte er einen Schürhaken, der nicht weit vom Kamin entfernt in einer Pfütze lag. Auch Kluge hatte seine Lähmung abgestreift. Allerdings zog er sich nicht etwa zurück, sondern trat mit seiner Digitalkamera in den Händen vor die geborstene Fensterfront und schoss einige Fotos. Das Blitzlicht flammte mehrfach kurz hintereinander auf – und ein schrilles, entsetzlich anmutendes Kreischen gellte durch den Garten. Unwillkürlich hielt sich Jens die Ohren zu, so sehr schmerzte dieser Laut. Auch Kluge krümmte sich. Doch kaum ebbten die Rufe ab, da riss er die Kamera wieder empor und schoss eine weitere Bilderserie. Abermals blitzte das Licht der Kamera auf. »Merken Sie das!?«, rief er ehrgeizig. »Das Drecksvieh hat Angst vor Licht!«

Jens kam gar nicht dazu zu antworten, denn fast schlagartig verdichtete sich draußen der Nebel und walzte wie eine Schneelawine auf die Fensterfront zu. Mit dem Nebel aber kam auch die Kälte – und ein seltsames Empfinden wie von blankem Zorn. Kluge wirbelte noch herum und drückte erneut auf den Auslöser, als aus dem unwirklichen Gewölk ein Schatten heranjagte, der den Reporter packte und mit sich fortriss.

»Kluge!« Jens keuchte entsetzt auf und wurde einen Moment lang von rasenden Kopfschmerzen gepeinigt, so als wollte sich ein Etwas seines Verstandes bemächtigen. Und doch blieb sein Blick klar. Nur war das, was er einen Augenblick lang zu sehen geglaubt hatte, keineswegs ein Krokodil. Er schüttelte sich und zögerte kurz, schließlich siegte sein Pflichtbewusstsein. Er stolperte voran, doch von dem Reporter waren nur noch hysterische und vom Nebel gedämpfte Schreie zu hören, die sich mit dem Brechen und Knacken von Gestrüpp mischten. Die Taschenlampe zwischen die Zähne geklemmt, das Messer abwehrbereit in der Linken und den Schürhaken zum Schlag erhoben, stieg Jens durch den Rahmen der Terrassentür in den überschwemmten Garten hinaus. Die Schreie des Reporters gingen inzwischen in ein klägliches Wimmern über, in das sich schabende Laute wie von Metall auf Stein mischten. Jens hetzte im Nebel am Pool vorbei, rutschte fast auf einer der schlüpfrigen Wasserlachen auf dem Rasen aus und entdeckte im Licht seiner Lampe eine schlammige, frisch aufgerissene Grasnarbe, die vom Pool zum Gartenrand führte. Jens folgte der Spur vorsichtig und gelangte so zu der hohen Hecke, die das Grundstück von der Straße trennte. Der unheimliche Angreifer hatte dort eine Schneise aus zerbrochenen Ästen und abgeknicktem Blattwerk geschlagen. Jens zwängte sich durch das Buschwerk hindurch bis auf den Bürgersteig und sah aus den Augenwinkeln heraus Kluges Kamera am Boden liegen. Doch wo war der Reporter? Noch immer lag der Straßenzug in dichten Nebel gehüllt vor ihm, und einzig die Laternen, die als trübe Lichtinseln am Straßenrand standen, lieferten ihm ein gewisses Maß an Orientierung. Da bemerkte er die Autoscheinwerfer, die rechts von ihm durch den Nebel auf ihn zukamen.

Jens schwenkte vorsichtshalber die Taschenlampe, als ihn ein gedämpftes Stöhnen herumfahren ließ. Den Schürhaken erhoben hastete er durch den Nebel weiter an der Hecke entlang, bis er fast über einen auf dem Bürgersteig liegenden Sieldeckel stolperte. Nur wenige Schritte von ihm entfernt entdeckte er Kluge, der auf der Straße lag.

»Bitte!« Der Reporter steckte mit dem Unterleib im Zugang zur Kanalisation und reckte ihm verzweifelt die Arme entgegen – als sein ganzer Körper mit einem kräftigen Ruck in den Untergrund gerissen wurde. Es polterte, dann herrschte Stille.

Entsetzt rannte Jens zu dem runden Schachteinstieg, leuchtete mit der Taschenlampe in die Tiefe und entdeckte Sprossen. Er zögerte. Doch wenn er Kluge nicht half, wer sollte es dann tun? Die Sache mit dem Krokodil hatte er bereits verworfen. Denn so unheimlich das ganze Geschehen auch war, für einen kurzen Moment glaubte er Arme gesehen zu haben, die aus dem Nebel heraus nach dem Journalisten gegriffen hatten. In diesem Fall hätte er es aber mit einem Menschen zu tun. Und ein Mensch war bezwingbar.

Bevor ihn die Furcht doch noch zu übermannen drohte, machte er sich an den Abstieg. Unter seinen Händen fühlten sich die Sprossen kühl und feucht an und klapperten unter den Absätzen der Schuhe. Als er unter sich im Dunst den Steg neben der stinkenden Ablaufrinne der Kanalröhre entdeckte, ließ er sich fallen. Rasch kam er wieder auf die Füße und vernahm linker Hand, inmitten des Glucksens und Plätscherns, das in der geziegelten Röhre seinen Widerhall fand, ein sich langsam entfernendes Schleifgeräusch. Sogleich begriff er, wie unüberlegt er gehandelt hatte. Denn über der Ablaufrinne dampfte es wie über einem Kochtopf, und die Sicht hier unten war trotz der Taschenlampe noch schlechter als oben. Jäh verstummten die Geräusche, und Jens fühlte fast körperlich, wie sich aus dem Dunkeln Blicke auf ihn hefteten. Und da war noch etwas: Wahnsinn! Und Wut! Die Welle dieser Emotionen schwappte heftig über sein Bewusstsein hinweg, ließ ihn panisch zurückweichen und brachte ihn rücklings zum Straucheln. Jens klatschte mit einem Aufschrei in die stinkende Brühe der Kanalisation, richtete sich prustend wieder auf und musste fassungslos mit ansehen, was um ihn herum geschah. Die Abwässer in der Rinne vor ihm hörten von einem Moment zum anderen auf zu fließen. Stattdessen teilte sich die Brühe, als zwänge sie ein gläserner Bootsrumpf auseinander, um entgegen jeder physikalischen Regel an den Ziegelwänden der Kanalröhre emporzukriechen. Sein Blick weitete sich vor Entsetzen.

Abermals wallte ihm aus der Röhre Nebel entgegen. Jens wich schockiert zurück und sah, wie sich unter bellenden und schnatternden Lauten ein Schatten auf ihn zuschob. Mit einem entsetzten Schrei schleuderte Jens den Schürhaken in Richtung des

Schemen. Er vernahm einen gedämpften Aufprall, dem ein gereiztes Fauchen folgte – und mit diesem Laut übermannten ihn wieder die eigenartigen Kopfschmerzen. Mit ihnen stiegen auch Groll und Wut in ihm auf. Nur waren das nicht seine eigenen Empfindungen.

Er schüttelte die fremden Gefühle mit Macht ab, zog sich mühsam wieder auf die Beine – und wurde im gleichen Augenblick von einem wuchtigen Hieb am Oberkörper erwischt, der ihn hart gegen die Kanalwand schleuderte. Noch im Fallen stach er mit dem Messer zu und spürte, wie die Klinge Fleisch traf, bevor er wieder im Schlamm der Ablaufrinne landete. Sogleich gellte ihm aus dem Dunst ein gepeinigtes Fiepen entgegen, das nicht nur seine Ohren, sondern auch sein Hirn schier zum Klingen brachte. Jens schrie auf und hielt sich den Kopf – als plötzlich Schüsse knallten.

Schräg über ihm an der Decke der Kanalröhre, dort, wo der Einstieg lag, feuerte jemand mit einer Waffe in die Tiefe. Kugeln schlugen im Schlamm ein, und ein Querschläger pfiff an ihm vorbei. Sekunden später war weiter hinten in der Kanalisation ein eigentümliches Pfeifen zu hören. Der hohe Laut hatte Ähnlichkeit mit einer Hundepfeife. Sogleich stürzte das Wasser von den Kanalwänden zurück in die Ablaufrinne, und was auch immer Jens attackiert haben mochte, es zog sich unter zornigem Schnauben in die Dunkelheit zurück.

Jens saß erschüttert inmitten der warmen Abwässer, die gemächlich um ihn herumströmten, und hielt noch immer Taschenlampe und Messer abwehrbereit von sich gestreckt. Warum die Lampe noch nicht erloschen war, wusste er nicht. Dafür entdeckte er im Schacht schräg über sich Meike Ehlers, die sich mit einer Hand an den Sprossen festhielt und sich mit ihrer Pistole bewaffnet in der Röhre umsah. Der grelle Lichtstrahl einer Bleistifttaschenlampe blendete ihn. »Herr Ahrens? Alles okay?«, nuschelte sie, da sie sich die Lampe zwischen die Zähne geklemmt hatte.

»Ja.« Endlich schaffte es Jens, seine Starre abzuschütteln, und erhob sich aus der stinkenden Brühe. Ganz und gar mit Dreck besudelt, humpelte er auf die Sprossen des Ausstiegs zu, bedachte die nebelgeschwängerte Kanalröhre noch einmal mit einem ungläubigen Blick und begab sich mit Meike Ehlers' Hilfe an den Aufstieg.

Als er endlich wieder auf der Straße stand, starrte ihn die Polizistin erschüttert an. »Was war das eben?«

»Ich weiß es nicht. Aber es hat den Reporter. Und auch die Pensionswirtin ist tot.« Jens stand noch immer tropfnass neben dem Kanalschacht, blickte in die Tiefe hinab und unterdrückte ein plötzliches Zittern. Es lag nicht an der Kälte, denn durch die Straße vor der Pension wehte jetzt wieder ein warmer Sommerwind, der den Nebel rasch mit sich forttrug. Vielmehr war es die Anspannung, die ihren Tribut forderte. Aber konnte das, was er dort unten erlebt hatte, überhaupt wahr sein?

Jens wandte sich von der Polizistin ab, die ihn noch immer fragend ansah, und eilte zur Hecke hinüber, um dort nach Kluges Kamera zu suchen. Er fand sie sofort. Nur dauerte es eine Weile, bis er sich mit der Technik vertraut gemacht hatte. Als Meike Ehlers neben ihn trat, erschienen auf dem Display die zuletzt geschossenen Fotos des Journalisten. Die meisten der Bilder bildeten lediglich ein diffuses Grau ab, in dem sich schwach ein dunkler Schemen abzeichnete. Nur auf dem letzten der geschossenen Fotos war mehr zu erkennen. Jens vergrößerte es, und dann atmete selbst Meike Ehlers neben ihm scharf ein. Das Bild war verschwommen und wirkte allein schon wegen des Spiels aus Licht und Schatten so unheimlich wie eine der Geisterfotografien, die gelegentlich im Internet kursierten. Und doch glaubte er auf der Fotografie so etwas wie den gestreckten Oberkörper eines Menschen mit weit nach vorn gerissenen Armen erkennen zu können. Eine Frau? Sogar die Ansätze von Brüsten waren zu erahnen. Nur dass von dem Kopf nicht viel zu sehen war. Der Bildausschnitt endete vielmehr knapp über dem weit aufgerissenen Schlund der Gestalt. Was er aber zeigte, reichte aus, um Jens nachträglich das Fürchten zu lehren. Denn darin zeichneten sich zwei Reihen scharfer Zähne ab.

Wie bei einem Haifisch.

Vergilbte Seiten

Die Einsatzfahrzeuge von Polizei und Feuerwehr versperrten die Straße vor der Pension, und ihre Signalleuchten hüllten die umliegenden Häuser in einen flackernden blauen Schein.

Jens hockte in Handtücher eingemummelt auf dem Bürgersteig, dem Vorgarten gegenüber, hielt die Tüte mit Rhodes Buch in den Händen und sah Polizisten, Feuerwehrleuten und Sanitätern dabei zu, wie diese Haus und Grundstück inspizierten. Meike Ehlers hatte nicht lange gefackelt und alle verfügbaren Einsatzkräfte nach Egirholm beordert. Mit ihnen waren auch die Schaulustigen gekommen. Trotz der späten Stunde hatten sich zu beiden Enden der Straße zahlreiche Jugendliche und Erwachsene eingefunden, die hinter Absperrungen standen und neugierig ihre Hälse reckten.

Inzwischen war auch Xanthe Petersen, die Bürgermeisterin von Egirholm, mit ihrer Entourage eingetroffen. Diese bestand aus Petra Dethlefsen, der Veterinäramtsleiterin, und zwei weiteren Mitgliedern der Stadtverwaltung. Für Jens hatte die Gruppe nur einen kurzen Blick übrig gehabt und sich stattdessen sogleich auf das Grundstück begeben. Jens war ehrlich gesagt sogar froh darüber, im Augenblick nicht im Fokus des Interesses zu stehen. Denn die zurückliegenden Geschehnisse hatten ihn nachdrücklich erschüttert. Nur dass er jetzt, da er allmählich wieder zur Ruhe kam, an seinem Verstand zweifelte.

Unwillkürlich wanderte sein Blick zu dem Kanalschacht hinüber, aus dem in diesem Moment einige Feuerwehrleute kletterten. Sie hatten – ihren Gebärden nach zu urteilen – noch immer keine Spur von dem Reporter und dem unheimlichen Etwas entdeckt.

Jens dachte wieder an die letzte Aufnahme, die auf dem Display des Fotoapparats zu sehen gewesen war. Ihm lief ein kalter

Schauer über den Rücken. Ganz zu schweigen von dem Abwasser da unten, das sich auf eine Weise verhalten hatte, die jeder rationalen Erklärung spottete.

Nicht einmal Meike Ehlers hatte ihm so recht geglaubt. Ihrem Rat folgend hatte er darauf verzichtet, die rätselhafte Beobachtung überhaupt zu melden. Die Einsatzkräfte hatten bislang ja nicht einmal eine Erklärung für das gefunden, was in der Pension geschehen war.

Gegenüber traten jetzt zwei Bestatter mit einer Bahre aus dem Haus. Darauf lag, in einen Leichensack gehüllt, seine ertrunkene Pensionswirtin Melse Hansen. Die beiden Männer verstauten den Leichnam der einstigen Bürgermeisterin in einem schwarzen Leichenwagen und fuhren davon. Wenig später trat auch Meike Ehlers wieder auf die Straße, und zwar in Begleitung eines Feuerwehrmanns in schwarzgelber Montur, der etwas später am Einsatzort eingetroffen war. Mit ihm marschierte sie zu ihrem Streifenfahrzeug. Jens schätzte den Begleiter der Polizistin auf Mitte fünfzig. Der Mann besaß einen sorgfältig gepflegten Schnurrbart, der die gleiche dunkelbraune Farbe hatte wie sein Haar, und hielt etwas in den Händen, das er interessiert betrachtete. Die Polizistin nickte Jens unmerklich zu, und so schloss er sich den beiden an. Er erreichte den Wagen, als Meike Ehlers bereits hinter dem Lenkrad saß und sich von dem Feuerwehrmann drei CDs aushändigen ließ.

»Das sind alle, die wir im Wohnzimmer gefunden haben«, brummte der Mann und sah dann kurz zu Jens auf. »Oh, ich weiß nicht so recht, ob Sie …«

»Lassen Sie mal«, meinte die Polizistin, während sie mit einem sauberen Tuch die Feuchtigkeit von den Tonträgern wischte. »Er war es, der uns überhaupt erst auf die durchweichte CD-Hülle in der Hand der Toten aufmerksam gemacht hat. Ich finde, er hat ein Recht darauf zu erfahren, was sich Frau Hansen zuletzt anhören sollte.«

»Verstehe.« Der Feuerwehrmann nickte Jens zu. »Ich glaube, wir wurden einander noch nicht vorgestellt. Hauptbrandmeister Dreyer.«

»Jens Ahrens.« Jens schüttelte dem Feuerwehrmann die Hand.

»Und Sie haben tatsächlich versucht, sich mit einem Krokodil anzulegen? Das war vermutlich nicht gerade schlau.«

»Wer sagt denn, dass es sich bei diesem Wesen um ein Krokodil handelte?«, antwortete Jens vielsagend.

Der Schnurrbärtige musterte ihn scheel, während Meike Ehlers den ersten Tonträger in den CD-Schacht ihrer Anlage einlegte. Wie der blaue Fotoaufdruck bereits andeutete, befand sich Meditationsmusik auf der CD, in die Delphin- und Walgesänge eingearbeitet waren. Meike Ehlers lauschte den elegischen Klängen und klickte sich rasch durch die Trackliste. »Scheint mir ganz normal«, sagte sie.

»Versuchen Sie es mal mit der hier«, schlug Dreyer vor. Er übersprang eine CD mit Südseemusik und reichte ihr stattdessen eine Silberscheibe, die so wirkte, als sei sie selbstgebrannt. »Die habe ich aus der Hi-Fi-Anlage gefischt.«

Meike Ehlers folgte seinem Vorschlag. Es tönte das berühmte Medley des Musicalhits *Hair* aus den Lautsprechern:

This is the dawning of the age of Aquarius
The age of Aquarius,
Aquarius, Aquarius …

Jens erwartete, dass das Lied weiterging, doch stattdessen wiederholte sich der Refrain immer und immer wieder. Meike Ehlers runzelte die Stirn und wollte die CD bereits wieder aus der Anlage entfernen, als Dreyer sie aufhielt. »Warten Sie! Das habe ich schon mal gehört.«

»Wo denn?« Fragend sah sie ihn an.

»Vor drei Wochen, am Unfallort Ihrer Vorgängerin, Kommissarin Edda Martens.«

»Wie bitte?«

»Doch.« Dreyer lauschte der sich ständig wiederholenden Melodie, so als wolle er ganz sichergehen. »In dem verunglückten Streifenwagen lag noch ihr Handy. Es war bei dem Aufprall runtergefallen und unter den Beifahrersitz gerutscht. Jemand hatte sie angerufen, und dieser Anrufer war zu dem Zeitpunkt auch noch in der Leitung. Nur dass er sich nicht zu erkennen gegeben hat. Da war bloß die ganze Zeit über genau dieser eine Liedausschnitt zu hören. Und das noch für mindestens zehn Minuten, bis die Leitung unterbrochen wurde.«

»Wurde das im Unfallbericht vermerkt?«, wollte Meike Ehlers wissen.

»Ich schätze schon. Nur vermutlich nicht im Detail.« Dreyer räusperte sich. »Ich wurde bei dem Unfall ja nur beratend hinzugezogen. So wie heute. Sie wissen doch, dass der Tod Ihrer Vorgängerin immer noch gewisse Rätsel aufwirft.«

»Dann sind Sie hier nicht der Einsatzleiter?« Jens sah Dreyer gespannt an.

»Nein.« Der Mann schüttelte den Kopf. »Ich war eine Zeit lang im Hochwasserschutz tätig und versuche in dieser Funktion den seltsamen Überschwemmungen in der Umgebung auf die Spur zu kommen. Frau Ehlers' Vorgängerin ist ja unter ähnlich obskuren Umständen ertrunken wie die Pensionswirtin hier auch. Und diese Fälle sind nicht die einzigen.«

»Ich hab schon davon gehört«, meinte Jens. »Ist nicht neulich erst die Firmenchefin dieser Algenfarm auch schon bei einem Wasserrohrbruch ums Leben gekommen?«

»Sie sind erstaunlich gut informiert.« Dreyer wechselte einen kurzen Blick mit Meike Ehlers. »Der Fall mutete fast so seltsam an wie dieser hier. Ich persönlich gehe inzwischen auch von keinem Zufall mehr aus, sondern von Fremdeinwirken.«

»Nicht zu vergessen die Leiterin unserer Stadtsparkasse«, ergänzte Meike Ehlers grimmig. »Nur dass man die in der Kanalisation fand. Dort, wo wir vermutlich auch den Reporter irgendwann finden werden, wenn wir nur lange genug suchen.«

»Ich hoffe nicht, auch wenn ich die gleiche Befürchtung hege.« Dreyer strich sich missmutig über den Schnurrbart.

»Haben Sie das Krokodil eigentlich gesehen?«, ertönte hinter ihnen eine Frauenstimme.

Jens und der Hauptbrandmeister wandten sich überrascht um und entdeckten auf dem Bürgersteig Bügermeisterin Petersen, die sich dort gemeinsam mit der Veterinäramtsleiterin aufgebaut hatte. Beide Frauen trugen luftige Sommerjacken, und zumindest die Petersen, die auf jeden Chic verzichtet hatte, wirkte ganz so, als habe sie kurz davor gestanden, ins Bett zu gehen, als sie die Nachricht von dem Polizei- und Feuerwehreinsatz erreicht hatte. Die Frauen musterten sie ernst, und Jens sah sofort, dass beide der *Hair*-Musik, die noch immer aus den Lautsprechern des Wagens drang, mit einem gewissen Argwohn lauschten.

»Wenn das überhaupt ein Krokodil war«, korrigierte Meike Ehlers sie, bevor Jens etwas sagen konnte. »Zumindest habe ich darauf geschossen.« Endlich entnahm sie dem CD-Player die Silberscheibe und steckte sie in ein bereitliegendes Platiktütchen. »Danach ist das Vieh leider geflüchtet.«

»Und?«, fragte die Veterinärin gespannt. »Haben Sie es getroffen?«

»Wer weiß?« Meike Ehlers stieg aus dem Fahrzeug und musterte die untersetzte Frau herausfordernd. »Falls ja, dann wird es hoffentlich an der Schussverletzung verenden.«

»Ich hoffe, Sie verstehen unsere Sorge.« Die Bürgermeisterin trat vor und lächelte unverbindlich. »Hier geht es immerhin um Melse Hansen, die ein verdientes Mitglied unserer Stadt … war. Und auch was diesen Reporter betrifft, sind wir bestürzt. Ich persönlich weine dem Mann zwar keine Träne nach – ein solches Schicksal hätte aber auch ich ihm nicht gewünscht. Ich hoffe, Sie halten uns über die weiteren Ermittlungen auf dem Laufenden?« Sie nickte in die Runde und zog ihre Begleiterin mit sich zu den beiden übrigen Mitgliedern des Stadtrates. Die Gruppe unterhielt sich leise, warf der Pension einen letzten Blick zu und stieg dann wieder in den Wagen ein, mit dem sie gekommen war. Jens sah den roten Rücklichtern des Fahrzeugs nach und wurde das Gefühl nicht los, dass die Frauen mehr wussten, als sie preisgeben wollten. Nur fragte er sich, was das sein konnte.

Im Hintergrund waren die Einsatzkräfte der Feuerwehr inzwischen dabei, ihre Schläuche einzurollen, mit deren Hilfe sie an einigen Stellen im Gebäude Wasser abgepumpt hatten. Aus dem Eingang der Pension trat jetzt ein junger Polizist mit feuerrotem

Haar heraus, der sich suchend umsah und mit einer Reisetasche in der Hand zu ihnen kam.

»So, Meike, wir sind hier soweit erst mal fertig.« Die Reisetasche stellte er vor Jens ab. »Das hier gehört vermutlich Ihnen. Die meisten Ihrer Sachen da oben sind trocken geblieben, den Rest haben wir wegen der Feuchtigkeit in eine Einkaufstüte gepackt. Ich hoffe, das war in Ordnung?«

Jens nickte bloß, nahm die Tasche an sich und überprüfte seine Habseligkeiten. Sie waren vollständig.

»Und?« Die Polizistin sah ihren Kollegen gespannt an.

Der schüttelte den Kopf. »Keine Ahnung, was da drinnen genau vorgefallen ist.« Der junge Beamte sah Dreyer an. »Dass im Augenblick auch die Feuerwehr ratlos ist, weißt du vermutlich schon. Wir müssen wohl auf die Sachverständigen von der Versicherung warten. Vielleicht finden die heraus, wie genau es zu diesem verrückten Wassereinbruch kommen konnte.« Er deutete mit dem Daumen über den Rücken. »Wir machen den Laden jetzt dicht, und dann konzentrieren wir uns auf die Kanalisation.«

»Kann ich euch dabei irgendwie helfen?«, fragte Meike Ehlers.

»Nein, im Moment nicht.« Dreyer schüttelte den Kopf. »Wir sind im Augenblick genug Leute. Das Ordnungsamt wurde eingeschaltet, und morgen früh hilft uns ein Tierzüchter aus Brandenburg, der dort eine private Krokodilfarm betreibt. War gar nicht einfach, so kurzfristig einen Spezialisten aufzutreiben, denn in allen übrigen Bundesländern ist es für Privatpersonen nur unter strengsten Auflagen möglich, Gefahrentiere zu halten.«

»Was ist mit den Zoos?«

»Wurden ebenfalls schon kontaktiert. Da steht eine Antwort aber noch aus.« Seufzend sah sich Dreyer zu seinen Kollegen von der Feuerwehr um. »Kümmern Sie sich mal um Ihren Papierkram. Ich melde mich, sobald wir eine Spur von dem Reporter oder diesem Tier gefunden haben.«

Er und der junge Polizeibeamte rückten ab, und nun wandte sich Meike Ehlers Jens zu, der in seinen stinkenden und durchnässten Kleidern dastand und etwas verloren wirkte. »Na, kommen Sie. Ich hab bei mir noch ein Gästebett, in dem Sie heute Nacht schlafen können. Es gibt auch eine Dusche und eine Waschmaschine.«

»Danke.« Jens, dem allmählich kalt wurde, begleitete sie mit der Buchtüte in der Hand zu ihrem Wagen. Die Polizistin breitete eine Plane auf dem Beifahrersitz aus, bevor Jens in seiner verdreckten Kleidung Platz nahm, klemmte sich hinter das Lenkrad, fuhr anschließend die Straße hinunter und an der Absperrung vorbei in Richtung des Egirholmer Polizeireviers.

»Werden Sie das Foto des Journalisten Ihren Fachleuten vorlegen?«, fragte Jens irgendwann.

»Ist schon geschehen«, erklärte Meike Ehlers. »Die Kollegen nehmen die Kamera mit nach Husum und werten die Bilder dort aus. Nur würde ich nicht allzu sehr darauf vertrauen, dass uns dieser seltsame Schnappschuss auch weiterbringt. Das könnte alles Mögliche sein.«

»Aber kein Krokodil. Das war etwas anderes«, fluchte Jens. »Ich weiß doch, was ich da unten in der Kanalisation gesehen habe.«

»Wirklich?« Die Polizistin sah ihn skeptisch an. »Auf was tippen Sie denn? Auf einen Geist? Oder vielleicht ein Alien, das einem UFO entstiegen ist? Versetzen Sie sich mal in meine Lage und hören Sie sich reden.«

»Aber Sie müssen da unten doch auch was gesehen haben!«, hielt Jens dagegen. »Immerhin haben Sie sogar geschossen. Nicht mal Ihre Fachleute haben eine Erklärung dafür, was heute in dieser Pension geschehen ist. Und eines versichere ich Ihnen: Bei dem, was ich da unten erlebt habe, ging es schlichtweg nicht mit rechten Dingen zu. Und zwar ebenso wenig wie bei den übrigen Ertrunkenen hier im Ort.«

Meike Ehlers bog in die Straße des Polizeireviers ein und hielt vor dem Gebäude an. Sie schaltete den Motor aus und betrachtete Jens eine Weile. »Was schlagen Sie denn vor, was ich jetzt tun soll? Ihnen glauben, dass wir es hier mit irgendeinem Spuk zu tun haben? Ich bin Polizistin, keine Geisterjägerin.«

»Schon klar. Aber vielleicht schenken Sie mir trotzdem Glauben?« Jens sah sie beschwörend an. »Ich nehme Ihre Theorien um diese mutmaßlichen Serienmorde hier an der Küste doch auch ernst. Oder habe ich Ihnen irgendeinen Anlass gegeben, der mich in Ihren Augen unglaubwürdig macht?«

Meike Ehlers atmete tief ein, starrte das Lenkrad an und schüttelte den Kopf. »Kommen Sie«, meinte sie irgendwann. »Gönnen Sie sich erst mal eine heiße Dusche, und ziehen Sie sich was anderes an. Sie müffeln nämlich wie ein Scheißhaus.«

»Und ich dachte, mein Bad da unten in der Kanalisation hätte für den Rest des Jahres gereicht«, witzelte Jens.

Ebenso wie die Polizistin stieg er aus und folgte ihr zu einer Haustür, die sich unmittelbar neben der Wache befand. Über eine Treppe ging es in eine geräumige und überraschend modern eingerichtete Dachgeschosswohnung mit einem zentral liegenden Wohnraum hinauf, von dem aus weitere Zimmertüren abzweigten. Im Innern war es schwülwarm, und Jens sah kurz zu den Dachschrägen mit den großen Fenstern hinüber, auf die tagsüber vermutlich die Sonne brannte. Seine Begleiterin hängte Mütze und Uniformjacke an einen Haken und marschierte geradewegs ins Schlafzimmer, um Jens einen Stapel frischer Handtücher zu bringen.

»Das Bad ist dahinten.« Sie deutete auf eine Tür neben dem Eingang. Jens legte Rhodes alte Chronik auf den Wohnzimmertisch und verbrachte die nächste halbe Stunde damit, seine verschmutzte Kleidung zu reinigen, sich zu duschen und umzuziehen. In Jeans und T-Shirt kehrte er zurück, während hinter ihm im Bad die Waschmaschine summte. Allmählich spürte er, wie die Anspannung von ihm abfiel. Meike Ehlers hantierte derweil in der Küche, doch anscheinend hatte sie noch immer Dienst. Denn sie trug Polizeihemd und Uniformhose, wenngleich sie ihr Haar jetzt gelöst hatte. Inzwischen duftete es nach warmen Fertigbaguettes.

Jens sah sich im Wohnzimmer um, dessen Einrichtung – abgesehen von dem gemütlichen Sitzmobiliar – vornehmlich aus einem großen Flachbildfernseher und zwei Regalen mit Büchern und DVDs bestand. Wie es das Polizistenklischee wollte, schien

Meike Ehlers vor allem an Krimis und Thrillern Gefallen zu finden. Dazwischen fanden sich aber auch einige ältere Bücher, die ein anderes Bild von ihr vermittelten. Sie beschäftigten sich mit Reiki, Meditation, Krafttieren und alternativen Heilmethoden.

Schließlich blieb er vor einem Bord mit Fotos stehen, das die Polizistin in Gesellschaft von Freunden und Familienangehörigen zeigte. Darunter waren auch zwei Fotos, auf denen sie zusammen mit einem kleinen blonden Mädchen abgebildet war, das sie fest im Arm hielt. Offenbar war dies die Nichte, von der sie erzählt hatte. Verwundert hob er ein gerahmtes Foto in der hinteren Bildreihe an, das Meike Ehlers zusammen mit einem schlanken Mann in Hochzeitskleidung zeigte.

»Mein Exgatte«, resümierte die Polizistin hinter ihm, während sie ein Tablett mit gebackenen Champignonbaguettes und zwei Coladosen auf den Wohnzimmertisch stellte. »Die Ehe hat nur drei Jahre gehalten. Irgendwann hat mein Göttergatte nämlich beschlossen, dass ihm eine Frau allein nicht ausreicht. Das Foto soll mich daran erinnern, nicht wieder auf solch einen Idioten reinzufallen. Hat nur leider nicht geklappt.«

»Wie heißt es so schön: Lieber ein Ende mit Schrecken als ein Schrecken ohne Ende.« Unglücklich verzog Jens die Miene. »Meine letzte Freundin hatte zum Schluss auch eine Affäre. Für ihn hat sie mich dann auch verlassen, weil er ›nicht ständig unterwegs‹ sei, wie sie mir dann erklärte. Kann ich zwar verstehen, war aber auch nicht gerade tröstlich. Insbesondere da es sich bei ihm um meinen damals besten Freund handelte.« Er stellte das Foto wieder zurück. »Wenn ich das aber mal sagen darf: Wirklich helle scheint Ihr Ex bei seiner Entscheidung nicht gewesen zu sein. Und Ihr ehemaliger Chef auch nicht.«

Meike Ehlers lächelte dankbar und deutete einladend auf den Tisch. »Lassen Sie uns was essen. Gut möglich, dass ich jeden Moment wieder rausgerufen werde.«

Jens wollte gerade zu ihr gehen, als er in ihrem Regal die bunt gestaltete CD-Hülle von *Hair* entdeckte. Er zog sie heraus und betrachtete die Trackliste.

Meike Ehlers, die einen Stapel Papierservietten auf den Tisch legte, sah auf. »*Hair?* Bitte, danach steht mir im Augenblick wirklich nicht der Sinn. Aber die *Rocky Horror Picture Show,* die müsste da auch noch irgendwo rumstehen. Die wäre jetzt vermutlich eh passender.«

»Nein, keine Angst.« Jens stellte die CD wieder zurück. »Ich hab mich nur gerade gefragt, ob dieser *Aquarius*-Song eine Bedeutung hat. Ist doch wirklich seltsam, dass dieser Hauptbrandmeister auch am Unfallort Ihrer Vorgängerin auf ihn gestoßen ist.«

»Ja, das stimmt.« Die Polizistin sah ihn nachdenklich an.

Jens setzte sich an den Tisch. »Was, wenn das so etwas wie eine Botschaft sein soll? Ich meine, wer macht sich denn die Mühe, den Refrain mehrfach hintereinander aufzunehmen?« Er zitierte: »*This is the dawning of the age of Aquarius.* Übersetzt bedeutet das in etwa: Das ist die Dämmerung oder der Beginn des Wassermann-Zeitalters. Das stammt doch aus der New-Age-Zeit.«

Meike Ehlers warf ihm einen amüsierten Seitenblick zu. »Ich hätte nicht gedacht, dass sich jemand wie Sie mit Esoterik auskennt.«

»Ehrlich gesagt weiß ich darüber auch nur das, was man so liest«, gestand er und griff nach einem der Baguettes. »Demnach soll das Wassermann-Zeitalter ein Zeitalter der Liebe, des Friedens und der Toleranz sein.«

»So ungefähr«, erklärte die Polizistin. »Die Astrologen erklären es damit, dass um Christi Geburt herum der Frühlingspunkt vom Sternzeichen Widder in das Sternzeichen Fische gewandert ist. Und jetzt, zweitausend Jahre später, wandert er in das Tierkreiszeichen des Wassermanns und läutet damit ein neues Zeitalter ein, in dem sich all das durchsetzen soll, was neu in Erscheinung tritt. Nach der anthroposophischen Datierung Rudolf Steiners ist es das ›johanneische Zeitalter der Bruderliebe‹.« Sie zwinkerte. »Einige Esoteriker gehen davon aus, dass die Einflüsse des Wassermannzeitalters so etwa ab der zweiten Hälfte des 20. Jahrhunderts begonnen haben. Die Astronomen halten dagegen, dass diese ganze Rechnung Quatsch sei und das sogenannte Wassermannzeitalter erst so gegen 2600 nach Christus losgeht.«

»Mal davon abgesehen, dass man mir erst erklären müsste, wie ein paar willkürlich gesetzte Himmelsbilder Einfluss auf das Leben von uns Menschen nehmen sollen«, brummte Jens.

»Sicher, man kann dran glauben – oder man lässt es.«

Jens schielte zu Meike Ehlers' esoterischem Buchbestand hinüber und grinste. »Ich gestehe, diese Seite an Ihnen verblüfft mich.«

»Man soll einen Menschen eben nie nach den ersten Eindrücken beurteilen«, antwortete sie mit einem feinen Lächeln.

»Eins zu null für Sie.« Jens sah schmunzelnd von seinem Baguette auf und nickte. »Sagen Sie mal, wir müssen nicht unbedingt bei diesem Sie bleiben. Wenn Sie möchten, dann … na ja, Sie wissen ja, wie ich heiße.«

»Sicher, steht doch unter dem Vernehmungsprotokoll.« Die Polizistin grinste, betrachtete ihn eine Weile und zuckte dann mit den Schultern. »Also gut, Meike.«

»Stimmt«, Jens grinste ebenfalls. »Stand, glaube ich, ebenfalls unter dem Protokoll.«

»Warst du denn nie auf der Sinnsuche?«, wollte sie jetzt wissen.

Jens biss in sein Baguette und überlegte. »Na ja, als Jugendlicher schon. Damals war ich oft gereizt und fühlte mich irgendwie fehl am Platze. Aber das geht vermutlich allen Teenagern so. Meine Mitte, wie man so schön sagt, habe ich wohl erst gefunden, seit ich die Arbeit im Meer und natürlich die Taucherei für mich entdeckt habe. Wasser, muss ich sagen, hatte schon immer eine magische Anziehungskraft auf mich. Es entspannt mich irgendwie.« Er lächelte. »Aber das habe ich dir ja schon in der Klinik erzählt. Wenn für mich etwas einer spirituellen Erfahrung am nächsten kommt, dann ist es wohl die Möglichkeit, da unten durch die Tiefe zu gleiten. Vielleicht bin ich aber auch bloß ein typischer Mann. Unsereins definiert sich ja gern durch die Arbeit.«

»Aber es wäre doch tröstlich, wenn es etwas gäbe, was über uns alle hinausgeht und uns so zum Teil von etwas Größerem macht. Also etwas, das wir uns nicht unbedingt erklären können.«

»Nein, denn genau so was habe ich heute erlebt – und ich kann dir sagen, das war alles andere als tröstlich.« Jens bemerkte, dass er dem Thema eine unangenehme Wendung gab. »Sorry. Das war jetzt vermutlich unpassend. Aber ich kriege das da unten in der Kanalisation noch nicht so ganz aus dem Kopf.«

»Klar.« Meike sah ihn mitfühlend an. »Aber um die Sache abzuschließen: Warum wir jetzt zwei Mal auf dieses Liedstück gestoßen sind, kann ich mir auch nicht erklären. Sollte es sich um eine Botschaft handeln, dann finde ich es komisch, dass sie irgendwie nicht zu den Umständen passt, unter denen sie gefunden wurde. Verstehst du, was ich meine? Frieden und Toleranz – und dann diese grässlichen Tode? Im Übrigen haben wir da noch ein paar andere Todesfälle. Und bei denen ist niemand auf dieses Lied gestoßen.«

»Überzeugt mich aber noch nicht«, widersprach ihr Jens. »Bislang wissen ja auch nur wir beide, wonach es Ausschau zu halten gilt. Und dieser Hauptbrandmeister vielleicht. Nehmen wir zum Beispiel diese ertrunkene Algenfarm-Chefin. Nach Dreyers Aussage starb sie unter ähnlich rätselhaften Umständen wie meine Pensionswirtin und deine Amtsvorgängerin. Was, wenn dort ebenfalls jemand über einen Tonträger oder etwas Ähnliches mit diesem Song gestolpert ist, dem aber bislang keine Bedeutung beigemessen hat?«

»Nur ist mir nichts dergleichen bekannt.« Meike Ehlers strich sich ihr nussbraunes Haar hinters Ohr. »Aber ich kann den Untersuchungsbericht zu dem Fall gern noch einmal anfordern. Die Kollegen in Husum sind es inzwischen ja gewohnt, die Leitungen für mich zum Glühen zu bringen.«

Jens folgte ihrem Blick und bemerkte erstmals den Stapel Faxe, der neben ihnen auf einem Beistelltisch lag. Das oberste Blatt trug eine verwaschene Aktennummer sowie den Begriff »Westerogg«.

»Ist das etwa der Polizeibericht über das Blutbad in den Siebzigern, von dem Volker Rhode gesprochen hat?« Interessiert legte er das Baguette auf den Teller zurück. »Darf ich da mal einen Blick drauf werfen?«

»Natürlich nicht«, antwortete Meike Ehlers, während sie weiteraß. Da Jens zögerte, rollte sie mit den Augen. »Mein Gott, mach einfach, wenn wir jetzt schon Sherlock Holmes und Doktor Watson spielen. Ich bin im Augenblick für jede Hilfe dankbar.«

Jens nahm den Stapel und blätterte die Seiten durch, die nicht bloß aus polizeilichen Vermerken und Untersuchungsberichten über die einstige Hippiekommune bestanden, sondern auch aus kopierten Zeitungsartikeln aus den Siebzigern. Interessiert hob er einen der alten Berichte hoch, über dem die Schlagzeile »Blutbad auf Westerogg: Hippiekommune fällt im Drogenrausch übereinander her« stand. Jens betrachtete das Foto, das als Aufmacher diente. Details waren aufgrund des Kopierprozesses zwar kaum noch zu erkennen, aber es zeigte eine Gruppe junger Leute mit langen Haaren und typischer Flower-Power-Kleidung. »Die Kommune hat ursprünglich in einer WG in Husum gelebt«, erklärte die Polizistin. »Nur bekam sie rasch Ärger mit ihrem damaligen Vermieter. Drogen. Freie Liebe. Zu laute Musik. Vandalismus. Ausstehende Mietzahlungen. Das volle Programm eben.« Sie zuckte mit den Schultern. »Der da war ihr Anführer.« Sie tippte auf einen langhaarigen Mann mit Haartuch und Batikhemd, der in der Mitte der Schar stand und wie ein Prediger die Arme ausgebreitet hielt. »Eike Momsen. Mit neunundzwanzig Jahren war er der Älteste der Gruppe. Ursprünglich stammte er aus Fahretoft, hier in Nordfriesland.«

»Einen Moment!« Jens starrte sie verwundert an. »Aus Fahretoft?«

»Ja. Der Ort liegt weiter oben an der Küste«, erklärte die Polizistin. »Aber dort ist es ihm offenbar zu eng gewesen. Den Unterlagen zufolge muss er ein begnadeter Orgel- und Harmoniumbauer gewesen sein, bevor er seine bürgerliche Karriere an den Nagel hing. Eike Momsen wandte sich ganz den fernöstlichen Religionen und der Friedensbewegung zu.« Die Polizistin biss von ihrem Baguette ab. »Und er muss wohl sehr charismatisch gewesen sein, auch wenn ihn Zeitungen als komplett durchgeknallt beschreiben. Denn als er der Kommune beitrat, existierte diese schon seit einer Weile. Soweit man weiß, war er es auch, der die anderen dazu brachte, im Spätsommer 1972 nach Westerogg umzusiedeln. Vermutlich, um dort ungestört ihre gemeinsame Vision von einer alternativen Gesellschaft auszuleben. Make love not war!«

»Das ist seltsam.« Jens griff zu dem Buch, das er aus Rhodes Wohnung mitgebracht hatte, und schlug es auf. »Schau mal.« Er tippte auf den Abschnitt, in dem das Universalgenie Hans Momsen erwähnt wurde, der Ende des 18. Jahrhunderts gelebt hatte. Meike wischte sich die Hände an einer Serviette ab und nahm das alte Buch interessiert an sich. Verwundert schüttelte sie den Kopf. »Dieser Hans Momsen wurde ernsthaft als ›Leonardo da Vinci des Nordens‹ bezeichnet?«

»Und er lebte ebenfalls in diesem Fahretoft«, ergänzte Jens ernst. »Dass sich Volker Rhode ausgerechnet für ihn interessiert hat, kann doch unmöglich ein Zufall sein. Vielleicht ist dieser Eike Momsen sogar ein Nachfahre von ihm?«

»Nicht auszuschließen.« Meike Ehlers deutete auf den Text. »Hier steht, dass Hans Momsen neun Kinder gehabt haben soll. Die dürften sich in den letzten zweihundert Jahren fleißig vermehrt haben. Aber – hilft uns das irgendwie weiter?«

»Ich weiß es nicht.« Jens lehnte sich mit den Westerogg-Unterlagen auf dem Schoß zurück und starrte die Faxe finster an. »Im Augenblick habe ich das Gefühl, dass es völlig egal ist, wo wir bohren. Überall kommen neue Ungereimtheiten zum Vorschein. Nur hilft uns nichts davon weiter.« Er tippte auf die Polizeidokumente. »Vielleicht machen wir erst einmal bei diesem Blutbad auf Westerogg weiter. Hier steht, dass sich das Unglück 1973 ereignet hat.«

»Weißt du ja schon.« Die Polizistin sah von Rhodes alter Chronik auf, die sie ihrerseits interessiert durchblätterte. »Die haben sich da auf der Insel regelrechte Hütten gezimmert. Und im Winter haben sie vermutlich den Leuchtturm Westeroggs in Beschlag genommen.«

»Einen Leuchtturm?«

»Ja.« Meike Ehlers griff zu ihrer Coladose und öffnete sie. »Ist aber schon seit den Fünfzigern außer Betrieb.«

»Wie groß ist die Insel denn?«

»Soweit ich weiß, soll sie nur so knappe siebenhundert Meter lang und vielleicht hundert Meter breit sein. Recht schmal also.« Die Polizistin trank einen Schluck. »Als Düneninsel liegt sie ziemlich weitab draußen im Wattenmeer, hat aber eine vergleichsweise illustre Geschichte hinter sich. Ganz früher sind da immer wieder Schiffe aufgelaufen, bis dort Mitte des 19. Jahrhunderts ähnlich wie auf Süderoggsand eine hohe Bake mit Topzeichen errichtet wurde. Da die Insel ihre Position aber anders als die Nordfriesischen Außensände kaum verändert hat, wurde dort Ende des 19. Jahrhunderts schließlich ein Leuchtturm errichtet, der in den frühen Dreißigern noch einmal umgebaut wurde. Für seinen Betrieb war eine Leuchtturmwärterfamilie verantwortlich. Das beschauliche Leben dort endete dann während des Zweiten Weltkriegs. In den Vierzigern hat die Wehrmacht auf Westerogg eine vorgelagerte Flugabwehrstation gebaut, die weit vor der Küste Flugzeuge der Amerikaner und der Royal Air Force abfangen sollte. Vermutlich geschah das als Reaktion auf die Bombenangriffe auf Kiel und andere Städte hier in Schleswig-Holstein. War aber wohl nur von mäßigem Erfolg gekrönt. Die Bunkeranlage ist dann kurz vor Kriegsende wieder gesprengt worden. In den Fünfzigern, also kurz nachdem auch der Leuchtturm aufgegeben wurde, gab es dann offenbar Pläne, dort eine Jugendbegegnungsstätte wie auf Süderogg aufzubauen. Nur wurde das rasch wieder verworfen. In den Siebzigern fielen dann schließlich die Hippies auf der Insel ein, und heute ist Westerogg ein ausgewiesenes Vogelschutzgebiet und für den Besucherverkehr gesperrt.«

»Und was genau ist am Ende mit den Hippies geschehen?«, fragte Jens, während er weiter die Faxe durchblätterte.

»Schau ganz nach hinten, dort findest du die Berichte der Pathologie und natürlich auch den Abschlussbericht. Allerdings solltest du einen starken Magen haben.«

Jens nahm sich die letzten Seiten vor und stieß dort auf die

Untersuchungsberichte von acht jungen Leuten. Die beiliegenden Fotos waren glücklicherweise verwaschen, doch zeigten sie grässliche Kopf- und Körperverletzungen, die den Berichten nach von kräftigen Schlägen mit Äxten und Knüppeln stammten.

»Mein Gott.«

»Ja, die haben sich am Ende gegenseitig die Schädel eingeschlagen. Buchstäblich. Und die Gerichtsmedizin hat feststellen können, dass sie alle mit Drogen vollgepumpt gewesen sind. Du weißt doch: Lucy in the Sky with Diamonds.«

»Lucy in the Sky with Diamonds?« Jens sah fragend auf. »Wie kommst du jetzt auf das alte Beatles-Lied?«

»Gott! In welcher Welt lebst du?« Meike Ehlers rollte theatralisch mit den Augen. »Dass der Titel gern mit LSD abgekürzt wird, weiß doch nun wirklich jeder. John Lennon hat zwar immer bestritten, dass das seine Absicht gewesen sei, aber wer weiß? Der offiziellen Untersuchung zufolge ist diese Kommune am Ende jedenfalls im LSD-Rausch übereinander hergefallen.«

»Aber warum hat Volker Rhode dann von einem Frevel in Verbindung mit diesem Blutbad gesprochen?« Jens vertiefte sich wieder in die Unterlagen, und plötzlich stutzte er. »Wusstest du, dass es unter den Hippies eine Überlebende gab? Eine gewisse Sedna Schlott. Neunzehn Jahre.«

»Inzwischen schon.« Meike Ehlers sah kurz von der Chronik auf, die sie überall dort aufschlug, wo sich die geknickten Ecken befanden. »Wegen dieses Mädchens sind die Ermittlungsbehörden überhaupt so rasch auf das Unglück aufmerksam geworden«, erklärte sie. »Sie wurde im Sommer '73 an der Küste von Nordstrand aufgefunden. Wie du den Unterlagen entnehmen kannst, war sie offenbar schwer traumatisiert. Posttraumatische Belastungsstörung, würde man heute wohl diagnostizieren. Sie war kaum noch fähig, irgendwelche Details preiszugeben.«

»›Kaum noch fähig‹ trifft es nicht ganz«, meinte Jens nach einem näheren Blick auf die Unterlagen. »Hier ist von einem katatonen Zustand die Rede. Das Mädchen scheint vollkommen verstummt zu sein.« Jens blätterte bis ganz ans Ende, fand aber nicht, was er suchte. »Was ist aus ihr geworden? Ist sie heute gesund? Man wird sie doch sicher irgendwie behandelt haben?«

»Ärgerlicherweise liegt das alles schon über vierzig Jahre zurück.« Die Polizistin lehnte sich mit der aufgeklappten Chronik gegen die Lehne. »Von einem älteren Kollegen habe ich in Erfahrung bringen können, dass das Mädchen zunächst in der Psychiatrie gelandet ist und anschließend in einem privaten Sanatorium in Husum unterkam.«

»Und da lebt sie noch immer? Ich meine, die müsste jetzt doch um die sechzig sein.«

»Ja.« Meike Ehlers zuckte müde mit den Schultern. »Nur wurde das Sanatorium bereits Mitte der Achtziger aufgelöst. Und inzwischen gibt es keine Patientenunterlagen mehr. All jene, die dort behandelt wurden, sind entweder in anderen Pflegeeinrichtungen untergebracht oder von ihren Familien übernommen worden.«

»Und wo genau ist diese Sedna Schlott jetzt?«

»Leider habe ich das selbst nach vielem Herumtelefonieren nicht herausfinden können.« Meike Ehlers seufzte. »Eine Sedna Schlott ist in jenen Heimen, mit denen ich mich bislang in Verbindung gesetzt habe, nicht bekannt. Und der Nachname Schlott ist hier oben leider alles andere als selten. Ich probiere es gern weiter, nur befürchte ich, dass es sehr schwer wird, sie nach all der Zeit noch aufzuspüren.«

»Also wieder bloß eine tote Spur.« Jens legte die Faxe wütend beiseite, nahm seine Coladose und trat an eines der Fenster, um etwas Luft in die Wohnung zu lassen.

»Wer weiß«, ertönte es hinter ihm mehrdeutig. »Dafür bin ich, glaube ich, gerade dem Geheimnis unseres Herrn Rhode ein Stück weit auf die Schliche gekommen.«

»Wie bitte?« Jens drehte sich wie elektrisiert um.

Meike winkte ihn zu sich und richtete eine der umgeknickten Ecken an den Buchseiten auf. »Sieh mal, was ich darunter entdeckt habe. Unter jedem dieser Eselsohren ist mit Bleistift eine kleine Zahl notiert. Es sind acht Knicke, und darunter befinden sich die Zahlen eins bis acht. Nur scheinbar willkürlich durcheinandergemengt. Nämlich von vorn nach hinten in der Reihenfolge 8, 6, 2, 7, 1, 4, 5 und 3.«

Jens nahm das Buch an sich und hob die geknickten Seitenlaschen an. »Tatsächlich. Aber was hat das zu bedeuten?«

»Ich weiß es nicht. Aber ich habe einen Verdacht, denn da ist noch etwas anderes.« Meike nahm ihm das Buch wieder aus der Hand und hob es an. »Siehst du das? Auf jeder mit Knick markierten Seite wurde unten die entsprechende Seitennummer schwach unterstrichen. Wir haben also acht angeknickte Buchseiten und acht markierte Seitennummern. Vielleicht sollen die Zahlen unter den Eselsohren die Reihenfolge angeben, mit der die Seitennummerierungen in eine entsprechende Reihenfolge zu setzen sind. Etwas anderes wurde auf den Seiten schließlich nicht markiert.«

»Und?«

»Warte mal.« Meike Ehlers schnappte sich Stift und Block vom Beistelltisch und notierte die Seitennummern in der Reihenfolge von eins bis acht: 54, 47, 92, 57, 85, 80, 52 und 6. Sie besah sich das Ergebnis und seufzte. »Nur weiß ich nicht so recht, was das zu bedeuten hat. Anfangs dachte ich, die Zahlen würden vielleicht für Buchstaben im Alphabet stehen. Nur hat das Alphabet gar nicht so viele Buchstaben.«

»Nein, das nicht. Aber …« Jens lachte auf. »Du bist verdammt noch mal genial!«

Diesmal war es Meike Ehlers, die ihn verblüfft ansah. »Gut, dass das endlich mal jemand erkennt. Darf ich auch erfahren, wieso?«

»Komme ich hier irgendwie ins Internet?«, wollte Jens wissen. »Du hast doch sicher einen Computer?«

»Ja, klar.« Die Polizistin holte ihren Laptop aus dem Schlafzimmer, fuhr ihn hoch und reichte ihn Jens, der sofort eine Seite mit elektronischen Landkarten aufrief.

»Was machst du da?«, wollte sie wissen.

»Den Hinweis gibt die 54«, erklärte Jens. »Denn wenn ich mich nicht völlig irre, dann handelt es sich bei der Ziffernfolge um verschlüsselte GPS-Daten. Die 54 ist eine in den hiesigen

Breiten ziemlich bekannte Längengradangabe. Jeder, der in Deutschland schon einmal mit GPS zu tun hatte, kennt die Zahl. Bei der Schifffahrt, beim Militär und natürlich auch beim Tauchen. Daraus ergibt sich dann der ganze Rest – und auch der scheint zu stimmen.«

Da ihn Meike Ehlers nach wie vor zweifelnd ansah, nahm er die Zahlen für sie noch einmal auseinander. »Pass auf, so sieht die korrekte Schreibweise in Grad, Minuten und Sekunden aus, getrennt nach Längen- und Breitengrad: N54° 28' 45.325« und E8° 31' 13.894«!« Jens tippte die Angaben in den Computer ein, und rasch baute sich vor ihm ein Kartensegment auf, das er erst einmal verkleinern musste, um es geographisch einordnen zu können. Nicht gerade unerwartet zeigte es einen Punkt im Schleswig-Holsteinischen Wattenmeer an.

»Rhode hat da draußen im Watt offenbar etwas gefunden, das so brisant ist, dass er es auf diese Weise verborgen hat«, sagte er feierlich. »Und die GPS-Daten zeigen den Ort mit einer Genauigkeit von etwa anderthalb Metern an.«

Meike setzte sich neben ihn und starrte ebenfalls auf den Bildschirm. »Nur dass dieser Ort ziemlich weit draußen im Wattenmeer liegt«, meinte sie skeptisch. »Ich befürchte, da kann ich nicht so einfach mitkommen. Jedenfalls nicht dienstlich. Das liegt deutlich außerhalb meines Einsatzbereichs. Aber ich könnte einen Kontakt zu den Kollegen von der Wasserschutzpolizei vermitteln.«

»Ich glaube nicht, dass das notwendig ist.« Jens rief ein weiteres Fenster auf und erkundigte sich dort nach den Zeiten von Ebbe und Flut. »Zufällig kenne ich nämlich jemanden, der vermutlich recht leicht die geeigneten Mittel für eine solche Exkursion auftreiben kann.«

»Rhodes Tochter?«

Jens nickte.

»Das da draußen ist ein Biosphärenreservat«, erklärte die Polizistin mit Nachdruck. »Da darf man sich nicht so einfach rumtreiben.«

»Siehst du, ein weiterer Grund, warum du mich das machen

lassen solltest.« Jens zwinkerte komplizenhaft, doch sie sah ihn weiterhin skeptisch an. »Bitte, wir sind jetzt schon so weit gekommen, ich will einfach nur als Erster wissen, was er dort gefunden hat. Ich rufe dich an, sobald ich herausgefunden habe, um was es sich dabei handelt.«

Meike Ehlers brütete eine Weile vor sich hin und nickte schließlich. »In Ordnung. Aber du informierst mich wirklich sofort?«

»Versprochen!« Er besah sich noch einmal den aktuellen Gezeitenstand und blickte dann auf die Uhr. Es war schon ziemlich spät. »Gleich morgen früh werde ich Ranja Rhode anrufen. Die Ebbe morgen um 14 Uhr wäre vermutlich der beste Zeitpunkt, um zu den Koordinaten vorzustoßen. Bis dahin verbleibt uns auch genug Zeit, um alles zu besorgen, was wir für den Ausflug ins Watt brauchen. Allerdings möchte ich mich nur ungern auf diesen einen Hinweis allein stützen. Denn für die Männer im Keller läuft schließlich langsam die Zeit ab.«

»Was hast du vor?«

Jens strich sich eine blonde Strähne aus der Stirn und warf Meike einen treuherzigen Blick zu. »Wir könnten noch einen Abstecher nach Eiderstedt machen. Die Halbinsel liegt ja nur eine gute Stunde von hier entfernt.«

»Nach Eiderstedt?« Meike Ehlers runzelte die Stirn. »Willst du dich da im vornehmen St. Peter-Ording einquartieren?«

»Nein, ganz sicher nicht.« Jens lächelte grimmig. »Aber du erwähntest doch, dass dort der Wagen von Volker Rhode gefunden wurde. In Westerhever.«

»Ja.«

»Siehst du. Bist du nicht neugierig, was er dort eigentlich wollte?«

Wogemänner

»Und du bist dir mit dieser Kirche wirklich sicher?«, wollte Meike Ehlers wissen, während Jens müde aus dem Seitenfenster ihres Streifenwagens blickte und eine der inzwischen selten gewordenen Trauerseeschwalben am blauen Himmel beobachtete.

»Es ist nur ein Verdacht«, antwortete er und wandte sich ihr wieder zu. »Die St.-Stephanus-Kirche in Westerhever ist die älteste auf ganz Eiderstedt. Sie stammt noch aus dem 12. Jahrhundert. Bei einem Heimatforscher wie Volker Rhode ist es doch naheliegend, dass er sich deswegen dort aufgehalten hat.«

Hinter ihnen lag eine entspannte Fahrt an Husum und Tönning vorbei, mitten hinein in die ebenso grüne wie flache Eiderstedter Marsch. Jens wusste, dass die Bewohner das platte Land über Jahrhunderte hinweg durch systematische Eindeichungen dem Meer abgetrotzt hatten. Und nur gelegentliche Baumgruppen und einzeln stehende Gehöfte verstellten den Blick über Wiesen und Felder hinweg bis zum Deich am Horizont. Darunter befanden sich einige gepflegt aussehende Haubarge, wie die großen reetgedeckten Bauernhäuser genannt wurden, die einst Mensch und Tier gemeinam beherbergten.

Irgendwann hatten sie dann Garding passiert, eine hübsche Kleinstadt mit historischer Altstadt, die auf einem Geestrücken erbaut worden war und ziemlich genau im Zentrum der Halbinsel lag. Doch inzwischen lag auch der spitze Kirchturm Gardings in ihrem Rücken, denn Meike Ehlers fuhr auf Landstraßen und Chausseen weiter Richtung Nordwesten. Und wenn er dem Navi des Streifenfahrzeugs trauen durfte, sollten sie die Gemeinde Westerhever in Kürze erreicht haben.

Obwohl er sowohl die Gastfreundschaft als auch die Gesellschaft von Meike Ehlers sehr genoss, hatte er die halbe Nacht kein Auge zugetan. Immer wieder geisterte die unheimliche Begegnung in der Kanalisation in seinem Kopf herum. Und auch die vielen Puzzleteile, die sie mithilfe der Polizeiakten und der Funde in Rhodes Wohnung zusammengetragen hatten, taten ihr Übriges, um ihm den Schlaf zu rauben. Er hoffte bloß, dass Ranja Rhode Erfolg hatte. Denn kaum dass Meike ihn nach einem viel zu kurzen Schlaf geweckt hatte, hatte er Rhodes Tochter auf den Anrufbeantworter gesprochen. Und wie erwartet hatte es keine fünf Minuten gedauert, bis sie sich bei ihm zurückgemeldet hatte, um alles über die Entdeckung der GPS-Koordinaten zu erfahren. Er hatte sie auf den Nachmittag vertröstet und ihr stattdessen eine Liste jener Dinge mit auf den Weg gegeben, die sie bis zu ihrem Aufbruch besorgen sollte. Leider schien sie selbst bei der Sichtung der Dokumentenmappe ihres Vaters nicht sonderlich erfolgreich gewesen zu sein. Daher hatte sich Jens vorgenommen, die Papiere selbst noch einmal einzusehen.

Meike Ehlers passierte in diesem Moment das Ortsschild Westerheves und drosselte die Geschwindigkeit. Rechts und links kamen zwei Bauernhöfe in Sicht, von denen der rechte auf einer mit Bäumen bepflanzten Warft stand. Jens kannte die künstlich aufgeschütteten Siedlungshügel bereits von anderen Küstenorten hier oben im Norden, wo sie traditionell dem Schutz von Mensch und Tier bei Sturmfluten dienten. Die Polizistin deutete auf die linke Straßenseite. »Siehst du? Ich glaube, das ist diese St.-Stephanus-Kirche.«

Jens entdeckte den Sakralbau nun ebenfalls. Die kleine Backsteinkirche besaß ein schlichtes Langschiff und einen spitz zulaufenden Turm, der einige massive Abstützungen aufwies. Nur sah die Kirche nicht ganz so beeindruckend aus, wie er es sich gedacht hatte. Umgeben war der vollständig begrünte Kirchenhügel von Gräbern, von denen einige sogar umzäunt waren. Meike Ehlers parkte ihren Streifenwagen kurzerhand am Straßenrand.

»Gut, dann versuchen wir mal unser Glück«, stöhnte Jens. Sein dunkles Sacko war zwar gewaschen, aber leider noch immer etwas feucht. Also ließ er es angesichts der sommerlichen Wärme im Wagen zurück und hoffte, dass es dort endgültig trocknete. Sie warteten ab, bis ein Fahrradfahrer sie passiert hatte, der sich gleich zweimal neugierig zu dem Polizeifahrzeug umblickte, bevor er hinter einigen Bäumen verschwand. Anschließend schritten sie den rot gepflasterten Weg zur Kirche hinauf. Doch als sie an der kleinen Tür des Kirchenschiffs angekommen waren und daran rüttelten, fanden sie diese verschlossen vor. »Mist«, fluchte Jens.

»Nur weil Rhodes Wagen hier gefunden wurde, bedeutet das noch nicht, dass diese Kirche auch sein Ziel war«, meinte Meike Ehlers. Sie spähte zur Dorfstraße zurück, so als hoffte sie, das Fahrzeug dort irgendwo entdecken zu können. »In seiner Akte ist nämlich nichts darüber vermerkt.«

»Was mich wundert«, murrte Jens. »Von Bredstedt bis hierher dauert es mit dem Auto über eine Stunde. Eine solche Fahrt nimmt ein Mann wie er doch nicht einfach so auf sich.«

»Und wenn sein Auto hier bloß abgestellt wurde?«, grübelte die Polizistin. »Vielleicht von seinen Entführern? Ich meine, entlegener geht es doch eigentlich gar nicht.«

Jens hörte ein Geräusch und entdeckte jenseits des Kirchenbaus eine schlanke Frau mit lockigen kurzen Haaren, die vor einem Grab kniete, um dort frische Blumen einzusetzen. »Warte mal.« Jens marschierte zu der Frau hinüber und konnte hören, wie ihm Meike folgte.

»Entschuldigen Sie«, sprach er die Unbekannte an. »Wissen Sie, wie man hier einen der Kirchenverantwortlichen erreicht?«

Die Frau sah auf und schirmte ihre Augen mit der Hand gegen die Vormittagssonne ab. Jens entging nicht, dass sie seine Gesichtsverletzungen misstrauisch beäugte, bevor sie Meike Ehlers in ihrer Polizeiuniform bemerkte. »Oh, Polizei. Tja, wir sind in Eiderstedt leider Opfer der Pfarrstellenreduzierung geworden. Aber 2011 haben sich einige pensionierte Pastoren, Pröbste und Kirchenmusiker zusammengetan, um hier wenigstens alle zwei Wochen einen Gottesdienst abzuhalten. Der nächste findet …«

»Nein, wir sind aus einem anderen Grund hier«, unterbrach Meike Ehlers sie. »Wir suchen nach einem Vermissten namens Volker Rhode. Sein Wagen wurde hier am letzten Wochenende verlassen aufgefunden. Das heißt, eigentlich versuchen wir herauszubekommen, was er hier eigentlich wollte.«

»Ach so, Sie sprechen von dem verschwundenen Rungholtforscher? Der Arme.« Die Frau erhob sich mit knackenden Gliedern. »Ja, der war hier. Insgesamt wohl zwei- oder dreimal in den letzten Monaten. Nur letztes Wochenende habe ich ihn persönlich nicht gesehen. Aber das habe ich doch schon Ihren Kollegen erzählt.«

»Ach ja?« Meike Ehlers sah sie stirnrunzelnd an. »Und Sie sind?«

»Kresten Meyer. Ich wohne hier im Ort.« Die Frau zog sich die Gummihandschuhe aus und schüttelte die Hand der Polizistin. »Haben Sie denn neue Spuren? In der Zeitung hieß es, er sei entführt worden.«

»Wurde er auch«, erklärte Jens ernst. »Deswegen sind wir hier.«

»Und Sie sind auch von der Polizei?« Misstrauisch musterte sie seinen saloppen Aufzug, der nur aus Jeans und T-Shirt bestand. Zögernd gestand Jens der Frau, unter welchen Umständen er den Volkskundler kennengelernt hatte. Bestürzt riss sie die Augen auf. »Mein Gott! Dann sind Sie dieser entführte Taucher, von dem die Zeitungen berichten? Das alles tut mir fürchterlich leid.«

»Na ja, Sie können ja nichts dafür«, meinte Jens freundlich.

»Trotzdem bin ich froh zu wissen, dass Ihnen der liebe Herrgott in Ihrer Not geholfen hat.«

»Also wenn ich ehrlich bin, bin ich nicht sonderlich gläubig.«

»Das macht nichts.« Die Frau lächelte nachsichtig. »Das hindert ihn nicht daran, Ihnen beizustehen, wenn Sie Seiner bedürfen.«

»Ja, vielleicht.« Jens lächelte. »Sie erwecken den Eindruck, als würden Sie Herrn Rhode kennen.«

»Na ja, eigentlich nicht.« Sie legte die Handschuhe endgültig ab und deutete zu einem benachbarten Gebäude. »Ich helfe drüben im Kirchspielkrug gelegentlich als Bedienung aus. Da verwahren wir auch den Schlüssel für die Kirche, falls sie jemand besichtigen will. So habe ich Herrn Rhode kennengelernt. Er hat mir damals sogar eines seiner Bücher verkauft.«

»Wäre es möglich, dass wir uns den Schlüssel zur Kirche auch mal ausborgen? Wir würden gern einen Blick hineinwerfen.«

»Sicher. Aber ich glaube, er hat sich eher für die Ausgrabungsstelle drüben interessiert.«

»Welche Ausgrabungsstelle?«

»Na, gleich dahinten. Auf der Wogemannsburg.« Sie führte Jens und Meike Ehlers mit sich zur Dorfstraße hinunter, von wo aus sie zu dem stattlichen Bauernhof schräg gegenüber wies, der ebenfalls auf einer Warft thronte.

»Soweit ich weiß«, fuhr sie fort, »hat sich Herr Rhode mit den dortigen Archäologen unterhalten. Danach war er noch bei uns im Kirchspielkrug was trinken. Direkt danach muss er wohl verschwunden sein.«

»Befand er sich in Begleitung?«

»Nein. Habe ich Ihren Kollegen aber auch schon alles gesagt.«

»Nur sieht das dahinten überhaupt nicht wie eine Burg aus«, stellte Jens fest. Auch Meike Ehlers sah skeptisch drein.

»Na, heute natürlich nicht mehr. Aber früher schon«, antwortete Kresten Meyer nicht ohne Stolz. »Man sieht es Westerheve vielleicht nicht an, aber Sie beide stehen hier auf geschichtsträchtigem Grund. Kommen Sie, ich bringe Sie hin.« Sie wartete, bis ein Trecker vorbeigefahren war, auf dem betont lässig ein Zwanzigjähriger in Bundeswehrhose, rotem T-Shirt und Sonnenbrille hockte. Dann führte sie die beiden die Straße zurück und von dort aus zu einer von Bäumen und Bauernkaten gesäumten Zufahrt, die kerzengerade auf den Hügel mit dem stattlichen Haubarg zuführte. »Sagen Sie dem Herr Doktor einfach, dass ich Sie schicke. Er und seine Studenten werden nämlich mit belegten Brötchen von uns beliefert. Die führen Sie dann ganz bestimmt ein bisschen rum.«

»Na, das werden sie hoffentlich auch, wenn ich sie darum bitte«, merkte Meike Ehlers leise an. Jens grinste. Kresten Meyer winkte zum Abschied und kehrte wieder zum Friedhof zurück.

»Ich bin gespannt.« Gemeinsam marschierten sie den Weg

hinauf, und rasch kam der stattliche Bauernhof samt seiner schleifenförmigen Auffahrt in Sicht. Die Warft wurde von hohen Bäumen und einem breiten Wassergraben eingerahmt, der schon eher an eine einstige Burg gemahnte. Sie hatten die Zufahrt kaum erreicht, als sie rechter Hand Stimmen hörten. Dort, im Schatten der Bäume, stand ein beeindruckend großes Zelt, dessen Plane in diesem Moment von einer jungen Frau zurückgeschlagen wurde, die etwas wackelig eine Schubkarre mit Erdaushub vor sich herschob. Nicht weit vom Eingang entfernt waren zwei lange Tische aufgebaut, auf denen eine Vielzahl an Scherben aufgereiht waren. Über einen der Tische gebeugt stand ein krausköpfiger, ungefähr fünfzigjähriger Mann mit Brille und sommerlichem Kurzarmhemd, der mit einer Lupe den größten der dort ausliegenden Funde begutachtete: eine schwarz angelaufene Klingenwaffe. Etwas hinter dem Zelt, nahe einem großen Hügel aus ausgehobenem Erdreich, arbeitete gleichzeitig ein junger Mann. Aufgrund der Wärme trug er nur seinen Blaumann und siebte dort jene Fracht durch, die ihm das Mädchen offenbar schon zum wiederholten Mal brachte. Er war es auch, der sie als Erster entdeckte. »Doktor Behrens. Besuch!«

Der Brillenträger blickte auf, und dem Mann war sofort anzusehen, dass er nur wenig begeistert von ihnen war. Meike Ehlers stellte sich kurz vor und erläuterte den Grund ihres Kommens. Jens hielt sich dabei etwas im Hintergrund.

»Ah, die Polizei schon wieder.« Der Mann legte die Lupe auf den Tisch und reichte ihr die Hand. »Dirk Behrens. Ich bin Dozent am Institut für Ur- und Frühgeschichte in Kiel. Das hier«, er wies mit der Lupe auf die jungen Leute hinter sich, »sind einige meiner Studenten. Die Sache mit Rhode betrübt mich sehr. Inzwischen heißt es ja sogar, dass er entführt wurde, nicht wahr? Nur wüsste ich ehrlich gesagt nicht, wie ich Ihnen noch helfen kann. Alles, was ich weiß, habe ich bereits Ihren Kollegen erzählt.«

»Komisch, darüber steht in Rhodes Fallakte überhaupt nichts.« Meike Ehlers sah Jens beunruhigt an. »Könnten Sie daher noch einmal so freundlich sein …?«

»Sicher. Ich meine, viel war es ja auch nicht«, entschuldigte sich der Archäologe, während er die Brille absetzte und mit einem weichen Tuch putzte. »Ich bin ja auch nicht der Einzige gewesen, der Herrn Rhode noch gesehen hat. Nicht mal der Letzte.«

»Wissen wir«, erklärte Meike Ehlers kurz angebunden. »Wann war er denn hier?«

»Na ja, letzten Sonntag so gegen Mittag. Er verließ uns aber schon eine halbe Stunde später wieder. Auf dem gleichen Weg runter zur Dorfstraße, den auch Sie genommen haben.« Er deutete mit der Brille zur Zufahrt. »Danach war er wohl noch was essen, anschließend verliert sich seine Spur. Jemand aus dem Ort ist erst später – am Abend – auf sein Auto aufmerksam geworden. Wegen seines Hundes, den er darin eingeschlossen hatte. Armes Tier, bei der Hitze letztes Wochenende.«

»Das heißt, Sie und Volker Rhode kennen sich?«, wollte Jens wissen. »Ich meine, so einfach darf man als Privatperson doch wohl keine Ausgrabungsstelle betreten.«

»Na, angesichts des Themas, mit dem er sich beschäftigt, blieb das gar nicht aus.« Behrens setzte sich die Brille lächelnd wieder auf. »Er ist auf dem Gebiet der Küstenarchäologie ja auch kein Unbekannter. Vor allem was die Rungholtforschung angeht, ist er versiert wie kein Zweiter. Da nehmen auch wir Profis gern mal seinen Rat an.«

Jens nahm die Einschätzung mit Zufriedenheit zur Kenntnis. »Und warum war er hier?«

»Wegen der Grabungen natürlich, die meine Studenten und ich hier durchführen.« Behrens beschrieb mit der Rechten einen Bogen, der die komplette Warft einschloss. »Hier hat einst die Wogemannsburg gestanden. Und die ist natürlich auch für einen Rungholtforscher wie Volker Rhode von Interesse. Sie wurde nämlich kurz nach der Zweiten Marcellusflut von Flüchtlingen aus Rungholt erbaut.« Er lächelte Meike Ehlers zu. »Herr Rhode war es schließlich auch, der uns all die Jahre über in den Ohren lag, hier noch mal zu graben.«

»Könnten Sie das näher ausführen?«, fragte Jens. »Es ist nämlich gut möglich, dass seine Entführung etwas mit seinen Forschungen zu tun hat.«

»Ach, tatsächlich?« Der Archäologe runzelte die Stirn. »Ich meine, wir graben hier ja nicht nach Schätzen. Also nicht im Wortsinn. Aber wenn Sie glauben, dass Ihnen das hilft, gern.« Er wandte sich zu seinen Studenten um, die ihnen neugierig lauschten. »Simone, Tobias, ihr dürft gern weitermachen.«

Die beiden jungen Leute widmeten sich wieder ihren Tätigkeiten, während Behrens seinen Besuch zum Nachbartisch bat, wo er ihnen Kaffee aus einer Pumpthermoskanne anbot. »Also, wo fange ich denn mal an? Vielleicht bei der Gegend hier.« Er deutete mit dem Kinn auf die nähere Umgebung, während er Kaffee in Plastikbecher abfüllte. »Man sieht es dem Platz heute nicht mehr an, aber ursprünglich lag dieser Fleck viel näher an der Nordsee und war auch recht schwierig zu erreichen. Sie müssen sich den Küstenverlauf um Vierzehnhundert überhaupt ganz anders vorstellen«, dozierte er. »Von Ostfriesland bis hier zu uns im Norden ist das Land zuweilen recht sumpfig gewesen. An manchen Stellen reichte es wesentlich weiter ins Meer hinaus. Und es gab zahllose weitere Inseln, die von Fischern, Bauern und Seeleuten bevölkert wurden. Vor den Sommersturmfluten schützten damals relativ niedrige Deiche, bei den Wintersturmfluten zog man sich samt den Tieren auf die Warften zurück. Das alles ging einigermaßen gut, bis die Zweite Marcellusflut über die Uthlande hereinbrach. Von der damaligen Bevölkerung wurde sie auch gern ›Grote Mandränke‹ genannt.«

»Wissen wir«, kommentierte Meike Ehlers das Gehörte. »Das ›Große Ertrinken‹.«

Dirk Behrens nickte und reichte ihnen die dampfenden Pappbecher. »Diese Sturmflut war so verheerend wie kaum eine andere zuvor. Und das, obwohl die Bewohner der Küsten den Kampf mit dem ›Blanken Hans‹ durchaus gewohnt waren. Eine Metapher für die orkanartigen Stürme, die sich hier oben an der Nordsee gern austoben.« Er rückte sich lächelnd die Brille zurecht. »Wie Sie dann sicher auch wissen, ist damals der Marktort Rungholt im heutigen Wattenmeer untergegangen. Der Name lautet übersetzt übrigens ›Niederholz‹. Dort soll es angeblich sogar einige Wäldchen gegeben haben. Eine Landschaft, ganz ähnlich wie heute in St. Peter.«

»Aber wie bedeutend war Rungholt denn wirklich?«, wollte Jens wissen.

»Durchaus bedeutend. Ausgehend von der Verteilung der Brunnenreste, die man gefunden hat, dürften in dem Ort so um die zweitausend Leute gelebt haben. Also ebenso viel wie zum gleichen Zeitpunkt in Kiel. Die Dimensionen werden einem erst bewusst, wenn man bedenkt, dass zum Beispiel eine Großstadt wie Hamburg damals auch bloß fünftausend Einwohner hatte. In Rungholt lebten aber nicht nur erfolgreiche Seehändler, sondern auch eine ganze Menge Bauern, die durch die Bestellung der fruchtbaren Marschböden zu Wohlstand gelangt waren. Und all das war praktisch von einem Tag auf den anderen verschwunden. Nur dass sich das Meer anders als sonst nicht mehr zurückzog.« Der Archäologe deutete mit seinem Kaffeebecher auf das Haus. »Und da beginnt die Geschichte dieses Ortes. Bei dieser Flut sind nämlich keineswegs alle ertrunken. Im Gegenteil, es gab eine ganze Menge Überlebender, die von einem Tag auf den anderen vor den Trümmern ihrer Existenz standen. Nur hatten diese Menschen von ihren Nachbarn keine große Hilfe zu erwarten. Damals herrschte das Faustrecht, und mit Hungerleidern wie ihnen sprang man nicht gerade sanft um. Also rottete sich damals eine Gruppe von Bauern und Seeleuten zusammen, die als die Wogemänner berüchtigt wurden. Ganz so wie später der bekannte Klaus Störtebecker und seine Getreuen machten sie das Meer und die Küste als Seeräuber unsicher, überfielen Gehöfte, kaperten Schiffe und entführten Menschen. Vornehmlich junge Frauen. Hier«, er deutete auf die Warft, »bauten sie dann schließlich eine Burg. Wie ich schon erwähnte, war Westerhever damals recht schwer zugänglich. Also ein ideales Versteck.« Er trank einen Schluck und spie die braune Flüssigkeit sogleich wieder aus. »Widerlich. Entschuldigen Sie. Der Kaffee hatte offenbar eine schlechte Bohne.« Er nahm Jens und der Polizistin die unberührten Pappbecher wieder ab und drückte ihnen stattdessen

Colaflaschen aus einer Kühlbox in die Hand. »Wo war ich gerade?«

»Sie sprachen von der Burg«, bemerkte Meike Ehlers leicht ungeduldig.

»Richtig. 1370 trat schließlich eine Streitmacht gegen die Piraten an, der es gelang, die Wogemannsburg einzunehmen. Etwa sechzig Piraten wurden damals gefangen genommen und anschließend geköpft. Die entführten Frauen wurden befreit und in einem eigenen Thing wieder für »ehrbar« – also für verheiratungsfähig – erklärt. Die Burg selbst wurde geschliffen und die Steine zu großen Teilen drüben in der St.-Stephanus-Kirche verbaut. Ich schätze mal, da waren Sie schon, oder?«

»Ja. Und das jetzige Haus hier?«, fragte Jens mit Blick auf den Bauernhof.

»Ach das. Das wurde erst Mitte des 17. Jahrhunderts errichtet«, antwortete Behrens. »Bis 1930 war hier das Pastorat der Gemeinde untergebracht. Seitdem befindet es sich in Privathand. Ich habe lange gebraucht, um die heutigen Besitzer dafür zu gewinnen, hier graben zu dürfen.«

»Schön und gut. Aber warum genau hat Volker Rhode Sie aufgesucht?«, wollte Jens wissen.

»Herr Rhode ist natürlich an unserem Fund interessiert gewesen. Der ist auch wirklich erstaunlich.« Der Archäologe deutete begeistert auf das Zelt. »Wir haben hier das Fundament eines ehemaligen Burganbaus freigelegt. Zunächst dachten wir, wir wären auf einen Teil des einstigen Bergfrieds gestoßen, stattdessen sind wir völlig unerwartet auf die Reste der einstigen Burgkapelle gestoßen.«

»Eine Kapelle?« Jens' Interesse war geweckt. »Ich dachte, auf dieser Burg hätten Piraten gehaust.«

»Ja, das ist erstaunlich, nicht? Die hatten offenbar einen Priester unter den Ihren.« Der Archäologe zwinkerte. »Meine Studenten haben der Fundstelle den Spitznamen ›Bruder Tucks Kemenate‹ verpasst – in Anspielung an die Robin-Hood-Legende. ›Arielles Grotte‹ lag allerdings auch gut im Rennen.«

»Arielle? Nach der Meerjungfrau?«

»Allerdings.« Behrens klappte die Zeltplane zurück, und Jens und Meike Ehlers blickten auf eine nahezu quadratische, etwa sechs Rechtschritt durchmessende Grube, die bis zu einer Tiefe von zwei Metern ausgeschachtet war. Unter ihnen, am Boden der Ausgrabungsstelle, bearbeitete ein dritter Student ausgeblichene blaugrüne Fliesen mit einer Bürste. Er sah auf, und man konnte erkennen, wie sehr er schwitzte. Denn obwohl die Sonne noch nicht ihren Zenit erreicht hatte, war es im Innern des Zeltes drückend schwül. Zugleich waren die Lichtverhältnisse aufgrund der Zeltplane eher schummrig.

»Alles klar, Oliver?«

»Alles klar«, kam es von unten zurück. »Aber vielleicht ziehen wir das nächste Mal doch lieber eine Drainage in Erwähnung?«

Behrens lachte. »Heute Abend soll ein Sommergewitter aufziehen«, erklärte er. »Deswegen haben wir hier das Zelt aufgebaut. Nicht, dass uns die Grube noch absäuft – wie das alte Rungholt.«

Jens Ahrens und Meike Ehlers blickten in die Tiefe und entdeckten ein ringförmiges Fundament aus aufgeschichteten Steinquadern.

»Dass dieser Teil der einstigen Wogemannsburg einem sakralen Zweck diente, wissen wir von einem alten Hostieneisen sowie einem goldenen Kelchlöffel. Beides haben wir hier im Erdreich gefunden. Vermutlich Raubgut. Ist natürlich alles schon in Kiel. Aber am erstaunlichsten ist dieses kunstvolle Bodenmosaik.« Er deutete seinem Studenten an aufzustehen und beiseitezutreten. Jens, der sich inzwischen an die Sichtverhältnisse gewöhnt hatte, riss erstaunt die Augen auf. Denn unter ihnen spannte sich ein prachtvolles mittelalterliches Bodenrelief aus kaum fingernagelgroßen blauen und grünen Steinen auf, das eine große Flutwelle zeigte, die von links kommend über die Szenerie hereinbrach. Diese zeigte Mönche, die mit Knüppeln und brennenden Fackeln auf ein Wesen einschlugen, das er auf den ersten Blick für eine Robbe hielt. Ein zweiter Blick belehrte ihn jedoch eines Besseren. Bei dem dargestellten Wesen handelte es sich nämlich um eine Frau mit langem Fischschwanz. Gepeinigt hielt die mythische Kreatur ihre Hände emporgestreckt, doch kannten die Kirchendiener keine Gnade, auch wenn einer der Mönche der Welle ängstlich entgegenblickte.

»Eine Meerjungfrau!«, kommentierte Meike Ehlers die Entdeckung.

»Genau genommen ist es eine Sirene. Erstaunlich, nicht wahr?« Behrens lächelte wie ein Schulbub, dem ein ganz besonderer Streich gelungen war. »Beachten Sie nur mal die detailreichen Ausführungen. Das hier ist der herausragendste Fund, den ich in meiner bisherigen Laufbahn gemacht habe. Er beweist, dass auf der Burg nicht bloß dumpfe Seeräuber hausten, die ihr geraubtes Vermögen in Waffen und Schiffe steckten. Im Gegenteil, unter ihnen waren auch Künstler und mindestens ein Priester.«

»Und was soll die Szene darstellen?« Jens betrachtete das Bodenmosaik argwöhnisch.

»Nun, Meerjungfrauen dürften Ihnen aus Sagen und Legenden vertraut sein.«

»Verführerische weibliche Wesen, die hilflose Seefahrer ins nasse Grab ziehen«, antwortete Meike Ehlers forsch. »Und?«

»Nun, die ikonographische Deutung ist eigentlich recht simpel, auch wenn sie im Zusammenhang mit dem hier gelebten Piratentum natürlich Fragen aufwirft.« Der Archäologe nahm seine Brille ab und wies mit ihr zu dem Fischweib hinüber. »Sirenen begegnen uns als Fabelwesen erstmals in der griechischen Mythologie. Sie erinnern sich an Homers Odyssee? Ursprünglich wurden sie als Mischwesen zwischen Frauen und Vögeln dargestellt, später dann als Frauen mit Fischschwänzen. Da traten sie auch erstmals als so etwas wie Todesdämonen auf. Denn wie Sie schon sagten, sie wurden dort als Wesen dargestellt, die Seeleute mit ihrem betörenden Gesang in den Untergang locken konnten. Nur hatten sie da bereits eine interessante Wandlung hinter sich, denn das erste Wesen, das als halb Mensch, halb Fisch dargestellt wurde, war gar keine Frau, sondern ein Mann. Nämlich ein babylonischer Gott.« Behrens griff zu einer Mappe, die auf einem klapprigen Stuhl neben der Grube lag und künstlerische Darstellungen von Meerjungfrauen aus allen Epochen enthielt. Er präsentierte ihnen den schwarzweißen Stich eines Mannes mit sumerischer Kopfbedeckung, Wickelbart und einem Unterleib, der einem Delphin entsprach. »Und der brachte mit seiner Frau sechs Söhne und eine Tochter namens Nina hervor. Die wurden ebenfalls häufig mit Fischschwanz dargestellt. Erst Atargatis, eine semitische Mondgöttin, lässt sich von der Gestalt her recht eindeutig als Meerjungfrau bezeichnen. Richtig bekannt wurden diese Geschöpfe jedoch durch Homers Odyssee, und zwar unter dem Begriff Sirenen. Von da an findet man sie als Nixen, Nymphen, Undinen und Wasserfeen bis hin zu Hans Christian Andersens Kleiner Meerjungfrau fast überall in der Weltgeschichte.«

»Das beantwortet aber nicht die Frage, was es mit der Darstellung dort unten auf sich hat«, meinte Jens leicht ungeduldig.

»Dazu komme ich jetzt.« Behrens setzte sich die Brille wieder auf und deutete mit der Mappe in die Grube. »Das, was wir da unten sehen, passt zu der ersten Beschreibung einer solchen Wasserkreatur, wie wir sie aus dem *Liber monstrorum* kennen. Das war ein Bestiarium, das Mönche um 800 nach Christus geschaffen haben, nur dass die Kirchendiener damals wohl noch davon ausgingen, dass diese Wesen tatsächlich existierten. Die dortigen Beschreibungen waren jedenfalls stark von den Vorstellungen der Antike beeinflusst, nur hatten die einstigen Vorstellungen allmählich eine christliche Uminterpretation erfahren. So auch Homers Texte, die durchaus schon bekannt waren, nur dass das von Odysseus befahrene Meer gewissermaßen zum Symbol für die Lebensreise des gläubigen Christen wurde. Die Sirenen galten bei alledem als Allegorie der Sinnenlust. Sie verstehen: als Warnung vor der körperlichen Versuchung, die von Frauen ausgeht. Ich vermute daher, dass der hier lebende Priester seine Mitstreiter ermahnen wollte, es nicht allzu zügellos zu treiben. Die Zweite Marcellusflut wurde von vielen Überlebenden schließlich als Strafe Gottes für ein allzu sündhaftes und lasterhaftes Treiben der einstigen Bevölkerung Rungholts gedeutet. Denn wie die dörfliche Bevölkerung damals über die Zustände in den Städten dachte, können Sie sich ja denken.«

»Und wie erklären Sie sich die Darstellung der Mönche?«, fragte Meike Ehlers.

»Na ja, ich vermute, sie sind als Sinnbild der damaligen Kirchenbemühungen zu verstehen, dem lasterhaften Treiben Einhalt zu gebieten. In Rungholt hat es schließlich sogar ein Priesterkolleg gegeben.« Behrens lächelte unsicher. »Zumindest möchte ich es mir da nicht so einfach machen wie der gute Herr Rhode, der in alledem lediglich die bildliche Darstellung einer weiteren Rungholtlegende sah, die er in einer Husumer Chronik gefunden haben will.«

»Einer Husumer Chronik?« Jens sah auf, doch der Archäologe winkte amüsiert ab.

»Ja, ein altes Märchen, nach dem Fischer aus Rungholt im Watt angeblich eine angespülte Meerjungfrau gefunden hätten. Priester wiegelten daraufhin einen Mob auf, der die Kreatur erschlug, obwohl das arme Wesen darum flehte, wieder ins Meer getragen zu werden. Ein schwerer Fehler. Denn in ihrem heiligen Zorn vergaßen die Männer, dass im Meer einige Sirenen auf die Rückkehr ihrer Schwester warteten. Und diese rächten sich fürchterlich. Gemäß dieser Legende waren sie es nämlich, die jene gewaltige Sturmflut heraufbeschworen, die Rungholt mit Mann und Maus untergehen ließ.« Behrens hob entschuldigend die Hände. »Na ja, Sie wissen ja, wie diese Märchen üblicherweise enden.«

»Aber sicher«, antwortete Meike Ehlers trocken. »Und wenn sie nicht gestorben sind, dann leben sie noch heute …«

Spuren im Watt

»Pünktlich wie ein Uhrwerk!«, begrüßte Jens Ranja Rhode.

Ausgerüstet mit Windjacke, Trekkingshorts und Wattschuhen stand er auf einem asphaltierten Weg mit Blick auf den begrünten Deich, der die Nordstrander Hauptbadestelle Fuhlehörn von der Nordsee trennte. Von dort aus sah er dem gelb lackierten Wattwagen mit den beiden großen Ponys entgegen, deren Hufgeklapper ihm schon aus der Ferne entgegengehallt war. Aus der Nähe betrachtet wirkte der Wagen sogar noch beeindruckender. Er war überaus hoch gebaut, denn Fuhrwerke wie diese mussten da draußen gelegentlich durch tiefe Priele fahren, Wasserläufe im Watt, die oftmals mäanderten. Der bemalte Kastenaufsatz ruhte daher in knapp anderthalb Metern Höhe auf kräftigen Stahlfedern. Gemeinsam mit den gepolsterten Sitzbänken und den gummibereiften Rädern am Untergestell sorgten sie dafür, dass die Fahrt für den Reisenden nicht zu hart wurde.

»Ich hatte schon befürchtet, du würdest dich verspäten!«, rief sie ihm entgegen. »Du kannst dir ja denken, dass mich dein Anruf ziemlich neugierig gemacht hat.«

Trotz ihres praktischen Aufzugs hatte sie sich einen gewissen Chic bewahrt. In ihrem blonden Haar steckte die verspiegelte Sonnenbrille, die sie bereits in Schleswig getragen hatte, dazu trug sie jetzt hohe Gummistiefel über einer leichten Cordhose sowie Bluse und Jeansjacke, die sie da draußen vor dem Wind schützen sollte. Allerdings saß sie nicht allein auf dem Kutschbock, sondern befand sich in Begleitung eines Mannes Ende vierzig mit blauer Lotsenmütze und dunkler Sonnenbrille, der die Zügel in der Hand hielt und die Pferde jetzt mit einem lauten »Ho!« dazu brachte, in ihrem Trab innezuhalten.

Ranja Rhode stieg über eine kleine Leiter nach unten und wandte sich kurz zum Kutschbock um. »Wenn ich vorstellen darf: Das ist Herr Nielsen. Er hat sich freundlicherweise bereit erklärt, uns heute da rauszufahren.«

Der Kutscher tippte kurz gegen den Rand seiner Mütze.

»Und dies hier ist der Wattwagen deines Vaters?«, fragte Jens.

Ranja nickte. Jens roch, dass sie sich bereits mit Sonnencreme eingerieben hatte. »Das siehst du schon an der Bauweise«, erklärte sie. »Der Wagen stammt ursprünglich aus Cuxhaven. Die Wattkarren, die von hier aus zur Hallig Südfall fahren, sind überlicherweise fast alle ausrangierte Anhänger aus der Landwirtschaft. Und wie du dir denken kannst, deutlich unbequemer.« Etwas leiser fuhr sie fort: »Ich wäre ja gern allein gekommen, aber anders als mein Vater besitze ich keinen Führerschein für diese Fuhrwerke. Ich konnte schon froh sein, dass ich zufällig Herrn Nielsen beim Stall getroffen habe. Abseits der markierten Routen zu fahren, ist nämlich keine gute Idee für einen Laien – und ehrlich gesagt auch verboten.«

»Verstehe.« Jens wusste nur zu gut um die Gefahren im Wattenmeer. Gerade jetzt, in den Sommermonaten, hatte der DLRG vermutlich wieder alle Hände voll zu tun: Wattwanderer, die sich im Nebel verirrten, Urlauber, die zwischen den Prielen hingen, und dann natürlich auch noch jene, die sich bis weit über die Waden im Schlick einstrampelten, nur um dann festzustellen, dass das Watt sie nicht mehr freigab. »Ist ihm denn zu trauen?«

»Mach dir darüber keine Gedanken.« Sie lächelte durchtrieben. »Ich kenne ihn über meinen Vater. Er hat ihn schon einige Male bei seinen Exkursionen begleitet. Außerdem hat er von mir zweihundert Euro bekommen. Dafür sagt er auch niemandem, wenn wir in eine der Schutzzonen reinfahren. Du weißt doch, wir durchqueren ein Naturschutzgebiet mit zahlreichen Schutz- und Ruhezonen für die hiesige Tierwelt. Einige dieser Zonen sind absolut tabu, aber die machen fast die Hälfte der Wattfläche aus. Andere darf man zwischen April und Juli auch nicht betreten. Was wir da machen, ist also vermutlich illegal. So oder so sollten wir uns bei dem, was wir vorhaben, nicht erwischen lassen. Und jetzt zeig mir endlich deine Entdeckung.«

Jens griff zu dem Rucksack, den er erst vor wenigen Stunden in

Husum gekauft hatte, und zog die alte Chronik sowie ein brandneues GPS-Gerät hervor. Der Verkäufer hatte es ihm empfohlen, da es in der Szene der Geocacher beliebt war. Dabei handelte es sich um eine moderne Form der Schnitzeljagd, bei denen die Mitglieder überall auf der Welt kleinere Schätze, sogenannte ›Caches‹, versteckten und diese im Internet mittels GPS-Daten zur Suche freigaben. Für ihr Unterfangen heute schien das Gerät also genau das Richtige zu sein.

In Husum hatte er sich auch gleich neu eingekleidet. Denn nach dem Aufenthalt in Westerhever, der ihn ratloser zurückgelassen hatte als erhofft, waren er und Meike Ehlers noch zur St.-Christopherus-Kirche in Garding aufgebrochen, die als die zweitälteste der Halbinsel galt. Nach Aussage des Archäologen hatte Volker Rhode davon gesprochen, dort die alte Kirchenchronik einsehen zu wollen. Leider war die Pastorin der Kirche gerade verreist, sodass er und die Polizistin unverrichteter Dinge zurück nach Husum gefahren waren, wo sich ihre Wege dann wieder getrennt hatten.

Ranja Rhode überprüfte kopfschüttelnd die Eselsohren in dem Buch, besah sich die markierten Seitennummern und blickte auf. »Unglaublich.«

»Ja. Und das hier kommt dabei heraus, wenn man die Daten eingibt.« Jens hielt ihr das GPS-Gerät hin, und sie starrte auf das Display. »Oje«, stöhnte sie. »Schon nach Südfall ist es mit dem Wagen eine knappe Stunde Fahrt. Dieser Punkt hier liegt aber noch weiter draußen.«

»Wie viel Zeit bleibt uns denn, wenn wir sicher wieder zurückwollen?«

»Darf ich?« Sie nahm ihm das Gerät ab und stiefelte zu dem Kutscher hinüber. Nielsen nahm das Gerät entgegen und hob kurz die Sonnenbrille an, während er den Kartenausschnitt auf dem Display beäugte. Die beiden diskutierten leise, während Jens das Buch wieder einpackte und sich nun seinerseits mit Sonnencreme einrieb. Ranja Rhode kehrte wieder zu ihm zurück, allerdings ohne das GPS-Gerät.

»Wie ich vermutet hatte, Schutzzone 2. Und das ist noch nicht alles. Wenn wir an dem Ort angelangt sind, bleiben uns vermutlich nur fünfzehn oder zwanzig Minuten, um uns dort umzusehen. Dann müssen wir uns rasch wieder auf den Rückweg machen, oder die Flut holt uns ein.«

»Gut, verlieren wir also keine Zeit.« Jens kletterte hinter Ranja auf den Wattwagen, und gemeinsam machten sie es sich auf einer der hinteren Sitzbänke bequem. Ein Blick zum Himmel hinauf zeigte ihm, dass das Sommergewitter, das der Archäologe angekündigt hatte, zum Glück wohl noch einige Zeit auf sich warten lassen würde. Dennoch waren da draußen bereits eine Menge weißer Schäfchenwolken zu sehen, die sich vom Meer aus langsam der Küste näherten. Bei alledem war es noch immer ziemlich warm.

Die Pferde zogen den Wattwagen an, während Nielsen sie an einer Gruppe Badeurlauber vorbei- und dann eine asphaltierte Trasse den Deich hinauffuhr, hinter dem es rasch wieder bergab ging.

Der Ausblick von hier oben ließ Jens lächeln. Denn vor ihnen spannte sich bis zum Horizont die scheinbar endlose Fläche des Wattenmeers mit seinen typischen Riffelungen auf. Ein sanfter Seewind wehte ihnen aus Westen entgegen, der den angenehmen Geruch nach Schlick und Salz mit sich brachte, während sie unter dem Schnauben der Pferde über einen gepflasterten Weg hinein in die küstennahen Ausläufer des Watts rollten. Endlich ließen sie die Uferzone hinter sich, unter den Hufen der Pferde spritzte der Schlick. Der Wattwagen begann nun doch leicht zu rumpeln – und das, obwohl der schlammige, schwarzbraune Untergrund mit den großen Wasserlachen völlig eben war.

Jens warf einen Blick über die Schulter und sah, dass ihnen auf dem Deich Urlauber hinterherblickten. Am Himmel zogen Möwen ihre Kreise, und sogar ein Reiter war zu sehen, der mit seinem Pferd ins Watt aufbrach. Rasch kamen die Grünstrände mit den Strandkörben in Sicht, zwischen denen knapp bekleidete Sonnenhungrige Drachen aufsteigen ließen und Frisbee spielten. Ein Anblick wie im Urlaub. Nur dass sie deswegen nicht hier waren.

Nielsen schlug zunächst eine bekannte Route ein, denn er orientierte sich die nächste Dreiviertelstunde an Holzpfeilern, die in regelmäßigen Abständen aus dem Wattboden ragten. Zwar entdeckten sie anfangs gelegentlich noch eine Gruppe von Wattwanderern – und selbst der einsame Reiter hinter ihnen war nach wie vor zu sehen –, aber auch diese ließen sie rasch zurück.

Irgendwann passierten sie eine Rettungsinsel, auf die sich von der Flut überraschte Wattwanderer flüchten konnten, wie hinauf zu einem Faradayschen Käfig. Der Rettungskorb thronte auf einem mindestens fünf Meter hohen Mast, der ein gutes Gefühl dafür gab, wie hoch das Wasser hier bei Flut stand. Und je weiter sie sich von der Küste entfernten, desto stiller wurde es um sie herum. Da er und Ranja beide ihren Gedanken nachhingen, war – abgesehen von den Fahrgeräuschen des Wagens und dem Getrappel der Pferde – bald kaum noch etwas zu hören. Jens hatte daher Zeit, die Ausrüstung zu inspizieren, die Rhodes Tochter mitgebracht hatte. Er schlug eine große schwarze Plane im hinteren Teil des Wattwagens zurück und fand darunter wie abgesprochen Spaten, Schaufel, zwei Eimer, eine kleine Kiste mit Trinkwasser und ein großes Sieb. Er wusste zwar noch nicht, ob sie all das brauchen würden, aber es war immerhin besser, auf alles vorbereitet zu sein. Ranja trug inzwischen wieder ihre verspiegelte Sonnenbrille und überprüfte einen Kompass, den sie mitgebracht hatte, sowie ihr Handy.

»Und, Empfang?«, wollte er wissen.

Sie lächelte irgendwie ertappt. »Ja, Wunder der Technik. Hast du denn einen Verdacht, was mein Vater da draußen gefunden haben könnte?«

»Nein, keine Ahnung«, murmelte Jens mit Blick auf die schlammige schwarze Ebene vor ihnen, auf der Sonne und Wolken ein seltsames Spiel aus Licht und Schatten aufführten. »Vielleicht einen Beweis für die tatsächliche Existenz und Lage Rungholts? Aber wie du schon selbst gesagt hast: Warum sollte man ihn wegen so etwas entführen? Also muss es wohl etwas anderes sein. Etwas Bedeutenderes. Geben denn die Dokumente nichts her?«

»Nein, soweit ich sie gesichtet habe, jedenfalls nichts, was an deine Entdeckung heranreicht.« Sie musterte ihn durch die Sonnenbrille hindurch. »Dabei hätte ich gestern noch jede Wette darauf abgeschlossen, dass die Unterlagen aufschlussreicher wären als dieses Buch.«

»Vielleicht sollte ich doch noch mal einen Blick in die Unterlagen werfen?«

»Gern. Am besten gleich nach unserer Rückkehr.« Sie richtete ihren Blick wieder nach vorn, da Nielsen nach kurzer Konsultation des GPS-Geräts von der markierten Route abwich und den Wattwagen tiefer hinein in die Schlicklandschaft steuerte, die noch immer weit und offen vor ihnen lag. Sie fuhren durch flache Priele, in denen sich Seesterne, Krebse und Jungfische tummelten. Schräg vor ihnen hatte sich ein ganzer Schwarm Vögel niedergelassen, die im Watt nach Nahrung pickten, und sie rollten an großen Muschelbänken vorbei, die ihnen ebenso wie die vielen Kotsandhäufchen der Wattwürmer einen Eindruck vermittelten, wie es um das Leben hier draußen wirklich bestellt war.

Die wenigsten wussten, dass das Wattenmeer vom Festland aus an einigen Stellen eine Ausdehnung von bis zu vierzig Kilometern in die offene See hinaus erreichte. Von den Niederlanden bis rauf nach Dänemark war es überhaupt die bedeutendste zusammenhängende Wattlandschaft weltweit – und damit das größte Ökosystem seiner Art. Allein hundert verschiedene Vogelarten sollten hier angeblich leben.

Jens hatte sich viel davon selbst erst anlesen müssen, dennoch beeindruckte ihn die Weite noch immer. Während der ganzen Fahrt war im Norden die schwache Silhouette der Insel Pellworm zu erkennen. Auch Nordstrand und Westerhever glaubte er ausmachen zu können. Überhaupt, der Gedanke, dass sie im Augenblick über die einst untergegangenen Uthlande hinwegrollten, war allein schon faszinierend.

Ranja machte ihn nun darauf aufmerksam, dass sie inzwischen die Hallig Südfall passiert hatten. Die kleine Marschinsel lag in einiger Entfernung, war aber aufgrund eines hoch liegenden Gebäudes und der dortigen Salzwiesen noch immer gut zu erkennen. Nielsen drang währenddessen weiter durch Priele und über Sandbänke hinweg in ein Gebiet vor, das sich mit seinen typischen, durch Strömung und Wellenbewegung gekräuselten Gemarkungen kaum von dem übrigen Wattboden unterschied. Allein eine Insel am Horizont, die von einem Leuchtturm gekrönt wurde, versprach Abwechslung im Einerlei.

»Dauert nicht mehr lange«, brummte Nielsen irgendwann vorn auf dem Kutschbock.

Jens und Ranja Rhode erhoben sich und spähten voraus. Tatsächlich, der Wattboden in einiger Entfernung vor ihnen schien nicht mehr gänzlich eben zu sein. Etwas ragte dort aus dem Schlick. Dennoch dauerte es noch einmal zwanzig Minuten, bis sie den Ort erreicht hatten, und Jens sah nun vereinzelte Pfahlstümpfe, die sie passierten, bis Nielsen die Pferde endlich zum Stehen brachte.

Ärgerlicherweise verdunkelten ausgerechnet jetzt Wolken die Sonne und tauchten das Watt in Schatten. Ranja Rhode ließ sich von Nielsen unbeirrt das GPS-Gerät reichen und bedeutete Jens, mit ihr mitzukommen. Der nahm die Schaufeln sowie die Eimer an sich und sprang vom Wagen. Sofort versanken seine Füße in weichem Modder.

»Es ist irgendwo weiter da vorn«, erklärte Rhodes Tochter nach einem Blick auf das Gerät. Sie winkte ihn mit sich, und Jens folgte ihr, bis sie nur wenige Meter vom Wagen entfernt stehen blieb. »Irgendwo hier.«

Jens sah sich um und erblickte schräg neben sich Holzsplitter, die aus dem Untergrund ragten. Nur waren das keine Pfahlreste. Er zog daran und hielt die aufgeweichten Überreste eines Bretts in der Hand. Auch Ranja Rhode sah sich suchend um und bückte sich. Zu Jens Verwunderung zerrte sie ebenfalls ein längliches Stück Holz aus dem Boden. Rasch begriff er, dass das kein Holz war. Es handelte sich um einen Knochen. Er trat neben sie und betrachtete den Fund. »Ich hoffe, das ist nicht neueren Datums«, meinte er misstrauisch.

Ranja schüttelte den Kopf. »Nein, eher ziemlich alt, würde ich sagen. Ich tippe auf ein Schienbein, also menschlich.«

»Ernsthaft?«

»Ja, schau mal, da sind noch mehr.« Sie deutete an ihm vorbei auf ein anderes Objekt, das kaum merklich aus dem Schlick ragte. Jens wurde klar, dass es sich um ein weiteres Knochenstück handelte. Sofort befreite er es vom Schlamm und sah mit leichtem Schaudern, dass die Flut einen menschlichen Beckenknochen freigespült hatte. Auch dieser Knochen schien der Färbung nach ein gehöriges Alter aufzuweisen. Er hasste solche Funde. Und das, obwohl – oder gerade weil – er auch in den Wracks, die er beruflich durchsuchen musste, gelegentlich auf Überreste dieser Art stieß. »Scheiße.«

Hinter ihnen kletterte Nielsen mit dem Spaten in der Hand vom Kutschbock und sah sich um. Ranja Rhode schritt inzwischen weiter das Watt ab und bückte sich immer wieder, um vereinzelte Fundstücke aufzuheben. Jens begriff erst jetzt, dass das nicht Muscheln waren, sondern dass der hiesige Bereich des Wattbodens mit Knochen, Tonscherben und Holzresten förmlich übersät war. Auch er barg einige Fundstücke.

»Sieh mal«, murmelte er und präsentierte ihr eine Scherbe mit eingravierten Linien. »Das hier sind doch die Reste von Runen, oder? Aber hier«, er hielt eine andere Scherbe dagegen, »ist ein kleines Kreuz zu erkennen. Wie passt das zusammen?«

»Wenn du mich fragst, stehen wir hier auf einer alten Begräbnisstätte aus dem Frühmittelalter«, kommentierte seine blonde Begleiterin die Funde. »In der Chronik stand doch, dass das noch nicht alles Christen waren.«

»Also Rungholtzeit?«, hakte Jens nach.

Ranja Rhode hob unschlüssig die Schultern.

Jens nahm ihr das GPS-Gerät ab und kontrollierte die Angaben. »War es bloß dieser alte Friedhof, auf den dein Vater mit seinen Koordinaten verweisen wollte?«

»Vielleicht finden wir das lieber später heraus?«, sagte Ranja. »Wir müssen jetzt nämlich leider wieder zurück.«

»Warte.« Er drückte ihr das GPS-Gerät in die Hand und marschierte zu einer Art Senke im Wattboden, die ihm irgendwie auffällig erschien. Sie war mit Meerwasser gefüllt, doch am Rand ragte etwas Ungewöhnliches aus dem Schlick: Plastikfolie! »Ranja, komm. Und bring bitte Schaufel und Eimer mit.«

Sie trat mit dem Gewünschten neben ihn, musterte den Fleck argwöhnisch und tippte auf ihre Armbanduhr. »Wirklich, wir haben nicht mehr viel Zeit.«

»Ich weiß.« Jens schnappte sich kurzerhand einen der Eimer und begann Wasser und Schlamm aus der Senke zu schöpfen. Schließlich packte er die aus dem Schlick ragende Folie, schritt um die Senke herum und zerrte an ihr. Wie er es sich gedacht hatte, war die Folie am Rand mit Steinen beschwert. Ein gewaltiger Schwall Meerwasser rauschte ihm entgegen, und verblüfft starrte er den vor ihm liegenden Untergrund an. Rhode hatte hier eine Grube ausgehoben und abgedeckt. Sie war mit Wasser gefüllt, aber er sah sofort, dass sie am Rand mit frischen Brettern stabilisiert worden war. Dazwischen befand sich ein kantiger, von Wasser umspülter Gegenstand. »Was ist das?«

Während sich Nielsen neugierig zu ihnen gesellte, marschierte er wieder zu Ranja zurück, nahm einen Eimer und schöpfte weiter Wasser. »Komm, hilf mir.«

Sie zögerte kurz, dann schöpfte auch sie Wasser und schüttete es Eimer für Eimer ins Watt hinaus. Unter ihnen kam eine längliche Kiste aus schwarz verfärbtem und völlig durchweichtem Holz zum Vorschein. Die Überreste eines halb vermoderten Sarges. Der Deckel war längst zerfallen, und allmählich kam darunter ein grausiger Fund zum Vorschein: ein deformiertes menschliches Skelett.

Jens erkannte einen Schädel, Armknochen, Brustkorb, Rückgrat und … ungläubig riss er die Augen auf. Am Becken hingen verkürzte Gliedmaße, die wie zurückgebildete Beine mit überlangen, flossenartig abgespreizten Zehen anmuteten. Das Rückgrat des Gerippes jedoch lief in einem langen Gebilde aus, das wie die knöchernen Überreste eines Fischschwanzes anmutete. »Mein Gott!«

Fassungslos richtete er sich auf – und nur die plötzlich wieder zwischen den Wolken hervorbrechende Sonne warnte ihn vor dem Unheil. Sie enthüllte den Schatten Nielsens, der jetzt hinter ihm stand und soeben mit dem Spaten zum Schlag ausholte. Jens warf sich reflexartig zur Seite, und der Hieb, der ihm eigentlich den Schädel hätte spalten sollen, traf ihn stattdessen nur schmerzhaft am Oberarm. Mit einem Aufschrei rollte er über den nassen Wattboden, während ihr Kutscher fluchte und abermals auf ihn einschlug. Jens, der auf dem Rücken lag, wehrte den Hieb mit einem raschen Tritt gegen den Spatenstil ab, warf seinem Angreifer Schlamm ins Gesicht und mühte sich wieder hoch. Nielsen schleuderte zornig die verdreckte Sonnenbrille in den Schlick und hob die Schaufel erneut an. Er grinste verschlagen, während Ranja Rhode mit weit aufgerissenen Augen von ihnen wegstolperte.

»Sie glauben doch wohl kaum, dass Sie mir *noch einmal* entkommen werden, oder?«, höhnte er.

Endlich begriff Jens. Wer da vor ihm stand, das war der verdammte Kerl, der ihn da unten im Verlies traktiert hatte. Mit einem Aufschrei warf sich Nielsen oder wer auch immer er sein mochte, auf ihn und schlug mit dem Spaten wie mit einer Axt zu. Jens packte einen der Eimer und wuchtete ihn im letzten Moment zwischen sich und das herabsausende Spatenblatt. Splitternd zerplatzte die Plastikumschalung, und Jens stolperte unwillkürlich einen Schritt zurück. Sofort besann er sich seiner zurückliegenden Nahkampfausbildung, unterlief einen weiteren Hieb und deckte seinen Gegner wütend mit einer raschen Folge von Schlägen ein. Doch Nielsen schien im Kampf ebenfalls nicht unerfahren. Gewandt wehrte er seine Schläge mit dem Spatenstil ab und hämmerte ihm mit einem raschen Stoß den Knaufgriff gegen die Schläfe. Doch auch Jens erwischte ihn mit einem kräftigen Schlag gegen den Kiefer, und beide taumelten auseinander. Nielsen schüttelte sich, wirbelte den Spaten herum und ging mit dem Blatt voran wieder zum Angriff über. Jens, dem noch immer Sterne vor den Augen tanzten, wich vor seinen Schlägen zurück und setzte zu einer Finte an. Diesmal spritzte er ihm mit dem Fuß Wattschlamm entgegen, schlug einen Haken und sprang mit einem großen Sprung über die Skelettgrube hinweg. Dort rollte er sich ab, noch bevor er auf dem schlüpfrigen Untergrund ins

Rutschen geraten konnte, und ergriff die Schaufel, die ihm Ranja gebracht hatte. Über und über mit Schlamm verschmutzt und die improvisierte Waffe abwehrbereit vor sich haltend, mühte er sich wieder auf die Beine. Jetzt stand es pari, und rasch hielt Jens nach Rhodes Tochter Ausschau. Die stand mit den Händen vor dem Mund nahe des Wattwagens und sah dem Kampf erschrocken zu.

»Bleib dahinten!«, rief er, während er und Nielsen einander lauernd umkreisten. »Sagen Sie mir endlich, wer Sie sind und warum Sie mich entführt haben!«, fuhr er seinen Gegner an.

»Ich glaube kaum, dass Sie das wirklich wissen wollen, Ahrens«, knurrte sein Gegenüber. »Warum nur sind Sie nicht einfach hübsch nach Hause gefahren, zurück in Ihr lauschiges Bremen, wie es jeder andere in Ihrer Situation getan hätte? Sie hätten doch dankbar sein können, dass Ihnen die Flucht aus dem Keller gelang. Wer weiß, vielleicht hätten wir Sie sogar ziehen lassen? Sie sind schließlich nur durch einen dummen Fehler in unsere Hände gelangt.« Er spuckte abfällig zu Boden. »Aber nein, Sie konnten einfach nicht genug kriegen. Sie mussten ja unbedingt weiterschnüffeln und Ihre Nase in Dinge stecken, die Sie nichts angehen. Nur reicht es jetzt mit den Scherereien. Und wie der Zufall es will, wird es hier, wo es für Sie Ihren Anfang genommen hat, nun auch enden.«

Anfang? Hier? Jens begriff nicht, was der Mann meinte. Der fixierte kühl Rhodes Tochter, bevor er sich wieder ihm zuwandte. »Und glauben Sie mir, auf ein paar Tote mehr kommt es jetzt wahrlich nicht mehr an.«

»Dann kommen Sie, wenn Sie denken, dass ich es Ihnen so leicht mache«, zischte Jens zornig und packte die Schaufel fester.

Sein Gegenüber sah sich lauernd um und schürzte die Lippen. »Ich weiß ja nicht, wie Sie das sehen, aber wenn ich es recht bedenke, sind wir eigentlich weit genug von der Küste entfernt. Da ist es doch vermutlich egal, wie ich Sie erledige, oder?« Er griff in den Hosenbund und zückte eine Pistole.

Jens reagierte sofort. Mit einem Aufschrei stieß er die Schaufel nach vorn, die mit dem Blatt voran geradewegs auf den Kopf des Mannes zuflog. Nielsen wich im letzten Moment zur Seite aus und feuerte. Der Schuss hallte weit über das Watt, doch die Kugel ging daneben und zischte dicht an Jens' Oberkörper vorbei. Der stürmte nach vorn. Sein Gegner drückte ein weiteres Mal ab, doch da war Jens bereits bei ihm und prellte ihm die Waffe mit einem kraftvollen Fausthieb aus der Hand. Platschend landete sie im Schlick, während Jens alle Register zog. Zornig prügelte er auf seinen Gegner ein, traf ihn hart am Kopf, rammte ihm das Knie zwischen die Beine und stieß ihn dann mit einem wuchtigen Tritt nach hinten. Mit einem Aufschrei versuchte Nielsen den Spaten emporzuwuchten, doch er rutschte auf dem glitschigen Untergrund aus und kippte hintenüber. Es knirschte unheilvoll, und sein Gegner blieb regungslos und mit weit aufgerissenen Augen im Watt liegen.

Jens, der ihn schon erneut packen und ins Gesicht schlagen wollte, begriff jetzt, dass der Mann mit dem Hinterkopf auf einem der alten Pfähle aufgeschlagen war. Die Splitter hatten sich tief in den Schädel gebohrt, Blut breitete sich um die Kopfwunde herum aus. Jens hörte Schritte im Watt und sah, dass Ranja Rhode hinter ihm stand. Sie hielt seine Schaufel weit über den Kopf gehoben und starrte nun ebenfalls auf all das Blut. Noch schien sie nicht zu begreifen, dass der Kampf vorbei war.

»Alles gut«, beruhigte Jens sie. »Er kann uns nichts mehr tun.«

Nach wie vor stand sie unschlüssig da und starrte abwechselnd ihn und den Toten an. Jens erhob sich und nahm ihr die Schaufel aus den zitternden Händen. Die junge Frau war so verstört, dass sie kein Wort herausbrachte.

»Du sagtest doch, du kennst ihn?«, sagte er behutsam.

»Ja … nein. Ich meine …« Sie schluckte, und er sah, wie sie ganz allmählich die Fassung wiedergewann. »Mein Vater kannte ihn. Ich dachte, das würde reichen. Ich war so froh, beim Kutschenunterstand ein bekanntes Gesicht anzutreffen. Aber … wenn ich es mir recht überlege, war er es, der mich angesprochen hat. Nur begreife ich nicht, was in ihn gefahren ist.«

»Das ist der Kerl, von dem ich dir erzählt hatte. Einer der Entführer.«

»Wirklich?« Mit Tränen in den Augen sah sie ihn an. »Aber

das bedeutet doch … ich meine, wenn er jetzt tot ist, wie soll er uns dann zu meinem Vater führen?«

»Darum kümmern wir uns später.« Jens zog sie von dem Leichnam weg und schritt mit ihr zu der Grube hinüber, um noch einmal das unheimliche Gerippe zu begutachten. Die Grube hatte sich längst wieder mit Wasser gefüllt, doch die Knochen des Gerippes waren noch immer zu erahnen.

»Mein Gott«, murmelte er, denn jetzt kam er zum ersten Mal dazu, sich den Schädel des Skeletts genauer anzusehen. Der Knochen wies Löcher auf wie von kräftigen Schlägen, und die Zähne liefen seltsam spitz zu. »Dann gibt es sie also wirklich?«

Ranja stellte sich neben ihn und starrte beklommen ins Wasser. »Du meinst Sirenen?«, fragte sie zögernd.

»Sirenen. Meerjungfrauen. Nixen«, ächzte Jens. »Nenn diese Wesen, wie du willst. Dein Vater scheint davon überzeugt gewesen zu sein, dass sie Kräfte über das Wasser besitzen und Rungholt ausgelöscht haben.«

»Aber so etwas ist doch völlig unmöglich. Vielleicht lässt sich die Entdeckung hier auch noch anders erklären?«, wandte sie ein. »Hast du nie von dem Meerjungfrauensyndrom gehört? Sirenomelie. Eine seltene angeborene Fehlbildung, bei der die Beine vom Becken abwärts zusammenwachsen.«

Finster schüttelte Jens den Kopf. Er musste wieder an seine unheimliche Begegnung in der Kanalisation zurückdenken. »Ich beginne vielmehr zu glauben, dass diese Wesen auch heute noch ihr Unwesen treiben.«

Kopfschüttelnd starrte er zu der Leiche des Kutschers hinüber, dann sah er auf die Uhr. »Verdammt, wir sind schon viel zu lange hier. Wir sollten …« Er wandte sich zu dem Wattwagen um und entdeckte, dass in Richtung Küste auf ganzer Breite Nebel aufgestiegen war. Wie ein blaugrauer Balken über dem Wasser mit sonnenglänzendem Rand. Nur dass sich die Nebelbank immer rascher verdichtete. Der Anblick wirkte ebenso beängstigend wie heimtückisch, und das nicht bloß, weil – abgesehen vom Himmel über ihnen – sonst weit und breit keine Wolke zu sehen war. Und zu seinem Befremden rollte der Nebel allmählich auf sie zu. Auf einmal glaubte er in dem Dunst eine Bewegung zu sehen. Jens kniff die Augen zusammen und meinte, inmitten der Schwaden vage die Umrisse eines Reiters ausmachen zu können. War das der von vorhin? Doch bevor er sich sicher war, war der Schemen auch schon wieder verschwunden. Und da war noch etwas. Von dahinten war ein leises Brausen und Rauschen zu hören. Wie Priele, die sich allmählich mit Wasser füllten.

Ranja Rhode stand starr vor Schrecken da, als ihr Handy klingelte.

Es bedurfte dreier Ruflaute, bis sie endlich hochschreckte und das Gespräch annahm. »Ja?«

Jens konnte hören, was sie hörte.

Eine leise Melodie.

Doch sie erschien ihm wie eine Drohung:

This is the dawning of the age of Aquarius
The age of Aquarius,
Aquarius, Aquarius …

TEIL 2: FLUT

»Als der Priester das Ufer erreichte, da sah er den jungen Fischer ertrunken in der Brandung liegen, und in seinen Armen lag der Leib der kleinen Meerjungfrau. Und erzürnt wandte er sich ab und machte das Zeichen des Kreuzes und rief laut und sprach: »Ich will das Meer nicht segnen noch irgendetwas, das darin ist. Verflucht sei das Meervolk, und verflucht seien alle, die mit ihm Umgang treiben (…)«

Oscar Wilde: Der Fischer und seine Seele

Sand & Blut

Die Pferde wieherten ängstlich, als eine Woge klammer Luft über den rumpelnden Wattwagen hereinbrach. Jens, der verzweifelt versuchte, die Pistole seines toten Gegners vom Schlamm zu befreien, griff rasch nach dem Magazin, das ihm vom Schoß zu fallen drohte. Währenddessen ließ Ranja Rhode vorn auf dem Kutschbock die Zügel auf die Rücken der Zugtiere klatschen.

»Bitte!«, rief sie ängstlich. »Sag mir, dass du damit wieder schießen kannst.«

»Ich hab das Mistding damals bei der Marine in unter dreißig Sekunden zerlegt und wieder zusammengesetzt. Blind. Also lass mich und konzentrier du dich darauf, diese Insel zu erreichen!« Fluchend setzte Jens die Waffe zusammen. Es handelte sich um eine Walther P1, die noch bis vor wenigen Jahren die Standarddienstpistole bei der Bundeswehr gewesen war. Leider steckten jetzt nur noch sechs Kugeln im Magazin. Zu seinem Ärger hatte der Tote kein weiteres Magazin bei sich getragen. Und auch keine Ausweispapiere, keine weitere Waffe, nichts, was ihm einen Anhaltspunkt hätte geben können, mit wem sie es zu tun gehabt hatten. Alles, was er an Persönlichem bei ihm fand, war eine aufschlussreiche Tätowierung am Unterarm: eine Granate mit aufloderndem Feuerball, die von den Begriffen *Legio*, *Patria* und *Nostra* umrahmt wurde. Das deutete darauf hin, dass er irgendwann einmal in der Fremdenlegion gedient hatte. Also ein Profi.

Jens ließ das Magazin mit den verbliebenen Kugeln in die Waffe einrasten und spähte über die Schulter, während seine Begleiterin mit dem Fuhrwerk rücksichtslos über eine Muschelbank hinwegdonnerte.

Die Welt hinter ihnen war längst in ein diffuses Grau getaucht. Mit der kalten Luft wurden sie nun auch vom Nebel eingeholt, dessen Schwaden die letzten Strahlen der Sonne schluckten und unerbittlich über sie hinwegwehten. Nur schien dieser Nebel alles andere als natürlichen Ursprungs zu sein. Der Anblick erinnerte Jens an den seltsamen Wetterumschwung in der letzten Nacht in Egirholm, der den Tod seiner Pensionswirtin und anschließend wohl auch den des Reporters nach sich gezogen hatte. Spätestens seit dem verstörenden Skelettfund im Watt hatte Jens beschlossen, auch das scheinbar Unmögliche in sein Kalkül mit einzubeziehen. Vor allem fürchtete er dabei jenes Etwas, das mit dem Nebel wieder in Erscheinung treten konnte.

Er kniff die Augen zusammen, und einen Moment lang glaubte er, inmitten der zunehmend dichter werdenden Nebelwand eine hoch aufragende Gestalt ausmachen zu können. Rasch identifizierte er sie als den seltsamen Reiter, der ihm schon kurz nach ihrer Abfahrt aufgefallen war. Der Fremde musste ihnen von Anfang an gefolgt sein. Doch was tat er hier draußen? Insbesondere, da Jens mit jeder Faser seines Leibes spürte, dass weder der Unbekannte noch sie hier … allein waren.

Auch Ranja schien die Gefahr zu spüren. Nachdem er sie über das schockierende Erlebnis gestern in der Pension aufgeklärt hatte, war sie ohne jede Diskussion bereit gewesen, mit ihm die Flucht anzutreten. Allerdings schnitt ihnen die verdammte Nebelbank den Rückweg ab. Also war ihnen nichts anderes übrig geblieben, als weiter hinaus in Richtung See zu fahren – der aufsteigenden Flut entgegen. Und doch lag dort ihre einzige Hoffnung, nämlich die kleine Insel mit dem Leuchtturm, die sie vorhin kaum beachtet hatten.

»Weißt du, ob auf dieser Insel jemand lebt?«, rief Jens.

»Ich … glaube schon«, keuchte Ranja. »Das ist Westerogg. Schutzzone 1. Da gibt es mindestens eine Vogelwartin.«

»Westerogg?« Entgeistert starrte Jens nach vorn und schnappte sich das GPS-Gerät, um die Angabe zu überprüfen. Bislang hatte er es völlig versäumt nachzusehen, wo genau die Insel eigentlich lag. Ranja Rhode behielt recht. Ihnen voraus lag somit nichts anderes als der Schauplatz des Blutbads, das in den Siebzigern unter den Hippies stattgefunden hatte.

Ganz plötzlich drang ein seltsam hoher Ton aus dem Dunst,

den Jens bereits gestern in der Kanalisation zu hören geglaubt hatte. Auch diesmal mutete er wie der schrille Pfiff einer Hundepfeife an.

»Wie lange brauchen wir noch?«, rief er beunruhigt.

»Ich weiß es nicht«, antwortete Ranja mit leichter Verzweiflung. »Zehn Minuten. Mehr? Ich kenn mich hier draußen nicht sonderlich gut aus.«

Jens fluchte und hörte wieder das seltsame Rauschen von vorhin. Alarmiert starrte er in den Nebel und sah ungläubig mit an, wie sich hinter ihnen die Priele und breiten Rinnen im Watt mit Wasser füllten. Nur brauste die Flut nicht von der Seeseite, sondern von der Landseite aus auf sie zu.

»Gott, beeil dich!«, rief er erschrocken.

Ranja richtete sich leicht auf und schlug mit den Zügeln regelrecht auf die Pferde ein. Doch die Tiere schienen selbst zu spüren, welcher Gefahr sie ausgesetzt waren, denn sie legten freiwillig ein hohes Tempo vor. Unter weit aufspritzender Gischt rumpelte der Wattwagen durch einen gurgelnden und schäumenden Priel, der ihre Geschwindigkeit sofort wieder abbremste. Dabei konnte Jens zusehen, wie sich der Pegelstand des Wassers sekündlich hob. Dann, endlich, gelang es den Ponys, den Wagen wieder aus dem Strom zu ziehen. Unter ängstlichem Wiehern preschten sie weiter auf Westerogg zu, das allmählich selbst unter einer Dunstglocke verschwand.

»Behalte bloß deinen Kompass im Auge!«, mahnte Jens. »Merk dir die Richtung, nicht dass …« Verblüfft weiteten sich seine Augen. Denn als er die jetzt deutlich näher gerückte Insel betrachtete, wusste er plötzlich, warum dieser Exlegionär davon gesprochen hatte, dass es hier, wo es für ihn angeblich seinen Anfang genommen hatte, auch enden würde. Die rotweiße Farbgebung des schlanken Bauwerks samt dem quadratischen Laternenhaus an der Spitze – das da vorn war ohne Zweifel ebenjener Leuchtturm, den er bei seinem Erwachen nach dem Unglück mit der Seemine gesehen hatte. Das Meer hatte ihn also vor einer halben Woche nicht etwa an die Küste des Festlands, sondern auf Westerogg angespült. Da gab es keinen Zweifel.

Sie waren der Insel inzwischen so nah gekommen, dass er etwas weiter nördlich des Turms Betonfragmente erkennen konnte, die schroff und kantig zwischen den Dünen hervorlugten. Reste der einstigen Flugabwehrstation? In diesem Moment stob ein ganzer Schwarm Vögel krächzend und wie in Panik von der Insel auf und flüchtete in den Himmel. Und da war noch etwas: nördlich der Betonfragmente konnte er ein an Pfählen festgemachtes Motorboot ausmachen, das mit dem Kiel schräg im Watt lag. Also war die Insel tatsächlich bewohnt.

Wie zum Hohn gellte ein angriffslustiges Bellen und Schnattern aus dem Nebel. Jens wirbelte herum, und ihm stellten sich die Nackenhaare auf. Denn einen Moment lang sah er inmitten der Schwaden einen huschenden Schatten. Wie eine Robbe bewegte sich der Schemen auf dem Wattboden voran. Nur war er schneller. Sehr viel schneller. Das unheimliche Etwas hinter ihnen schien zur Fortbewegung die seltsame Flut zu nutzen, die brausend und gurgelnd die Rinnen füllte und in breiten Wellen hinter ihnen herschwappte. Jens überlegte nicht lange, zielte und gab mit der Pistole einen Schuss auf den Schatten ab. Dem Hall des Schusses folgte ein gereiztes Fauchen – und was auch immer sie verfolgen mochte, es zog sich wieder zurück.

»Auf was hast du geschossen?«, keuchte Ranja panisch.

»Bitte, konzentrier dich auf die Pferde!«, herrschte Jens sie an, denn hinter seiner Stirn begann es fieberhaft zu arbeiten. Plötzlich wurde ihm klar, dass das Wesen hinter ihnen nicht die einzige Gefahr darstellte, derer sie sich womöglich zu erwehren hatten. Er wies auf die im Dunst liegende Insel, die immer näher rückte. »Du hast gesagt, auf Westerogg lebt eine Vogelschutzwartin?«

»Ja, wieso?« Ranja warf ihm einen scheelen Seitenblick zu, während sie die Zügel weiter auf die Rücken der Pferde klatschen ließ.

»Dann müssen wir damit rechnen, dass die Frau mit dem Toten da hinter uns unter einer Decke steckt.«

»Was?«

»Ich glaube, ich bin nach meinem Unfall an diese Insel angespült worden. Wenn dem aber so war, dann muss sie es gewesen sein, die mich niedergeschlagen hat.«

»Bist du dir sicher?«

»Zumindest sollten wir vorsichtig sein. Die Frau ist vermutlich längst vorgewarnt. Sie müsste schon blind und taub sein, um nicht mitbekommen zu haben, dass wir uns der Insel nähern.« Irgendwo hinter ihnen war wieder das beängstigende Bellen zu hören. Wie ein Seehund. Jens fuhr herum, doch der Nebel war inzwischen so dicht, dass er inmitten der Schlieren kaum noch etwas erkennen konnte. »Nur müssen wir erst einmal dieses Ding da hinter uns abschütteln, was auch immer ...«

»Und wie?« Ranja sah ihn ängstlich an. In Jens reifte ein Plan.

Sie hatten sich Westerogg inzwischen so weit angenähert, dass sie, abgesehen vom Leuchtturm, auch Einzelheiten der Dünen, des Sandstrands und der Uferbefestigungen erkennen konnten. Auch dort ballte sich der Nebel immer dichter zusammen. Jens deutete zum Nordteil der Insel, wo er vorhin das Boot gesehen hatte. »Fahr dahinten hin.«

»Aber was willst du da?«

»Nichts. Im Gegenteil, ich möchte dieses Etwas hinter uns mit seinen eigenen Waffen schlagen. Halt dich bereit, denn wenn ich es dir sage, springen wir ab.«

»Was tun wir!?«

Westerogg rückte immer näher, zugleich rollte auch die klamme Nebelbank weiter über sie hinweg. Allmählich konnte Jens kaum noch die Pferde vor ihnen erkennen. Hastig verstaute er das GPS-Gerät in seinem Rucksack und streifte sich diesen über, dann hörte er, wie die unheimliche Flut hinter ihnen und entgegen jeder Logik auf breiter Fläche heranbrandete. Es war so weit. Das gurgelnde und schäumende Seewasser holte den Wattwagen ein, umspülte die rollenden Räder und begann sie schneller, als die erschöpften Pferde laufen konnten, zu umfassen.

Jens packte Ranja Rhode am Arm. »Wenn wir gesprungen sind«, zischte er nach einem kurzen Blick über die Schulter, »dann laufen wir in Richtung Leuchtturm. Und dabei keinen

Mucks, verstanden? Nötigenfalls werden wir die seltsame Flut ausnutzen und uns von ihr auf die Insel zutreiben lassen.«

»Aber …«

»Jetzt!« Jens riss sie mit sich vom Fuhrwerk. Gemeinsam schlugen sie auf dem überfluteten Wattboden auf und stürzten kopfüber ins Wasser. Jens mühte sich sofort wieder auf die Beine und half auch der jungen Frau auf. Die Flut reichte ihnen hier bis zu den Waden, und beide sahen sie, dass das Wasser beständig weiter emporkroch. Bevor seine Begleiterin doch noch einen Laut von sich geben konnte, presste ihr Jens den Finger auf die Lippen, zerrte sie mit sich und kämpfte sich mit ihr zusammen auf den Südteil der Insel mit dem Leuchtturm vor. Derweil rumpelte der Wattwagen mit den Pferden weiter zum Nordteil der Insel davon und war bald nur noch als vager Schemen zu erahnen. Jens zwang seine Begleiterin mit sich zu Boden, als er wieder den eigentümlichen Schatten entdeckte, der robbengleich hinter dem Wagen herjagte. Sein Plan schien aufzugehen. Der rumpelnde Karren lenkte das Wesen von ihrem wahren Aufenthaltsort ab.

»Schnell jetzt!« Indem sie die Strömung der unheimlichen Flut, die mittlerweile ihre Knie umspülte, ausnutzten, wateten sie weiter auf Westerogg zu. Sie erreichten den Strand der Insel erst, als ihnen das heranwogende Seewasser bereits bis zum Bauch stand. In diesem Augenblick waren nördlich von ihnen die Schreie der Pferde zu hören. Die grässlichen Geräusche drangen angesichts des Nebels zwar nur gedämpft an ihre Ohren, doch Jens hatte noch nie zuvor Tiere in solcher Panik brüllen hören. Begleitet wurden die Laute von einem grässlichen Schnattern, dem der dumpfe Klang reißenden Fleisches folgte. Dann herrschte Stille, die nur vom Brausen der Flut übertönt wurde.

»O mein Gott, hast du das gehört?«, wimmerte Ranja Rhode. »Wir werden verdammt noch mal sterben!«

»Hör auf!«, zischte Jens. Sie krabbelten gemeinsam die mit Gräsern bewachsene Düne hinauf, als das heranrollende Wasser hinter ihnen auf eigentümliche Weise rauschte. Jens warf einen Blick über die Schulter und sah, wie die Flut jäh die Richtung wechselte und jetzt schäumend den Strand in südlicher Richtung emporlief. Mit dem Wasser kam auch das Blut. Wie ein gewaltiger roter Strom färbte es die Wellen, überspülte den Sand und rollte auch auf sie zu.

Ranja Rhode schrie wie am Spieß.

Panisch rannte sie durch den Sand auf den Leuchtturm zu. Das Bauwerk war gute zwanzig Meter hoch und im Dunst nur vage als eine dunkle Silhouette auszumachen. Jens folgte ihr, hatte aber Mühe, mit ihr Schritt zu halten – als sie auf einmal von einem hageren Schatten umgerissen wurde. Jens blieb mitten im Lauf stehen und sah trotz der Schwaden, wer seine Begleiterin angefallen hatte: die rothaarige Entführerin …

Um ihren Hals baumelte ein kleines Fernglas, während sie ihn zornig fixierte. Trotz des Dunstes sah er, dass ihre Lippen noch immer geschwollen waren und ihr einer der vorderen Schneidezähne fehlte. Sie hielt eine doppelläufige Signalpistole auf ihn gerichtet. »So sieht man sich wieder!«

Jens riss noch seine eigene Waffe hoch, als es bereits knallte und ein funkensprühender grüner Lichtball auf ihn zuschoss. Fauchend schlug die grelle Leuchtkugel auf seiner Brust ein, schleuderte ihn mit Wucht zurück in die Düne und brannte sich dort unter unglaublicher Rauchentwicklung durch seine Kleidung. Diesmal war er es, der schrie. Von Licht und Rauch geblendet, schlug er auf das brennende Geschoss ein, verbrannte sich und schaffte es nur mit Mühe, die Leuchtkugel von seiner Windjacke abzustreifen. Zischend brannte sie neben ihm im Sand ab. Hustend rollte er von dem Brandgeschoss davon und feuerte zweimal in den Nebel. Seine Gegnerin fluchte, und dann zischte eine weitere Leuchtkugel dicht über seinen Kopf hinweg, wo sie sich in nur drei oder vier Metern Entfernung unter heller Lichtentfaltung und noch mehr Rauch in den Sand bohrte.

Jens unterdrückte die Schmerzen auf seiner Brust und nutzte Nebel und Rauch, um hinter eine Sanddüne zu kriechen. Inmitten der Schwaden war inzwischen ein Klicken wie vom Nachladen einer Waffe zu hören. Auch die erstickte Stimme Ranja Rhodes glaubte er hören zu können. Dann, endlich, hatte er den

Tränenfluss seiner gereizten Augen wieder unter Kontrolle und rollte sich mit der Pistole im Anschlag herum. Der allgegenwärtige Dunst machte es ihm allerdings schwer, etwas zu erkennen. Da. Ein Schatten, schon wieder!

Jens schoss – und ein lauter Aufschrei, dem ein kräftiger Fluch folgte, stellte klar, dass er getroffen hatte. Sogleich raste eine dritte Leuchtkugel auf ihn zu. Das Geschoss verfehlte ihn aber um mehr als einen halben Meter und zischte knapp über den Dünen in Richtung Meer davon. In diesem Moment trat seine Gegnerin humpelnd in den Schein einer der grünlich leuchtenden Lichtinseln. Jens visierte sie bereits an – als er hinter ihr das Wesen erblickte.

Aus dem Rauch und Nebel jagte es heran, und es war weder eine Robbe noch ein Krokodil. Stattdessen besaß die Kreatur einen menschlich anmutenden Oberkörper mit überlangen, seltsam abgewinkelten Krallenarmen, mit denen es sich flink im Sand abstieß. Ihr Unterleib jedoch mündete in einem langen, fischartigen Schwanz, der sich schlangengleich über den Untergrund schlängelte. Wie eine Naga aus der indischen Mythologie. Unter infernalischem Gebrüll warf sich das Geschöpf auf die hagere Frau, biss sich in ihrem Hals fest und zerrte sie mit einer ruckartigen Bewegung zurück in den Dunst. Ein gellender Todesschrei, dem eine weitere, zum Himmel emporjagende Leuchtkugel folgte, war alles, was er noch von der Rothaarigen hörte. Dann wehte ein Schwall übelriechender, nach Fisch stinkender Luft über ihn hinweg.

Stocksteif lag Jens da, spürte seine Schmerzen nicht mehr und starrte fassungslos und mit zitternder Waffe in den Nebel. War dieses Wesen das gewesen, wofür es es hielt? Eine Fisch-Mensch-Chimäre? Oder sogar eine Sirene? Hatte Rhode also tatsächlich recht gehabt?

Mit allem?

Er war so perplex, dass er sich erst jetzt des schwachen, irgendwie falsch anmutenden Triumphgefühls bewusst wurde, das sich seiner bemächtigte. Nur waren das nicht seine Emotionen. Jens schüttelte die falschen Empfindungen ab und unterdrückte den

Zwang, wie blöde zu lachen. Wie lange er schließlich brauchte, bis er endlich die Kraft fand, sich zu erheben, wusste er nicht. Im Nachhinein schien es ihm, als habe sich die Zeit bis ins Unendliche gedehnt. Letztlich war es dem wimmernden Geräusch irgendwo weiter rechts zu verdanken, dass er überhaupt wieder in die Wirklichkeit zurückfand.

Ranja! Wenn er sie hören konnte, dann galt das sicher auch für dieses Ungeheuer.

Humpelnd und mit aufgesetzter Pistole stolperte er durch den Nebel und fand sie mit angezogenen Beinen und über den Kopf geschlagenen Armen in einer Sandkuhle liegend.

»Ranja!« Jens schüttelte sie an der Schulter, und sofort schlug sie um sich. Er wehrte die Schläge ab und zischte. »Ich bin es! Leise!«

Endlich kam sie wieder zur Besinnung und starrte ihn ungläubig an. »Ist … ist sie weg? Die … Meerjungfrau?«

Jens legte den Finger auf die Lippen und schüttelte den Kopf. Doch es war bereits zu spät. Irgendwo dort, wo sie beide an Land gekrabbelt waren, drang ein rasselnder Laut zu ihnen, dem sich ein heftiges Brausen und Gurgeln anschloss. Wasser.

»Zum Leuchtturm, schnell!« Jens zerrte seine Begleiterin hoch, und gemeinsam hetzten sie über die Dünen auf die Silhouette des Turmbaus zu. Hinter ihnen brandete das Seewasser in Wogen über Sand und Gräser hinweg, und als sie endlich den schweren Betonsockel des alten Bauwerks erreicht hatten, wurden ihre Beine von Wellen umspült, deren Wucht sie fast umriss. Sie hielten sich aneinander fest, stürmten die Stufen hinauf und erreichten eine Schotttür, die halb offen stand. Keuchend stürmten sie ins Turminnere, und Jens stemmte sich dort sofort gegen die Metalltür, um sie zu schließen. Zu seinem Entsetzen bäumte sich das Wasser jenseits der Betonumgrenzung plötzlich wie bei einer Springflut auf und donnerte als mächtige Welle gegen den Turm. Jens wurde von der Wucht der Fluten durchgeschüttelt und samt der Tür einen halben Schritt nach hinten gedrängt. Sprudelnd drang das viele Wasser in den Turm ein.

»Hilf mir!«, schrie er. Ranja warf sich nun ebenfalls gegen die

Tür, und bevor die Flut abermals heranwogte, gelang es ihnen schließlich, diese zu verriegeln. Keinen Augenblick zu spät, denn unmittelbar darauf prallte ein schwerer Körper gegen die Tür, und sie hörten, wie auf der Außenseite etwas zornig kratzte und schabte.

Dann herrschte wieder Ruhe.

Jens sank erschöpft auf den durchnässten Boden, berührte die schmerzende Brandwunde auf seiner Brust und versuchte zu Atem zu kommen.

»Sind wir hier sicher?«, drang aus dem Zwielicht Ranjas bange Stimme. Ebenso wie er selbst war sie vollkommen durchnässt. Ihre blonden Haare hingen ihr klatschnass vom Kopf, von ihrer Jeansjacke tropfte es, und sie zitterte. Dass sie ihre verspiegelte Sonnenbrille längst verloren hatte, war nur ein Detail. Im Augenblick wirkte sie wie ein Haufen Elend.

Er zuckte mit den Schultern. »Ich würde mich nicht darauf verlassen. Diese Kreatur schafft es irgendwie, das Wasser zu beeinflussen. In der Pension hat sie es geschafft, mit dem Inhalt eines Swimmingpools einen ganzen Raum zu fluten.« Er erhob sich und überprüfte das Magazin seiner Pistole. Noch zwei Kugeln. Dann sah er Ranja wieder an. »Vermutlich ist der Turm mit seinen Stahlwänden das Beste, was uns passieren konnte. Zumindest dieser Zugang«, er deutete zur Schotttür, »ist wasserdicht. Aber ich weiß nicht, wie es mit den übrigen Turmöffnungen ausieht. Wir müssen sie alle überprüfen.«

Sie nickte und zückte ihr Handy. »Kein Empfang.«

Sie schaltete die Lichtfunktion an, und sofort wurde es um sie herum etwas heller. Auch Jens wühlte im Rucksack und beleuchtete mit seinem Smartphone die Umgebung. Auf ein Nicken von ihm hin sahen sie sich im Turm um.

Sie betraten einen Raum, der gleich nebenan lag und abgesehen von einem hohen Regal mit Kanistern von einem alten Dieselaggregat ausgefüllt wurde. Die Maschine ratterte, obwohl das Leuchtfeuer oben an der Spitze des Turms längst aufgegeben worden war. Also gab es hier Strom.

Gemeinsam suchten sie nach Lichtschaltern, und wenig später

erfüllte das Licht von ovalen Kellerleuchten den Generatorenraum sowie den Aufgang der Wendeltreppe nach oben. Jens wollte sich bereits von dem Aggregat abwenden, als er hinter dem Generator etwas entdeckte, was ihm nur zu bekannt vorkam. Tatsächlich, dort lag seine Tauchausrüstung: Lugenautomat, Tauchbrille, Werkzeugtasche, Flossen, Gewichte und auch die Hallogenlampe. Rasch überprüfte er das Equipment. Alles schien noch voll funktionsfähig zu sein. Das rothaarige Miststück hatte seine Sachen hier also einfach zwischengelagert, nachdem sie ihn niedergeschlagen hatte. Er suchte sein Tauchmesser, fand es aber nicht. Dafür steckten in der Werkzeugtasche noch immer zwei Magnesiumfackeln, wie man sie bei Nacht oder unruhiger See zur Signalgebung auf der Meeresoberfläche einsetzte. Er packte sie und stopfte sie in den Hosenbund. Nötigenfalls ließen sie sich als Waffen zweckentfremden.

Ranja war in der Zwischenzeit nach oben gegangen, und so folgte er ihr.

Es zeigte sich, dass das schlanke Bauwerk bis hinauf zu dem verglasten und mit einer umlaufenden Balustrade versehenen Laternendeck über fünf Etagen verfügte. Dort oben war auch noch immer ein großer, drehbarer Parabolreflektor untergebracht, nur dass der Scheinwerfer fehlte.

Von größerem Interesse waren ein Wohnzimmer und ein nur von dort zugänglicher Schlafraum im ersten Obergeschoss. Die weiteren Turmdecks bargen ein Bad und eine Küche sowie Geräte-, Werkzeug- und Putzkammern. Auf der dritten Etage war ein Raum als Bibliothek ausgestattet. Die ornithologischen Fachbücher, die dort herumlagen, wiesen darauf hin, dass seine Entführerin tatsächlich als Vogelwartin tätig gewesen war.

Auch wenn es Jens in den Fingern juckte, verzichtete er zunächst darauf, die Räumlichkeiten zu durchsuchen, stattdessen überprüfte er erst einmal die vielen Bullaugenfenster des Turms. Sie wirkten dicht, allerdings beunruhigte ihn die Sicht nach draußen. Noch immer war die Insel nämlich in dichten Nebel gehüllt. Und nach wie vor drang vom Fuß des Turms jenes beständige Brausen und Rauschen an seine Ohren, das sie bereits von ihrer Flucht durchs Watt kannten. Die unheimliche Kreatur hatte ganz offensichtlich nicht aufgegeben. Sie lag noch immer auf der Lauer.

Er konnte sie gewissermaßen sogar … spüren. Unwillkürlich umfasste er seine Stirn.

Ranja sah ihn erschrocken an. »Was ist los mit dir?«

»Ich glaube, ich … fühle sie.«

»Was meinst du?«

»Die Sirene«, gab er ohne aufzusehen zurück. »Es ist wie in Egirholm. Aus irgendeinem Grund kann ich die Präsenz dieses Wesens da draußen spüren.«

»Ist das dein Ernst?«

»Ja, verdammt.« Endlich nahm Jens die Hände vom Kopf und sah, dass ihn Ranja ungläubig angaffte. Er winkte ab. »Los, wir haben nicht viel Zeit!«

Immerhin, Ranja gewann ihre Fassung schnell wieder zurück, und während er losging und die Turmfenster überprüfte, durchsuchte sie die Zimmer nach einer weiteren Waffe. Als Jens zu ihr zurückkehrte, war sie gerade dabei, den Wohnraum der Rothaarigen auf den Kopf zu stellen.

»Was gefunden?«, fragte er.

Sie drehte sich erschrocken um und seufzte, als sie ihn erkannte. »Nein, die Leuchtkugelpistole scheint die einzige Waffe gewesen zu sein, die sie besaß. Und leider gibt es hier auch kein Telefon.«

»Na gut, finden wir zunächst heraus, wer die Frau überhaupt war.« Er half ihr bei der Durchsuchung der Räumlichkeiten und sah, dass sie auch schon die Schlafkammer seiner Entführerin durchwühlt hatte. Bett, Kommode und Schrank, alles war durchstöbert, und Bettzeug und Kleider lagen wild durcheinander auf dem Boden. Auch er durchsuchte den Raum, nur fand sich nirgendwo ein Hinweis auf die Identität der Toten. Irgendwann trat er an die weiß gestrichenen Stahlwände des Raums heran und sah, dass dort mit Klebestreifen angebrachte Fotos hingen. Sie zeigten unbekannte Personen und Orte. Dazwischen befanden sich Klebereste, die so wirkten, als wären dort noch bis vor Kurzem weitere Fotos befestigt gewesen. Jens kehrte in den Wohnraum zurück, wo seine blonde Begleiterin soeben eine komplette Schublade mit Musikkassetten auskippte.

»Dahinten hingen Fotos, die jetzt fort sind.«

Ranja wandte sich ihm zu und hob die Schultern. »Tatsächlich? Ich hab da drinnen bloß das da gefunden.« Sie deutete zu einer großen Stabtaschenlampe, die auf dem Wohnzimmertisch stand.

»Und hier?«, wollte Jens wissen. »Vielleicht einen Personalausweis oder irgendetwas anderes, das uns sagt, wer die Frau war?«

»Bislang nichts.« Ranja Rhode zuckte niedergeschlagen mit den Schultern. »Aber immerhin, ich habe einen Schlüssel entdeckt. Vielleicht ist es der für das Motorboot da draußen?« Sie präsentierte ihm einen auffälligen Schlüssel samt Bund.

»Nimm ihn in jedem Fall mit«, mahnte er. »Vielleicht können wir ihn noch gebrauchen.«

Sie tat es und verzog missmutig die Lippen. »Wenn die Frau hier Dinge aufbewahrt hat, die ihr gefährlich werden konnten, dann muss sie sie versteckt haben, als sie den Wattwagen bemerkte. Und du? Hast du auch was entdeckt?«

»Nein, noch nicht«, antwortete Jens verärgert. »Aber ich habe auch gerade erst angefangen.«

Aufgebracht suchte er die übrigen Turmdecks ab, bis ihm etwas Eigentümliches auffiel. Es handelte sich um mehrere nebeneinanderliegende Metallröhren an der nördlichen Innenwand des Turms. Ihre Anordnung erinnerte an Orgelpfeifen und war insgesamt so ungewöhnlich, dass er dem Verlauf der Röhren schließlich folgte. Sie ragten bereits im Erdgeschoss des Leuchtturms aus dem Boden und führten durch die Zwischendecken bis hinauf in die Bibliothek im dritten Obergeschoss. Die Röhren waren angerostet, und die durchbrochenen Geschosse wirkten ganz so, als seien sie schon vor geraumer Zeit aufgeschweißt worden, um Platz für diese Konstruktion zu schaffen. Nur erschloss sich ihm der Sinn des Ganzen nicht – als er die technische Ausrüstung in der Bibliothek entdeckte.

Die Rothaarige hatte hier nicht bloß eine tragbare Stereoanlage untergebracht, vor allem verfügte sie auch über ein Funkgerät. Es stand auf einem Tisch zwischen den Bücherregalen, direkt unter einem der Bullaugenfenster. Hoffnungsvoll wandte er sich dem schwarzen Kasten mit seinen Drehknöpfen und dem Mikrophon zu. Das Display der Frequenzbereichsanzeige leuchtete in schwachem Grün. Jens setzte sich die Hörer auf und beäugte den Frequenzbereich, auf dem die Rothaarige zuletzt gefunkt hatte. Nur mit wem, das wusste er nicht.

Nach einem Blick auf ein Schild, das offenbar die Kennung des Turms angab, betätigte er das Mikro. »Hier Fox Echo Delta 134. Bitte kommen.«

In den Lautsprechern knisterte es, dann war eine verwaschene Stimme zu hören. Ob Mann oder Frau, konnte Jens nicht sagen. »Ich höre. Also, was war bei den Koordinaten zu finden? Ich hoffe, ihr habt das Problem beseitigt?«

Jens verengte wütend die Augen, da er begriff, was der Funkspruch zu bedeuten hatte. Der Exlegionär da draußen im Watt und die Rothaarige arbeiteten nicht allein. Das alles hier musste von langer Hand geplant gewesen sein. Offenbar auch ihre Ermordung. In ihm brannte eine Sicherung durch, als er die Ruftaste drückte. »Ihr miesen Arschlöcher. Alles, was hier beseitigt wurde, sind eure Handlanger. Ich verspreche euch, ich werde euch finden und auffliegen lassen, wenn ich hier je wieder rauskomme!«

Zornig wechselte er auf den Frequenzbereich zur Hochseerettung, als er hochschreckte. Denn unmittelbar vor ihm, hinter dem Bullaugenfenster, begann plötzlich die Welt zu verschwimmen. Jens beugte sich vor, und seine Befürchtung bestätigte sich. Außerhalb des Turms strömte Wasser entlang – und zwar von unten nach oben! Er glotzte das Phänomen noch immer ungläubig an, als im Turm über ihm ein dumpfes Bersten wie von Glas erklang, dem lautes Rauschen, Plätschern und Gurgeln folgten.

Jens riss sich die Hörer vom Kopf, stürmte aus dem Raum und hetzte die Wendeltreppe nach oben, den Geräuschen entgegen.

Auf den Metallstufen lief ihm bereits Wasser entgegen. Die Pistole im Anschlag rannte er noch weiter hinauf und hielt erst inne, als er das Laternendeck des Leuchtturms erreichte.

Der Anblick, der sich ihm bot, war vollkommen bizarr. Die hohen Fensterfronten der Turmspitze waren rundum geborsten, und entgegen jeder physikalischen Logik schwappte Seewasser aus der Tiefe kommend über die Außenbalustrade hinweg ins Innere der Kammer. Scharfkantige Glasscherben trieben ihm entgegen, während von allen Seiten Wasser an dem Parabolreflektor vorbeiströmte, Jens' Waden überspülte und hinter ihm in Sturzbächen ins Turminnere abfloss. Und es wurde immer noch mehr. Regelrechte Wogen schwappten jetzt von außen in das Laternendeck hinein und überfluteten den Raum.

Verzweifelt suchte Jens eine Möglichkeit, den Aufgang zur Treppe zu versperren, doch hier oben gab es kein Schott. Die Gefahr vor Augen, dass ihm das viele Wasser am Ende noch den Rückweg versperren könnte, wich er zurück, tauchte in den Strom ein und tastete nach dem Treppengeländer. Der Sog des Wassers packte ihn und riss ihn mit sich durch die Luke, bevor er irgendetwas zu fassen bekam. Hart landete er auf dem Metallboden des Zwischendecks, das unter ihm lag, tauchte prustend wieder auf und musste zusehen, wie sich regelrechte Kaskaden über ihm erhoben und dann auf ihn herabdonnerten. Mit ihnen kam das Glas. Entsetzt wich Jens den herabsausenden Scherben aus und drückte sich an die Gangwand, um überhaupt zu Atem zu kommen.

Es gab keinen Zweifel: Die Kreatur da draußen versuchte das Bauwerk jetzt von der Turmspitze aus zu überfluten. Dummerweise waren die Sturmsicherungen auf ein solches Szenario nicht vorbereitet. Wie viel Zeit bei dem derzeitigen Ansturm an Wassermassen nötig war, um den Turm vollständig zu überfluten, konnte er nur schätzen. Zwei oder drei Stunden? Es sei denn, sie öffneten unten die Schotttür und versuchten die Flucht. Doch genau darauf schien das Ungeheuer zu warten.

Jens rappelte sich wieder auf und folgte den Sturzbächen über die Wendeltreppe in die tieferliegenden Decks, wo ihm Ranja bereits entgegenkam. Sie hielt die Stabtaschenlampe in der Hand und blickte dem vielen Wasser, das über Treppen und Gänge an ihr vorbei nach unten strömte, entgeistert entgegen. »Wo kommt das her?«

Jens erklärte es ihr, und sie wurde bleich. »Könnten wir nicht rauf zur Turmspitze klettern und dort abwarten?«

»Bezweifel ich«, ächzte Jens. »Bei den Kräften, über die dieses Biest verfügt, wird es uns da oben von der Turmspitze spülen, sobald es auch nur ahnt, dass wir dort sind.«

»Dann sind wir verloren?«

»Nicht, wenn es hier nicht vielleicht noch einen Schutzraum gibt.« Jens drängte an ihr vorbei und zog sie mit sich. »Vielleicht liegen irgendwo Pläne des Turms rum.«

»Im Wohnzimmer. In einer der Kommoden. Ich glaube, da waren welche.«

Zusammen mit den Wassermassen, die von Deckebene zu Deckebene nach unten strömten, hetzten die beiden zum Wohnraum zurück, und Ranja kramte sofort zwischen den Dingen herum, die im Raum verstreut lagen. Allmählich breiteten sich auch hier große Pfützen aus.

»Da.« Sie reichte ihm eine Plastikhülle mit bräunlich verfärbten Papieren. Jens riss sie kurzerhand auf und entdeckte neben einer älteren Betriebsanleitung für den Dieselgenerator im Untergeschoss einen Plan mit den Deckebenen des Turms. Darauf waren Steckdosen, Wasseranschlüsse und Verkabelungen eingetragen. Er besah sich die Zeichnung, nur konnte er einen speziellen Schutzraum nirgendwo entdecken. Der ganze Leuchtturm war so konstruiert, dass er einer schweren Sturmflut standhielt. Nur hatte niemand mit einem fortwährenden Wassereinbruch gerechnet, der ausgerechnet von der Turmspitze ausging.

Er wollte die Papiere schon weglegen, als ihm etwas anderes auffiel. »Was ist das?« Er tippte auf eine Stelle an der Außenwand des Generatorenraums. »Da ist so etwas wie eine weitere Schotttür eingetragen.«

»Nach draußen?« Ranja Rhode trat verwirrt neben ihn. »Warum sollte es da unten noch einen weiteren Ausgang geben? Das ergibt doch keinen Sinn.«

Jens nickte zustimmend. »Aber die Markierung ist eindeutig.«

»Dann können wir uns vielleicht auf der Rückseite des Turms nach draußen schleichen?« Sie sah ihn hoffnungsvoll an. »Nur ist da draußen noch immer die … also dieses Wesen.«

»Sehen wir uns erst mal an, was es mit dem ominösen Schott auf sich hat. Und zwar, bevor da unten alles überflutet ist.« Jens stopfte den Plan in die Hose, und gemeinsam rannten sie die überspülte Wendeltreppe nach unten, bis sie die Kammer mit dem Dieselgenerator erreicht hatten. Der Raum war inzwischen bis zu den Knien überflutet, und Jens musste sehen, wie weiter hinten Einzelteile seines Tauchequipments auf dem Wasser trieben.

Er warf dem Generator, der trotz des Wassereinbruchs noch immer seinen Dienst versah, einen skeptischen Blick zu und watete mit dem Plan in der Hand zu dem Regal mit den Dieselkanistern hinüber. Tatsächlich, dort befand sich eine niedrige Stahltür samt Drehrad. Nur wirkte das alles alt und eingerostet. Ranja leuchtete sie an, und sie erkannten beide, warum. Auf dem Metall war ein Hakenkreuz eingelassen. Die Tür musste also während des Zweiten Weltkriegs in den Turm eingefügt worden sein.

»Wohin führt die?«, rätselte sie.

»Ich hab keine … Moment.« Aufgewühlt hielt Jens inne. »Hast du bei unserer Ankunft die Betonfragmente bemerkt, die aus den Dünen ragen? In den Vierzigern befand sich eine Flugabwehrbatterie der Wehrmacht auf der Insel. Und das, obwohl hier noch immer dieser Leuchtturm betrieben wurde.«

»Was wurde aus ihr?«

»Soweit ich weiß, ist sie von den Nazis selbst noch gesprengt worden. Viel entscheidender ist aber, dass die Verantwortlichen während ihres Betriebs befürchten mussten, dass Westerogg irgendwann selbst zum Ziel von Bomben wird. Ich halte es also für denkbar, dass die Tür hier zu einem Bunker führt, über den sich im Zweifel auch der Leuchtturmwärter in Sicherheit bringen konnte.«

»Dann lass uns nachsehen.«

Gemeinsam packten sie das Drehkreuz und stemmten sich dagegen. Der Erfolg war jedoch bescheiden. Es quietschte, und sie schafften vielleicht ein Achtel-Umdrehung, dann mussten sie aufgeben.

»Verdammt!« Jens strich sich gequält über die Brandverletzung auf seiner Brust. Der Kontakt mit dem Salzwasser ließ sie ohnehin schon wie Feuer brennen. Die körperliche Anstrengung tat ihr Übriges, um ihn vor Schmerzen fast durch die Decke gehen zu lassen. »Wir brauchen Werkzeuge, um die Tür zu öffnen«, ächzte er irgendwann. »Komm.«

Sie eilten zu den oberen Turmdecks zurück und durchsuchten die Geräteräume. Zehn Minuten später kehrten sie mit einem Hammer, einer Rohrzange, einer Eisenkette sowie einem herausgehebelten Rohr aus dem Badezimmer zurück. Sie verkeilten Rohr und Zange im Drehkreuz, und diesmal erzeugten sie genug Kraft, um das Rad weiter zu bewegen. Als sie es endlich schafften, die verborgene Stahltür aufzuziehen, kamen dahinter Stufen zum Vorschein, die hinab in die Tiefe führten. Sofort spülte das Wasser im Raum über die Türschwelle und strömte die alte Treppe hinunter. Doch es kam nicht weit. Bereits auf Höhe der vierten Stufe schwappte brackiges Wasser, dessen Pegelstand rasch weiter anstieg.

»Wir hätten es wissen müssen. Da unten ist schon lange alles überflutet.« Ranja rückte entmutigt von dem Türsturz ab.

»Vielleicht. Vielleicht aber auch nicht«, erwiderte Jens grimmig. »Denn eine klitzekleine Chance sehe ich noch.«

»Welche?«

»Vielleicht ist das da unten nicht bloß ein Bunker…« Hinter Jens' Stirn reifte allmählich ein Plan. Unter normalen Umständen hätte er ihn verworfen und als zu gefährlich abgetan, aber im Augenblick setzte er seine ganze Hoffnung in ihn. »Ich halte es für denkbar, dass der Turm mit der militärischen Anlage auf der Insel verbunden war. In diesem Fall könnten sich da unten noch weitere Räume befinden, die vielleicht von der Sprengung verschont geblieben sind. Wenn wir Glück haben, hat sich dort irgendwo eine Luftblase erhalten. Wir könnten uns da unten vielleicht eine Weile verstecken, bis der Unbekannte draußen sein Ungeheuer wieder abzieht.«

Ranja Rhode starrte ihn verwirrt an. »Welcher Unbekannte?«

»Dieser Reiter. Hattest du ihn nicht bemerkt?« Jens sah sie ernst an. »Er hat uns verfolgt, seit wir aufgebrochen sind. Und nun sag mir bitte nicht, dass eine Kreatur wie die, die uns hier belagert, ein Pferd nötig hat!«

Ranja sah ihn noch immer aus weit aufgerissenen Augen an.

»Also, versuch dich zu erinnern«, bat er sie. »Hast du mit irgendjemandem vor unserem Aufbruch über unser Vorhaben gesprochen? Denn dieser Reiter ist nicht der Einzige, der mir Sorgen macht. Oben, in der Bibliothek, steht ein Funkgerät. Darüber hatte ich vorhin kurz Kontakt zu jemandem, mit dem sich vermutlich auch diese Rothaarige ausgetauscht hat. Die Stimme hat den Eindruck erweckt, als habe man unsere Suche im Watt bloß abwarten wollen, um uns dann auszuschalten.«

Ranja Rhode atmete tief ein. »Gut, ich hatte doch einige Dinge der Ausrüstung besorgen sollen. Und ich war gestern noch in einem Copyshop. Da habe ich die Unterlagen aus der Mappe meines Vaters kopiert. Nicht, dass uns die irgendwann noch abhandenkommen. Ich weiß nicht … vielleicht … hat mich da jemand verfolgt?«

Jens ballte eine Faust. »Leider ist das noch nicht alles. Erinnerst du dich an den seltsamen Anruf vorhin?«

»Das Lied?«

»Richtig. *Aquarius*. Der Song ist auch meiner Pensionswirtin in Egirholm zugegangen, bevor sie ertrank. Und genauso den anderen, bevor sie starben. Warum, weiß ich nicht. Allmählich kommt mir das aber wie eine Warnung vor. Fast so, als würde jemand diese Kreatur da draußen gezielt auf ihre Opfer hetzen. Nur dürfte auch für ihn die Zeit hier draußen allmählich knapp werden. Denn schon bald kommt die richtige Flut.«

Ranja Rhode schluckte, so als müsse sie die Nachricht erst einmal verdauen. »Und, wie willst du jetzt feststellen, ob es da unten noch eine Zuflucht gibt?«

»Ganz einfach.« Jens deutete neben den Generator, der allmählich zu stottern begann. »Mithilfe meiner Tauchausrüstung.«

Rostige Zeugen

Vorsichtig und mit angeschaltetem Handscheinwerfer glitt Jens die überfluteten Stufen jenseits der Schotttür in die Tiefe. Das Wasser hier unten war kalt, und er vermisste schon jetzt seinen Neoprenanzug, der ihn üblicherweise vor der Kälte schützte. Dennoch war er seiner Entführerin im Augenblick sogar dankbar dafür, dass sie die Tauchausrüstung nicht sofort entsorgt hatte. Denn ohne das Equipment wäre es ihm ganz bestimmt nicht möglich gewesen, sich unter dem Turm umzusehen.

Unglücklicherweise hatte das eindringende Wasser die Sedimente auf den Stufen dermaßen aufgewühlt, dass er kaum weiter als zwei oder drei Meter blicken konnte. Doch die Sicht klarte allmählich wieder auf, und im Lichtkegel seiner Lampe sah er, dass sich ein überfluteter Gang vor ihm erstreckte, der tiefer unter die Insel führte. Über ihm baumelten die rostigen Kabel alte Lampenfassungen von der Betondecke, denen das eingedrungene Salzwasser in den vergangenen siebzig Jahren schwer zugesetzt hatte. Jens wich ihnen aus, lauschte auf das vertraute Brodeln seines Lungenautomaten und tauchte den Korridor weiter in nördlicher Richtung entlang, was seinen Verdacht erhärtete, das dieser tatsächlich Teil eines Systems war. Der Gang endete an einer völlig verrosteten Schotttür, wie sie ihm auch in den Wracks begegneten, in denen er oft arbeitete. Und zu seinem Glück stand diese hier einen Spalt breit auf. Dennoch dauerte es eine Weile, bis er sie mithilfe des mitgenommenen Rohrstücks weit genug aufgestemmt hatte, um mit sanftem Flossenschlag in die dahinter liegende Kammer zu gleiten.

Der Anblick, der sich ihm hier bot, war gespenstisch. Vor ihm lag ein vergleichsweise großes Bunkergewölbe von etwa vier mal fünf Metern Länge, das offenbar nicht bloß als Schutzraum, sondern auch als Schlafquartier gedient hatte. Der Lichtstrahl seiner

Lampe riss die Überreste eines Tisches sowie zweier Stapelbetten, die schon vor geraumer Zeit in sich zusammengefallen sein mochten, aus der Finsternis. Die rostigen Metallstreben stachen wie die Beine übergroßer Krebse in den Raum. An den Wänden hingen korrodierte Petroleumlampen, und der Boden war mit Schlick bedeckt, den seine Flossen leicht aufwirbelten. Mit ihnen traten die zerfledderten Überreste eines Stiefels und sogar zweier Spielwürfel zutage.

Nur durfte er hier nicht länger seine Zeit vertrödeln, denn Ranja verließ sich auf ihn. Er hatte sie in die Bibliothek hinaufgeschickt, wo sie vor den einströmenden Wassermassen eine Weile gefeit sein sollte. Dort oben sollte sie den Versuch unternehmen, mit dem Funkgerät Hilfe anzufordern. Inständig hoffte er darauf, dass sie es vielleicht schaffte, die Seenotrettung zu erreichen. Für den Fall der Fälle war sie zwar mit der Pistole bewaffnet. Doch sie zurückzulassen, bereitete ihm noch immer Unwohlsein. Zu seinem eigenen Schutz hatte er die beiden Magnesiumfackeln mitgenommen. Nur hoffte er, sie hier unten nicht anreißen zu müssen. Denn brannte eine dieser Fackeln erst einmal, würde sie einen feinen, weißen Rauch erzeugen, der das Wasser um ihn herum innerhalb von Sekunden in undurchdringliche Milch verwandelte.

Jens überprüfte die ihm verbleibende Pressluft. Die Anzeige stand bereits auf unter zwanzig Minuten. Leider musste er mit der Luft nicht nur während der Untersuchung der überfluteten Räume auskommen, sie hatte auch noch für zwei Personen zu reichen, falls er hier unten tatsächlich einen Ort fand, an dem sie sich vor dieser Mensch-Fisch-Chimäre verstecken konnten. Gott, wie war es überhaupt möglich, dass so etwas existierte?

Er tauchte auf den gegenüberliegenden Ausgang des einstigen Schlafquartiers zu, hinein in einen vergleichsweise engen Gang, von dem weitere Räume mit verrotteten Sanitär- und Wascheinrichtungen abzweigten. Unter ihm bewegte sich ein Seestern, und zwei kleine Fische schwammen ihm entgegen. Jens blickte ihnen nach, und sogleich durchströmte ihn neue Hoffnung. Wenn hier Tiere eingedrungen waren, dann besaß die überflutete Anlage vielleicht sogar eine Verbindung nach draußen.

Rasch tauchte er weiter und gelangte so in eine nächste Bunkerkammer, deren Anblick seine Hoffnungen rasch wieder zunichtemachte. Denn hier waren die Zerstörungen der einstigen Sprengung nur zu offensichtlich. Schwere Betonfragmente der heruntergekommenen Decke, unter denen weiterer Schutt und die verfaulten Reste von Tischen, Stühlen und einstigen elektrischen Geräten begraben lagen, versperrten ihm das Fortkommen. Der ehemalige Feuerleitstand? Auch hier hatte sich nirgendwo eine Luftblase erhalten. Dennoch schlüpfte er tiefer in die Kammer hinein und versuchte zwischen den Spalten der heruntergekommenen Deckenelemente einen Durchlass zu finden. Vergeblich. Da erfasste der Lichtschein seiner Lampe einen weiteren Gang, der von einem verrosteten Metallspind versperrt wurde. Sofort tauchte er dorthin und versuchte das Hindernis wegzuzerren. Er schaffte es erst, als er das Rohrstück wieder als Hebel ansetzte. Stück für Stück befreite er den eingeklemmten Spind von Mauerresten und zerrte ihn schließlich fort. Noch vierzehn Minuten Luft. Nach Möglichkeit musste er größere Anstrengungen vermeiden.

Missmutig leuchtete er in den freiliegenden Gangabschnitt und sah, dass auch hier an manchen Stellen die Decke heruntergekommen war. Unter den herausgesprengten Deckenbereichen erhoben sich regelrechte Berge aus Schutt. Die Abschnitte ermöglichten zwar noch ein Durchkommen, waren jedoch so eng, dass er sich dort unmöglich mit den Pressluftflaschen auf dem Rücken hindurchzwängen konnte. Nur blieb ihm nichts anderes übrig.

Jens tauchte in den Korridor hinein und überprüfte argwöhnisch Decke und Gangwände nach Schwachstellen. Dann holte er tief Luft, nahm Pressluftflaschen und Lungenautomat ab und schob beides voran durch den schmalen Spalt zwischen der Decke und dem Schuttberg. Anschließend tauchte er hinterher und fand sich in einem Gangabschnitt wieder, der über eine Strecke von fast zwei Metern nahezu verschüttet war. Die Pressluftflaschen über das scharfkantige Gestein schiebend, robbte er voran und wich den von der Trümmerdecke herabhängenden Streben aus Bewehrungsstahl aus. Dann, endlich, weitete sich der

Korridor. Sofort streifte er sich die Tauchausrüstung wieder über und leuchtete. Der Lichtschein erfasste einen T-förmigen Gangabschnitt, der ebenfalls Zeugnis von der einstigen Sprengung ablegte. Linker Hand verhinderten riesige Betonquader das Durchkommen durch einen Zugang, der vermutlich in eine Munitionskammer geführt hatte. Denn zwischen den Trümmern entdeckte er korrodierte Geschossgranaten, die auf den ehemaligen Gebrauch für eine Flugabwehrkanone hindeuteten. Also wandte er sich nach rechts und tauchte auf einen düsteren Raum zu – als er überrascht innehielt. Dort, unmittelbar hinter dem Türsturz, spannten sich die Maschen eines großen Netzes auf, das fast den kompletten Raum ausfüllte. Irritiert näherte er sich der Barriere, leuchtete alles aus – und seine Verwunderung nahm zu. Vor ihm lag eine offensichtlich ausgeräumte Bunkerkammer, die komplett von einem alten, halb in sich zusammengesunkenen Fischernetz ausgefüllt wurde. Die zusammengeknüpften Stränge erinnerten ihn an die vermoderten Maschen des Schleppnetzes auf der *Cyntia*, allerdings war dieses Netz hier unten mit einem schweren Holzrahmen ausgestattet, an dem Steine als Gewichte befestigt waren. Jens riss die Maschen beiseite und tauchte mit einem kräftigen Flossenschlag in den Raum hinein. Erst jetzt sah er, dass das Gewirr unter ihm mit Tauen ausgestattet war, die zusammengesunken in der Mitte des Netzes lagen. Mochten das früher Zugseile gewesen sein? Sein Blick wanderte nach oben, zu einem Schacht, der zentral in der Raumdecke klaffte. Offenbar war dort ein Deckenfragment herausgesprengt und später zu einem Aufstieg erweitert worden. Hatte man von dort oben das Netz in die Kammer abgesenkt? Und hatte man es von dort aus auch wieder hochziehen können?

Jens tauchte dem vermuteten Aufstieg entgegen und musste zu seinem Ärger feststellen, dass dieser nur einen knappen Schritt über dem Deckenniveau von einer schrägen Metallplatte versperrt war, über der sich Steinquader türmten. Irgendjemand hatte ihn zugeschüttet.

Nur noch elf Minuten Luft.

Er wollte gerade wieder umkehren, als er etwas weiter hinten im Raum einen Aufgang mit Stufen entdeckte. Kurz haderte er mit sich, schließlich ließ er es aber doch drauf ankommen. Er glitt über das zusammengesunkene Fischernetz hinweg auf die alten Stufen zu, leuchtete und konnte sein Glück kaum fassen. Denn nur knappe anderthalb Schritte im Aufgang über ihm glitzerte es. Die Wasseroberfläche!

Jens schoss vor, durchstieß den Wasserspiegel und spuckte aufgewühlt das Mundstück seines Atemgeräts aus. Die Luft roch brackig und nach Schimmel. Und kaum dass er aufgetaucht war, spürte er auch wieder die Kälte. Sofort begann er am ganzen Körper zu zittern. Doch war der Anblick, der sich ihm im Lichtschein seiner Lampe bot, ganz und gar faszinierend.

Er befand sich in einem etwa knöcheltief überfluteten Raum mit schief hängender Decke, der ebenfalls zu der ehemaligen Bunkeranlage gehörte. Allerdings war er in späteren Zeiten zweckentfremdet worden. Und er ahnte auch, von wem. Denn die Wand unmittelbar vor ihm war mit dem wohl bedeutendsten Friedenszeichen weltweit besprüht, dem bekannten CND-Symbol. Das Zeichen, das Jens stets an ein Rad erinnerte, mit einem darin eingebetteten, stilisierten Hühnerfuß. Es diente Friedensaktivisten früher wie heute als Symbol des Widerstands gegen Krieg und nukleare Aufrüstung und befand sich unmittelbar neben der weißen Zeichnung einer übergroßen Taube, die mit einem Olivenzweig im Schnabel zum Himmel aufstieg. Und das war bei Weitem nicht alles, denn die schräg aufragende Decke über ihm war mit einem beeindruckenden Deckengemälde versehen. Trotz der feuchten Luft hatte sich dort ein prachtvolles, mit blauer und weißer Farbe gemaltes Bildnis erhalten, das astrologische Symbole, Sterne, Linien und darüber liegend die Figur des Wassermanns zeigte.

Es gab keinen Zweifel. Das Gewölbe musste früher mal von den Hippies in Besitz genommen worden sein, die sich in den Siebzigern auf Westerogg eingenistet hatten. An einem in die Wand geschlagenen Haken hing noch immer eine ranzige alte Lederjacke mit Regenbogen und Blumen. Und als er durch das Wasser im Raum watete, verfingen sich seine Flossen in einem halb verfaulten Stoffrest, dessen Webmuster darauf hindeutete, dass es sich dabei einst um ein Stirnband gehandelt hatte.

Wenn die damaligen Hippies an diesen Ort gelangt waren, dann musste es hier irgendwo auch einen Weg nach draußen geben.

Sofort dachte er wieder an Ranja. Nur war die Restluft in den Flaschen, gemessen an der Strecke, die er zunächst alleine zum Leuchtturm zurücklegen und dann gemeinsam mit ihr wieder hertauchen musste, schon jetzt überaus knapp bemessen. Sollte es hier keinen Ausweg geben, dann würden sie in diesem Raum nach ihrer Rückkehr eingeschlossen sein.

Jens setzte die Tauchausrüstung kurzerhand ab und watete auf seinen Flossen durch die zweckentfremdete Bunkerkammer. Dabei beleuchtete er die übrigen Hinterlassenschaften. Er fand zwei Stühle und einen halb verfaulten Tisch, dessen Beine seitlich eingeknickt waren. Auf ihm, schräg aus dem Wasser ragend, ruhte noch immer ein korrodiertes Bandgerät mit verrosteten Spulen. Die Überreste lagen Seite an Seite mit einem völlig zerstörten Dieselgenerator, aus dem der Rost regelrecht herauslief.

Kopfschüttelnd stolperte Jens an alten Kanistern vorbei, über die Reste einer halb im Wasser liegenden Gitarre hinweg, und kämpfte sich auf ein metallenes Regal an der Wand gegenüber zu. Dort lagen zahllose Bücher und labbrige Zeitschriften. Allesamt waren sie von einer pelzigen Schimmelschicht überzogen und stanken bestialisch. Dazwischen ruhten vermoderte Schachteln mit Tonbändern.

Jens' Blick blieb schließlich an einem braunen Glasgefäß hängen, das zu einem Viertel mit einer durchscheinenden Flüssigkeit gefüllt war. Daneben lagen eine Pipette sowie verschimmelte Lagen von etwas, das bei näherem Hinsehen wie Papier wirkte. Er nahm die Flasche zur Hand und betrachtete die hingekritzelte Aufschrift: *Acid.*

Das Zeug war also LSD! Ganz so, wie Meike es ihm berichtet hatte. Bei dem verfaulten Klumpen neben der Flasche hatte es sich daher vermutlich um Löschpapier gehandelt. Das Halluzinogen wurde von seinen Konsumenten gern auf saugfähiges Material geträufelt und in kleine Portionen geschnitten, damit es dann oral über die Zunge aufgenommen werden konnte. Nur war all das im Augenblick nicht von Interesse. Er musste vielmehr dringend herausfinden, ob es hier einen Ausgang gab.

Also leuchtete er die Stahlbetonwände rundum weiter ab, und der Lichtschein seines Halogenscheinwerfers riss einen Stapel alter Bierkisten aus dem Dunkeln, hinter denen sich eine Nische in der Wand befand. Dort stand ein alter Schallplattenspieler. Die starke Feuchtigkeit und die verstrichene Zeit hatten dem Abspielgerät zwar arg zugesetzt, doch noch immer führten Kabel von ihm zu modrigen Lautsprecherboxen an den Stahlbetonwänden, von denen eine schon vor längerer Zeit auf die Bierkisten gestürzt sein musste.

Jens wollte sich bereits wieder dem Treppenschacht zuwenden, als er sah, dass auf der Kiste noch etwas anderes lag. Schallplatten. Die Hüllen waren braun angelaufen, und auch auf ihnen wucherte der Schimmel. Jens trat an die modrigen Überreste heran und entdeckte unter ihnen LPs von Janis Joplin, Jim Morrison und Jimi Hendrix. Sein Augenmerk jedoch galt allein der zuoberst liegenden Plattenhülle, denn dieses Cover kannte er aus Meikes Wohnung. Es handelte sich um die Aufnahme des Musicals *Hair*. Die Schallplatte lag sogar noch immer auf dem Plattenspieler, und auf dem Label prangte gut sichtbar die geschwungene Signatur ihres einstigen Besitzers: *Eike Momsen.*

Argwöhnend kniff Jens die Augenbrauen zusammen. Dann hatte hier unten also das Oberhaupt der Hippies gelebt? Jens beleuchtete noch einmal die Decke mit der astrologischen Wassermann-Zeichnung: *Aquarius.*

Unmöglich konnte das alles Zufall sein.

Was auch immer die Hippies hier getrieben hatten, es schien Nachwirkungen bis in die heutige Zeit zu haben. Nur musste er sich jetzt um Dringlicheres kümmern. Denn bei dem Blick nach oben fand er, wonach er eigentlich gesucht hatte. Nicht weit von dem astrologischen Gemälde entfernt schimmerte eine unauffällige, in die Decke eingelassene Luke. Sie war verriegelt und lag in gut drei Metern Höhe.

Jens lächelte grimmig. Sollten sie es über diese Luke tatsächlich hinausschaffen, dann konnte ihnen im Zweifel auch noch etwas anderes gelingen. Rasch suchte er den Boden ab und fand eine verrottete Holzleiter im Wasser. Sie war nicht mehr zu gebrauchen. Und doch sollte er die Klappe mit Ranjas Hilfe eigentlich erreichen können. Es wurde ohnehin Zeit, dass er sie aus dem Leuchtturm herausschaffte.

Jens streifte sich wieder seine Tauchausrüstung über, atmete noch einmal tief ein und tapste die Stufen hinunter, zurück in die überfluteten Bereiche des Bunkers. So schnell er es vermochte, durchquerte er die Kammer mit dem Netz und kämpfte sich in bewährter Weise durch den engen Gang mit den Schuttmassen zurück zum einstigen Feuerleitstand. Von dort aus war es ein Kinderspiel, über das ehemalige Schlafquartier der Soldaten zurück zum Turmaufgang zu gelangen.

So, wie er es vermutet hatte, stand der Raum mit dem Dieselgenerator inzwischen vollständig unter Wasser. Die Stromversorgung war mit dem Generator ausgefallen, sodass nun der komplette Leuchtturm in Düsternis gehüllt war. Jens versicherte sich, dass die Zugangstür des Leuchtturms noch immer verschlossen war, dann tauchte er die Wendeltreppe entlang nach oben und erkannte zu seinem Schrecken, dass inzwischen auch die zweite Deckebene des Leuchtturms vollständig überflutet war.

Endlich durchstieß er mit dem Kopf die Wasseroberfläche und sah im Turmaufgang vor sich Ranja, die mit einem erschrockenen Aufschrei zurückwich und den Lauf der Pistole in seine Richtung hielt. Hastig riss sich Jens die Maske vom Kopf. »Alles gut, ich bin es!«

»Gott, ich dachte schon, du bist ertrunken«, keuchte die blonde Frau, während das Wasser um sie herum weiterhin unentwegt von den Wänden rauschte. »Wäre dein Scheinwerfer nicht gewesen, dann …« Aber noch immer hielt sie die Pistole auf ihn gerichtet und starrte ihn mit einer Mischung aus Wut und Verzweiflung an. Endlich senkte sie die Waffe. »Und?«

Jens berichtete ihr, was sein Tauchgang erbracht hatte. »Wir müssen lediglich zusammen zu dieser Kammer tauchen. Glaubst du, dass du das schaffst?«

»Ich bin noch nie getaucht.«

»Dann erkläre ich dir, was du zu beachten hast. Wir werden uns am Lungenautomat abwechseln. Nur müssen wir sparsam mit den Luftvorräten umgehen.« Er zeigte ihr den Gebrauch des Atemreglers und beschrieb den Weg durch das alte Bunkersystem. »Vor allem die Engstelle in dem Gang hinter dem alten Feuerleitstand wird kitzlig«, schloss er. »Aber wenn ich mit den Füßen voraus krieche, dann kommen wir auf dem Weg über den Schuttberg beide noch immer gut an die Flaschen heran.«

»Und dann?«, presste Ranja hervor. »Selbst wenn wir es in diesen Raum und von dort wieder raus schaffen, kommen wir anschließend doch nie von dieser Insel weg. Die Sirene wird uns aufspüren und mit uns das Gleiche machen wie mit den Pferden.«

»Nein, denn ich habe einen Plan. Aber ich gebe zu, dass er ziemlich gefährlich ist.« Er erläuterte ihn ihr, und je weiter er sie darin einweihte, desto fassungsloser starrte sie ihn an. »Du bist doch vollkommen verrückt«, keuchte sie. »Das wird uns nie gelingen. Hast du vergessen, dass dieses Wesen besser schwimmen kann als wir? Wenn es begreift, was wir vorhaben, und uns nachsetzt, dann sind wir erledigt.«

»Das sind wir auch, wenn wir hierbleiben«, antwortete Jens ungerührt. »Im Zweifel haben wir noch immer die Pistole.«

Sie schloss die Augen und atmete tief ein. »Und der Luftvorrat reicht?«

»Ich hoffe es. Zumindest, wenn wir ruhig bleiben und zu heftige Anstrengungen vermeiden.«

»Gut«, sprach sie zögernd. »Meinetwegen.«

Rasch teilten sie sich auf. Während sie seinen Rucksack mit der Chronik holte, die er auf keinen Fall zurücklassen wollte, stürmte Jens in die Bibliothek hinauf und schaltete dort das Radio der dortigen Stereoanlage an. Glücklicherweise wurde das Gerät mit Batterien betrieben, und so drehte er die Lautstärkeregler bis zum Anschlag auf. Hauptsache, es war laut. Anschließend stürmte er die überflutete Wendeltreppe wieder nach unten, wo seine Begleiterin bereits auf ihn wartete.

»Hast du mit dem Funkgerät eigentlich jemanden erreicht?«, wollte er wissen, während er sich das Tauchequipment überstreifte.

»Nein.« Bedauernd schüttelte sie den Kopf. »Irgendwie war der Empfang gestört. Da war bloß ein Amateurfunker, der wohl dachte, ich hätte einen schlechten Witz gemacht.«

»Egal.« Jens reichte ihr das Mundstück des Atemreglers und zog sie mit sich ins Wasser. Dicht unter der Wasseroberfläche übten sie kurz den wechselseitigen Gebrauch mit der Pressluft, dann führte er sie Stufe für Stufe die Wendeltreppe hinunter. Als er sich sicher war, dass seine Begleiterin nicht in Panik geriet, fasste er sie an der Hand und zog sie mit ruhigen Bewegungen seiner Flossen endgültig mit sich in die Tiefe. Im Generatorenraum angelangt, gürtete er die Pressluftflaschen wieder ab. Dann suchte er die Kette, die sie vorhin mitgebracht hatten, verstaute sie im Rucksack und überreichte alles seiner Begleiterin. Die verschanzte sich jetzt in dem Treppenschacht, der zum Bunker hinunterführte. Er nahm einen letzten Atemzug aus dem Lungenautomat und begann sein Vorhaben.

Flink und allein auf die Luft in seinen Lungen vertrauend, tauchte er aus dem Raum wieder hinaus und hinüber zur Ausgangstür des Leuchtturms. Ohne zu zögern, griff er im Wasser nach dem Sperrriegel und öffnete die Tür. Sie quietschte leicht, und als er sie aufzog, wurde er Zeuge eines seltsamen Strudels, der sich unmittelbar vor ihm bildete und ihn hin und her rüttelte. Endlich stand die Tür auf, und er spähte misstrauisch nach draußen. Der Anblick, der sich ihm dort bot, war ebenso faszinierend wie absonderlich. Denn unmittelbar vor ihm staute sich ein widernatürlicher Wasserwall zu einem fast gläsernen Berg. Anhand der rasch aufsteigenden Blasen und Schlieren konnte er dabei zusehen, wie die Flut vom Inselrand kommend schräg zu den Turmwänden aufstieg. Der widernatürliche Sog war so stark, dass er immer wieder Sand und Gräser mit sich riss.

Jens löste sich von dem Anblick, denn allmählich wurde ihm die Luft knapp.

Stattdessen hämmerte er zweimal mit der Rohrzange gegen die Tür, was im Wasser einen dumpfen, metallischen Klang erzeugte. Jetzt würde sich zeigen, ob es ihnen gelang, die Aufmerksamkeit des Ungeheuers zu erregen – wobei Jens hoffte, dass das lärmende Radio in der Bibliothek über ihnen dazu beitrug, sie ganz nach oben zu locken.

Sein Plan war im Prinzip einfach, nur hing sein Gelingen von zahlreichen unkalkulierbaren Risiken ab. Nicht nur, dass sie es schaffen mussten, den verborgenen Bunkerraum zu erreichen, sie mussten auch darauf setzen, dass es ihnen von dort aus gelang, wieder einen Weg an die Oberfläche zu finden. Anschließend würden sie durch die Dünen zurück zum Turm laufen, um die Tür des Leuchtturms von außen mit der Kette zu versperren. War die unheimliche Kreatur erst einmal im Turm gefangen, so seine Hoffnung, konnten sie es wagen, mit dem Motorboot der Rothaarigen die Flucht anzutreten. Inzwischen sollte Westerogg längst von der gewöhnlichen Flut umspült worden sein.

Ranja gegenüber hatte er sich bei alledem selbstsicherer gegeben, als er war. Tatsächlich wusste er nur zu gut, an wie vielen Details ihr Vorhaben scheitern konnte. Nur sah er keinen anderen Ausweg.

Mit kräftigem Flossenschlag kehrte er wieder in den Generatorenraum zurück und schlüpfte dort durch die Stahltür in das Bunkersystem hinunter. Ranja erwartete ihn bereits. Er nahm ihr den Atemregler ab und füllte seine Lungen endlich wieder mit Luft. Jetzt waren es nur noch sechs Minuten, die ihnen an Pressluft verblieben. Jens gab seiner Begleiterin das Mundstück zurück und zog die schwere Stahltür hinter sich zu. Auch hier gab es ein Drehrad, nur wollte es sich partout nicht bewegen lassen. Verdammt!

Unvermittelt schmerzte es wieder hinter seiner Stirn, und er spürte ebenso wie schon zuvor eine heranrollende Woge an Zorn, Wut und auch Wahnsinn. Ranja Rhode schien nichts davon zu bemerken, denn sie sah ihn lediglich besorgt an. Er hingegen *wusste*, dass sich das Ungeheuer jetzt anschickte, in den Turm einzudringen. Fast so, als bestünde zwischen ihnen ein nicht zu erklärendes geistiges Band. Er begriff das nicht – warum reagierte er nur so sensibel auf die Kreatur?

Doch es war ihm egal. Sie mussten jetzt alles daransetzen, diesem Wesen zu entkommen. Warnend legte er den Finger auf die Lippen, nahm seiner Schicksalsgefährtin die Halogenleuchte ab, packte sie am Oberarm und zog sie unter kräftigen Flossenschlägen mit sich. Sie drangen in den einstigen Mannschaftsraum ein, gelangten von dort aus in den eingestürzten Feuerleitstand und tauchten schließlich in den Gang mit der großen Schutthalde. Ranja sah der Aufgabe, die vor ihnen lag, zwar leicht panisch entgegen, folgte ihm aber, als er rücklings über die Schutthalde hinwegsetzte. Zu allem Unglück verhedderte sie sich mit ihrer Kleidung an einem der unter der Decke hervorstechenden Streben aus Bewehrungsstahl. Noch während er ihr half, sich zu befreien, überwältigten ihn wieder fremde Emotionen. Wut. Enttäuschung. Jagdlust. Und diesmal war ihm, als taste sich etwas suchend zu seinem Bewusstsein vor. Jens kämpfte die widerliche Empfindung nieder und konzentrierte sich darauf, Ranja zu beruhigen. Es gelang ihm zwar, doch verbrauchten sie bei der Anstrengung mehr Atemluft als vorgesehen. Ihnen blieb nur noch Luft für knapp vierzig Sekunden.

Also zog Jens Ranja energisch weiter mit sich und durch den Raum mit dem Netz hindurch, als er spürte, dass aus dem Atemgerät kaum noch Luft strömte. Buchstäblich mit dem letzten Atemzug gelang es ihnen, die verborgen liegende Bunkerkammer zu erreichen. Jens schoss aus dem Wasser, und auch die junge Frau tauchte neben ihm auf, spuckte das Mundstück aus und sog die brackige Luft geräuschvoll in ihre Lungen.

»Ich nehme mal an, das war knapp«, sprach sie zähneklappernd. Auch Jens war wieder völlig durchgefroren, und beide brauchten sie einige Zeit, bis sie sich warm gerieben hatten.

»Du hast dich aber gut geschlagen. Wirklich.« Jens lächelte trotz der Gefahr und half Ranja dabei, die Pressluftflaschen abzulegen. Anschließend schüttete er mit einem unglücklichen Blick auf die durchweichte Chronik das Wasser aus dem Rucksack und überprüfte die Werkzeuge, die sie mitgenommen hatten.

»Da oben ist die Luke«, sprach er noch immer zitternd, während er mit der Lampe in der Hand unter die Klappe trat, die sich über ihnen an der Bunkerdecke befand.

»Und dieser Raum ist der Polizei damals bei der Untersuchung entgangen?«, fragte Ranja. Misstrauisch sah sie sich um.

»Sieht so aus«, meinte Jens. Er hatte ihr längst von den Hippies berichtet, die auf der Insel am Ende übereinander hergefallen waren, und stopfte nun wahllos einige Dinge aus den Regalen in den Rucksack: verschimmelte Bücher, Kladden, sogar einige durchweichte Hüllen mitsamt den Tonbändern darin. Vielleicht würde ihnen irgendetwas davon darüber Aufschluss geben, was sich damals auf der Insel zugetragen hatte. Doch zunächst einmal mussten sie hier wieder rauskommen.

Jens streifte sich den Rucksack über, stellte sich breitbeinig unter die Luke an der Decke und winkte Ranja zu sich. »Schnapp dir die Rohrzange, dann versuchen wir es mit einer Räuberleiter.« Er verschränkte bereits die Hände, um ihr so den Aufstieg zu ermöglichen, doch sie winkte ab. »Ich glaube, du unterschätzt meine artistischen Fähigkeiten. Versuchen wir es doch lieber mit den Bierkisten da vorn.«

Sie watete an Jens vorbei durch das Wasser und zog an den Kästen. Darin klirrte es. Jens schenkte ihr einen anerkennenden Blick. Darauf hätte er auch selbst kommen können. Gemeinsam türmten sie die Kisten unter der Luke auf, und Jens stieg vorsichtig darauf. Sie knirschten. Zwar hatten die vielen Jahre auch vor ihnen nicht haltgemacht, doch sie waren noch immer so stabil, dass sie ihn zu tragen vermochten. Tatsächlich reichte ihre Höhe aus, dass er bequem an die Luke gelangte. Jens versuchte die Riegel zu lösen, doch der Erfolg ließ etwas auf sich warten. Sie waren ebenso verrostet wie alles andere hier unten. Jens konnte nur darauf hoffen, dass Eike Momsen die Klappe damals einigermaßen gut eingeölt hatte. Erst unter Einsatz aller ihrer Werkzeuge und unter erheblichen Mühen gelang es ihm, die Riegel zu öffnen. Es knirschte, und Rost rieselte auf seinen Kopf. Plötzlich schwang ihm die Luke entgegen, und mit ihr stürzten Massen aus Sand auf ihn nieder.

Jens fiel mit einem Aufschrei von den Kisten und klatschte der Länge nach auf den überfluteten Bunkerboden. Doch im Vergleich mit den übrigen Schmerzen, die seinen Körper peinigten, war dieser Sturz noch auszuhalten. Die Lampe lag jetzt im Wasser, sodass der Raum in trügerisches Zwielicht gehüllt wurde. Viel wichtiger war allerdings, dass jenseits der freiliegenden Öffnung ein Lichtstreif zu sehen war.

»Wir haben es.« Jens sah triumphierend zu ihr hinüber, die verschreckt zurückgewichen war, und rappelte sich gequält wieder auf. Gerade wollte er nach der Lampe greifen, als ihn ein dumpfes, rasch stärker werdendes Gefühl von Wut und Zorn herumfahren ließ. Die Kreatur. Sie kam immer näher …

Entsetzt sah er mit an, wie sich die Wassermassen im Raum plötzlich teilten und entgegen der Schwerkraft an den Wänden zur Decke emporflossen, wo sie schon begannen, über ihre Köpfe hinweg zur Luke zu brausen.

»Weg da!«, brüllte er noch, als das Wasser hinter Ranja Rhode wie in einem Kochtopf zu brodeln begann. Sie, die das unheimliche Phänomen entsetzt anstarrte, wirbelte panisch herum und zog die Pistole. Im gleichen Moment bäumte sich das Wasser in der Treppenflucht auf, und mit der Flut brach ein monströser Schatten in den Raum ein, der sie rasselnd anfiel. Bestialischer Fischgeruch schwängerte auf einmal die Luft, und hysterisch schreiend stürzte Ranja Rhode zu Boden. Zwei Schüsse lösten sich aus der Pistole, denen ein infernalisches Gebrüll folgte. Im nächsten Moment flog ihm der Körper seiner Begleiterin wie eine hilflose Gliederpuppe entgegen. Jens konnte sie gerade noch auffangen und krachte mit ihr wieder zu Boden, der jetzt vollständig trockenlag. Doch mindestens eine der Kugeln schien die Chimäre erwischt zu haben, denn der monströse Schatten krümmte sich unter gepeinigten Kreischlauten zusammen und glitt in die Treppenflucht zurück. Sogleich prasselten die Wassermassen an der Decke unkontrolliert auf sie nieder.

Ranja kam wimmernd auf die Beine, und Jens sah sofort, dass ihr Gesicht und ihre Arme mit Schürfwunden übersät waren. Schlimmer wog eine große, blutende Wunde an ihrem Oberschenkel. Nur stand sie derart unter Schock, dass sie die Schmerzen kaum zu bemerken schien. Stattdessen hielt sie die Waffe noch immer auf den Zugang gerichtet und drückte wieder und wieder ab. Doch es klickte lediglich. Die Munition war verschossen.

»Rauf da. Sofort!«, herrschte Jens sie an, bevor sie vielleicht noch ohnmächtig wurde. Hinter seiner Stirn tobten die wirren Empfindungen von Überraschung, Schmerz, aber auch lauernder Angriffslust. Das Ungeheuer sammelte seine Kräfte, aufgegeben hatte es noch lange nicht.

Jens half Ranja die Bierkisten hinauf und stützte sie an der Hüfte, sodass sie selbstständig die alten Sprossen am Lukenrand ergreifen konnte. Bei alledem gebärdete sie sich so panisch, dass sie Kräfte freisetzte, die er nicht für möglich gehalten hatte. Während er von dem Blut ihrer Beinwunde besudelt wurde, zog sie sich die Sprossen hinauf. Jens wollte ihr gerade folgen, als das Wasser weiter hinten im Raum schon wieder zu schäumen begann. Aufgrund des herrschenden Zwielichts konnte er zwar kaum etwas erkennen, doch war ihm klar, dass er die Kreatur unbedingt davon abhalten musste, in den Raum zu gelangen. So rasch konnte er den Aufstieg gar nicht vollenden, als dass ihn das Wesen nicht jederzeit wieder in die Tiefe zu zerren vermochte. In diesem Augenblick erinnerte er sich an die Beobachtung des Journalisten.

Er wühlte in der Werkzeugtasche, sprang zurück auf den überfluteten Betonboden und riss eine der beiden Magnesiumfackeln an, die sogleich mit grellem Lichtschein und unter gehöriger Rauchentwicklung abbrannte. Kaum hatte er die Fackel entzündet, da brach die unheimliche Kreatur auch schon wieder aus der Treppenflucht hervor. Und diesmal standen sie sich Auge in Auge gegenüber. Fassungslos starrte er das Wesen an. Es spottete in seiner Scheußlichkeit allem, was er je zuvor gesehen hatte. Angesichts des halb aufgerichteten Oberkörpers mit den Brüsten ähnelte die Kreatur tatsächlich einer Frau, sah man einmal davon ab, dass ihr Unterkörper in einem schuppigen Fischschwanz auslief, der noch immer halb im überfluteten Aufgang steckte. Viel beängstigender war jedoch der schrecklich deformierte Schädel mit den hervorgewölbten Glotzaugen und den langen strähnigen Haaren, in dem ein blutiges und weit aufgerissenes Maul mit spitzen Reißzähnen klaffte. Sogar breite Kiemen unter knorpeligen Ohrstümpfen glaubte Jens erkennen zu können.

Dass Ranja Rhode die Kreatur tatsächlich verletzt hatte, war deutlich zu sehen. Unterhalb der linken Schulter des Wesens prangte ein Einschussloch, aus dem es blutete. Nur schien es die Schmerzen zu ignorieren, denn es hielt beide Krallenarme angewinkelt vor sich und schirmte mit ihnen die Glotzaugen vor dem grellen Lichtschein der Fackel ab. Und in diesen Augen blitzte der Wahnsinn.

Jens hustete angesichts der starken Rauchentwicklung, als das Ungeheuer wie eine übergroße Kobra auf ihn zuschoss. Im letzten Moment wich er dem Krallenhieb aus und schlug seinerseits mit der Magnesiumfackel zu. Unter gereizten Zischlauten wich die Kreatur zurück, und allmählich verstellte der viele Rauch den Blick auf sie. Er und das Monstrum belauerten sich gegenseitig, nur dass jetzt auch Jens spürte, wie ihm die giftigen Dämpfe der Fackel allmählich den Atem raubten. Allerdings schien die unheimliche Kreatur ebenfalls geschwächt zu sein, denn ihr rasselnder Atem ging stoßweise, und nirgendwo sah er mehr Wasser, das sich widernatürlich verhielt. Da kam ihm eine verzweifelte Idee.

Mehrfach wild im Rauch um sich schlagend, drängte er die Chimäre weiter zur Treppenflucht zurück und kämpfte sich so zu der Wand mit dem verrosteten Generator vor. Dort fand er, was er suchte: einen der alten Dieselkanister. Und in diesem schwappte noch immer Flüssigkeit. Mit einer Hand öffnete er den Stutzen, dann trat er den Kanister um und hörte vor sich das gluckernde Geräusch auslaufenden Brennstoffs. Jens wartete, bis das Geräusch allmählich verstummte, dann ließ er die brennende Fackel fallen und sprang zurück. Mit einem fauchenden Geräusch entzündete sich vor ihm eine Wand aus Feuer.

Die unheimliche Fisch-Mensch-Chimäre stieß ein gepeinigtes Bellen aus, und aus den platschenden Lauten, die nun folgten, schloss er, dass sie im überfluteten Treppenaufgang Schutz vor dem Feuer suchte. Nur schwanden ihm allmählich die Sinne. Die raucherfüllte Luft hier unten breitete sich in seinen Lungen inzwischen aus wie Gift.

Jens wankte zu den Bierkisten zurück, die nur noch schemenhaft zu sehen waren, erklomm sie und sprang zu den Sprossen hinauf. Doch er besaß einfach nicht mehr genug Kraft, um seinen Oberkörper hinaufzuziehen. Alles, was er noch fertigbrachte, war, sich mit einer Hand festzuhalten und mit der anderen die darüberliegende Sprosse zu ergreifen. Gott, es waren nur drei. Schließlich ergriff er auch jene darüber. Vor seinen Augen tanzten bereits Sterne, als er mit einer letzten Kraftanstrengung die Füße anzog und sich so aus dem Einstiegsschacht stemmte. Dort kippte er mit einem krampfhaften Hustenanfall in die Dünen und übergab sich mehrfach, während hinter ihm eine regelrechte Rauchsäule zum Himmel aufstieg. Aus der Tiefe brandete enttäuschtes Gebrüll an seine Ohren, und dieses Geräusch war es auch, das ihn wieder in die Wirklichkeit zurückriss. Wankend kam Jens auf die Beine und sah im allmählich aufklarenden Nebel Ranja. Seine blonde Begleiterin lag stöhnend im Sand und hielt sich mit schmerzverzerrtem Gesicht die Beinwunde. Er taumelte auf sie zu, öffnete seine Jacke und riss sich das T-Shirt vom Leib, das er nun um ihren Oberschenkel wickelte. Kurz dachte er an ihren Plan zurück. Der Schachteinstieg stand noch offen. Und auch der Zugang zum Leuchtturm war noch nicht gesichert. Nur fehlte es ihm schlicht an Kraft, die Ausgänge zu versperren. Er konnte nur darauf hoffen, dass das Ungeheuer da unten ebenfalls zu geschwächt war, um ihnen noch nachzusetzen.

Jens packte Ranja unter dem Arm, wuchtete ihren Körper hoch und schleppte sie zum Strand. Dorthin, wo die Pfähle im Nebel aufragten.

Dem Motorboot entgegen.

Geheimnisse

Jens ließ sich erschöpft auf den Fahrersitz von Ranjas Audi fallen, strich sich über die frischen Verbände und starrte eine Weile die blauweiße Fassade der Husumer Klinik an. Die Abendsonne, die zwischen den dunkler werdenden Wolken hervorlugte, tauchte das begrünte Gelände in ein mildes Licht. Zwei Pfleger in weißer Krankenhauskleidung verließen schwatzend den Besuchereingang, und weiter hinten, unter einigen Bäumen, konnte er ein Pärchen sehen, das ein junges Mädchen auf Krücken begleitete.

Es war gerade dieser Anflug von Normalität, der ihn einen Augenblick lang einlullte und ihn die zurückliegenden Strapazen vergessen ließ. Denn wenn er ehrlich zu sich selbst war, erschien es ihm noch immer wie ein Wunder, dass Ranja und er die Geschehnisse auf Westerogg überlebt und es mit dem Motorboot tatsächlich zurück zur Nordstrander Hauptbadestelle Fuhlehörn geschafft hatten.

Zwar hatte sich Rhodes Tochter während der Fahrt tapfer geschlagen, doch wie kritisch es wirklich um sie stand, begriff er erst, als die DLRG-Helfer sich ihrer annahmen. Da war sie angesichts des Blutverlustes kaum noch ansprechbar gewesen. Jens war trotz seiner eigenen Blessuren losgeeilt, hatte ihren Wagen vom Parkplatz geholt, sie eingeladen und kurzerhand zur Klinik nach Husum gefahren, statt abzuwarten, dass irgendwann ein Krankenwagen kam. Dass er dabei so ziemlich jede Verkehrsübertretung begangen hatte, die vorstellbar war, war ihm gleichgültig gewesen. Im Nachhinein tat es ihm nur für den jungen Rettungsassistenten leid, der mitgekommen war – und der hatte natürlich nichts anderes zu tun gehabt, als seine Kollegen, nachdem sie die Notaufnahme erreicht hatten, auch auf ihn und seinen mutmaßlich erlittenen Schock hinzuweisen.

Natürlich war er ihm dafür dankbar, dass man auch ihn ärztlich versorgt hatte, nur hatte er es eigentlich vermeiden wollen, sich den Fragen der Ärzte auszusetzen. Diese wollten natürlich wissen, was den beiden widerfahren war. Also hatte er ihnen etwas von einem Bootsunfall erzählt, eine Version, die sie sich während der Rückfahrt hatten einfallen lassen. Beiden war klar gewesen, dass ihnen niemand die Wahrheit abnehmen würde. Er hatte ja selbst noch immer Mühe zu akzeptieren, dass das, was sie da draußen auf Westerogg erlebt hatten, Realität gewesen war.

Gott, eine leibhaftige Sirene!

Wie war es überhaupt möglich, dass solche Wesen existierten?

Ganz davon abgesehen, dass er sich diese Fabelwesen bis zum heutigen Nachmittag irgendwie anders vorgestellt hatte. Nämlich schön und liebreizend. Die Kreatur, der er nun schon zweimal gegenübergestanden hatte, war jedoch in jeder Hinsicht ein Monstrum. Ein äußerst gefährliches Monstrum. Er hatte den Wahnsinn dieses Wesens förmlich spüren können. Und nicht bloß die Existenz dieser Kreatur warf Fragen auf, auch ihre unheimlichen Kräfte.

Jens schüttelte den Kopf, sah wieder zum Eingang der Klinik hinüber und fragte sich, wie lange es wohl dauern würde, bis die Ärzte feststellten, dass er verschwunden war. Inzwischen plagte ihn bohrender Hunger. Er bemerkte erst jetzt, wie sehr die zurückliegenden Ereignisse an seinen Kräften gezehrt hatten. Und er musste sich mit Meike in Verbindung setzen. Wem, wenn nicht ihr, konnte er sich anvertrauen?

Er zog den durchnässten Rucksack vom Rücksitz, in dem noch immer all die durchfeuchteten Fundstücke aus dem Bunker verstaut waren, fischte aus einer Seitenklappe noch einmal sein Handy und versuchte es anzustellen. Doch aus dem Gehäuse tropfte Wasser. Damit war zweifelsfrei klar, was er schon während ihrer Rückfahrt im Motorboot befürchtet hatte: Sein Tauchgang hatte das Gerät unwiederbringlich zerstört.

Er warf es resigniert auf den Beifahrersitz, tastete die Türseite erfolglos nach einem Schokoriegel oder etwas anderem Essbarem ab und öffnete schließlich das Handschuhfach. Offenbar war sein Glück aufgebraucht. Auch dort fand er nichts Essbares. Stattdessen lag in dem Fach neben einer Parkscheibe und einem Schneekratzer, der irgendwie fehl am Platze wirkte, ein in blauen Kunststoff eingeschlagenes Fahrtenbuch. Ranja Rhode schien häufig unterwegs zu sein.

Er legte es wieder zurück und entdeckte weiter hinten ein pinkes und mit funkelnden Strass-Steinen geschmücktes Portemonnaie. Darin befanden sich einige Münzen. Dankbar nahm er die Geldbörse an sich, denn in seiner eigenen steckten bloß einige durchweichte Geldscheine. Die Münzen würden ihm zumindest helfen, Meike zu erreichen.

Mit einem Ächzen verließ er den Wagen und sah sich auf dem Parkplatz um. Noch immer barfuß, mit verschmutzter Trekkinghose und versengter Windjacke humpelte er auf eine Telefonzelle in der Nähe zu. Er nahm den Hörer ab, steckte die Münzen in den Geldschlitz – und stieß seufzend den Atem aus.

Es war wirklich zum Verzweifeln. Die Nummer. Er würde sich doch hoffentlich noch an die Mobilfunknummer der Polizistin erinnern! Schließlich war er auch sonst gut mit Zahlen. Jens vergegenwärtigte sich wieder den gestrigen Abend im Streifenwagen, kramte in seinem Gedächtnis und gab automatisch die Nummernfolge ein, die ihm in den Sinn kam. Es summte einige Male, dann wurde abgenommen. »Meike Ehlers.«

Jens atmete erleichtert ein. »Ich bin es. Jens.«

»Von wo rufst du denn an? Hat die Wattfahrt irgendetwas Interessantes erbracht?«

»Vermutlich mehr, als du wissen willst«, antwortete er düster. »Ich muss dich dringend sehen. Nur hänge ich gerade in Husum fest.«

»In Husum?«

»Ja, ich stehe vor der Klinik. In einer der Telefonzellen.«

»Wo bitte?«

»Na, das Husumer Krankenhaus«, erklärte er fröstelnd. Und das nicht bloß, weil die Abendsonne in diesem Augenblick gänzlich von Wolken verdeckt wurde. »Da drinnen behandeln sie gerade Ranja Rhode, die fast verblutet wäre. Und dass ich noch lebe, kommt auch eher einem Wunder gleich. Nur stehe ich jetzt in verdreckten Klamotten auf dem Parkplatz vor dem Klinikeingang, hab kaum noch Bares und befürchte, dass mich gleich einer deiner Kollegen aufgreift, wenn du mir nicht irgendwie beistehen kannst.«

»Warte und beweg dich nicht von der Stelle. Bin in zehn Minuten da.«

Es klickte, und Jens starrte konsterniert auf den Hörer. In zehn Minuten? Wie wollte sie das denn schaffen? Oder war sie etwa schon vor Ort?

Tatsächlich dauerte es sogar nur sechs Minuten, bis er Meike in ihrer Uniform erblickte. Zu seiner Verwunderung marschierte sie aus der Richtung eines der Seitengebäude auf ihn zu, allerdings befand sie sich in Begleitung. Nur hätte er mit der Person an ihrer Seite nie gerechnet: Doktor Bornleit.

Der Klinikleiter aus Egirholm trug eine saubere beigefarbene Leinenhose, darüber ein luftiges Sommerhemd, und er sah ihn ebenso überrascht an wie Jens ihn.

»Oh, du bist in Begleitung«, wandte er sich irritiert an die Polizistin. »Was machst du hier in Husum?«

»Unter anderen Umständen würde ich dich das wohl ebenfalls fragen«, antwortete Meike Ehlers mit bestürztem Blick auf sein Äußeres. Auch Doktor Bornleit musterte ihn von oben bis unten.

»Sie haben ein Talent für dramatische Auftritte, Herr Ahrens«, meinte er. »Darf ich fragen, was mit Ihnen passiert ist?«

»Lange Geschichte«, antwortete Jens und wechselte einen eindringlichen Blick mit Meike. »Ich hatte gewissermaßen einen Unfall im Watt. Anschließend mussten meine Begleiterin und ich da draußen vor der Flut fliehen. Ein Glück, dass wir es überhaupt zurück geschafft haben.«

»Frau Ehlers erzählte mir eben von Ihrem Anruf«, murmelte der Arzt. »Das ist also die Tochter eines Ihrer Mitgefangenen?«

»Ja, Ranja Rhode.«

»Aber sie lebt?«

»Sicher, sonst wäre ich nicht hier.« Jens wünschte, er würde eine rasche Möglichkeit finden, den Mediziner abzuwimmeln. »Aber was machen Sie beide hier?«

»Na ja, wir versuchen gerade, diese Sedna Schlott zu finden«, antwortete sie. »Wir hatten doch abgesprochen, dass ich mich auf die Suche nach ihr mache.«

»Ach ja.« Jens räusperte sich. Angesichts der Geschehnisse, die so knapp hinter ihm lagen, kam ihm die damalige Überlebende der Hippiekommune erst jetzt wieder in den Sinn.

»Frau Ehlers war so frei, mich heute Mittag aufzusuchen und mich zu bitten, meine Kontakte spielen zu lassen«, erläuterte Doktor Bornleit, während er den schwarzen Fleck auf Jens' Windjacke argwöhnisch beäugte. »Das sind doch Brandspuren?«

»Ja, sind es. Ich wurde von einer Leuchtkugel aus einer Signalpistole getroffen.«

Doktor Bornleit sah ihn an. »Darf ich fragen, was das für ein Unfall war? Klingt ziemlich dramatisch.«

»Später vielleicht«, wiegelte Jens ab. »War die Suche denn erfolgreich?«

»Nein, bislang noch nicht.« Meike Ehlers schüttelte den Kopf. »Wir haben einige Pflegeeinrichtungen in der Nähe Husums abgeklappert. Doktor Bornleit kennt da noch den einen oder anderen Studienkollegen. Danach kamen wir auf die Idee, auch hier im Klinikum noch mal nachzufragen. Leider ebenfalls ohne Erfolg, aber einen Versuch war es wert.« Sie schenkte dem Arzt ein Lächeln. »Auf jeden Fall wäre ich ohne Ihre Hilfe niemals so schnell vorangekommen. Nochmals vielen Dank.«

Bornleit lächelte unverbindlich. »Nicht dafür. Ich musste geschäftlich ohnehin grad in Husum vorbeischauen. Und da Sie meinten, dass die Suche nach der Frau dabei helfen könne, diese Entführten aufzuspüren, von denen Herr Ahrens berichtet hat, war das doch selbstverständlich. Nur haben Sie mir immer noch nicht verraten, wie diese Fälle überhaupt miteinander in Verbindung stehen.«

»Das darf ich im Augenblick auch noch nicht. Aber Sie haben bei mir jetzt einen Stein im Brett.«

In diesem Augenblick klingelte das Handy des Arztes. »Wenn Sie mich kurz entschuldigen würden.« Bornleit entfernte sich, und so zog die Polizistin Jens ein paar Schritte zur Seite und senkte die Stimme. »Kannst du mir vielleicht mal verraten, was da draußen eigentlich geschehen ist?«

»Gern, nur hoffe ich, dass du mich dann nicht für verrückt erklärst.« Misstrauisch versicherte er sich, dass Bornleit sie nicht zufällig doch hörte. Aber der war mit seinem Telefonat beschäftigt und schien darüber ziemlich verärgert. »Um es kurz zu machen«, flüsterte er. »Wir standen da draußen einer echten Sirene gegenüber. Und dieses Ungeheuer hat versucht, uns umzubringen!«

»Was bitte?« Meike Ehlers starrte ihn konsterniert an, nur kam Jens nicht zu einer Antwort, denn der Arzt beendete sein Telefonat und trat wieder zu ihnen. Er lächelte, doch seine Miene wirkte eisig. »Tut mir leid. Leider muss ich zurück nach Egirholm. Ein Zwischenfall in der Klinik. Immer das Gleiche – wenn man nicht alles selbst macht.« Sein Blick streifte Jens, und er musterte noch einmal seinen Verband. »Wenn Sie noch etwas brauchen, melden Sie sich bitte. Sie wissen ja, auch wir verfügen über eine Notaufnahme.«

»Danke, aber ich hoffe, das war jetzt erst mal mein letzter Aufenthalt in einer Klinik.«

»Natürlich, Frau Ehlers.« Bornleit nickte der Polizistin zu und marschierte zügig in die Richtung, aus der er vorher mit Meike Ehlers gekommen war.

»So, und jetzt bitte noch einmal«, zischte Meike, kaum dass der Arzt außer Hörweite war.

Jens stöhnte und berichtete ihr haarklein, was er und Ranja erst im Watt und anschließend auf Westerogg erlebt hatten. »Und bitte glaub mir«, endete er, »wenn ich das alles nicht selbst erlebt hätte, würde ich vermutlich ganz genauso wie du an meinem Geisteszustand zweifeln. Aber du kannst gern Ranja Rhode fragen, sobald sie wieder ansprechbar ist. Sie wird dir alles bestätigen.«

Fassungslos trat Meike Ehlers einen Schritt zurück. Jens spürte, dass ihr eine Erwiderung auf der Zunge lag, daher hob er die Hand und sah sie beschwörend an. »Und ich gehe noch weiter: Ich behaupte, dieses Wesen treibt auch in Egirholm sein Unwesen. Ob du das nun glauben willst oder nicht.«

Meike mahlte mit dem Kiefer. »Ist dir eigentlich klar, was das bedeuten würde?«, presste sie hervor. »Wenn diese Wesen tatsächlich existieren, dann wäre das die Sensation des Jahrhunderts. Ach, was sage ich, des Jahrtausends. Wie kann es sein, dass sie nie zuvor entdeckt wurden?«

»Aber vielleicht wurden sie das ja. Oder woher stammen all diese Mythen um Nixen und Meerjungfrauen sonst?«

»Aber wir leben im 21. Jahrhundert!«

»Und? Ich *weiß* jedenfalls, was ich da draußen gesehen habe. Das Scheusal hat uns fast umgebracht.« Jens fasste sich an den Verband und verzog schmerzerfüllt sein Gesicht. »Hier zu stehen und dir von der Begegnung zu erzählen, kostet bereits Überwindung.«

»Aber du hast keinen Beweis mitgebracht?«

»Nein, den muss ich dir vorläufig schuldig bleiben. Alles, was ich habe, steckt in dem Rucksack dahinten.« Er deutete zu Ranjas Audi hinüber. »Allerdings befürchte ich, dass nichts darunter ist, was die Existenz dieses Wesens bestätigt.«

»Ich könnte die Kollegen von der Küstenwache verständigen und sie darum bitten, Westerogg einen Besuch abzustatten«, schlug die Polizistin vor.

»Und dann?« Jens schnaubte abfällig. »Du glaubst doch nicht, dass die Kreatur immer noch dort ist. Sie war zwar verletzt, wirkte aber nach wie vor ziemlich quicklebendig auf mich. Außerdem behagt mir nicht, Kollegen von dir unwissend einer Gefahr auszusetzen, die wir im Augenblick noch gar nicht abschätzen können. Ich hab dir doch erzählt, wie dieses Wesen das Wasser manipuliert hat. Denkst du, da macht es vor einem Schiff des Küstenschutzes halt, wenn es sich bedroht fühlt?«

Meike Ehlers rang noch um Widerworte, doch irgendwann gab sie ihren Widerstand auf. »Und das seltsame Skelett, das Volker Rhode gefunden hat? Wenn es uns gelingt, die Knochen zu bergen, wäre das doch ein Beweis.«

»Ja. Aber nur, wenn die Flut die Knochen nicht längst fortgespült hat.« Jens blickte resigniert zum Himmel auf, da sich dort immer mehr Wolken zusammenballten. Das Sommergewitter, vor dem sie der Archäologe bereits am Vormittag gewarnt hatte, würde wohl nicht mehr lange auf sich warten lassen. Und ihm knurrte noch immer der Magen. »Wie ist es, könnten wir nicht irgendwo erst mal was essen?« Er sah sie bittend an. »Und ich würde dir ein ganzes Königreich zu Füßen legen, wenn du mich zurück nach Egirholm bringen könntest, damit ich mir endlich etwas anderes anziehen kann.«

Statt auf seine Bitten einzugehen, deutete Meike mit dem Kinn in Richtung des Audi. »Du sagst, du hast da unten in dem Bunker Tonbänder gefunden?«

»Ja. Oder vielmehr das, was davon noch übrig ist.«

»Gut, dann weiß ich, wo wir jetzt hinfahren. Schnapp dir deine Fundstücke, ich hole inzwischen den Wagen und werde in Erfahrung bringen lassen, wer diese Vogelwartin auf Westerogg eigentlich war. Wenn die Frau dort nämlich offiziell gearbeitet hat, sollte man doch an ihren Namen rankommen.«

»Ja, gute Idee.«

Meike Ehlers zückte ihr Handy, wandte sich ab und marschierte in die Richtung, aus der sie gekommen war, während Jens den Rucksack aus dem Audi klaubte und dann die automatische Türverriegelung betätigte.

Wenn er die Ärzte richtig verstanden hatte, würde Ranja ohnehin noch eine Nacht lang im Krankenhaus bleiben. Kurz überlegte er, ob es einen Sinn ergab, sie noch einmal aufzusuchen. Andererseits war sie in guten Händen, und er würde den Ärzten bloß wieder Rede und Antwort stehen müssen. Besser, er wartete damit, bis sowohl sie als auch er selbst sich etwas erholt hatten.

Einige Minuten später fuhr Meike mit ihrem Streifenwagen vor, und er stieg ein. Sie warf einen kurzen Blick in den Rucksack, rümpfte angesichts des Geruchs die Nase, wendete den Wagen und brauste vom Klinikgelände in südlicher Richtung davon. Sie kamen an dem weitläufigen Husumer Schlosspark vorbei, und zwischen den Bäumen konnte Jens das herzogliche Renaissanceschloss mit dem hohen Zwiebelhaubenturm sehen. Irgendwann wiesen die Straßenschilder vor ihnen den Weg in Richtung »Schifffahrtsmuseum Nordfriesland«, und vor ihnen auf dem

Straßenbelag breiteten sich die ersten dunklen Flecken von Regentropfen aus.

»Darf ich fragen, wo wir eigentlich hinfahren?«, wandte er sich müde an seine Begleiterin. Die stellte die Scheibenwischer an, da jetzt auch die Windschutzscheibe vom Regen benetzt wurde. »Wir statten Michael einen Besuch ab. Du weißt schon, mein Kollege, der die Phantombilder angefertigt hat.«

»Was wollen wir da?«

»Ich hatte dir doch erzählt, wie musikbegeistert er ist.« Sie lächelte grimmig. »Wenn jemand etwas mit deinen alten Tonbändern anfangen kann, dann ist er es. Außerdem gibt es bei ihm garantiert auch was zu essen. Das ist nämlich sein zweitliebstes Hobby.«

Sie querten die Schiffbrücke des Husumer Hafens, um einige Straßenzüge später auf einen Hinterhof einzubiegen, der von alten Fabrikgebäuden gesäumt wurde. Einige der Fassaden waren bunt bemalt, und Jens sah, dass die Gebäude zu Wohnquartieren umgestaltet worden waren. Offenbar lebten hier vorwiegend Künstler und andere Kreative. Meike Ehlers deutete auf einen VW-Golf, der nicht weit von ihnen entfernt parkte. »Wir haben Glück. Er ist da.«

Über ihnen rumorte es am Himmel, und allmählich verstärkte sich auch der Regen. Unter den neugierigen Blicken zweier junger Frauen mit Dreadlocks verließen sie das Streifenfahrzeug, und die Polizistin führte Jens über eine ehemalige Beladerampe zu einem der Eingänge. Dort bestiegen sie einen klapprigen Fahrstuhl, der sie ins Obergeschoss des Gebäudes brachte. Schließlich machten sie vor einer Feuerschutztür halt, neben der eine Klingel mit dem Namen »Michael Bossen« angebracht war. Von der anderen Seite konnten sie die Klänge einer Oper hören. Die Polizistin läutete, doch es dauerte eine Weile, bis sich hinter der Tür etwas tat.

»Ja?«, ertönte eine gedämpfte Stimme.

»Ich bin es«, antwortete Meike Ehlers lapidar.

Ein Riegel schnappte, und die Tür wurde aufgezogen. Der dunkelhaarige Kollege war diesmal mit Jogginghose und schrillem

Hawaiihemd bekleidet, doch auch in diesem Fall vermochten es die weit ausfallenden Kleidungsstücke nicht, seine Leibesfülle zu kaschieren.

»Meike?« Der Phantombildzeichner sah die Polizistin überrascht an. Dann glitt sein Blick zu Jens, und er musterte den desolaten Zustand seiner Kleidung. »Sie auch hier?«

»Dürfen wir reinkommen?«, fragte sie.

»Ja klar.« Er machte Platz, und sie betraten eine geräumige Loftwohnung mit hohen Fenstern, der man trotz aufwendiger Renovierungsarbeiten noch immer ihre einstige Funktion als Industrieraum ansah. Die Etage mochte sicher um die zweihundert Quadratmeter groß sein und war zur Gänze mit Parkettboden ausgelegt. Gepflegt wirkende Backsteinsäulen stützten die sicher vier Meter höher liegende Decke, dazwischen befanden sich Arrangements mit Tischen und Sitzgruppen, hohe Regale mit Büchern, Schallplatten und CDs, Kübel mit meterhohen Farnen und gleich zwei riesige Fernseher. Ein Teil der Wohnung schien als Werkstatt zu dienen, denn dort türmten sich mehrere ausgeschlachtete Plattenspieler, Tonbandgeräte und Hi-Fi-Anlagen. Der ganze Stolz des Polizisten schien aber eine teuer aussehende Musikanlage zwischen den Fensterfronten zu sein, von der Kabel zu mehreren gewaltigen Boxen in den Raumecken führten. Von dort – quasi von überall im Raum – erklang das Opernstück.

»Wirklich nett haben Sie es hier.« Jens schnupperte, da ein angenehmer Geruch nach Tomaten und Thunfisch in der Luft lag. Sofort meldete sich sein Magen.

»Danke.« Michael Bossen griff zu der Fernbedienung auf einem der Tische und dimmte die Musik. »Die Wohnung war ein Glücksfall. Ist ziemlich günstig hier, da kann man dann auch mehr Geld für seine Hobbys ausgeben.« Er sah wieder zu Meike Ehlers auf. »Aber ihr seid doch sicher nicht ohne Grund hier?«

»Nein. Wir brauchen deine Hilfe.«

»Ach?« Der korpulente Beamte winkte sie mit sich nach hinten zu einer Sitzgruppe. Jens konnte von dort aus durch eines der hohen Fenster blicken und sah zu den dunklen Wolken hinauf, deren Himmelsschleusen sich nun endgültig öffneten. In heftigen Böen klatschte der Regen gegen die Scheiben, und bis zum Horizont regneten dunkle Schleier auf die Dächer Husums nieder. Jens blieb stehen, denn zusammen mit den Klängen der Oper ergab das ein beeindruckendes Schauspiel.

Doch hinter ihm machte sich der dicke Phantombildzeichner gerade wieder bemerkbar. »Ich bin selbst eben erst nach Hause gekommen«, meinte er. »Hinten köchelt ein großer Topf mit Spaghetti. Wollt ihr mitessen?«

»Unbedingt«, antwortete Jens, bevor Meike Ehlers etwas erwidern konnte.

»Wenn du vorher vielleicht noch was Frisches zum Anziehen hättest?«, bat die Polizistin mit Blick auf Jens' Kleider. Michael Bossen deutete zu einer Tür weiter hinten. »Da ist das Bad. Nehmen Sie sich einfach ein Handtuch. In einem der Regale liegen die Klamotten von Peter, meinem Freund. Die dürften Ihnen passen. Da sollte auch ein Paar Turnschuhe in Ihrer Größe stehen.«

»Sie glauben nicht, welchen Gefallen Sie mir damit erweisen.« Jens marschierte in den Nachbarraum und verbrachte die nächste Viertelstunde damit, sich trotz des Verbandes heißes Wasser über den Körper laufen zu lassen. Der Hunger trieb ihn schließlich aus der Dusche. Dankbar dafür, dass Michael Bossen auf Männer stand, bediente er sich aus dem Regal und kehrte anschließend mit Flickenjeans und eng anliegendem Muskelshirt in den großen Raum zurück.

Dort lief noch immer die Oper. Meike Ehlers, die es sich in der Zwischenzeit mit einigen Unterlagen auf einem der Sofas bequem gemacht hatte, sah grinsend auf. Ihr beleibter Kollege kam derweil schnaufend mit einem Tablett zurück und musterte Jens anerkennend. »Also, wenn ich das so sehe, werde ich meinen Freund demnächst auch mal wieder ins Fitnessstudio schicken.«

Jens schmunzelte. »Ich dachte immer, Liebe geht durch den Magen.«

»Nix da«, Michael Bossen zwinkerte. »Für den Magen bin ich verantwortlich, Peter für das Optische.« Wenig später standen drei dampfende Teller auf dem Tisch, auf denen riesige Portionen mit Nudeln und roter Thunfischsoße angerichtet waren. »Ich mache mir immer gleich etwas mehr, falls ich abends noch mal Hunger bekomme«, erklärte ihr Gastgeber entschuldigend. »Also haut rein. Und dann raus damit, warum ihr eigentlich hier seid.«

Jens langte mit großem Appetit zu und überließ das Reden Meike Ehlers, die nur wenige Bissen zu sich nahm.

»Wie schon gesagt, wir brauchen deine Hilfe«, hub sie zögernd an. »Nur muss ich vorher wissen, ob du auch den Mund halten kannst.«

»Klar. Weißt du doch.« Ihr Kollege wischte sich die Lippen mit einer Serviette ab und beäugte Jens. »Ist es wegen dieser Entführungssache?«

Die Polizistin nickte. »Nur glauben wir, dass wir da noch ganz anderen Dingen auf die Spur gekommen sind.«

»Aha.« Diesmal sah sie ihr korpulenter Kollege seltsam lauernd an. »Schon wieder so was wie damals? Du weißt schon.«

»Du meinst die Sache mit den Toten an der Küste?«

»Natürlich meine ich das. Du weißt doch selbst, welchen Ärger du dir damit aufgehalst hast.«

Meike Ehlers warf Jens einen prüfenden Blick zu, der noch immer mit Heißhunger Spaghetti in sich hineinschlang. »Die Sache, die ich jetzt meine, ist vielleicht noch viel größer, Michael. Ich spreche von etwas, das vielleicht unser aller Horizont sprengen wird.«

Ihr schwergewichtiger Kollege lehnte sich zurück und sah sie stirnrunzelnd an. »Was?«

Meike Ehlers nickte Jens auffordernd zu, der begriff, dass sie ihren Kollegen offenbar vollständig einweihen wollte. War das eine gute Idee? Andererseits, sie hatten nichts zu verlieren und benötigten dringend Hilfe.

»Na gut«, sagte er nach einer Weile und sah dem Phantombildzeichner in die Augen. »Nur hoffe ich, dass Sie offen genug sind.«

Er begann mit seiner Begegnung mit Volker Rhode im Verlies, berichtete ihm von den Nachforschungen während der Folgetage und endete bei den unheimlichen Erlebnissen auf Westerogg.

Michael Bossen starrte ihn an, und eine Weile erfüllte lediglich die Oper den Raum. »Das muss ich erst einmal verdauen.«

Er erhob sich, marschierte zu einer kleinen Bar hinüber und goss sich dort einen Whiskey ein, den er wie Wasser herunterkippte. Anschließend steckte er sich eine Zigarette an. Erst nach einigen Zügen drehte er sich wieder zu ihnen um, musterte erst Jens und betrachtete dann Meike. In seinem Blick lag ein Anflug von Resignation. »Das ist starker Tobak. Echt. Und du glaubst das alles?«

Meike Ehlers sah unbehaglich auf. Schließlich nickte sie. »Ja. Tue ich. Ich habe für das, was geschehen ist, keine andere Erklärung.«

»Dir ist schon klar, dass man dich in die Klapsmühle stecken wird, wenn du mit so was bei jemand anderem ankommst?«

»Und?« Sie zuckte mit den Schultern. »Was soll ich denn tun deiner Ansicht nach? Alles, was bisher geschehen ist, ignorieren? Meine Hände in den Schoß legen und abwarten? Ich muss der Sache einfach nachgehen.«

»Wissen Sie«, ergriff Jens das Wort, »mir ist eigentlich sogar egal, ob es solche Wesen gibt oder nicht. Das heißt, nein, ehrlich gesagt doch nicht. Zu wissen, dass da draußen im Meer Lebewesen – halb Fisch, halb Mensch – existieren, hat mein Weltbild ziemlich erschüttert. Aber hier geht es zunächst einmal um meine Mitgefangenen. Und denen bleibt vielleicht nur noch ein Tag Zeit.«

»Woher wollen Sie das so genau wissen?«

»Weil Volker Rhode es erzählt hat. Und der hat bislang mit allem richtiggelegen. So erschreckend es auch sein mag.«

Meike Ehlers beugte sich plötzlich vor und wies auf die Bücherwand ihres Kollegen. »Sag mal, wenn ich mich recht erinnere, bist du doch sogar ein richtiger Fachmann auf diesem Gebiet.«

Michael Bossen sah sie überrumpelt an. »Wie kommst du denn da drauf?«

Die Polizistin erhob sich und stiefelte zu einem der Bücherregale hinüber, das sie nun absuchte. »Na, du hast hier immerhin ein oder zwei Bücher zum Thema Meerjungfrauen stehen.« Anerkennend pfiff sie durch die Zähne und zog gleich ein ganzes Dutzend Bände hervor. »Du alter Romantiker hast sogar noch viel mehr.«

»Aber Meike, das sind alles … eigentlich nur … bessere Märchen«, kommentierte er die Entdeckung etwas hilflos. Er wirkte jetzt sehr verlegen. »Dahinten«, er deutete zu einem anderen Regal, »da findest du auch ein paar Bücher über Drachen und Zwerge. Sind die deswegen auch gleich *real*?«

»Nein, aber das Hintergrundwissen, das du dir angelesen hast, könnte uns dabei helfen zu verstehen, mit was für einem Phänomen wir es hier zu tun haben.« Auffordernd sah sie ihren Kollegen an. Der stöhnte, wandte sich schwerfällig um und trat neben sie.

»Und wohin soll uns das führen?« Eher widerwillig nahm er eines der Bücher zur Hand und schlug es auf. »Bis heute dachte ich, dass das Fabelwesen sind. Von Menschen erfunden, um mit ihren Ängsten fertigzuwerden. Geschichten wie diese sagen dir, wie eine Gefahr beschaffen ist und was du tun musst, um ihr zu entgehen.«

»Und warum wimmelt es dann in der Mythologie nur so von Wassergeistern?« Sie hielt ihm ein anderes Buch hin. »Schau mal, hier, allein dem Meeresgott Poseidon wurden fünfzig namentlich bekannte Nereïden als Begleiterinnen angedichtet. *Fünfzig.*«

»Gott, das liegt daran, dass sie unseren Ängsten vor dem Ertrinken Ausdruck verleihen. Du findest solche Wassergeister überall. Sogar in der slawischen Mythologie sind sie bekannt: als Rusalka.« Er wedelte mit dem Buch in Richtung der Lautsprecherboxen, die seine Wohnung noch immer mit Musik erfüllten. »Die gleichnamige Oper von Antonín Dvořák kreist auch um sie. Die hört ihr übrigens gerade.«

»Willst du denn gar nicht wissen, ob es sie tatsächlich gibt?«, fragte Meike Ehlers. »Alles spricht dafür, dass diese Wesen real sind. Komm schon, Michael. Sag mir, dass du dabei bist. Denn *ich* werde in jedem Fall weitermachen.« Sie lächelte. »Nur würde es mir deutlich besser gehen, wenn ich dich an unserer Seite wüsste. Denn ehrlich gesagt macht mir das alles auch ein wenig Angst.«

Draußen donnerte es, ein greller Blitz erleuchtete die Loftwohnung.

Michael Bossen stellte den Band schweigend ins Regal zurück.

Anschließend drückte er drüben an der Bar seine Kippe aus und goss sich ein weiteres Glas Whiskey ein. Endlich drehte er sich wieder zu ihnen um. »Okay. Also, wie kann ich euch helfen?«

Jens stellte die Teller beiseite und breitete den Inhalt des Rucksacks auf der Tischfläche aus. Sofort stieg ihnen wieder ein übler Geruch nach Fäulnis und Schimmel in die Nase. Vor ihnen lagen, abgesehen von der durchweichten Chronik, zwei weitere Bücher, verrottete Kladden und drei Pappschachteln, die Meike Ehlers' Kollege mit gerümpfter Nase öffnete. Darin lagen verrostete Tonbandspulen.

»Ach du Scheiße«, murrte der Phantombildzeichner, während Jens die Chronik beiseitelegte. »Wenn die Tonbänder von 1973 sind, tippe ich mal darauf, dass die von einem Telefunken Magnetophon stammen. Die Geräte waren damals recht weit verbreitet. Aber was versprecht ihr euch davon?«

»Rhode hat uns überhaupt erst auf das Blutbad auf Westerogg aufmerksam gemacht«, erklärte Jens. »Das reicht als Anfangsverdacht, dass die damaligen Geschehnisse irgendwie mit den heutigen in Verbindung stehen.«

»Und wie?«

»Darüber werden uns hoffentlich die Bänder Auskunft geben.«

»Aber ich weiß nicht, ob ich da überhaupt etwas retten kann ...« Der dicke Mann schüttelte missmutig den Kopf. »Versprechen kann ich jedenfalls nichts.«

»Versuch, was du kannst«, forderte ihn Meike Ehlers auf. »Neulich hast du doch auch alte Tonbänder vom Flohmarkt restauriert.«

»Ja, aber das war schon was anderes. Diesen hier haben schließlich vierzig Jahre Feuchtigkeit zugesetzt.« Missmutig nahm er die verrosteten Spulen an sich und überprüfte vorsichtig die alten Bänder, die an zahlreichen Stellen eingerissen waren. Nach einem letzten misstrauischen Blick auf die übrigen Funde ging er zu seiner Arbeitsecke hinüber.

Jens wandte sich dem ersten der verschimmelten Bücher zu. Mit spitzen Fingern klappte er es auf. Die Seiten des englischsprachigen Werks waren weitgehend verrottet, aber der schwarzrote

Einband mit dem grünen Titel war noch gut lesbar: *The Psychedelic Experience: A Manual Based on The Tibetan Book of the Dead.* Der Band stammte aus dem Jahr 1964, und einer der Autoren war niemand Geringeres als Timothy Leary.

»Das ist doch dieser US-amerikanische Drogenguru?«, meinte er.

»Allerdings.« Meike Ehlers zog den Band zu sich heran und blätterte einige der Seiten mit ihrer Gabel um. »Zumindest bezeichnet man ihn als Guru der Hippiebewegung. Eigentlich war er – glaube ich – Psychologe, aber dann wurde er vor allem dafür bekannt, dass er den ungehinderten Zugang zu Drogen propagierte – LSD und Meskalin. Soweit ich weiß, geriet er 1970 in Kalifornien wegen ein paar harmloser Joints in ein regelrechtes Drama aus mehreren Inhaftierungen und einer Flucht um die halbe Welt. Egal. Wichtig ist wohl eher, dass er psychedelische Drogen als Mittel zur ›Neu-Programmierung‹ des Gehirns betrachtete.«

»Klingt irgendwie beängstigend.«

»Na ja, waren halt andere Zeiten. Er glaubte, Drogen wie LSD und Meskalin würden dem Nutzer dabei helfen, alte Prägungen aufzuheben und sich neuen zu öffnen.« Sie seufzte. »Allerdings wissen wir ja schon, dass die auf Westerogg mit Drogen experimentiert haben.«

Meike Ehlers schob den Band von sich weg und schlug eine der Kladden auf. Die Seiten waren, soweit noch erkennbar, mit astrologischen Berechnungen und den Zeichnungen von Horoskopen samt den Tierkreiszeichen, den zwölf Häusern und den Symbolen für verschiedene Planeten beschriftet.

»Meine Güte.« Jens schüttelte den Kopf. »Dieser Eike Momsen hat es offenbar ziemlich ernst gemeint mit seiner Hoffnung auf ein neues Zeitalter.«

Jens griff zur nächsten Kladde, doch alles, was er dort fand, waren Zahlen und Angaben von Daten, die im Herbst 1972 begannen und sich bis Mitte 1973 hinzogen. Hinter einigen Zahlen befanden sich Angaben in Milliliter. Waren das Medikamentendosierungen? Vermutlich würden sie dieses Rätsel nie lösen.

Meike Ehlers griff nach dem letzten Buch. Es wirkte deutlich älter als der Band von Timothy Leary. Leider war dieses Exemplar komplett mit Schimmel bedeckt, außerdem waren die Seiten zerfressen. An den wenigen Stellen, die noch lesbar waren, erblickten sie Texte in Frakturschrift. Das Buch musste also um den Anfang des 20. Jahrhunderts herum erschienen sein. Jens merkte auf, als sie eine Seite mit einem kaum noch zu identifizierenden mittelalterlichen Stich aufschlugen, der eine Frau mit Fischschwanz in einem Badezuber zeigte. »Was haben wir denn da?«

»Keine Ahnung. Das Buch ist ja quasi nicht mehr lesbar.« Die Polizistin blätterte ganz nach hinten, wo sie nun doch einige gut erhaltene genealogische Tafeln entdeckten. Jens beugte sich vor und betrachtete den über mehrere Seiten verzweigten Stammbaum, der vom Frühmittelalter bis ins 17. Jahrhundert reichte und über viele Generationen die Nachkommen einer französischen Adelsfamilie namens Lusignan auflistete.

Meike schlug das Buch wieder zu und kratzte den Schimmel vom Einband. »›Volksbuch über Melusine‹«, entzifferte sie mit etwas Mühe.

»Melusine?« Jens sah fragend auf.

»Ja, Melusine.« Die Polizistin wandte sich wieder dem Bücherregal ihres Kollegen zu, der weiter hinten im Raum auf einem Hocker saß und mit den Bändern hantierte. »Der Name ist mir eben erst untergekommen. Warte mal.« Sie trat an das Regal heran, suchte die Einbände ab und zog eines der Bücher hervor. »Hier haben wir es«, erklärte sie zufrieden. »›Die Melusinensage im Spiegel der Zeiten‹.« Sie schlug das Buch auf und las eine Weile darin.

»Und?«, wollte Jens irgendwann wissen.

»Tja.« Skeptisch verzog Meike das Gesicht. »Keine Ahnung, warum sich die Hippies dafür interessiert haben könnten. Aber diese Melusine ist eine europäische Sagengestalt, die im Hochmittelalter ziemlich populär war. Zumindest wurden damals einige Romane über sie verfasst. Im Kern geht es wohl um eine Nymphe oder Wasserfee, die mal mit Schlangen- und mal mit

Fischleib beschrieben wird. Sie willigt in die Heirat mit einem Adligen ein, dem sie zuvor das Versprechen abnimmt, auf keinen Fall ihr Zimmer zu betreten, wenn sie badet oder ein Kind gebärt. Obwohl sie ihm Anerkennung, Glück und Reichtum bringt, bricht ihr Göttergatte irgendwann natürlich doch das Tabu. Er erkennt ihre wahre Gestalt, und daraufhin verlässt sie ihn. Die Geschichte scheint zu variieren, aber ihren Ursprung hat sie wohl in diversen anderen Sagenkreisen. Angefangen von der antiken griechischen Sagenwelt über die alten Kulturen Vorderasiens bis rüber nach Japan.« Die Polizistin beugte sich über eine der Buchseiten und schüttelte den Kopf. »Jetzt wird allmählich auch klar, was es mit dieser französischen Adelsfamilie auf sich hat. Das Haus Lusignan beruft sich nämlich seit dem 13. Jahrhundert auf diese Melusine als Ahnfrau.«

»Eine Nymphe als Ahnfrau?« Jens schüttelte den Kopf. »Sonst noch was?«

»Nein.« Meike Ehlers stellte das Buch wieder zurück, als ihr Handy klingelte. Nach einem kurzen Blick auf das Display nahm sie das Gespräch entgegen. »Polizeiobermeisterin Ehlers?« Sie lauschte eine Weile. »Wie? … Verstehe. Nein, nur eine Routinesache. Im Zweifel melde ich mich noch mal. Danke.«

Sie beendete das Gespräch und sah auf. »Wenigstens habe ich jetzt etwas Greifbareres: Meine Kollegen haben sich bei der Staatlichen Vogelschutzwarte in Kiel nach dieser Frau erkundigt, der du deine Brandwunde zu verdanken hast. Deine ominöse Entführerin heißt Nina Hamann. Offenbar stammt sie aus Egirholm.«

»Ach?« Mit finsterer Miene berührte Jens seinen Verband. »Hat das Miststück auch Familie?«

»Weiß nicht«, grübelte die Polizistin. »Wenn sie eine Hamann ist, könnte sie mit den Betreibern des Jachthafens von Egirholm verwandt sein. Zumindest lässt sich das herausfinden. Ich gestehe, ich würde die Fingerabdrücke der Frau zu gern mal mit denen auf deinen Mitbringseln aus dem Keller abgleichen lassen. Dass die Untersuchung nichts erbracht hat, habe ich dir, glaube ich, noch gar nicht erzählt.«

»Interessiert mich auch nicht mehr«, knurrte Jens. »Sie *war* die Rothaarige, die mich niedergeschlagen hat. Nur ist sie jetzt ohnehin tot. Und uns bleibt für so etwas auch zu wenig Zeit. Wenn schon, dann würde ich gern erfahren, ob man über sie eine Spur zu diesem Exlegionär findet. Denn zu dem haben wir im Augenblick gar nichts.«

»Dummerweise ist die Frau lediglich als auf Westerogg wohnhaft gemeldet«, seufzte die Beamtin. »Von einem Zweitwohnsitz ist nichts bekannt. Und den Leuchtturm hattest du ja abgesucht.«

»Nur haben wir da auf die Schnelle nichts finden können.« Jens ballte die Faust, da der Hinweis schon wieder in einer Sackgasse zu münden drohte. Selbst die Fundstücke aus dem Bunker brachten bislang keine neuen Erkenntnisse.

»Im Nachhinein betrachtet war das Ganze da draußen im Watt sowieso merkwürdig«, murmelte er. »Und damit meine ich nicht bloß das Auftreten dieses Ungeheuers.«

»Sondern?«

»Na ja, offenbar sah der Plan meiner beiden Entführer vor herauszufinden, was Ranja Rhode und ich da draußen finden würden – um uns dann unschädlich zu machen. Nur frage ich mich, welche Rolle bei alledem dieser Reiter gespielt haben mag, von dem ich dir erzählt hab.«

»Stimmt. Den erwähntest du.« Meike Ehlers trat wieder an den Tisch und schob die dortigen Funde zusammen.

»Der muss uns die ganze Zeit über in ein oder zwei Kilometern Entfernung gefolgt sein. Nach meinem Eindruck war er es, der uns diese Sirene auf den Hals gehetzt hat.«

»Wie kommst du darauf?«

Jens massierte seine Schläfen. »Kurz nachdem der Exlegionär tot war, meine ich ein Signal gehört zu haben. Wie von einer Hundepfeife. Anschließend trat dann dieses … Geschöpf in Erscheinung. Ebenso letzte Nacht unten in der Kanalisation – und zwar kurz nachdem du auf das Wesen geschossen hattest. Ich kann mir nicht helfen, aber ich bin mir sicher, dass die Kreatur darauf reagiert hat. So als sei sie … abgerichtet.«

»Abgerichtet?« Die Polizistin sah ihn bestürzt an. »Dir ist aber schon klar, wie merkwürdig das klingt?«

»Ja.«

»Aber wie passt das ins Bild?«, hakte sie nach. »Wenn du es da draußen tatsächlich mit drei und nicht mit zwei Gegnern zu tun hattest, dann war die ganze Aktion für die Gruppe doch ein Schuss ins Knie. Immerhin hat das Ungeheuer am Ende sogar deine Entführerin getötet.«

»Durchaus korrekt«, stimmte ihr Jens zu. »Das ist es auch, was mir zu denken gibt. Andererseits … dieses Wesen kam mir wie ein wildes Raubtier vor. Wie ein Kampfhund, der – einmal von der Kette gelassen – alles niederbeißt. Ich konnte sogar seine Empfindungen spüren. Frag mich nicht, warum. Und die waren ziemlich befremdlich. Da gab es nichts außer Zorn, Mordlust und … reinem Irrsinn.« Er schüttelte den Kopf.

»Wenn das alles so ist, dann muss dein ominöser Reiter den Tod der Frau billigend in Kauf genommen haben, nachdem der ursprüngliche Plan schiefgelaufen war«, stellte die Polizistin fest.

»Gut möglich.«

»Das heißt dann vermutlich wohl auch, dass du da draußen unwissentlich so etwas wie dem Anführer der beiden gegenübergestanden hast.«

»Warum?«

»Weil jemand, der im Zweifel solche Kollateralschäden in Kauf nimmt, nach meinem Empfinden in der Hierarchie höher stehen muss. Und mal ehrlich: Ein Mensch, der eine solche Kreatur einzufangen und dann auch noch abzurichten vermag, muss schlicht und einfach über ein erschreckendes Spezialwissen verfügen.«

»Ja, vielleicht. Trotzdem, irgendwas stimmt da noch nicht.« Jens wog nachdenklich den Kopf. »Im Turm hatte ich auch noch mit jemand anderem Funkkontakt. Und dieser Exlegionär erwähnte damals im Verlies ein Telefonat, das er führen wollte.« Unvermittelt ruckte er hoch. »Ich Idiot! Wie konnte ich das bloß vergessen: Der Kerl muss sogar die Dreistigkeit besessen haben, uns vorher zu warnen.«

»Wie das denn?«

»Unmittelbar bevor die Kreatur auf uns losgegangen ist«, erklärte er aufgebracht, »hat jemand Ranja Rhode angerufen. Allerdings drang aus dem Lautsprecher bloß wieder dieser *Aquarius*-Song.«

»Dann ist das Medley also tatsächlich eine Art Botschaft?«

»Offenbar. Nur begreife ich noch immer nicht, wie das Musikstück zu verstehen ist.« Jens sah Meike grübelnd an. »Bist du eigentlich dazu gekommen, dir die Untersuchungsberichte über die anderen Todesfälle in Egirholm zu besorgen? Die von deiner ertrunkenen Vorgängerin und den beiden anderen Frauen?«

»Ja, ich hab sie sogar dabei.« Die Polizistin deutete auf die Unterlagen neben sich auf dem Sofa, die sie kurz vor dem Essen eingesehen hatte. »Aber da muss ich dich enttäuschen: Weder bei der Chefin von *AlgalPlant* noch bei der Stadtkassenleiterin wurde ein Tonträger oder sonst etwas entdeckt, was darauf hindeutet, dass auch ihnen dieses *Aquarius*-Medley zugespielt wurde.« Sie reichte ihm die Dokumente. »Da, du kannst dich gern selbst davon überzeugen.«

Jens sah zu Michael Bossen hinüber, der weiter hinten noch immer an den Tonspulen herumfummelte, ihnen nebenbei aber sichtlich interessiert lauschte. Dann blätterte er die Untersuchungsberichte durch. Meikes Vorgängerin Edda Martens kannte er bereits von dem Foto aus der Wache. Sie war eine hübsche blonde Frau gewesen, nur vermutlich zehn Jahre älter als Meike. Bei der Gründerin dieser Algenfarm handelte es sich um eine energische Frau Mitte dreißig, und die ehemalige Stadtkassenleiterin, die man ertrunken in der Kanalisation Egirholms gefunden hatte, musste so um die sechzig gewesen sein. Die Aufnahmen ihrer Leichen ließen ihn rasch weiterblättern, wobei ihm auffiel, dass die Stadtkassenleiterin als Einzige Wunden davongetragen hatte, die von einem Kampf stammen mochten.

»Hat man inzwischen eigentlich den Reporter gefunden?«, wollte Jens wissen, während er die Fotos von den jeweiligen Leichenfundorten betrachtete.

»Nein, von Karl-Heinz Kluge gibt es bislang noch immer keine Spur.« Unglücklich betrachtete Meike die Unterlagen. »Allerdings wurde am Stadtrand ein weiterer geöffneter Sieleinstieg entdeckt. Nicht weit vom Egir entfernt. Der Flusslauf ist natürlich abgesucht worden, aber auch dort war keine Spur von ihm oder dem Biest zu finden.«

Jens wollte die Unterlagen bereits zurücklegen, als er an einem der Tatortfotos hängen blieb. Es stammte aus dem Untersuchungsbericht der ertrunkenen Polizistin und zeigte den Innenraum ihres kollidierten Streifenwagens. Darauf war nicht bloß das Lenkrad mit dem erschlafften Airbag zu sehen, sondern auch ein blauer Schmuckstein, der an einem Band vom Rückspiegel baumelte. Einen solchen Anhänger hatte er doch schon mal gesehen? Aufgewühlt suchte er ein Foto mit höherer Auflösung und Vergrößerung heraus und entdeckte dabei, dass der Anhänger ein eingraviertes Muster trug, das einem Schneekristall ähnelte. »Das habe ich schon mal gesehen … woanders.«

»Was?«

»Einen Anhänger dieser Art.« Jens reichte Meike das Foto. »Ein Schmuckstück wie dieses hat auch die alte Frau Hansen in der Hand gehalten, als ich sie tot im Wohnzimmer der Pension gefunden habe. Darauf hat sich das gleiche Symbol befunden.«

»Sieh an.« Meike betrachtete das Foto eingehend, anschließend griffen sie und Jens jeweils zu einer der anderen Mappen, um auch die dortigen Fotos zu überprüfen. »Schau mal. Ich glaube, du hast da tatsächlich etwas entdeckt.« Meike hielt ihm eine der Aufnahmen vom Leichnam der ertrunkenen Unternehmensgründerin hin. Jens konnte sehen, dass der Frau eine Kette aus dem Ausschnitt ihres Sommershirts gerutscht war, an dem ebenfalls ein blauer Schmuckstein hing. Die tote Stadtkassenleiterin hingegen trug zwar keinen Schmuck, allerdings glaubte Jens einen feinen roten Streifen an ihrem Nacken ausmachen zu können. Ganz so, als ob ihr dort etwas mit Gewalt vom Hals gerissen worden war.

»Weißt du was?«, meinte er irgendwann. »Ich glaube, all diese Frauen sind nicht zufällig gestorben.«

»Du meinst … du vermutest, das Schmuckstück ist so eine Art Erkennungszeichen?« Die Polizistin sah ihn skeptisch an. »Aber wenn ja, für was? Ich meine, unter den Ertrunkenen befindet sich immerhin meine Vorgängerin. Die war Polizeibeamtin. So wie ich.«

»Na und?« Jens berührte seinen Verband. »Im Gegensatz zu dir stammte sie aus Egirholm. Inzwischen traue ich niemandem mehr, der irgendwie mit diesem Ort zu tun hat.«

Meike biss sich nachdenklich auf die Lippen und wandte sich schließlich ihrem korpulenten Kollegen zu. »Und Michael, kommst du voran?«

»Wie ich vorhin schon gesagt hab, das hier ist eine echte Fusselarbeit.« Michael Bossen hielt einen Kopfhörer in der Hand, den er an sein rechtes Ohr presste, und blickte über die Schulter. Jens sah, dass sich vor ihm, auf einem Tonbandgerät, Spulen drehten.

»Donnerwetter, Sie sind wirklich schnell.« Jens erhob sich und trat gemeinsam mit der Polizistin hinter ihn. Vor dem Phantombildzeichner lag auf dem Arbeitstisch ein großes Knäul an maroden und auseinandergeschnittenen Tondbändern. Einige Fragmente hatte er aber neu zusammengeklebt und in frische Spulen eingefädelt. Und die hörte er gerade ab. Für seinen Geschmack hatte Michael Bossen zwar etwas viel weggeschnitten, aber schließlich war er auch nicht der Fachmann.

»Und?« Er und die Polizistin zogen sich Stühle heran.

»Tja. Viel kann man da nicht mehr raushören«, murrte der dicke Mann. Er stoppte das Bandgerät, zog den Kopfhörer heraus, drehte die Spulen zurück und stellte das Gerät auf laut. Aufmerksam betrachtete er sie, während Jens und Meike Ehlers den Aufnahmen lauschten. Zunächst knisterte es, dann war eine Männerstimme zu hören. Eike Momsen?

… ist der Aufbau abgeschlossen und wir testen die erste Tonfolge. Bis zur Sommersonnenwende muss alles stimmen. Ich will nur hoffen, dass Markus uns übermorgen den neuen Generator beschafft. Außerdem … Es knackste, die Hintergrundgeräusche wechselten, und leise Musik war zu hören, die Jens zweifelsfrei als jene des Musicals *Hair* identifizierte. Dazwischen tönte wieder die Männerstimme. Nur klang sie jetzt träge und benommen. *… sehen, ob*

meine Kleine noch was zum Naschen will. Jetzt, wo wir vermählt sind. Er lachte. *Unersättlich. Muss nur langsam auf die Vorräte achtgeben.* Abermals knackste es, und dann war im Hintergrund *All you need is love* von den Beatles zu hören. Eike Momsen, wenn er es denn war, begann das Lied mitzugrölen. *All you need is love, love. Love is all you need!* Er lachte und schien sich kaum noch einzukriegen. Jemand anderes trat an das Mikro: *Friede, Freunde. Friiiiede! Make love not war. Looove!* Im Hintergrund war wieder die Stimme Eike Momsens zu hören, nur klang sie diesmal ziemlich ungehalten: *Verschwinde, du Wichser! Vögel mit Sedna oder treib es mit Britta. Ist mir völlig egal. Aber …* Abrupt wechselte der Bandabschnitt, und jetzt war ein Rauschen wie von Meeresbrandung zu hören, in das sich die hysterischen Kreischlaute von Mädchen mengten. Dann ein verzweifelter Ruf. *Die Spritze, Sedna! Gib ihr doch endlich die …* Es knisterte, und das Band stoppte.

Aufgewühlt sahen sich Jens, Meike Ehlers und Michael Bossen an.

»Und das ist alles, was Sie retten konnten?«, wollte Jens wissen.

»Ja, der Rest ist bloß noch Müll«, erklärte der Phantombildzeichner. »Ich hab alles zusammengeschnitten, was mir einigermaßen brauchbar erschien. Ich geh die Bänder aber heut Abend gern noch mal durch.«

»Und die Schnipsel sind auch in der richtigen Reihenfolge?«, fragte Meike.

»Kann ich jetzt nicht garantieren«, brummte ihr Kollege. »Sollte ja schnell gehen, außerdem waren das drei Bänder. Wann die Aufnahmen entstanden sind, kann ich auch nicht sagen. Wenn ihr nicht mehr habt, wird das wohl alles sein, was da rauszuholen ist.«

»Das darf einfach nicht alles sein«, meinte Meike Ehlers aufgebracht. »Da muss noch mehr drauf …« Wütend schnappte sie sich Jens' Rucksack und schüttelte diesen aus. Seine verbliebene Magnesiumfackel fiel auf das Sofa, während Michael Bossen für Jens noch einmal das Band zurückspulte. Der wollte gerade die

Play-Taste betätigen, als er hinter sich die Stimme der Polizistin hörte. »Was ist das denn?«

Jens blickte über die Schulter und sah, dass sie Ranja Rhodes mit Strass besetzte Geldbörse geöffnet hatte. Die Polizistin zog einen kleinen Reißverschluss im Innern des Portemonnaies auf und fischte einen zusammengefalteten Zettel hervor.

»Die gehört Ranja Rhode«, seufzte Jens. »Die ist nicht aus dem Bunker. Ich hab mir von ihr vorhin etwas Geld für den Münzsprecher geliehen.«

Meike Ehlers entfaltete den Fund und runzelte die Stirn. Auch er sah jetzt, dass es sich dabei um ein zusammengefaltetes Foto handelte.

»Schau mal, kommt dir der hier nicht bekannt vor?« Sie präsentierte ihm und ihrem Kollegen das Foto. Die Aufnahme zeigte einen schlaksigen Mittzwanziger mit längeren Haaren auf einem Motorrad, der schüchtern grinste. Am unteren Bildrand befand sich ein Schriftzug in weiblicher Handschrift: *Olaf Dettmers, 27 Jahre, 8. Semester Maschinenbau.*

Ranjas Freund vielleicht? Allerdings kamen ihm die Züge des Jungen irgendwie vertraut vor.

»Das ist einer der vier Vermissten, die ich aus der Kartei gefischt habe!«, half ihm Meike auf die Sprünge. »Erinnerst du dich?« Sie kramte ihr Smartphone hervor, wählte die Fotogalerie an und präsentierte ihm die Aufnahmen der Vermisstenkartei, unter denen sich auch jene des Bankkaufmanns fand. Der junge Mann auf dem geknickten Foto glich jedoch einem der anderen Vermissten.

»Keine Ahnung, warum Ranja Rhode eine Aufnahme dieses Studenten bei sich trägt«, wunderte sich Jens und wechselte einen überraschten Blick mit Michael Bossen. »Aber wir könnten sie fragen.«

»Ja, und zwar gleich«, meinte die Polizistin misstrauisch. Sie suchte die Nummer des Husumer Krankenhauses heraus und rief beim dortigen Empfang an. »Polizeiobermeisterin Ehlers. Wären Sie bitte so nett und würden mich mit Ranja Rhode verbinden? Die ist heute bei Ihnen eingeliefert worden.« Sie lauschte und zog die Stirn in Falten. »Bitte? Seit wann?« Alarmiert sah sie Jens und ihren Kollegen an. »Nein danke. Darum kümmere ich mich selbst.«

Sie beendete das Gespräch und gab eine andere Nummer ein. »Sie ist weg«, sagte sie unheilvoll. »Vor einer halben Stunde spurlos aus ihrem Zimmer verschwunden.«

»Wie bitte?« Jens erhob sich entgeistert von seinem Stuhl. »Bitte sag mir jetzt nicht, dass auch sie entführt wurde.«

»Ich will es nicht hoffen. Aber ich lasse sofort Kollegen ins Krankenhaus schicken.« Meike Ehlers schritt mit dem Handy aufgebracht zur Sitzgruppe hinüber und ließ sich mit einem Kollegen in Husum verbinden, den sie offenbar kannte.

»Das muss nichts heißen«, versuchte Michael Bossen Jens zu beruhigen. »Wenn ich Meike richtig verstanden habe, haben Sie sich vorhin ebenfalls unabgemeldet aus dem Krankenhaus entfernt.«

»Ja, das stimmt schon. Aber …«

Meike Ehlers beendete das Gespräch und wandte sich mit blitzenden Augen zu ihm um. »Aufgrund der Dringlichkeit der Angelegenheit habe ich eben mit dem Kollegen gesprochen, der in die Fahndung nach Volker Rhode involviert ist.«

»Und?«

»Ich glaube, du bist von vorne bis hinten verarscht worden. Dieser Heimatforscher war weder verheiratet, noch hatte er unmittelbare Familienangehörige. Wer auch immer sich dir gegenüber da als Ranja Rhode ausgegeben hat, seine Tochter ist sie jedenfalls nicht.«

Dunkle Wolken

»Das gibt es doch nicht!«, meinte Jens aufgebracht. Auf dem Klinikparkplatz war es schwülwarm, der Untergrund dampfte leicht, und in der Luft lag der Geruch von Regen und warmem Asphalt. Und noch immer grollte es am Himmel über der Stadt. Sein Augenmerk galt jedoch allein der Parkbucht, in der er Ranjas Audi abgestellt hatte. Verwaist lag sie vor ihm.

»Wie kann ihr Wagen weg sein, wenn ich die Schlüssel noch habe?« Hilflos präsentierte er Meike den Schlüsselbund.

Die stand neben einem blauen Kombi und beäugte den Klinikkomplex. »Na ja, entweder hat sie den Wagen kurzgeschlossen, oder deine seltsame Bekannte hatte Hilfe.« Sie wandte sich dem Klinikeingang zu, da dort nun zwei ihrer Kollegen ins Freie traten. Die beiden Polizeibeamten trugen ebenso wie Meike Uniform und näherten sich dem Parkplatz.

»Warte hier«, meinte die Polizistin, »und versuch bitte, dich nicht ebenfalls in Luft aufzulösen.«

Sie ging ihren Kollegen entgegen, und die drei sprachen miteinander. Der jüngere der beiden sah kurz zu Jens hinüber, und er erkannte in ihm den rothaarigen Beamten wieder, der bereits bei der Untersuchung der Pension in Egirholm dabei gewesen war. Der andere gestikulierte gewichtig und wies auf eines der Stockwerke des Gebäudes. Irgendwann marschierten die beiden zu ihrem Streifenwagen, der direkt neben dem von Meike stand. Die kehrte nun ihrerseits wieder zu Jens zurück.

»Tja, niemand hat bemerkt, wie Rhodes angebliche Tochter das Zimmer verlassen hat. Sie war auf jeden Fall bei Bewusstsein, und die Ärzte meinen, es ginge ihr den Umständen entsprechend gut. Sie war da oben untergebracht.« Sie zeigte auf eines der Fenster im zweiten Stockwerk des Klinikgebäudes. »Dass sie weg war, ist erst bei einer Kontrollvisite aufgefallen. Die Kollegen sind daher etwas zwiegespalten. Eine Ranja Rhode existiert schließlich nicht, und wer auch immer die Frau ist, im Augenblick kann man ihr nur vorwerfen, dass sie im Krankenhaus unter falschem Namen aufgetreten ist.«

»Ehrlich gesagt war ich es, der dem Personal ihre Daten gab«, murrte Jens. »Aber gerade in dem Zusammenhang mit Volker Rhode müsst ihr doch irgendetwas tun!«

»Nach ihr wird auch gesucht, nur gibt es für ihr Verschwinden vielleicht auch eine ganz profane Erklärung. Meine Kollegen haben mir gerade berichtet, dass sich neulich ein Reporter als Volker Rhodes Sohn ausgegeben hat, um auf diese Weise mehr über den Stand der Ermittlungen herauszufinden. Allerdings ist der Kerl aufgeflogen und hat sich auch gleich eine Anzeige eingehandelt. Theoretisch könnte deine Bekannte also etwas Ähnliches bei dir versucht haben.«

»Eine Reporterin? Das glaubst du doch selbst nicht.«

»Ich weiß nicht mehr, was ich noch glauben soll.« Meike Ehlers seufzte. »Ihr Autokennzeichen hast du dir nicht zufällig gemerkt?«

Jens drehte sich wütend zu der leeren Parkbucht um. »Nein. Ich hatte heute Nachmittag wirklich andere Probleme.«

»Schade, denn hier gibt es keine Überwachungskameras.« Meike zuckte resigniert die Achseln. »Mit dem Kennzeichen wäre es einigermaßen leicht gewesen, dem Halter des Fahrzeugs auf die Spur zu kommen.«

»Moment mal.« Jens lächelte böse. »Vielleicht existiert doch ein Bild von dem Wagen. Denn als ich heute von der Küste aus nach Husum gerast bin, bin ich mindestens einmal in eine Radarfalle getappt.«

»Wo war das?«, fragte sie neugierig.

»Auf der L 30, kurz vor der Ortseinfahrt Husum.«

»Weißt du noch, wann das war?«

»Ja, kurz vor siebzehn Uhr. Ein anthrazitfarbener Audi A3.«

»Eine stationäre Falle oder mobil?«

»Nee, da standen Kollegen von dir. Ich dachte schon, die kommen gleich hinter uns her.«

»Das ist gut.« Meike zückte ihr Handy und wählte eine Nummer. »Wenn das eine Kontrolle der Verkehrsbereitschaft war, dann schaffe ich es vielleicht, das Foto zu besorgen. Ist zwar nicht ganz legal, aber eine Kollegin dort ist mir noch einen Gefallen schuldig.« Sie hielt sich das Gerät ans Ohr. »Ich hoffe nur, die ist jetzt noch da … Katrin? Ja, ich bin es, Meike.«

Jens betrachtete Meike, während diese mit ihrer Kollegin sprach. Er lächelte. Diese Frau hatte es wirklich faustdick hinter den Ohren. Und sie gab nicht so leicht auf. Jens musste sich eingestehen, dass er sie mochte. Und das weit über ihre derzeitige Zweckpartnerschaft hinaus. Es war schon eine Weile her, dass ihn eine Frau so beeindruckt hatte.

Meike beendete das Gespräch und nickte forsch. »Meine Kollegin schaut mal und schickt mir alle infrage kommenden Fotos zu.« Argwöhnisch musterte sie ihn. »Warum grinst du so?«

»Ach, ich dachte gerade daran, dass ich bei all dem Ärger in den letzten Tagen wirklich Glück hatte, ausgerechnet dir begegnet zu sein.«

»Ach ja?« Sie strich sich verlegen ihr braunes Haar hinter die Ohren und lächelte. »Ja, ich finde auch, dass du Glück hattest. Es heißt ja nicht umsonst ›Die Polizei, dein Freund und Helfer‹.«

»Vielleicht. Aber warum tust du das?« Stirnrunzelnd sah er sie an. »Eigentlich müsstest du mich doch für einen durchgeknallten Spinner halten. Ich habe dir bis jetzt keinen einzigen Beweis dafür liefern können, dass an der Sache mit diesem Seemonster irgendwas dran ist. Ich könnte mir das alles komplett aus den Fingern gesogen haben.«

Meike seufzte. »Das stimmt nicht. Du vergisst die Aufnahmen von dem Reporter, Kluge. Ich hab mir die Fotos noch einmal angesehen, finde aber keine Erklärung dafür. Deine Version ist – nach allem, was ich erlebt habe – die einzige, die irgendwie plausibel klingt. Auch wenn das alles wie aus einem Horrorfilm rausgeschnitten wirkt. Außerdem … warum solltest du mir so was ohne Grund auftischen? Deine anderen Angaben haben sich doch auch als richtig erwiesen.« Sie zögerte. »Und ehrlich gesagt, ich halte es für vermessen zu glauben, dass wir schon alle Geheimnisse unseres Planeten kennen. Ich finde die Vorstellung, dass solche Geschöpfe existieren, zwar ziemlich erschreckend, aber irgendwie komme ich mir auch privilegiert vor, einem solchen Wunder mit auf der Spur zu sein.«

Jens nickte nur, und gemeinsam gingen sie zurück zu ihrem Streifenwagen, wobei die Polizistin ihr Smartphone im Auge behielt. Sie setzten sich in den Wagen, warteten und hingen beide ihren Gedanken nach, während es am Abendhimmel leise grollte. Missmutig starrte Jens zum Klinikeingang hinüber.

»Ich fasse es immer noch nicht, dass mich dieses Weibsstück so verschaukelt hat«, sagte er nach einer Weile. »Die war wirklich um keine Antwort verlegen. Was hat sie mir nicht alles an Anekdoten über ihren Vater aufgetischt! Und die meisten waren für Rhode nicht gerade schmeichelhaft. Das alles muss komplett erstunken und erlogen gewesen sein.« Er schüttelte den Kopf. »Und es hätte mir schon früher auffallen können. Von wegen Zweitschlüssel. Die ist hinten in die Wohnung eingestiegen und hat vermutlich alles in der Wohnung entfernt, was mich hätte darauf aufmerksam machen können, dass sie und Volker Rhode gar nicht miteinander verwandt sind. Ich kann nicht mal mit Sicherheit sagen, ob sie dabei nicht auch noch andere Sachen hat mitgehen lassen.«

»Die Frage ist nur, warum das Ganze?«, meinte die Polizistin. »Gehen wir mal davon aus, dass sie keine Reporterin war. Was mag sie zu dieser aufwendigen Scharade getrieben haben?«

»Sie wollte offenbar herausfinden, was mir Rhode an Hinweisen gesteckt hat«, antwortete Jens nachdenklich. »Und wenn ich näher darüber nachdenke, dann hat sie auch versucht, seine Glaubwürdigkeit in Zweifel zu ziehen. So, als hoffte sie, mich auf diese Weise von weiteren Nachforschungen abzuhalten.«

»Dann arbeitet sie vielleicht mit seinen Entführern zusammen?«

»Ich weiß nicht.« Grübelnd wog Jens das Haupt. »Wie ist dann der Zwischenfall da draußen im Watt zu erklären? Schließlich ist sie doch – ebenso wie ich – fast dabei draufgegangen. War sie überhaupt in einem Zustand, in dem sie die Klinik allein verlassen konnte?«

»Den Aussagen der Ärzte nach wohl schon. Allerdings muss sie geschwächt gewesen sein.« Meike sah zu den leeren Parkbuchten hinüber. »Und dann muss sie auch noch ihren Wagen kurzgeschlossen haben. Ich tippe darauf, dass sie Hilfe hatte.«

»Oder sie wurde doch entführt«, meinte Jens düster.

»Auszuschließen ist das nicht.« Meike wandte sich ihm wieder zu. »Andererseits muss ihr klar gewesen sein, dass ihre falsche Identität eher früher als später auffliegen würde.«

Jens ballte die Faust. »Warum habe ich Idiot ihr bloß Rhodes Unterlagen überlassen?«

»Zumindest für den Diebstahl seines Computers, wenn es denn einen gibt, ist sie wohl nicht verantwortlich«, erklärte die Polizistin. »Der fehlte bereits vor eurem Besuch in Bredstedt.«

»Wie?«

»Na, du wolltest doch, dass ich herausfinde, ob die Kollegen ihn zuvor aus seiner Wohnung entfernt hatten.«

»Und?«

»Die haben sich dort einen Tag, nachdem du uns auf Rhodes Entführung aufmerksam gemacht hattest, umgesehen. Sie haben aber nur sehr wenig Brauchbares gefunden. Ein Computer war jedenfalls nicht darunter. Ebenso wenig übrigens wie diese Dokumente aus der Eutiner Bibliothek. Rhode muss die Sachen also entweder mit nach Westerhever genommen haben, und sie sind dort zusammen mit ihm abhandengekommen … Oder jemand war nach seiner Entführung tatsächlich noch einmal in seiner Wohnung, um etwaige Spuren zu verwischen.«

»Haben deine Kollegen denn überhaupt etwas mitgenommen?«, hakte Jens nach.

»Sicher. Nur war das offenbar nicht sonderlich aufschlussreich. Ich habe sie trotzdem gebeten, mir die Liste der Objekte zuzufaxen. Spätestens morgen früh …« Meike Ehlers wurde durch ein Summen ihres Smartphones unterbrochen. Sofort überprüfte sie ihre E-Mails.

»Wusste ich es doch, auf meine Kollegin ist Verlass!« Mit

einem Grinsen öffnete sie einen Bildanhang, den sie Jens gleich präsentierte. »Schau mal. Ein Schnappschuss von dir. Da bist du aber gut getroffen.«

Es handelte sich um das Bild einer mobilen Verkehrsüberwachungskamera, das ihn mit angespannten Gesichtszügen hinter der Windschutzscheibe von Ranja Rhodes Fahrzeug zeigte. So, wie sie es gehofft hatten, war das Kennzeichen gut zu erkennen. Es war irgendwo in Nordfriesland ausgestellt worden.

»Und, wem gehört die Karre?«, wollte Jens wissen.

Meike öffnete einen zweiten Anhang und schürzte abfällig die Lippen. »Einer gewissen Ranja Abben. Die hat es nicht mal für nötig gehalten, ihren Vornamen zu ändern! Das hier ist sie doch, oder?« Sie präsentierte ihm das Foto einer kokett dreinblickenden Blondine, das vermutlich zu einem Ausweis oder einem Führerschein gehörte. Jens musste die Aufnahme nicht lange ansehen.

»Ja, das ist sie.«

»Typischer Fall von blondem Gift, würde ich mal sagen.« Die Polizistin warf ihm einen spöttischen Blick zu. »Kein Wunder, dass die dich so um den Finger wickeln konnte.«

Jens schwieg betreten, während sich Meike Ehlers die Begleitmail ihrer Kollegin durchlas. »Willst du mehr über die Schlange erfahren?«

»Klar.«

»Na, dann halte dich fest. Angeblich arbeitet Ranja Abben beruflich als Model. Zuvor hat sie wohl tatsächlich einige Semester Biologie studiert. Aber nicht fertig.«

»Woher weißt du das alles so schnell?«, fragte Jens verwundert.

»Ganz einfach. Weil ein Verfahren gegen sie läuft. Kürzlich hat sie noch für einen Begleitdienst gearbeitet. Offiziell ein Messe- und Hostessenservice, worunter du dir aber genau das vorstellen darfst, was dir jetzt vermutlich durch den Sinn geht.« Sie warf ihm einen anzüglichen Blick zu. »Vor anderthalb Jahren hat sie angeblich einen ihrer Klienten bestohlen. Sogenannter Beischlafdiebstahl, was sie aber bestreitet. Nur hat der Bestohlene Anzeige erstattet. In der Sache wird noch immer verhandelt.«

»Toll, das wird ja immer besser.«

»Nein, das Beste habe ich hier, nämlich ihre Anschrift.« Die Polizistin hob ihr Smartphone. »Rate mal, wo die Gute gemeldet ist.«

Jens stöhnte. »Offenbar nicht in Hamburg.«

»Nein, in Egirholm.«

»Das ist jetzt ein schlechter Witz …« Jens starrte die Polizistin fassungslos an.

»Alles andere als das. Sie lebt dort angeblich auf einem Wohnboot im Jachthafen.« Sie steckte das Handy weg und startete den Motor. »Also, anschnallen bitte. Das sehen wir uns doch gleich mal an.«

Sie fuhr vom Klinikgelände, brauste durch das nächtlich beleuchtete Husum und schlug den direkten Weg nach Egirholm ein. Jens, der sich noch immer verraten und missbraucht fühlte, starrte eine Weile wütend auf die nasse Fahrbahn. Schließlich siegte die Erschöpfung. Trotz der Schmerzwellen, die sein malträtierter Körper aussandte, sank er irgendwann auf seinem Sitz zusammen und nickte ein.

Als ihn Meike Ehlers wachrüttelte, brauchte er eine Weile, um sich wieder zurechtzufinden. Er gähnte und suchte die Uhr im Streifenwagen. Inzwischen war es 23.17 Uhr. Er hatte also fast dreißig Minuten geschlafen.

»Sind wir da?«

»Allerdings.« Die Polizistin deutete voraus, und Jens begriff, dass sie längst mit ausgeschalteten Scheinwerfern am Rand des Egirholmer Jachthafens standen. Vor ihnen erstreckte sich in der Dunkelheit ein großes, von einzelnen Laternen beleuchtetes Hafenbecken, aus dem ein regelrechter Wald an Masten zum Nachthimmel emporstach. Etwa siebzig oder achtzig Schiffe dümpelten an den Anlegestellen. Schnittige Segeljachten, kleine Jollen und sportliche Motorboote, denen man das Vermögen ihrer Besitzer deutlich ansah.

Auf einen Wink von Meike hin stiegen sie aus, und sogleich blies ihnen ein feuchtwarmer Seewind ins Gesicht, der den Geruch von Lacken, Tang und Salzwasser mit sich brachte. Noch immer grollte es gelegentlich in der Wolkendecke über ihnen, doch schien ein weiterer Regenguss auf sich warten zu lassen.

Angesichts der Größe Egirholms wirkte der Jachthafen fast überdimensioniert. Zahlreiche Gebäude flankierten das Hafenbecken im Süden und Osten. Darunter befanden sich Schiffsausrüster, ein Wassersport-Shop, öffentliche Sanitäreinrichtungen, Waschsalons und sogar ein kleiner Supermarkt. Von ihrer Position aus war schemenhaft auch der benachbarte Hafen für die Krabben- und Fischkutter zu erkennen, was ihm zeigte, dass der Marktplatz nicht fern sein konnte. Nördlich des Hafenbeckens erhoben sich von Laternen beleuchtete große Hallen, die vermutlich zur Winterlagerung für kleinere Boote dienten. Sogar eine Schiffstankstelle war weiter hinten zu erkennen. Die Geschäfte waren zur jetzigen Uhrzeit natürlich alle geschlossen, doch schien der Jachthafen für seine Größe erstaunlich gut ausgestattet.

»Und, wo befindet sich nun dieses Wohnboot von Ranja *Abben*?«

»Komm mit. Die besitzt hier irgendwo einen Dauerliegeplatz.« Meike marschierte mit ihm den nur spärlich beleuchteten Kai entlang und orientierte sich im Dunkeln an beleuchteten Schildern, die die Anlegebrücken samt den dortigen Liegeplätzen auswiesen. Allesamt waren sie mit Strom- und Trinkwasseranschlüssen ausgestattet. Die Polizistin zückte zur Kontrolle noch einmal ihr Handy und bog dann auf einen Steg ein, an dessen Seiten sieben Schiffe vertäut lagen. Motorboote und kleinere Segler. Am Ende des Steges jedoch lag ein strahlend weißes Schiff, das sie einen Augenblick lang sprachlos machte. Es handelte sich um eine elegante Motorjacht von gut zwanzig Metern Länge, die sogar über ein Vordeck mit Raum für Sonnenliegen verfügte. Stolz dominierte diese Hochseejacht den hiesigen Teil des Jachthafens. Im ganzen Hafenbecken lagen vielleicht nur zwei oder drei andere Schiffe vor Anker, die diesem Gefährt Konkurrenz machten.

»Du liebe Güte, ich könnte mir so was nicht leisten«, sagte er.

Meike Ehlers lächelte abschätzig. »Kennst du Georg Kreisslers Spottlied *General*?«

»Meinst du diesen österreichischen Liedermacher?«

»Allerdings. Ich liebe ihn. Kreissler besingt da unter anderem die umtriebigen Töchter dieses Militärs.« Sie begann leise zu singen, während sie weiter auf die Jacht zugingen: *»Die dritte ist noch ledig, und sie lässt sich etwas Zeit. Man sagt, sie wird es schwer ham, weil sie kennt zu viele Leit. Doch muss man dabei einräumen, dem Kind, dass es zumindest bei der Sache gut verdient …«*

Jens warf seiner Begleiterin einen scheelen Seitenblick zu, dann hatten sie die Jacht erreicht. Misstrauisch beäugte er den windschnittigen Aufbau des Schiffes mit den linsenförmigen, dunklen Fenstern und warf dann einen Blick zu dem halb verglasten Steuerstand hinauf. »Und jetzt? Bräuchten wir nicht so etwas wie einen Durchsuchungsbefehl?«

»Ich weiß ja nicht, wie es dir geht, aber ich meine vorhin ein Licht an Bord gesehen zu haben.« Durchtrieben deutete die Polizistin zu einer schlichten Planke, die vom Steg aus zum Heck mit dem Außenborder führte. »Und sieh nur, so kann ja wirklich jeder auf dieses Schiff. Da müssen wir wohl mal nachsehen.«

Sie warf einen prüfenden Blick zu den übrigen Schiffen, die verwaist im Hafenbecken dümpelten, und stiefelte voran bis ins Heck der Jacht. Jens folgte ihr. Allerdings hielten sie sich in dem geräumigen Bereich nicht lange auf, sondern wandten sich sofort dem Niedergang zur Pantry zu. Meike Ehlers öffnete die Tür und hielt kurz inne. »Steht offen. Offenbar fühlt sich die gute Frau Abben hier in Egirholm sehr sicher.«

Sie betraten den Bauch des Schiffes, als irgendetwas vor ihnen melodisch klingelte. Außerdem duftete es hier unten angenehm nach Räucherkerzen. Meike knipste ihre Bleistifttaschenlampe an, deren Schein ein Windspiel unter der Raumdecke erfasste. Es war einer kleinen Pagode nachempfunden, und der sanfte Klang mischte sich mit dem Glucksen hinter den Bordwänden.

Meike ließ den Lichtstrahl weiter nach hinten wandern, und nun erfasste er einen ebenso geschmackvollen wie funktionell eingerichteten Wohnraum, den ein exotisches Flair umgab. Die eingebauten Möbel bestanden aus Teakholz, und die gemütliche, für bis zu sechs Personen ausgelegte Sitzgruppe auf der rechten

Seite war mit dunkelbraunen Polstern bestückt. Ungewöhnlich war, dass der komplette Boden mit Tatami-Matten ausgelegt war. Zwischen der Küchenzeile und dem Gang zu den Kabinen im Bug des Schiffes erhob sich sogar ein schmaler Paravent mit aufgemalten Kirschblüten. Kunstvolle Kalligraphien und Fächer mit japanischen Logogrammen schmückten die Wände ringsum. Ein ganzes Regal über der Spüle war für Teegeschirr aus Marimo-Keramik reserviert.

»Hier hat offenbar jemand eine große Neigung zum Land der aufgehenden Sonne«, stellte Jens fest.

Immerhin, auch einen großen Fernseher und gleich zwei Kühlschränke gab es hier unten: einen Toploader achtern und einen größeren unter der Spüle. Sie waren mit nur wenigen Nahrungsmitteln, dafür aber mit diversen Alkoholika gefüllt. Zwei der Klappschränke waren geöffnet, und überall im Halbdunkeln lagen persönliche Gegenstände herum: Röcke, Blusen und Schuhe. Aber auch diverse Bücher und sogar einige Manga-Comics. Meike Ehlers las teure, schwarze Spitzenunterwäsche vom Boden auf, betrachtete sie und legte sie seufzend auf einem Feuerlöscher neben dem Aufgang ab. »Die Ordentlichste scheint sie jedenfalls nicht zu sein«, murmelte sie.

Jens schluckte einen Kommentar herunter und öffnete eine Hecktür auf der Steuerbordseite neben dem Motorraum. Vor ihm lag eine Doppelkabine, die passend zum übrigen Einrichtungsstil mit japanischer Papeterie dekoriert war. Offenbar schien diese Kabine für Gäste bestimmt zu sein, denn sie stand leer. Und doch beäugte er misstrauisch die Zeichnung einer verspielten Meerjungfrau mit wehenden Haaren und wogendem Fischschwanz, die rechts neben dem Bullaugenfenster hing.

Die Hecktür an der Backbordseite hingegen führte in eine Kleiderkammer, die bis zur Decke mit teuren Schuhen und Kleidern angefüllt war.

Kopfschüttelnd musterte Jens einen echten Kimono, für den es sogar einen eigenen Kleiderständer gab.

Meike Ehlers drang derweil mit ihrer Taschenlampe nach vorn zum Bug des Schiffes vor, und so suchte Jens einen Lichtschalter.

Die Pantry wurde sogleich von angenehm abgedimmten Deckenlichtern ausgeleuchtet, während ein kleiner Zimmerbrunnen neben der Sitzecke mit plätscherndem Geräusch ansprang. Meike hatte inzwischen den Gang jenseits der Pantry durchquert, einen Vorhang beiseitegezogen und stand jetzt in einer geräumigen Schlafkabine mit roten und grünen Lampions, raumfüllender Futonmatratze und japanischen Tuschezeichnungen an den Wänden. »Schau dir das mal an!«, rief sie angewidert.

Jens folgte ihr und betrat nun ebenfalls die Schlafkabine. Er wusste sofort, was sie meinte. Unter einem Regal mit bunt bemalten Kokeshi-Puppen befand sich unter Glas die kunstvoll präparierte Mumie einer kleinen Meerjungfrau mit eingerolltem Fischschwanz, die sie stumm anstarrte. Jens trat an die Vitrine heran und betrachtete die verschrumpelten Glotzaugen und die dürren Arme des Wesens. Das ungewöhnliche Objekt besaß kaum Kindergröße.

Er schüttelte den Kopf. »Die ist ganz sicher nicht echt. Hier in Deutschland würde man so etwas wohl als Wolpertinger bezeichnen. Monstermumien wie diese fertigen angeblich japanische Fischer aus Affenkörpern und Fischleibern an. Die wurden früher auf Jahrmärkten ausgestellt und an sensationslüsterne Westler vertickt.«

Er wandte sich von der Mumie ab und sah, dass auch in dieser Kabine die Klappschränke offen standen. Auf dem breiten Futonbett lagen Bücher, Zeitschriften, Kladden, Schmuck und noch manches mehr. »Seltsam, wirkt alles so, als wäre sie in großer Eile gewesen.«

Meike Ehlers nahm ein buntes Furoshiki-Tuch vom Bett auf, breitete es aus und starrte befremdet das Muster an. »Sieh an, was haben wir denn hier?«

Das Tuch war über und über mit japanischen Schriftzeichen bedruckt, zwischen denen jedoch zwei Symbole herausstachen. Zum einen eine Art Piktogramm, das wie eine Wasserschlange mit Frauenkopf aussah, zum anderen jenes Symbol, das ihnen nur zu bekannt war: eine Art Schneekristall – das Zeichen, das sie auch auf den Anhängern der ertrunkenen Frauen entdeckt hatten.

Jens sah sich eingehender in der Kabine um und erblickte hinter dem Vorhang einen offenen blauen Nylonrucksack. Er hob ihn an und pfiff beim Anblick seines Inhalts zwischen den Zähnen. Darin steckten mehrere Bücher sowie ein ganzer Stapel mit Notizen in einer krakeligen Schrift, die ihm nur zu vertraut war. An einigen Seiten klebten sogar grüne Postlets. »Das sind die Notizen aus Rhodes Mappe! Allerdings bloß Kopien.« Er sah auf. »Keine Ahnung, wo die Originale hingekommen sind, aber damit lässt sich doch was anfangen.« Jens winkte die Polizistin aufgeregt in die Pantry, wo sie sich setzten.

Hier breitete er Rhodes Unterlagen auf dem Tisch aus, während sich Meike Ehlers die Bücher im Rucksack vornahm. Die meisten von ihnen waren alt. Sie sichtete ihren Inhalt, während sich Jens erneut daran versuchte, die krakelige Schrift des Volkskundlers zu entziffern. Dabei konzentrierte er sich auf jene Seiten, die mit den Postlets markiert waren.

»Donnerwetter«, meinte Meike Ehlers. »Das sind alles Schriften, die sich irgendwie mit Meerjungfrauen und ähnlichen Dingen beschäftigen.«

»Wie bitte?«

Sie hob einen der Bände an. »Der hier stammt aus England und listet historische Sichtungsmeldungen auf, bei denen angeblich Meerjungfrauen gesehen wurden. Angefangen in der Antike, über Kolumbus, der eine solche Begegnung 1493 in seinem Logbuch vermerkt hat, bis hin zu Vorfällen in der jüngeren Geschichte.« Sie tippte auf eine der Seiten. »Wusstest du, dass 1749 angeblich eine Meerjungfrau eingefangen worden sein soll? Das damalige *Gentleman's Magazine* hat darüber berichtet. Noch im gleichen Jahrhundert soll sich Ähnliches auch in der Elbmündung zugetragen haben.« Sie blätterte weiter. »Und hier: 1811 will ein Mann aus Campbeltown an der schottischen Küste ebenfalls eine Sirene gesehen haben. Davon hat er sich auch durch ein Kreuzverhör nicht abbringen lassen. In diesem Buch wimmelt es von solchen Berichten.« Sie verstaute den Band wieder im Rucksack. »Hier drin«, sie präsentierte ein zweites, deutlich weniger dickes, aber dafür hochformatigeres Buch, »befinden sich anatomische Skizzen von Sirenen. Angeblich gehen sie auf die geheimen Hinterlassenschaften eines Claudius Galenus zurück. Der war im zweiten Jahrhundert nach Christus Leibarzt von Kaiser Aurel in Rom und wohl bekannt für seine anatomischen Demonstrationen.« Sie klappte es auf, und Jens sah anatomische Zeichnungen von Fisch-Mensch-Chimären, die ihn fatal an den Fund im Watt erinnerten.

»Nur hat er selbst wahrscheinlich niemals eine Nixe gesehen«, fuhr sie nach einem Blick auf den Begleittext fort, »er stützte sein Wissen offenbar auf Schriftrollen aus der legendären Bibliothek von Alexandria.« Die Polizistin verstaute auch dieses Buch und hob eine dünne lederne Mappe an. »Und das hier schießt den Vogel ab. Fotografien aus der einstigen deutschen Kolonie Deutsch-Samoa.« Sie präsentierte Jens drei Schwarz-Weiß-Aufnahmen, die offenbar von einer Anhöhe mit Blick auf eine Bucht geschossen worden waren. Sie zeigten unscharf ein barbusiges Wesen mit langen Haaren und Fischschwanz, das dort im Wasser spielte. Jens runzelte die Stirn. Die Fotos erinnerten an die dubiosen Aufnahmen des berühmten Ungeheuers von Loch Ness – mit dem Unterschied allerdings, dass *er* einem solchen Wesen bereits begegnet war.

Ablehnend schüttelte er den Kopf. »Wenn du mich fragst, sind das Fälschungen. Das Wesen ist viel zu hübsch. Die Kreatur, der ich gegenübergestanden habe, sah irgendwie anders aus. Hässlich und deformiert.«

»Na gut. Das hier verschiebe ich auf später. Es ist zu dick.« Sie hielt ein Buch mit dem Titel *Aquatic Universe* in die Höhe, das neueren Datums zu sein schien. »Und du?«

»Tja.« Jens verengte misstrauisch die Augen. »Volker Rhode hat sich offenbar nicht bloß mit Rungholt, sondern interessanterweise auch mit Egirholm befasst. »Und wie ich hier lese, ist er da auf ein paar Aspekte der Stadtgeschichte gestoßen, die vermutlich weniger bekannt sind.«

»Inwiefern?«

»Dass Egirholm aus einem Fischerdorf hervorgegangen ist, hast du mir ja bereits erzählt. Nicht aber, dass es ähnlich wie diese

Seeräuberfestung in Westerhever unmittelbar nach der Zweiten Marcellusflut gegründet worden war. Sieh selbst«, er schob ihr eines der Blätter hin. »Rhode glaubt, dass der Ort von Flüchtlingen aus den überschwemmten Gebieten – vielleicht kamen sie sogar aus Rungholt selbst – erbaut wurde. Und das ist noch nicht alles. Denn anders, als du es mir vorgestern noch erklärt hast, führt er den Namen der Ortschaft nicht etwa auf diesen kleinen Flusslauf zurück, sondern spekuliert darüber, ob sich der Name nicht von dem altgermanischen Gott ›Ägir‹ ableitet. In der nordischen Mythologie ist das offenbar ein Riese, der den Asen nahesteht, aber die Züge eines Meeresgottes trägt. In Verbindung mit dem friesischen Begriff ›Holm‹ für eine kleine Insel oder Anhöhe, mutmaßt er weiter, dass es dort sogar einen Kultplatz für diesen Gott gegeben haben könnte.« Jens blätterte um. »Interessanterweise taucht dieser Ägir auch in einem anderen Zusammenhang noch einmal auf. Wie es scheint, legen Funde auf Sylt nahe, dass der Meeresriese auch dort kultische Ehren genoss. Die Erinnerung an ihn findet angeblich noch immer in der norddeutschen Sagengestalt des Ekke Nekkepenn seinen Widerhall. Und nicht nur er wurde damals verehrt, sondern auch seine neun Töchter, die er mit seiner Frau Ran gezeugt haben soll.«

»Ran?« Meike Ehlers runzelte die Stirn.

»Ja. Eine Meeresgöttin. Allerdings deutlich finsterer als ihr Gatte.«

»Klingt ja fast wie Ranja.«

Jens hob eine Augenbraue. »Stimmt. Nur begreife ich noch nicht … Wow, was ist das denn?« Er hatte inzwischen ein paar Seiten vorgeblättert und blieb nun überrascht an der Zeichnung eines achtseitigen Sterns mit Forken oder Krallen an den Enden hängen, der in seiner Gestaltung nur allzu sehr einem Schneekristall ähnelte. »Kommt dir das nicht bekannt vor?«

Auch Meike Ehlers beugte sich verblüfft vor. »Das ähnelt doch dem Symbol auf den Anhängern?«

»Eben.« Jens versuchte sich sofort an der Entzifferung von Rhodes Randbemerkungen. »Das ist eine alte Rune, nämlich der sogenannte Oegishjalmr, auch Schreckens- oder Ägirhelm genannt.« Stirnrunzelnd las er weiter. »Er leitet sich wohl von einem Gegenstand aus der nordischen Mythologie ab, der sich angeblich früher einmal im Besitz dieses Gottes befand. Das war ein verzauberter Helm, der seinem Besitzer eine Art Mimikry ermöglichte. Er verlieh ihm wahlweise die Fähigkeit, seine wahre Gestalt zu verschleiern oder eine Schreckensgestalt anzunehmen.«

»Und?«

»Was, wenn dieser Ägirkult heute noch existiert und das hier sein Erkennungszeichen ist?« Jens sah die Polizistin ernst an. »In dieser Husumer Chronik stand doch zu lesen, dass die einstigen Küstenbewohner nur schwer vom Christentum zu überzeugen gewesen sein sollen. Noch im 15. und 16. Jahrhundert scheint es auf Sylt und anderen Orten hier im Norden zu Hexenverbrennungen gekommen zu sein.«

»Du meinst, hier macht jemand Jagd auf Hexen?«

»Keine Ahnung, aber es ist doch auffällig, dass alle Ertrunkenen Frauen waren und mindestens zwei, vielleicht sogar drei von ihnen einen Anhänger mit diesem Symbol bei sich trugen.«

Meike Ehlers zog die Zeichnung der Rune zu sich. »Vier«, korrigierte sie ihn. »Oder hast du drüben das Tuch in der Schlafkabine vergessen? Wenn deine Theorie stimmt, dann müsste auch Ranja Abben zu diesen Frauen zählen. Das würde nicht bloß erklären, warum sie so sehr daran interessiert war, deine Nachforschungen zu hintertreiben, es würde auch erklären, warum sie da draußen im Watt angerufen wurde. Der *Hair*-Song. *Aquarius*. Die Warnung galt nicht dir, sondern ihr.«

»Meine Güte, du könntest recht haben!« Entgeistert sah Jens seine Begleiterin an – als plötzlich das Licht in der Pantry erlosch.

»Was …?«, hörte er noch die überraschte Stimme der Polizistin, als im Korridor zwischen Pantry und Schlafkabine eine der Türen zu den Nasszellen klappte und zu Jens Entsetzen ein Schatten in den Raum stürmte. Verflucht, sie waren hier unten nicht allein! Nur war es für Vorhaltungen jetzt zu spät.

Ein dumpfer metallener Laut war zu hören, und Jens sah vor dem Grau eines der Fenster, wie Meike Ehlers mit einem Stöhnen zu Boden ging. Sofort war er auf den Beinen, als ihm aus dem Dunkeln jäh eine Ladung Schaum aus einem Feuerlöscher entgegenspritzte. Geblendet riss er die Arme hoch, dann traf ihn der metallene Behälter selbst mit Wucht zwischen Kopf und Schulter, und er kippte auf die Sitzecke zurück. Jens wischte sich den Schaum aus den Augen, mühte sich wieder hoch und konnte doch nicht verhindern, dass sich der Unbekannte den Rucksack und den Großteil von Rhodes Unterlagen schnappte und weiter zum Aufgang der Jacht hetzte. Wütend setzte ihm Jens nach, doch die Tür hinauf zum Heck der Jacht wurde ihm vor der Nase zugeschlagen und von außen verriegelt.

Zornig hämmerte er mit den Fäusten gegen das Hindernis und musste hilflos mit anhören, wie der Unbekannte von der Jacht floh.

»Verdammt!« Hinter ihm stöhnte Meike Ehlers, und der Lichtstrahl ihrer Bleistifttaschenlampe ging wieder an. Die Polizistin richtete sich mit blutender Kopfwunde von den Matten auf – und hielt entsetzt inne. »O Gott. Sieh!« Sie leuchtete mit ihrer Lampe unter die Sitzecke.

Jens, der noch immer erfolglos gegen die Tür trat, wandte sich ihr wieder zu und entdeckte die Gefahr nun ebenfalls. Unterhalb der Sitznische war eine Ladung Sprengstoff angebracht. Drähte führten von dort aus weiter nach vorn und hinten. »Scheiße! Die wollen das Schiff versenken. Wir müssen hier sofort raus!«

Er zog die angeschlagene Polizistin auf die Beine, griff nach der Dienstpistole in ihrem Halfter, entsicherte die Waffe und feuerte mehrfach auf das Schloss der Aufgangstür. Hinter ihm griff sich Meike Ehlers, was sie noch an Unterlagen fand, dann packte Jens sie am Oberarm, und sie stürmten die Treppe nach oben.

Natürlich hatte ihr Angreifer die Planke zum Steg entfernt.

Jens sah sich gehetzt um und entdeckte weiter hinten, am Kai, eine dunkle Gestalt, die sich ihnen jetzt zuwandte und etwas aus den Kleidern fischte. Jens ahnte, was das zu bedeuten hatte.

»Runter vom Schiff!« Gemeinsam mit Meike Ehlers stürmte er zur Reling und sprang mit ihr ins Hafenbecken. Keinen Augenblick zu spät, denn in diesem Moment explodierten hinter ihnen die Sprengladungen. Mit donnerndem Hall wurde der Bootsrumpf der Jacht an mehreren Stellen auseinandergerissen. Und noch während sie selbst auf der Wasseroberfläche aufschlugen, prasselten von überall her Trümmerteile auf sie nieder. Die Flut schlug über ihren Körpern zusammen, und unter Wasser konnten sie ein beängstigendes Rumpeln und Quietschen hören, das Zeugnis davon gab, wie hinter ihnen Wasser ins Innere der Jacht strömte. Jens zog Meike mit sich, hinter den Kiel eines der benachbarten Motorboote, und tauchte dort erst wieder auf. »Alles in Ordnung?«, prustete er.

»Nein, natürlich nicht.« Die Polizistin keuchte angeschlagen, doch abgesehen von ihrer Kopfwunde schien sie keine weiteren Verletzungen erlitten zu haben. Jens zog sie mit sich und wich dabei brennenden Trümmerteilen aus, die auf den Wellen rings um sie herumtrieben. Irgendwo am Kai gingen nun Lichter an, und erschrockene Rufe ertönten, während die schnittige Jacht von Ranja Abben gurgelnd und schäumend im Hafenbecken versank.

Jens schwamm mit Meike im Arm zu einem der anderen Anlegestege hinüber und half ihr dort hinauf. Oben angelangt gab er ihr die Pistole zurück, und sie sahen sich im Dunkeln um. Zwei Männer rannten zur Jacht, doch von dem Unbekannten war nichts mehr zu sehen.

»Welcher Sache wir da auch immer auf der Spur sind«, zischte Jens unheilvoll, »so allmählich beginnt es zu eskalieren.«

Söhne der Stadt

»Zu diesem Fahretoft geht es dort entlang.« Jens wies auf ein Schild am Straßenrand, das den Geburtsort des Hippieführers Eike Momsen auswies. Der Himmel über der Marsch war bleigrau zugezogen, dennoch war die Luft, die durch das geöffnete Seitenfenster in Meikes kleinen Privatwagen wehte, schwülwarm. Bredstedt lag inzwischen ein Stück weit hinter ihnen, und der Straßenkarte nach war das Dorf nur noch wenige Kilometer entfernt. Hinter Fahretoft folgte praktisch nur noch Dagebüll, von wo aus die Fähren zu den Inseln Föhr und Amrum abfuhren.

»Sehe ich selbst«, antwortete Meike Ehlers gereizt. Sie hockte mit einem großen Pflaster auf der Stirn neben ihm auf dem Fahrersitz, nippte an einem Pappbecher mit heißem Kaffee und lenkte das Auto müde auf die abzweigende Landstraße. »Sag mir lieber, ob du noch was Interessantes in den Unterlagen gefunden hast.«

Jens seufzte nachsichtig, denn hinter ihnen lag eine ebenso kurze wie aufreibende Nacht. Vor allem für seine Begleiterin. Die versenkte Motorjacht inmitten des Egirholmer Jachthafens hatte Meike noch bis vier Uhr morgens auf Trab gehalten. Die von ihr alarmierten Einsatzkräfte von Feuerwehr und Polizei waren auch jetzt noch mit der Sicherung und Bergung des Schiffes beschäftigt. Mit ihnen waren natürlich auch die Reporter in Egirholm eingefallen. Und alle hatten sie von ihr wissen wollen, was im Jachthafen vorgefallen war.

Obwohl er selbst zu diesem Zeitpunkt nicht mehr im Jachthafen gewesen war – denn um unangenehmen Fragen vorzubeugen, hatte Meike ihn zuvor wieder zu sich nach Hause geschickt –, wusste er, dass die Polizistin sich bei alledem darum bemüht hatte, dicht bei der Wahrheit zu bleiben. Nur in einem Punkt hatte sie ihren Vorgesetzten ein Märchen auftischen müssen, nämlich wie sie an Ranja Abbens wahren Namen und ihre Meldeadresse gelangt war. Bei alledem hatte ihr Michael Bossen geholfen, der noch bis spät in die Nacht versucht hatte, weitere Bandfetzen zusammenzusetzen. Leider ohne Erfolg.

Als der korpulente Beamte dann aber erfuhr, wie knapp Meike Ehlers dem Tod entgangen war, hatte er ihr offenbar große Vorhaltungen gemacht und sie beschworen, von weiteren Ermittlungen abzulassen. Jens fragte sich darum schon, ob sie noch weiter auf ihn zählen konnten. Zu groß schien seine Angst zu sein, selbst in den Fokus jener Fraktion zu geraten, mit der sie es gestern Nacht zu tun bekommen hatten.

Allerdings wäre Meike vermutlich nicht Meike gewesen, wenn sie sich von solchen Ermahnungen hätte aufhalten lassen. Im Gegenteil, seine Begleiterin ärgerte sich noch immer maßlos darüber, dass sie beide die Jacht vor der Sprengung nicht vernünftig durchsucht hatten. Vermutlich war es die Absicht des Unbekannten gewesen, das Schiff auf die offene See zu steuern und dort zu versenken. Nur hatten sie ihn dabei gestört. Entsprechend persönlich nahm sie den Zwischenfall und wollte nun erst recht herausfinden, wer in der letzten Nacht versucht hatte, sie umzubringen. Nur wollten ihre Vorgesetzten nichts von solchen Plänen hören. Sie hatten Meike zwei Tage Zwangsurlaub verordnet, die sie für einen Besuch beim Arzt verwenden sollte. Und das hatte sie nur noch gereizter gemacht.

Umso mehr beschämte es Jens, dass er von alledem erst am Vormittag erfahren hatte. Denn während sich die Polizistin im Jachthafen mit Kollegen und Reportern herumschlagen musste, hatte er sich eigentlich auch nützlich machen wollen. Zumindest war es sein Plan gewesen, sich in der Zwischenzeit die wenigen von ihr geretteten Dokumente vorzunehmen. Stattdessen hatten die Ereignisse des Tages von ihm ihren Tribut gefordert, kaum dass er auf der Couch in ihrer Wohnung Platz genommen hatte. Dort war er vor Erschöpfung eingeschlafen.

Und er war auch dann wieder wach geworden, als ihn Meike Ehlers geweckt hatte. Anlass dafür war das Fax ihrer Kollegen aus

Bredstedt gewesen, auf dem sich die gewünschte Liste jener Gegenstände befand, die sie zu Ermittlungszwecken aus Volker Rhodes Wohnung mitgenommen hatten. Darunter befanden sich Briefe, Fotoalben und ein Kalender. Der Erkenntnisgewinn aus alledem war zunächst wie erwartet mager ausgefallen, bis sie dann doch noch einen Fund machten, der sie hatte aufmerken lassen. Nämlich eine ältere Taxiquittung, die eine Fahrt auswies, die Volker Rhode nach Fahretoft gemacht hatte. Jene Ortschaft, mit der nicht bloß der Hippieführer verbunden war, sondern in der auch sein mutmaßlicher Ahne Hans Momsen, das Universalgenie aus dem 18. Jahrhundert, gelebt hatte.

Da dies zugleich die einzige Spur war, der sie bislang noch nicht nachgegangen waren, hatten sie sich kurzerhand auf den Weg gemacht. Diesmal nicht in Meike Ehlers Streifenwagen, sondern in ihrem Privatfahrzeug, einem roten Nissan Micra, der seine besten Zeiten schon lange hinter sich hatte.

Jens konnte dem Umstand dennoch etwas Positives abgewinnen, denn so sah er seine Begleiterin erstmals nicht in Uniform, sondern in Jeans und mit einem T-Shirt bekleidet, auf dem stand »I'm not a princess, I'm a Khaleesi«.

Sie konnte sich auch darin blicken lassen.

Und endlich war er sogar dazu gekommen, die verbliebenen Unterlagen durchzusehen: einige Seiten aus Rhodes Mappe und das Buch mit dem Titel *Aquatic Universe*.

»Tja, viel ist uns nicht geblieben«, meinte er. »Dennoch scheinen mir zwei Sachen von Interesse zu sein. Ich beginne mal mit den verbliebenen Kopien aus Rhodes Mappe.« Er hob das gute Dutzend labbriger Seiten an, die er vor ihrer Abfahrt noch versucht hatte, mit dem Fön zu trocknen. Da es sich um Kopien handelte, war die Schrift wenigstens noch lesbar. »Auf den meisten Seiten hier beschäftigt sich Rhode wie erwartet mit Rungholt und einigen Funden, die er draußen im Watt gemacht hat. Aber die sind wohl eher uninteressant. Allerdings … da sind auch noch diese Listen mit den tabellarischen Einträgen von Sturmfluten, über die ich mich schon in Bredstedt gewundert habe.«

»Welche Listen mit Sturmfluten?«, fragte Meike. Sie sah kurz zum Rückspiegel auf, wandte sich dann aber wieder der Straße zu. »Ich wüsste nicht, dass du mir davon schon erzählt hättest.«

»Sorry. Ich bin auf sie gestoßen, als ich die Mappe in Rhodes Wohnung in der Hand hielt. Darin listet er alle möglichen Sturmfluten der letzten zweihundert Jahre auf, die die Nordsee in unseren Breiten heimgesucht haben. Alle penibel mit Jahresdatum, Dauer und Schadensberichten versehen. Nur konnte ich da noch nichts mit den Angaben anfangen.«

»Und jetzt?«

»Bei näherer Betrachtung ist eine Sache doch auffällig, nämlich die dokumentierten Pegelstände. Wie zu erwarten hatten die Städte und Gemeinden hier an der Nordseeküste überall mit den Folgen dieser Sturmfluten zu kämpfen. Von Deichbrüchen bis Landunter ist alles dabei – nur Egirholm blieb praktisch immer von allen Folgen verschont. Aufgefallen ist mir das, als ich mir die Daten der schweren Sturmflut von 1962 angesehen hab. Erinnerst du dich? Damals hatte vor allem Hamburg mit der Flutkatastrophe zu kämpfen. Aber natürlich auch viele andere Städte. Und doch: nicht Egirholm. Die Flut erreichte dort gerade mal einen Stand von einem lächerlichen halben Meter über dem Höhen-Nullpunkt. Im Vergleich zu allen anderen Küstenorten hier im Norden absolut vernachlässigenswert. Und bei den übrigen Sturmfluten verhielt es sich nicht anders. Egirholm erscheint auf dieser Liste geradezu wie ein Eiland der Seligen.«

»Willst du damit andeuten, dass der Ort irgendwie geschützt wird?« Meike runzelte die Stirn. »Die Deutsche Bucht vor Egirholm ist von Inseln, Halbinseln und Halligen durchsetzt, die jeder auflaufenden Sturmflut die Wucht nehmen: Nordmarsch-Langeneß, Hooge, Pellworm, Nordstrand – um nur die größten zu nennen. Das könnte also schlicht an der günstigen Lage Egirholms liegen.«

»Und wenn nicht?«

»Willst du als Nächstes auch noch andeuten, dass unsere Hexen in Wahrheit verkappte Meerjungfrauen sind, die so ihre geliebten Fischer schützen?«

»Du bist unfair. Ich gebe doch bloß wieder, was hier steht«, meinte Jens besänftigend. »Dass diese Wesen existieren und Macht über das Wasser besitzen, wissen wir. Was aber, wenn Rhodes Annahmen stimmen und diese Kreaturen ihre Kräfte tatsächlich bündeln können? Zum Guten wie zum Schlechten. Das würde eine Katastrophe wie die Zweite Marcellusflut – und damit auch den Untergang Rungholts – in einem neuen Licht dastehen lassen. Aber eben auch ein solches Phänomen.«

»Ja, nur mutet mir das inzwischen alles irgendwie zu phantastisch an«, erwiderte Meike Ehlers grimmig. »Ich will die mögliche Existenz dieser Wesen ja nicht abstreiten. Aber warum sollten sie, wenn sie denn für manche dieser Fluten die Mitverantwortung tragen, ausgerechnet Egirholm verschonen?«

»Vielleicht sind sie für die Sturmfluten ja gar nicht verantwortlich. Vielleicht mildern sie im Fall von Egirholm bloß deren Folgen ab.«

»Warum sollten sie das tun?«

»Weil …«, Jens rang nach Worten, »weil Egirholm vielleicht eine Besonderheit aufweist.«

»Du meinst das alte Ägirheiligtum, das Rhode angedeutet hat?«

»Nein, eigentlich will ich auf etwas anderes hinaus.« Jens grübelte, und je länger er nachdachte, desto sicherer war er sich. »Alle bisherigen Indizien sprechen doch dafür, dass die Existenz der Sirenen einigen in Egirholm bekannt ist. Aber was, wenn da noch viel mehr dahintersteckt? Findest du es nicht auch auffällig, dass die großen Unternehmen, die in der Stadt ansässig sind, alle irgendwie mit dem Meer zu tun haben? Tiefsee-Bergbauunternehmen. Bergungsfirmen. Selbst diese Algenfarm.« Jens verengte die Augen. »Kommt dir da nicht auch allmählich der Verdacht, dass die Betreiber vielleicht irgendwie mit diesen Wesen zusammenarbeiten?«

»Das ist nicht dein Ernst!«

»Doch. Absolut.«

»Und diese arroganten Hexen im Stadtrat hängen da mit drin?«

»Wer weiß? Vielleicht musst du das sogar wörtlich nehmen.«

»Mann.« Meike Ehlers gab wütend Gas. »Das wäre die ungeheuerlichste Sache, von der ich je gehört habe. Mit diesen Weibern habe ich eh noch eine Rechnung offen.«

»Ja, nur dürfen wir vielleicht nicht so schwarzweiß denken«, beschwichtigte er sie. »Vergessen wir nicht, dass offenbar sie es sind, die gejagt werden. Da ist noch irgendeine dritte Partei im Spiel, und die scheint ziemlich mörderische Absichten zu verfolgen. Wir müssen bloß herausfinden, welche.«

Meike Ehlers setzte an, um etwas zu entgegnen, schwieg dann aber doch und nickte nur. »Selbst wenn das alles stimmen sollte – wie konnten den übrigen … Leuten diese Sirenen entgehen? Ich meine, wir leben im 21. Jahrhundert. U-Boote durchkreuzen die Meere. Wir verfügen über Erfindungen wie Radar und Echolot. Und überall tummeln sich Meeresbiologen.«

»Das ist so nun auch nicht ganz richtig«, widersprach Jens. »Man muss sich nur mal vor Augen führen, dass die Erde zu 70 Prozent von Meeren bedeckt ist. Wie wollen wir diese riesige Fläche zur Gänze erforschen? Denk nur an die Riesenkalmare. Viele Wissenschaftler haben die trotz zahlreicher Sichtungen lange Zeit bloß als Seemannsgarn abgetan. Erst 2005 ist es japanischen Forschern gelungen, Videoaufnahmen von diesen riesigen Geschöpfen zu drehen.« Er schnaubte. »Das Gleiche gilt für bestimmte Phänomene da draußen auf dem Meer. Kaventsmänner etwa, riesige Monsterwellen, von denen Seeleute immer wieder berichtet haben und die in der Lage sind, Schiffe einfach so zu zerschlagen. Die sind erst seit 1995 wissenschaftlich anerkannt. Das ist auch bloß knappe zwanzig Jahre her. Die Wahrheit ist, dass wir viel zu wenig darüber wissen, was da draußen vor sich geht.«

»Trotzdem. Sirenen. Wie kann es überhaupt sein, dass solche Kreaturen existieren?«

»Du lieferst mir das Stichwort, denn das ist die andere interessante Sache, auf die ich gestoßen bin.« Jens hob das durchweichte Buch mit dem Titel *Aquatic Universe* an. »Das hier ist, wenn ich das richtig sehe, das einzige wissenschaftliche Werk in Ranja Abbens kleiner Sammlung gewesen. Und das hat sie sicher nicht ohne Grund besessen. Sagt dir die Wasseraffen-Theorie etwas?«

»Die was?«

»Siehst du, ich kannte sie auch nicht.« Jens schlug das Buch auf. »Damit wird eine Reihe von Hypothesen bezeichnet, die in den Dreißigern jeweils unabhängig voneinander der Berliner Pathologe Max Westenhöfer und der englische Meeresbiologe Sir Alister Hardy aufgestellt haben. Beide nahmen an, dass wir im Verlauf der Menschwerdung eine wasserlebende, zumindest aber amphibische Phase durchgemacht haben. Westenhöfer ging damals sogar davon aus, dass wir nicht etwa mit den Menschenaffen, sondern mit Lurchen und Salamandern verwandt seien.«

»Was ist das denn für ein Unsinn?« Meike Ehlers betrachtete das Buch unwillig, also fuhr Jens fort: »Na ja, zumindest Letzteres hat sich inzwischen als unhaltbar erwiesen. Aber in diesem Werk werden eine ganze Reihe namhafter Wissenschaftler angeführt, die diese Idee in den nachfolgenden Jahrzehnten aufgegriffen und verfeinert haben. Sie alle führen als Belege Seltsamkeiten ins Feld, die uns Menschen wohl tatsächlich von den meisten anderen Menschenaffen unterscheiden. Darunter etwa unsere besondere Struktur der Haut und das darunter liegende Fettgewebe. Gerade die Beschaffenheit unseres Fettgewebes ähnelt nämlich jener von Walen. Und die stammen nachweislich von landlebenden Säugetieren ab, die sich dann aber wieder für ein Leben im Meer entschieden haben. Und das sind noch lange nicht alle Indizien, die diese Wasseraffen-Theorie erhärten.« Er tippte auf eine der Seiten. »So kann man den typischen Tauchreflex mit instinktivem Luftanhalten offenbar nur bei uns Menschen beobachten, ebenso wie den Reflex des Stimmritzenkrampfs, der selbst bei Bewusstlosigkeit verhindert, dass wir Flüssigkeiten einatmen. Ganz zu schweigen von unseren überragenden Fähigkeiten zu schwimmen und zu tauchen. Auch unsere Nacktheit, die einen geringeren Strömungswiderstand als jedes Fell bietet, unser vergleichsweise mangelnder Geruchssinn und die Rudimente von Schwimmhäuten, die sich bei manchen Menschen an Zehen und Füßen ausbilden, werden als Argumente dafür aufgeführt. Selbst unsere Tränenflüssigkeit und unser Schweiß weisen wohl einen Salzgehalt auf, der im Bereich des Meerwassers liegt. Und das ist angeblich typisch für Meeressäuger.« Jens sah zu Meike Ehlers auf. »Und jetzt nehmen wir doch mal an, dass diese Wasseraffentheorie zutrifft und die Vorfahren des anatomisch modernen Menschen tatsächlich eine solche aquatische Entwicklungsphase durchlaufen haben. Warum soll es nicht denkbar sein, dass einige unserer Vorfahren dem Meer treu geblieben sind, während wir anderen unser Glück wieder an Land versucht haben?«

Meike Ehlers schwieg und sah auf die Straße. »Und was hat es dann mit den erschreckenden Fähigkeiten dieser Wesen auf sich? Das mutet doch fast wie Zauberei an.«

»Wer weiß?« Jens zuckte mit den Schultern. »Während des kalten Krieges sollen sich die Supermächte intensiv der Erforschung diverser PSI-Phänomene gewidmet haben: außersinnliche Wahrnehmungen, Telepathie, Telekinese und andere Fähigkeiten. Wenn sogar die das ernst genommen haben, wie können wir dann ausschließen, dass es für solche Fähigkeiten nicht auch eine rationale Erklärung geben könnte? Vielleicht waren derartige Fähigkeiten auch mal bei uns Menschen vorhanden, sind dann aber im Laufe der Zeit verschüttet worden?«

»Dass ich ein solch esoterisch anmutendes Plädoyer ausgerechnet von dir hören würde, erstaunt mich schon.« Meike Ehlers starrte wieder längere Zeit in den Rückspiegel.

»Ich kann halt nicht abstreiten, was ich selbst erlebt habe.« Jens warf nun auch einen Blick über die Schulter. »Hat es einen Grund, warum du ständig in den Rückspiegel schaust?«

»Weiß nicht.« Meike Ehlers betrachtete jetzt den Außenspiegel ihres Nissan. »Vorhin dachte ich, uns würde ein Pkw verfolgen. Offenbar sehe ich schon Gespenster. Und natürlich Meerjungfrauen …« Sie seufzte. »Was machen wir denn nun mit unserer Erkenntnis?«

»Weiß ich auch noch nicht.« Jens schlug das Buch zu. »Vielleicht machen wir das davon abhängig, was wir in Fahretoft erfahren? Zumindest hoffe ich mal, dass Rhode auch dort nicht ohne Grund gewesen ist.«

Meike Ehlers wies mit dem Kinn voraus. »Wir haben unser Ziel übrigens fast erreicht. Da vorn, das ist die Ortschaft.«

Nachdem sie eine Weile an einer einsamen Uferstraße längs eines breiten Kanals mit grüner Uferzone entlanggefahren waren, zeichneten sich vor ihnen, inmitten des flachen Marschlandes mit seinen endlos wirkenden Feldern und Wiesen und gelegentlich aufragenden Windkraftanlagen, die ersten Häuser einer Ortschaft ab. Sie passierten einen See zu ihrer Rechten und folgten einer kerzengeraden Straße hinauf auf einen begrünten Deich, der links und rechts bebaut war. Fahretoft schien sich vor allem über diese alte Anhöhe zu erstrecken. Meike Ehlers stieg vom Gas, während sie an reetgedeckten Häusern, schmucken Ferienwohnungen und hübschen Gärten vorbeikamen, die zuweilen von niedrigen Mauern aus aufgeschichteten Findlingen umgeben waren.

»Also, wo wollen wir anfangen?«, fragte sie. »Wie du weißt, ist im polizeilichen Westerogg-Bericht nur davon die Rede gewesen, dass Eike Momsen ursprünglich von hier stammt. Eine Wohnanschrift war dort leider nicht vermerkt. Ganz abgesehen davon, dass das alles auch schon vierzig Jahre her ist.«

»Machen wir es doch einfach so wie in Westerhever«, schlug Jens vor. »Beginnen wir bei der Dorfkirche.« Er überlegte kurz, ob er Buch und Dokumente zu der Husumer Chronik in seinen Rucksack stopfen sollte. Stattdessen verstaute er sie im Handschuhfach, wo er zu seiner Überraschung Meike Ehlers' Polizeimarke und ihre Dienstpistole entdeckte. Sie war zwar offiziell krankgeschrieben, schien auf ihre Ausrüstung aber dennoch nicht verzichten zu wollen. »Vorhin im Internet habe ich nämlich gelesen, dass an der Kirche noch eine alte Sonnenuhr hängt, die angeblich auf das Universalgenie Hans Momsen zurückgeht.«

»Gut. Wie du willst.« Sie verließ die Ortsstraße an einer Kreuzung, und es zeigte sich, dass sich Fahretoft noch ein gutes Stück weit in das Land vor dem alten Deich erstreckte. Interessiert nahm Jens zur Kenntnis, dass sie gerade die Hans-Momsen-Straße befuhren. Dass der berühmte Sohn der Ortschaft noch immer in Ehren gehalten wurde, wertete er als ein gutes Zeichen. Vermutlich ganz im Gegensatz zu seinem durchgeknallten Urenkel.

Meike Ehlers suchte vergeblich einen Kirchturm, fragte ein

kleines Mädchen am Straßenrand und erreichte so schließlich eine hoch liegende Warft mit der sogenannten St.-Laurentius-Kirche, die sich erhaben vor dem zugezogenen Himmel abhob. Bei ihr handelte es sich um einen einfachen, rechteckigen Saalbau mit fensterloser Nordwand, der von einigen Bäumen und einem Friedhof umgeben war. Jetzt klärte sich auch, warum sie zuvor keinen Turm hatte ausmachen können. Es gab keinen. Stattdessen stand vor der Kirche ein dunkler, hölzerner Glockenturm mit Zinkdach, der sogar etwas niedriger als die Kirche selbst war.

Meike Ehlers parkte ihren Nissan, griff nach ihrem Dienstausweis, und gemeinsam marschierten sie auf den weiß gestrichenen Kircheneingang zu. Jens suchte an der Fassade nach Hans Momsens alter Sonnenuhr, als er auf den Chorgesang im Kirchengebäude aufmerksam wurde.

Gespannt betraten sie einen schlichten, mit zahlreichen Bänken ausgestatteten Kirchenraum mit weißgekalkten Wänden, zu dessen auffallendsten Merkmalen ein schmuckes Kirchenfenster gehörte, das Jesus als »guten Hirten« zeigte. Jens blickte zu der mit geschnitzten biblischen Szenen verzierten Kanzel auf, dann hielt auch er inne, um ebenso wie Meike dem halben Dutzend junger Leute zuzuhören, die dort aufgereiht vor dem spätgotischen Altar der Kirche standen und ein melodisches Kirchenlied angestimmt hatten.

Kaum dass die Jugendlichen sie bemerkten, geriet deren Gesang ins Stocken. Ein Mann mit dichtem Lockenkopf, der unweit eines barocken Taufbeckens mit Engelsputten stand, brachte sie mit einem unwirschen Wink dazu innezuhalten. Befremdet blickte er zu Jens und Meike hinüber. »Können wir Ihnen irgendwie helfen?«

»Entschuldigen Sie unser Eindringen«, erwiderte Meike Ehlers freundlich und zückte ihren Ausweis. »Wir benötigen bloß ein, zwei Auskünfte.«

»Oh. Natürlich.« Der Chorleiter musterte sie interessiert und drehte sich dann zu den Jugendlichen um. »Kurze Pause! Wir machen in zehn Minuten weiter.« Mit einem Augenzwinkern wandte er sich ihnen wieder zu. »Morgen ist schließlich Johannistag. Das hier ist unsere Generalprobe für den Auftritt während des Gottesdienstes. Also, wie kann ich Ihnen helfen?«

Jens und Meike wechselten beklommene Blicke. Sie hatten das Thema zwar nicht mehr angeschnitten, aber beiden war bewusst, dass dem Johannistag die Johannisnacht voranging. Und das bedeutete, dass am heutigen Abend die ominöse Frist endete, von der Volker Rhode gesprochen hatte.

Die Polizistin räusperte sich. »Eigentlich suchen wir nach einem Vermissten. Sein Name ist Volker Rhode, und er war …«

»Ah, Sie meinen den entführten Rungholtforscher?« Der Mann seufzte bedauernd. »Ich hab von dem Fall in der Zeitung gelesen. Der war doch mit diesem missbrauchten Taucher zusammen eingesperrt?«

Jens lächelte säuerlich. »Wir vermuten, dass er sich vor seiner Entführung hier in Fahrtoft aufgehalten hat«, nahm er den Faden auf. »Wahrscheinlich, um im Fall der Familie Momsen zu recherchieren. Nachfahren dieses Hans Momsen.«

»Ah, darum geht es.« Das Gesicht des Mannes erstrahlte bei diesen Worten, als wäre die Sonne aufgegangen. »Einer der berühmtesten Söhne unseres Ortes. Wissen Sie eigentlich, dass Hans Momsen gleich hier vorn auf dem Friedhof bestattet liegt? Nur wenige Meter vom Glockenturm entfernt.«

Jens und Meike Ehlers wandten sich unwillkürlich um. »Nein, war uns nicht bekannt«, sagte die Polizistin. »Ist Herr Rhode denn hier gewesen?«

»Keine Ahnung.« Der Chorleiter zuckte mit den Schultern. »Das kann Ihnen vermutlich nur unsere Pastorin sagen. Aber die ist gerade in Dagebüll. Sie könnten natürlich auch rüber zur Gabrielswarft gehen und dort nach Herrn Paulsen fragen. Da drüben wird nämlich nach über hundertfünfzig Jahren Momsens altes Wohnhaus wieder eingerichtet als Museum sozusagen. Allerdings sind die Arbeiten noch in vollem Gang. Herr Paulsen ist Gründer und Vorsitzender der Hans-Momsen-Gesellschaft und ebenso wie der arme Herr Rhode Heimatforscher.«

»Ach, hier gibt es eine Hans-Momsen-Gesellschaft?«, fragte Jens.

»Aber ja, die wird sogar von der Springerfamilie unterstützt.« Der Chorleiter lächelte zufrieden. »Wenn Ihr Herr Rhode also hier war, dann hat er sich mit der Gesellschaft garantiert in Verbindung gesetzt. Ach, warten Sie, ich rufe gleich mal an.« Ihr Gegenüber zückte hilfsbereit sein Handy, wählte eine Nummer und wandte sich kurz von ihnen ab. Er sprach mit jemandem, wählte eine zweite Nummer und kam dann wieder zu ihnen zurück. »Also, die schlechte Nachricht zuerst: Herr Paulsen ist leider ebenfalls nicht da. Ich hab deswegen einen Freund angerufen, der auch Mitglied der Gesellschaft ist: Hein Feddersen. Hein ist Handwerker, bloß schon in Rente, und hilft bei den Arbeiten drüben. Er hat versprochen, gleich rüberzukommen. Nur«, der Chorleiter blickte zu den Jugendlichen, die jetzt hinter ihnen schwatzten und lachten, »wir müssten hier noch ein bisschen weitermachen.«

»Versteh schon. Wir erwarten Herrn Feddersen draußen. Vielen Dank auch.« Meike reichte dem Lockenkopf die Hand, und wenig später standen sie wieder vor der Kirche. Dort blendete sie überraschend die Sonne, die nun wieder an einigen Stellen durch die Wolken gebrochen war. Zugleich tröpfelte es vereinzelt vom Himmel, so als könne sich das Wetter nicht so recht entscheiden, in welche Richtung es ausschlagen sollte.

Jens nutzte die Gelegenheit und suchte das Grab von Hans Momsen auf. Zu seiner Überraschung stand dort lediglich ein schlichter Gedenkstein, auf dem in schwarzer Schrift Hans Momsens Name und die Geburts- und Sterbedaten vermerkt waren.

Derweil schlenderte ein bärtiger Mann um die sechzig mit Schiffermütze in Richtung der Kirche. Er hatte die Hände in den Taschen eines mit weißer Farbe beschmierten Blaumannes vergraben. Prüfend blickte er zum Himmel auf und schritt dann auf Meike zu. »Moin.«

Die Polizistin reichte ihm die Hand. »Sie sind Herr Feddersen?«

»Jo.« Er schniefte und warf einen kurzen Blick auf ihren Dienstausweis. Auch Jens begrüßte den Neuankömmling. »Wir suchen nach Spuren im Fall eines Heimatkundlers namens Volker Rhode.«

Der Bärtige nickte, als habe er nichts anderes erwartet.

»Der Chorleiter deutete an, dass Sie ihn eventuell kennen?«, fragte Meike Ehlers.

»Rhode? Jo.« Feddersen nickte.

»Gut?«

»Nö.« Ihr Gegenüber schüttelte den Kopf. »Ist ja nicht von hier.«

»Aber er ist schon mal bei Ihnen drüben im Momsenhaus gewesen.«

»Jo, das schon.«

»Und wann?«

»Da fragen Sie was.« Feddersen fuhr sich nachdenklich durch den Bart.

»Na und?«

»Wohl so vor zwei Monaten.«

»War er denn aus einem bestimmten Grund hier?«

»Jo.« Feddersen nickte diesmal mit Nachdruck und sah sie beide wieder gespannt an. Jens bemerkte, wie Meike kurz die Augen schloss, einatmete und Feddersen dann wieder mit strahlendem Lächeln ansah. »Könnten Sie uns auch verraten, was der Anlass dafür gewesen ist?«

»Der wollte halt alles über Hans Momsen wissen.«

Jens musste unwillkürlich grinsen, denn Feddersen schien geradezu das Paradebeispiel eines wortkargen Friesen zu sein. Bevor seiner zunehmend ungeduldiger werdenden Begleiterin ein patziger Kommentar herausrutschen konnte, versuchte er es auf andere Weise. »Und Sie arbeiten da drüben am Momsenhaus mit?«

»Muss ja.« Feddersen sah zu einer benachbarten Warft hinüber, auf der ein altes Reetdachhaus mit roten Klinkerwänden thronte. Es war von einem grünen Garten umgeben. »Fußboden. Wände. Decken. Wir richten da alles so her, wie es überliefert ist.«

»Sieh an. Muss ziemlich aufwendig sein.«

Feddersen brummte zustimmend. »Und teuer.« Er rieb die Finger vielsagend aneinander.

»Hat sich Rhode bei seinem Besuch für irgendetwas Bestimmtes interessiert? Irgendeine Gerätschaft vielleicht?«

»Geräte?« Feddersen kratzte sich unter der Schiffermütze. »Nö.«

»Sondern?« Meikes Lächeln wirkte jetzt doch leicht angespannt.

»Die meisten Erfindungen von Momsen sind ja übers Land verstreut«, brummte der Friese. »Aber er wollte sich die Ölbilder und die Orgelskizzen ansehen.«

»Ölbilder und Orgelskizzen?«

»Jo.«

Meike nickte auffordernd, und Feddersen sah sie fragend an.

»Bitte, Herr Feddersen«, stöhnte sie. »Geht es vielleicht etwas genauer? Sie müssen wissen, wir stammen nicht von hier.«

»Dafür können Sie ja nichts.« Der Bärtige zwinkerte aufmunternd. »Wollen Sie sehen, was Rhode sehen wollte?«

»Ja, unbedingt«, antwortete Jens. »Wir kommen auch gern mit rüber.«

»Nicht notwendig.« Feddersen zückte zu ihrer Überraschung ein Smartphone, das nicht so recht zu seinem übrigen Auftreten passte. Doch überraschend flink rief er eine Fotodatei auf und wischte über das Display. »Hab ich alles hier drin. Damit später alles richtig an seinen Platz kommt.« Er präsentierte ihnen zahllose Aufnahmen von Dokumenten, Skizzenzeichnungen, Porträtbildern und Gerätschaften – wie mechanische Kinderspiele und holländische Windmühlen –, die auf das Universalgenie zurückgingen. »Momsen hat mal ’ne Orgel für die Kirche hier gebaut«, brummte er. »Die blieb aber nicht lange da.« Er präsentierte ihnen jetzt Aufnahmen von ausgeblichenen Konstruktionsskizzen einer seltsamen Röhrenkonstruktion, die Jens irgendwie bekannt vorkamen. »Das hier sind wohl Vorstudien dazu«, meinte Feddersen. »Nur kann die selbst Herr Paulsen nicht richtig zuordnen.«

»Und für diese Skizze hat sich Volker Rhode interessiert?«, wollte Meike Ehlers wissen.

»Jo.«

Jens beäugte die Zeichnungen ebenfalls genauer. Natürlich. Sie ähnelte irgendwie jener Röhrenkonstruktion, die er im Leuchtturm auf Westerogg entdeckt hatte.

Das konnte unmöglich ein Zufall sein.

»Sie glauben, das ist eine Orgel?«

»Wat soll es denn sonst sein?«

»Und was sind das für Bilder gewesen, für die sich Herr Rhode interessiert hat?«, fragte Meike Ehlers.

»Ham' wir in einem Hohlraum gefunden. In einer der Wände. Sind nicht groß.« Feddersen wischte abermals über das Display und präsentierte ihnen die Aufnahmen zweier Ölgemälde, die beide in rissigen Rahmen steckten. Das eine zeigte eine liebliche Meerjungfrau, die einem Fischer in einem Boot eine Muschel überreichte. Das andere eine Fischmaid in einem Zuber, die fatal an die Melusinen-Darstellung des Buches aus dem Bunker erinnerte. Jens und Meike warfen sich verstohlene Blicke zu.

»Das da kenn ich sogar«, grunzte Feddersen und deutete auf das Bild der Nixe mit der Muschel. »Geht auf eine Sage von der Insel Föhr zurück.«

»Ja?« Die Polizistin sah ihn an, und der Bärtige nickte bestätigend.

»Welche?«, fragte sie ärgerlich.

»Ach«, der alte Friese winkte ab. »Ein Fischer fängt eine Nixe, lässt sie frei, und sie bedankt sich dadurch, dass sie ihm ein Muschelhorn schenkt, mit dem er sie immer wieder rufen kann.«

»Rufen?«

»Jo. Um ihm drei Wünsche zu erfüllen.« Er grinste. »Die viele Wünscherei geht dann aber ziemlich übel aus für diesen Fischer. Kriegt halt einfach nicht genug.«

»Und diese Bilder gehörten mal Hans Momsen?«, hakte Jens nach.

»Muss wohl. Der will ja selbst mal so eine Meernixe gesehen haben.«

»Was bitte?«

»Jo. In jungen Jahren.« Feddersen wirkte belustigt. »Hat Hans Momsen mal in einem Brief erwähnt. War aber wohl ein Seehund, denn die Nixe ist ihm nie wieder erschienen. Dabei hat er noch ein paar Jahre nach ihr Ausschau gehalten.«

»Sagen Sie mal«, meinte Jens aufgewühlt. »Hat sich Herr Rhode eigentlich auch für Eike Momsen interessiert? Vielleicht haben Sie von dem auch schon mal gehört, denn der hat hier mal gelebt.«

»Der Hippie?« Diesmal verfinsterte sich der Blick Feddersens. »Klar, an den erinnern sich hier noch einige«, murrte er. »Wir sprechen bloß nicht gern über ihn.«

»Verständlich. Nach dem Blutbad auf Westerogg in den Siebzigern war das wohl eher jemand, den man gern vergessen würde.«

»Jo.« Feddersen brütete eine Weile vor sich hin, bevor er sich zu einer Erklärung bequemte. »Bin aber mit ihm zur Schule gegangen. Ein paar Jahre, bevor die Sache passiert is'.«

»Ach, Sie kannten ihn sogar persönlich?« Jens richtete sich gespannt auf. »Und, was war er für ein Mensch?«

»Hm. Seltsamer Kauz«, antwortete Feddersen. »Hat sich immer für was Besseres gehalten. Wenn Sie mich fragen, war der schon damals ein bisschen überkandidelt.«

»Wieso?«

»Hm. War halt so.« Feddersen zuckte mit den Schultern. »Wurde auch nicht besser, als das mit diesem Flower Power losging. Ich hoffe aber, Sie wollen die unschöne Sache jetzt nicht wieder aufwärmen?«

»Nein, natürlich nicht«, meinte Meike Ehlers. »Aber Volker Rhode hat sich auch für ihn interessiert. Wir wollen lediglich herausfinden, warum.«

»Jo. Keine Ahnung.« Er schniefte. »Wurde jedenfalls nicht besser, als Eike seine Freundin angeschleppt hat. Eher im Gegenteil. Die war auch so … so ein bisschen …« Er kreiste mit dem Finger vor der Stirn.

»Freundin?« Misstrauisch zog Jens die Augenbrauen zusammen.

»Jo. Wegen der ist der doch in diese Kommune rein. Unten in Husum.« Er schenkte ihnen einen unzweideutigen Blick. »Sodom und Gomorrha, sag ich nur. Und Drogen.«

»Und wer war das?«

»Na, die kam aus Egirholm.« Ihr Gegenüber kratzte sich am Bart. »Aber vermutlich ist Sedna schon lange tot.«

»Moment, Sedna Schlott?« Meike Ehlers sah Feddersen aufgeregt an. »Soweit wir wissen, hat sie das Blutbad damals überlebt. Wir wissen bloß nicht, wo sie sich heute aufhält.«

»Ach so?« Feddersen vergrub die Hände wieder in den Taschen seines Blaumanns. »Dann fragen Sie doch einfach ihre Schwester.«

»Und wer ist das?«

»Ich glaube, die hat geheiratet und heißt heute Petersen. Die ist da unten in Egirholm jetzt Bürgermeisterin.«

Freund & Feind

»Ich fasse es nicht! Ich fasse es einfach nicht!« Meike betätigte wütend den Scheibenwischer, während sie Fahretoft hinter sich ließen. Die Wischer quietschten über die Windschutzscheibe, doch der kurze Nieselregen hatte längst wieder aufgehört und Sonnenschein Platz gemacht. »Da suche ich zusammen mit Bornleit halb Husum ab – und dann stellt sich heraus, dass diese Sedna Schlott die Schwester unserer sauberen Bürgermeisterin ist. Das ist doch wirklich oberfaul!«

»Du sagst es«, meinte Jens nachdenklich. »Spätestens nach dem Fund im Bunker war mir klar, dass damals auf Westerogg etwas passiert sein muss, das bis heute Folgen hat. Und ganz allmählich habe ich da auch einen Verdacht.«

»Dann sag schon.« Aufgebracht schaltete sie einen Gang runter und bog auf die Landstraße ein, die schließlich wieder an dem breiten Kanal entlangführte.

»Ich glaube, die Hippies haben damals eine Sirene eingefangen.«

Schockiert starrte ihn die Polizistin an. »Wie kommst du denn da drauf?«

»Durch ein, zwei Sachen, die ich auf Westerogg entdeckt habe und die bis eben noch keinen Sinn ergaben.« Jens fuhr sich über das Kinn. »In dem Leuchtturm befindet sich so eine alte Röhrenkonstruktion, die da irgendwie nicht hingehört. Die ähnelt sehr der seltsamen Orgelskizze, die Hans Momsen im 18. Jahrhundert gezeichnet hat. Was, wenn es stimmt, dass dieser Erfinder früher mal eine Meerjungfrau gesehen hat? Und was, wenn er damals wirklich nach Wegen suchte, um sie erneut anzulocken?«

»Und dabei soll ihm eine Orgel geholfen haben?«

»Wir wissen nicht, ob die Konstruktion jemals über die Konzeptphase hinausgekommen ist«, antwortete Jens. »Aber vielleicht befand er sich dabei durchaus auf dem besten Weg. Ich erinnere mich nämlich, dass Ranja … Abben bei unserer Durchsicht der Unterlagen in Bredstedt erwähnt hat, dass Rhode sich darin irgendwie mit Walgesängen beschäftigt habe. Ich glaube, ihr war selbst nicht klar, warum. Sonst hätte sie mich vermutlich auch nicht darauf aufmerksam gemacht. Doch die ganze Zeit über frage ich mich, warum er sich mit so was beschäftigt hat. Denn mit Rungholt hat das ja wenig zu tun.«

»Und?«

»Wie du selbst weißt, war der Walfang im 18. Jahrhundert auch hier oben bei uns in Deutschland weit verbreitet. Den Seeleuten sind die Gesänge der Meeressäuger sicher schon damals aufgefallen. Vor allem ein Mann wie Hans Momsen dürfte daraus messerscharf geschlossen haben, dass Wale mithilfe ihrer Laute kommunizieren. Heute wissen wir, dass sie dazu den für uns Menschen kaum wahrnehmbaren Infraschall nutzen. Damit können sie über erstaunliche Distanzen hinweg kommunizieren. Übrigens ebenso wie Elefanten und Giraffen.« Prüfend musterte er Meike. »Und da schließt sich der Kreis: Handeln die Legenden um Meerjungfrauen nicht häufig von lieblichen Gesängen? Also Gesängen, die Seeleute um den Verstand zu bringen vermögen? Was, wenn da etwas dran ist?«

»Du meinst, Hans Momsen hat an einer Konstruktion getüftelt, um mit Sirenen zu kommunizieren?«

Unentschlossen wog Jens den Kopf. »Vielleicht nicht gerade das, aber vielleicht hat er nach einem Weg gesucht, sie anzulocken? Soweit ich weiß, erreichen Orgeln für gewöhnlich nur selten den Infraschallbereich. Und dieses physikalische Konzept dürfte Hans Momsen damals auch noch nicht bekannt gewesen sein. Aber es ist durchaus möglich, mit einer Orgel Infraschall zu erzeugen. Und schließlich war Eike Momsen selbst gelernter Orgelbauer. Der könnte die Idee seines Ahnen aufgegriffen und dann verfeinert haben.«

»Aber woher willst du wissen, dass er damit Erfolg hatte?«

»Nur so ein Verdacht. Da unten im Bunker befand sich ein überfluteter Raum mit einem ziemlich alten Fischernetz. Verrat mir mal, wofür man so was benötigt, wenn nicht, um etwas gefangen zu halten? Ganz nebenbei würde das erklären, warum Rhode im Zusammenhang mit Westerogg von einem Frevel sprach.«

»Scheiße. Das alles wird immer verrückter.« Vor ihnen kam eine Brücke in Sicht, die über den Kanal führte, und Meike Ehlers fuhr weiter nach rechts, da ein dunkler Landrover sie überholen wollte. »Und was ist dann passiert?«

»Keine Ahnung. Wie wir wissen, sind diese Sirenen durchaus wehrhaft. Vielleicht war sie es, die über die Kommune hergefallen ist? Allerdings erfahren wir das erst, wenn … Achtung!«

Der Landrover scherte ganz plötzlich nach rechts aus und rammte den kleinen Nissan mit dem Heck. Blech schrammte über Blech, und ein heftiger Stoß erschütterte den Kleinwagen. Meike versuchte noch abzubremsen, verlor auf dem rutschigen Untergrund aber die Kontrolle und raste mit dem Wagen in die Böschung rechts neben der Straße. Mit einem Ruck kamen sie zum Stehen. Beide wurden in die Gurte geschleudert.

»Spinnt der Kerl?«, stöhnte die Polizistin aufgebracht. »Den werde ich …«

Nun aber sah sie, wie sich der Landrover mit quietschenden Bremsen vor der Brücke querstellte. »Scheiße! Das ist der Wagen, der uns schon vorhin gefolgt ist.«

Alarmiert öffnete Jens ihre Gurte, denn keine sieben oder acht Meter vor ihnen flog die Fahrertür des fremden Fahrzeugs auf, und heraus stieg ein kräftiger Mann mit schwarzem Hemd, kurzgeschorenen Haaren, ausgeprägtem Kinn und Sonnenbrille, der sich kurz zu beiden Enden der Straße umsah. Trotz der Brille meinte ihn Jens von irgendwoher zu kennen. Doch für Mutmaßungen blieb keine Zeit, denn der Fremde zog jetzt eine Maschinenpistole mit seltsam klobigem Mündungslauf aus dem Fahrzeug und klappte deren Schulterstütze ab. Das war eine tschechische Skorpion, die auch in kriminellen Kreisen sehr geschätzt wurde. Und sie war mit einem Schalldämpfer ausgestattet.

»Raus hier!« Jens rammte die Beifahrertür auf, packte Meike am rechten Oberarm und zerrte sie mit sich ins Freie. Keinen Augenblick zu spät, denn der Fremde hob die Waffe und zielte.

Ein kaum wahrnehmbares Rattern ertönte, und eine Kugelsalve durchsiebte den Kleinwagen. Die Geschosse hämmerten durch Karosserie und Fahrertür, brachten die Seitenscheiben zum Platzen, bohrten sich in die Sitzpolster oder zischten dicht über sie hinweg. Meike Ehlers schrie schmerzerfüllt auf, und Jens sah, dass sie am Oberschenkel blutete. Eine Kugel hatte sie dort erwischt. Unerbittlich zog er sie weiter mit sich hinter den Wagen, als eine zweite Salve den Nissan traf. Diesmal durchpflügten die Kugeln Motorhaube und Windschutzscheibe des Fahrzeugs, und ein Regen aus Scherben prasselte auf den Innenraum nieder. Mit einem gequälten Geräusch sprang die demolierte Kühlerhaube des Kleinwagens auf und klappte nach oben. Eine dritte Garbe zersiebte auch sie, und der Motorblock qualmte jetzt leicht.

»Alles in Ordnung?«, fragte Jens besorgt.

»Nur ein Streifschuss«, ächzte die Polizistin. »Der Kerl kann uns doch unmöglich einfach so auf offener Straße abknallen wollen.« Gehetzt sah sie sich um, doch die Straße lag auf beiden Seiten der Brücke vollkommen verlassen vor ihnen.

Drüben beim Landrover war ein klickendes Geräusch wie von einem Magazinwechsel zu hören. Jens langte hastig ins Fahrzeug, öffnete das Handschuhfach, und sogleich fiel ihm neben dem Buch und den Dokumenten auch Meike Ehlers Dienstpistole in die Hände. Sofort befreite er sie aus dem Halfter, entsicherte die Waffe und rollte sich der Länge nach herum, sodass er zwischen dem Unterboden des Nissan und der Grasnarbe hindurch auf die Fahrbahn blicken konnte. Dort näherte sich ihnen der Fremde – und so legte Jens an und schoss zweimal. Der Unbekannte sprang fluchend zurück und durchsiebte mit einer weiteren Kugelsalve die Reifen des Kleinwagens. Sie platzten mit dumpfem Knall, und der Nissan sackte auf der Fahrerseite nach unten, sodass Jens das Schussfeld versperrt wurde. Immerhin, sie hatten sich etwas Respekt verschafft, denn er konnte hören, wie der Schütze zurücklief.

»Verdammt, ich kann nicht mal Hilfe anfordern«, stöhnte Meike, die noch immer ihre Beinwunde umklammert hielt.

»Dann müssen wir mit dem Kerl eben selbst fertigwerden«, zischte Jens, nachdem er sich versichert hatte, dass seine Partnerin wirklich lediglich von einem Streifschuss verletzt worden war. »Offenbar hat er nicht damit gerechnet, dass du noch bewaffnet bist.«

»Du meinst, der hat uns hier wirklich gezielt abgepasst?«

»Sieht so aus.« Jens spähte vorn um den Kühler des Nissan herum und sah, dass sich der Unbekannte jetzt hinter dem Kühler seines Landrovers verschanzt hatte, sein Ziel aber weiter im Blick behielt. Kaum bemerkte er ihn, hob er die Skorpion wieder an und feuerte eine weitere Kugelsalve ab. Die Kugeln schrammten funkenstiebend über den Asphalt, und Jens zog eilig den Kopf wieder ein.

»Scheiße!« Fast hätte ihn der Unbekannte erwischt. Blind feuerte er zurück, traf aber nicht.

»Und was jetzt?«, ächzte Meike. »Der muss doch damit rechnen, dass hier jederzeit ein anderes Fahrzeug vorbeikommt.«

»Und warum sind wir dann allein auf weiter Flur?«, knirschte Jens. »Da stimmt was nicht.« Fieberhaft dachte er nach. Doch der einzige Plan, der ihm einfiel, war ziemlich verzweifelt. Kurz versicherte er sich, dass sich ihr Gegner noch immer bei dem Landrover befand. »Kommst du an meinen Rucksack heran? Der lag vorhin noch auf dem Rücksitz.«

»Was willst du damit?«

»Da drin liegt noch eine Magnesiumfackel. Mit ihr können wir es ihm zumindest etwas schwerer machen, uns anzuvisieren.«

Meike Ehlers ließ von ihrer Beinwunde ab, robbte auf die offen stehende Wagentür zu und langte mit schmerzverzerrtem Gesicht in den Fußraum hinter dem Beifahrersitz. Eine weitere Salve der Maschinenpistole durchsiebte die Karosserie, und sie beide duckten sich. Doch die Kugeln, die nicht im Fahrzeug stecken blieben, zischten über sie hinweg.

»Ich hab ihn«, stöhnte die Polizistin, zerrte den Rucksack aus dem Wagen, rollte sich auf den Rücken und fischte die Magnesiumfackel hervor. »Und jetzt?«

»Gib sie mir.« Jens ergriff die Fackel und reichte ihr stattdessen die Dienstpistole. »Wie viele Kugeln stecken im Magazin?«, wollte er wissen.

»Elf«, antwortete Meike angestrengt.

»Dann bleiben uns jetzt noch acht. Damit kannst du versuchen, ihn in Deckung zu zwingen.«

»Und du?«

»Ich werfe die Magnesiumfackel rüber und hoffe, dass ihm der Rauch die Sicht auf uns versperrt.«

»Und dann?«

»Schon vergessen, dass ich bei der Marine war? Während du ihn zwingst, unten zu bleiben, renne ich rüber. Dann kann mir der Kerl mal zeigen, wie gut er im Nahkampf ist.«

»Du bist doch vollkommen wahnsinnig.« Entsetzt starrte sie ihn an. »Der hat eine Maschinenpistole!«

»Dann bring ihn dazu, sie leer zu schießen. Wir sind zu zweit, er ist alleine. Etwas anderes fällt mir grad nicht ein.«

»Hier.« Unter Schmerzen wühlte sie in ihrer Hosentasche und reichte ihm die Bleistifttaschenlampe. »Besser als nichts.«

Jens nahm die Lampe entgegen und nickte. Sie war deutlich länger als seine Hand und konnte daher im Kampf wie ein »Tactical Pen« als Schlagverstärker Verwendung finden. »Bereithalten! Wenn ich es sage, schieß. Und pass auf dich auf!«

»Du auch.« Meike Ehlers rückte zum Heck ihres zerschossenen Wagens vor, während Jens die Magnesiumfackel anriss. Sofort brannte diese unter grellem Feuer ab und verursachte dabei wieder eine Menge Rauch. Jens holte aus und schleuderte die Fackel über den Nissan hinweg und zum Landrover hinüber. Die Antwort erfolgte sofort, denn ihr Wagen wurde abermals von einer Kugelgarbe durchsiebt, die einen weiteren Reifen zum Platzen brachte. Jens wartete, bis die Straße zwischen den Fahrzeugen von weißem Nebel eingehüllt war, und gab Meike ein Zeichen. Die rollte sich neben den Kleinwagen, zielte und gab konzentriert eine rasche Schusssalve auf den Unbekannten ab. Jens handelte sofort. Meikes Gegenfeuer ausnutzend rannte er im Schutz des Rauchs geduckt auf das fremde Fahrzeug zu, hinter dem sich die Streben der Brücke undeutlich aufspannten.

Dort ertönte wieder ein gedämftes Rattern, und der Unbekannte nahm aus der Deckung heraus Meike Ehlers unter Beschuss. Jens war bereits auf knapp zwei Meter heran, als ihn der Fremde bemerkte, die Waffe herumriss und nun auf ihn feuerte. Im letzten Moment hechtete Jens hinter das Heck des Landrovers und rollte sich dort ab. Schräg hinter ihm durchpflügten die Kugeln der MP die Grasnarbe des Seitenstreifens, doch dann ertönte ein verräterisches Klicken.

Die Waffe war leer geschossen. Jens hatte die Schüsse zwar nicht mitgezählt, aber vemutlich galt das Gleiche auch für Meikes Waffe. Sofort kam er wieder auf die Beine, stürmte um den Landrover herum – und lief direkt in den Schlag seines Gegners hinein. Der hatte die Maschinenpistole kurzerhand herumgerissen, hielt sie jetzt an der Schulterstütze gepackt und benutzte sie wie einen Knüppel, den er einmal von unten nach oben zog. Jens riss noch seinen linken Arm hoch und konnte doch nicht verhindern, dass ihn die Waffe hart am Kopf erwischte. Stöhnend taumelte er nach hinten, dann traf ihn ein zweiter Hieb, der ihm nicht nur die Bleistifttaschenlampe aus der Hand prellte, sondern ihn bis zum Brückengeländer warf. Dem dritten Schlag schaffte er im letzten Moment noch zu entgehen, und die Maschinenpistole prallte schräg neben ihm auf das Brückengeländer. Die Schulterstütze der Waffe barst, und das Gehäuse der Maschinenpistole flog in den Kanal. Schon war sein Gegner heran, nur dass er die scharfkantigen Metallreste jetzt wie ein Messer einsetzte und wüst auf Jens einstach. Trotz seiner Benommenheit wehrte dieser die Schläge und Stiche mit seinen Unterarmen ab, und erstmals gelang es ihm, selbst einen Treffer zu landen. Der Kopf seines Gegners flog zur Seite, und die Sonnenbrille rutschte aus dem Gesicht. Doch das hinderte ihn nicht daran, Jens weiter anzugreifen. Zornig warf er sich auf ihn, packte ihn und schleuderte Jens hintenüber aufs Brückengeländer, wo er seinen Körper einklemmte und immer weiter nach hinten über den Kanal bog.

»Das ist dafür, dass du unseren Liebling verletzt hast, du Arschloch!«, zischte der Fremde unheilvoll.

Jens starrte in ein Paar harter Augen, die klarstellten, dass dieser Gegner keine Gnade gewähren würde. Und nun war er sich noch sicherer, dass er den Fremden kannte.

Verzweifelt rammte er sein Knie nach oben, und sein Gegner gurgelte auf. Doch er rückte keinen Zoll breit beiseite. Jens verlor stattdessen fast das Gleichgewicht, nur wollte ihn sein Gegner offenbar nicht lebend davonkommen lassen. Der Kerl verstärkte seinen Griff, drückte ihn weiter über das Geländer und versuchte ihm nun die improvisierte Stichwaffe ins Auge zu rammen. Da Jens' linker Arm eingeklemmt war, wehrte er den Stich mit der Rechten ab und hielt mit aller Kraft dagegen. Doch es war ein ungleiches Ringen. Er befand sich einfach in der schlechteren Position. Beide rangen sie verzweifelt um Vorherrschaft, doch die Metallspitze der Schulterstütze näherte sich Zentimeter um Zentimeter Jens' Auge.

»Krepier endlich!« Mit einem Ruck versuchte sein Gegner Jens' Widerstand zu brechen, als ein Schuss aufpeitschte und ihn in den Kopf traf. Jens' Gesicht wurde von Blut bespritzt, während sein Gegner von einem Moment zum anderen erschlaffte, von ihm abglitt und an der Brüstung vorbei in die Tiefe stürzte. Unter ihm platschte es im Kanal, und auch Jens drohte das Gleichgewicht zu verlieren. Doch Meike packte ihn an der Hüfte, hielt ihn mit aller Macht fest und zog ihn wieder auf die Brücke zurück, wo er unter Schmerzen auf die Fahrbahn sank. Erschöpft drehte er sich zum Kanal um, dessen braune Fluten träge dahinflossen. Für kurze Zeit war der Körper des Unbekannten noch zu sehen, dann versank er.

Auch Meike stand mit der Waffe in der Hand da und blickte über das Brückengeländer. Irgendwann wandte sie sich ihm wieder zu. »Alles okay?«

Jens nickte. »Ich dachte, du hättest keine Munition mehr.«

»Wie kommst du denn darauf?«, antwortete sie und präsentierte das Magazin ihrer Waffe. »Zwei Patronen habe ich zurückgehalten, und eine habe ich sogar jetzt noch übrig. Glaubst du, bei der Polizei lernt man nichts?«

Jens winkte ab und richtete sich wieder auf. »Offenbar werden unsere Gegner langsam nervös.«

»Ja. Und ich ebenfalls.« Sie atmete tief ein. »Mann, in was für eine Scheiße sind wir da bloß reingeraten?« Sie humpelte zum

Landrover hinüber, um sich im Innern des Fahrzeugs umzusehen. »Die Karre ist vollkommen leer. Kannst du mir mal das Verbandszeug aus meinem Auto bringen?«

»Natürlich.« Jens drehte sich noch einmal zum Kanal um, doch der Körper ihres Gegners blieb verschwunden. Dann marschierte er zu dem völlig zerstörten Nissan hinüber. Trotz der Schüsse und des Rauchs der Magnesiumfackel, der noch immer über die Straße waberte, war nach wie vor weit und breit kein anderes Fahrzeug zu sehen. Der Kampf hatte zwar nur fünf oder sechs Minuten gedauert, und sie befanden sich hier vermutlich zehn oder fünfzehn Kilometer von der nächsten Ortschaft entfernt, dennoch war das mehr als ungewöhnlich.

Unter Mühen öffnete Jens den verzogenen Kofferraum des Nissan, fand dort einen Erste-Hilfe-Kasten und kehrte damit zu Meike zurück. Die durchsuchte noch immer den Landrover.

»Der Kerl muss den Wagen komplett ausgeräumt haben, bevor er auf uns los ist«, fauchte sie. »Und das ist noch nicht alles. Vorn und hinten befinden sich unterschiedliche Kennzeichen. Entweder die sind gestohlen, oder der Wagen ist es.«

»Darum kümmern wir uns später. Jetzt ist erst mal deine Wunde dran.« Jens bedeutete ihr, sich von ihrer Hose zu befreien.

»Hier? In aller Öffentlichkeit?« Meike grinste schief.

»Dich kriegt wohl gar nichts klein?«

»Kommt drauf an«, meinte sie bitter. »Seit ich dir begegnet bin, wird meine Leidensfähigkeit jedenfalls auf eine harte Probe gestellt.« Sie öffnete mit leicht verzerrter Miene ihren Gürtel, und er half ihr dabei, das Kleidungsstück herunterzuziehen. Besorgt überprüfte Jens die Verletzung an ihrem Oberschenkel, doch es handelte sich tatsächlich nur um einen Streifschuss. Die Wunde blutete nicht einmal stark. Und er stellte fest, dass sie hübsche Beine hatte.

Er desinfizierte und verband die Verletzung.

»Danke übrigens«, sagte er bewegt, während er ihr dabei zusah, wie sie sich wieder anzog.

»Ohne dich wäre ich auch nicht mehr hier, oder?« Sie seufzte. »Und was jetzt? Versuchen wir, den Kerl aus dem Wasser zu fischen? Ich befürchte, das könnte ebenso schwierig wie langwierig werden.«

Jens sah zum Brückengeländer hinüber und dann an Meike vorbei in den Innenraum des Landrovers. Der Wagen hatte ganz im Gegensatz zu dem Nissan keinen einzigen Kratzer abbekommen. Er nahm auf dem Fahrersitz Platz, drehte den Schlüssel im Zündschloss, und der Motor sprang mit sattem Brummen an. Doch das interessierte ihn nur am Rande. Sein Augenmerk galt dem Radio des Landrovers. Der Aufschrift nach verfügte es über ein eingebautes Navigationsgerät.

Unter den gespannten Blicken seiner Begleiterin schaltete er es an und rief die Historie auf. »Manche Navis speichern die eingegebenen Adressen ab. Wenn unser Schütze den Wagen schon länger besaß, hat er auf diese Weise vielleicht Spuren hinterlassen, die uns verraten, wer er war.«

»Gute Idee«, murmelte Meike. »Dabei dachte ich vorhin sogar einen Augenblick lang, dass ich den Kerl von irgendwoher kenne.«

»Ach, du auch?« Jens sah sie erstaunt an und überprüfte nun endlich die Einträge. Zu seiner Enttäuschung waren im Navi nur fünf Zieladressen gespeichert. Angestrengt setzte sich Meike neben ihn und beäugte die Daten ebenfalls.

»Sieh an.« Sie runzelte die Stirn und deutete auf eine Adresse in Husum. »Diese Adresse kenne ich. Das ist ein Ärztehaus mit verschiedenen Praxen und Labors.«

»Woher kennst du die?«

»Meine Frauenärztin praktiziert da.«

»Und die anderen?« Jens betrachtete das Display. »Da haben wir noch eine in Heide, eine in Kiel, eine, die ich nicht zuordnen kann, und eine in … Nordstrand. Das ist auch die letzte, die eingegeben wurde.«

»Nordstrand?« Meike sah auf. »Von da aus bist du doch ins Watt aufgebrochen?«

»Ja. Von der Hauptbadestelle Fuhlehörn aus.«

Die Polizistin zückte ihr Handy, schaltete es an und verzog beim Anblick des Displays gequält ihr Gesicht. »Mist, so ist das, wenn man sich in der Pampa befindet: keine Internetverbindung. Aber ich weiß schon, wie wir herausfinden können, was sich an den Zielpunkten befindet.« Sie wählte eine Nummer, und Jens hörte es piepen. Irgendwann ertönte eine Männerstimme, und sie seufzte erleichtert.

»Hi, Michael, ich bin es. Du, ich komme gerade nicht ins Internet, muss aber dringend ein paar Adressen überprüfen.« Sie lauschte und verdrehte die Augen. »Ich weiß, dass ich offiziell beurlaubt bin. Ich verrate es dir, nachdem du mir geholfen hast, okay?«

Michael Bossens gedämpfte Stimme klang zwar irgendwie verärgert, doch Meike blieb standhaft. »Okay, ich sag's dir. Aber ich verrate dir erst danach, worum es geht.«

Meike gab ihm jetzt der Reihe nach die Adressen durch, und der Polizist sagte etwas.

»Nein, ich bleibe dran«, meinte sie barsch. Es dauerte eine Weile, während der sie über ihre Wunde strich, dann lauschte sie gespannt.

»Die Nordstrander Adresse gehört zu einem Gestüt«, murmelte sie an Jens gewandt.

»Ein Gestüt?« Jens ballte die Faust. »Dann war der Schütze dieser Mistkerl, der uns da draußen ins Watt gefolgt ist? Natürlich, das erklärt auch seinen Kommentar eben.«

Fragend runzelte Meike die Stirn und hörte wieder Michael Bossen zu. »Unter der Kieler Adresse findet sich ein Pharma-Großhändler«, berichtete sie weiter.

Jens schüttelte den Kopf. Was sucht ein Kerl wie dieser Killer bei einem Pharma-Großhandel? Verzweifelt versuchte er sich zu erinnern, wo er dem Fremden schon einmal begegnet war. Doch es wollte ihm nicht einfallen.

»Die Adresse in Heide gehört zu einem Möbelhaus«, erklärte Meike.

Jens zuckte ratlos mit den Schultern.

»Und die letzte Adresse kann Michael nicht genau zuordnen. Liegt wohl im Raum Struckum, bei einem kleinen See, der an die Arlau grenzt.«

»Die Arlau?«, rätselte Jens. »Meintest du nicht neulich, dass der Egir ein Seitenarm der Arlau ist?«

»Ja und?« Nachdenklich sah Meike Jens an, hörte dann aber wieder ihrem Gesprächspartner zu. »Ja, ja, ist ja gut.« Sie seufzte schwer und berichtete, was vorgefallen war. Jens konnte vom Fahrersitz aus hören, wie ihr Michael Bossen lautstark Vorwürfe machte.

»Komm schon«, unterbrach Meike ihren Kollegen. »Du kennst mich. Wenn ich erst mal einen Fisch an der Angel habe, lasse ich nicht mehr los. Und da ist es mir egal, ob ich offiziell beurlaubt bin.« Sie lauschte wieder und verzog hilflos das Gesicht. »Weiß nicht«, antwortete sie. »Viele Spuren haben wir ja nicht mehr. Ich schätze, wir werden uns jetzt mal bei der letzten Adresse umsehen, um herauszufinden, was da ist. Tu mir einfach den Gefallen und frag in der Zwischenzeit bei diesem Pharma-Großhändler nach, ob da ein Typ mit einem auffallenden, dunklen Landrover bekannt ist. Wir telefonieren, okay?« Sie legte auf, steckte ihr Handy weg und sah Jens an. »Oder hast du einen anderen Vorschlag?«

»Nee. Im Moment nicht. Ich hole nur eben unsere Sachen.«

Jens marschierte zu dem von Kugeln durchlöcherten Nissan und packte alles in den Rucksack, was ihm nützlich erschien. Mit einem letzten Blick auf Wagen und erloschene Magnesiumfackel kehrte er wieder zurück und warf den Beutel auf den Rücksitz. Er schaltete das Navi an und fuhr mit dem erbeuteten Landrover über die Brücke in Richtung Süden.

»Tut mir übrigens leid um deinen Wagen«, meinte er.

»Als ob es darauf noch ankäme«, antwortete Meike leise. Sie war so auffallend blass, als wäre ihr erst jetzt klar geworden, in was sie da hineingeraten waren. »Der Kerl ist auf uns angesetzt worden. Der hat eiskalt versucht, uns umzubringen. Seinetwegen musste ich einen Menschen erschießen.« Wütend wischte sie sich eine Träne aus dem Augenwinkel.

Mitfühlend berührte Jens ihren Arm. »Vergiss nicht, dass du uns bloß verteidigt hast.«

Die Polizistin strich sich das lange Haar hinter die Ohren und warf ihm einen mutlosen Blick zu. »Ich frage mich allmählich, ob diese ganze Sache nicht vielleicht eine Nummer zu groß für uns ist.«

»Aber nun ist es zu spät, um umzukehren«, seufzte Jens. »Heute Abend läuft die Frist für die Männer im Keller ab. Wenn wir bis dahin nicht herausgefunden haben, was hier vor sich geht, dann …« Er ließ den Satz unvollendet, da vor ihnen auf der Gegenfahrbahn eine rotweiße Straßensperre mit Blinklichtern auftauchte, hinter der ein Pkw nach links – auf einen Feldweg – abbog. Jens fuhr an der Straßensperre vorbei und warf dieser einen verächtlichen Blick zu. »Gerade hat sich das Rätsel gelöst, warum wir dahinten die ganze Zeit über allein waren. Der Kerl hat den Überfall gut vorbereitet.«

Meike sank in den Sitz zurück und dachte nach. »Die Frage ist, wer uns diesen Killer auf den Hals gehetzt hat. Dieser Ägir-Verein? Wenn der wirklich auf Firmenmittel im großen Stil zurückgreifen kann, würde das die gute Ausrüstung des Mannes erklären.«

»Nein.« Jens schüttelte den Kopf. »Der Kerl hat mich auf die Sirene angesprochen. Und die macht Jagd auf die Egirholmer. Trotzdem sollten wir die Frauen nicht aus dem Auge verlieren. Hast du eine Idee, wie wir Bürgermeisterin Petersen entlocken könnten, was aus ihrer Schwester geworden ist?«

»Sedna Schlott.« Die Polizistin richtete sich wieder auf. »Du glaubst doch nicht, dass die Petersen uns bei der Suche nach ihr helfen wird. Nicht, wenn sie selbst Dreck am Stecken hat.«

»Ja, das ist das Problem.«

Die Polizistin musterte ihn skeptisch. »Wer sagt uns, dass sie ihre Schwester nicht hübsch verschwiegen auf die Kanaren geschafft hat? Wenn die Gute nach all der Zeit überhaupt noch lebt.«

»Warum sollte sie nicht?«

»Weil sie im Zweifel eine unbequeme Zeugin für das ist, was die Hippies auf Westerogg angestellt haben. Sie ist ein Risiko.«

»Mag sein«, grübelte Jens. »Aber nach allem, was du mir über die Egirholmer erzählt hast, scheinen Familienbande bei ihnen eine große Rolle zu spielen. Bislang haben wir bei all der Geheimniskrämerei keinen Hinweis darauf gefunden, dass Mord und Totschlag zu ihrem Repertoire zählen.« Er lächelte unsicher. »Wir müssen einfach darauf hoffen, dass das Mädchen heute noch lebt. Also, irgendeine Idee?«

»Nein. Hätte ich die, hätte ich mit Doktor Bornleit nicht halb Husum abgeklappert. Wir … Moment mal.« Die Polizistin legte die Stirn in Falten und lächelte plötzlich. »Gott, bin ich bescheuert! Wenn Sedna Schlott heute noch ein Pflegefall ist, dann ist es doch gut möglich, dass sie bei einer Pflegekasse registriert ist. Das ist ja das Schöne an Deutschland: Bei uns ist alles gut durchorganisiert. In Heide befindet sich die Außenstelle des Landesamtes für soziale Dienste. Eine Schulfreundin von mir arbeitet da in verantwortlicher Position. Wenn Petersens Schwester Geld aus der Pflegeversicherung bezieht, müsste sie in einem der Versichertenverzeichnisse registriert sein. Warte mal.« Sie zückte wieder ihr Handy, rief erst bei der Auskunft und dann in Heide an, wo sie sich mit ihrer Bekannten verbinden ließ. Die beiden telefonierten eine Weile miteinander, und Meike überzeugte sie, sich für sie zu erkundigen.

»Sie kann zwar nichts versprechen«, fasste sie das Gespräch schließlich zusammen, »wird sich nachher aber melden.«

»Hoffen wir das Beste.« Jens folgte weiter den Angaben des Navis, verließ die Autobahn und fuhr in eine flache, bis zum Horizont reichende Marschlandschaft hinein. Am Horizont drehten sich die Rotorblätter von Windkraftanlagen, und hin und wieder brach die Sonne zwischen den Wolken hervor, deren Strahlen schräg auf Felder, grüne Wiesen, Bewässerungsgräben und die gelegentlichen Gehöfte fielen. Zu Jens' Verwunderung kam ihnen auf der schmalen Straße ein Taxi entgegen, dann sichtete er die Arlau. Der Fluss war nur wenig breiter als der Kanal, an dem sie überfallen worden waren, und er entdeckte zwei Kanufahrer in roten Windjacken auf dem Strom. Sie brausten über einen holprigen Feldweg, an dessen Ende sich jetzt ein blaugraues Gewässer abzeichnete, das von Bäumen und dichtem Buschwerk gesäumt wurde. »Wir sind gleich da.«

Jens deutete voraus, denn der Feldweg führte auf einen großen, windschiefen Schuppen zu, der sich zwischen den Bäumen erhob.

Auch Meike sah gespannt voraus. »Was ist das? Ein Bootshaus?«

»Könnte passen.«

Tatsächlich ragte der große Schuppen ein Stück weit über die Uferzone auf den See hinaus, der still und verlassen vor ihnen lag. Die Hütte schien schon einige Jahrzehnte auf dem Buckel zu haben, doch das schlichte Teerpappendach war an mehreren Stellen geflickt worden, was dafür sprach, dass sich noch immer jemand um den Bau kümmerte. Jens hielt vor dem Schuppen an und entdeckte im Schatten der Bäume einen alten Pferdehänger. Mit unangenehmer Vorahnung verließen sie den Landrover. Ein schwülwarmer Wind wehte ihnen aus westlicher Richtung entgegen, und in weiter Ferne war das Tuckern eines Traktors zu hören. Davon abgesehen war es ruhig.

Meike trat vorsichtig an den Pferdehänger heran und winkte Jens alarmiert zu sich. Der nahm den Geruch nun ebenfalls wahr: Im Hänger stank es nicht etwa nach Pferd, sondern nach … Fisch!

Am Boden des Gefährts konnten sie sogar eine größere Wasserlache ausmachen. Unbehaglich sahen er und Meike sich an.

»Denken wir das Gleiche?«, fragte die Polizistin leise.

»Ich glaube schon«, antwortete Jens. »Riecht fast so, als wäre die … Chimäre mit diesem Hänger transportiert worden.«

»Dann ist das hier also ihr Versteck?« Die Polizistin blickte angespannt zum Bootshaus hinüber, zog ihre Waffe und sah ihn fragend an. »Was jetzt?«, flüsterte sie. »Ich hab nur noch eine Patrone.«

Vorsichtshalber hob Jens einen Ast vom Boden auf, der sich als Knüppel verwenden ließ. Auch er fixierte die Hütte misstrauisch, und doch lauschte er eher auf sein Inneres. Bislang hatte er die Anwesenheit dieses Wesens jedes Mal spüren können. Warum, wusste er nicht. Doch sosehr er seine Empfindungen auch überprüfte, da war nichts, außer einem leichten Unbehagen, das sich durch die Entdeckung von eben erklärte. »Wo auch immer das Biest jetzt sein mag, da drinnen ist es jedenfalls nicht.«

»Bist du dir sicher?«, fragte Meike wenig überzeugt.

»Ja.« Er marschierte auf die Tür des Schuppens zu, die er ohne Probleme aufdrücken konnte. Wie beim Hänger hinter ihnen schlug ihm aus dem Innern der Hütte ein penetranter Fischgestank entgegen. Nur dass sich noch ein schwacher, süßlicher Geruch hineinmischte, den er von einigen Bergungseinsätzen her kannte und wohl nie würde vergessen können.

In der Hütte roch es nach Verwesung.

»Scheiße!« Auch Meike nahm den Geruch wahr und wurde blass. Jens holte noch einmal tief Luft, und auf alles gefasst betrat er den Innenraum.

Dort herrschte ein diffuses Halbdunkel, da durch die Bretterwände nur wenig Licht fiel. Wie erwartet war das alte Bootshaus zur Wasserseite hin mit einem doppelflügeligen Tor ausgestattet. Die Türflügel waren zwar geschlossen, doch prangte auf ihnen ein doppelwelliges Symbol, das Jens bereits von den Funden aus dem Bunker her kannte. Es war das astrologische Zeichen für Aquarius, den Wassermann.

Sein Blick schweifte über alte Kisten, Regale und Plastikboxen hinweg zu den Tragevorrichtungen für Kanus an den Seitenwänden. Sie waren leer. Unter ihnen verliefen breite Holzstege, zwischen denen eine große Wasserfläche zu sehen war. Hier konnte man die Kanus zu Wasser lassen. Nur befanden sich auch dort keine Boote. Stattdessen lagen überall Fischgräten und Knochen herum, von denen Fliegen aufstiegen. Waren das Reste von dargereichten Mahlzeiten? Dazwischen lagen Verpackungen von Medikamenten. Antibiotika.

»O Gott!« Meike, die sich mit der Pistole im Anschlag über die Wasserfläche beugte, wandte sich hastig wieder von dieser ab.

Auch Jens verzog das Gesicht, denn dort, nur knapp unter der Wasseroberfläche, trieb ein aufgedunsener menschlicher Körper. Er war grauenhaft zugerichtet. Nacken und Oberarme wirkten wie angefressen, und Jens glaubte zwischen den Kleiderresten sogar blanke Knochen schimmern zu sehen. Trotz des aufkommenden Würgereizes konnte er seinen Blick nicht von der Leiche abwenden. Die Kleidung, die Haare – das da unter ihnen war ohne Zweifel Kluge, der Reporter.

Meike fing sich schneller als er. Sie rüttelte ihn am Arm und deutete zu einem schlichten Holztisch hinüber, auf dem eine fleckige Thermoskanne stand. Neben ihr lagen die Kopien alter Zeitungsartikel. Es mussten ein ganzes Dutzend sein. Sie wiesen an den oberen Kanten Risse auf, und Stecknadeln in der Wand über dem Tisch legten nahe, dass sie bis vor Kurzem noch dort gehangen hatten.

»Das sind alles Kopien alter Zeitungsberichte über das Blutbad von Westerogg«, stellte die Polizistin beunruhigt fest. Jens hob einen der alten Artikel an, da er diesen bereits von den Faxen in Meikes Wohnung her kannte. Nur war die Kopierqualität hier deutlich besser. Auf dem Foto war gut erkennbar Eike Momsen zu sehen, der mit ausgebreiteten Armen wie ein Prophet über seinen Kommunenmitgliedern thronte.

»Ist dir schon mal der Gedanke gekommen, dass Eike Momsen vielleicht gar nicht tot ist?«, fragte Meike.

»Doch, ist er«, erklärte eine tiefe Stimme hinter ihnen.

Jens und Meike wirbelten erschrocken herum und entdeckten erst jetzt den Schatten in einer der Ecken des Schuppens. Dort, auf einem Hocker, saß Michael Bossen. Meikes korpulenter Kollege stützte sich niedergeschlagen auf die Knie und sah zu ihnen auf.

»Michael?« Meike Ehlers starrte ihn überrascht an, dann entdeckte sie die Pistole, die er auf sie gerichtet hielt.

Jens stöhnte. Das konnte doch nicht wahr sein! Sie waren vom Regen in die Traufe geraten. Da sie Bossens Wagen draußen nicht gesehen hatten, musste das Taxi vorhin offenbar zu ihm gehört haben. Jens sah Meike an, die ebenfalls ihre Pistole in der Hand hielt. Leider war die Mündung der Waffe auf den Boden gerichtet.

»Denk nicht mal dran.« Ihr dunkelhaariger Kollege hob mahnend einen Zeigefinger und bedeutete ihr, die Pistole fallen zu lassen. Meike ließ die Waffe nach kurzem Zögern los und kickte sie in seine Richtung. Der dicke Mann ging ächzend in die Hocke und steckte sie sich in den Hosenbund. Seine eigene Pistole schwenkte er nachdrücklich in Jens' Richtung. »Sie auch. Weg mit dem Ding.«

Jens warf seinen improvisierten Knüppel neben die Leiche auf die Wasserfläche.

Bossen erhob sich schwerfällig und sah Meike traurig an. »Ich hab dir die ganze Zeit über gesagt, dass du deine Finger von dem Fall lassen sollst. Warum konntest du nicht auf mich hören?«

»Ich verstehe das nicht. Was soll das?« Die Polizistin starrte ihn fassungslos an. »Was hast du mit alledem zu tun?«

»Verdammt, Meike.« Michael Bossen presste verzweifelt die Lippen aufeinander. »Hast du wirklich gedacht, ich könnte mir meine Loftwohnung und all die teuren Hobbys von meinem lausigen Polizistengehalt leisten? Natürlich nicht. Ich hatte Scheißschulden. Schon seit Jahren. Mehr, als du dir vorstellen kannst. Ich konnte das Angebot einfach nicht ausschlagen. Gott«, er lachte verbittert, »das alles schien so leicht. Ich sollte dich bloß von deinen Nachforschungen abhalten. Sogar die Berichte über die Untersuchung in Westerhever habe ich dir vorsortiert. Ganz zu schweigen von den meisten anderen Sachen, die du in deinem Übereifer angefordert hast. Dass du trotzdem so weit gekommen bis, ist … ist …«

»Wie lange geht das schon so?«, fuhr ihn Meike erbost an.

»Ist doch scheißegal«, wischte Bossen die Bemerkung beiseite. »Ich mag dich wirklich, Meike. Und ich dachte, du magst mich auch und würdest auf mich hören. Aber du musstest dich ja auf diesen verfluchten Kretin einlassen.« Zornig starrte der dicke Polizist Jens an und richtete den Lauf der Waffe auf ihn. »Haben Sie eigentlich eine Ahnung, welchen Ärger Sie mir eingebrockt haben?«, bellte er. »Ich gelte jetzt als unzuverlässig. Und das ist gar nicht gut. Gar nicht gut.«

»Für wen arbeiten Sie?«, fragte Jens ruhig.

»Halten Sie einfach die Schnauze, Sie verdammtes Arschloch!« Bossen trat einen Schritt zurück, entsicherte die Waffe und hielt sie jetzt direkt auf sein Gesicht gerichtet. »Von mir erfahren Sie gar nichts. Im Gegenteil, ich wünschte, es hätte Sie schon da draußen auf dem Meer zerlegt. So wie Ihren Kollegen. Dann wäre uns dieser ganze Dreck erspart geblieben. Ohne Sie wäre Meike niemals so weit gekommen. Sie sind es, der uns in diese beschissene Lage gebracht hat. Sie und niemand anders.«

Jens spannte sich an, denn er spürte, dass der Dicke kurz vor einem Nervenzusammenbruch stand. Nur fiel ihm nicht ein, wie er sich und Meike aus ihrer unangenehmen Lage befreien konnte. Mit der Waffe in der Hand war Bossen immer schneller.

»Michael«, sagte Meike beschwörend. »Hör auf. Du bist kein Mörder.«

»Ach, nicht?« Er biss sich auf die Unterlippe und richtete die Waffe auf sie. »Du hast doch keine Ahnung. Ihr habt da an Kräften gerührt, von denen niemand jemals erfahren sollte. Wenn du auch nur den Hauch einer Ahnung hättest, wem du da auf die Füße getreten bist, dann ... Mensch, Meike, diese Leute verfügen über Mittel, die du dir nicht mal ansatzweise vorstellen kannst. Die versuchen doch bloß, ihre eigene Haut zu retten.«

Jens und Meike warfen sich fragende Blicke zu.

»Wen meinst du?«, fragte die Polizistin. »Diese Hexen aus Egirholm. Oder die, die sie jagen?«

Bossen sah sie überrumpelt an – und schüttelte den Kopf. »Vergiss es, Meike. Versuch es gar nicht erst. Was du wissen darfst und was nicht, habe nicht ich zu entscheiden. Du weißt jetzt schon zu viel. Ich ... ich bin da eh nur ein kleines Licht. Ich muss diese Scheiße jetzt bloß wieder in Ordnung bringen. Begreifst du das? Und zwar, bevor ich unter ihr begraben werde.« Er leckte sich über die Lippen, und etwas Hoffnung stahl sich in seinen Blick. »Vielleicht ... muss ich mir meine Hände auch gar nicht selbst schmutzig machen. Es reicht vermutlich völlig aus, wenn ich euch als kleines Präsent serviere. Ihr steht ohnehin schon die ganze Zeit unter Beobachtung.« Bossen wies auf ein Seil an der Wand und fuchtelte dann mit der Waffe in Richtung eines hölzernen Pfeilers, der das Schrägdach des Bootshauses stützte. »Und jetzt rüber da. Fessel ihn. Und mach es anständig. Ich werde den Knoten überprüfen.«

»Schon gut.« Meike griff nach dem Seil, bedeutete Jens, sich vor den Pfeiler zu setzen und seine Handgelenke hinter dem Pfosten zu überkreuzen. Dem blieb nichts anderes übrig, als der Aufforderung nachzukommen.

»Und«, fragte sie ihren Kollegen, während sie Jens festband, »was hast du anschließend vor? Willst du uns hier verrotten lassen?«

Jens spürte, dass sie ihn trotz Bossens Warnung nur provisorisch fesselte. Dennoch würde es eine Weile dauern, sich von den Strängen zu befreien.

»Wie ich schon sagte.« Bossen sammelte hastig alle Zeitungsartikel auf dem Tisch ein und stopfte sie sich in die Hosentasche. »Das habe nicht ich zu entscheiden. Ich versuche bloß heil aus allem rauszukommen.« Aufgewühlt griff er nach einem Paar Handschellen am Gürtel und warf sie Meike zu, kaum dass sie wieder aufgestanden war. »Kette dich da vorn neben den Steg an.« Er wies mit dem Lauf der Pistole zu einem Metallring, der im Holz eingelassen war. Die Polizistin ging auf den Ring zu, bückte sich und öffnete die metallenen Handfesseln. Bossen näherte sich inzwischen Jens, um den Sitz des Stricks zu überprüfen.

Alarmiert sah Meike auf. »Was, wenn ich dir Geld gebe?«, meinte sie plötzlich.

»Wie bitte?« Bossen sah sie ungläubig an und trat einen Schritt vor. »Du glaubst doch nicht, dass mich deine paar Moneten interessieren?«

Meike warf Jens einen eindringlichen Blick zu, und er handelte. Kraftvoll verpasste er dem Beamten mit dem linken Bein einen Tritt in den Unterleib und streckte sogleich das rechte Bein. Der Dicke japste auf, taumelte zurück und stolperte über das Hindernis unmittelbar hinter seinen Füßen. Mit einem Aufschrei kippte er hintenüber und krachte gegen die Schuppenwand. Meike sprang auf, rannte zu ihm und schlug mit der Handschelle zu, kaum dass Bossen die Waffe auf sie richten konnte. In hohem Bogen flog sie gegen die Bretterwand, prallte dort ab und versank mit einem platschenden Laut im Becken. Meike schlug ein zweites Mal zu, doch ihr Kollege wehrte sie mit einem wüsten Tritt in den Bauch ab. Diesmal war sie es, die einige Schritte zurückstolperte. Bossen zog die Beutewaffe aus dem Gürtel und richtete sie auf sie.

»Genug. Hör damit auf!« Sichtlich erschrocken kam er wieder auf die Beine. Jens mühte sich verzweifelt an den Stricken ab und schaffte es allmählich, sich von ihnen zu befreien. Meike und Michael Bossen standen sich derweil gegenüber und belauerten sich.

»Meike, ich versuche dich doch bloß zu retten!«, wimmerte er. »Ich will dir nicht wehtun. Bitte, zwing mich nicht abzudrücken. Ich will das nicht. Du … du musst bloß alles auf ihn schieben.« Er deutete auf Jens. »Ich lege auch ein Wort für dich ein. Vielleicht kannst du mit denen ein ganz ähnliches Arrangement treffen wie ich?«

»Hast du dich befreit?«, wollte Meike von Jens wissen.

Der sah sie überrascht an und fragte sich, was sie vorhatte. Zum Entsetzen Michael Bossens präsentierte er seine Hände und erhob sich lauernd. Entgeistert richtete der Polizist die Waffe mal auf ihn und mal auf sie. »Meike, bitte. Zwing mich nicht zu schießen.«

»In der Waffe steckt noch genau eine Kugel«, antwortete die Polizistin kühl. »Du kannst also entweder Jens umbringen oder mich. Wer auch immer von uns übrig bleibt, wird dich zur Rechenschaft ziehen. Das kannst du mir glauben.«

Tränen liefen über das feiste Gesicht des Polizisten, während sein Blick fahrig zwischen ihnen hin und her wechselte.

»Aber du musst das nicht tun«, fuhr sie mit ruhiger Stimme fort. »Es ist noch nicht zu spät. Ich weiß, dass du kein Mörder bist. Das würdest du nie fertigbringen. Hilf uns!«

»Das kann ich nicht«, schluchzte ihr Gegenüber und wich zitternd bis zur Wand des Bootshauses zurück. »Ehrlich, Meike. Ich bin am Arsch. Vollkommen am Arsch. Die würden mich doch überall aufspüren.«

»Du bist nicht allein.«

»Doch …« Er sah sie an, und plötzlich wurde er ruhig. Sehr ruhig. »Ich hab dich wirklich gern. Verzeih mir.«

Bevor sie es verhindern konnten, steckte er sich den Lauf der Waffe in den Mund und drückte ab. Es knallte. Blut und Knochenfragmente spritzten hinter ihm gegen die Bretterwand. Michael Bossen fiel schwer auf die Seite.

Sofort waren Jens und Meike bei ihm, doch sie konnten nichts mehr für ihn tun.

»O Gott.« Tränen glitzerten in Meikes Augen, und sie wandte sich von dem Toten ab. Jens drückte dem Dicken die Augenlider zu und sah, wie Meike aus der Hütte lief. Auf jede Pietät verzichtend durchsuchte er den Beamten. Bossen musste sehr übereilt aufgebrochen sein, denn er trug neben den zusammengeknüllten Zeitungsartikeln bloß seinen Haustürschlüssel, etwas Geld und ein Smartphone bei sich. Jens schaltete das Handy an und stieß einen leisen Fluch aus. Natürlich war es mit einem Code geschützt.

Er erhob sich, nahm dem Leichnam Bossens Meikes Waffe ab und folgte der Polizistin ins Freie. Die stand draußen über die Kühlerhaube des Landrovers gelehnt, und ihre Schultern bebten unmerklich.

»Alles in Ordnung?«, fragte Jens zögernd.

»Nein. Natürlich *nicht*. Überhaupt nichts ist in Ordnung«, herrschte sie ihn an. Dann drehte sie sich mit geröteten Augen zu ihm um und fixierte ihn. »Kannst du mir mal verraten, wie du das alles so einfach wegsteckst?«

Jens sah zum bewölkten Himmel auf, atmete die frische Luft ein und legte die leer geschossene Pistole auf das Autodach. »Vermutlich, indem ich einfach nicht darüber nachdenke. Ich versuche mir klarzumachen, warum ich mir das alles überhaupt antue. Ich tue es nämlich für Rhode und die anderen Männer im Keller.«

»Aber ausgerechnet Michael?« Meike sah verbittert zum Bootsschuppen hinüber. »Wie konnte er mir das antun?«

»Am Ende hat er eine Entscheidung getroffen. Und die fiel für dich aus.«

»Scheißentscheidung. Warum hat er nicht …« Das Summen ihres Handys unterbrach sie. Sie schniefte, zog das Gerät unwirsch hervor und ging ran.

»Meike Ehlers?« Sie straffte sich, hörte eine Weile zu, nickte dann. »Aber ja. Ich danke dir. Das hilft uns weiter. Du kannst dich darauf verlassen, dass niemand davon erfährt.« Sie drückte das Gespräch weg, betrachtete das Handy eine Weile und sah wieder zu ihm auf. »Ich weiß jetzt, wo sich Sedna Schlott aufhält.«

»Sag schon.«

»In Egirholm. Haus ›Weiße Seerose‹. Alten- und Krankenpflege.« In ihren Augen blitzte die Wut. »Nur hatte ich da neulich schon angerufen. Allerdings haben die Arschlöcher in diesem Sanatorium behauptet, Sedna Schlott nicht zu kennen. Und jetzt erfahre ich von meiner Bekannten, dass sie da doch untergebracht ist.«

»Du meinst, die haben ihre Existenz geleugnet?« Jens hämmerte mit der Faust auf das Dach des Landrovers. »Und? Wie geht es ihr heute?«

»Tja, das ist das Problem.« Meike steckte sowohl Handy als auch Pistole weg. Letztere mit einem deutlichen Unbehagen. »Den Unterlagen gemäß hat sich an ihrem Zustand in den letzten vierzig Jahren wohl nur wenig geändert. Pflegestufe drei. Inzwischen ist die wohl auch ziemlich gebrechlich.«

»Hat sie denn jemals geredet?«

»Keine Ahnung. Das ging aus den Unterlagen nicht hervor.« Meike starrte müde zum Bootsschuppen. »Mal ehrlich, Jens. Wenn die nach all den Jahren immer noch so ein psychisches Wrack ist, was sollen wir dann mit ihr?«

»Ich bin davon überzeugt, dass sie der Schlüssel zu allem ist.«

»Schön. Und wie willst du sie zum Sprechen bringen? Offenbar sind doch nicht mal die Ärzte zu ihr durchgedrungen.«

»Ich weiß. Darüber habe ich mir auch schon Gedanken gemacht«, meinte er ernst. »Aber … wenn das überhaupt stimmt, dann haben sie es vielleicht auch nur falsch angefangen.«

»Du meinst, sie hat doch geredet?«

»Wissen wir das so genau?« Jens sah Meike gespannt an. »Und selbst wenn nicht: Eine Chance sehe ich vielleicht doch, um sie zum Reden zu bringen.«

»Welche?«

»Vielleicht kann man ihre Zunge mit einem Schock lösen?«

»Einem Schock?« Meike sah ihn irritiert an.

»Ja, ich hab da eine Idee. Der Gedanke spukt mir schon seit einer Weile im Kopf herum. Allerdings bräuchte ich dafür zuvor deine Hilfe.«

»Okay.« Meike zuckte resigniert mit den Schultern. »Für etwas anderes ist es jetzt vermutlich ohnehin zu spät. Aber wenn Sedna Schlott tatsächlich etwas über die Sirene weiß, dann ist sie für unsere Gegner eine potenzielle Gefahr. Die werden sie im Auge behalten. Was auch immer du also vorhast, wie sollen wir uns unbemerkt Zutritt zu diesem Heim verschaffen? Bei denen schrillen doch alle Alarmglocken, wenn wir da so Knall auf Fall auftauchen.«

»Nicht wir. Ich.« Er drückte ihr die Haustürschlüssel von Michael Bossens Wohnung in die Hand. »Denn während ich mich um die gute Frau Schlott kümmere, solltest du der Loftwohnung deines Kollegen noch einmal einen Besuch abstatten. Wer weiß, ob die Tonbänder nicht doch mehr hergegeben haben? Und wenn du schon dort bist, vielleicht findest du dann auch einen Hinweis darauf, für wen er eigentlich gearbeitet hat.«

Wassermann

Jens atmete noch einmal tief ein, als er das Sanatorium »Weiße Seerose« erreichte. Wie er sofort sah, war es von einem großen Garten umgeben. Die Pflegeeinrichtung lag am Stadtrand, unmittelbar hinter dem Deich, und unterschied sich auffällig von den übrigen Häusern Egirholms. Letztere entstammten größtenteils dem letzten Jahrhundert oder waren architektonisch an die nordfriesischen Baugepflogenheiten angepasst. Nicht so diese Anlage.

Sie bestand aus einem exklusiv wirkenden Komplex mehrerer Flachdachgebäude, die mit ihren hohen Fensterfronten eher einem schicken Hotel ähnelten als einem Sanatorium. Einer der Flügelbauten schien mit einem Hallenbad ausgestattet zu sein, der andere diente vermutlich medizinischen und therapeutischen Zwecken. Auffallend war vor allem das dreistöckige Gebäude in der Mitte, dessen herausstechendstes Merkmal ein komplett verglaster Treppenturm war, in dem in diesem Moment gerade ein Lift herabglitt.

Jens erblickte zwischen den blühenden Beeten des Gartens einen Krankenpfleger, der einen alten Mann im Rollstuhl zu einem Teich mit weißen Seerosen hinüberschob. Und hinter einer der Glasscheiben war eine Betreuerin zu sehen, die einer älteren Dame mit Krücken beim Gehen half. Alles in allem schien das Sanatorium zwar nur dreißig oder vierzig Patienten Platz zu bieten, diese aber genossen jeglichen nur denkbaren Komfort der modernen Medizin. Die reichen Egirholmer kümmerten sich ganz offensichtlich um ihre Angehörigen.

Noch einmal überprüfte Jens seine Ausstattung. Kurz bevor sie nach Egirholm zurückgefahren waren, hatte er sich mit Sacko, Hemd, Hose und Schuhen neu eingekleidet. Das Ganze war ohnehin notwendig gewesen, da sein Bestand an sauberer Kleidung inzwischen bedenklich geschrumpft war. Außerdem hatte er sich eine schicke Aktentasche besorgt, ein neues Smartphone und eine Brille mit Gläsern aus Fensterglas. In diesem Outfit sollte er also hinreichend seriös wirken. Dabei kam es im Folgenden vor allem darauf an, dass er keine Unsicherheit zeigte.

Ohne weiter zu zögern, betrat er die Auffahrt der Pflegestätte und marschierte über einen asphaltierten Weg auf den verglasten Eingangsbereich des Sanatoriums zu. Dabei kam er an einem hohen Sandsteinfindling mit eingearbeiteter Bronzetafel vorbei, die eine Nymphe mit schmachtendem Blick zeigte. Sie reichte einer altgriechisch wirkenden Heldengestalt eine Seerose. Jens blieb misstrauisch stehen und las sich den Text unter der Abbildung durch, aus dem hervorging, woher das Sanatorium seinen Namen bekommen hatte. Der Mythologie nach hatte sich einst eine Nymphe unglücklich in den Helden Herkules verliebt, war dann aber an gebrochenem Herzen gestorben. Die Götter hatten sie anschließend in Gestalt einer Weißen Rose auferstehen lassen.

Kopfschüttelnd fragte er sich, wie viele verborgene Andeutungen es hier in Egirholm noch geben mochte, die auf das hindeuteten, was unter der Oberfläche dieses Gemeinwesens geschah. Der auffällige Nixenbrunnen auf dem Marktplatz wirkte da schon fast wie Hohn. Innerlich aufgewühlt öffnete er die Glastür und stiefelte auf die junge Rezeptionistin im Eingangsbereich zu.

»Guten Tag«, begrüßte er sie mit falscher Freundlichkeit. »Frank Bohlmann. MDK. Nur eine kleine Visite.« Er präsentierte ihr knapp einen Ausweis, auf dem das Logo des »Medizinischen Dienstes der Krankenversicherung« prangte. Er hatte ihn mit Meikes Hilfe am Computer gefälscht, ausgedruckt und so unter das Klarsichtfenster einer Geldbörse geschoben, dass abgesehen vom grauen Logo des Dienstes kaum etwas zu erkennen war.

»Äh, warten Sie.« Sie griff hektisch zu einem Telefonhörer. »Ich verständige nur eben Frau Doktor Lerche. Die wird Sie bei Ihrer Inspektion sicher begleiten wollen.« Ihrer Reaktion nach zu urteilen schien die junge Frau um die unangekündigten Besuche des MDK zu wissen, mit denen die Mitarbeiter des Dienstes die Pflegequalität in den Heimen kontrollierten.

»Ja, tun Sie das.« Jens gähnte herzhaft und starrte demonstrativ auf seine Uhr. »Bei dem Ruf, den Ihre Einrichtung genießt, ist mein Besuch sicher nur eine Formalie.«

Er nahm auf einer ledernen Sitzgruppe Platz und betrachtete die Rezeptionistin aufmerksam. Dass diese Frau Doktor nicht da war, wusste er bereits durch einen Kontrollanruf. Er hoffte also, dass man ihm einen weniger versierten Angestellten an die Seite stellen würde.

»Tut mir leid«, erklärte das Mädchen wenig überraschend. »Frau Doktor Lerche ist gerade außerhäusig unterwegs. Wenn Sie vielleicht warten könnten?«

Jens erhob sich wieder und sah auf die Uhr. »Tut mir leid. Dafür habe ich leider keine Zeit. Vielleicht können Sie mich ja begleiten?«

»Nee, das darf ich leider nicht. Warten Sie noch mal.« Zu seiner Enttäuschung griff sie erneut zum Telefon und redete nun mit jemandem, während sie ihn über den Hörer hinweg beäugte. Dann lächelte sie wieder. »Frau Schroff kommt gleich. Die ist unsere älteste Fachkraft, und ihr obliegt auch die stellvertretende pflegerische Hausleitung.«

Tatsächlich dauerte es nicht lange, und schon senkte sich der Aufzug in dem protzigen Glasturm herab. Heraus kam eine untersetzte, ungefähr fünfzigjährige Frau in weißer Klinikkleidung, die Jens wünschen ließ, die ominöse Frau Doktor Lerche wäre doch da. Der verkniffene Gesichtsausdruck der Pflegerin ließ jedenfalls nichts Gutes ahnen.

»Schroff«, erklärte sie – schroff.

Jens stellte sich abermals unter falschem Namen vor.

»Warum beehren Sie uns denn schon wieder?«, meinte sie unwirsch. »Einer Ihrer Kollegen war doch erst vor drei Wochen da.«

»Ja, gut möglich«, flötete Jens. »Aber Sie wissen doch, wie das mit unseren Heimkontrollen ist. Die Stichproben werden per Computer ermittelt. Da kann man leider gar nichts machen.«

»Um wen geht es denn diesmal?«

Jens klappte seine Aktentasche auf und tat so, als würde er

Papiere durchsehen. »Als zu prüfende Person der Pflegestufe drei wurde diesmal Frau Sedna Schlott ausgelost.« Lächelnd rückte er sich die Brille zurecht.

Die Schroff starrte ihn finster an. »Frau Schlott?«

»Ja.« Jens ging bereits auf den Fahrstuhl zu. »Kommen Sie, machen wir schnell. Ich bin ohnehin schon spät dran und hab heute Nachmittag noch eine andere Kontrolle vor mir.«

»Wollen Sie nicht erst mal in die Dokumentationen Einsicht nehmen?«, meinte die Pflegerin verwundert. »Dienstpläne. Trinkverhalten der Patienten. Wir protokollieren natürlich auch akribisch die Fortbildungen unserer Pflegekräfte.«

»Sicher.« Jens räusperte sich und sah wieder auf die Uhr. »Ihre Kollegin kann die Unterlagen ja schon mal raussuchen, während ich einen Blick auf die Frau werfe. Das spart uns Zeit.«

Die stellvertretende Heimleiterin und die Rezeptionistin unterhielten sich leise, schließlich trat Frau Schroff an Jens' Seite, drückte den Knopf für das oberste Stockwerk, und vor ihnen glitt die Fahrstuhltür auf.

»Üblicherweise leben oben auf den Fluren immer sechs bis acht betreute Personen in Hausgemeinschaften zusammen«, erklärte die Pflegerin lustlos. »Das gilt natürlich nur für jene, die für ein solches Modell auch infrage kommen.«

Jens tat so, als genieße er durch das Glas hindurch die Aussicht auf den Garten hinter der Anlage, während der Lift fast geräuschlos nach oben aufstieg. »Verstehe. Im Fall von Frau Schlott liegt das vermutlich etwas anders.«

»Ja, das ist wahr. Die lebt in ihrer eigenen Welt.« Seine Begleiterin lächelte irgendwie falsch. »Sie wird Ihnen bei Ihrer Befragung also nicht gerade entgegenkommen.«

»Hab ich schon gelesen«, erklärte Jens geschäftig. »Schlimme Sache. Selbst jetzt, da dieses Blutbad schon vierzig Jahre zurückliegt.«

Die Pflegerin musterte ihn, während sie den Fahrstuhl wieder verließen. »Sie wissen erstaunlich gut über Frau Schlotts Vergangenheit Bescheid.«

»Ich bemühe mich«, log Jens, während sie einen geräumigen

Tagessaal erreichten. Vier Greisinnen saßen vor einem der Fenster über eine Partie Canasta gebeugt und sahen neugierig auf, als die beiden den Raum durchquerten. »Wir führen derzeit alle möglichen Informationen über unsere Versicherungsberechtigten zusammen. Was ja am Ende auch Ihnen hilft.« Er lächelte. »Gerade vor einem halben Jahr haben meine Kollegen einen ganzen Schwung alter psychiatrischer Unterlagen aus Husum erhalten, der mit unserem heutigen Datenbestand abgeglichen wurde. Frau Schlott gehört dabei zu jenen Fällen, die einem auch persönlich nahegehen.«

»Ach?« Frau Schroff führte ihn an eine Tür, die auf der Westseite des Gebäudes lag.

»Dann erzählen Sie doch mal«, forderte Jens seine Begleiterin auf. »Irgendwelche Verbesserungen an Ihrem Zustand wird es doch hoffentlich gegeben haben.«

»Nein.« Sie zückte einen Schlüssel. »Wie Sie vermutlich wissen, waren die Zustände in den Psychiatrien Anfang der Siebzigerjahre katastrophal. Die haben damals vermutlich alles falsch gemacht. Dissoziative Störung – nur hieß das da noch nicht so. In ihrem Fall hat sich daran auch bis heute nichts geändert. Was vermutlich an ihrem überreichen Konsum an Drogen gelegen hat. Frau Schlott hat da offenbar nichts ausgelassen.« Sie schloss die Zimmertür auf und hielt kurz inne. »Wenn Sie mich fragen, sollten Sie die Frau lieber in Ruhe lassen.«

»Ach so? Na, das ist leider nicht möglich«, entgegnete Jens ungeduldig. »Aber ich werde sehr schonend mit ihr umgehen.«

Sie öffnete die Tür unwillig, und Jens blickte in ein aufgeräumtes Zimmer mit großen Fenstern, die eine großartige Aussicht auf die Nordsee hinter dem Deich gestatteten. Grüne Farne neben einer Balkontür verliehen dem Raum eine gewisse Frische, es gab eine Sitzecke für Besucher, die Wände waren mit bunten Bildern von Bergen und Almen geschmückt, und das moderne Krankenhausbett mit der vollautomatisierten Ausstattung erweckte ebenfalls einen vorbildlichen Eindruck.

Seine Aufmerksamkeit galt jedoch allein der Frau mit den weißen Haaren, die apathisch in einem Rollstuhl saß und durch die Fenster auf das Meer hinausstarrte.

»Wie Sie sehen, steht bei uns der Mensch im Mittelpunkt«, leierte seine Begleiterin ihre Phrase herunter, während sie den Raum betraten. Sedna Schlott reagierte nicht einmal. »Frau Schlotts Familie ist sehr an ihrer guten Pflege gelegen.«

»Das freut mich zu hören.« Jens setzte ein unverbindliches Lächeln auf. »Gut, dann werde ich mich jetzt mal allein mit Frau Schlott unterhalten.«

»Unterhalten? Aber Sie sehen doch, Frau Schlott hat uns vermutlich nicht einmal bemerkt«, raunzte ihn die Pflegerin an.

»Wir werden sehen«, bemühte sich Jens weiter um Freundlichkeit. »Wie Sie wissen, muss ich mich um ein offenes und unbelastetes Gesprächsklima bemühen. Und das schließt die Anwesenheit von Pflegekräften, die Frau Schlott täglich um sich hat, zunächst einmal aus. Aber Sie könnten mir in der Zwischenzeit ihre Patientenakte bringen.«

»Besser, Sie überschreiten Ihre Kompetenzen nicht.« Die Schroff lächelte säuerlich. »Ich kenne den Prüfkatalog. Die Einsicht in Frau Schlotts Patientenakte ist Ihnen ohne Erlaubnis Ihres gesetzlichen Vormunds nicht gestattet.«

»Na gut, ist vermutlich auch nicht nötig«, wich er aus. »Also, wenn ich dann loslegen dürfte.«

Die Frau musterte ihn scharf und verließ den Raum.

Jens wartete, bis sie die Tür geschlossen hatte, ging auf Sedna Schlott zu und betrachtete die Weißhaarige eingehend. Die Schwester der Bürgermeisterin sah aus, als wäre sie in Wahrheit achtzig Jahre alt. Die Haut spannte sich pergamentartig um ihre Gesichtsknochen, die Augen und Wangenpartien waren eingefallen, und in ihrem leeren Blick war kein Hinweis darauf zu finden, dass sie seine Anwesenheit bemerkte. »Frau Schlott?«

Sedna Schlott reagierte nicht. Sie starrte weiterhin reglos auf die Nordsee hinaus. Jens ergriff den Rollstuhl und schob ihn in Richtung des Sofas, auf dem er nun Platz nahm. Dann wedelte er mit der Hand vor ihren Augen. »Frau Schlott? Können Sie mich hören?«

Die alte Frau starrte mit leerem Blick an ihm vorbei. Jens entdeckte einen Pappbecher mit Strohhalm, der in einer Tragevorrichtung am Rollstuhl steckte. Bei der Flüssigkeit handelte es sich um dünnen Tee. Er nahm den Becher und führte den Strohhalm an ihre Lippen. Jetzt zeigte die alte Frau zum ersten Mal eine Reaktion, denn sofort begann sie an dem Halm zu saugen.

Jens ließ sie trinken, entzog ihr den Becher und setzte sich so, dass sie ihn ansehen musste. Leider ging ihr Blick noch immer durch ihn hindurch. »Frau Schlott, ich brauche Ihre Hilfe. Erinnern Sie sich an Eike Momsen? Eike Momsen.«

Ihr rechtes Augenlid zuckte, was Jens als gutes Zeichen wertete.

»Eike Momsen war Ihr Freund, nicht wahr?«

Ihr Auge zuckte etwas heftiger. Jens spähte argwöhnisch zur Zimmertür, da er spürte, dass er nicht viel Zeit hatte. »Sie und Ihre Freunde haben sich damals auf Westerogg eingerichtet. Das stimmt doch?«

Sie reagierte nicht.

»Ich weiß, dass Sie dort gelebt haben. Sie haben dort etwas Verbotenes getan, richtig?«

Sedna Schlotts Lid zuckte abermals, und nun ging Jens aufs Ganze.

»Sie haben eine Meerjungfrau eingefangen. Habe ich recht?«

Ihre Pupillen weiteten sich, und sie starrte ihn ängstlich an. Ganz so, als würde sie ihn erst jetzt bewusst wahrnehmen.

Also lag er mit seiner Vermutung richtig.

»Bitte, Frau Schlott«, fuhr er aufgeregt fort. »Konzentrieren Sie sich. Was haben Sie, Eike Momsen und die anderen Mitglieder Ihrer Kommune von dieser Meerjungfrau gewollt?«

Sedna Schlotts Lippen bebten – und einen Moment lang gewann er den Eindruck, als würde sie vor etwas zurückschrecken.

»Ich weiß, dass Sie sich da unten im Bunker mit Astrologie beschäftigt haben«, bohrte er weiter. »Das alles hatte etwas mit dem Wassermannzeitalter zu tun? Liege ich richtig?«

Plötzlich füllten sich ihre Augen mit Tränen, und erstmals gab sie ein dumpfes Geräusch von sich. Also war sie sehr wohl zu Lautäußerungen fähig.

»Kommen Sie. Ich weiß, Sie können das«, redete Jens weiter auf sie ein. »Ich bin einem solchen Wesen selbst begegnet. Menschenleben sind in Gefahr. Sie müssen mir sagen, was auf Westerogg geschehen ist.«

Sedna Schlott wimmerte, und ihre Hände umfassten die Griffe an den Rädern des Stuhls. Sie rollte von ihm weg und drehte sich wieder in Richtung Fenster. Jens hatte zwar Mitleid mit der Frau, doch so einfach wollte er sie nicht davonkommen lassen. Er stand auf, kramte sein neues Smartphone hervor und drehte den Rollstuhl so, dass sie ihn wieder ansehen musste. »Frau Schlott!«

Die alte Frau schüttelte den Kopf, und noch immer rollten ihr Tränen über das Gesicht. Jens entschloss sich nun, die einzige Trumpfkarte auszuspielen, die er besaß. Zielgerichtet wählte er die Musikbar seines Handys an, auf der lediglich ein einziges Musikstück gespeichert war: der Titel *Aquarius* aus dem Musical *Hair*.

»Das hier ist es doch, was Sie damals immer gehört haben? War dieses Lied so etwas wie die Hymne Ihrer Kommune?« Er drückte den Play-Button, und sogleich erklang aus dem winzigen Lautsprecher die bekannte Melodie:

When the moon is in the seventh house
And jupiter aligns with mars
The peace will guide the planets and love will steer the stars

This is the dawning of the age of Aquarius
The age of Aquarius
Aquarius, Aquarius

Sedna Schlott ächzte. Ihre Pupillen weiteten sich, und sie versuchte von dem Gerät abzurücken. Doch Jens unterband ihren Fluchtreflex, indem er den Rollstuhl energisch festhielt. Kaum erklang das Medley, schlich sich ein panischer Ausdruck auf ihre Züge.

»Nicht …!«, krächzte sie und hob abwehrend eine Hand.

Es war das erste Wort, das über ihre Lippen drang.

»Was zum Teufel haben Sie auf der Insel getrieben?«, fuhr er sie an. »Frieden? Liebe? Ein neues Wassermannzeitalter? Kommen Sie. So, wie das für Sie ausgegangen ist, muss es sich da doch um noch etwas anderes gedreht haben.«

»Bitte …« Sie versuchte das Gerät von sich wegzuschieben, doch Jens hielt es ihr unerbittlich an die Ohren. »Nein, Frau Schlott, Sie werden sich das jetzt anhören. So lange, bis Sie reden. Sagen Sie mir, was auf Westerogg geschehen ist. Was haben Sie da getrieben?«

Die alte Frau schluchzte, und ihr Blick nahm von einem Augenblick zum anderen einen staunenden Ausdruck an.

»Sie ist so schön. So schön.« Ein ehrfürchtiger Laut drang aus ihrer Kehle. Doch plötzlich verengten sich ihre Augen zornig, und sie schlug wütend nach dem Handy. »Ich hasse sie!«, zischte sie mit rauer Stimme. »Du … du nimmst ihn mir nicht weg, du Schlampe! Du nicht!«

Jens unterband den Gefühlsausbruch, indem er ihr Handgelenk festhielt. »Wen meinen Sie? Die Nixe?« Er musterte sie eindringlich. »Sprechen Sie! Bitte! Befreien Sie sich von Ihrer Last!«

»Ich … muss ihn retten!« Sedna Schlott hielt unvermittelt in ihren Bewegungen inne und starrte ihn jetzt mit einer Mischung aus Angst und Ehrfurcht an. Abermals erhob sie ihre ungelenke Stimme. »Eike, du hast recht. Er … er ist unsere … Hoffnung! Unser aller Hoffnung!«

»Von wem, um Gottes willen, sprechen Sie?«

»Gib mir das Kind! Ich … werde den Jungen retten. Bitte.« Sedna Schlott versuchte erfolglos ihre Arme auszustrecken – als der Musical-Song zum zweiten Mal ansetzte. Jens hatte die Abspielfunktion auf Wiederholung gestellt.

»Von welchem Kind sprechen Sie?«, herrschte er sie fast an.

»Warum fragst du das?«, krächzte sie, und spätestens jetzt wurde ihm klar, dass sie ihn in ihrem Wahn für Eike Momsen hielt. »Dein Kind und … das von der Nixe! Du hast sie doch geschwängert. Das war unser Plan …«

»Er hat was?« Jetzt war es Jens, der ungläubig die Augen aufriss. Er hatte mit allem Möglichen gerechnet, aber nicht mit einer solchen Offenbarung.

Ein fanatischer Glanz stahl sich in Sedna Schlotts Blick. »Sie hat … sich gewehrt. O ja, das hat sie getan. Aber das hat ihr auch nicht geholfen. Das … das wurde ja auch noch nie versucht. Vorher. Aber … ihr Gesang kann uns nichts. Er kann uns nichts anhaben!« Sie lachte irre. Aber auf einmal ballte sie die Fäuste und sah Jens mit einem flehenden Ausdruck an. »Ich … ich werde ihn in Sicherheit bringen. Bitte, Eike, gib ihn mir. Sie werden deinen Sohn nicht finden. Ich versprech es dir! Mir werden sie nichts tun.«

Jens starrte die Frau noch immer fassungslos an. Das war doch absolut krank. Andererseits hatte Eike Momsen auf den Tonbändern tatsächlich von einer Vermählung gesprochen. Und allmählich kam ihm bei alledem ein unheilvoller Verdacht …

Sedna Schlotts Blick irrlichterte durch den Raum, so als versuche sie Szenen und Bilder zu erfassen, die für Jens unsichtbar blieben. »Lass mich los. Sie dürfen ihn nicht finden«, ächzte sie. »Sie dürfen nicht … ich muss hier weg. Schnell!« Sie sah ihn an, und in ihrem Blick schimmerte der Irrsinn.

»Ich liebe dich, Eike«, flüsterte sie nun zärtlich. »Das Wassermannzeitalter … das ist dein Werk!« Sie lächelte verklärt, dann schluckte sie heftig, als ob die seit Jahrzehnten nicht beanspruchten Stimmbänder ihr den Dienst zu versagen drohten. »Wir … wir werden es einleiten. Eike … wir beide!« Sie lachte, und ihr Lachen wurde immer lauter. Dann begann sie überraschend zu schreien: »EINE NEUE MENSCHHEIT! WIR ERSCHAFFEN EINE NEUE MENSCHHEIT!« Speichel flog ihm entgegen. »DAMIT WERDEN WIR DEN PLANETEN RETTEN!«

Jens, der von dem plötzlichen Gefühlsausbruch völlig überrascht wurde, hatte alle Hände voll zu tun, um die Frau zu bändigen. Gehetzt blickte er zur Zimmertür.

Sedna Schlott kämpfte derweil gegen seinen Klammergriff an, doch von einem Moment zum anderen erschlafften ihre Körperbewegungen wieder, und sie starrte verängstigt auf den Nebel ihrer Erinnerungen. »O Gott … sie kommen. Eike, ich hab dir doch gesagt, dass sie kommen werden. Sie werden diese Sünde rächen wollen. O nein … sieh doch nur, was sie da tun! All das Blut … ALL DAS BLUT!«

Mit einer ruckartigen Bewegung befreite sie sich von Jens' Griff, spuckte ihn an und kratzte über seine Unterarme. »Gib ihn mir«, kreischte sie. »Los, gib ihn mir endlich her. Ich schaffe ihn weg. In Sicherheit. Los, gib ihn mir!« Sie biss und kratzte, und dann verpasste sie Jens einen schmerzhaften Tritt gegen das Schienbein, der ihn aufstöhnen ließ. Diesmal versuchte sie sich sogar aus ihrem Rollstuhl zu erheben – als der *Aquarius*-Song ein weiteres Mal einsetzte. Jäh sank sie zurück, und ihr leerer Blick richtete sich auf die Wand über dem Sofa. Sie lächelte wie blöde und begann die Melodie mit leiernder Stimme mitzusingen.

Jens ließ die Verrückte schweratmend los und konnte noch immer nicht glauben, was ihm die Frau soeben enthüllt hatte. Und das, obwohl – oder gerade weil – er des Rätsels Lösung ahnte … oder vielleicht längst kannte?

Das Blutbad auf Westerogg hatte sich in den Siebzigern zugetragen. Auch ihn hatte man in den Siebzigern als Säugling gefunden. Genau genommen 1973. Also im gleichen Jahr. Vermutlich sogar im gleichen Monat. Auf einer Warft in der Deutschen Bucht. Warum hatte er diese beiden Geschehnisse nie in einen Zusammenhang gebracht? Sollte das alles bedeuten, dass er der Sohn von diesem Eike Momsen war – und von einer leibhaftigen Sirene?

Aber das war unmöglich. Die Verrückte musste ihn in ihrem Wahn mit einem Kind verwechseln, das eine ihrer Freundinnen zur Welt gebracht hatte. Nur machte dies die Sache auch nicht besser.

Jens sann noch immer über das Gehörte nach, als er hinter sich die Stimme von Frau Schroff vernahm. »Also ist er gar kein Kontrolleur?«

Erschrocken drehte sich Jens um und sah, dass die Zimmertür offen stand. Leider war die stellvertretende Heimleiterin nicht allein gekommen. Neben ihr stand niemand anders als Xanthe Petersen.

Die Bürgermeisterin von Egirholm fixierte ihn mit einem Ausdruck kalter Wut.

Er erhob sich und suchte bereits nach einer Ausrede, als an den Frauen vorbei zwei kräftige Männer in den Raum drängten, von denen ihm einer bekannt vorkam. Das war dieser Jäger, der die Petersen neulich auf dem Marktplatz begleitet hatte. Stumm bauten sich die Schränke vor ihm auf, und einer von ihnen ließ die Fingerknöchel knacken. Der Jäger musterte ihn geringschätzig und streckte die Hand aus. »Ihr Handy. Her damit.«

Jens überlegte einen Moment lang, ob es sich lohnte, Gegenwehr zu leisten. Doch der lauernde Blick der beiden ließ ihn davon Abstand nehmen. Ohne Zweifel warteten sie nur auf einen solchen Versuch. Gegen zwei Gegner zugleich hatte er vermutlich keine Chance.

»Tja«, er zuckte mit den Schultern, »sieht so aus, als hätte ich den Bogen diesmal etwas überspannt.« Er drückte dem Mann das Gerät widerwillig in die Hand. Der übergab es umgehend der Bürgermeisterin und baute sich lauernd vor ihm auf. Xanthe Petersen starrte das Smartphone eine Weile an und stellte den Song aus. Sogleich verstummte Sedna Schlott, während sich ihr Blick wieder verschleierte.

»Ein gefährlicher Grat, den Sie da beschritten haben, Herr Ahrens«, sagte die Petersen beherrscht. »Fast möchte ich Ihr Eindringen an diesen Ort persönlich nehmen. Aber ich werde mich einstweilen darauf beschränken, Sie zu bitten, uns zu folgen. Und zwar möglichst rasch und ohne viel Aufhebens. Es gibt da jemanden, der Sie kennenlernen möchte.«

»Und falls ich das nicht will?«

»Dann, Herr Ahrens«, ihre Blicke durchbohren ihn wie Stahl, »werden Sie Bekanntschaft mit meinen Begleitern machen. Auch diese Herren sind darin geübt, andere zum Singen zu bringen. Allerdings dürfte Ihnen die Melodie nicht gefallen.«

Verborgene Geschäfte

Jens saß eingeklemmt zwischen seinen Bewachern auf dem Rücksitz eines schwarzen Bentleys, der vermutlich mehr kostete, als er in zehn Jahren verdiente. Missmutig sah er dem Ziel seiner unfreiwilligen Reise entgegen: einem stolzen Gutshaus in nüchternem klassizistischem Stil.

Das weiß gestrichene Anwesen thronte im Hinterland Egirholms auf einem Hügel, der seinerseits von einer kleinen Parkanlage mit hohen Bäumen und Büschen umschlossen wurde. Im Licht der Spätnachmittagssonne, die sich gelegentlich durch die dunkle Wolkendecke schob, erstrahlte das Gebäude wie eine übergroße Perle inmitten einer ansonsten platten Marschlandschaft. Wer auch immer hier leben mochte, musste ebenso reich wie einflussreich sein.

»Darf ich endlich erfahren, zu wem Sie mich bringen?«, knurrte er.

»Wir sind gleich da«, erwiderte Xanthe Petersen kühl.

Die hochgewachsene Bürgermeisterin saß vorn auf dem Beifahrersitz und starrte eisig auf die Zufahrt zu dem Gelände des Herrenhauses. Jens spürte, wie gern sie seinen Begleitern den Befehl gegeben hätte, ihn einer deutlich gröberen Behandlung zuzuführen, als ihn bloß an diesen Ort zu eskortieren. Dass sie ihrer Wut nicht nachgab, konnte nur einen Grund haben: Xanthe Petersen folgte der Order eines Höherstehenden. Ob das ein gutes Zeichen war, musste sich allerdings erst noch erweisen.

Der Chauffeur des Wagens, ein Mann mit mehr Muskeln als Haaren, steuerte den Bentley auf ein Tor zu, das bei ihrem Eintreffen von einer Gärtnerin geöffnet wurde. Zumindest schien die Frau der Kleidung nach eine Gärtnerin zu sein, das Gewehr auf ihrer Schulter sprach jedoch eine andere Sprache. Anschließend ging es über einen Kiesweg weiter hinauf zu einem von hohen Büschen sichtgeschützten Vorplatz, hinter dem sich der dreigeschossige Mittelbau des herrschaftlichen Anwesens samt zweier angrenzender Wohntürme erstreckte. Auch aus der Nähe betrachtet wirkte das hohe Gebäude auffallend gepflegt. Auf den Sprossenfenstern des Gutshauses spiegelten sich die Wolken des nachmittäglichen Himmels, und gerade weil man bei der Außenfassade auf dekorative Schmuckelemente verzichtet hatte, strahlte das große Haus eine überaus vornehme bürgerliche Eleganz aus.

Jens ließ den Blick hinauf zur Fassade unter dem Dach des Eingangsbereichs wandern und entdeckte dort nun doch eine interessante Verzierung: ein faßdeckelgroßes Stuckelement, das neun Meerjungfrauen zeigte, die in einem Kreis angeordnet waren. Waren das diese mythischen Ägirtöchter aus Rhodes Chronik? Er war sich ziemlich sicher.

Zugleich fielen ihm einige andere Besonderheiten auf dem Grundstück auf. Insbesondere betraf dies den Zustand des Gartens. Die Rasenfläche war über weite Flächen braun angelaufen, und die Blätter an den Bäumen hingen stellenweise welk von den Ästen. Am schlimmsten hatte es die Blumenbeete getroffen, die vollkommen vertrocknet wirkten. Der komplette Garten erweckte den Eindruck, als wären die Pflanzen hier schon seit Wochen ungeschützt der Junisonne ausgesetzt gewesen.

Das gestrige Sommergewitter hatte an alledem nicht viel geändert. Im Gegenteil, die Bewohner der Villa schienen das andernorts willkommene Nass sogar aktiv auszuschließen. Denn zwischen den Bäumen, insbesondere zu Füßen des Gartens, war das Erdreich von Maschinen aufgewühlt worden, um langen Drainagerohren Platz zu bieten. Das Röhrensystem umschloss das Herrenhaus ringförmig, als wollte man mit seiner Hilfe versuchen, sogar noch den letzten Tropfen Wasser vom Grundstück fernzuhalten.

Jens ahnte, warum. Die hiesigen Bewohner lebten in Angst vor der Sirene. Offenbar wussten sie nur zu gut, welche Kräfte diese Kreatur freizusetzen vermochte. Dazu passte, dass auf den übrigen Wegen weitere »Gärtner« patrouillierten. Es handelte sich jeweils um Zweiergruppen, bestehend aus einem Mann und einer

Frau, die wie die Frau am Tor bewaffnet waren. Und er entdeckte Kameras. Zahlreiche Kameras.

Dass vor dem hohen Eingang des Gebäudes mehrere luxuriöse Fahrzeuge parkten, bemerkte Jens erst, als sie den Vorplatz erreichten. Zwischen ihnen standen ein silber-metallicfarbener Rolls-Royce, ein schwarzer Jaguar und ein roter Maserati. Bewacht wurden die Autos von Männern mit dunklen Sonnenbrillen und ebenso dunklen Anzügen, die rauchten, sich unterhielten und insgesamt den Eindruck von Bodyguards erweckten. Vielleicht handelte es sich bei ihnen aber auch um Chauffeure, denn einige der Luxuskarossen sahen nicht gerade danach aus, als würden deren Besitzer darauf Wert legen, sie selbst zu fahren.

Irgendetwas ging hier vor sich. War das eine Versammlung?

Jens war sicher, es schon bald zu erfahren … auf die eine oder andere Weise.

Der Bentley hielt vor den Stufen des Eingangsbereichs, und einer der Männer neben ihm öffnete den Seitenverschlag, packte ihn grob am Oberarm und zog ihn mit sich ins Freie.

»Schon gut, ich komme ja mit«, fauchte Jens, der sich noch immer wunderte, warum man ihn nicht gleich gefesselt hatte. Andererseits erweckten seine Bewacher den Eindruck, sich ziemlich sicher zu sein, mit ihm fertigzuwerden, sollte er es auf eine Flucht anlegen. Die übrigen Sonnenbrillenträger musterten ihn zwar kurz, verloren aber rasch das Interesse. Auch Xanthe Petersen stieg jetzt aus, und der Bentley fuhr zu einer Parknische zwischen den übrigen Luxuskarossen hinüber.

»Kommen Sie!«, schnauzte sie ihn an.

Sie führte ihn die Treppenstufen hinauf, wo ihnen sogleich ein Hausdiener die Tür öffnete, der Jens von oben bis unten ansah, bevor er der Bürgermeisterin die Handtasche abnahm. Die Anwesenheit seiner beiden Bewacher ignorierte der Diener und führte sie stattdessen in das dunkel getäfelte Vestibül des Herrenhauses, von dem aus eine geschwungene Freitreppe ins obere Stockwerk führte. Argwöhnisch sah Jens zu den prachtvollen Ölgemälden an den Wänden auf. Sie alle zeigten Szenen von Seeleuten oder Fischern, die mit Seejungfrauen kokettierten oder gar im Liebesspiel mit ihnen verstrickt waren. Eines der Gemälde war fast so groß wie eines der Sprossenfenster hinter ihm, und darauf abgebildet war eine wunderschöne Meermaid mit langen Haaren und Fischschwanz, die sich auf einem Felsen im Sonnenlicht räkelte.

Wunschdenken. Jens hatte für die Szenen lediglich einen verächtlichen Blick übrig.

»Vincent«, sagte die Petersen, »würden Sie den Schwestern bitte mitteilen, dass wir da sind?«

Schwestern? Jens war sicher, dass er in den zurückliegenden Tagen schon einmal von irgendwelchen *Schwestern* gehört hatte.

»Selbstverständlich, Frau Bürgermeisterin.« Der Hausdiener nickte und führte sie quer durch den Raum zu einer Tür, die in ein großes Kaminzimmer führte. Dabei schritten sie an einer Glastür vorbei, die zu einem Saal im hinteren Teil des Hauses führte. Dort entdeckte Jens ein oder zwei Dutzend Frauen unterschiedlichen Alters, die in kleinen Gruppen zusammenstanden und sich gesenkten Hauptes an den Händen hielten. Für einen genaueren Blick blieb keine Zeit, denn einer seiner Bewacher schob ihn grob in das Kaminzimmer und drückte ihn dort in einen ledernen Ohrensessel. Anschließend bauten sich die Männer hinter ihm auf, und auch Xanthe Petersen nahm auf einem Stuhl Platz.

Wütend sah sich Jens um. Der Raum war stilvoll eingerichtet: der wuchtige Kamin, die ledernen Sitzgarnituren, die Kommode und vor allem die Glasvitrine an der Wand neben der Tür zum Vestibül, sie alle erweckten den Eindruck, dem letzten oder vorletzten Jahrhundert zu entstammen und dementsprechend wertvoll zu sein. Schließlich streifte sein Blick eine Art Wappen über dem Kamin. Nur war das kein Wappen, sondern eine übergroße Abbildung jenes schneekristallartigen Symbols, das Meike und er als diesen »Ägirhelm« identifiziert hatten.

Ohne Erfolg versuchte Jens herauszufinden, ob die Bürgermeisterin eine Kette oder einen Ring mit diesem Zeichen trug. »Ihr Erkennungszeichen?« Er wies zum Kamin. »Tragen Sie auch eins?«

Xanthe Petersen bedachte ihn mit einem finsteren Blick und schwieg eisern.

Dann eben nicht. Jens lehnte sich zurück und bewahrte ein gleichmütiges Pokerface, auch wenn ihm alles andere als wohl zumute war. Inzwischen ahnte er, wo er sich befand: wahrscheinlich im Zentrum dieses seltsamen Ägirkultes. Gemessen an den äußeren Umständen schien er sich zwar in Schwierigkeiten zu befinden, aber nicht in ernsthafter Gefahr. Im Gegenteil, offenbar wollte man etwas von ihm. Anders war sein Aufenthalt hier nicht zu erklären.

Er fragte sich bloß, was das sein könnte.

Dennoch hoffte er, dass Meike vorsichtiger war als er. Warnen konnte er sie nicht mehr, allerdings hatten sie für 18 Uhr vereinbart, dass er sie anrief. Wenn er das nicht tat, würde sie vermutlich ihre Schlüsse daraus ziehen. Von sich aus würde er sie keiner Gefährdung aussetzen. Zunächst einmal galt es herauszufinden, was diese Weiber von ihm wollten.

Zwölf weitere Minuten verstrichen, dann war zu hören, wie vor dem Herrenhaus die Luxuskarossen ansprangen und davonfuhren. Etwa im gleichen Moment schob sich die Wolkendecke endgültig vor die Sonne, und der Garten vor dem Haus verfinsterte sich. Am Himmel grummelte es, Wind fuhr durch die vertrockneten Büsche. Erste Regentropfen benetzten die Fenster des Kaminzimmers.

Kurz darauf öffnete sich eine Schiebetür an der Wand gegenüber, und zwei vornehm gekleidete weißhaarige Damen mit faltigen Gesichtern, hohen Wangenknochen und wachen, hellgrünen Augen betraten das Kaminzimmer. Beide waren – abgesehen von ihren kirschroten Lippen – dezent geschminkt, schienen etwa um die siebzig zu sein und machten einen agilen Eindruck. Zumindest wenn man davon absah, dass eine von ihnen im Rollstuhl saß.

Das war aber auch der einzige nennenswerte Unterschied zwischen ihnen. Denn bei den beiden handelte es sich klar erkennbar um Zwillinge, wie Jens nicht nur aufgrund der Ähnlichkeit ihrer Gesichtszüge bemerkte. Die alten Damen kokettierten sogar offen mit einem nahezu identischen Kleidungsstil. Beide trugen sie himmelblaue Kleider mit viel Spitze und Perlenstickereien. Ihr weißes Haar war auf dieselbe Weise kunstvoll frisiert und mit Jadekämmen verziert, die die Form hübscher Nereiden besaßen.

Bürgermeisterin Petersen erhob sich und verneigte sich stumm. Auch die Männer hinter ihm schienen so etwas wie Haltung anzunehmen. Jens hingegen setzte sich etwas auf und fixierte die Frauen argwöhnisch.

»Herr Ahrens, wir freuen uns, Sie kennenzulernen«, begrüßte ihn die Stehende in freundlichem Plauderton. Ihre Schwester im Rollstuhl nickte lediglich.

»Ob das Gleiche auch für mich gilt, kann ich Ihnen ehrlich gesagt noch nicht sagen«, knurrte Jens unfreundlich. »Ihre beiden Schläger wollten mir nämlich nicht verraten, wohin die Reise ging. Und Ihre saubere Frau Bürgermeisterin«, er sah zu Xanthe Petersen hinüber, »reagiert ebenfalls eher verstockt. Und das, obwohl sie sonst um kein Wort verlegen zu sein scheint.«

Die Amtsfrau fixierte ihn zwar wütend, schwieg aber weiter.

»Das bedauern wir natürlich zutiefst«, antwortete jene Schwester, die im Rollstuhl saß. Sie sah zu den Männern auf und gab ihnen einen kurzen Wink. »Ihre Anwesenheit ist jetzt nicht weiter erforderlich.«

Ohne zu zögern, kamen seine Bewacher der Order nach und verließen den Raum. Die Bürgermeisterin verengte misstrauisch die Augen, doch hatte Jens weder vor zu fliehen noch eine der Frauen anzugreifen. Einstweilen jedenfalls nicht. Trotz seines Argwohns war er inzwischen viel zu neugierig. Er wollte wissen, was das Treffen hier bezwecken sollte und welche Rolle die Frauen bei alledem spielten. Er wollte Antworten.

Interessanterweise schienen dies auch die beiden alten Damen zu wissen, denn sie betrachteten ihn mit feinem Lächeln.

»Also«, begann er, »verraten Sie mir jetzt, wer Sie sind?«

»Selbstverständlich.« Die Stehende wies auf ihre Schwester im Rollstuhl, dann auf sich selbst. »Das ist meine Schwester Doris Martens. Ich heiße Thalia Martens.«

»Sieh an. Die Schwestern Martens.« Nun erinnerte er sich wieder an Meikes Ausführungen vor wenigen Tagen. »Ich habe schon von Ihnen gehört. Ihnen gehört der größte private Schiffsausrüster Norddeutschlands.«

»Gut informiert. Nichts anderes haben wir erwartet.« Thalia Martens rückte den Rollstuhl ihrer Schwester zurecht, die Jens weiterhin aufmerksam musterte, und trat zu einem geschnitzten Kästchen auf einer Kommode, dem sie ein Feuerzeug und eine Zigarette mit silberner Spitze entnahm. »Allerdings haben wir unsere Geschäfte in den letzten Jahrzehnten deutlich ausgeweitet.«

»Schön für Sie«, murrte er. »Könnten wir zum Thema kommen?« Er machte eine raumgreifende Geste. »Ich nehme an, dass wir uns hier in der Zentrale Ihres Ägirkultes aufhalten, nicht wahr? Was ist das? Eine Art Sekte? Und was sind Sie? Nachfahren dieser Hexen, die im Mittelalter verfolgt wurden?«

Die Schwestern warfen sich amüsierte Blicke zu, allein Xanthe Petersen saß etwas steif da und starrte ihn noch immer böse an.

Thalia Martens entzündete die Zigarette, und ihre Lippen hinterließen auf der silbernen Spitze einen roten Abdruck. Jens war sich sicher, dass diese Frau in ihrer Jugend mehr Männerherzen gebrochen hatte, als anderen Frauen je zugeflogen waren. »Wir sind vieles, Herr Ahrens. Aber Hexen?« Sie blies den Rauch aus und lächelte. »Nicht wirklich. Auch keine Sekte. Wir verstehen uns eher als einen Bund erfolgreicher Geschäftsfrauen.«

»Wobei wir unsere Vergangenheit natürlich in Ehren halten«, nahm Doris Martens den Faden auf. Die alte Frau im Rollstuhl strich über die Decke auf ihren Knien, und Jens sah, dass die dortige Stickerei dem Symbol des Ägirhelms nachempfunden war. »Und – wir sind in der Tat die Nachfahren von Frauen, die in alten Zeiten als Hexen verfolgt wurden. Das waren unruhige Zeiten – damals. Die Aufklärung musste erst in Schwung kommen, und wer über mehr Wissen als andere verfügte, wurde schnell des Bundes mit dem Teufel bezichtigt.«

»Dann sind Sie beide also so etwas wie die Oberwikkas Ihres Hexenzirkels?«

Die Martensschwestern reagierten auf die Provokation mit einem milden Lächeln.

»Wenn Sie denn so wollen«, bestätigte Doris Martens. »Jede Gemeinschaft bedarf der Führung. Unsere Vorgängerinnen haben die Schwesternschaft durch die finsteren Zeiten des Mittelalters gebracht, und wir arbeiten nun daran, die alten Traditionen sinnvoll in die Moderne zu überführen.«

»Traditionen?« Jens sah die Rollstuhlfahrerin skeptisch an. »Sie meinen damit doch vor allem Ihr Wissen um die Sirenen da draußen auf den Weltmeeren.«

Die Zwillinge warfen sich Blicke zu.

»Schließt das eine das andere aus?«, kam es schließlich aus Richtung der Kommode. Thalia Martens klopfte ihre Zigarette an einem Aschenbecher ab und musterte Jens nachdenklich. »Früher handelte es sich bei unserer Gruppierung tatsächlich um eine Gemeinschaft religiösen Zuschnitts. Heiden aus dem Blickwinkel selbstgerechter Pfaffen.« Sie deutete zu Boden. »An diesem Ort stand in alten Zeiten ein Heiligtum, das dem Meeresgott Ägir, seiner Frau Ran und ihren neun Töchtern geweiht war. Aber das wissen Sie vermutlich.«

So genau wusste Jens das zwar nicht, aber das würde er den Frauen nicht auf die Nase binden. Er hörte einfach weiter zu.

»Allerdings«, fuhr sie fort, »hat die Aufklärung auch vor unseren Müttern und Großmüttern nicht haltgemacht. Im Gegenteil, Herr Ahrens. Unsereins war stets gezwungen, sich anzupassen, um nicht entdeckt zu werden. Unsereins war gezwungen, nach vorn zu blicken. Die Traditionen blieben dennoch erhalten. Traditionen, gewiss, aber auch manche Rituale. Wobei wir uns dennoch eines gewissen Pragmatismus' befleißigen. In einer Sache aber dürfen Sie sicher sein: Keine von uns glaubt mehr, dass Sirenen Sendboten irgendwelcher Götter wären.«

»Sondern?«

»Sie sind Launen der Evolution«, antwortete ihm Doris Martens, die eines ihrer Rollstuhlräder spielerisch umfasste. »Was sonst? Bei alledem sind sie uns Menschen vermutlich ähnlicher, als selbst wir anzunehmen bereit sind. Zugleich bleiben sie uns so fremd wie Wesen von einem anderen Stern. Die Schulbiologie würde an ihnen vermutlich verzweifeln – besäße sie denn Kenntnis von ihnen.«

»Und Sie arbeiten mit ihnen zusammen.«

Fragend neigte sie ihren Kopf. »Wir nahmen an, dass Sie auch dies bereits selbst herausgefunden hätten.«

»Sicher.« Jens schnaubte abfällig. »Wenn man erst einmal um die Zusammenhänge weiß, ist es schwer, all die kleinen Zeichen Ihres … Vereins hier in Egirholm zu übersehen.«

»Siehst du, Xanthe.« Thalia Martens wandte sich der Bürgermeisterin zu, »ich habe dir doch immer gesagt, dass der Nixenbrunnen auf dem Marktplatz viel zu auffällig ist.«

»Aber er ist hübsch«, brummte die Bürgermeisterin.

»Aber *wie* arbeiten Sie mit ihnen zusammen?«, hakte Jens neugierig nach. »Diese Kreaturen leben doch ganz offensichtlich im Verborgenen. Und dazu sind sie auch noch verdammt gefährlich. Wie schaffen Sie es, sie dazu zu bringen, Ihnen zu Diensten zu sein? Denn das sind sie doch, wenn ich mir die hier ansässigen Unternehmen vor Augen führe.«

»Es ist eher eine Art … Kooperation«, erklärte die Rollstuhlfahrerin mit einem Augenzwinkern. »Sie helfen uns, und wir helfen ihnen. Sirenen sind Lebewesen wie wir. Auch sie werden gelegentlich krank oder erleiden Unfälle. Sie sind mächtig, aber eben nicht allmächtig. In all diesen Fällen kommen wir ins Spiel. Und«, Doris Martens hob einen Finger, »wir helfen ihnen dabei, unentdeckt zu bleiben. Glauben Sie mir, das ist in den heutigen Zeiten gar nicht mal so leicht.«

»Und wie lange geht das schon so?«, wollte Jens wissen.

»Seit Jahrhunderten.« Thalia Martens nahm einen weiteren Zug, trat vor den Kamin und sah versonnen zu dem Symbol des Ägirhelms auf. Auf dem Gesicht der Bürgermeisterin zeichnete sich ein gewisser Stolz ab. »Wissen Sie, was das da oben ist?«

»Sicher«, antwortete Jens. »Man nennt das Symbol den ›Ägirhelm‹. Ich habe davon gelesen.«

Thalia Martens drehte sich zu ihm um und lächelte. »Dann sind Sie bestimmt auch darüber informiert, dass der Helm seinem Träger die Fähigkeit der Mimikry verlieh – um sich zu tarnen. Unsere Schwesternschaft hat sich dieses Leitbild schon lange zu eigen gemacht. Tarnung ist auch heute noch unsere Devise. Ebenso hat sich nur wenig an der Art der Kooperation zwischen uns und diesen Wesen verändert.«

»Ich bin ganz Ohr.«

»In früheren Zeiten halfen uns die Sirenen lediglich beim Fischen. Oder sie ermöglichten unseren Leuten die sichere Reise auf hoher See. Doch inzwischen leben wir im 21. Jahrhundert. So romantisch die Erinnerungen an die alten Zeiten auch sein mögen, heute ist dafür kaum noch Platz. Unsere Zusammenarbeit mit ihnen hat sich ausgeweitet. Gewissermaßen … modernisiert. Heute durchstreifen diese Geschöpfe für uns Tiefen, die ein Mensch lediglich mit aufwendiger Technik zu erreichen vermag. Sie helfen uns bei der Suche nach Rohstoffen und seltenem Meeresgetier. Sie spüren für uns lukrative Schiffswracks auf. Sie tun überhaupt vieles, das sich in klingende Münze verwandeln lässt. Als Bergungstaucher dürften Sie nur zu gut verstehen, wovon ich spreche.«

Jens schnaubte. »In der Tat. Wirklich, sehr pragmatisch. Sie beuten diese Wesen also kommerziell aus.«

»Ich bitte Sie, Herr Ahrens.« Doris Martens beugte sich in ihrem Rollstuhl leicht vor und sah ihn tadelnd an, als sei er ein aufsässiger Schulbub. »Sie unterschätzen diese Geschöpfe ganz entschieden. Sie sind hochintelligent – und zugleich so gefährlich wie wilde Raubtiere. Man kann sie zu nichts zwingen. Sie profitieren von uns, ebenso wie wir von ihnen profitieren. Und mal ehrlich: Warum sollte man den Begriff Profit nicht wörtlich nehmen? Ein Unternehmen ist nur dann erfolgreich, wenn es auch entsprechend geführt wird.«

Jens sah die Frauen eine Weile an. Im Hintergrund hörte man, wie der Regen gegen die Scheibe prasselte. »Na gut, dann die vielleicht wichtigste Frage überhaupt: Warum weihen Sie mich in all das überhaupt ein?«

»Betrachten Sie es als vertrauensbildende Maßnahme.« Thalia Martens löschte ihre Zigarette und trat hinter den Rollstuhl ihrer

Schwester. Die beiden Frauen sahen ihn aufmerksam an. »Immerhin scheinen Sie ohnehin fast alles zu wissen.«

»Wer sagt Ihnen, dass ich Ihr kleines Geheimnis nicht morgen schon in alle Welt hinausposaune?«

»Und? Wer würde Ihnen das glauben?« Thalia Martens lachte perlend. »Sie wollen doch nicht ernsthaft Ihren Job riskieren, indem Sie Ihren Kollegen weismachen, einer leibhaftigen Meerjungfrau begegnet zu sein? Lachhaft. Man würde meinen, Sie hätten bei einem Ihrer Tauchgänge Ihren Geisteszustand eingebüßt.«

Jens verzog das Gesicht. Dummerweise hatten sie recht. »Also, warum sitze ich hier?«

»Ganz einfach«, Thalia Martens verengte die Augen. »Wir benötigen Ihre Hilfe. Sie können sich vermutlich denken, warum.«

»Weil jemand die Jagd auf Sie eröffnet hat.«

Die Schwestern nickten. Doris Martens drehte ihren Rollstuhl und rollte mit ihm zur Kommode, wo sie zwei gerahmte Bilder von blonden Frauen in die Hand nahm. Sie kehrte zu ihm zurück und reichte sie ihm. »Diese beiden sollten Ihnen bekannt sein.«

Jens betrachtete die gerahmten Porträts und nickte. »Die eine ist Polizeikommissarin Edda Martens, die andere die junge Firmengründerin von *AlgalPlant.*«

Die alte Dame starrte ihn kühl an. »In der Tat. Meine Nichte und meine Enkelin. Beide sind jetzt tot. Und das sind lediglich die Verluste in unserer Familie. Zusammen mit Frau Hansen, Ihrer Pensionswirtin, haben wir noch vier weitere Todesfälle zu beklagen.«

»Vier?« Jens runzelte die Stirn. »Ich dachte …«

»Dann haben Sie falsch gedacht.« Thalia Martens schnitt ihm in scharfem Tonfall das Wort ab. »Glauben Sie bitte nicht, dass jene Toten, die offiziell bekannt sind, schon alle waren. Unsere Gemeinschaft ist es gewohnt, Vorfälle wie diese zu vertuschen. Aber natürlich gelingt uns das nur dann, wenn uns diese auch rechtzeitig bekannt werden. In den letzten Wochen sind wir zwar vorsichtiger geworden, doch leider nicht vorsichtig genug. Und im Augenblick suchen wir verzweifelt nach einer unserer Schwestern: Ranja Abben.«

»Ich bin bisher davon ausgegangen, Ihr seltsamer Verein hätte sie aus dem Krankenhaus rausgeholt.« Jens war zwar noch immer wütend auf Ranja, sorgte sich aber ebenfalls. »Sie haben sie rücksichtslos auf mich angesetzt.«

»Ja. Haben wir. Und?« Doris Martens warf der Bürgermeisterin einen kurzen Blick zu. »Da Sie Xanthe neulich nicht verraten wollten, was Sie während Ihrer Gefangenschaft erfahren haben, dachten wir uns, dass es nicht schaden könnte, Ihnen jemand zu präsentieren, der Ihr Vertrauen auf andere Weise gewinnt.«

»Mittels einer hübschen Blondine? Wirke ich so leicht manipulierbar?«

»Herr Ahrens, Sie sind ein Mann.« Thalia Martens lächelte spöttisch, wurde aber schnell wieder ernst. »Sagen Sie nicht, dass unsere Wahl schlecht gewesen wäre. Nur vermissen wir jetzt unsere Schwester. Denn im Gegensatz zu unseren anderen Schwestern wurde sie offenbar nicht umgebracht, sondern *nur* entführt. Zuletzt hatte sie Funkkontakt mit uns aufgenommen, als Sie beide sich im Leuchtturm von Westerogg befanden.«

»Diese Schlange!«, zischte Jens.

»Sehen Sie es ihr nach. Sie befolgte bloß unsere Instruktionen. Da Sie leider zu recht spontanen Entschlüssen neigen, musste sie an der einen oder anderen Stelle etwas improvisieren.« Sie seufzte. »Nur haben wir die Gefahr, der sie ausgesetzt war, ganz offensichtlich unterschätzt. Natürlich schickten wir so rasch es ging Hilfe, aber als unsere Leute auf der Insel eintrafen, waren Sie beide schon fort. Bis wir dann herausgefunden haben, dass Sie Ranja nach Husum geschafft hatten, war es bereits zu spät. Jemand hatte sie zu dem Zeitpunkt bereits aus dem Krankenhaus herausgeholt. Jemand mit intimen Kenntnissen unserer Organisation. Zugleich muss es jemand gewesen sein, der es versteht, unsere eigenen Waffen gegen uns einzusetzen und dennoch im Verborgenen zu bleiben.«

Jens atmete tief ein, denn ihm kam ein ganzes Bündel an Fragen in den Sinn. Er begann mit dem Naheliegenden. »Was ist mit dem Überfall heute?«, fragte er gefährlich leise. »Dieser Killer, der uns vor Fahretoft abgepasst hat? Haben Sie uns den auf den Hals gehetzt?«

»Ein Killer?« Überrascht hob Doris Martens eine Augenbraue. »Ich muss Sie enttäuschen. Aber seien Sie versichert, auf dieses interessante Detail kommen wir zurück.«

»Und wie steht es um Michael Bossen? War *der* von Ihnen angeworben?«

Thalia Martens wandte sich der Bürgermeisterin zu. »Führen wir einen Mann dieses Namens auf unserer Gehaltsliste?«

Xanthe Petersen räusperte sich. »Ja. Das ist ein Polizist aus Husum. Der Beamte befand sich in größeren privaten wie finanziellen Schwierigkeiten. Das auszubügeln, hat uns eine Stange Geld gekostet. Wir haben ihn angeworben, um Meike Ehlers im Auge zu behalten, die Nachfolgerin von Edda.«

Zornig wandte sich Jens den Martensschwestern zu. »Der Kerl war so dermaßen durch den Wind, dass er sich heute vor meinen Augen erschossen hat.«

»Wie unappetitlich.« Doris Martens zuckte mit den dürren Schultern. »Ich hoffe, Sie wollen uns jetzt nicht die Schuld daran geben? Wenn ich das richtig sehe, haben wir dem Mann so etwas wie eine zweite Chance gegeben. Dass er sie nicht genutzt hat, ist nicht unser Problem.«

»Ihr Zynismus ist nicht zu überbieten.« Aufgebracht schüttelte Jens den Kopf. »Und in welcher Beziehung stehen Sie zu Volker Rhode?«

Die drei Frauen tauschten Blicke, schließlich antwortete Thalia Martens: »Wir beobachten die Arbeiten dieses Volkskundlers schon etwas länger. Er hat bei seinen Nachforschungen schlicht die richtigen Schlüsse gezogen. Wie dicht er unserer Gemeinschaft tatsächlich auf die Spur kam, wurde uns leider zu spät klar. Wer konnte auch schon ahnen, dass er tatsächlich ein Sirenenskelett finden würde?«

»Das hat Ranja Abben Ihnen also auch mitgeteilt?«

»Selbstverständlich.« Seine Gesprächspartnerin lächelte. »Wir hatten gerade beschlossen, Herrn Rhode mit einigen Desinformationen zu verwirren, als er plötzlich verschwand. Es wird Sie daher nicht überraschen zu erfahren, dass wir sein Haus vor Ihnen inspiziert hatten – leider sind wir dabei nicht so erfolgreich gewesen wie Sie. Allerdings ergab die Auswertung seines Computers, dass Volker Rhode nicht allein gearbeitet hat.«

»Nicht allein?« Jens sah die alte Frau gespannt an.

»Nein. Er erhielt Hilfe durch einen Unbekannten, der ihn ermutigte und bei seinen Forschungen unterstützte. Alles ist durch Mails gut dokumentiert, durch die die beiden im Austausch standen. Allerdings führte die Spur, die dieser andere im Internet hinterließ, bislang ins Leere. Wir konnten dem Inhalt der Mails lediglich entnehmen, dass sich die beiden offenbar vor einem Jahr bei einer Lesung kennengelernt hatten.«

»Von alledem weiß ich nichts«, meinte Jens.

»Natürlich nicht«, platzte es aus Xanthe Petersen heraus. »Alle Hinweise auf ihn hatten wir zuvor gründlich entfernt. Nur scheint es diesem Unbekannten vor allem darum gegangen zu sein, mehr über die heutige Existenz unserer Schwesternschaft in Erfahrung zu bringen. Wir müssen sogar davon ausgehen, dass er es gewesen ist, der für den Überfall auf dieses Haus die Verantwortung trägt.«

»Ein Überfall auf dieses Haus?« Jens' Argwohn wich gespanntem Interesse, insbesondere da er bemerkte, dass die Schwestern der Bürgermeisterin einen missbilligenden Blick zuwarfen. Sofort senkte die Petersen die Stirn.

»Na, kommen Sie schon«, forderte Jens mit leichter Genugtuung. »Mir ist zwar immer noch nicht so ganz klar, warum Sie auf meine Hilfe Wert legen. Aber wenn Sie die wirklich wollen, dann wäre es zweckdienlich, wenn Sie auch Ihre übrigen Karten auf den Tisch legen.«

Die Zwillinge warfen sich nachdenkliche Blicke zu, schließlich seufzte Thalia Martens. »Gut, warum nicht? Sie sollen erfahren, in welcher Gefahr wir alle schweben. Das war ohnehin unsere Absicht. Folgen Sie uns.« Sie forderte ihn auf, sich zu erheben, zog die Doppeltür auf und schob den Rollstuhl mit ihrer Schwester in den Nachbarraum. Auch Xanthe Petersen erhob sich. Sie sah ihn noch immer wütend an. »Sie haben ja keine Ahnung, welche Gunst Ihnen heute zuteilwird«, zischte sie leise. »Besser, Sie verspielen sie nicht.«

»Liegt sicher an meinem gewinnenden Wesen«, höhnte Jens. »Bei Ihrer *Schwester* drüben im Heim hat mein Charme ja auch verfangen.«

Einen kurzen Moment lang erweckte die Bürgermeisterin den Eindruck, als wollte sie ihm ins Gesicht schlagen. Stattdessen presste sie ihre Lippen zu einem schmalen Strich zusammen. »Jeder bekommt das, was er verdient«, wisperte sie. »Denken Sie an meine Worte, wenn es so weit ist, Herr Ahrens.«

Rüde drängte sie sich an ihm vorbei, und Jens folgte den drei Frauen durch einen Salon mit erlesenen Renaissancemöbeln bis in einen schlichten Korridor mit Nixengemälden an den Wänden, der in den hinteren Teil des Herrenhauses führte. Dort, bei einer Fahrstuhltür, erwartete sie bereits Vincent, der Hausdiener, der jetzt einen Knopf neben dem Aufzug drückte. Jens betrachtete derweil die Bilder im Gang, und unwillkürlich ging ihm wieder durch den Sinn, was ihm Sedna Schlott offenbart hatte. »Vielleicht können Sie mir noch etwas anderes erklären?«

»Nur zu.« Doris Martens sah zu ihm auf und folgte seinem Blick.

»Gibt es nur weibliche Sirenen?«

»Männliche sind uns nicht bekannt.«

»Wie ist das möglich?« Jens runzelte die Stirn. »Wenn sie uns Säugern ähneln, dann muss es auch männliche Exemplare geben.«

»Die benötigen sie nicht.« Geringschätzig verzog Thalia Martens die Lippen. »Was das betrifft, dürfen Sie den Legenden durchaus Glauben schenken.«

Die Fahrstuhltür öffnete sich und offenbarte eine geräumige Kabine, die auch Platz für den Rollstuhl bot. Seine Begleiterinnen traten ein, und Jens folgte ihnen, als ihn der Hausdiener nachdrücklich aufforderte, ebenfalls einzusteigen. Die Tür schloss sich, und langsam ging es abwärts.

»Legenden? Welche denn?«, fragte Jens lauernd.

»Sirenen suchen sich ihre Geschlechtspartner unter den Menschenmännern«, erklärte Thalia Martens. »Sie locken sie mit hypnotischem Gesang und einem Cocktail aus Pheromonen an. Nur ist das für die Auserwählten keine reine Freude. Denn was den Liebesakt betrifft, so sind diese Geschöpfe so gefährlich wie manche Spinnenweibchen. Sie ziehen ihre Sexualpartner mit sich in die Tiefe, wo sie sie während des Aktes mit Sauerstoff versorgen. Anschließend jedoch verlieren sie schlagartig das Interesse an ihnen – und die Bedauernswerten ertrinken.«

Entsetzt sah Jens die alte Frau an. »Das ist ein schlechter Scherz?«

»Nein. Nach Scherzen ist mir im Augenblick wirklich nicht zumute.« Die Fahrstuhltür öffnete sich wieder, und nun betrat die kleine Gruppe einen ausgekleideten Kellergang mit rotem Läufer, an dessen Wänden goldene Lampen in Gestalt von Meerjungfrauen hingen. »Das ist auch der Grund«, erklärte ihm die Martens, während sie dem Hausdiener folgten, »warum in unserer Gemeinschaft ausschließlich wir Frauen den Ton angeben. Unsereins ist nämlich gegen die Lockungen der Sirenen gefeit. Ein Mann, der mit ihnen in Kontakt tritt, läuft dagegen Gefahr, von einer Sirene umgarnt zu werden. Er würde lieben – und sterben.« Sie lächelte herablassend. »Erinnern Sie sich an die Odysseus-Sage? Jene Stelle, bei der es die Argonauten mit der Sireneninsel zu tun bekommen? Sie dürfen all das getrost sehr ernst nehmen.«

»Und sie bringen nur Weibchen zur Welt?«, fragte Jens zögernd. Nach Sedna Schlotts verwirrender Aussage mochte er der lebende Gegenbeweis sein.

Die Antwort ließ ihm einen Schauer über den Rücken laufen.

»Nein.« Thalia Martens sah Vincent dabei zu, wie dieser eine Tür am Ende des Ganges aufschloss. »Nach allem, was wir wissen, kommt es hin und wieder vor, dass sie auch ein männliches Exemplar zur Welt bringen. Dummerweise sind aber nur die Weibchen für ein Leben im Wasser angepasst. Die wenigen männlichen Exemplare, von denen wir Kenntnis erlangt haben, sind von gewöhnlichen Männern offenbar kaum zu unterscheiden. Aus diesem Grund ertrinken sie direkt nach der Geburt.«

»Wie? Das …« Jens schüttelte den Kopf. »Das ist doch vollkommen verrückt!«

»Wir vermuten«, machte Doris Martens wieder auf sich aufmerksam, »dass all das etwas mit ihren geheimnisvollen Kräften zu tun hat, die sie über das Wasser haben. Eine unserer Theorien lautet, dass diese Kräfte in Wechselwirkung mit dem X-Chromosom in ihren Genen stehen.« Sie strich über die Decke auf ihren Beinen. »Um Ihnen also eine Antwort zu geben, die Ihrem männlichen Ego hoffentlich schmeichelt: Ja, hin und wieder kommt es vor, dass ein männliches Sirenenkind am Strand gefunden und von Menschen aufgezogen wird. Aber das sind absolute Einzelfälle und in ihrer Zahl vollkommen irrelevant. Uns ist bis heute nur ein einziger glaubwürdig dokumentierter Fall aus Malaysia bekannt. Dabei handelte es sich um einen Mann der Bajau – das ist ein Volk von Seenomaden –, der zu den herausragendsten Apnoetauchern der Welt gehörte. Er vermochte es, fast zwanzig Minuten unter Wasser zu bleiben – und zwar in Bewegung. Eine Leistung, die gerade Ihnen Anerkennung abnötigen sollte. Das war aber auch alles, was er an besonderen Kräften besaß.«

Jens starrte die Schwestern stumm an, während es hinter seiner Stirn rotierte. Also war es tatsächlich möglich, dass er von einer Sirene abstammte? Plötzlich ergab auch Eike Momsens Interesse an der Melusinensage und diesem französischen Adelsgeschlecht einen Sinn. Immerhin behauptete diese Familie bis heute, von der Nixe abzustammen. Vermutlich hatte die Sage Eike Momsen sogar erst auf die Idee gebracht, dass es möglich sei, sich mit solchen Geschöpfen zu paaren.

Jens wagte es kaum, sich die Schlussfolgerung in ihrer Konsequenz auszumalen. Er war doch ein Mensch. Ein ganz normaler Mensch. Und er war, soweit er wusste, auch nicht zu solch einer Leistung wie dieser Apnoetaucher fähig. Und doch würde eine solche Abstammung vieles in seinem Leben erklären. Seine bedingungslose Liebe zum Meer. Die Unruhe, die er an Land verspürte. Nicht zuletzt seinen Beruf.

Gott! Das alles konnte einfach nicht wahr sein.

»Ihnen scheint es die Sprache verschlagen zu haben.« Thalia

Martens deutete einladend zu einer Tür, die ihr Hausdiener inzwischen geöffnet hatte. »Ehrlich gesagt handelt es sich bei alledem um weitgehend unerforschtes Terrain. Die Sirenen schätzen es gar nicht, wenn man ihnen zu nahe kommt. Das gilt auch für uns. Allerdings hatten wir gehofft, der Sache doch noch auf den Grund zu kommen. Leider wurde uns kürzlich ein Strich durch diese Rechnung gemacht. Aber sehen Sie selbst.«

Jens folgte den drei Frauen durch den Türsturz und riss verblüfft die Augen auf. Vor ihm, angestrahlt von Lampen an den Wänden, die ein diffuses Dämmerlicht abgaben, befand sich ein riesiger, mit ledernen Sitzgarnituren ausgestatteter Raum, der irgendwie verwüstet wirkte. Er erinnerte ihn an einen Theater- oder Kinosaal mit aufsteigenden Sitzreihen. Zu besseren Zeiten mochten hier bis zu dreißig Personen Platz gefunden haben, doch jetzt roch die Luft hier drinnen brackig und leicht verfault. Der Grund dafür war rasch erkennbar.

Dort, wo in einem Theater die Bühne lag, erhoben sich die Überreste eines gewaltigen Aquariums, dessen Frontscheibe vor nicht allzu langer Zeit geplatzt sein musste. Noch immer stachen an den Rändern die schroffen Fragmente einer baumstammdicken Panzerglasscheibe aus den Wänden, die zu der Zeit, als sie intakt gewesen war, die Größe einer Kinoleinwand gehabt haben musste. Jens trat ungläubig vor. Das gewaltige Becken mit den himmelblau gefärbten Betonwänden besaß die Ausmaße eines kleinen Hauses.

»Sie haben hier unten eine Sirene gefangen gehalten – zu Ihrer Belustigung?«, krächzte er gleichermaßen entsetzt wie überwältigt. »Und das, obwohl Sie wissen, wie gefährlich diese Biester sind?«

»Sie glauben gar nicht, *wie* gefährlich sie sind«, antwortete Thalia Martens trocken. »Sie wissen es ja bereits durch Volker Rhode. Ein Schwarm von ihnen hat zu Rungholts Zeiten eine Sturmflut ausgelöst, die die einstigen Uthlande zu verheeren vermochte. So etwas könnte jederzeit wieder passieren.«

»Und dann halten Sie eine von ihnen hier unten gefangen?«, fuhr er sie an. »Sind Sie verrückt? Wo ist sie jetzt?«

»Sie ist … fort. Und wie es aussieht, gehören Sie zu den Letzten, die ihr begegnet sind.«

Irritiert wandte sich Jens vom Becken ab.

Doris Martens rollte an seine Seite. »Nicht wir waren es, die dieses Exemplar eingefangen haben. Sondern diese Hippies auf Westerogg sind es gewesen.«

Jens starrte sie mit trockenem Mund an. Diese grässliche Kreatur, die Eike Momsen vergewaltigt hatte, sollte seine biologische Mutter sein? Allein bei dem Gedanken wurde ihm speiübel. »Dass die Hippies eine Sirene eingefangen hatten, wusste ich«, krächzte er, »aber …«

»Wir waren es, die sie damals in Sicherheit gebracht haben«, unterbrach ihn Doris Martens. Sie deutete von ihrem Rollstuhl aus auf das Aquarium. »Dieses Heim haben wir ihr gebaut, um uns und die anderen Menschen hier an der Küste vor ihr und ihrer Art zu schützen. Nicht, um uns an ihrer Gefangenschaft zu ergötzen. Wenngleich ich zugebe, dass ich hier unten manche Stunde saß, um sie mir anzusehen.«

»Erklären Sie mir das«, ächzte Jens.

»Xanthe?« Doris Martens wandte sich auffordend zu der Bürgermeisterin um, die mit betretenem Gesicht lauschte. Die hochgewachsene Amtsfrau räusperte sich, bevor sie mit leiser Stimme anhob: »Meine Schwester Sedna hat uns alle verraten, als sie sich damals dieser Kommune anschloss. Sie war zwar keine Geheimnisträgerin, aber doch hinreichend eingeweiht, um ihren Freund, diesen Eike Momsen, darin bestärken zu können, dass Meerjungfrauen tatsächlich existieren.« Xanthe Petersen atmete tief ein. »Niemals zuvor hat es eine von uns in all den Jahrhunderten zuvor gewagt, eine Sirene zu reizen, geschweige denn … einzufangen.« Angewidert schüttelte sie den Kopf. »Die Gefahr für einen jeden hier an der Küste wäre viel zu groß gewesen. Sie wissen ja, was zu Rungholts Zeiten passiert ist: Eine von ihnen wurde damals im Watt gefunden – und erschlagen. Vermutlich war es ihr Skelett, das Rhode im Watt gefunden hat. Ihre Meerschwestern haben sich dafür gnadenlos an unseren Vorfahren gerächt. Ähnliche Racheaktionen sind aus der ganzen Welt überliefert, wenngleich auch nur Eingeweihte um die Wahrheit hinter den jeweiligen Flutkatastrophen wissen. Wir«, sie sah kurz zu den Schwestern auf, »wir erfuhren erst von den Machenschaften der Kommune, als Sedna 1973 an der Küste aufgefunden wurde. Wie Sie sich vermutlich denken können, haben wir sie damals doch zum Reden gebracht. Anschließend sind wir sofort nach Westerogg aufgebrochen, um zu retten, was noch zu retten war. Diese verdammten Hippies waren uns letztlich egal, uns trieb vielmehr die Sorge, was passieren würde, wenn die Sirene, die sie eingefangen hatten, wieder ins Freie gelangte. Würde sie erst die Gelegenheit erhalten, ihre Artgenossinnen da draußen im Meer über ihre Qualen zu unterrichten, dann …« Xanthe Petersen hielt inne und schüttelte den Kopf. »Ihnen sollte klar sein, was dann passiert wäre. Vermutlich hätten wir hier oben an der Küste mit Zehntausenden von Toten rechnen müssen.«

Jens zog nachdenklich die Stirn in Falten. »Eine dieser Sirenen allein vermag bereits ein ganzes Haus unter Wasser zu setzen. Wie ist es diesen Wahnsinnigen gelungen, ihren Fang so lange ruhig zu stellen?«

»Mittels Drogen«, beantwortete Thalia Martens die Frage. »Genau genommen mithilfe von LSD. Den Funden nach, die unsere Schwestern damals auf der Insel gemacht haben, hat dieser Eike Momsen offenbar sehr gezielt nach einer Methode gesucht, um eine Sirene ihrer Kräfte zu berauben.«

Jens erinnerte sich wieder an des Buch von Timothy Leary und die darin aufgeworfenen Thesen zur Bewusstseinsveränderung. Auch das ergab jetzt einen unheilvollen Sinn.

»Dass sein Vorhaben am Ende tatsächlich Erfolg hatte«, fuhr die Martens fort, »schreiben wir dennoch eher dem Zufall zu.« Sie verzog unglücklich das Gesicht. »Ich gestehe es nur ungern, aber die Schwesternschaft hätte bis zum damaligen Zeitpunkt nicht einmal im Traum gedacht, dass so etwas überhaupt möglich sein könnte. Geschweige denn, dass wir uns angemaßt hätten, auf einem solchen Gebiet tätig zu werden.«

»Nur konnten wir das Geschehene nicht mehr rückgängig machen«, zog Doris Martens Jens' Aufmerksamkeit wieder auf sich. »Die Sirene lebte, und die Schwesternschaft musste also entscheiden, wie weiter mit ihr zu verfahren war. Freilassen?« Sie schüttelte nachdrücklich ihr Haupt. »Das wäre zu riskant gewesen. Töten? Auch das schloss sich aus. Keine von uns hätte gewagt, Hand an sie zu legen. Uns blieb daher nichts anderes übrig, als sie aufs Festland zu schaffen. Allein auf diese Weise konnten wir sicherstellen, dass es ihr unmöglich war, ihre Artgenossinnen im Meer zu erreichen. Wir haben sie hierhergebracht und all die Jahre über auf die gleiche Weise ihrer Kräfte beraubt, wie es damals auch diese jungen Leute getan hatten. Mithilfe von LSD.«

»Meine Güte!« Jens betrachtete die Frauen der Reihe nach und sah dann wieder zu dem gewaltigen Becken mit der zerstörten Frontscheibe auf. »Und was ist geschehen? Hat die Dosis nicht mehr ausgereicht?«

»Nein, das war es nicht.« Thalia Martens schnaubte zornig. »Sie wurde vor ungefähr einem Monat gewaltsam befreit. Von sogenannten Tierschützern.«

»Die waren hier?« Jens riss die Augen auf, denn er erinnerte sich wieder an Meikes Bericht. Allmählich ergab also auch der einen Sinn. »Es hieß, die drei wollten angeblich einen Delphin befreien.«

»Keinen Delphin«, murrte hinter ihnen die Bürgermeisterin. »Unsere Sirene.«

»Einer von ihnen ist ertrunken«, merkte Jens skeptisch an.

»Allerdings. Er ertrank hier, in diesem Saal.« Doris Martens deutete auf die geborstene Glaswand des Beckens. »Und zwar, als sie die Glasfront zum Einsturz brachten.«

»Und anschließend haben Sie die Leiche des Jungen in der Nähe von Langenholm entsorgt?«, wollte Jens wissen. Die Martensschwestern warfen sich kurz Blicke zu.

»Ja«, antwortete Thalia Martens. »Haben wir. Wir wollten damit von dem Eindringen der Bande hier ablenken. Das war vermutlich keine gute Idee.«

»Und die anderen beiden? Ich weiß inzwischen, dass sie sich zusammen mit Rhode und mir in dem Kellerverlies befunden haben. Wie kommen die dahin?«

»Ach, dort sind sie …« Thalia Martens berührte mit dem Finger ihre Nase. »Das ist einer der Gründe, warum wir Sie hergebeten haben. Wir wissen es nicht. Diese drei Tierschützer sollten uns offenbar auf eine falsche Fährte locken. Der Plan wurde wahrscheinlich von jemandem ausgeheckt, der genau wusste, was sie hier unten erwartete und wie es um unsere Sicherheitsvorkehrungen bestellt war. Ein Insider.«

Jens dachte nach. »Auch die Polizei hat Hinweise darauf gefunden, dass sie von jemand anderem den Tipp mit diesem … Delphin erhielten.«

Thalia Martens seufzte. »Wir dachten zunächst, dass es sich bei der Aktion dieser Tierschützer um einen Zufallstreffer handelte. Auch wenn wir uns gefragt haben, woher sie von dem Aquarium hatten wissen können. Allerdings verloren wir die Frage aus dem Blick, da die Überfälle der Sirene auf die Unsrigen bereits kurz nach dem Einbruch einsetzten. Sechs Fälle bis jetzt, ausgenommen Ranja, die offensichtlich konventionell entführt wurde. Wir glaubten, unsere entkommene Sirene würde sich hier irgendwo im Umland Egirholms herumtreiben und befände sich auf einem persönlichen Rachefeldzug, um sich so an ihren vermeintlichen Peinigern zu rächen. Wir konzentrierten unsere Anstrengungen also darauf, alle Wege zum Meer abzusichern. Doch allmählich dämmerte uns, dass unsere Annahme falsch war. Denn wie sollte sie, die hier fast vierzig Jahre gefangen gehalten worden war, es schaffen, unsere Schwestern derart gezielt aufzuspüren? Wie, wenn sie keine Hilfe hatte?« Thalia Martens sah ihn aufgebracht an. »Spätestens seit Ihrer Auseinandersetzung mit ihr auf Westerogg, Herr Ahrens, *wissen* wir, dass unsere Annahme nicht stimmen kann. Denn unsere Sirene hat Sie und Ranja weit draußen auf der Nordsee angegriffen. Wenn sie aber schon so weit da draußen auf dem Meer war, warum hat sie dann nicht das getan, was wir alle befürchten? Warum hat sie sich nicht mit ihren Meerschwestern in Verbindung gesetzt? Oder anders ausgedrückt: Warum wurde unsere Region nicht schon längst von einer katastrophalen Sturmflut heimgesucht?«

»Weil es jemanden gibt, der sie lenkt«, antwortete Jens.

»Eben.« Thalia Martens trat vor und sah ihm besorgt in die Augen. »Genau davon hat uns auch Ranja Rhode berichtet, als sie von Westerogg aus Kontakt mit uns aufnahm. Sie sprach davon, dass Sie davon überzeugt seien, jemand hetze die Sirene gezielt auf uns.«

»Ja, und zwar so wie einen dressierten Kampfhund.«

»Das ist höchst interessant. Nur hatte sie noch etwas anderes Erstaunliches angedeutet: Sie erklärte uns nämlich, dass Sie angeblich in der Lage wären, die Nähe einer Sirene zu spüren.«

»Ja. Sowohl bei dem Zusammentreffen mit diesem Wesen in Egirholm als auch da draußen im Wattenmeer.« Jens hob die Hände. »Ich konnte tatsächlich ihre Empfindungen wahrnehmen. Fast so, als wären es die meinen. Es ähnelte ein wenig … Telepathie.«

»Aber wie kommt das?« Thalia Martens legte die Stirn in Falten. »Wir verständigen uns mit ihnen in Zeichensprache. Von so etwas wie bei Ihnen haben wir nie zuvor gehört.«

Argwöhnend sahen ihn die drei Frauen an.

»Ganz ehrlich? Keine Ahnung.« Jens zuckte mit den Schultern. In Wahrheit hatte er – was das betraf – inzwischen doch einen Verdacht. Und der hatte mit seiner mutmaßlichen Abstammung mütterlicherseits zu tun. Vielleicht war es das, was ihn von anderen Menschen unterschied. Aber die Vorsicht gebot ihm, diesen Umstand nicht preiszugeben. Irgendwie traute er den Frauen noch immer nicht.

»Egal, wir benötigen jedenfalls Ihre Hilfe. Denn heute Nacht zelebriert unsere Gemeinschaft gewissermaßen einen wichtigen Feiertag. Unsere Schwestern sind von nah und fern gekommen – nur haben wir es bislang nicht geschafft, die Gefahr in unserem Rücken zu bannen. Kurz gesagt: Wir sind etwas verzweifelt, da wir nicht für die Sicherheit der Unsrigen garantieren können.«

»Unglaublich«, stutzte Jens. »Dann ist also auch was an dieser Sache mit der Johannisnacht dran? In den Sagen heißt es, Rungholt werde sich in einer solchen Nacht erheben. Rhode hingegen war davon überzeugt, er und die anderen Gefangenen würden heute Nacht sterben. Sie aber sprechen von einer Art Feiertag. Was, bitte, ist eigentlich an dieser Nacht so Bemerkenswertes?«

»Ach je.« Thalia Martens wechselte einen kurzen Blick mit ihrer Schwester und überkreuzte die Arme vor der Brust. »Keine Ahnung, warum Ihr Herr Rhode so besorgt war. Das mit der Johannisnacht in der Sage ist jedenfalls bloß Folklore. Wenngleich ich auch nicht ausschließen mag, dass da vielleicht doch jemand mal etwas gesehen hat.«

»Was?«

»In Wahrheit geht es um die Sommersonnenwende, Herr Ahrens. Alle paar Jahre erscheinen die Sirenen um diesen Zeitpunkt herum vor unserer Küste. Wann genau, das wissen wir nie im Voraus. Wir müssen regelmäßig auf Vorzeichen achten. Wundersame Sichtungen von Meerjungfrauen. Obskure Geräusche, die Matrosen auf dem Meer hören. Auch Ihre erstaunliche Rettung nach der Explosion dieser Seemine dürfte als ein solches Vorzeichen zu werten sein. Dass das Erscheinen der Sirenen auch diesmal mit der Johannisnacht zusammenfällt, geschieht zwar häufig, ist aber reiner Zufall.«

»Sie meinen, heute Nacht treibt sich ein ganzer Schwarm dieser Sirenen in der Deutschen Bucht herum?« Jens' Augen weiteten sich.

»Ja. Und wozu ein ganzer Schwarm fähig ist, wissen Sie jetzt«, antwortete Thalia Martens geduldig. »Also, helfen Sie uns? Wir würden Sie fürstlich belohnen. Sie und meinetwegen auch Ihre Polizistin. Diese Meike Ehlers.«

»Und da ist noch etwas«, mahnte Doris Martens von der Seite. »Wenn zutreffen sollte, was Sie uns vorhin berichtet haben, dann werden auch Sie selbst bereits in den Fokus unseres Gegners geraten sein. Er ist also unser gemeinsamer Feind. Schon die Vernunft gebietet also, dass wir uns zusammenschließen.«

Jens sah die beiden an und seufzte. »Okay. Aber danach trennen sich unsere Wege. Sie lassen Meike Ehlers und mich in Ruhe, und wir verzichten darauf, Ihnen auf die Pelle zu rücken.«

»Nichts lieber als das.« Doris Martens schob ihren Rollstuhl etwas zurück und lächelte.

»Also gut.« Jens räusperte sich. »Ich finde zwar, dass einige der Zusammenhänge noch immer Fragen aufwerfen, aber vielleicht ändert sich das, wenn wir unsere Informationen zusammenführen. Zunächst: Ich glaube, die Angriffe auf Sie haben etwas mit den damaligen Geschehnissen auf Westerogg zu tun. Hat Ihnen Ranja Abben von dem Lied erzählt? *Aquarius!* Also dieser *Hair*-Song.«

Zu seinem Erstaunen blickten sich die Martensschwestern verwirrt an.

Stattdessen meldete sich Xanthe Petersen zu Wort. »Das Lied befand sich doch auf der CD, die Frau Ehlers in der Pension von Frau Hansen gefunden hat.«

Jens lächelte zufrieden. Also gab es doch noch ein paar Dinge, die den Frauen entgangen waren.

»Nicht bloß da«, erklärte er ihr. »Das Lied wurde vermutlich allen ihren Schwestern jeweils vor ihrem Tod zugespielt. Ich interpretiere es als Warnung oder Botschaft. Eine Art Todesmelodie, wenn Sie so wollen. Die Hippies wollten mit dem Fang der Sirene das Wassermannzeitalter einleiten. Ich weiß, das ist eine krude Idee, aber so war es nun mal.« Er strich sich das blonde Haar hinter die Ohren. »Dieser Song war damals offenbar so etwas wie ihr Leitmotiv. Wenn Sie also mich fragen, dann kommen die Anschläge aus dieser Ecke.«

»Aber die Geschehnisse auf Westerogg sind schon lange Geschichte«, meinte Doris Martens zweifelnd.

»Was, wenn die Hippies damals einen Dritten in ihre Absichten eingeweiht haben?«, widersprach Jens. »Vielleicht hat dieser Jemand Ihnen die Sirene abgejagt?«

»Aber warum gerade jetzt? Nach vierzig Jahren?«

»Keine Ahnung. Wenn dieser Unbekannte Kontakt zu Rhode hatte, dann vielleicht deswegen, weil er einen findigen Kopf benötigte, um Ihnen auf die Spur zu kommen. Und er scheint für seinen Feldzug gegen Sie alle gut ausgerüstet zu sein.« Mahnend hob Jens einen Finger. »Er verfügt nicht bloß über eine Möglichkeit, diese Sirene zu kontrollieren. Er oder sie besitzt offenbar auch genug Geld und gute Beziehungen. Einer seiner Männer, genau genommen einer meiner Entführer, war ein Exlegionär der französischen Fremdenlegion. Und wir wollen nicht den Killer von heute vergessen, der versucht hat, uns mit seiner MP ins Jenseits zu befördern. Außerdem«, Jens legte eine kurze Pause ein, »scheint diese Partei fast alles über Sie und Ihren vornehmen Ägir-Club zu wissen. Er oder sie stammt also entweder aus Ihren eigenen Reihen oder kooperiert mit einem Verräter unter den Ihren.«

Die Martensschwestern warfen sich nachdenkliche Blicke zu.

»Wir tippen auf jemanden von außerhalb«, erklärte Doris Martens. »Was nicht ausschließt, dass er mit jemandem in unseren Reihen zusammenarbeitet. Wäre es andersherum, hätte dieser Unbekannte wohl nicht vierzig Jahre bis zu seinem Coup gewartet.«

»Vermutlich nicht.« Jens nickte. »Nur reicht das alles nicht aus, um sie oder ihn zu identifizieren.« Er sah sich im Saal um und entdeckte schließlich, was er suchte. »Dieser Einbruch …«, hob er an. »Wenn ich mir vor Augen führe, welches Geheimnis Sie hier unten verborgen gehalten haben, dann werden die Sicherheitsvorkehrungen doch immens gewesen sein? Sie können mir nicht weismachen, dass der Einbrecher überhaupt keine Spuren hinterließ.«

»Jemand hat die Elektronik oben im Haus sehr sachkundig manipuliert«, erklärte Thalia Martens, während ihre grünen Augen zornig blitzten. »Diese … Tierschützer … sind über einen Versorgungskorridor nach hier unten vorgedrungen, der intern kaum genutzt wird. Und mit *intern* meine ich die Schwesternschaft.«

»Schon klar. Trotzdem werden Sie doch irgendetwas haben?« Er deutete zu den Kameras, die weiter hinten im Raum unter der Decke angebracht waren. »Was ist mit Videoaufzeichnungen? Draußen im Garten habe ich ebenfalls Kameras entdeckt. Wenn diese jungen Männer tatsächlich dachten, hier einen Delphin befreien zu können, dann müssen sie logistische Vorbereitungen getroffen haben. Von alledem muss doch irgendetwas bemerkt worden sein?«

»Ja, es existieren Aufzeichnungen von der Tat.« Doris Martens neigte den Kopf. »Darunter sind Aufnahmen von einem Feldweg hinter dem Anwesen, auf dem zu sehen ist, dass sie mit einem Fahrzeug samt Pferdeanhänger gekommen sind.«

»Mit einem Pferdeanhänger?« Jens musste sofort an den Hänger neben dem Bootsschuppen denken. »Könnte ich die relevanten Aufnahmen bitte mal sehen?«

»Wir dachten uns schon, dass die noch von Belang sein könnten.« Thalia Martens winkte den Hausdiener heran. Er brachte einen Tabletcomputer mit, auf dem er eine Videodatei aufrief. »Alle Aufnahmen von der Tatnacht, auf denen etwas zu sehen war, ließen wir zusammenschneiden«, erklärte sie. »Allerdings werden Sie feststellen, dass darauf nichts von Wert zu erkennen ist. Auch das Kennzeichen des Fahrzeugs war verhüllt.«

Jens spähte über die Schultern des Hausdieners und betrachtete das zusammengeschnittene Video. Es waren rasch wechselnde Aufnahmen von verschiedenen Standorten im Garten und in der Nähe des Herrenhauses zu sehen, an denen vermummte Schatten vorbeihuschten.

»Das Fahrzeug, Vincent!«, ermahnte Doris Martens den Mann.

»Wie Sie wünschen.« Er schob den Regler des Videos nach hinten, und die Aufnahmen spulten sich rasant ab – als Jens plötzlich »Stopp!« rief.

Überrrascht sahen ihn Hausdiener und Frauen an, und Jens nahm Vincent das Tablet aus der Hand. Der Hänger interessierte ihn nicht mehr. Denn für einen kurzen Moment hatte er einen Blick auf jene Szene werfen können, die das Eindringen der Tierschützer in den Saal hier unten zeigte. Die Vermummten schleppten eine große Trage durch die Tür zum Versorgungskorridor, doch Jens hatte bloß Augen für das Aquarium. Denn dort, hinter der Glaswand, zog mit trägen Flossenschlägen die Meerjungfrau ihre Bahn. Man sah ihr das Alter zwar an – ihr Frauenleib ähnelte jenem einer Fünfzigjährigen –, doch ihr Anblick war schlichtweg berauschend. Die Sirene besaß lange, lackschwarze Haare, die wie Seegras um ihr Haupt wogten, einen grazilen Oberkörper mit Brüsten, die nie wirklich der Schwerkraft ausgesetzt gewesen waren, und anstelle von Beinen hatte sie einen langen Fischschwanz mit silbernen Schuppen, der ansatzlos in ihre Hüften überging. Die Kamera war zu weit entfernt, als dass er auf der Aufnahme auch noch Einzelheiten ihres Gesichts hätte ausmachen können. Dennoch wirkten die Züge des Wesens auch auf die Entfernung hin melancholisch und traurig.

»Mein Gott«, ächzte Jens. »Das ist sie?«

Auch die drei Tierschützer hielten überrascht inne, als sie bemerkten, welches Geschöpf wirklich in dem Becken untergebracht war. Fassungslos starrten sie zu der Bewohnerin des Aquariums empor. Der Autonome aus Hamburg riss sich die Mütze vom Kopf, rieb sich die Augen und trat ehrfürchtig an das Glas heran, um es zu berühren. Einer seiner Begleiter hingegen stolperte vor lauter Erstaunen über seine eigenen Füße und fiel zu Boden.

»Aber Sie kennen sie doch«, sagte Thalia Martens leicht ungehalten.

»Nein«, keuchte er. »Das da ist sie nicht. Die Kreatur, mit der ich es da draußen auf Westerogg zu tun bekam, war ein widerliches, deformiert wirkendes Scheusal. Es hatte Glotzaugen, besaß Reißzähne wie ein Hai und dazu abstoßende Krallenarme. Auf gar keinen Fall ist es mit diesem anmutigen Geschöpf zu vergleichen.«

»Das kann nicht sein.« Die Martensschwestern wirkten erstmals verunsichert. »Meerjungfrauen sind stets von großem Liebreiz. Selbst über ältere Exemplare lässt sich das sagen. Ein Wesen, wie Sie es beschreiben, existiert nicht.«

»Existiert nicht?«, wiederholte Jens ungehalten. »Wollen Sie mir weismachen, dass ich nicht wüsste, was ich auf Westerogg gesehen habe? Dieses Wesen hier«, er strich fast liebevoll über den Bildschirm, »war es jedenfalls nicht. Es ist ihm höchstens ähnlich.«

»Dann haben wir es also mit zwei Sirenen zu tun?«, fragte die Bürgermeisterin aus dem Hintergrund.

»Wenn Herr Ahrens die Wahrheit sagt, müssen wir wohl davon ausgehen«, meinte Thalia Martens. Finster blickte sie in die Runde, und Jens konnte förmlich sehen, wie es hinter ihrer Stirn arbeitete. »Das bedeutet dann aber auch, dass unser Gegner die Kontrolle über zwei Geschöpfe besitzt. Die Frage ist, was dahintersteckt.«

Die drei Tierschützer auf dem Video diskutierten erregt und konnten offenbar noch immer nicht fassen, einem vermeintlichen Fabelwesen leibhaftig gegenüberzustehen. Die Nixe selbst reagierte kaum auf ihre Anwesenheit. Ob das eine Folge der Drogen war? Einer der Vermummten berappelte sich endlich und sah sich um. Er nahm eine Sprühdose zur Hand, lief die Sitzreihen hinauf und trat direkt unter die Kamera, um die Linse mit Farbe zuzusprühen. Und doch war hinten, bei der Tür, durch die sie in den Saal eingedrungen waren, kurz eine weitere Bewegung auszumachen. Dann wurde das Bild schwarz.

»Da war noch ein Vierter«, zischte Jens. Er spulte die Szene noch einmal zurück. »Sehen Sie das? Die Tür öffnet sich, obwohl sich die drei Tierschützer bereits im Saal befinden.«

Neugierig beugten sich die Frauen über die Aufnahme, während Jens zu dem gewaltigen Becken aufsah. »Wie wurde die Glasfront eigentlich zerstört?«

»Nach Aussage unserer Experten soll es mittels eines kleinen Sprengsatzes geschehen sein«, antwortete ihm Bürgermeisterin Petersen.

»Und den sollen diese Tierschützer gezündet haben?« Er schüttelte ungläubig den Kopf. »Denen muss doch klar gewesen sein, was mit ihnen passiert, wenn Hunderte von Hektolitern Wasser über sie hereinbrechen.«

»War es Ihnen aber offenbar nicht«, meinte die Petersen schnippisch.

»Oder ihr möglicher Tod wurde billigend in Kauf genommen«, widersprach Doris Martens nachdenklich. »Einer von ihnen kam hier im Raum ja auch tatsächlich ums Leben. Was zu der These passt, dass die jungen Männer lediglich als Bauernopfer gedient haben.«

»Was mit den anderen beiden nach der Explosion geschehen ist, wissen Sie nicht?«, fragte Jens.

»Nein. Wir dachten, sie seien entkommen oder wären der Sirene anderweitig zum Opfer gefallen.«

»Dennoch muss ihr unbekannter Helfer doch irgendwo weitere Spuren hinterlassen haben«, grübelte Jens und sah wieder auf. »Natürlich. Der Reiter im Watt! Ich nehme an, dass er und der auf uns angesetzte Killer heute ein und dieselbe Person gewesen sind. In seinem Landrover haben wir die Adresse eines Gestüts auf Nordstrand gefunden, wo er sich vermutlich das Pferd besorgt hat. Kommen wir dem Pferd auf die Spur, dann vielleicht auch seinem Besitzer.«

»Sehr gut!« Doris Martens umschloss den Griff ihres Rollstuhls. »Und wie lautet sie?«

»Na ja, sie befindet sich im Navi des Wagens. Und mit dem ist Meike Ehlers gerade unterwegs. Inzwischen sollte sie aber eigentlich wieder zurück …« Sein Satz blieb unvollendet. Denn fast so, als habe ihn die Polizistin gehört, klingelte in diesem Augenblick sein Smartphone, das sich noch immer im Besitz der Bürgermeisterin befand. Sie musste es sein, denn kein anderer besaß bisher seine neue Nummer. Xanthe Petersen zog das Gerät hervor und musterte argwöhnisch das Display. »Polizeiobermeisterin Meike Ehlers«, erklärte sie wenig überraschend. Beunruhigt sah sie die Martensschwestern an.

»Geben Sie es ihm«, forderte Thalia Martens sie auf, und Jens erhielt das Handy zurück. Seltsamerweise forderte ihn Meike zu einem Chatgespräch mit Video-Funktion auf. Er nahm das Gespräch an und keuchte entsetzt auf. Denn als auf dem Display ihr Gesicht erschien, sah er, dass ihr rechtes Auge geschwollen war. Jemand musste sie geschlagen haben.

»Meike, was ist los?«

Sie starrte blass in die Kamera und schluckte schwer. »Wir waren so dumm, das Offensichtlichste nicht zu sehen. Ich würde jetzt auch lieber meine Goldfische auf der Kommode füttern, als …«

Jemand zischte erbost. Ein kräftiger Schlag erwischte sie von rechts, und ihr Gesicht flog zur Seite.

»Meike!« Jens schrie ihren Namen.

Das Bild ruckelte, dann wurde ihr Gesicht wieder sichtbar. Diesmal blutete sie zusätzlich aus der Nase.

»Ist die Bürgermeisterin in deiner Nähe?«, fragte sie steif.

Er nickte, und ihr Blick wanderte schräg nach oben. »Dies ist eine Botschaft an die Schwestern Martens«, las sie offensichtlich von einem Zettel ab. »Wir sind darüber informiert, welches Ereignis Sie heute Nacht zu zelebrieren gedenken. Allerdings wird Ihre Feier in diesem Jahr anders ausfallen als in den Jahren zuvor. Denn Sie werden sich von Ihrem heiligen Muschelhorn trennen und es uns aushändigen. Zu diesem Zweck finden Sie im Papierkorb vor dem Rathaus ein Handy, das für Jens Ahrens bestimmt ist. Sie werden ihm das Horn übergeben, und er wird in exakt einer Stunde von jetzt an neue Instruktionen zur Übergabe erhalten. Nutzen Sie die Zeitspanne, um das Horn aus seinem Versteck schaffen zu lassen, und sehen Sie von einer Beschattung des Tauchers ab. Sollten Sie diesem Befehl nicht Folge leisten, werden wir damit fortfahren, Ihren Geheimbund weiter zu dezimieren. Wir kennen Ihre Namen. Wir kennen auch Ihre Aufenthaltsorte. Nichts wird Sie schützen. Jedes Glas Wasser kann für eine der Ihren den Tod bedeuten. Mit Ranja Abben werden wir den Anfang machen, und wir werden keine von Ihnen verschonen. Eine Stunde. Von jetzt an.«

Das Gespräch wurde unterbrochen, und Jens starrte bestürzt das Smartphone an. »Dieses Horn«, fragte er, »was zum Teufel hat es denn damit schon wieder auf sich?«

»Das ist doch ein Trick«, schnaubte die Bürgermeisterin und deutete auf ihn. »Das haben er und diese Polizistin sich bloß ausgedacht. Als eine Art Rückversicherung.«

»Haben Sie einen Knall?«, schrie Jens die Petersen an. Der Hausdiener spannte sich an und schien bloß auf einen Befehl der Zwillingsschwestern zu warten, um sich auf ihn zu stürzen. Jens war das egal. »Haben Sie nicht gesehen, dass Meike Ehlers nicht allein war? Was glauben Sie, wie viele wir angeblich sind?«

»Dann arbeiten Sie mit unseren Gegnern eben zusammen«, ätzte die Amtsfrau voller Zorn.

»Nein!« Thalia Martens schnitt der Bürgermeisterin mit einer energischen Handbewegung das Wort ab. »Das war kein Trick.« Prüfend sah sie Jens in die Augen, bevor sie weitersprach. »Bei diesem Muschelhorn handelt es sich um den kostbarsten Besitz der Schwesternschaft. Es wurde unseren Vorfahren im 15. Jahrhundert von den Sirenen selbst ausgehändigt. Dass unser Gegner von ihm weiß, ist …« Sie hielt mitten im Satz inne, und ihr war anzusehen, wie erbost sie war. »Es zeigt uns«, fuhr sie beherrscht fort, »welche Absichten unser Gegner in Wahrheit verfolgt. Wir sind mittels dieses Horns in der Lage, sie zu rufen.«

»Sie zu rufen? Die Sirenen?« Unwillkürlich musste Jens an die Muschelhornzeichnung aus Rhodes Kladde denken. Unglaublich. Selbst dieser Sache war der Heimatkundler offensichtlich auf die Spur gekommen.

»Aber wir lassen uns nicht erpressen!«, fuhr die Martens erbost fort. »Wir werden diese Kostbarkeit auf gar keinen Fall in die falschen Hände geraten lassen. Eher gehen wir unter. Aber zuvor werden wir kämpfen.«

Jens war das Horn egal. Er sorgte sich vielmehr um Meike. »Gut, kämpfen wir. Denn ich glaube, Meike hat versucht, uns einen versteckten Hinweis zu übermitteln. Nur müssen wir dazu in ihre Wohnung.«

»Was denn für einen Hinweis?« Doris Martens sah ihn alarmiert an.

»Weiß ich noch nicht. Ich weiß nur eines: Meike hat keine Goldfische.«

Säulen aus Glas

Meike Ehlers' Dachwohnung bot ein Bild der Verwüstung. Ihre Regale waren von den Wänden abgerückt, die Schubladen und Türen der Möbel standen weit offen, der Boden war mit Büchern, DVDs und Wäsche übersät, und jemand hatte sogar die Polster ihrer Couchgarnitur aufgeschlitzt. Ein ähnliches Bild bot sich im Bad, in der Küche und in ihrem Schlafzimmer. Überall herrschte ein heilloses Durcheinander. Was auch immer Meikes Entführer hier gesucht hatte, er oder sie hatte es ganz sicher gefunden und weggeschafft.

Jens bückte sich und hob jenes gerahmte Foto auf, das Meike zusammen mit ihrer kleinen Nichte zeigte. Das Glas hatte einen Sprung.

»Sieht so aus, als kämen wir zu spät«, stellte Thalia Martens in leicht distinguiertem Tonfall fest.

Sie hatte Jens gemeinsam mit zwei Bodyguards in die Wohnung der Polizistin begleitet, während ihre Schwester im Herrenhaus zurückgeblieben war. In der Zwischenzeit inspizierte die Bürgermeisterin zusammen mit weiteren Männern die Wachstube im Erdgeschoss des Gebäudes. Und das war nur ein kleiner Teil jener Privatarmee, die dieser Ägirkult in Egirholm zusammengezogen hatte. Welche Geld- und Machtmittel ihnen zur Verfügung standen, hatte Jens erst begriffen, als sie das Herrenhaus verlassen hatten und er auf dem Vorplatz die große Zahl gut ausgerüsteter Bewaffneter entdeckte, die dort zum Schutz des ominösen Sirenenfestes aufmarschiert waren. Sympathischer waren ihm die Frauen dadurch allerdings nicht geworden. Insbesondere eines war auffällig: Unter den Bodyguards befanden sich viele weibliche Mitglieder. Vermutlich, da sie als Frauen gegen die Beeinflussungsversuche der Sirenen immun waren. Auch vor der einstigen Fischerkate, in der das Polizeirevier untergebracht war, hielten derzeit drei Frauen Wache. Sie waren zwar unauffällig gekleidet, aber mit MPs und Betäubungsgewehren ausgestattet. Jens war sich sicher, dass die Gewehre nicht etwa mit einfachen Betäubungspfeilen, sondern mit Geschossen aufmunitioniert waren, die LSD enthielten. Wo der Rest der Bodyguards steckte, wusste er nicht. Vermutlich schützten sie die angereisten Gäste, von denen die Zwillinge berichtet hatten.

»Wissen Sie denn, was die Entführer von Frau Ehlers hier gesucht haben?«, fragte Thalia Martens nun.

Jens stellte das Foto auf die Kommode zurück und sah sich um. »Meike hat hier oben eine Reihe von Ermittlungsakten gesammelt. Und es fehlt der Rucksack, in dem wir unsere Funde aufbewahrt haben.«

Jemand stiefelte die Treppenstiege herauf, dann kam Xanthe Petersen mit dem »Jäger« durch die Wohnungstür. »Wir haben unten alles durchsucht«, fing sie ansatzlos zu sprechen an. »Einige Ermittlungsakten scheinen zu fehlen. Mehr lässt sich auf die Schnelle nicht sagen.«

»Dann liegt es jetzt an Ihnen, Herr Ahrens«, erklärte Thalia Martens mit Nachdruck. »Ich muss hoffentlich nicht erwähnen, dass wir uns etwas unter Zeitdruck befinden. Bislang hat sich lediglich bestätigt, dass Ihre Polizistin tatsächlich keine Goldfische hält. Jedenfalls sehe ich hier nirgendwo ein Aquarium. Was also wollte sie uns Ihrer Meinung nach mitteilen?«

»Ich weiß es nicht.« Jens strich sich fahrig durch das blonde Haar. »Bevor sie entführt wurde, muss sie irgendetwas herausgefunden haben. Wie ich Ihnen schon sagte, hatte unser Plan vorgesehen, dass sie Michael Bossens Wohnung noch einmal durchsucht. Vermutlich ist sie danach wieder zurückgekommen. Sonst hätte sie uns schließlich keinen Hinweis auf ihre Wohnung gegeben.«

»Wenn überhaupt, kann sie dort höchstens Indizien gefunden haben, die auf uns verweisen«, meinte die Bürgermeisterin säuerlich. »Und das ist ja nun keine neue Erkenntnis. Auch diesen Landrover, den Sie heute Nachmittag erbeutet haben, haben wir nirgendwo entdecken können.«

»Trotzdem. Unterschätzen Sie Meike Ehlers nicht.« Jens ging in sich. »Sie hätte uns keinen Hinweis auf diesen Ort gegeben, wenn sie damit nicht etwas bezweckt hätte. Ich vermute, sie hat hier irgendetwas zurückgelassen. Sie haben sie ja selbst gehört.«

»Wie man es nimmt«, murrte sie. »Sie sagte, sie würde ›jetzt auch lieber die Goldfische auf ihrer Kommode füttern‹. Wenn das ein Code ist, war er offenbar schlecht gewählt.«

»Moment.« Er blickte zur Kommode, auf die er eben erst das gerahmte Foto gestellt hatte, und verengte die Augen. »Die Kommode!«

Er trat vor und untersuchte das schwere Möbelstück. Türen und Schubladen waren geöffnet, ihr Inneres war ausgeräumt. Er zog die Schubladen ganz heraus, doch seine Suche blieb erfolglos. »Kann mir mal jemand helfen, dieses Mistding abzurücken?«

Einer der Bodyguards trat vor und half ihm, während sich seine übrigen Begleiter im Halbkreis hinter ihnen aufbauten. Jens spähte hinter die Kommode, doch da war nichts. Rein gar nichts. Schließlich bückte er sich und besah sich den Spalt zwischen Boden und Möbelstück. »Da ist was!«

Unter der Kommode entdeckte er einen zerknüllten Zettel, der vermutlich hektisch in den Spalt zwischen den Standfüßen geschoben worden war.

Hastig schoben sie das Möbelstück weiter in die Raummitte, und Jens bekam das Fundstück zu fassen. Zu seiner Verwunderung handelte es sich um jenen alten Zeitungsartikel über das Blutbad auf Westerogg, auf dem Eike Momsen in prophetenhafter Pose zu sehen war – samt den übrigen Mitgliedern der Kommune. Allerdings handelte es sich nicht um die Kopie des Faxes, sondern um jenen vergilbten Originalartikel, den sie zwischen den anderen Blättern im Bootshaus gefunden hatten. Für Jens stand fest, dass er auf gar keinen Fall zufällig unter die Kommode geraten sein konnte.

»Schon wieder diese Westerogg-Sache«, murrte Thalia Martens. Sie nahm den Artikel an sich und las ihn sich durch. »Das ist alles?«

Jens nahm ihn ihr wieder ab und zog die Stirn in Falten. »Ich weiß es nicht. Ich habe ihn schon mehrere Male gelesen. Andererseits … Meike meinte noch etwas. Nämlich, dass wir das Offensichtlichste nicht gesehen hätten.«

»Das Offensichtlichste?«

»Gott, ich weiß es doch auch nicht«, fauchte Jens gereizt und sah die Frau an. »Sind Sie denn ganz sicher, dass Eike Momsen wirklich tot ist?«

»Ja. Das war er. Mausetot.« Thalia Martens' grüne Augen verhärteten sich. »Ich bin damals bei der Bergung der Sirene persönlich mit dabei gewesen. Ich habe die Toten mit eigenen Augen gesehen.«

Jens vertiefte sich noch einmal in den Artikel, und diesmal suchte er auf dem Foto Sedna Schlott. Er fand sie nur mit einiger Mühe. Sie war ein hübsches junges Mädchen gewesen. Kaum mit ihrem heutigen Zustand zu vergleichen. Gerade wollte er den Artikel der Martens schon wieder zurückgeben, als ihn eine Sache stutzig werden ließ. »Was ist das denn?«

Er zählte die Kommunenmitglieder durch, und seine Augen weiteten sich. »Da stimmt was nicht.«

»Was meinen Sie?« Die Bürgermeisterin trat neben ihn.

»Auf dem Foto sind insgesamt zehn Personen zu sehen.« Jens hielt ihr den Artikel hin. »Woher die Presse das Foto der Kommune auch immer gehabt haben mochte, aufgenommen wurde es offenbar in ihrer Zeit in Husum. Also bevor sie nach Westerogg umsiedelten. Aber ich bin mir sicher, dass im Polizeibericht von acht Leichen die Rede war. Zuzüglich ihrer Schwester macht das neun. Hier auf dem Foto sind aber zehn Personen abgebildet.«

»Sie haben recht. Das waren acht Tote.« Thalia Martens riss ihm den Artikel förmlich aus der Hand und betrachtete das Bild eindringlich. Beginnend mit Eike Momsen ging sie jede einzelne Person auf dem Foto namentlich durch, schließlich blieb sie an einem schlaksigen Kerl hängen, der etwas im Hintergrund hockte, nämlich unter dem ausgebreiteten rechten Arm Momsens, und von dort aus in die Kamera grinste.

»Der hier!«, zischte sie. »Kennt den jemand?«

Fast alle beugten sich über den Artikel, und Jens betrachtete die Züge des jungen Mannes. Andererseits, woher sollte ausgerechnet er den Jungen kennen?

»Verdammt!«, schreckte Xanthe Petersen hoch. »Ich weiß, wer das ist: Das ist Doktor Markus Bornleit. Der Arzt!«

Jens sah noch einmal genauer hin, und jetzt fiel auch ihm die Ähnlichkeit zu dem Betreiber der Mutter-Kind-Klinik auf. »Sie haben recht. Bornleit wusste, dass ich Ranja Abben ins Husumer Klinikum geschafft hatte. Er war dort. Und jetzt wird mir auch klar, woher ich den MP-Schützen heute Nachmittag kannte – bei ihm handelte es sich um diesen Krankenhauspfleger, der mir damals meine Tasche aufs Zimmer brachte.«

»Bornleit also.« Thalia Martens' Augen blitzten vor kaum zu unterdrückender Wut. »Die Hartnäckigkeit, die er an den Tag legte, um auf unserem Stadtgebiet diese verdammte Klinik zu errichten, ist mir immer schon suspekt gewesen. Aber nun wird er erfahren, was es bedeutet, sich mit uns anzulegen.« Sie wandte sich an einen ihrer Bodyguards. »Moritz, zieh unsere Leute am Leukosia-Park zusammen. In zwanzig Minuten werden wir dieser Mutter-Kind-Klinik einen Besuch abstatten. Die Männer und Frauen sollen die Spezialausrüstung mitbringen.«

»Wie Sie wünschen.« Der Mann hob ein Funkgerät und gab die Befehle leise weiter.

»Meinen Sie denn wirklich, das Klinikgelände sei der richtige Ort, um zwei Sirenen zu verstecken?«, fragte Jens zweifelnd.

»Falls nicht, verfügen wir über die Mittel, um Bornleit zum Reden zu bringen. Aber das Gelände ist groß und dürfte über entsprechende Kellergeschosse verfügen.«

»Gut«, seufzte Jens. »Ich komme mit und spiele den Spürhund für Sie.«

»Nein, das überlassen Sie mal schön uns.« Thalia Martens betrachtete ihn herablassend. »Sie bleiben hier, dürfen sich aber für jenen Fall bereithalten, sollten wir Sie doch noch brauchen.«

»Verdammt«, schimpfte Jens. »Es war vereinbart, dass wir den Kerl zusammen stellen.«

»War es nicht.« Ihre Gesichtszüge wirkten ebenso kalt wie entschlossen. »Sie tun genau das, was ich Ihnen sage. Die Angelegenheit wird jetzt von unseren Experten bereinigt. Aber keine Bange, sollten wir Sie dennoch benötigen, werden wir Sie verständigen.« Sie lächelte schmal. »Ich lasse Sie in jedem Fall holen, sobald das Ganze ausgestanden ist.«

Sie winkte den vermeintlichen Jäger zu sich. »Rüdiger, Sie sorgen dafür, dass sich Herr Ahrens auch an die Order hält.«

Der Mann ließ die Halswirbel knacken und deutete auf die zerstörte Couch. »Setzen Sie sich!«

Wütend starrte Jens ihn und die anderen Mitglieder der Gruppe an und kam der Aufforderung widerstrebend nach. Die Gruppe um Thalia Martens und die Bürgermeisterin rückte ohne ein weiteres Wort ab, und sein Bewacher zog demonstrativ eine Pistole, bevor er die Wohnungstür schloss und anschließend jenen Sessel an den niedrigen Wohnzimmertisch heranrückte, in dem zwei Nächte zuvor noch Meike gesessen hatte. Vor dem Haus fuhren jetzt die Limousinen der Ägirgemeinschaft davon, während sein Gegenüber schadenfroh grinste.

»Das ist doch Unsinn«, zischte Jens erbost. »Die Klinik ist voller Patienten. Die ist als Versteck denkbar ungeeignet.«

»Die Schwestern Martens sind es, die hier die Kommandos geben«, grunzte sein Gegenüber. »Und wenn die beiden etwas nicht schätzen, dann sind es solche Schlaumeier wie Sie, die ihnen mit altklugen Vorschlägen kommen. Und jetzt halten Sie Ihre Schnauze und hoffen besser darauf, dass die Zwillinge Ihre Mitarbeit noch benötigen.«

Die Worte klangen wie eine Drohung.

Jens starrte seinen Bewacher misstrauisch an, während es weiter in seinem Kopf arbeitete. Aus irgendeinem Grund wusste er, dass er richtiglag. Meike hatte bei ihrem Gespräch mit ihm offenbar jedes Wort bewusst gewählt. Und noch immer fragte er sich, warum sie ausgerechnet von Goldfischen gesprochen hatte. Warum nicht von Blumen, die sie gießen wollte? Oder von einem ihrer Thriller, die sie so gern sah? Ganz plötzlich ruckte er hoch, denn es waren die Worte von Thalia Martens, die ihn plötzlich auf eine Idee brachten: *Jedenfalls sehe ich hier nirgendwo ein*

Aquarium. Welcher Ort wäre besser dafür geeignet, zwei Sirenen Unterschlupf zu bieten, als ein Aquarium?

Nach Meikes Aussage hatte doch irgendeine Investorengruppe vor einigen Jahren versucht, hier in Egirholm ein Ozeaneum samt Robbenstation zu errichten. Nur war dieses Vorhaben noch während der Bauphase vonseiten der Stadtverwaltung verhindert worden. Wenn er richtiglag, hatte Meike darauf gesetzt, dass er sich daran erinnerte. Also musste er dorthin.

Nur war es dazu nötig, erst einmal den Kerl vor sich loszuwerden.

»Was wollen Sie eigentlich tun, wenn ich keine Lust habe, Ihren Oberhexen zu gehorchen?«, fragte er seinen Bewacher leutselig.

Sein Gegenüber grinste selbstgefällig und krempelte sich mit der Pistole in der Rechten den linken Unterarm auf. Jens lief es kalt den Rücken hinunter – denn dort kam die gleiche Bomben-Tätowierung zum Vorschein, wie er sie auch bei seinem Gegner im Watt entdeckt hatte. Schlagartig begriff er, wie falsch er die ganze Zeit mit seinen Annahmen gelegen hatte.

»Fremdenlegion, 2. Fallschirmjägerregiment«, knurrte der »Jäger«. »Wenn Sie Mist bauen, stampfe ich Sie einfach in den Boden.«

Ansatzlos wuchtete Jens den niedrigen Wohnzimmertisch hoch und kippte ihn mit der Tischplatte voran auf sein Gegenüber. Der schrie überrumpelt auf und hob noch die Waffe, als die Platte schon gegen ihn schlug und ihn wieder zurück in seine ungünstige Sitzposition drängte. Jens stemmte sich gegen die Fußstützen, als links von der Platte die Hand seines Gegners mit der Pistole zum Vorschein kam. Ein Schuss löste sich, und die Kugel schlug schräg hinter ihm in der Wand ein. Jens kickte dem Legionär die Pistole aus der Hand, der nun seinerseits versuchte, den Tisch von sich wegzuschieben. Darauf aber hatte Jens nur gewartet, denn als sein Gegner sichtbar wurde, trat er ihm frontal ins Gesicht. Die Lippe des Mannes platzte auf, und mit einem Gurgeln flog sein Kopf zur Seite. Schon war Jens über ihm, räumte die hochgerissene Deckung beiseite und drosch weiter mit aller

Kraft auf ihn ein, bis ihn der Kerl nur noch mit glasigem Blick ansah.

»Verwendungsgruppe 34. Kampfschwimmer, du arrogantes Arschloch!« Jens schmetterte ihm die Rechte gegen das Kinn und gab ihm damit den Rest. Bewusstlos sackte sein Gegner zusammen.

Jens schüttelte seine schmerzende Faust. Dann stürmte er zu Meikes Schlafzimmer hinüber und schnappte sich dort einige ihrer Gürtel sowie ein herumliegendes Seidentuch, das er zusammenraffte, um damit dem Exlegionär die Arme auf den Rücken zu binden. Er schleppte ihn ins Bad, knebelte ihn und fesselte ihn anschließend an die Heizung. Zornig sah er auf ihn herab.

Jetzt musste er schnell handeln, denn Meike schwebte in unmittelbarer Lebensgefahr. Dabei war es ganz gleich, ob sie sich in den Fängen Bornleits oder der Schwesternschaft befand. Die elenden Hexen hatten ihn jedenfalls nach Strich und Faden belogen.

Denn wenn diese Frauen ihre Männer zur Fremdenlegion schickten, dann musste er davon ausgehen, dass auch dieser Jensen, mit dem er es da draußen im Watt zu tun bekommen hatte, zu ihnen gehört hatte. Und da Ranja Abben zum gleichen Verein gehörte, bedeutete dies, dass die beiden miteinander verbündet waren. Die schlangenzüngige Blondine hatte ihn also wissentlich in einen Hinterhalt gelockt. Er sollte sie zu dem Fundort führen – und dann da draußen sterben. Vermutlich war Ranja sogar mit seiner Entführerin auf Westerogg vertraut gewesen. Die eigentliche Konsequenz aus alledem aber lautete, dass in Wahrheit die Schwesternschaft hinter der Entführung Volker Rhodes und der anderen Männer stand. Und nicht ihr gemeinsamer Gegner.

Wie hatte er sich von diesen Weibern bloß so einlullen lassen können? Nur verstand er noch immer nicht, was für ein Sinn eigentlich dahintersteckte. Und er fragte sich, welche Rolle Bornleit bei alledem spielte.

Jens durchsuchte den Gefesselten und fand einen Fahrzeugschlüssel, eine Taschenlampe, ein Kampfmesser mit Sägezahnung und Gurtschneider sowie Minzpastillen. Bis auf die Pastillen nahm er alles an sich. Anschließend suchte er im Wohnzimmer die Pistole. Es handelte sich um eine Browning 9 mm, Halbautomatik. In dem Stangenmagazin steckten noch 14 Patronen. Er steckte die Waffe ein, dann spähte er vorsichtig aus dem Fenster. So, wie er gehofft hatte, hatten die Frauen ihre Bewaffneten tatsächlich abgezogen. Immerhin stand vor der Wache noch immer jener BMW, an dessen Steuer der jetzt bewusstlose Kerl im Bad gesessen hatte.

Rasch stürmte Jens die Stufen zum Erdgeschoss hinunter, versicherte sich, dass draußen keine Lampe brannte, und huschte zu dem Fahrzeug hinüber. Er klemmte sich hinter das Steuer und startete den Wagen.

Inzwischen war es kurz nach 21.30 Uhr, und trotz des Schauers vorhin war es noch immer einigermaßen warm. Über dem Meer vor der Stadt grollte es zwar leise, doch an manchen Stellen landeinwärts war die Wolkendecke inzwischen wieder aufgerissen und gestattete ihm so den Blick auf den dämmrigen Abendhimmel. Die Zeitspanne, da er das Handy aus dem Papierkorb vor dem Rathaus holen sollte, war längst verstrichen. Nur hatte er das auch gar nicht vor. Vermutlich lauerten auf dem Marktplatz ohnehin die Leute der Schwesternschaft, und denen wollte er gewiss nicht in die Hände geraten. Stattdessen raste er in Richtung Stadtrand. Gemäß Meikes Aussage musste irgendwo in der Nähe des Deiches die Bauruine des nicht fertiggestellten Ozeaneums stehen. Nur wo?

Auf der Straße kamen ihm glücklicherweise zwei Radfahrer entgegen. Jugendliche.

Jens hielt an, ließ die Seitenscheibe herunterfahren und sprach sie an. Kurz darauf hatte er die Information. Mit quietschenden Reifen beschleunigte er und suchte eine Zufahrt zur Straße vor dem Deich von Egirholm, die er nun entlangraste. Dennoch dauerte es fünf weitere Minuten, bis er im Schatten des Deiches endlich jene Bauruine entdeckte, die Egirholm bei Fertigstellung eine Touristenattraktion beschert hätte.

Die Anlage lag ein Stück vor den Toren der Stadt. Obwohl der Sonnenuntergang alles bereits in diffuses Licht tauchte, konnte er erkennen, dass der Bau des Ozeaneums offenbar nur wenige Monate vor Fertigstellung abgebrochen worden war. Wie viel das die intriganten Weiber an Kompensationszahlungen gekostet haben mochte, wollte Jens gar nicht wissen. Aber um Geld schien die Schwesternschaft sowieso nicht verlegen zu sein.

Jens verlangsamte die Fahrt und betrachtete das Ziel eingehender. Das weitläufige Gelände war von einem blickdichten, fast zweieinhalb Meter hohen Bauzaun umschlossen, hinter dem ein großer grauer Kasten mit geschwungener, wellenförmiger Fassade auflugte. Stahlstreben ragten vereinzelt aus den Betonwänden, dennoch war bereits das halbe Dach errichtet worden.

Wie erwartet wurde die Einfahrt von einem geschlossenen Tor versperrt. Jens löschte die Lichter, parkte den BMW kurzerhand vor dem Deich und beäugte den Bauzaun. Es sollte ihm nicht schwerfallen, ihn zu überwinden. Er wechselte die Straßenseite, sah sich kurz um, dann zog er sich an dem Metallzaun hoch und kletterte vorsichtig darüber hinweg.

Als er endlich wieder Grassoden unter den Füßen spürte, lauschte er. Doch alles, was er vernahm, war der Wind, der von der Seeseite heranwehte. Und dann war da noch ein gelegentliches Grummeln am Abendhimmel. Das Gelände selbst lag düster und verwaist vor ihm. Schräg vor sich, zwischen alten, schief stehenden Bauschuppen und verwitterten Paletten mit hohen Stapeln aus Betonquadern, entdeckte er ein riesiges Bassin samt halb fertiggestelltem Geländer, das vermutlich für die geplante Robbenstation bestimmt gewesen war. Doch nirgendwo war eine Bewegung zu erkennen.

Hatte er sich vielleicht geirrt? Jens spürte, wie allmählich Zweifel in ihm aufstiegen, als er hinter einem Nebengebäude die Kühlerhaube eines Fahrzeugs erblickte. Sofort schlich er um das Bassin herum und auf die Entdeckung zu. Dort, verborgen im Schatten des Baus, parkten sogar gleich zwei Autos: der verschwundene Landrover sowie ein blauer Mercedes.

Spätestens jetzt wusste er, dass er am richtigen Ort sein musste.

Doch das Gelände war groß. Wo sollte er mit der Suche beginnen?

Andererseits, wenn an der Sache, dass er Sirenen spüren konnte, wirklich etwas dran war, dann konnte ihm diese Fähigkeit vielleicht auch hier helfen. Jens ging in die Hocke, schloss die Augen und versuchte sich zu konzentrieren. Tatsächlich spürte er nur wenige Sekunden später ein leichtes Ziehen hinter seiner Stirn, dem widerstreitende Sinneseindrücke folgten. Da war Wut … und Jagdlust. Aber auch noch etwas anderes: Kummer. Und ein undefinierbares Gefühl von … Resignation.

Ihm schien, dass sich diese Emotionen verstärkten, wenn er sich auf das Hauptgebäude konzentrierte. Jens atmete aus und stand wieder auf.

Gut, dann also dorthin. Lautlos schlich er an aufgestapelten Stahlträgern vorbei durch die aufziehende Dunkelheit, suchte mit seinen Blicken die Frontfassade des Hauptgebäudes ab und entdeckte einen Türsturz, der halb von einer rissigen Plane verhängt war. Rasch schlüpfte er hindurch, und Düsternis umfing ihn.

Es roch nach Beton, Rost und Regen. Irgendwo plätscherte ein Rinnsal zu Boden. Zum ersten Mal schaltete er nun die Taschenlampe des Fremdenlegionärs an, die er mit den Fingern abblendete, und querte von Pfützen übersäte Räume und Säle, mit und ohne Decke, deren Wände an zahlreichen Stellen Aussparungen zeigten. Sie deuteten darauf hin, dass an diesen Stellen Aquarien vorgesehen gewesen waren. Allerdings fehlten die Scheiben. Dennoch war nirgendwo ein Hinweis zu erkennen, dass sich außer ihm noch jemand anderes in der Bauruine aufhielt.

Jens lauschte abermals in sich hinein – und wieder glaubte er, ein Gefühlschaos wahrzunehmen. Es schien ihm auf seltsame Weise näher gerückt, ohne dass er es räumlich hätte verorten können. Dennoch durchwanderte er die Zimmer des Rohbaus, als er plötzlich schwachen Lichtschein in einem Korridor sah. Sofort schaltete er die Taschenlampe aus und entdeckte weiter hinten Treppenstufen, die in die Tiefe führten. Der Lichtschein kam von unten. Jetzt konnte er auch leise Stimmen hören. Gespannt tastete er sich zu den Stufen vor und schlich diese mit der Browning in der Rechten hinunter. Ein Korridor kam jenseits der Stufen in Sicht, und nun wurden die Stimmen auch deutlicher. Dem Hall nach zu urteilen kamen sie aus einem größeren Raum. Das waren ein Mann und eine Frau. Bornleit und … Jens hob erstaunt eine Augenbraue. Die Stimme der Frau war die … der Veterinäramtsleiterin Petra Dethlefsen! Dann war sie also die Verräterin, von denen die Martensschwestern gesprochen hatten? Ihre Stimme klang angespannt: »… und verhalten sich jetzt wie ein aufgeschreckter Bienenschwarm, der versucht seine Königin zu beschützen. Trotzdem hat niemand von ihnen vor, deinen Forderungen nachzukommen. Im Augenblick durchsuchen sie gerade die Wohnung dieser Polizistin.«

»Keine Sorge, dort werden sie nichts finden.«

»Unterschätz diesen Taucher nicht. Dass dein Mann heute Nachmittag nicht mit ihm und der Ehlers fertiggeworden ist, sollte dir Warnung genug sein. Und da ist noch etwas, nur weiß ich nicht, ob an dem Gerücht wirklich was dran ist. Aber …« Sie zögerte. »Von diesem Ahrens heißt es, dass er deinen Schoßhund auf irgendeine Weise spüren kann. Mental. Die Schwesternschaft will ihn darum als eine Art Frühwarnsystem einsetzen.«

»Mental? Interessant. Das hätte ich gern näher erforscht.« In Bornleits Stimme schwang Bedauern mit. »Andererseits, wenn meine Kleine erst mal loslegt, hilft der Taucher auch nicht. Solltest du Ahrens also über den Weg laufen, erledige ihn. Im Augenblick ist nur das eine wichtig, nämlich dass sie das Muschelhorn endlich aus dem Tresor holen. Wie du wissen solltest, bleibt auch mir bloß diese eine Nacht, wenn ich nicht noch einmal Jahre nutzlos vergeuden soll. Und jetzt verzieh dich wieder auf deinen Posten, bevor dein Fehlen auffällt.«

»Und wenn sie mich gar nicht damit beauftragen, es zum Hafen zu schaffen? Zwar stünde mir die Ehre in diesem Jahr eigentlich zu, aber angeblich diskutieren sie gerade mehrere Routen.«

»Ein Grund mehr, dass du verschwindest.« Bornleit schnaubte. »Finde heraus, auf welches Schiff sie es bringen. Denn mitnehmen müssen sie es, wenn sie ihren kleinen Feiertag da draußen wie geplant zelebrieren wollen. Den Rest erledige ich.«

Frau Dethlefsen seufzte. »Vor allem werde ich dir sagen, auf welchem Schiff *ich* mich befinde.«

»Mach dir keine Sorgen. Ich hab alles unter Kontrolle. Und jetzt ab mit dir.«

Schritte ertönten, und Jens versteckte sich hastig in einem leeren Nebenraum. Ein Summen ertönte, das wie von einem Türöffner klang. Kurz darauf stiefelte die Dethlefsen an ihm vorbei und die Treppe nach oben hinauf. Jens überlegte kurz, ob er ihr nachsetzen sollte, entschied sich dann aber dagegen. Zunächst musste er Bornleit stellen und Meike befreien.

Kaum war wieder Stille eingekehrt, schlüpfte er zurück in den Korridor und näherte sich der Lichtquelle am hinteren Ende des Ganges. Dort lag der Zugang zu einem großen Gewölbe. Bläuliche Lichtreflexe tanzten an Decke und Wänden wie in einem Hallenbad. Ein Platschen war zu hören, dem sich ein erwartungsvolles Bellen anschloss wie von einem Seehund. Jens wusste es allerdings besser.

»Komm, mein Schatz. Friss!«, hallte ihm Bornleits Stimme entgegen. »Du musst heute leider noch mal raus.«

Unwillkürlich hob Jens die Waffe, denn hinter seiner Stirn pochte es, und ein ihm vertrauter Fischgeruch wehte an seine Nase. Er wusste, was diese Alarmzeichen zu bedeuten hatten. Inzwischen hatte er sich dem Raum so weit angenähert, dass er eine Laborausrüstung erkennen konnte: medizinische Geräte, der vordere Teil einer Metallliege, Arbeitstische mit Mikroskopen und … ebenso hohe wie breite Glaszylinder.

Ihm stockte der Atem. Die Glaszylinder erhoben sich wie Säulen in dem Raum. Und sie alle waren mit einer gelblich klaren Konservierungsflüssigkeit gefüllt, in der sich die Überreste bizarrer Fisch-Mensch-Hybriden in unterschiedlichen Entwicklungsstadien befanden. Die meisten der dort verwahrten Chimären waren kaum größer als Babys. Einzelne Exemplare besaßen die Größe von Kleinkindern, doch keines glich dem anderen. Eines der toten Wesen wirkte so, als bestünde sein Kopf lediglich aus Reißzähnen, ein anderes hatte verkümmerte vordere Gliedmaße, ein drittes besaß sowohl zwei Fischschwänze als auch zwei zusammengewachsene Kinderköpfe.

Gott, was war das hier für ein Horrorkabinett!

Jens atmete tief ein, um seinen Herzschlag unter Kontrolle zu bekommen.

Da Bornleit weiter hinten noch immer mit seiner Fütterung beschäftigt zu sein schien, entschloss er sich zu einem Überraschungsangriff. Lautlos trat er durch den Türsturz – und hörte sofort ein scharfes Klacken. Rechts und links von ihm schnellten Drähte aus den Wänden, und im nächsten Moment durchzuckte ihn ein schmerzhafter, fünfzigtausend Volt starker Taser-Stromstoß. Sofort verkrampfte sich seine Muskulatur, und unter spastischen Zuckungen stürzte er in den Raum. Noch im Fallen bekam er mit, wie vor ihm rote Signalleuchten ansprangen, dann krachte er auf den Betonfußboden und sah eine Weile nur Sterne, während seine Muskulatur dumpfe Schmerzimpulse an sein Gehirn übermittelte.

Als er endlich wieder atmen konnte, stand Bornleit über ihm. Der Arzt mit der Halbglatze trug einen weißen Kittel und hielt die Browning auf ihn gerichtet, die ihm aus der Hand gefallen war.

»Wen haben wir denn hier?«, sprach er lauernd. »Herr Ahrens. Ich dachte, Sie wollten medizinische Einrichtungen in Zukunft meiden? Allerdings gebe ich zu, dass ich mich ebenfalls ein wenig habe ablenken lassen. Sie aber auch, sonst wären Sie nicht blindlings in diesen Laser-Alarm gestolpert. Nur frage ich mich, ob Sie allein gekommen sind.« Alarmiert spähte er in den Korridor, lauschte und trat dann zu einer Wand mit sechs Monitoren, die er sorgsam absuchte. Dann, endlich, schaltete er die flackernden Signalleuchten ab und kam wieder zu ihm zurück. »Sie sind den Hexen offenbar entwischt, denn da draußen ist nichts zu sehen. Auch die übrigen Alarme wurden bislang nicht ausgelöst.«

Jens wollte etwas sagen, aber mehr als ein angestrengtes Krächzen brachte er nicht hervor. Wie hatte er nur glauben können, dass Bornleit es ihm so einfach machen würde? Der Mann riss die Drähte ab, packte ihn unter den Achseln und schleppte ihn kraftvoll an den Glaszylindern und Maschinen vorbei in den hinteren Teil des Gewölbes. Dort wuchtete er ihn mühsam auf einen gynäkologischen Stuhl.

»Es ist wirklich beeindruckend«, ächzte der Arzt, während er Jens' Arme mit einfachen Gurten auf den Lehnen des Stuhls fixierte, »wie Sie immer wieder für Unruhe sorgen. Erst entwischen Sie diesen Hexen, dann tricksen Sie meinen treuen Mitarbeiter im Watt aus und bringen ihn anschließend auch noch um, und jetzt kreuzen Sie hier völlig unerwartet in meinem Versteck auf.« Er beugte sich vor und sah Jens in die Augen. »Wie haben Sie mein Versteck eigentlich gefunden?«

Jens sann fieberhaft über eine Antwort nach, die Meike nicht weiter gefährdete. »Rhode«, log er, um herauszufinden, ob es zwischen Bornleit und dem Heimatkundler tatsächlich eine Verbindung gab. »Da war ... ein Hinweis ... in seinen Unterlagen.«

»Volker Rhode?« Bornleit schüttelte den Kopf. »Unmöglich. Der wusste weder, wer ich in Wirklichkeit bin, noch kannte er diesen Ort. Sollte an der Sache, dass Sie die Anwesenheit von Sirenen spüren können, etwa etwas dran sein?«

Jens schwieg, worauf ihm Bornleit gespannt in die Augen sah.

»Finden Sie es doch selbst raus«, zischte Jens, der nur darauf wartete, dass sich seine Muskulatur wieder entkrampfte.

Bornleit lächelte. »Nun, ich *werde* das herausfinden. Verlassen Sie sich darauf. Andererseits ...« Grübelnd strich er sich über das Kinn. »Rhode, dieser Zausel, der war alles andere als naiv. Im Gegenteil, seine Nachforschungen sind sehr hilfreich dabei gewesen, den heutigen Mitgliedern dieses Ägirkultes auf die Schliche zu kommen. Zumindest, bis ich den eigentlichen Schlüssel dazu selbst entdeckt hatte. Kurz vor der Gründung meiner Klinik.« Er grinste. »Sind Ihnen eigentlich die seltsamen Vornamen all dieser Hexen aufgefallen? Thalia, Doris, Xanthe, Melse, Ranja und, und, und. Das sind alles mythisch überlieferte Namen von Sirenen, Nixen, Nereiden und Nymphen. Und das hat hier im Ort Tradition. Ich brauchte bloß das Telefonbuch aufschlagen und eins und eins zusammenzählen, um einen Überblick zu gewinnen. So war es mir eine Freude, meine Klinik nach dem Rachegott Anteros zu benennen. Wenn Sie es bis hierher geschafft haben, ahnen Sie vermutlich, warum. Und doch ist den Weibern, trotz ihrer Vorliebe für antike Anleihen, der verborgene Sinn dahinter nicht aufgefallen. Bislang.«

»Sie hassen sie und paktieren dennoch mit einer von ihnen?«

»Oh, ich habe sogar zwei von ihnen auf meine Seite ziehen können«, erklärte der Arzt voller Genugtuung. »Sie erinnern sich doch an Ihre Entführerin auf Westerogg? Nina Hamann. Sie war die erste. Leider stand sie im Rang des Kultes ziemlich weit unten, aber dafür war sie sehr ambitioniert. Vermutlich zu ambitioniert, denn Sie zu entführen war ganz offensichtlich ein Fehler. Na ja, wie Sie selbst nur zu gut wissen sollten, ist sie leider tot. Kollateralschaden halt. Es gibt da aber noch jemanden, deren Namen ich Ihnen allerdings nicht nennen werde.«

Das musste er auch nicht. Jens hatte die Veterinärin bereits gesehen. Immerhin wurde ihm durch die Eröffnung nun endlich klar, warum er bei der Rothaarigen einen Kugelschreiber aus Bornleits Klinik gefunden hatte. »Wie ist Ihnen das gelungen?«, stöhnte er.

»Sie wollen doch nicht, dass ich Sie jetzt mit Details langweile?« Sein Gegenüber lächelte süffisant. »Sagen wir es mal so: Eine derart straff und rigide geführte Organisation wie dieser Ägirkult schafft sich unter seinen Mitgliedern nicht bloß Freunde. Da gibt es immer Unzufriedene. Also Mitglieder, die nach neuen Horizonten streben, Mitglieder, die sich ungerecht behandelt fühlen. Kurz: Wankelmütige, die sich leicht überzeugen lassen, wenn man ihnen neue, ungeahnte Perspektiven eröffnet. Man muss nur wissen, wie.«

»Und was ist mit Volker Rhode? Hatten Sie keine Angst, dass er etwas preisgeben könnte, das die Frauen auf ihre Fährte führt?« Noch immer schmerzte Jens jede Sehne seines Körpers.

»Volker Rhode und etwas verraten?« Der Arzt lachte selbstgefällig. »Er hat mich für einen mutigen Verleger gehalten, der für eine sensationelle Veröffentlichung bereit war. Rhode hat mir gegenüber irgendwann sogar angedeutet, dass er einen Beweis für die Existenz von Meerjungfrauen besäße – nur hielt er die zu meinem Bedauern zurück. Ganz hat er mir wohl doch nicht getraut. Leider weiß ich von dem Skelettfund da draußen im Watt erst, seit Ranja Abben meine Gastfreundschaft genießt. Schade, was hätte man mit den Knochen nicht alles anstellen können. Jetzt dürften sie leider fortgespült sein.« Er schnaubte missmutig. »Aber ich gönne Rhode seinen kleinen Triumph. Schließlich hat er für mich unwissentlich die Kastanien aus dem Feuer geholt, während ich mich hübsch im Hintergrund gehalten habe. Was sich dann ja auch als kluger Schachzug herausstellte, als die Weiber ihn letztes Wochenende einkassierten.«

Jens wollte etwas sagen, doch Bornleit trat nun einen Schritt zurück, und so sah er den Raum hinter ihm erstmals zur Gänze. Und das war ein Anblick, der ihn sprachlos machte.

Abgesehen von der Laborausstattung ähnelte das Kellergewölbe einem Hallenbad. Unter der Decke strahlten Neonröhren und nicht weit von einem der Glaszylinder mit den Monstrositäten war ein großes, mit Wasser gefülltes Becken im Boden auszumachen, unter dessen Oberfläche sich unruhig ein großer Schatten bewegte. Daneben stand ein Aluminiumwagen mit Medikamentenpackungen sowie ein Eimer mit Fischen. Jens ahnte, welche Kreatur dort ihre Bahnen zog.

Was ihn jedoch regelrecht in den Bann zog, war das Aquarium in der Wand rechts hinter dem Arzt, neben einem der Arbeitstische. Es war kaum drei Meter breit und zwei Meter hoch, und darin eingezwängt befand sich jenes Wesen, das Jens bislang nur von den Filmaufnahmen her kannte: die geraubte Meerjungfrau!

Die wahre Sirene.

Seine … *Mutter*.

Langes Haar umflorte die erschöpft wirkenden Gesichtszüge einer älteren Frau, die benommen und mit halb eingerolltem, silbrigem Fischschwanz in ihrem engen Gefängnis lag. Ob sie schlief oder schlicht unter Drogen gesetzt war, wusste Jens natürlich nicht. Doch sie lebte, was er an den trägen Bewegungen ihrer Kiemen sah. Sicher, er wusste, wie grausam eine Sirene sein konnte. Aber ihr so nahe zu sein und sie mit eigenen Augen zu sehen, das bewegte ihn auf eine Art und Weise, die er niemals für möglich gehalten hätte. Dieses Wesen war trotz ihres Alters noch immer auffallend anmutig und schön. Unvergleichlich zu allem, was er zuvor gesehen hatte. Jens war von ihrem Anblick so gefesselt, dass er einen Moment lang sogar vergaß, wo er sich befand.

Bornleit folgte seinem staunenden Blick und lächelte nachsichtig. »Ja, das ist sie. Ich nehme an, diese Hexen haben Ihnen von ihr erzählt?«

»Ja«, ächzte er und bewegte seine Finger. »Nur waren Sie es, die sie damals eingefangen und vergewaltigt haben!«

»Ich? Aber ganz und gar nicht. Das ist alles auf Eikes Mist gewachsen.« Bornleit spähte vorsichtshalber noch einmal zu der Wand mit den Monitoren. Da sich dort nichts tat, wandte er sich wieder ihm zu. »Am Ende war Eike zwar komplett durchgeknallt, aber er blieb dennoch ein Visionär. Übrigens erstaunlich, dass Sie von unserer damaligen Verbindung wissen …«

»Es war Volker Rhode, der mich auf das Blutbad von Westerogg aufmerksam gemacht hat«, wich Jens der Frage aus. »Der Rest war nicht schwer herauszufinden.«

»Dennoch leicht beunruhigend.« Bornleit rieb sich die Nase. »Wenn Sie mich aufspüren konnten, können das auch andere. Nun ja, ich hatte ohnehin nicht vor, meine Zelte dauerhaft aufzuschlagen. Eine Sache möchte ich dennoch korrigieren: Mit den Geschehnissen auf Westerogg hatte ich nichts zu tun. Haben Ihnen diese Hexen nicht erzählt, dass sie es gewesen sind, die meine Freunde damals auf Westerogg abgeschlachtet haben?«

Jens sah den Arzt ausdruckslos an und schüttelte den Kopf. Tatsächlich hatten die intriganten Weiber das Thema vor zwei Stunden geschickt umschifft und den Verdacht in eine andere Richtung gelenkt. Er ärgerte sich maßlos darüber, ihnen auch diesbezüglich so einfach auf den Leim gegangen zu sein.

»Dachte ich es mir doch«, kommentierte Bornleit seine Reaktion. »Sie kamen bei Nacht, erschlugen sie im Schlaf und ließen es so aussehen, als wären sie gegenseitig übereinander hergefallen. Sie zeigten kein Erbarmen.«

»Dann waren Sie damals also doch dabei?«, hakte Jens nach. Vorsichtig bewegte er die Arme unter den Gurten. Die Fesseln stellten keine wirkliche Behinderung dar, doch um sich zu befreien, musste er seinen verkrampften Körper erst einmal wieder unter Kontrolle bekommen.

»Nein.« Bornleit seufzte, legte die Pistole auf einen benachbarten Metalltisch und schritt suchend ein Regal an der Wand ab. »Ich hatte die Kommune verlassen, als meine Freunde beschlossen, auf diese Insel zu ziehen. Dabei fand ich das mit der freien Liebe wirklich klasse, das können Sie mir glauben. Ich war schließlich jung, ein Student voller Elan. Ich wollte etwas bewegen.« Er lachte. »*Unter den Talaren – Muff von tausend Jahren.* Sie sind zwar nicht alt genug, aber vielleicht erinnern Sie sich doch noch an die alten Studentenparolen? Zumindest sollten Ihnen die Namen Benno Ohnesorg und Rudi Dutschke etwas sagen. Das waren damals immerhin wilde und aufregende Zeiten, die auch Ihre Generation beeinflusst haben.« Versonnen sah er Jens an. »Meine Güte, ich habe absolut dahinter gestanden – hinter einer Erneuerung der Gesellschaft. Ich wollte dazu beitragen, das Establishment zu bekämpfen. Sie haben ja keine Ahnung, was damals für Konventionen herrschten. Aber mal ehrlich«, jetzt zog er ein braunes Fläschchen aus einem der Regale und nahm eine kleine Spritze zur Hand. »Als Eike und Sedna uns mit dieser Meerjungfrauensache kamen, dachte ich schon, die beiden hätten sich ihren Verstand mit LSD weggelutscht. Da war für mich das Kommunenexperiment beendet. Erst mal jedenfalls.«

Zu Jens' Unbehagen zog Bornleit die Spritze auf.

»Allerdings«, fuhr der Arzt fort, »mochte mich Eike. Er hielt mich fortwährend auf dem neuesten Stand. Bis dann die Nachricht kam, dass sie tatsächlich eine Meerjungfrau eingefangen hätten.« Bornleit spähte kopfschüttelnd zu dem Aquarium hinüber. »Zu dem Zeitpunkt hielt ich mich gerade in den Staaten auf, und ich konnte die Sache natürlich kaum glauben. Aber Eike schickte mir ein Foto von ihr und als Beweise eine Schuppe sowie einen Zahn dieses wundersamen Geschöpfs. Ich vermute, er hat ihn ihr ausgeschlagen, als er sie sich das erste Mal vornahm.« Er grinste anzüglich, als er sich wieder Jens zuwandte. »Mein Ding wäre das ja ehrlich gesagt nicht gewesen. Also sich mit so einem halben Fisch zu paaren. Aber Eike war da recht ambitioniert. Er nahm das beginnende Wassermannzeitalter eben ziemlich wörtlich. Tja, als ich dann aber nach Deutschland zurückkam, um mir dieses Wesen mit eigenen Augen anzusehen, da füllte grade das Blutbad die Schlagzeilen. Nur hab ich nie wirklich geglaubt, dass sich meine Freunde damals gegenseitig umgebracht hätten. Ich wusste, dass da was anderes passiert sein musste.«

»Lassen Sie mich raten: Sie haben damals mit Sedna Schlott gesprochen?« Jens spannte sich an, da ihm Bornleit jetzt den linken Arm hochkrempelte.

»Und wieder beeindrucken Sie mich mit Ihrer Kombinationsgabe.« Der Arzt lächelte. »Wie ich hörte, sind Sie heute auf die gleiche Idee gekommen. Haben Sie es ebenfalls mit Hypnose versucht?«

»Nein.« Beklommen starrte Jens die Spritze an. »Ich habe ihr diesen Song vorgespielt: *Aquarius!* Das ist doch das Lied, mit dem Sie regelmäßig Ihre Opfer warnen, bevor Sie Ihre Chimäre auf sie hetzen.«

Bornleit sah überrascht auf und lachte. »Ist das wahr? Und das hat tatsächlich funktioniert?«

»Ist das noch von Interesse?«, fauchte Jens.

»Oh, das interessiert mich sogar sehr«, antwortete der Arzt ganz ernst. »Die Hexen sind nämlich bis heute nicht zu ihr vorgedrungen. Vermutlich war ihnen ihr desolater Zustand aber auch nur recht. Jetzt ahne ich allmählich, wie Sie mir auf die Spur gekommen sind. Ich selbst hatte damals nur herausfinden können, *dass* meine Freunde von Fremden erschlagen wurden. Nicht aber, von wem. Nicht einmal, dass Sednas eigene Leute dahintersteckten. Eike hatte in einem seiner Briefe zwar angedeutet, dass es hier an der Küste Eingeweihte gäbe, die diese Wesen zugleich verehren und fürchten. Aber da verlor sich die Spur auch schon. Die genauen Zusammenhänge habe ich erst vor wenigen Jahren herausgefunden. Unter anderem durch die Zusammenarbeit mit Rhode, aber das wissen Sie ja nun. Damals dachte ich allerdings noch, dass diese Leute die Sirene entweder getötet oder freigelassen hätten.«

Jens verging allmählich der Wunsch nach Konversation.

»Sagen Sie mir endlich, was Sie mit Meike Ehlers und Ranja Abben gemacht haben. Und was für Monster sind das dahinten in den Glaszylindern?«

»Oh, werden wir jetzt ein wenig aufsässig?« Amüsiert verzog Bornleit die Lippen, ließ Flüssigkeit aus der Spritze sprudeln und stach Jens die Nadel kurzerhand in die Armbeuge.

»Scheiße«, schrie dieser auf. »Was ist das?«

»Ein Muskelrelaxanzium«, antwortete Bornleit ungerührt und drückte den Kolben nach unten. »Schließlich ist mir klar, dass die Wirkung eines Taserschusses nicht von Dauer ist. Dieses Mittel wird dafür sorgen, dass Ihre Muskeln erschlaffen und Sie keine weiteren Dummheiten begehen. Sprechen können Sie aber immer noch, schließlich habe ich ein paar Fragen an Sie. Insbesondere, was Ihr ominöses Sirenengespür anbelangt. Das interessiert mich, darüber will ich unbedingt mehr erfahren – oder dachten Sie etwa, ich hätte diese interessante Neuigkeit bereits vergessen?«

Er zog die Spritze aus dem Arm, legte sie in eine nierenförmige Schale und betrachtete den Inhalt der braunen Flasche. »Das wird übrigens ein sehr ausführliches Gespräch. Und wie Sie sehen, habe ich von diesem Muskelrelaxanzium noch genug vorrätig. Ursprünglich hatte ich damit versucht, meinen Liebling im Becken hinter mir zur Räson zu bringen. Aber eine gewisse genetische Disposition – die mir noch nicht ganz ersichtlich ist – sorgt dafür, dass das Mittel nicht wie gewohnt anschlägt. Egal.« Er stellte die Flasche ins Regal zurück. »Verwenden wir es eben künftig für Sie und die beiden Damen, die sich auch noch in meiner Obhut befinden. Und zwar alles ganz streng im Sinne der Wissenschaft.«

Jens starrte den Arzt zornig an und spürte allmählich die einsetzende Taubheit. Ihm war klar, dass sein Kreislauf das Mittel in Bälde überall in seinem Körper verteilt hatte. Also hatte er verloren. Nur wollte er wenigstens nicht unwissend untergehen. »Dann erklären Sie mir endlich, was Sie hier eigentlich treiben«, stöhnte er. »Wollen Sie Gott spielen? Oder geht es Ihnen darum, diesen Ägirkult zu beerben?«

»Herr Ahrens, Sie denken so kleinlich.« Theatralisch deutete Bornleit auf die konservierten Chimären. »Ich hatte nie vor, Frankenstein zu spielen. Oder gar mit der Entdeckung einer neuen Spezies ins Rampenlicht zu treten.« Er verschränkte die Arme vor der Brust. »Haben Sie sich schon einmal überlegt, was passieren würde, sollte die Existenz der Sirenen publik werden? Medienleute, Meeresbiologen und Zoodirektoren gleichermaßen würden die Jagd auf sie eröffnen. Und das Militär würde sich natürlich ebenfalls für sie interessieren. Spätestens dann würde der Krieg zwischen uns und ihnen beginnen, denn man würde sie ganz ohne Zweifel als Bedrohung einschätzen. Ich gehe zwar davon aus, dass wir den gewinnen würden, immerhin sind wir ihnen an Zahl und Technik überlegen. Aber sicher ist das nicht. Sicher ist nur, dass unsere Welt anschließend nicht mehr dieselbe wäre. Denn bis zu ihrer Auslöschung würden diese Geschöpfe blutig zurückschlagen. Sie würden die Millionenmetropolen an unseren Küsten verheeren und unsere Handels- und Kriegsflotten zerstören. Kurz, sie würden uns innerhalb nur eines Jahrzehnts wieder in die industrielle Steinzeit zurückkatapultieren. Und das kann doch keiner wollen, oder?« Er zwinkerte und hob zugleich einen Finger. »Und dennoch … wer als Erster die Macht über ihre hydrokinetischen Fähigkeiten gewinnt, dem liegt die Welt zu Füßen. Allein daran muss uns gelegen sein. Wasser allein durch Geisteskraft zu bewegen, das würde uns wahrhaft in ein neues Zeitalter führen. Anders als es Eike damals vermutlich geahnt hat, aber ebenso durchschlagend. Die Erreichbarkeit von Rohstoffen tief am Meeresboden? Kein Problem. Verheerende Sturmfluten an den Küsten? Geschichte. Die Kontrolle über diese geheimnisvolle Kraft wird uns Menschen im wahrsten Sinne des Wortes auf eine neue Bewusstseinsstufe hieven.«

»Darum geht es Ihnen?« Jens sah den Arzt entsetzt an. »Ist Ihnen nicht klar, dass das in etwa so wäre, als würden Sie jedem dahergelaufenen Idioten eine Atombombe in die Hand drücken?«

»Sicher«, antwortete Bornleit zustimmend. »Es müsste natürlich so etwas wie eine ausgesuchte Elite auf diesem Planeten geben. Männer wie mich, die eine solche Kraft verantwortungsvoll einsetzen. Aber das sind Details. Zunächst einmal gilt es, diese Kräfte unter Kontrolle zu bekommen – und da stehen wir leider noch am Anfang.« Er zeigte auf die Glaszylinder. »Vielleicht ahnen Sie jetzt, um was es sich bei diesen Kreaturen handelt.«

»Um Monster«, antwortete Jens patzig. Aus irgendeinem Grund konnte er seine Finger noch immer bewegen. Und nicht nur die.

»Sie sind so destruktiv, Herr Ahrens«, maulte der Arzt. »Vermutlich liegt das daran, dass Ihnen der akademische Überblick fehlt. Ich hatte doch bereits erwähnt, dass mir Eike damals unbeabsichtigt genetisches Material zuspielte. Die Wissenschaft war damals zwar noch nicht so weit fortgeschritten, aber ich wusste trotzdem schon, welch ungeheuren Schatz er mir damit in die Hände gespielt hatte. Spätestens als 2003 das Schaf Dolly geklont wurde, war ich mir sicher, dass die Zeit reif war, meine Pläne in die Praxis umzusetzen.«

»Welche Pläne?«

»Meine Pläne, Meerjungfrauen zu klonen.«

»Zu klonen?« Jens sah den Arzt aus weit aufgerissenen Augen an.

»Ich weiß«, erwiderte dieser. »Das mutet erst mal etwas hilflos an, aber was sollte ich sonst tun? Bis heute blieb mir der Zugriff auf diese Wesen schließlich verwehrt. Zu dem damaligen Zeitpunkt bin ich aber bereits ein anerkannter Fachmann auf dem Gebiet der künstlichen Befruchtung gewesen. Außerdem war ich zu einem gewissen Vermögen gelangt. Was lag also näher, als meine beruflichen und finanziellen Möglichkeiten mit meinen wissenschaftlichen Ambitionen zu verbinden?« Bornleit lächelte selbstgefällig. »Die Geschöpfe, die Sie dahinten sehen, habe ich allesamt von Menschenfrauen austragen lassen. Ich hatte die Hoffnung, mittels der so gezüchteten Wesen dem genetischen Anker der Hydrokinese auf die Spur zu kommen. Aber leider waren die entstandenen Kreaturen biologisch instabil. Die meisten von ihnen starben kurz vor oder nach der Geburt, und überhaupt nur eines von ihnen lebte lange genug, um mit ihm Forschungen anstellen zu können.« Er deutete zum Becken hinüber. »Sie sind diesem Exemplar bereits zweimal begegnet. Leider altert es rapide. Es hält höchstens noch ein paar Wochen oder Monate durch, dann wird es ebenfalls sterben. Und zwar ungeachtet der Verletzungen, die Sie und Ranja Abben meinem kleinen Liebling zugefügt haben. Leider gibt es noch einen weiteren Schönheitsfehler: Es ist komplett wahnsinnig.«

»Sie selbst sind komplett wahnsinnig«, zischte Jens.

»Das, Herr Ahrens, ist – wie so häufig – Ansichtssache.«

»Und wie kontrollieren Sie das Biest?«, fragte Jens, der seine Glieder unmerklich weiter reckte und streckte. Das Mittel schlug offenbar nicht so an, wie Bornleit es vorgesehen hatte. Ein wenig ähnelte sein Zustand jetzt jenem, in dem er sich befunden hatte, als er in diesem Kellerverlies erwacht war. Ob es daran lag, dass in seinen Adern Sirenenblut floss? Bornleit hatte sich schließlich darüber beklagt, dass das Mittel bei diesen Wesen nicht anschlage.

»Ganz einfach«, brüstete sich dieser. »Indem ich die Chimäre wie einen Hund erzogen habe. Nämlich mit Zuckerbrot und Peitsche. Nur dass ich anstelle der Peitsche elektrischen Strom verwende! Hat allerdings einige Zeit gedauert, bis mir meine Schöpfung gehorchte.« Er hob seinen rechten Arm und präsentierte Jens ein Gerät, das wie eine Armbanduhr aussah. Jens verengte die Augen und bemerkte, dass das keine Uhr, sondern vermutlich ein elektronischer Impulsgeber war.

»Dieses Biest, wie Sie es so unfreundlich nennen«, fuhr der Arzt fort, »trägt ein dünnes Halsband, das mit einem eingebauten Gerät ähnlich einem Taser ausgestattet ist. Wann immer sich mein Liebling widersetzt, bestrafe ich ihn mit einem Stromschlag. Nötigenfalls sogar bis zur Bewusstlosigkeit. Wie schmerzhaft das ist, haben Sie ja am eigenen Leib erfahren. Glauben Sie mir, mein kleiner Schatz musste also irgendwann einsehen, dass ich sein Meister bin.«

»Warum dann der Raub der Meerjungfrau aus dem Haus der Martens?«

Bornleit sah zu einer Uhr an der Wand über den Monitoren

auf und seufzte. »Na gut, warum nicht? Allerdings muss ich dann endlich zur Tat schreiten. Da draußen wartet schließlich Arbeit auf mich und meinen Liebling.« Er wandte sich dem Aquarium mit der Meerjungfrau zu und trat vor die Scheibe. »Ihr Raub hatte einen ganz einfachen Grund: Sie war die einzige lebende Meerjungfrau, von der ich wusste. Und außerdem ging mir das genetische Material aus. Insbesondere aber war ich natürlich an ihren Eierstöcken interessiert. Begreifen Sie, was ich meine?« Der Arzt drehte sich mit leuchtenden Augen zu ihm um. »Ich hätte durch künstliche Befruchtung echter Sireneneizellen meinen eigenen Meerjungfrauenstamm züchten können.« Ein finsterer Ausdruck huschte über sein Antlitz. »Nur war die Mühe vergebens. Dummerweise stellte sich nämlich heraus, dass dieses Fischweib dem gleichen Zyklus unterworfen ist wie eine gewöhnliche Frau. Sie ist bereits zu alt. Sie hat ihre Menopause schon lange hinter sich. In ihr reifen keine Eizellen mehr. Also muss nun Plan B in Kraft treten. Ich werde den Hexen ihr verdammtes Muschelhorn abnehmen, mit dem sie in der Lage sind, diese Nixen anzulocken. Und dann werde ich ein neues Exemplar einfangen. Ein junges. Und ich bin mir sicher, der Fang wird mir zu jenem wissenschaftlichen Durchbruch verhelfen, den ich schon seit Jahrzehnten anstrebe. Und wissen Sie, wer mithelfen wird, all diese kleinen Sirenen auszutragen?« Bornleit zwinkerte Jens zu und beantwortete die Frage dann selbst. »Richtig, Ihre verehrte Polizistin und – Ranja Abben. Wenn wir beide ehrlich sind, sind diese zwei Frauen doch genau im richtigen Alter für Mutterfreuden. Und ich habe in Bälde einen großen Bedarf an Leihmüttern, glauben Sie mir.«

»Sie sind ein verdammtes Schwein!«, fauchte Jens.

»Seltsam, ich wusste, dass Sie das sagen würden.« Böse schürzte Bornleit die Lippen und klopfte gegen die Scheibe des Aquariums. »Nur dich – dich brauchen wir dann nicht mehr.«

Das wundersame Geschöpf im Becken schlug seine Augen auf, und sogleich wurde Jens von einer ganzen Kaskade an Gefühlen überwältigt. Trauer. Schmerz. Angst. Als die Sirene jedoch Bornleit erblickte, verengten sich ihre Pupillen, und sie schlug mit ihren Armen hilflos gegen die Scheibe. Bornleit lachte. »Sehen Sie das? Sie mag mich nicht. Irgendwie kann ich sie sogar verstehen.«

Jens ruckte hoch, da ihn jäh ein ungeordneter Strom an Bildern überflutete, der seinen Schädel schier zum Platzen brachte. Wenn die mentale Verbindung zu der von Bornleit geschaffenen Monstrosität dem Strom aus einem Feuerwehrschlauch glich, dann war es jetzt ein Fluttor, das sich ihm öffnete und ihn förmlich hinwegzuspülen drohte. Und jedes dieser Bilder zeigte Bornleit, wie dieser ersäuft, zerfetzt und zerrissen wurde.

Gepeinigt bäumte sich Jens in seinem Sitz auf und schrie vor Schmerzen.

Nicht nur Bornleit ruckte zu ihm herum – auch die Meerjungfrau. Und in beider Blicken lag eine unausgesprochene Frage.

Der Strom der Bilder verebbte, und Jens sank benommen in sich zusammen. Stattdessen spürte er eine exotische, ihm völlig fremde Neugier, die nach seinem Bewusstsein tastete. Die Meerjungfrau wand sich in ihrem engen Gefängnis und drängte mit ihrem Gesicht dicht an die Scheibe heran, um Jens anzusehen. Bornleit hingegen blickte zunehmend verwirrt zwischen den beiden hin und her.

»Meine Güte, Sie können ihre Emotionen also wirklich spüren?« Auf seinem Gesicht ging förmlich die Sonne auf, als er neben ihn trat. »Wie gelingt Ihnen das? Ist es Telepathie?« Plötzlich lachte er. »Ist Ihnen klar, Ahrens, dass Sie mir gerade ein zweites Forschungsfeld eröffnet haben?« Er packte ihn am Kinn und sah ihm prüfend in die Augen. »Glauben Sie mir, wir beiden werden in den kommenden Monaten sehr viel Spaß miteinander haben. Lassen Sie mich nur noch diese eine Sache heute hinter mich bringen. Denn von morgen an werden wir die Welt neu ordnen.« Bornleit deutete zu einer Tür, der Jens bislang keine Beachtung gezollt hatte. »Bis dahin werde ich Sie zu den beiden Frauen sperren. Sie dürfen den beiden auch gern erzählen, welche Rolle Sie in meinen Plänen spielen.«

Gut gelaunt stiefelte er hinüber zu dem Becken, in dem seine Chimäre saß, nahm eine Fernbedienung vom Tisch und öffnete mit dieser ein Rolltor ganz am Ende der Halle. »Zeit zum Aufbruch, mein Schatz. Geben wir der Schwesternschaft den Rest!«

Jens, der sich noch immer von der Meerjungfrau beobachtet fühlte, sah lauernd auf, während im Becken neben Bornleit das Wasser schäumte. Derweil nahm der Arzt einen Schlüsselbund zur Hand und schloss jene Tür auf, hinter der Meike und Ranja Abben eingesperrt waren.

Jens war klar, dass er handeln musste. Jetzt gleich. Verzweifelt zerrte er an seinem rechten Unterarm und zwängte ihn unter dem Lederriemen hervor. Die Anstrengung kostete ihn allerdings mehr Kraft, als er gedacht hatte. Und doch durfte er nicht aufgeben. Anschließend befreite er seinen linken Arm. Bornleit öffnete die Tür und knipste einen Lichtschalter an. »Und, die Damen? Haben Sie mich bereits vermisst?«

Mit aller Kraft, die er aufzubringen imstande war, stemmte sich Jens aus dem Untersuchungsstuhl und wankte. Sein Körper reagierte einfach nicht so, wie er sollte. Die Beine zitterten, und ebenso erging es seinen übrigen Gliedmaßen. Sehnsüchtig starrte er zu dem Metalltisch hinüber, auf dem noch immer die Browning lag. Die Waffe war nur knappe zwei Meter von ihm entfernt und erschien ihm doch unerreichbar. Bornleit musste etwas bemerkt haben, denn sein Kopf flog zu ihm herum. »Wie …?«

Sein Blick irrlichterte zu der Pistole in Jens' Nähe, und mit einem Ausdruck ungebändigter Wut stürmte er zu ihm zurück.

Jens streckte verzweifelt seine Glieder und ließ sich in Richtung des Tisches fallen. Er schlug der Länge nach gegen ihn, brachte ihn zum Kippen und stürzte unter Getöse mit ihm zu Boden. Mit der Nierenschale und der Spritze landete auch die Pistole auf dem Boden. Jens robbte stöhnend auf sie zu, packte sie und drehte sich auf den Rücken. Dann war Bornleit heran. Jens drückte den Abzug, doch im gleichen Moment erwischte ihn ein kräftiger Schlag, der ihm die Waffe wieder aus der Hand prellte. Der Schuss löste sich dennoch, und die Kugel traf mit einem seltsamen Knacklaut auf die Scheibe des Aquariums.

Bornleit schlug Jens brutal ins Gesicht. Doch Jens spürte den Schlag kaum, denn zeitgleich geschahen zwei Dinge: Die Scheibe des Aquariums überzog sich mit einem Netz aus Sprüngen, und im gleichen Moment spülte eine Welle des Triumphs über seinen Geist hinweg. Ebenso wie der Arzt sah er ungläubig mit an, wie sich die Sirene in ihrem engen Gefängnis zusammenkrümmte und ihren Leib mit Macht gegen die Scheibe warf. Mit einem Knall zerplatzte die Scheibe schließlich, und ein gewaltiger Schwall Wasser stürzte in den Raum und trug dabei die fischleibige Sirene mit sich. Sie riss mit ihrem Gewicht einen Arbeitstisch um, landete mit ihrem nackten Oberkörper zwischen den Glasscherben und riss sich dort blutige Striemen. Doch wenn sie Schmerzen verspürte, beachtete sie sie nicht. Stattdessen robbte und schlängelte sie – einer tobsüchtigen Python nicht unähnlich – auf sie beide zu. Jens und Bornleit starrten sie wie gelähmt an, denn mit ihren langen, strähnig schwarzen Haaren und dem hasserfüllten Blick wirkte sie wie ein japanisches Filmmonster. Fauchend riss sie ihr Maul auf und entblößte dabei zwei Reihen nadelspitzer Reißzähne. Dann war sie über ihnen, packte Bornleit an der Hüfte und schlug ihre Reißer in seinen Oberschenkel.

Der Arzt brüllte auf, prügelte wie besessen auf ihren Kopf ein und schaffte es tatsächlich, die Meerjungfrau von sich herunterzuziehen. Unter Schmerzen sprang er auf, als ihn ihr Schwanzschlag traf. Dicht fegte dieser über Jens' Oberkörper hinweg und traf den Arzt schwer im Rücken. Bornleit krachte in das Regal mit den Medikamenten und stürzte zusammen mit ihm um. Die Sirene jedoch wirbelte herum und sah nun Jens an, der schräg hinter ihr am Boden kauerte und sie wie gelähmt ansah. Gott, wären nicht ihre Reißzähne gewesen, die deutlich weniger ausgeprägt waren als bei Bornleits Monster, so hätte sie fast menschlich ausgesehen. Wie eine nackte alte Frau. Jens suchte ihren Blick, in dem er den gleichen staunenden Ausdruck entdeckte, mit dem vermutlich auch er sie ansah. Verwunderung. Und auch … Erkennen.

Zugleich fühlte er tief in sich, dass er keine Angst vor ihr haben musste.

Sie war gekommen, um ihn zu beschützen. Ihn!

Bornleit stöhnte, richtete sich inmitten der Regalreste wieder auf und sah die Sirene ängstlich an. Hektisch steckte er sich eine silberne Pfeife in den Mund und blies hinein. Jens kannte das fast unhörbare Fiepen, das nun durch den Raum gellte. Kaum war es verklungen, als hinten, beim Becken, ein gereiztes Bellen und Schnattern erklang. Im nächsten Moment zersplitterte einer der Glaszylinder, und ein Rolltisch flog gegen die Wand. Dann brandete die Flut aus dem Becken über den Boden auf sie zu, und mit ihr walzte die andere Fisch-Mensch-Chimäre durch den Raum. Rasselnd. Zornig. Mit gefletschten Reißzähnen.

Auch die Sirene reagierte. Sie stellte ihre Kiemen auf und stieß einen schrillen, durchdringenden Ton aus, der Jens' Ohren schier zum Klingen brachte. Sofort schlängelte sie auf das Ungetüm zu, und unter ohrenbetäubenden Kampflauten prallten beide Kreaturen aufeinander. Sie schenkten sich nichts. Erbittert schlugen, bissen und prügelten sie aufeinander ein. Einer der Tische brach unter einem Hieb entzwei, Blut spritzte, und ein zweiter Glaszylinder barst unter dem Schlag eines Fischschwanzes.

Jens, der sich wieder aufrichtete, sah jetzt, dass Bornleit mit stark blutender Beinwunde an ihm vorbeirobbte, geradewegs auf die Browning zu, die etwa drei Meter von ihm entfernt am Boden lag. Auch er mühte sich voran, packte den Arzt am Bein und hämmerte mit der Faust gegen die Bisswunde. Der verrückte Wissenschaftler schrie auf vor Schmerz und trat ihm wütend ins Gesicht, während im Hintergrund noch immer die Kampfgeräusche von Sirene und Chimäre zu hören waren. Eine Präzisionswaage krachte gegen einen Trockenschrank, und Bornleits Monster stieß ein triumphierendes Heulen aus. Bornleit indes zog sich weiter voran. Jens rammte den umgekippten Tisch nach vorn, gerade in dem Augenblick, als der Arzt seine Hand nach der Pistole ausstreckte. Abermals trat er nach ihm, doch diesmal gelang es Jens auszuweichen. Alle Kraft zusammennehmend, kam er auf die Beine und sprang den Arzt an. Dem war es in der Zwischenzeit jedoch gelungen, die Pistole an sich zu nehmen. Aber Jens packte ihn am Handgelenk und stemmte sich gegen den Waffenarm. Ein Schuss löste sich. Dann ein zweiter. Doch die Kugeln schlugen lediglich über ihnen in der Decke ein. Verzweifelt rangen sie miteinander, allerdings waren sie beide zu geschwächt, um einen Vorteil zu erlangen. Jens, der inzwischen auf dem Arzt lag, sah aus den Augenwinkeln, dass die Sirene dabei war, den Kampf zu verlieren. Die Chimäre ragte inzwischen als Einzige über den umgestürzten Möbeln auf und drosch unentwegt mit ihren Krallen auf die unter ihr liegende Gegnerin ein.

Jens kam eine verzweifelte Idee. Mühsam verlagerte er den Griff an der Waffenhand des Arztes und suchte nach dem Signalgeber an dessen Handgelenk. Endlich fand er den Knopf. Ein elektrisches Knistern ertönte, und die Chimäre kreischte hinter ihnen im Raum gepeinigt auf. Ihr Fischleib zuckte krampfhaft, und ihre Krallenarme flogen in dem hilflosen Versuch, sich den elektrischen Reif abzureißen, hoch zum Hals. Endlich löste sich das Monstrum von der Sirene und kippte schwer hintenüber.

Bornleit schoss ein weiteres Mal, und diesmal zischte die Kugel dicht an Jens' Schläfe vorüber. Dem gelang es nun endlich, den Arm des Arztes gegen ein Regalbein zu prellen. Einmal. Zweimal. Der Arzt schrie auf. Dann, endlich, entglitt die Pistole seinen Fingern und rutschte abermals einige Meter über den Untergrund. Bornleit packte ihn mit der Linken am Hals und versuchte ihn zu würgen, doch Jens fand allmählich zu alter Form zurück. Er rammte den Arm mit dem Ellenbogen beiseite und schlug ihm die Faust ins Gesicht.

Bornleit stöhnte und blieb benommen liegen.

Sofort kroch Jens über den Körper des Mannes hinweg und suchte die Pistole. Wo zum Teufel war sie? Endlich entdeckte er sie unter einem Schrank – als er den Fischgeruch bemerkte. Die Chimäre kam. Und sie war schon dicht hinter ihm. Jens ruckte herum, wich bis zu dem Schrank zurück und sah entgeistert dabei zu, wie das fischgestaltige Ungeheuer wenige Meter hinter ihm innehielt. Es blutete am Kopf und an den Brüsten, und Jens entdeckte Bisswunden an Nacken und Krallenarmen. Und doch war es jetzt ganz und gar damit beschäftigt, Bornleit mit seinen froschartigen Glotzaugen anzustarren. Neugierig. Lauernd. Der Arzt kam in diesem Augenblick wieder zu sich und keuchte erschrocken auf. »Weg! Weg mit dir!«

Seine Hand ruckte zum Funkgeber, doch der Krallenarm der Chimäre schnellte ebenfalls vor und hielt ihn fest. Jens fühlte den Wunsch nach Rache in sich aufsteigen, doch der gehörte nicht zu ihm selbst. Und plötzlich blitzte in den Glotzaugen die Mordlust.

»Nein!« Bornleit schrie panisch, als das Ungeheuer seine Reißzähne entblößte, herabstieß und sie mit einem schnellen Biss in seinen Hals grub. Blut spritzte. Der Arzt bäumte sich noch einmal auf, dann sank der Körper zurück und blieb still liegen. Mit blutverschmiertem Maul löste sich die Kreatur von ihm und starrte nun Jens an.

Der fischte panisch nach der Waffe unter dem Schrank und brachte sie genau in jenem Augenblick in Anschlag, als sich die Fisch-Mensch-Chimäre mit ausgefahrenen Krallen zum Sprung bereit machte. Jens feuerte fast das komplette Magazin leer und sah dabei zu, wie eine Kugel nach der anderen in dem widernatürlichen Leib des Wesens einschlug. Die Chimäre brüllte und quiekte und wurde mit jedem Einschlag weiter nach hinten geworfen, bis sie schließlich quer über den gynäkologischen Stuhl kippte und dort ebenso reglos liegen blieb wie ihr Erschaffer am Boden.

Jens ließ die Pistole erschöpft sinken und vernahm eine Weile nur seinen eigenen Atem. Irgendwo weiter hinten tropfte und gurgelte es. Doch da war noch etwas anderes. Ein leises Fiepen. Wie ein Ballon, aus dem die Luft entwich. Keuchend mühte er sich hoch und stolperte zittrig an umgestürzten Tischen und verbeulten Maschinen vorüber zu der Sirene. Ihr langer Fischschwanz war hinter einem Regal verborgen, und so lag sie da wie eine nackte alte Frau. Ihre Brüste waren von Bissen und Kratzwunden gezeichnet, und auch ihr Antlitz und ihre Arme waren mit Blut besudelt. Obwohl sie fürchterliche Schmerzen haben musste, tat sie nichts anderes, als ihn anzusehen.

Jens ging neben ihr in die Hocke und berührte das wundersame Wesen an der Wange. Ihre Haut fühlte sich ungewöhnlich kühl an. Die Sirene rasselte leise, hob schwach eine Hand und legte sie auf die Seine. In ihren Empfindungen schwang Verwunderung mit, Erstaunen und sogar so etwas wie … Liebe. Davon berührt atmete Jens ein und versuchte erstmals selbst, sie zu erreichen. Er dachte an das Meer. An die Brandung, die sanft ihren Körper streichelte. Lichtstrahlen, die schräg durch das Wasser brachen und die Oberfläche ihrer Haut kitzelten. Und daran, eins zu werden mit der Tiefe. Und diesmal waren die Bilder und Gefühle, die er von ihr empfing, voller Ruhe. Sie waren erfüllt von … Erlösung.

Die Meerjungfrau schloss die Augen, die Hand sank zum Boden zurück und … sie war tot.

Unwillkürlich spürte Jens Trauer in sich aufsteigen.

Wie lange er bei ihr hockte, vermochte er nicht zu sagen. Doch als er sich irgendwann wieder der Wirklichkeit bewusst wurde, war auf den Monitoren Bewegung zu sehen. Verdammt. Das waren die Schwestern. Aufgewühlt mühte er sich hoch, um zu dem Raum zu gelangen, in dem Meike Ehlers und Ranja Abben gefangen waren – als durch die Rolltür, die Bornleit geöffnet hatte, ein Gegenstand kollerte.

Die Blendgranate explodierte mit einem grellen Lichtblitz und blendete ihn. Orientierungslos hörte er mit an, wie Menschen das Labor stürmten und Kommandos brüllten.

Jemand zwang ihn unsanft zu Boden und entriss ihm die Waffe.

Als er endlich wieder etwas sehen konnte, kam Bürgermeisterin Xanthe Petersen in das Gewölbe hineingestiefelt. Mit ihr erschienen weitere Bewaffnete. Männer und Frauen. Fassungslos sah sich die Gruppe im Labor um.

Ein weiterer Bewaffneter trat nun durch die Tür. Er hielt die Veterinärin Petra Dethlefsen an den Haaren gepackt und schob sie grob vor sich her. Man hatte sie offensichtlich geschlagen, denn ihr Gesicht und ihr linkes Auge wiesen Schwellungen auf. »Bitte!«, wimmerte sie.

»Nur gut, dass ich dich habe beobachten lassen, Verräterin. Aber jetzt brauchen wir dich nicht mehr.« Die Bürgermeisterin fixierte sie zornig und gab dem Mann ein Zeichen. Der drückte die Veterinärin zu Boden und schoss ihr ungerührt in den Kopf.

Tot kippte die Dethlefsen zu Boden, während sich Xanthe Petersen Jens zuwandte.

»Herr Ahrens, es hat mich bereits unglücklich gestimmt, dass Sie mir auf Ranjas Jacht entwischt sind.«

»Ach, *Sie* waren das?«

Sie nickte ausdruckslos. »Nun ja, ich musste an dem Abend etwas improvisieren. Insofern sehe ich mir diesen Lapsus nach. Doch dass Sie uns heute schon wieder entkommen sind, stimmt mich allmählich … gereizt. Und es entschuldigt Sie nicht, dass Sie uns in der Zwischenzeit die Drecksarbeit abgenommen haben. Ihre Eskapaden haben jetzt ein Ende.« Mit einem bösen Lächeln trat sie vor. »Was nun kommt, kennen Sie ja schon.« Sie nickte einem ihrer Leute zu.

Jens sah noch eine Faust auf sich zufliegen, dann wurde es schwarz um ihn.

Johannisnacht

Als Jens wieder zu sich kam, schwankte der Untergrund. Raue Seeluft schlug ihm entgegen, die nach Meer und Gischt roch. Von irgendwoher war der Brummton eines Schiffsmotors zu hören. Wie lange er bewusstlos gewesen war, vermochte er nicht zu sagen. Doch es konnten ein oder zwei Stunden gewesen sein, denn jetzt war es tief in der Nacht, und über ihm trieben einige Wolken, zwischen denen vereinzelte Sterne aufblitzten.

Er selbst lag geknebelt und mit den Händen auf dem Rücken gefesselt neben einer Reling. Dem Fahrtwind und den Wellenbewegungen nach zu urteilen befand er sich auf einer großen Motorjacht weit draußen auf der Nordsee. Über den Motorenlärm hinweg waren gelegentliche Kommandos zu hören, und hin und wieder stiefelten in Schwarz gekleidete Männer und Frauen an ihm vorbei.

Und … er war hier vorn an Deck nicht allein!

Neben ihm hockten weitere Gefesselte. Als er den Kopf drehte, konnte er jenseits der hohen Jachtaufbauten noch mehr Schiffe erkennen, die das Meer durchpflügten. Jens stemmte sich ächzend an der Reling hoch und fand seinen Eindruck bestätigt. Es handelte sich um ein halbes Dutzend hochseetauglicher Jachten, die im Verband fuhren. Das Schiff, auf dem er sich befand, war also Teil einer kleinen Flotte. Es schien aber das größte von allen zu sein.

»Er ist wach!«, tönte eine weibliche Simme schräg vor ihm.

Die Stimme war ihm nur zu vertraut. Es handelte sich um Ranja Abben. Ihr blondes Haar flatterte im Fahrtwind, und sie trat mit angespanntem Lächeln vor ihn. Jens sah, dass ihr hübsches Gesicht kleinere Verletzungen aufwies. Außerdem humpelte sie leicht. Doch davon abgesehen schien es ihr gut zu gehen.

Nicht so der Frau, die unmittelbar hinter ihr auf der Steuerbordseite des Schiffes kauerte: Meike. Ebenso wie er und die anderen Gefangenen hier vorn auf dem Schiff war sie gefesselt und geknebelt. Sie war ebenfalls bei Bewusstsein und starrte ängstlich zu ihm herüber. Jens wollte etwas sagen, doch der Knebel in seinem Mund hinderte ihn daran.

Vom Heck des Schiffes her näherten sich Schritte. Kurz darauf bauten sich zwei schlanke Frauen mit Windjacken vor ihm auf: Thalia Martens und Bürgermeisterin Xanthe Petersen.

»Befrei ihn von seinem Knebel«, sagte die Martens. »Ich möchte mich noch etwas mit ihm unterhalten, bevor wir ihn seiner Verwendung zuführen.«

Ranja bückte sich und befreite ihn von dem Stoffstreifen. Jens spuckte einige Fasern aus und sah grimmig zu den Frauen auf. »Wohin geht die Reise?«, fragte er mit rauer Stimme. »Zu Ihrem Sirenenschwarm?«

»Sie haben es erfasst.« Thalia Martens lächelte fein. »Ich denke, jetzt ist es auch an der Zeit, dass Sie erfahren, wie es um den Kern unserer Zusammenarbeit mit diesen Geschöpfen bestellt ist. Denn wir sind es, die ihnen die Männer besorgen.«

Jens sah sie, Xanthe Petersen und Ranja entgeistert an. »Männer?«

Dass für all die Toten, die hier alle paar Jahre an der Küste angespült wurden, Sirenen die Verantwortung trugen, hatte er bereits vermutet, als ihm die Frauen von dem befremdlichen Paarungsgebaren dieser Kreaturen berichteten. Doch jetzt, da er begriff, welche menschenverachtende Systematik hinter alledem steckte, wurde ihm flau zumute.

»Ja, Männer.« Thalia Martens hielt sich an der Reling fest, da die Jacht soeben einen kleinen Wellenberg durchpflügte. »Sie müssen wissen, dass die Sirenen unsere Küsten schon seit sehr langer Zeit heimsuchen, um hier nach paarungsbereiten männlichen Opfern Ausschau zu halten. Meist sind es Fischer und andere Seeleute, die sie umgarnen und dann auf Nimmerwiedersehen mit sich in die Tiefe reißen. Diese Verluste waren lange Zeit überaus schmerzhaft für die Familien an den Küsten. Und zu diesen Vorfällen kam es weit häufiger, als Ihnen vermutlich bewusst ist. Dass das unseren Ahninnen nicht sonderlich gefallen hat, können Sie sich denken. Bis eine von ihnen erstmals auf die Idee kam, Fremde einzufangen und sie anstelle ihrer eigenen Männer raus aufs Meer zu bringen.« Sie lächelte. »Damals glaubten unsere Ururgroßmütter natürlich noch, dass es sich bei den Sirenen um die Töchter des Meeresgottes Ägir handelte. Ein Irrtum, der sich erst sehr viel später aufklärte. Aber Sie können sich ihre Freude ausmalen, als sie feststellten, dass diese … Opferungen … tatsächlich dazu führten, dass die Verluste unter ihren Ehegatten und Söhnen von Jahrzehnt zu Jahrzehnt abnahmen. Und das war bei Weitem nicht alles. Denn die Sirenen nahmen nicht nur, sie gaben auch. Sie sorgten für gute Fischfänge, sie milderten die Sturmfluten, und sie halfen jenen unter den Unsrigen, die sich in den kommenden Jahrhunderten aufmachten, um als Seefahrer die Weltmeere zu befahren. Auch den Sirenen wurde allmählich bewusst, dass eine Zusammenarbeit mit uns zahlreiche Vorteile brachte. Sie mussten nicht mehr so dicht an die Küsten herankommen, was die Gefahr ihrer Entdeckung entschieden minderte. Und sie konnten sich an uns wenden, wenn sich Einzelne von ihnen verletzten oder krank wurden. Den Rest können Sie sich vermutlich selbst zusammenreimen.«

»Und du?« Jens sah zornig zu Ranja auf. »Du bist so etwas wie ein Lockvogel?«

»Eine Fängerin«, korrigierte ihn Ranja mit einem anzüglichen Lächeln. »Das ist eine Profession, die bei uns eine lange Tradition genießt. Und ich bin nicht die Einzige. Wobei andere den schmutzigen Teil der Arbeit erledigen.« Sie sah mit schlechtem Gewissen zu Thalia Martens auf. »Wäre es anders, hätte ich da draußen im Watt vermutlich weniger Skrupel gehabt, dich umzubringen. Nur bin ich für so etwas nicht ausgebildet.«

»Widerliche Schlange!«, zischte Jens zornig.

»Hab dich nicht so.« Sie zog einen Schmollmund. »Hätt ich es darauf angelegt, ich hätte dich rumbekommen. Und nach einer Nacht mit mir hättest du keine andere Frau mehr angefasst. Aber ich musste ja leider das besorgte Töchterchen spielen.«

Sie und die Petersen lachten.

»Dann ist Rhode also auch hier?« Jens spähte zu den übrigen Gefesselten hinüber, doch unter seinen Leidensgenossen konnte er niemanden ausfindig machen, den er kannte.

»Dieser renitente Heimatkundler?«, meldete sich erstmals Xanthe Petersen zu Wort. »Ich muss Sie enttäuschen. Er war zu alt und daher nutzlos für uns. Wir haben ihn hingerichtet, kurz nachdem Sie seine Unterlagen gefunden hatten.«

Jens starrte die Frauen fassungslos an und rang nach Worten, die er ihnen an den Kopf werfen konnte. Doch es wäre vermutlich ohnehin sinnlos gewesen.

In diesem Moment stotterte der Motor, und die Jacht verlor an Fahrt. Eine weibliche Stimme rief: »Zielkoordinaten erreicht!«

»Meine Schwester und ich möchten trotz alledem nicht undankbar erscheinen«, meinte Thalia Martens kühl. »Doris lässt Sie übrigens grüßen. Leider weilt sie derzeit auf einem der anderen Schiffe. Da Sie aber maßgeblich mit dazu beigetragen haben, uns vor Doktor Bornleits Nachstellungen zu bewahren, möchten wir Ihnen die Gunst zuteilwerden lassen, dem folgendem Spektakel als Kronzeuge beizuwohnen. Nämlich der Übergabe unserer Gefangenen an die Sirenen. Allerdings befürchte ich, dass Sie daran nur bedingt Freude haben werden. Da Sie als Mann selbst über jene Attribute verfügen, die unseren Meeresschwestern gefallen, werden wir Sie ihnen anschließend ebenfalls übergeben.«

»Wusstest du, dass die Franzosen den Orgasmus als ›kleinen Tod‹ bezeichnen?«, höhnte Ranja. »Zumindest in dieser Hinsicht wirst du sie in wenigen Minuten eines Besseren belehren. Denn das wird der letzte Akt deines Lebens sein.«

Jens sah sie kalt an. »Denk an meine Worte«, erwiderte er. »Sollte ich dich erwischen, wirst du es sein, die stirbt.«

»Ein Kämpfer bis ganz zum Schluss. So lobe ich mir das.« Thalia Martens nickte anerkennend. »Fast schade, dass Sie uns gleich verlassen werden. Nun denn.« Sie klatschte in die Hände und verschaffte sich an Bord Gehör. »Alle Männer runter unters Deck! Es ist gleich so weit. Der Rest zieht sich um und macht sich bereit. Ranja«, sie drehte sich zu ihrem blonden Gift um, »du schnappst dir die Ehlers und ersäufst sie ein Stück weiter zur Insel hin. Wir wollen unsere Meerschwestern doch nicht irritieren.«

»Kann ich das nicht anschließend …?«

Thalia Martens' strenger Blick brachte sie zum Verstummen.

»Wie du wünschst, Schwester.« Ranja verbeugte sich missmutig, packte Meike, die ihnen die ganze Zeit über aufmerksam gelauscht hatte, und zerrte sie hoch. Die Polizistin biss in ihren Knebel, versuchte sich ihr zu entziehen und setzte sogar zu einem Kopfstoß an. Doch Ranja zerrte sie an den Haaren nach hinten, packte sie am Nacken und stieß sie zum Heck des Schiffes, bis sie beide außer Sicht waren. Jens wurde blass, zerrte seinerseits an den Fesseln und konnte doch nichts tun.

Inzwischen verloren die Schiffe endgültig an Fahrt, und die kleine Flotte dümpelte in den nächtlichen Fluten. Voller Wut musste Jens mit ansehen, dass überall auf den Jachten hektische Betriebsamkeit ausbrach. Bewaffnete Frauen führten gefesselte Gestalten zu kleinen Motorbooten hinab, die neben den Jachten auftauchten und dort auf ihre Fracht warteten. Auch vor ihm erschienen Frauen, die die übrigen Gefangenen packten und mit sich führten. Einige von ihnen wehrten sich verzweifelt und schrien ihre Angst in die Knebel, wieder andere sahen ihrem Schicksal lethargisch entgegen. Jens zählte die Gestalten grob durch und stöhnte. Das waren mindestens fünfundzwanzig Männer, die da heute Nacht raus auf das Meer gebracht wurden.

Wie viele von diesen Verliesen hatte es in Egirholm noch gegeben?

Die Motorboote legten mit ihrer Fracht ab und fuhren etwa zwanzig oder dreißig Meter in die Dunkelheit hinaus, bevor sie wieder anhielten. Ein weiteres Motorboot kam, sammelte die Fahrerinnen ein und kehrte zu einem der anderen Schiffe zurück, während die Gefangenen auf der See zurückblieben.

Und noch ein Boot war zu hören. Eine etwas kleinere Jolle mit Außenbordmotor. Sie war mit zwei Gestalten besetzt, verließ die Jacht auf der Backbordseite und knatterte in Richtung einer Insel davon, die sich dunkel vor dem Horizont abzeichnete.

Die flachen Dünen, der Leuchtturm – das war Westerogg!

»Ich nehme an, Sie erkennen die Insel«, hörte er die Stimme der Bürgermeisterin, die unbemerkt neben ihn getreten war. Xanthe Petersen trug jetzt ein dunkles Zeremonialgewand mit silbernen Applikationen in Gestalt kleiner Ägirhelme. »Ist es nicht seltsam, dass Ihr Weg Sie immer wieder hierher zurückführt? Sie müssen wissen, dass Westerogg für unsere Gemeinschaft eine wichtige Rolle spielt. Denn hier, vor der Insel, übergeben wir seit Jahrhunderten unsere Geschenke an das Meer. Es scheint Ihr Schicksal zu sein, dass diese Insel nicht bloß Ihre Rettung war, sondern nun auch Ihr Ende ankündigt.«

»Scheren Sie sich zum Teufel!«, zischte Jens.

Die Bürgermeisterin lachte, und gemeinsam sahen sie dabei zu, wie sich überall auf den Schiffen Frauen mit flackernden Kerzen in den Händen zu einer stummen Prozession sammelten. Auch vor ihnen trat eine Gruppe Ägirweiber an den Bug des Schiffes und blickte gespannt aufs Meer hinaus. Keine von ihnen sprach, alle warteten auf irgendetwas.

Dann ertönte von einem der Nachbarschiffe ein tiefer, weit tragender Ton herüber.

Jens starrte in die Richtung, aus der das Geräusch kam, und entdeckte vage eine sitzende Gestalt, die in einen leicht geschwungenen Gegenstand blies. Doris Martens? Das Blasinstrument in ihren Händen musste das verdammte Muschelhorn sein.

Der Ton wiederholte sich genau zweimal, dann kehrte erwartungsvolle Stille ein.

Die Wasserfläche vor den Schiffen wurde plötzlich spiegelglatt.

Nicht ein Windhauch kräuselte sie mehr.

Leichter Nebel kam auf …

… und mit ihm erschienen die Sirenen!

Es waren sicher zwei Dutzend. Überall vor ihnen auf dem Meer durchstießen ihre Köpfe die Wasseroberfläche, und im Sternenlicht konnte Jens sehen, wie schön all diese Frauengestalten waren. Allesamt besaßen sie lange Haare, die neckisch ihre Schultern und Brüste umflossen, während sie allmählich ihre

Mädchenkörper entblößten. Lüstern starrten sie die ihnen dargebotene Gruppe aus Männern an, dann sangen sie.

Ein elegischer Frauenchor von atemberaubender Schönheit wehte über das Meer, dessen Klänge Jens umgarnten und auch ihn in ihren Bann zu ziehen versuchten. Vor seinen Blicken verschwand das Meer im Nebel. Und mit ihm der Gesang. Stattdessen blitzte für den Bruchteil einer Sekunde das Bild einer grünen Sommerwiese mit unzähligen nackten Mädchen vor seinem geistigen Auge auf.

Eine war schöner als die andere.

Lasziv räkelten sie sich im Gras, leckten sich sinnlich über die Lippen und lockten ihn, indem sie sich an Schenkeln und Brüsten streichelten.

Verdammt, das alles … das war nicht echt!

Verzweifelt stemmte er sich gegen die hypnotische Beeinflussung, und das Bild zerfaserte und machte endlich wieder dem düsteren Meer Platz.

Unter Deck war nun Gepolter zu hören. Offenbar gerieten auch die dort eingesperrten Männer des Kultes in den Bann der Meerjungfrauen. Doch die Ägirweiber vor ihm ignorierten die Geräusche und starrten weiter fasziniert auf das Meer hinaus. Überall auf den Schiffen erhob sich jetzt ein Ah und Oh.

Auch Jens konnte nun sehen, wie sich die Nixen den Booten näherten. Viele der Gefangenen lehnten sich weit vor. Selbst aus der Entfernung war ihnen anzusehen, dass sie kaum glauben konnten, was ihnen das Meer in ihrer letzten Stunde offenbarte.

Plötzlich setzte die erste der Sirenen mit kraftvollem Flossenschlag über eines der Motorboote hinweg und riss dabei das erste Opfer mit sich in die Tiefe. Dann folgte eine zweite Sirene und eine dritte. Es sprangen immer mehr, und allmählich leerten sich die Boote. Einige Frauen auf den Schiffen klatschten begeistert, während die eine oder andere ein feierliches Lied anstimmte.

»Ich denke, er hat genug mitbekommen!«, erscholl vor ihm Thalia Martens' Stimme. Bürgermeisterin Petersen zog ihn zusammen mit einer Frau, die ihm unbekannt war, auf die Füße und drängte ihn gegen die Reling.

»Wenn Sie glauben, ich sei bereits weggetreten, dann irren Sie sich«, zischte Jens trotzig, während ihm sein Bewusstsein weiterhin lustvolle Bilder vorgaukelte. Abermals drängte er sie zurück.

»Da fragt man sich doch gleich, ob Sie auch in anderer Hinsicht so viel Stehvermögen besitzen.« Die Bürgermeisterin fixierte ihn ungläubig. »Nur hilft Ihnen das jetzt auch nicht mehr.«

Im Wasser unter ihm platschte es, und in unmittelbarer Nähe der Jacht tauchte eine weitere Sirene aus den Fluten auf. Sie war wunderschön. Lange rote Haare umspielten ihre nackten Schultern, und mit herausforderndem Blick sah sie zu ihm auf. Erstmals verspürte Jens Todesangst. Denn er konnte die Lust und Gier dieses Wesens spüren, beides machte sich jetzt auch in seinen Lenden bemerkbar.

Verzweifelt kämpfte er gegen die demütigende Empfindung an. Doch plötzlich verebbte die Lust in ihren Augen und machte einem Ausdruck jäher Verwunderung Platz.

Einer Verwunderung, die auch die seine war.

Diese Nixe konnte ihn ebenfalls verstehen?

Jens wusste jetzt, was er versuchen würde.

»Haben Sie noch einen letzten Wunsch, Herr Ahrens«, fragte die Martens leutselig.

Herausfordernd sah er sie und Xanthe Petersen an. »Ja, den habe ich. Nehmen Sie sich mein Smartphone, und hören Sie sich den *Hair*-Song noch einmal an. Nur als Vorwarnung!«

»Wie bitte?«

Die Frauen wechselten befremdete Blicke, während draußen auf dem Meer das Sterben weiterging. Freiwillig setzte Jens ein Bein über die Reling.

»Stimmt, das wissen Sie ja noch gar nicht«, höhnte er. »Eike Momsen hatte Ihre Sirene nämlich vergewaltigt. Und dieser Verbindung ist ein Kind entsprungen. Eine Junge. Nun raten Sie mal, wer das ist. Und jetzt wollen wir doch mal sehen, was Ihre Meerfreundinnen davon halten, wenn ich ihnen mitteile, wer ihre Schwester all die Jahre über gequält hat.«

Er kippte hintenüber und ließ sich ins Meer fallen. Die Fluten schlugen über ihm zusammen, und Jens spürte, wie im Dunklen ein schlanker Schatten auf ihn zuschoss, ihn packte und mit spielerischer Eleganz durch das Seewasser zog. Er verzichtete auf jede Gegenwehr. Ein Biss der Sirene reichte – und seine Fesseln lösten sich. Schon legten sich kühle Lippen auf die seinen, und ein unwirklicher Rausch erfasste ihn. Süße Atemluft füllte seine Lungen. Noch einmal stiegen vor seinem geistigen Auge sündhafte Bilder auf, doch erweckten sie nun eher den Eindruck vorsichtiger Neugier. Es war so, als wollte die Meerjungfrau herausfinden, mit wem sie es zu tun hatte.

Abermals musste sich Jens anstrengen, um der hypnotischen Beeinflussung standzuhalten. Zu seinem eigenen Erstaunen war es schließlich der verzweifelte Gedanke an Meike, der ihm dabei half.

Meike, die da draußen ihrem sicheren Tod entgegenfuhr.

Dann kehrte er den Spieß um. Er beschwor die Bilder seiner Sirenenmutter herauf. Und er zeigte der Sirene, wie sie von den Frauen des Ägirkultes all die Jahre über gefangen gehalten, gequält und misshandelt worden war. Es war ihm gleich, dass das meiste davon eine Lüge war. Denn er spürte, wie die Sirene zusammenfuhr, wuterfüllt von ihm abließ und ihn im Dunkeln anstarrte.

Blitzschnell schoss sie unter ihm hinweg und war verschwunden.

Verzweifelt kämpfte sich Jens zur Meeresoberfläche empor. Sein Kopf durchstieß kaum die Wasserfläche, als er hörte, dass der lockende Gesang der Sirenen inzwischen in eine Kakophonie des Hasses umgeschlagen war.

Die Rache der Sirenen traf die Flotte wie eine Urgewalt.

Rund um die Jachten schäumte und gurgelte das Wasser und kletterte an den Außenwänden der Schiffe empor. Panische Rufe schlugen ihm von den Decks entgegen, und irgendwo peitschte ein einzelner Schuss durch die Nacht – als auch noch ein fürchterliches Grollen einsetzte. Im Westen bäumte sich das Meer jäh auf, und eine gewaltige Welle rollte auf die kleine Flotte zu und brachte eine der Jachten zum Kentern. Unter einer zweiten Jacht schäumte plötzlich das Wasser, als käme es unter ihm zu dem

Blowout eines Methangasfeldes. Innerhalb von Sekunden verlor es seinen Auftrieb und versank mit dem Heck voran in den Fluten. Spitze Schreie gellten durch die Nacht, und erstmals ratterte eine MP, während von irgendwoher eine jähe Springflut die Deckaufbauten eines dritten Schiffes zerschlug. Frauen wurden über Bord geschwemmt und von den Sirenen wie Haie umschwärmt. Sie gebärdeten sich wie Raubtiere.

Jens wandte seinen Blick von dem fürchterlichen Geschehen ab. Er konnte sehen, dass nicht weit von ihm entfernt eines der kleinen Motorboote auf dem Wasser dümpelte, das zuvor noch die unglücklichen Opfer der Sirenen beherbergt hatte. Mittlerweile war es leer.

Mit aller Kraft kraulte er auf das Boot zu, zog sich über die Bordwand und startete den Motor. Schnell nahm der schnittige Flitzer Fahrt auf. Jens drückte den Gashebel ganz nach vorn und steuerte Westerogg an.

Ihm war jetzt völlig egal, was mit den Hexen hinter ihm passierte. Seine Gedanken galten allein Meike. Hoffentlich kam er nicht zu spät.

Kurz sah er noch einmal zu den Schiffen zurück, wo der ungleiche Kampf zwischen Sirenen und Ägirkultisten weiterging. Eine weitere der Jachten versank unter knarrenden Lauten in den Fluten – als er endlich Ranjas Motorboot entdeckte.

Offenbar hatte sich die falsche Schlange die Opferungszeremonie trotz des Befehls ihrer Oberwikka nicht entgehen lassen wollen, denn sie war nicht weit gekommen. Allerdings fuhr sie jetzt geradewegs auf Westerogg zu, denn auch sie sah, was ihren Schwestern in diesem Moment wiederfuhr. Was Jens allerdings weit mehr beunruhigte, war der Umstand, dass er im Dunkeln nur sie auf dem Boot ausmachen konnte. Hatte sie Meike also bereits ins Meer gestoßen – oder lag sie irgendwo hinter ihr?

Jens warf allen unnützen Ballast, den er finden konnte, über Bord und erhöhte das Tempo. Er besaß ohnehin das schnellere Boot. Es dauerte nicht lange, bis er sie eingeholt hatte – und jetzt wurde der schreckliche Verdacht zur Gewissheit.

Meike war nicht zu sehen.

Mit einem zornigen Aufschrei brauste er weiter auf Ranja Abben zu, die verzweifelt versuchte auszuweichen. Doch damit gab sie ihre Flanke preis. Sekunden später krachten die beiden Motorboote gegeneinander, und der Rumpf seines Gefährts bohrte sich splitternd in die Außenwand ihres Bootes. Wasser drang sprudelnd ins Innere, und auch sein Motorboot hatte Schaden genommen. Es war ihm egal. Zornig stürmte er nach vorn und setzte mit einem beherzten Sprung zu Ranja über, die bereits bis zu den Waden im Wasser stand. Sie erwartete ihn mit dem Schiffsanker in den Händen und schlug wie eine Furie damit zu. Jens wich dem Hieb aus, entriss ihr die improvisierte Waffe und schleuderte sie ins Wasser. Ranja wich nach hinten aus, und Jens setzte ihr nach – als sein Fuß plötzlich durch den gesplitterten Rumpf des Bootes brach. Noch mehr Wasser drang ein. Wenn es ihm nicht gelang, sich zu befreien, würde ihn das sinkende Boot mit sich in die Tiefe ziehen. Verzweifelt versuchte er seinen Fuß aus der Falle zu ziehen, doch er war hoffnungslos eingeklemmt …

Ranja sah es und lachte gehässig. »Erst die Polizistin, jetzt du.« Kurz sah sie zu der letzten der verbliebenen Jachten hinüber, die kieloben auf dem Meer trieb und nun ebenfalls unterging. »Und weißt du was? Ich werde den Kult neu aufbauen. Mit mir selbst an der Spitze. Das soll dein letzter Gedanke sein, während du absäufst!«

Sie fasste die Insel ins Auge und setzte zu einem Kopfsprung an, als sich Jens nach vorn kippen ließ und ihren Fuß packte. »Nein«, fauchte er. »Das Letzte, woran ich denken werde, wird sein, dass ich dich mitgenommen habe, du Drecksstück!«

Panisch trat sie zu. Immer wieder. Doch Jens ließ nicht los.

Schließlich war es so weit. Das Wasser kletterte endgültig über die Bordwand, dann sank die Jolle und zog sie mit sich in die Tiefe. Ranja strampelte, doch Jens hielt dagegen, während sie das sinkende Boot unerbittlich mit sich in die Tiefe riss.

Er hielt lange gegen ihre Bemühungen an. Sehr lange. Irgendwann erlahmten ihre Bewegungen, und er ließ sie los, während es weiter abwärts ging. Den Aufprall des Bootes am Meeresgrund nahm er kaum noch wahr.

Seine Lungen brannten und schrien nach Luft.
Doch die gab es hier unten nicht.
Es war zu Ende.
Jens ergab sich dem Meer.

Wetterleuchten

Als Jens die Augen aufschlug, sah er über sich Sterne.

Sterne? Ungläubig richtete er sich auf und spürte an seinen Beinen die Brandung.

Er lag auf einem weichen, weißen Sandstrand mit einem salzigen Geschmack auf seiner Zunge. Es waren wirklich Wellen, die er fühlte. Beständig rollten sie über seine Beine und zogen sich anschließend wieder zurück.

Es war genau so wie damals nach der Explosion der Seemine. Nur dass es diesmal Nacht war und er entsetzlich fror.

Unwillkürlich wanderte sein Blick nach Westen. Der Horizont wurde von einer dichten Wolkenfront verfinstert, inmitten der es immer wieder grell aufleuchtete. Das gespenstische Naturschauspiel zeichnete sich scharf gegen das matt erleuchtete Firmament ab. Und doch war hier am Strand kein Donnergrollen zu hören. Stattdessen herrschte eine beklemmende Stille, die allein vom Rauschen der Wellen durchbrochen wurde.

Beklommen suchte er die See ab, doch außer der vom Sternenlicht beleuchteten Gischt, die auf breiter Front auf ihn zurollte, war nichts zu sehen.

Dann hatten sie ihn also wieder gerettet?

Dass es die Sirenen waren, denen er sein Leben jetzt schon zum zweiten Mal verdankte, stand für ihn fest. Nur fühlte sich seine Rettung diesmal schal und leer an.

Zu hoch war der Preis gewesen, den er dafür bezahlt hatte.

Müde und zerschlagen erhob er sich und sah sich um. Tatsächlich, gegen das schwach erleuchtete Himmelszelt konnte er die dunkle Silhouette des Leuchtturms ausmachen. Sie hatten ihn also wieder auf Westerogg abgesetzt. Noch einmal wandte er sich zum Meer um und dachte an all die Toten, die es gefordert hatte.

Dann, endlich, stapfte er müde durch den Sand auf den Turm zu – als er einige Meter weiter vor sich einen reglosen Körper bemerkte, der halb im Wasser lag – ebenso wie er selbst es gerade noch getan hatte. Die langen, nassen Haare, die Kleidung. Das war …

Voller Hoffnung rannte er auf die Polizistin zu und warf sich neben sie. Er hob ihren Oberkörper an und tätschelte sie sacht gegen die Wange.

»Meike!?«

Es dauerte etwas, dann öffnete sie die Augen und atmete fast zwanghaft ein. Ein Hustenkrampf schüttelte sie, und so stützte Jens sie und wartete ab, bis sie sich erholt hatte.

»Scheiße«, keuchte sie und sah ihn verwirrt an. »Bin ich tot?«

»Nee, auf Westerogg«, antwortete Jens mit einem schiefen Grinsen.

Er strich ihr das nasse Haar aus der Stirn, sah sie liebevoll an und setzte sich neben sie.

»Das Letzte, woran ich mich erinnere, ist, dass mich die verdammte Abben an einen Metallblock gefesselt und mit ihm über Bord gestoßen hat«, brauste sie wütend auf. »Wie …?« Sie verstummte und starrte auf das offene Meer. »Was ist mit den anderen?«

»Tot. Alle.«

Ein entsetzter Ausdruck huschte über ihre Züge. »Alle? Auch die Entführten?«

Jens nickte unheilvoll. »Sie. Die Frauen. Sogar ihre Schiffe sind untergegangen. Es war wie ein Schlachtfest.«

»Dann … existiert dieser Sirenenkult nicht mehr?«

»Ich glaube kaum, dass die Sirenen auch nur einen verschont haben.«

»Aber … wieso leben wir dann noch?« Aufgewühlt sah sie ihn an. »Waren das diese Fischweiber?«

Jens schmunzelte und nickte. »Sieht so aus.«

»Warum?«

»Ich schätze mal, sie wollten mir damit einen Gefallen erweisen.«

»Dir?« Verwirrt musterte sie ihn.

»Lange Geschichte.« Jens seufzte, als er nicht weit von ihnen entfernt einen weiteren Gegenstand im Sand entdeckte. Er lag neben einem Stück Treibholz und schimmerte weiß im Zwielicht. Misstrauisch stand er auf und trat an das Objekt heran. Es war das Muschelhorn.

»Was ist das?« Auch Meike erhob sich. Die Arme um den Oberkörper geschlungen trat sie neben ihn und beäugte das Horn ehrfürchtig. »Es ist hübsch.«

»Hübsch? Nein, es ist alles andere als hübsch.« Jens packte es mit beiden Händen und schlug es so lange mit Wucht gegen das Holzstück, bis die Schale platzte. Anschließend schleuderte er das Instrument weit hinaus auf die See, wo es mit einem Platschen versank.

»Ich muss das jetzt nicht verstehen, oder?«, fragte Meike.

»Gehört auch zu dieser langen Geschichte.«

»Toll. Und was machen wir jetzt?«

»Tja.« Jens fasste den Leuchtturm ins Auge. »Da oben müsste eigentlich immer noch dieses Funkgerät stehen. Und wenn wir erst wieder auf dem Festland sind und uns erholt haben«, er räusperte sich, »dann könnten wir doch vielleicht mal zusammen … essen gehen? Muss ja nicht gerade ein Fischrestaurant sein. Und dann erzähl ich dir diese lange Geschichte. Ist bloß möglich, dass sie so lang ist, dass ich dann … noch mal bei dir übernachten muss.«

Meike Ehlers betrachtete ihn eine Weile, und ihre Lippen zuckten belustigt. »War das jetzt eine Anmache?«

»Na ja«, Jens grinste. »Bislang hattest du ja nicht so viel Glück mit Männern. Da dachte ich, ich könnte vielleicht auch mal einen Versuch starten.«

Sie boxte ihm gegen die Brust, schlang wieder die Arme um ihren Oberkörper und lächelte verlegen. »Idiot!«

Jens sah Meike an und sie ihn. Und doch zögerte er, sie gleich hier in die Arme zu schließen.

Diese Insel hatte so viel Leid gesehen. Heute Nacht. Und auch in der Blutnacht vor vierzig Jahren. Und das, obwohl die Hippies damals in ihrem Wahn ausgezogen waren, um ein friedliches Zeitalter einzuläuten.

Das Zeitalter des Wassermanns.

Andererseits, warum sollte aus all dem Schrecken nicht doch noch etwas Gutes erwachsen? Zumindest konnte er versuchen, seinen persönlichen Frieden zu finden. Denn wenn er es recht betrachtete, lag das allein an ihm.

Er selbst war schließlich dieser Aquarius.

Der Wassermann.

Jens nahm Meike an der Hand, und gemeinsam gingen sie auf den Leuchtturm zu.

Ende

Epilog

Toba, Präfektur Mie, Shima-Halbinsel, Japan
Zwei Tage später

Es war Nacht, und das Rotlichtviertel nahe dem Hafen, in das sich Dennis Schreiber zusammen mit Jeff, seinem amerikanischen Bekannten, verirrt hatte, wirkte ärmlich. Dennoch ging von der schmalen Gasse, die sich vor ihnen erstreckte, ein exotischer Reiz aus. Der Durchgang wurde dicht an dicht von altersschwachen Holzhäusern gesäumt, vor deren Fronten bunte Markisen aufgespannt waren. Überall hingen rote, grüne und gelbe Lampions mit japanischen Schriftzeichen, die den Straßenzug in ein geheimnisvolles Licht tauchten. Und von irgendwoher war die Musik eines Karaokeschuppens zu hören, in die sich das Klimpern von Spielautomaten mischte.

Natürlich waren sie in dem Viertel nicht allein. Dennis' Blick fiel auf eine angeheiterte Gruppe japanischer Geschäftsleute, die auf der Suche nach Vergnügungen singend durch die Gasse torkelte. Weiter hinten drückten sich Pärchen und neugierige Jugendliche gleichermaßen vor die Schaufenster der Sexshops.

»Holy shit, ich kann es kaum glauben«, begeisterte sich Jeff mit breitem amerikanischem Akzent. »Von dem Straßenzug hier hab ich schon mal gehört, aber ich bin noch nie hier gewesen. Da findet sich vermutlich alles, was zwei gestrandete Männer wie wir so brauchen: Alkohol – und hübsche Frauen!«

Er lachte anzüglich, und Dennis rang sich ein verkniffenes Lächeln ab. Er hatte Jeff vor einigen Tagen im Hotel kennengelernt. Der dunkelhaarige Amerikaner war – wie er selbst – Mitte dreißig und weilte ebenfalls beruflich in Japan. Jeff war Handelsvertreter einer US-amerikanischen Firma, nur wollte Dennis partout nicht mehr einfallen, womit genau er seine Brötchen verdiente. Es war ihm auch egal. Denn Jeff besaß deutsche Vorfahren. Sein umtriebiger Begleiter war nicht bloß der deutschen Sprache mächtig, er beherrschte auch ein paar Brocken Japanisch, womit er ihm während seines Aufenthaltes in der Hafenstadt eine große Hilfe war. Hinzu kam, dass er aus Santa Barbara stammte, einer Stadt in den Vereinigten Staaten, die mit dem japanischen Toba eine Städtepartnerschaft eingegangen war. Daher kannte sich Jeff recht gut vor Ort aus und hatte ihm auch ein paar wertvolle Tipps für seine geplante Reportage geben können.

Dennis war freiberuflicher Fotograf. Er war auf die Shima-Halbinsel gekommen, um für ein großes deutsches Magazin über die *Ama* zu berichten. Die legendären japanischen Meerfrauen galten als begnadete Muscheltaucherinnen, die auf dem offenen Meer völlig ohne Geräte in eine Tiefe von bis zu zwanzig Metern hinabstießen. Dort ernteten sie den Meeresboden für Restaurants und Delikatessenliebhaber nach Seeschnecken, Muscheln, Algen und den kostbaren Seeohren ab. Einige der Frauen verstanden es – abzüglich der Tauchzeit zum Meeresgrund –, bis zu einer Minute unter Wasser zu arbeiten, ein paar sogar noch länger. Trotzdem erschien ihm die große Ausbeute an Meeresfrüchten, die sie heraufholten, fast wie ein Wunder.

Allgemein hieß es, dass dieser traditionelle Frauenberuf allmählich aussterbe. Viele *Ama* waren seit den Fünfzigern in die lukrativere Perlenzucht gewechselt, und so befürchteten manche, dass es schon in zwei oder drei Generationen keine einzige dieser Apnoe-Taucherinnen mehr geben werde. Dennis hingegen war sich dessen inzwischen nicht mehr so sicher. Es war nicht leicht gewesen, Zugang zu dem verschlossenen Frauenkreis zu bekommen. Insbesondere für einen Europäer wie ihn. Doch die *Ama*, die er bei seinen Recherchen kennengelernt hatte, rühmten sich ihrer Tradition und bildeten nach wie vor junge Frauen zu Taucherinnen aus.

Seine Reportage war daher nicht ganz so schwarzseherisch ausgefallen, wie er anfangs gedacht hatte. Er hatte zahlreiche wundervolle Bilder geschossen, und auch sein Artikel war fast fertig. Obwohl er Japan wirklich mochte, freute er sich darauf, bald wieder nach Hause zurückzukehren. Morgen würde sein Flieger zurück nach Deutschland gehen, und eigentlich sollte er jetzt im Hotelbett liegen und schlafen. Dummerweise hatte ihn Jeff dazu überredet, Toba noch einmal bei Nacht unsicher zu machen. Nur hatte Dennis erwartet, dass ihn sein Bekannter zu einem der hier ansässigen Sushi-Restaurants führen würde – und nicht zu einem Ort wie diesem.

»Ich weiß nicht so recht«, Dennis räusperte sich befangen. »Mit Rotlichtvierteln habe ich ehrlich gesagt kaum Erfahrungen. Ich bin immerhin verheiratet.«

»Ach, komm schon, mein deutscher Freund«, Jeff klopfte ihm gönnerhaft auf die Schulter. »Sehen wir doch erst mal, was die Nacht für uns bereithält. Alles kann, nichts muss!« Er zwinkerte gut gelaunt. »Erst mal zwitschern wir ein paar Gläser Sake, okay? ›Zwitschern‹ – so heißt das doch bei euch Krauts, oder?«

Dennis rollte mit den Augen und nickte.

Jeff schien das als Einverständnis zu werten, denn er zog ihn mit sich in die schummrig beleuchtete Gasse, und jetzt kamen sie an Striplokalen, Peepshows, Telefonclubs und Karaokebars vorbei, vor denen leichtbekleidete junge Frauen sowie halbseidene Geschäfteinhaber um ihre Aufmerksamkeit buhlten. Ihm war klar, dass sie hier als Westler auffielen wie bunte Hunde.

Und da war noch etwas: Von Minute zu Minute wuchs sein schlechtes Gewissen. Sollten seine Frau Simone oder seine Tochter je herausfinden, wo er sich derzeit herumtrieb, würde er ihnen vermutlich nie mehr in die Augen blicken können. Dabei war bislang nicht mal irgendwas Ungehöriges passiert. Und trotzdem … Himmel, waren die Mädchen hier klasse! Es war nicht nur ihr aufreizender Anblick, sondern auch die Vielzahl exotischer Gerüche und ganz allgemein die freizügige Atmosphäre in diesem Straßenzug, die seine Sinne und auch seine festen Absichten, keine Dummheit zu begehen, allmählich straucheln ließen.

Dass Jeff hin und wieder eine der Frauen am Straßenrand mit zweideutigen Bemerkungen ansprach oder mit glänzenden Augen vor den Schaufenstern von Pornokinos und Striplokalen stehen blieb, machte das alles auch nicht besser.

»Also, wo beginnen wir?«, wollte der Amerikaner wissen. »Erst mal Reisschnaps und dann ein Asahi zum Warmwerden? Oder umgekehrt?«

Dennis hatte bereits Bekanntschaft mit der bekannten japanischen Biermarke gemacht. Und er mochte es, während er Sake eher geschmacklos fand. Noch haderte er mit sich, als er von schräg gegenüber Blicke spürte, die auf ihm ruhten.

Dort, nur ein halbes Dutzend Meter von ihnen entfernt, befand sich ein Torii, eines jener charakteristischen Tore mit den zwei Querbalken, die den Zugang zu einem der hier in Japan häufig anzutreffenden *Shintō*-Schreine markierte. Er wusste natürlich, dass der *Shintōismus* in Japan die dominierende Religion war. Auch wenn er die Vielzahl unterschiedlicher Kulte und Glaubensformen, die sich hinter dem Begriff verbargen und die sich allesamt an einheimische japanische Gottheiten richteten, noch lange nicht durchschaut hatte. Vielmehr irritierte ihn die *Miko*, die auffallend hübsche junge Priesterin, die dort mit scharlachrotem *Hakama*, einer Art Hosenrock, und weißem Kimonohemd bekleidet unter dem Torbogen stand. Sie trug eine rotweiße Schleife in ihrem schwarzen Haar und lächelte ihm unschuldig zu.

»Na gut«, tönte Jeff ungeduldig. »Dann fangen wir erst mal mit einem Asahi an und arbeiten uns langsam vor, right?«

Er zog Dennis, der die *Miko* noch immer anstarrte, mit sich zu einer Bar, aus deren hinteren Räumen Karaokemusik auf die Straße drang, und bestellte beim Barkeeper zwei Bier. Sofort wurde der Amerikaner von einer leichtbekleideten Mittzwanzigerin mit schulterlangen schwarzen Haaren angesprochen. Natürlich auf Japanisch, woraufhin Jeff eloquent in die Landessprache wechselte und gleich noch ein drittes Getränk orderte. Dennis hingegen starrte wieder auf die Straße. Denn aus irgendeinem Grund sah die *Miko* noch immer zu ihm herüber. Abermals lächelte sie.

»Jeff, ich glaube ... ich geh lieber. Ich hoffe, du bist mir nicht böse?«

Der Amerikaner, der längst mit seiner kichernden Bekanntschaft beschäftigt war, drehte sich kurz zu ihm um und grinste. »Schon in Ordnung, mein prüder Freund. Aber ich bleib noch ein bisschen.« Grinsend beugte er sich zu ihm rüber. »Siehst du, wie hübsch die Kleine neben mir lächelt? Ich wette, das ist bloß das Zweitbeste, was sie mit ihren Lippen machen kann.«

Jeff lachte dröhnend los, und so verabschiedete sich Dennis hastig. Fast war er froh, der vulgären Art seines Begleiters zu entgehen.

Er verließ die Bar und marschierte die Gasse wieder hinauf – als ihn abermals der Blick der *Miko* einfing. Noch immer stand sie einfach so da und lächelte ihn an. Dennis blieb unschlüssig stehen. Ihm fiel nun auf, wie unpassend der *Shintō*-Schrein zwischen all den Sexshops und Striplokalen wirkte. Dabei hatte er durchaus von Gerüchten gehört, nach denen einige dieser Priesterinnen dem horizontalen Gewerbe nachgingen. In früheren Zeiten jedenfalls. Ob das auch heute noch Gültigkeit hatte?

Sogleich schämte er sich für den Gedanken. Doch die junge Priesterin da vorn sah einfach umwerfend aus.

Gott, das Mädchen war höchstens ein oder zwei Jahre älter als seine Tochter. Und trotzdem erwischte er sich dabei, darüber nachzudenken, wie sie wohl nackt aussah. Andererseits, es war schließlich nicht verboten, einen solchen Schrein aufzusuchen. Das lief noch unter Kultur. Bevor er sich versah, näherte er sich dem Tor mit den zwei Querbalken.

Das Lächeln auf dem Gesicht der *Miko* glich jetzt einer aufgehenden Sonne. Sie legte die Handflächen aufeinander und verbeugte sich leicht. Dann deutete sie einladend zum Eingang. Dennis wurde der Mund trocken, denn die junge Priesterin roch … gut. Nein, *gut* war gar kein Ausdruck. Sie roch auf eine Weise, die ihm augenblicklich das Blut in die Lenden schießen ließ. Unglaublich. Er und Simone waren jetzt sechzehn Jahre verheiratet, und noch nie zuvor hatte er sie betrogen. Doch heute Nacht, das spürte er, war er vermutlich zu allem fähig. Als ob er an Fäden hing, die eine fremde Macht führte, trottete er hinter dem jungen Mädchen her, über eine geschwungene hölzerne Brücke, die über ein künstliches Wasserbecken führte, und dann hinein in eine von Säulen gestützte Gebetshalle. Dort hing eine Glocke an einem Seil. Die *Miko* sprach zu ihm und deutete erst zum Glockenseil und dann auf eine Holzkiste mit Münzschlitz. Dennis wusste von anderen *Shintō*-Schreinen, was sie beabsichtigte. Den Blick nicht von ihrer schlanken Gestalt abwendend, warf er fünfzig Yen in den Kasten und läutete. Die *Miko* verneigte sich, klatschte zweimal in die Hände – was für gewöhnlich die Aufmerksamkeit der hier verehrten Gottheit wecken sollte – und lächelte nun auf eine Weise, für die es nur einen Begriff gab: sündig!

Die Erektion, die er verspürte, war regelrecht schmerzhaft. Die *Miko* musterte ihn mit unschuldigem Augenaufschlag, biss sich spielerisch auf die Unterlippe und drehte sich unvermittelt um, um ein Portal am Ende der Gebetshalle zu öffnen. Himmel, sie öffnete den *honsha* für ihn, die Haupthalle des Schreins. Üblicherweise blieb das Allerheiligste den Priestern vorbehalten.

Der große Raum war vollkommen aus Holz erbaut. In bauchigen Gefäßen brannten aromatische Kräuter ab, und Dennis' Blick fiel auf eine mannshohe Statue auf der Stirnseite des Heiligtums, deren Leib an eine aufgerichtete Seeschlange mit aufgesetztem Frauenkopf erinnerte.

Er runzelte die Stirn, denn das dort dargestellte Wesen kannte er. Die bizarre Chimäre hörte auf den Namen *Nure-onna* und galt als ein ebenso grausamer wie menschenfressender Meeresdämon. Einige der *Ama*, mit denen er Kontakt aufgenommen hatte, hatten Amulette getragen, auf denen dieses Wesen abgebildet war. Angeblich zu ihrem Schutz. Und sie hatten es geküsst, bevor sie zu ihren Tauchgängen aufgebrochen waren …

Warum verehrte man ein solches Geschöpf? Aus Angst?

Erst jetzt fiel ihm auf, dass er der einzige Besucher in diesem Tempel war. Seltsam, der hübschen *Miko* sollte es doch leichtfallen, weitere Besucher anzulocken. Doch wenn er ehrlich zu sich selbst war, war ihm das alles nur recht. Berauscht starrte Dennis die junge Priesterin an, die ihm verstohlen zuzwinkerte und etwas auf Japanisch flüsterte.

»Tut mir leid«, Dennis starrte wie hypnotisiert auf ihren

Kimono, dort, wo sich schwach die Brüste des Mädchens abzeichneten. »Ich … ich verstehe dich nicht.«

Die *Miko* zwinkerte und schloss hinter ihm das Portal zur Gebetshalle. Dann öffnete sie lasziv ihren Kimono und wechselte ins Englische. »Watergames«, radebrechte sie lockend.

»Wasserspiele?« Dennis grinste dümmlich und nickte, während sich die kleine Japanerin vor seinen Augen entblößte. Er starrte auf ihre Brüste mit den großen Warzen, auf ihre wohlgeformten langen Beine und auf ihre Scham. Er schluckte. Und das alles für lächerliche fünfzig Yen? Das entsprach dem Gegenwert von etwa fünfunddreißig Cent. Was sich hier anbahnte, konnte einfach nicht erlaubt sein. Doch das war ihm jetzt egal. Das junge Mädchen vor ihm war so schön und roch so betörend … Alles, woran er noch denken konnte, war, sie zu vögeln … Jetzt. Hier!

Dennis riss sich die Klamotten vom Leib und versuchte nach der *Miko* zu greifen. Doch die entzog sich ihm mit einer raschen Drehung und wandte sich einer schmalen Tür an der Rückseite des Heiligtums zu. Sie drückte sie mit ihrem nackten Gesäß auf, schenkte ihm einen verheißungsvollen Blick aus ihren schwarzen Augen – und verschwand. Sofort eilte Dennis hinter ihr her. Stufen führten hinter der Tür in die Tiefe, und von unten hörte er ein plätscherndes Geräusch von fließendem Wasser. Je tiefer er eilte, desto stärker umfing ihn der Geruch nach frischem Meerwasser. Und noch etwas wurde intensiver. Der liebliche Geruch der *Miko*. Er brachte ihn schier um den Verstand und trieb ihn wie einen brünstigen Stier voran.

Endlich erreichte er das Ende der Treppe. Sie führte in eine natürliche Grotte mit großem Wasserbecken, das dem allgegenwärtigen Salz- und Algengeruch nach mit der Bucht vor der Hafenstadt verbunden war. Bläulich schimmernde Lampions an den Wänden zauberten Lichtreflexe auf das bewegte Wasser. Dann sah er die *Miko*.

Sie stand nackt – wie Gott sie erschaffen hatte – auf einem Sims, der über das Becken ragte. Offenbar erwartete sie ihn bereits, denn sie strich sich lockend über ihren Körper, der auf ihn wirkte, als wäre er allein zur Fleischeslust erschaffen worden. Sie winkte.

Dennis stürzte vor.

Doch bevor er sie erreichen konnte, sprang sie mit einem Kopfsprung ins Wasser. Ihn hielt jetzt nichts mehr. Auch er tauchte kopfüber in die Fluten, und selbst die Kälte des Wassers war nicht in der Lage, die Hitze seines Körpers abzukühlen. Prustend tauchte er wieder auf, strampelte mit den Beinen und sah sich erfolglos nach dem Mädchen um. »Wo bist du, Kleine?«

Plötzlich glitt ein Schatten unter dem Wasser auf ihn zu. Dennis lachte und versuchte ihn zu erhaschen. Doch der Schatten entzog sich ihm flink und umkreiste ihn mehrfach. Himmel, so lange, wie die *Miko* da unten blieb, musste er fast annehmen, dass sie ebenfalls eine *Ama* war.

Voller Gier hielt er nach ihr Ausschau, als er plötzlich einen mehrstimmigen Frauengesang vernahm. Dennis sah überrascht auf und entdeckte am Rand des Wasserbeckens ein halbes Dutzend Frauen unterschiedlichen Alters, die ebenso wie die junge *Miko* in die traditionellen Gewänder von Priesterinnen gehüllt waren. Wo kamen all diese Frauen so plötzlich her? Das Mädchen, dem er gefolgt war, tauchte schräg vor ihm wieder auf und zog sich mit einer geschmeidigen Bewegung aus dem Wasser.

Splitterfasernackt stellte sie sich zwischen die übrigen Frauen und musterte ihn höhnisch.

Dennis spürte Zorn in sich aufsteigen – als wieder dieser seltsame Geruch heranwehte, nun aber so intensiv, dass ihn die Lust schier um den Verstand brachte. Er schnellte herum und sah, dass unmittelbar neben ihm eine wunderschöne junge Frau mit langen schwarzen Haaren aus den Fluten auftauchte, die sich klatschnass um Schultern und Brüste schmiegten. Ihre grünen Augen musterten ihn lüstern, und Dennis lächelte. Dieses wundervolle Geschöpf war ja noch viel schöner als die Kleine eben.

Gott, alles in ihm brannte. Er wollte sie unbedingt. Er wollte Sex!

Das Meermädchen riss plötzlich ihr Maul auf und enthüllte zwei Reihen spitzer Reißzähne. Dann schnellte sie vor, stülpte ihre Lippen über die Seinen und zerrte ihn kraftvoll unter die Wasseroberfläche. Kostbare Luft füllte Dennis' Lungen, und auch er küsste sie. Leidenschaftlich. Verzehrend. Mit nur einem kräftigen Schlag ihrer Schwanzflosse riss seine Gespielin ihn mit sich aus der Grotte, hinaus in die Bucht vor Toba.

Noch einen Augenblick lang sah Dennis über sich, auf der nächtlichen See, das glitzernde Spiel der Wellen. Doch es war ihm gleich. Eng umschlungen versanken sie in der Tiefe, und alles, was er fühlte, war die Hitze in seinen Lenden.

Wasserspiele.

Dennis starb. Glücklich.

Danksagung

Nicht alle Klippen lassen sich bei der Erstellung eines Romans vom Autor allein umschiffen. Denn selbst in Zeiten des Internets ist es nicht leicht, jeden Aspekt der Handlung ohne berufene bzw. berufliche Hilfe kompetent und fachgerecht zu recherchieren.

Aus diesen Gründen möchte ich – neben Hadmar und speziell Philipp (die mir beim Abklopfen dieser Romanidee mehrfach ihr Ohr leihten) – folgenden Helfern für ihre Hilfestellungen danken: Hampi und Lalle, die mir zu detaillierteren Einblicken in die echte Polizeiarbeit verhalfen. Dietmar, ohne dessen Geocach-Kenntnisse ich im Watt versunken wäre. Carsten und Marit, denen ich interessante Einblicke in die heutige Psychiatrie verdanke, sowie Vania, die Betreiberin von *Mermaidmania.de*, die mich mit einer Vielzahl an »historischen« Meerjungfrauen-Sichtungen versorgte. Nicht zuletzt sei Tanja gedankt, die mich auch in stürmischen (Schreib-)Zeiten davor bewahrt, im Buchstabenmeer zu versinken.

Mögen euch die Sirenen verschonen!

ENTDECKE
NEUE WELTEN
MIT PIPER FANTASY
Mach mit und gestalte deine
eigene Welt!
PIPER
www.piper-fantasy.de